DANS L'OMBRE DE LADY JANE

Edward Charles

# DANS L'OMBRE
# DE LADY JANE

*Traduit de l'anglais par*
*Daniel Lauzon*

www.quebecloisirs.com

UNE ÉDITION DU CLUB QUÉBEC LOISIRS INC.
© Avec l'autorisation des Éditions Hurtubise HMH ltée
Traduction de : In the shadow of Lady Jane
© 2008, Éditions Hurtubise HMH ltée
Pour la traduction en langue française
© 2006, Edward Charles
Édition originale publiée par MacMillan New Writing,
une division de MacMillan Publisher Ltd
Dépôt légal — Bibliothèque et Archives nationales du Québec, 2008
ISBN Q.L. 978-2-89430-881-3
Publié précédemment sous ISBN 978-2-89647-085-3

Imprimé au Canada

# Liste des principaux personnages

Le recours à cette liste des principaux personnages historiques du roman sera précieux pour le lecteur qui serait peu familier de cette période de l'histoire d'Angleterre particulièrement fertile en rebondissements et durant laquelle liens de parenté et alliances stratégiques jouent des rôles primordiaux.

## Personnage fictif

**Stocker, Richard** : fils d'un paysan de Colyton, de modeste origine. Sous-intendant à Shute House, il est nommé par Lord Henry Grey second écuyer à Bradgate Park en 1551 ; deviendra secrétaire de Lord Henry Grey quelques mois plus tard ; accompagnera en 1553 Lady Jane Grey à la Tour de Londres jusqu'à l'exécution de celle-ci l'année suivante.

## Personnages historiques

**Aylmer, John** : précepteur de Lady Jane Grey ; deviendra également le précepteur de Richard Stocker.

**Courtenay, Edward** : fils unique de Henry Courtenay, premier marquis d'Exeter. Emprisonné dès 1438, à l'âge de 11 ans, à la Tour de Londres avec ses parents, et libéré en 1553 par Marie I$^{re}$ Tudor, qui le nommera premier duc de Devon.

**Deyman, John** : intendant à Shute House.

**Dudley, Lord Guilford** : fils de John Dudley ; épousera Lady Jane Grey.

**Dudley, John** : vicomte de Lisle, puis comte de Warwick, enfin duc de Northumberland ; un des chefs de file des protestants. Persuade en 1553 le roi Édouard VI, déjà malade, de signer un testament par lequel celui-ci dépossède ses deux sœurs, les futures Marie I<sup>re</sup> Tudor et Élizabeth I<sup>re</sup>, de leurs droits à la Couronne, au profit de Lady Jane, épouse de son fils, Lord Guilford Dudley. Mourra décapité en 1554.

**Dudley, Lady Jane** : femme de John Dudley, mère de Guilford Dudley, duchesse de Northumberland.

**Édouard VI** : roi d'Angleterre et d'Irlande, de 1547 à 1553, dernier descendant masculin des Tudor ; fils du roi Henri VIII d'Angleterre et de sa dernière épouse, Jane Seymour. Signe avant sa mort un testament par lequel il dépossède ses deux sœurs, les futures Marie I<sup>re</sup> Tudor et Élizabeth I<sup>re</sup>, de leurs droits à la Couronne, au profit de Lady Jane Grey.

**Élizabeth, Princesse** : demi-sœur du roi Édouard VI et de Marie Tudor ; fille du roi Henri VIII et de sa deuxième épouse Anne Boleyn. Deviendra reine d'Angleterre et d'Irlande, de 1558 à 1603, sous le nom d'Élizabeth I<sup>re</sup>. Sera la dernière représentante de la maison des Tudor à occuper le trône d'Angleterre.

**Fitzpatrick, Barnaby** : meilleur ami du roi Édouard VI.

**Fitzpatrick, Fergal** : maître de chambre à la maison royale, au service personnel du roi Édouard VI ; ami de Richard Stocker ; cousin de Barnaby Fitzpatrick.

**Grey, Lady Catherine** : deuxième fille de Lord Henry Grey et de Lady Frances.

**Grey, Lady Frances** : femme de Lord Henry Grey, mère de Jane, Catherine et Mary ; petite-fille du roi Henry VII ; fille de Charles Brandon, premier duc de Suffolk, et de Marie Tudor, reine de France (à ne pas confondre avec Marie I<sup>re</sup> Tudor, reine d'Angleterre et d'Irlande). Marquise de Dorset, deviendra la duchesse de Suffolk. Épousera en secondes noces Adrian Stokes en 1554.

**Grey, Lord Henry** : mari de Lady Frances, père de Jane, Catherine et Mary ; marquis de Dorset, deviendra le duc de Suffolk. Sera décapité en 1554 pour haute trahison en raison de son implication dans un complot contre la reine d'Angleterre Marie I<sup>re</sup> Tudor.

**Grey, Lady Jane** : fille aînée de Lord Henry Grey et de Lady Frances. Épousera Lord Guilford Dudley. Deviendra, à son corps défendant, reine d'Angleterre en 1553 pour une durée de neuf jours. Son exécution sera ordonnée par Marie I<sup>re</sup> Tudor, reine d'Angleterre et d'Irlande, et aura lieu l'année suivante.

**Grey, Lady Mary** : fille cadette de Lord Henry Grey et de Lady Frances, surnommée Yeux-de-Corbeau.

**Marie, Princesse** : fille du roi Henri VIII et de sa première épouse Catherine d'Aragon, demi-sœur du roi Édouard VI, cousine de Lady Frances. Deviendra reine d'Angleterre et d'Irlande sous le nom de Marie I<sup>re</sup> Tudor, de 1553 à 1558. Sera surnommée la « reine sanglante » en raison des persécutions qu'elle mènera contre les protestants. Ordonnera en 1554 l'exécution de Lady Jane Grey.

**Marwood, Thomas** : formé à Padoue, en Italie, il deviendra un médecin célèbre et recherché, exerçant même sa pratique à la Cour de Londres, où il sera le protégé d'Élizabeth I<sup>re</sup>.

**Seymour, Edward** : Lord Hertford ; fiancé à Lady Jane Grey ; oncle maternel d'Édouard VI, duc de Somerset, surnommé Lord Protecteur. Sous l'influence de John Dudley, le roi ordonnera son exécution pour haute trahison en 1552.

**Stockes, Adrian** : premier écuyer à Bradgate Park ; amant de Lady Frances, deviendra son second mari en 1554.

**Ulverscroft, James** : intendant de Bradgate Park.

**Underhill, Edward** : gardien à la prison de la Tour de Londres. Demandera à la reine Jane d'être la marraine de son nouveau-né.

**Tucker, Edmund** : intendant de Dorset House ; surnommé le « Céleste Edmund ».

**Willoughby, Catherine** : nommée Lady Suffolk, mariée en secondes noces à Charles Brandon, premier duc de Suffolk et père de Lady Frances ; mère de Henry et Charles.

**Willoughby, Henry** : demi-frère de Lady Frances ; cousin du roi Édouard VI ; victime de la suette.

**Willoughby, Charles** : demi-frère de Lady Frances ; cousin du roi Édouard VI ; victime de la suette.

# Carte de Londres, en 1550

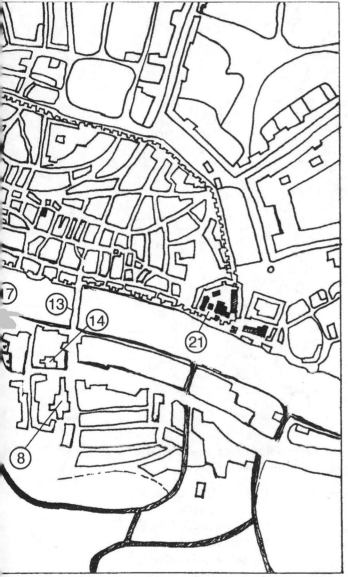

**Lieux importants cités
dans le roman**

1. Abbaye de Westminster
   (Westminster Abbey)
2. Blackfriars
3. Cathédrale Saint-Paul
4. Charing Cross
5. Dorset House
6. Durham House
7. Fleet Street
8. Hôpital Saint-Thomas
9. Marais de Lambeth
10. Palais de Winchester
    (Winchester Palace)
11. Palais du Parlement
12. Palais royal de
    Westminster
    (Westminster Palace)
13. Pont de Londres
    (London Bridge)
14. Prieuré de Sainte-Marie
    (St-Mary Overy)
15. Savoy Palace
16. Suffolk House
17. Tamise
18. Temple
19. Temple Bar
20. The Strand
21. Tour de Londres
    (London Tower)
22. Whitehall
23. Whitefriars

# Carte de l'Angleterre, en 1550

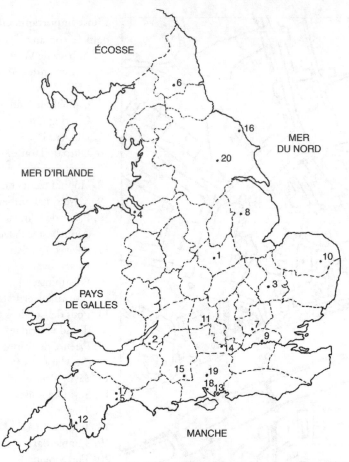

**Villes importantes et autres lieux cités dans le roman,
accompagnés de leur comté respectif**

1. Bradgate Park (Leicestershire)
2. Bristol (Gloucestershire)
3. Cambridge (Cambridgeshire)
4. Chester (Cheshire)
5. Colyton (Devon)
6. Hexham (Northumberland)
7. Hatfield (Hertfordshire)
8. Lincoln (Lincolnshire)
9. London (Middlesex)
10. Norwich (Norfolk)
11. Oxford (Oxfordshire)
12. Plymouth (Devon)
13. Portsmouth (Hampshire)
14. Reading (Berkshire)
15. Salisbury (Wiltshire)
16. Scarborough (Yorkshire)
17. Shute House (Devon)
18. Southampton (Hampshire)
19. Winchester (Hampshire)
20. York (Yorkshire)

*Ce livre est dédié à Sian et Anna,*
*qui travaillent constamment à bâtir l'avenir*
*pendant que je creuse dans le passé.*

# Chapitre 1

## 10 avril 1551
## Shute House, dans le Devon

En rétrospective, c'était sans doute le jour le plus important de ma vie, le jour où tout allait changer ; mais à ce moment-là, tout frissonnant et trempé jusqu'aux os que j'étais, je ne m'en serais jamais douté.

La journée avait pourtant bien commencé. À Shute House et dans toute la propriété, on s'était levé de bonne heure dans l'attente d'un premier aperçu du maître des lieux, Lord Henry Grey, de sa redoutable épouse Lady Frances, et de ses trois filles, Lady Jane, Lady Catherine et Lady Mary.

Comme tout le monde, j'avais revêtu mes plus beaux atours et pris la place qui m'était assignée dans la grand-salle, une heure avant l'arrivée prévue de la compagnie. Puis, à la dernière minute, on annonça que le bétail s'était échappé et qu'il avait envahi la cour, à l'endroit même où la famille Grey devait arriver. Les domestiques furent aussitôt pris de panique, et comme j'étais sous-intendant de la maison, c'était à moi qu'il appartenait de corriger la situation, et tout de suite.

Nous avions rapidement chassé le bétail de la cour pour le ramener dans les champs, sa juste place ; mais comme nous rentrions vers la maison, le ciel se mit à déverser des trombes d'eau, et avant de pouvoir être à l'abri, bien que nous ayons couru à toutes jambes, nous étions tous mouillés. Il n'y avait pas le temps de se changer ; et puisque je portais déjà mes plus beaux habits, je n'avais plus rien de convenable à mettre. Il ne me restait donc plus qu'à m'asseoir près du grand feu qui brûlait dans la cuisine, en espérant être au sec avant que la famille Grey n'arrivât.

Mais il ne devait pas en être ainsi.

Au cours des trois dernières semaines, depuis que nous avions appris la venue du seigneur dans sa propriété, on n'avait parlé que de cela, et avec la plus grande appréhension, car une telle visite annonçait du changement, et en ces temps difficiles, la plupart des gens de la vallée se disaient que ce ne serait pas pour le mieux. Chez nous, dans le Devon, la vie était plus paisible qu'elle ne l'était dans l'arrière-pays, à ce qu'on disait ; et la plupart de mes amis et voisins n'auraient pas voulu qu'il en soit autrement. La mort du roi Henri VIII et sa succession par l'enfant roi Édouard avaient semé la tourmente dans une bonne partie du pays, et toute la communauté craignait alors que la venue de Lord Grey depuis ses terres éloignées ne vienne troubler la paix de notre existence bien ordonnée, où chacun trouvait son compte.

Mais j'étais d'un autre avis. Je considérais cette visite comme un défi et une chance d'améliorer ma condition ; c'est pourquoi j'étais si déçu de me trouver là, ruisselant, dans la cuisine, au lieu de me tenir fin prêt dans la grand-salle, tout disposé à faire bonne impression.

Il y eut soudain un grand débordement d'activité chez les cuisiniers et les domestiques, et la compagnie s'engouffra dans la pièce. John Deyman (l'intendant, sous les ordres immédiats duquel j'étais) entra en dernier : il parlait rapidement, sa nervosité sautait aux yeux de tous.

Comme on pouvait s'y attendre, Lord Henry et Lady Frances, également connus sous leurs titres plus cérémonieux de marquis et marquise de Dorset, écoutaient attentivement, affichant un regard alerte auquel rien n'échappait. C'était leur première visite à Shute, leur seule propriété dans le Devon. Le voyage était long et difficile depuis leur résidence principale de Bradgate Park, dans le Leicestershire, et nous nous disions qu'ils ne reviendraient pas avant un certain temps.

— Et l'on dit, Monseigneur, qu'il y a ici le plus grand foyer de toute l'Angleterre ; plus grand même que le Grand Foyer de Hampton Court.

Toute la famille s'arrêta pour admirer l'âtre de vingt-deux pieds de largeur. Puis, lentement, un à un, ils détournèrent le regard du coin de la cheminée et le posèrent sur ma personne. Plutôt que de me recroqueviller contre le mur, je pris sur moi de faire le brave et les regardai à mon tour, d'un air plus confiant que je ne l'étais moi-même.

Ce furent les trois sœurs qui attirèrent mon attention avant tout. Elles ne pouvaient être plus différentes d'aspect. La plus grande, et de loin la plus attrayante, était plus belle qu'aucune des filles que j'avais connues. On disait qu'elle avait quatorze ans, mais elle semblait plus âgée, avec son dos bien droit, sa chevelure d'un roux fauve qui venait effleurer ses charmantes épaules du haut de son long cou, et ce teint éclatant de santé, signe d'une existence confortable passée à l'air frais de la campagne. Elle était richement vêtue, portant une pièce d'estomac serrée, ornée de broderies, qui n'en laissait que mieux deviner ses formes naissantes. À n'en pas douter, c'était une bien jolie fille, et personne n'aurait osé affirmer le contraire.

Elle ne semblait nullement intéressée par les cérémonies d'usage, et tandis que John Deyman poursuivait son inventaire, ses yeux restaient fixés sur moi, comme pour étudier tous les aspects de mon malaise. Elle sourit et releva tranquillement de longs cils, dévoilant ses yeux doux, couleur noisette. Ils me rappelèrent la couleur brun doré du bétail que j'avais aperçu un jour lors d'un voyage de pêche dans l'île de Jersey ; mais son regard n'avait rien de celui de la vache. Il était long, confiant et pénétrant, comme si elle était en train d'examiner une pêche avant de la croquer. Cette pêche, c'était moi, et je me sentis tout troublé, bien qu'étrangement excité. Je songeai à me lever, mais ses yeux se détournèrent ; elle venait de prendre congé de moi. C'était donc elle, Lady Jane Grey. Elle était belle, fascinante, mais aussi déconcertante, d'une étrange façon ; bref, tout un défi en perspective.

Soulagé de voir que les yeux de la famille n'étaient plus sur moi, j'en profitai pour examiner les deux autres sœurs. La suivante était moins grande, plus menue et plus réservée ; elle avait les cheveux roux, le teint pâle, et des taches de rousseur sur le nez et les joues. « Ce doit être Lady Catherine », pensai-je. Elle semblait plus jeune que Lady Jane ; peut-être pas de trois ans, néanmoins, comme on nous en avait informé. Sa contenance était très différente de celle de sa sœur : elle portait une robe de velours noir, sobre et peu ornée, tandis que son visage en amande, aux pommettes saillantes, avait un air tendu et hagard, complètement dénué de cette vive assurance qu'arborait sa sœur aînée. Tandis que John Deyman continuait de discourir nerveusement, ses grands yeux marron balayaient rapidement la pièce, et avant que j'aie pu détourner le regard, le sien croisa le mien et elle me dévisagea à son tour.

Je me sentis de nouveau mal à l'aise, car cette autre sœur semblait me regarder avec dédain, comme si j'étais pour elle une source d'irritation gênante ; mais quand elle s'aperçut que je la fixais moi aussi droit dans les yeux, son regard se déroba immédiatement. Sans trop savoir pourquoi, je l'ai détestée tout de suite ; elle semblait froide, fermée sur elle-même, et d'une dévotion ostentatoire : beaucoup moins amusante que sa sœur. Je vis qu'elle avait en main un livre relié qu'elle tenait devant elle comme un bouclier, alors qu'elle reprenait son écoute consciencieuse de John Deyman, qui, retrouvant son assurance, continuait à décrire les objets de son inventaire.

— Les cuisines sont bien équipées, Monseigneur, et peuvent aisément pourvoir à une fête de plus d'une centaine d'invités, si une telle requête leur était faite. Aux jours de votre grand-père, le premier marquis et Lady Cicely tenaient ici de grandioses réceptions, en particulier à Noël et après la moisson. Samedi, vous aurez la preuve du pudding, car comme vous m'en avez chargé dans votre missive, nous avons invité ici à dîner les plus éminents membres de la communauté.

Lord Henry Grey, l'actuel marquis de Dorset, donna son assentiment d'un signe de tête. L'idée ne paraissait pas l'enthousiasmer ; en fait, il ne semblait guère avoir l'intention de recevoir ici de façon régulière, et pourquoi l'aurait-il fait ? Bradgate Park était reconnu comme l'un des grands domaines de l'Angleterre centrale, à une échelle beaucoup plus grandiose que celle de Shute. Nous lui étions néanmoins reconnaissants d'avoir choisi de rencontrer quelques-uns des gens du coin à l'occasion de sa visite et de leur offrir l'hospitalité.

À présent débarrassé des regards de chacun, je finis par repérer la troisième sœur. Ce devait être Mary. Elle aussi était différente. Tandis que ses aînées étaient déjà de jolies jeunes femmes, chacune à sa manière, elle-même était non seulement beaucoup plus jeune, mais d'aspect rabougri et difforme. Il était difficile de deviner son âge. On disait qu'elle avait six ans, mais elle semblait plus petite, comme ramassée, le dos voûté, et elle boitait. En même temps, son visage n'était pas celui d'une enfant : c'était déjà celui d'une adulte, sans douceur ni aucune trace d'innocence.

Je la regardai en silence, debout au coin du feu, la lueur des flammes dansant sur son visage, et, pour la troisième fois, je me sentis mal à l'aise. Ce n'était pas une enfant normale ; il y avait quelque chose de sinistre dans sa façon d'examiner la pièce de ses yeux noirs. Ces yeux qui lorgnaient sous d'épais sourcils froncés me firent penser à ceux d'un corbeau sautillant dans la cour, mine rusée et scrutatrice. Je me demandai ce qui avait bien pu causer sa difformité, si elle avait été malade, ou blessée plus tôt dans sa vie. Dans ce cas, elle avait dû s'en remettre, car elle ne semblait pas souffrante, et rien, de toute évidence, n'avait échappé à son attention depuis que la compagnie avait investi la pièce, y compris le regard de sa sœur aînée en ma direction.

— Et qui est le beau jeune homme que j'aperçois là-bas, en train de se sécher dans notre cuisine ? Ce suprême foyer semble s'attirer de loyaux occupants.

La voix tonitruante de Lady Frances Grey me tira de ma rêverie. Déconcerté, je vis que John Deyman avait terminé son allocution et que tous les regards étaient posés sur moi.

Impossible de se défiler. L'occasion tant attendue s'était présentée : une chance de faire bonne impression sur Sa Seigneurie et sur le reste de sa famille, et peut-être d'améliorer ma condition par le fait même. Je songeai de nouveau à me lever, mais quelque chose me retint, et au lieu de cela je m'éclaircis la gorge et me penchai en avant, tout près du feu.

— Je m'appelle Richard Stocker, Madame, fils de John Stocker de Shute. Mon père est franc-tenancier, et cultive des terres près de Northleigh.

Je hochai la tête du côté de la fenêtre, avec plus d'assurance dès lors que je commençai à parler.

— Mon frère aîné, John, vit sur les terres qu'il cultive dans la vallée de l'Umborne, vers Wilmington. Sachant qu'il héritera de la ferme de mon père en temps voulu, je suis venu ici il y a trois ans, en quête d'une situation, et c'est moi qui ai reçu la charge du parc et des fermes au cours des deux dernières années. L'an dernier, j'ai été nommé sous-intendant.

Le regard de Lady Frances était si pénétrant que je m'interrompis, à court de mots; je restai à la dévisager, attendant son initiative avant de continuer.

— Eh bien, Sous-intendant, dites-moi… que faites-vous assis là, trempé jusqu'à la moelle?

À l'entendre, on aurait dit qu'elle s'adressait à son épagneul. Je lançai un regard vers John Deyman, qui hocha la tête imperceptiblement en fronçant légèrement les sourcils. À l'évidence, il ne voulait pas m'entendre mentionner l'incident du bétail.

Je dis la première chose qui me vint à l'esprit.

— Un orage a éclaté dans la vallée quand je suis revenu des écuries, Madame.

Sans réfléchir, j'essuyai les gouttes d'eau qui ruisselaient sur ma manche en les envoyant au feu, qui siffla en retour.

— Ce n'est qu'un peu d'humidité. Ce sera bien vite séché, ici, tout près du feu, si cela vous agrée, Madame.

Lady Frances grogna, s'approchant de moi si près que je sentis l'odeur de son parfum.

— Jeune homme… savez-vous lire?

21

Voilà l'occasion que j'attendais.

— Oui, Madame, et je sais écrire, en anglais comme en latin. Il y a une très bonne école communale à Colyton et ma mère m'y a envoyé très jeune.

Elle pencha la tête pour mieux voir à la lueur des flammes, et m'examina d'un œil expert, comme on juge d'une bête de somme dont on voudrait se porter acquéreur. C'était une femme imposante, presque aussi grande que moi : elle mesurait presque mes six pieds, était large d'épaules et pleine d'assurance ; sa voix forte allait de pair avec sa carrure. Une fois de plus, elle se pencha vers moi, et je distinguai à nouveau la forte odeur de son parfum. Plongeant son regard dans le mien, comme pour me communiquer sa pensée, elle me saisit la jambe, haut sur la cuisse, et la serra fortement. Je n'osai rien dire, continuant de fixer ses yeux inquisiteurs.

Elle me sourit et sans se retourner, interpella son mari en riant :

— Il a les cuisses d'un cavalier.

Puis, s'adressant à moi, elle ajouta à voix basse :

— Et la saucisse d'un fermier, je parie.

En même temps, elle me serra de nouveau la jambe, cette fois un peu plus haut et plus doucement.

Je regardai à travers la pièce pour voir la réaction de Sa Seigneurie, puis je revins à elle. J'étais excité, nerveux et confus, mais elle semblait m'avoir déjà oublié. Elle recula, évitant soigneusement l'arche de pierre qui se trouvait au-dessus du foyer, puis se tourna vers John Deyman ; l'atmosphère changea du tout au tout.

— Y a-t-il du gibier dans ce pays, intendant ?

John Deyman se raidit, toute l'attention revenant à présent sur lui. Il s'efforça de reprendre contenance.

— Certes, Madame, quand l'occasion se présente, on y chasse à l'arc ou au faucon.

— Excellent. Nous aurons donc quelque récréation. Vous organiserez pour demain matin la meilleure partie de chasse dont vous êtes capable. J'ai dû aller bien trop longtemps à train de charrette pour arriver jusqu'ici ; il me faut un véritable exercice.

Elle s'avança vers la fenêtre et regarda au bas de la vallée, vers Colyton.

— Ce sont nos parcs à gibier que j'aperçois là-bas, n'est-ce pas ?

L'intendant avait à présent retrouvé sa confiance.

— Non, Madame, ce sont les parcs de Colcombe Castle, anciennement la propriété du marquis d'Exeter, Henry Courtenay, avant son exécution. Ils ont été saisis par la couronne et vendus aux marchands de Colyton il y a six ans. Votre domaine s'étend sur la colline qui se trouve derrière nous, vers Dalwood, et en montant dans la vallée de l'Umborne, sur notre droite.

— Vendus aux marchands, dites-vous ? Le roi Hal a toujours manqué d'argent.

C'était la première fois que Lord Henry ouvrait la bouche, mais Lady Frances coupa court à ses remarques. Elle lui lança un bref coup d'œil, qu'il évita, avant de reporter son attention sur moi.

— Votre Colyton, jeune homme, est-ce une ville riche ?

Je répondis avec fierté :

— Oui, Madame, la troisième ou quatrième dans tout le Devon, à ce qu'on dit. Le commerce de la laine nous est profitable dans ce coin de pays.

Elle acquiesça d'un signe de tête.

—Très bien.

Son intérêt pour les affaires semblait s'être évanoui aussi rapidement qu'il avait vu le jour. Elle s'adressa à l'assemblée d'un ton désinvolte, bien conscient du fait que tous étaient pendus à ses lèvres et l'écoutaient attentivement.

— Bien! Mettez-vous au travail. Qu'importe le voisinage; nous parlions de chasse. Allons, Richard, il faut vous secouer, l'intendant et vous, et nous montrer de quoi vous êtes capables. Je compte sur vous pour trouver tout ce qu'il nous faudra. J'utiliserai un arc normal – je ne veux pour rien au monde de ces petits arcs tronqués et ridicules dont on arme les femmes. Un arc de bonne taille, vous entendez?

Elle se tourna vers ses filles.

— Catherine, j'imagine que Mary et toi, vous chevaucherez avec nous?

— Bien entendu, mère. Rien ne m'arrête.

Je jetai un regard dérouté vers le fond de la pièce, car la réponse venait de celle que j'avais prise pour Lady Jane.

— Et toi, Jane? Tu dois sûrement pouvoir laisser tes livres, le temps d'une matinée? L'air du Devon te fera du bien.

La deuxième sœur, plus petite et plus dévote, sourit tranquillement.

— Je vous remercie, mère, mais vous savez que je ne trouve guère de plaisir à la chasse. Je préférerais lire au jardin. Il a l'air très joli, et je pourrai y prendre tout l'air qu'il me faudra. J'admirerai la vue. Peut-être, s'il plaît à Dieu, pourrai-je vous voir chasser dans la vallée depuis l'allée du jardin.

Lady Frances haussa les épaules avec mépris.

— Fais à ta guise. Comme d'habitude.

Elle se tourna vers Lord Henry.

— Il semble que nous ayons planté du petit chiendent dans notre jardin. J'imagine que toute cette éducation portera un jour ses fruits. Venez, Henry. Finissons-en avec l'inspection et laissons travailler les cuisiniers. Si je trouvais un bœuf dans mon assiette, je le dévorerais tout rond.

La pièce se vida, et je restai à méditer sur mon erreur. La famille Grey était aussi crue qu'on le disait, et le fait de ne pas avoir su identifier correctement les sœurs n'annonçait rien de prometteur. Mais je devais d'abord faire sécher mes vêtements. J'en aurais besoin le lendemain matin, si je devais me joindre à la chasse ; et Lady Catherine étant de la partie, je n'y aurais manqué pour rien au monde.

## Chapitre 2

## 18 avril 1551
## Shute House

Je promenai le regard autour de la salle bondée. Déjà, le brouhaha des conversations était assourdissant. Ce serait un dîner mémorable pour nous tous.

Cela faisait une semaine que la famille Grey était arrivée à Shute, et Dieu merci, la chasse avait été bonne. Il avait plu durant tout le mois de mars, et le début d'avril n'avait été guère mieux ; mais à présent, le mois était avancé, les matins clairs et lumineux, et il faisait bon quand la bise cinglante ne soufflait pas. John Deyman et moi avions fait des pieds et des mains afin que la famille puisse jouir de ce que la propriété avait de mieux à offrir dans l'art de la chasse, et jusqu'à présent, la chance avait été de notre côté.

Bien que l'espoir de Lady Frances, qui souhaitait ramener du sanglier, ait été déjoué une fois de plus, elle était revenue à Shute House de bonne humeur, le cerf ayant particulièrement bien couru ce matin-là, elle en avait abattu un gros spécimen sans l'aide de personne. Comme toujours, Catherine et Mary avaient suivi le peloton de chasse toute la matinée, et elles n'avaient cessé leurs échanges tandis qu'elles descendaient de leurs montures dans la cour, rayonnantes d'air frais et d'excitation. Je courus avertir les cuisiniers.

Les filles bavardaient encore lorsqu'elles étaient arrivées dans la grand-salle du manoir, quelque temps auparavant. Nous savions depuis des jours que ce dîner allait être une affaire grandiose et solennelle. Avant même leur arrivée, les Dorset avaient envoyé une dépêche à John Deyman pour l'informer qu'ils ouvraient régulièrement les portes de Bradgate Park, recevant jusqu'à deux cents personnes parmi leurs voisins et les marchands de Leicester, située non loin ; et ils s'attendaient à faire de même au moins une fois lorsqu'ils visiteraient leur propriété dans le Devon. En conséquence, l'intendant avait immédiatement préparé une liste d'invités possibles, qui, sitôt approuvée, fut diffusée dans la plus grande hâte. Une semaine plus tard, nous étions tous rassemblés ici. La table au centre de la salle était occupée par les dignitaires locaux. Tout le monde voulait se rapprocher de la table d'honneur, où siégeait la famille, et je venais de trouver une place tout au fond de la salle, entre deux cultivateurs francs-tenanciers, des amis de mon père qui vivaient de l'autre côté de la vallée.

J'étais aussi excité que ceux qui m'entouraient. Tous les habitants de la vallée et des environs considéraient la visite du seigneur comme un événement d'importance, d'autant plus notable pour nous que, comme il venait de loin, ses visites étaient rares. C'était bien assez d'honneur que Lord Henry Grey, marquis de Dorset, daigne nous adresser la parole, mais il était exceptionnel d'être invité à se joindre à la famille à l'occasion d'un dîner, et je savais qu'il y aurait là de quoi alimenter les conversations pendant des mois.

Mon père était fébrile lui aussi et avait joué des coudes jusqu'à une place de choix, non loin de la table d'honneur, où il se trouvait en grande conversation avec deux marchands de laine de Colyton et un armateur de Lyme Regis, qui se faisait appeler Blackmore le Marchand. Personne ne connaissait son prénom et nul n'osait le lui demander, car cet homme bien charpenté avec une barbe noire était doté d'un tempérament qui passait pour redoutable. Néanmoins, il semblait avoir eu vent de l'événement, et avait réussi à se faire inviter moyennant quelque flatterie.

La table était déjà pleine et la nourriture commençait à être servie, lorsque je remarquai un convive retardataire se glissant silencieusement dans la salle et tentant de se dénicher une place. C'était le docteur Thomas Marwood, de Blamphayne, dans la vallée du Coly : le voisin immédiat de la ferme de mon père. Marwood était médecin ; il avait acquis sa science à Padoue, en Italie, quelques années auparavant, et pratiquait depuis à Honiton, située à environ six milles par-delà la colline. Comme toujours, j'étais heureux de le voir. Je lui ménageai une place à côté de moi et lui fis signe de s'asseoir.

— Eh bien, Richard. Nous voilà entourés de gens de qualité, aujourd'hui. Comment se porte ton bras, par les temps qui courent ?

Je levai mon bras gauche autant que le permettait la cohue environnante.

— Il va bien, Thomas, très bien merci. Complètement guéri, sans faiblesse aucune.

Je m'étais cassé le bras à deux endroits, heurté par une poutre effondrée lors de travaux de construction dans la grange de mon père. Je n'avais que onze ans à l'époque et c'était une vilaine fracture, aggravée par une plaie ouverte due à des éclats de chêne. Ma mère s'était fait du souci à s'en rendre malade. Elle était certaine que je perdrais mon bras, ou pire, mais le docteur Marwood, qui revenait tout juste de Padoue, avait nettoyé et recousu la blessure avec de la bétoine, et assujetti mon bras avec des éclisses de noisetier. Grâce à ses soins, je m'en étais totalement remis, et ma famille et moi étions à jamais reconnaissants envers notre industrieux voisin.

— Content de l'entendre, mon garçon. On dit que tu chasses avec la noblesse, ces jours-ci ?

Je lui jetai un regard de côté.

— Je ne dirais pas cela, Thomas ; mais on m'a permis de chevaucher avec Sa Seigneurie et le reste de sa famille, hier et aujourd'hui – sauf Lady Jane, il faut dire ; elle ne chasse pas avec nous.

Thomas regarda à travers la salle enfumée en direction de la figure chétive et blême assise à la table d'honneur.

— Ah oui ! On raconte bien des choses au sujet de notre Lady Jane. J'ai entendu dire, et de bonne source, que c'est l'une des plus brillantes étoiles du pays ; presque aussi savante que Sa Majesté le roi Édouard. On dit qu'elle sait lire et écrire le latin, le grec, l'italien et le français, rien de moins, et que c'est une musicienne accomplie de surcroît.

Je suivis son regard et observai Lady Jane en train de pignocher délicatement dans son assiette. J'acquiesçai d'un signe de tête.

— Je ne l'ai entendue parler aucune de ces langues, mais il est vrai qu'elle a toujours un livre à la main et qu'elle se tient sur la réserve.

Instinctivement, mes yeux s'égarèrent un peu plus loin le long la table.

— Sa sœur Catherine est très belle, vous ne croyez pas ?

J'essayai d'avoir l'air désintéressé, mais je dus échouer, car Thomas me gratifia d'un large sourire avant de se tourner de nouveau vers la table d'honneur.

Il suivit mon regard à son tour et examina Lady Catherine pendant quelques instants, laquelle discutait vivement avec son entourage. Il me fit un sourire complice.

— En effet. C'est une vraie beauté.

Il prit un air plus sérieux avant de poursuivre, d'un ton plein de sous-entendus :

— Deux grandes beautés, nées d'une famille puissante liée à la royauté. Elles seront sans doute bientôt échangées sur le marché des unions matrimoniales.

Je dus avoir l'air déçu, car il changea subitement de sujet.

— Où est donc la troisième sœur ?

Je tentai de la montrer le plus discrètement possible de la pointe de mon couteau.

— Là, Thomas. Au bout de la table. La… euh… la toute petite.

Le docteur Marwood hocha la tête.

— Ah oui, la naine ?

Il l'observa avec attention pendant quelques instants, notant chacune de ses particularités et les réactions que suscitait sa condition misérable chez ceux qui l'entouraient. Il finit par hocher la tête en silence, comme s'il était parvenu à une décision, et se tourna de nouveau vers moi.

— Un cas intéressant. Pourquoi, je me le demande, le bon Dieu l'a-t-il affligée de cette maladie ? Se peut-il que toute l'intelligence soit passée dans la première des filles, et toute la beauté dans la deuxième ? Plus rien ne restait pour la troisième.

Il se pencha vers moi, posant soigneusement la main autour de sa bouche, et me fit signe d'approcher avant de me souffler à l'oreille :

— À mon avis, c'est une question de consanguinité. Trop de sang de Tudor non dilué. On observe le même phénomène avec les moutons et le bétail ; mais ne le répète pas à haute voix, sinon nous serons fustigés, ou pire.

Il me lança un clin d'œil.

Je restai à le dévisager, stupéfait de sa franchise ; ce n'était pas la première fois. Depuis que je le connaissais, il avait été pour moi une source d'inspiration. Il débordait d'idées, originales pour la plupart, du moins à ce qu'il me semblait, et certaines d'entre elles frôlaient l'hérésie, bien qu'il fût un fervent catholique, comme nous tous dans la vallée. Par les longues nuits d'hiver, avant de venir m'installer à Shute House, j'adorais marcher jusqu'à Blamphayne pour m'asseoir avec lui et l'entendre discourir sur la médecine, la vie, et le monde en général. Quel courage lui avait-il fallu pour quitter le Devon et voyager jusqu'en Italie pour apprendre la médecine! Depuis que mon bras avait été raccommodé et que j'étais arrivé à Shute, j'avais rarement eu l'occasion de voir mon ami, et j'étais heureux d'être assis à ses côtés une nouvelle fois.

Le festin arriva enfin. Je n'avais jamais rien vu de semblable (il y avait de quoi nourrir ma famille entière pendant des mois), pas plus qu'aucun des marchands de Colyton, à en juger par leur réaction.

On servit d'abord une soupe, riche et consistante, préparée avec du vrai consommé de viande, non pas cette bouillie claire que nous avions l'habitude de manger. Vinrent ensuite les turbots. Je savais qu'ils étaient arrivés depuis peu d'Axemouth, puisque j'avais été les chercher moi-même. Suivirent les poulets, les oies et le mouton, viandes fraîches issues de notre propre élevage, accompagnées de légumes variés provenant des quatre coins de la vallée, et même du marché d'Exeter.

Le tout fut enfin couronné par des tartes aux pommes et un vaste choix de fromages français, que John Deyman avait fait venir depuis Lyme. Peut-être était-ce ainsi que Blackmore le Marchand s'était mêlé à notre monde : les fromages avaient dû être apportés de France, tout comme le vin et l'eau-de-vie, sur l'un de ses navires. Ce que je n'arrivais pas à comprendre, c'était comment John Deyman avait réussi à trouver des pommes d'une telle fraîcheur en plein mois d'avril ; je savais que celles que nous avions entreposées dans la maison avaient manqué ou s'étaient gâtées peu après Noël. Mais il les avait trouvées, ces pommes, et la tarte était sucrée et délicieuse.

L'eau-de-vie et le vin français coulaient abondamment, et nos voisins buvaient tout ce qu'on leur offrait. Il n'y avait pas grand-chose de gratis pour nous en ce temps-là, et comme me dit l'un des marchands de Colyton – tout en éructant assez de nourriture et de vin pour nourrir une demi-douzaine d'hommes –, il aurait été rustre de refuser une telle hospitalité, préparée avec autant de soin, et prodiguée avec autant de générosité.

La journée avança, les invités se détendirent et l'atmosphère fut de plus en plus joyeuse. Mais pendant tout ce temps, chacun gardait les yeux rivés sur la table d'honneur. Le marquis et sa dame ne semblaient pas du tout incommodés par tous ces regards – j'imagine qu'ils en avaient l'habitude – et mangeaient avec appétit, buvant à la santé de leurs invités à chaque occasion. Je remarquai que Jane mangeait peu et buvait encore moins, mais la famille ne semblait pas s'en formaliser. Elle paraissait distante envers les autres membres de sa famille ; je me dis que ce devait être parce qu'elle ne pouvait pas discuter avec eux des plaisirs de la chasse, n'y ayant pas participé.

Catherine, quant à elle, était au cœur de l'action, et semblait s'amuser beaucoup. J'observai ses yeux brillants à la lueur vacillante des lampes, dont la mèche de jonc commençait à brûler à la fin du jour : à certains moments, elle semblait regarder en bas de l'estrade et me remarquer au fond de la salle. La fois suivante où elle me regarda, je lui souris. Peut-être était-ce le fruit de mon imagination, mais elle parut me sourire en retour, et retint mon regard un instant, comme si elle essayait de me communiquer quelque chose.

Quand je jetai à nouveau un œil à la table d'honneur, elle me regardait encore. Que voulait-elle me signifier ? J'avais remarqué qu'elle avait chevauché très près de moi pendant une bonne partie de la matinée, mais exception faite des quelques occasions apparemment dues au hasard où elle m'avait frôlé alors que nous passions entre deux arbres rapprochés, rien de particulier ne s'était produit entre nous, et nous nous étions à peine adressé la parole.

Tandis que je l'observais, je la vis dire quelque chose à son père, qui regarda en ma direction, puis se tourna vers l'intendant qui se trouvait derrière, lequel me fit tout de suite signe d'approcher. Qu'avait-elle dit ? Qu'avais-je fait de mal ? Nerveusement, je me dégageai tant bien que mal du long banc où nous étions tous entassés et me dirigeai vers la table d'honneur.

Lord Henry me regardait.

— Maître Richard ?

J'acquiesçai d'un signe de tête.

— Lady Catherine que voici a une question pour vous.

Il se tourna vers sa fille, qui prit immédiatement la parole en m'observant de ses grands yeux.

— Sommes-nous bien loin de la mer, ici, maître Richard ?

J'allais répondre, mais Lord Henry la regarda d'un air désapprobateur.

— La mer ? En quoi la mer peut-elle vous intéresser, jeune fille ?

— Père, je suis presque en âge d'être mariée, pourtant je n'ai même jamais vu la mer.

Elle se tourna de nouveau vers moi avec un sourire ravissant, et, tandis que je sentais mes genoux faiblir, s'adressa à moi sans détour.

— Père dit que Bradgate Park est presque le nombril de l'Angleterre ; il se trouve aussi loin de la mer qu'il est possible de l'être dans toutes les directions, et pour cette raison, je ne l'ai jamais vue. Mais j'adorerais voir la mer. On dit qu'elle a une odeur de sel ? Je n'y comprends rien, car le sel n'a pas d'odeur, n'est-ce pas ?

J'étais surpris. Né à seulement trois milles du port de mer de Colyford, et à pas plus de cinq milles du large, à Axemouth j'étais souvent monté à bord des embarcations qui pêchaient dans la baie et qui parfois naviguaient jusqu'aux îles de la Manche. Une fois, on m'avait permis de me joindre à l'équipe d'un vaisseau marchand, transportant de l'étoffe de Kersey et de la dentelle de Honiton, depuis Colyford jusqu'à Anvers. La mer m'était aussi familière que les champs, les haies et les rivières. Comment un habitant de l'Angleterre n'aurait-il jamais pu la voir ? Tout en essayant de me concentrer pendant que j'avais toute l'attention de la famille, je me rendis compte que la rumeur de la salle s'était soudain réduite à un murmure, chacun cherchant à entendre ce que l'on me demandait, et quelle serait ma réponse.

Sitôt que je commençai à parler, je me sentis plus en confiance.

— La mer est très près d'ici, Lady Catherine. Si vous chevauchiez avec moi jusqu'en haut de la colline de Shute, juste derrière la maison, je pourrais vous la montrer. Elle est en effet très salée : on peut même la sentir du sommet de la colline, quand le vent souffle dans la bonne direction. Si j'en avais la permission, je pourrais même vous emmener jusqu'au bord de l'eau, et vous pourriez marcher pieds nus dans l'océan.

En disant cela, je lançai un regard prudent vers Lord Henry, craignant d'avoir dépassé les bornes. Il ne fit aucune réponse, mais se tourna vers Lady Catherine.

— Puis-je aller avec maître Richard pour voir la mer, père ? demanda-t-elle d'un ton animé.

Au même moment, je remarquai une expression fugitive passant sur le visage de la jeune Lady Mary. Que pouvait-elle bien signifier ? Il y avait quelque chose d'étrange dans la figure rabougrie qui se trouvait devant moi, comme si elle était de la famille sans toutefois prendre part à la vie de celle-ci. Mais tandis que j'attendais la réponse de Lord Henry, je compris que la cadette, petite créature négligée, profitait pleinement du peu d'attention qu'on lui portait ; ses yeux de corbeau étaient de nouveau à l'affût, épiant et considérant chaque morceau de conversation qui passait au-dessus de sa tête. Elle me mettait mal à l'aise.

— Je ne te laisserai pas aller seule.

Lady Frances avait prononcé son décret d'une voix forte. Elle semblait pleinement consciente d'avoir tous les regards de l'assemblée fixés sur elle, et toutes les oreilles guettaient à présent la suite de sa réponse.

— Ce ne serait pas convenable.

Catherine se mit à protester, mais sa mère, se penchant vers elle, non loin de moi, poursuivit à voix basse :

— Tu pourras peut-être chevaucher jusqu'à la mer demain matin avec maître Richard, Catherine, du moment que tes deux sœurs vous accompagnent ; mais nous n'en déciderons pas ici. Nous en discuterons plus tard.

Elle leva les yeux et me fit signe de retourner à ma place à la table d'en bas. Manifestement, il n'y avait qu'une seule personne chez les Grey qui prenait les décisions, et ce n'était pas Lord Henry.

En leur tournant le dos pour reprendre ma place, mon cœur se serra. Il était difficile d'imaginer Lady Jane, dans toute son austérité, capable de monter à cheval ; et mes chances d'avoir une conversation privée avec Catherine seraient certainement très limitées si Yeux-de-Corbeau était là pour nous épier à chaque instant.

Tandis que je descendais de l'estrade, Lady Jane s'immisça dans la conversation. Je m'arrêtai pour tourner la tête. Elle s'adressa à moi :

— J'aimerais beaucoup me joindre à vous, maître Richard, mais en tant qu'invitée, non en indésirable chaperon de ma sœur.

Je la regardai, surpris. C'était la première fois qu'elle reconnaissait mon existence : la première fois, en fait, qu'elle m'adressait la parole. J'inclinai la tête en manière de consentement, tout en me demandant si c'était la bonne chose à faire.

— Assez. C'est d'accord, vous irez demain. Nous discuterons des détails plus tard.

Lady Frances siffla sa décision à la famille : la participation de Mary semblait acquise, car personne n'attendit sa réponse. Lord Henry s'enfonça impassiblement dans son siège, et je me hâtai de regagner ma place à l'autre bout de la salle. La maîtresse avait parlé et il appartenait à tous de lui obéir – y compris son mari, apparemment.

Plus tard dans la soirée, quand les invités furent partis, je reçus un message me confirmant le voyage à la mer pour le lendemain matin et me chargeant des préparatifs nécessaires. On me dit qu'il nous fallait partir tôt, afin d'être revenus à temps pour un dîner familial tardif, à deux heures.

Je me rendis immédiatement aux écuries et commençai d'apprêter les chevaux pour la sortie. J'étais content de partir de bonne heure, car le vent avait l'habitude de souffler vers le large durant les premières heures de la journée, ce qui nous permettrait, avec un peu de chance, de faire l'aller-retour à Axemouth en évitant d'être surpris par la pluie qui s'annonçait pour le lendemain.

J'aidais un jeune valet d'écurie à brosser Matilda, le palefroi de Lady Jane. Elle m'avait dit qu'elle s'appelait Matilda parce qu'elle était « sainte entre tous les saints » ; mais la bête ne se montrait pas digne de son nom. Sa docilité était rudement mise à l'épreuve par Jack, mon étalon, qui soufflait bruyamment et mordait sa crèche dans la stalle voisine. Je souris intérieurement. Si Matilda entrait en chaleur, les filles auraient peut-être demain une meilleure occasion de s'éduquer qu'elles ne l'avaient escompté.

— Votre étalon semble s'être entiché de Mattie. Jane en verra de toutes les couleurs demain matin si vous le laissez faire à sa tête. Voilà qui pourrait lui faire perdre son flegme habituel.

Je me retournai pour voir Lady Mary assise sur un baril renversé, balançant ses petites jambes dans les airs en me lorgnant de ses yeux noirs. Il y avait quelque chose d'étrange chez cette enfant. Elle semblait démontrer une compréhension du monde adulte qui n'était pas de son âge. Je lui souris avec prudence, n'osant pas lui faire confiance pour un sou.

— J'ai préparé votre poney, Lady Mary. Je présume que vous serez des nôtres demain matin ?

— Ah, vous aussi, répondit-elle. Tout le monde présume. Personne ne me demande jamais rien. Ne faites pas attention à la naine. Elle ne compte pas. Je sais que je n'ai que six ans et que je ne serai jamais aussi grande que Cat, mais je ne suis pas idiote. Je suis une personne à part entière, qui voit, qui sent et qui comprend tout.

Je restai interloqué, car je ne m'attendais pas à une réponse aussi incisive.

— Je m'excuse si je vous ai négligée, Madame. Il fallait préparer les chevaux afin de partir de bonne heure, et je n'ai pas manqué de vous consulter sitôt que l'occasion s'est présentée.

Mary se leva, puis, évitant soigneusement les pattes de derrière du palefroi, elle se dirigea vers moi et posa la main sur mon bras. Elle me sourit. C'était la première fois que je la voyais sourire.

— Vous l'avez fait, et je ne vous réprimande pas. Pouvons-nous être amis ? Vous verrez bien vite que cette famille qui est la nôtre n'est pas une famille ordinaire. Jane, Cat et moi appartenons à la lignée des Tudor, nous sommes toutes trois des descendantes directes du roi Henri VII par trois générations du côté de ma mère. Mère dit que sa lignée nous vaut des aptitudes et des responsabilités particulières. Jane possède beaucoup des deux. Elle est extrêmement intelligente – d'aucuns disent qu'elle l'est davantage que notre cousine, la princesse Élizabeth (bien qu'Élizabeth soit plus âgée) – et comme elle est l'aînée, Jane a hérité de la plupart des responsabilités.

Je ne comprenais pas.

— Quel âge a Lady Jane ? Elle a l'air plus jeune que Lady Catherine.

Mary rit.

— Je sais. Vous les avez confondues au départ, n'est-ce pas ? J'avais remarqué. Tout le monde commet cette erreur, car Catherine est plus grande et semble plus âgée. Jane aura quatorze ans en octobre mais Cat en a seulement onze. Onze ans bien avancés néanmoins.

Elle accompagna cette dernière phrase d'un haussement de ses sourcils noirs et d'un regard entendu qui n'était pas du tout de son âge.

— Lady Catherine a dit au dîner qu'elle était presque en âge de se marier.

— Tout à fait. Je vous disais que tout est différent pour nous. J'imagine que vous attendrez d'avoir vingt ans ou à peu près, et un revenu stable, avant de vous marier. Mère dit que c'est ce que font la plupart des hommes ordinaires. Notre mariage – peut-être pas le mien, mais sûrement celui de Jane et de Cat – sera arrangé pour nous, au cours des deux ou trois années qui viennent, dans la poursuite du pouvoir et de la richesse, et nous n'aurons pas un mot à dire. Alors, si vous entreteniez envers Cat des idées comme celles que votre étalon semble avoir à l'égard de Mattie, vous feriez mieux de les oublier tout de suite.

N'en croyant pas mes oreilles, je me sentis rougir, honteux d'avoir été percé à jour par une simple enfant.

— Je n'ai jamais eu d'idées semblables.

Mary eut un petit sourire narquois.

— Peut-être pas, ou du moins pas encore, mais écoutez-moi bien, et souvenez-vous de ce que je dis. Cat aime courtiser, c'est une imprudente. Elle a l'œil sur vous, je le vois bien. Jane dit que c'est une terrible allumeuse, mais en bout de ligne, soyez-en sûr, elle obéira à nos parents et se mariera selon leurs vœux.

Je me surpris à acquiescer, hochant la tête en signe d'approbation, même si, en mon for intérieur, je ne savais plus quoi penser. Mary avait-elle raison ? Lady Catherine, une dame de sang noble, s'intéressait-elle à moi ? Pour quelqu'un de si jeune, Mary paraissait certainement bien au courant ce qui se passait. Peut-être qu'à cause de sa maladie, ses sœurs ne la considéraient pas comme une menace, ou une rivale, et croyaient ainsi pouvoir se confier à elle.

Apparemment satisfaite de ma réaction, Mary se leva pour sortir, caressant le flanc de Mattie au passage. La bête roula des yeux et piaffa. Dans la stalle voisine, Jack s'ébroua en retour. Comme par accident, Mary m'effleura la jambe en sortant de la stalle. Elle se retourna pour me regarder.

— Je n'abandonnerais pas, si j'étais vous. Elle pourrait prendre plaisir à une ou deux aventures avant le jour de son mariage. On ne sait jamais !

Avant que j'aie pu lui répondre, elle avait quitté l'écurie, dispersant les poulets en passant dans la cour.

# Chapitre 3

## 19 avril 1551
## Vallée de l'Axe, dans le Devon

L'aube venait tout juste de poindre lorsque, dans un claquement de sabots, nous sortîmes de la cour de Shute House et contournâmes l'église Saint-Michel avant d'entreprendre l'ascension de la colline. Nous chevauchions au milieu de nuages bas. Une sorte de frimas glacé tourbillonnait autour de nous de telle manière que la crinière des chevaux ainsi que notre propre chevelure brillaient comme des toiles d'araignée couvertes de givre.

Mary et Jane étaient silencieuses. Le sommeil marquait encore les yeux de Mary, mais Jane dégageait le calme tranquille d'une nonne tandis que nous nous éloignions de la maison et de l'influence de leurs parents. Catherine chevauchait à mes côtés, le regard à la fois ensommeillé et attentif. « Celui d'une jeune mariée qui s'éveille ? » me demandai-je. Mon esprit s'affolait chaque fois qu'elle me regardait.

— À quoi ressemble la mer, Richard ? Est-elle d'une violence terrifiante, comme les eaux d'un torrent ? Jusqu'où s'étend-elle ?

C'était ma chance de montrer ce que je savais.

— Elle s'étend à perte de vue, jusqu'à l'horizon et même plus loin encore. En prenant la mer sur un navire, on peut perdre complètement les terres de vue, et naviguer à l'estime avec un compas, ou en s'aidant des étoiles. Parfois, quand le vent souffle fort, il crée d'immenses vagues, deux fois plus grandes qu'un homme, qui s'écrasent sur le rivage. Mais par temps calme, ses eaux soupirantes sont pareilles à celles d'un lac, montant et baissant deux fois par jour, si bien que les plages disparaissent et reparaissent, et les havres s'emplissent et se vident.

— Pourquoi fait-elle cela ?

Je haussai les épaules, car en vérité, je ne le savais pas très bien moi-même.

— On dit que c'est la volonté de Dieu ; mais les pêcheurs affirment que la marée suit le cours de la lune. Une chose est sûre, les marées varient en hauteur selon que la lune est croissante ou décroissante. On peut l'observer chaque mois.

À cet instant précis, nous arrivâmes au sommet de l'épaulement, et une vue s'ouvrit progressivement en contre-bas sur notre droite. Comme nous quittions le couvert des arbres, une dernière bouffée de vent fit lever le brouillard autour de nous ; le soleil perça au travers, et, comme si une fenêtre venait de s'ouvrir, un paysage splendide se déploya devant nos yeux. J'avais dû le voir des milliers de fois, mais il n'avait jamais cessé de me plaire.

La vallée de l'Axe s'étendait en bas : Colyford en amont de l'estuaire, et le village d'Axemouth non loin des marais, sur la rive gauche du fleuve. Au-delà, la mer étincelait au soleil et nous nous arrêtâmes pour admirer le panorama. Les trois sœurs en eurent le souffle coupé.

— Descendons à sa rencontre, j'ai envie de la toucher, s'écria Mary en se dressant sur ses étriers le plus haut qu'elle le pouvait.

— Passez donc la première, lui dis-je. La route est bonne, mais un peu boueuse après la pluie. Prenez votre temps, Lady Mary.

Mary s'engagea avec excitation dans la vallée du fleuve, suivie de près par Jane. Tandis qu'elles allaient de l'avant au petit galop, je marquai une pause, puis comme je m'apprêtai à éperonner Jack, Catherine posa sa main sur mon bras.

— Une minute, Richard. J'ai un caillou dans ma botte. Pouvez-vous m'aider à descendre ?

Je ramenai Jack vers la clairière et descendis du cheval, puis j'attachai ses rênes à une branche. Comme je tendais les bras vers Catherine, elle passa la jambe par-dessus le pommeau de la selle et se laissa glisser vers moi. Je ne sais toujours pas ce qui se passa ensuite, mais sa robe dut se prendre dans le pommeau. Je tentai de la retenir, mais elle continua de glisser. Soudain, mes mains se retrouvèrent en dessous de sa robe et sous ses bras, et elle fut bientôt nue devant moi, sans rien pour ménager sa pudeur entre le haut de ses bottes et la frange de sa robe, à présent complètement relevée à la hauteur de sa tête.

Je ne savais plus où regarder ni que faire, mais en sentant que je lâchais prise, elle s'écria à travers l'étoffe de la robe :

— Ne me lâchez pas, Richard, je vais suffoquer. Libérez cette maudite robe du pommeau de selle avant que je meure étouffée !

Au même moment, le problème se résolut de lui-même puisque la robe se déchira avec grand bruit, en nous propulsant tous deux sur le sol de la forêt. Je me retrouvai couché sur le dos, Catherine sur moi, nos corps pressés l'un contre l'autre, son visage encore masqué par la robe qui recouvrait à présent ma tête. Elle ne fit aucun effort pour se soulever, mais resta couchée sur moi, haletante, tandis que je ramenai son lourd vêtement vers le bas, jusqu'à ce que je puisse voir son visage. Je croyais la trouver embarrassée, ou même apeurée, mais je n'aurais pas pu me tromper plus lourdement. Son visage était rouge d'excitation, et elle fit mine de replacer sa robe, découvrant ainsi mon visage, mais prenant soin de garder mes mains et mon corps bien à l'intérieur.

— Zut! Ce n'était pas censé arriver, gloussa-t-elle tout contre moi, hors d'haleine, son visage plus près du mien qu'il ne l'avait jamais été.

Elle me regarda profondément dans les yeux, d'un regard confiant et complice.

— Eh bien, Monsieur, qu'allez-vous faire de moi maintenant? Car je crains d'être complètement à votre merci!

Tout en disant cela, elle pressa les hanches contre mon corps. Instinctivement, je la saisis par le creux des reins et la serrai contre moi.

Je pouvais sentir le doux parfum de son haleine tandis qu'elle remuait tout contre moi. Elle m'embrassa une fois, puis une autre, plus goulûment; et je la serrai encore plus fort et l'embrassai à mon tour. Je commençai à la toucher et je la sentis aussitôt répondre. Ce n'était pas la première fille que je caressais de la sorte, et je sus, à ma grande excitation, qu'elle me laisserait la prendre. Je commençai à la faire basculer sur le dos, mais comme nous roulions l'un sur l'autre et qu'elle cambrait les reins avec avidité, quelque chose – je ne sais pas quoi – me mit sur mes gardes.

Elle sentit en moi ce changement et se raidit à son tour.

— Qu'y a-t-il?

J'eus un mouvement de recul. C'était ce dont j'avais rêvé la nuit précédente, mais tandis que le rêve devenait réalité, je savais que ce que nous faisions était mal, et soudain j'avais peur. C'était la première fois que je touchais à une femme de qualité, que je pouvais palper sa chair, et mes doigts brûlaient à ce contact.

J'essayai de la laisser, mais elle s'accrocha à mon épaule, m'offrant ses lèvres en signe d'invitation.

— Non ! N'arrête pas ! Pas encore. Reste près de moi encore un peu, Richard. Touche-moi. Touche-moi ici.

Elle me prit la main et la plaça entre ses jambes.

Cela ne servait à rien. Le charme était rompu, et instinctivement, je reculai.

Son humeur changea en un instant. Elle rejeta la tête en arrière et me lança un regard furieux, mine renfrognée. Sa voix, si passionnée, si invitante quelques secondes auparavant, était devenue froide et haineuse.

— Qu'est-ce qu'il y a ? Ne suis-je pas attirante ? Pas assez femme pour toi ?

J'étais bouleversé. Ce n'était pas supposé se passer ainsi. Le rêve tournait au cauchemar. Lentement, avec hésitation, j'essayai de l'embrasser, mais ses lèvres restaient froides et dures. J'essayai de m'expliquer.

— Bien sûr, Catherine. Tu es une très jolie femme, tu le sais. Mais ce n'est pas ainsi que les choses doivent se passer.

Doucement, je me retirai et j'essayai de replacer la robe convenablement autour de sa taille, de manière aussi confortable que le permettait la longue déchirure. Elle cessa de me quereller et se calma, puis s'allongea de nouveau contre moi pendant un instant encore, en me fixant du regard, comme pour sonder mes pensées. Je la regardai profondément dans les yeux à mon tour, avec toute la sincérité dont je pouvais faire preuve.

— Dieu nous garde, mais qu'est-ce que tout cela ? Il semble bien que le rôle de chaperon me soit échu, après tout !

Nous levâmes les yeux. Un peu plus loin, Lady Jane nous regardait du haut de son palefroi.

Immédiatement, Catherine tenta de minimiser l'affaire.

— Holà, ma sœur! J'avais un caillou dans ma botte et Richard m'a aidée à le faire sortir.

La faiblesse de l'excuse arracha un sourire moqueur à Lady Jane.

— Lui était-il nécessaire, pour ce faire, de grimper lui-même dans ta botte, sans même que tu l'enlèves au préalable?

Elle tourna bride.

— Viens, Mary. Notre sœur semble littéralement en de bonnes mains. À l'évidence, il nous faudra poursuivre notre excursion dans la solitude.

Craignant pour ma vie, car les sœurs étaient de sang royal et ce que j'avais été surpris à faire était passible de pendaison, je me tournai vers Catherine.

— Que faire, à présent?

— Remonter en selle, bien entendu. Qu'y a-t-il d'autre à faire? On dirait bien que j'ai perdu l'envie et toi, ta chance.

— Et Lady Jane?

— Bah, ne t'inquiète pas à son sujet. Elle est peut-être dévote, et complètement indifférente aux hommes, mais elle a ses raisons et elle ne dira rien. C'est après tout ma sœur bien-aimée, et bien que nous soyons différentes sous bien des aspects, il existe entre nous un pacte tacite qui rend plus supportable notre difficile existence.

Je l'aidai à se relever, à défroisser sa robe du mieux que je le pus, puis à se remettre en selle avant de remonter moi-même. Nous chevauchâmes en silence, Catherine me regardant de la même façon qu'elle l'avait fait au dîner.

Je la suivis sur le chemin abrupt descendant vers la mer, et la regardai balancer les reins en réponse aux soubresauts de la monture, tout en me demandant qui elle était vraiment. Elle ferait sans aucun doute une merveilleuse maîtresse, mais ferait-elle une épouse aimante et loyale ? Ses humeurs semblaient si changeantes qu'il était difficile de saisir la véritable Catherine ; mais malgré toute l'appréhension qui continuait de me hanter à mesure que nous avancions, je savais que je voulais rester près d'elle pour la découvrir – et, si elle me le permettait, me découvrir à elle.

Nous rejoignîmes les autres au bas de la colline, et personne ne dit plus rien sur ce qui s'était (ou ne s'était pas) passé dans la clairière. La pluie des semaines précédentes pénétrait encore les terres détrempées quand nous contournâmes le village de Whitford et franchîmes le gué vers Musbury. Puis nous nous dirigeâmes de nouveau vers la mer, longeant la rive gauche du fleuve qui allait s'élargissant vers son estuaire. Quand nous fûmes parvenus à Colyford, la marée avait déjà commencé à baisser, mais les quelques embarcations amarrées en aval du fleuve continuaient de flotter sur les eaux boueuses de l'estuaire.

L'humeur de Catherine semblait avoir changé de nouveau : elle était anormalement silencieuse, et ne cessait de m'observer de *ce regard-là*, tandis que Mary paraissait avoir retrouvé son rôle d'invisible. Je fus donc soulagé lorsque Jane laissa trotter sa monture au rythme de la mienne pour chevaucher à mes côtés le temps d'une conversation polie, tandis que nous avancions dans l'ombre de Boshill et traversions le village d'Axemouth, avant d'arriver enfin à la plage rocailleuse sous les falaises de Haven Cliff.

À ma grande surprise, en l'absence de ses parents, Jane était complètement différente. Elle était plus détendue, et se mit même à chanter d'une voix haute et claire, tandis que nos chevaux longeaient le flanc de la falaise et que le soleil, pour la première fois en ce début de matinée, inondait nos visages de ses plus chauds rayons.

Dieu merci, le concours du soleil, de la voix de Jane et de notre arrivée à la mer sembla rendre à Catherine toute sa bonne humeur, et elle descendit elle-même de cheval (avec plus d'adresse, cette fois-ci) en haut de la plage caillouteuse qui descendait en pente raide. Les chevaux n'aimaient pas la surface instable des galets ; je les attachai donc aux arbres rabougris, et Catherine et Mary descendirent à pied sur la plage, à la rencontre de la mer.

Catherine se retourna pour me regarder, toujours souriante. Elle semblait m'avoir pardonné.

— Je n'en crois pas mes yeux tellement c'est magnifique ! s'écria-t-elle en s'asseyant délicatement sur le sol pierreux.

Elle regarda vers le large, et à ce moment-là, une embarcation de pêche passa l'embouchure de l'estuaire et s'avança dans la baie. D'un geste de la main, elle fit signe aux pêcheurs, qui semblèrent surpris de trouver pareil ornement sur leur plage, et lui donnèrent un coup de chapeau en retour. Catherine les regarda quitter l'estuaire, portés à vive allure par la brise rafraîchissante du matin ; puis elle se retourna et nous fit signe de la main, à Jane et à moi, assis en haut, sur la crête du rivage.

À mes côtés, Jane semblait tout aussi surprise et stupéfaite.

— La mer est tout simplement immense, beaucoup plus vaste que je n'aurais pu le croire. Et les vagues… Je suis envoûtée.

Je souris. J'étais moi aussi envoûté, mais pas par la plage d'Axemouth ni par la mer au-delà. La source de mon enchantement, à ce moment-là, pataugeait dans la mer de manière précautionneuse, essayant de protéger sa robe de l'assaut des vagues, et retenant son souffle chaque fois que l'une d'entre elles inondait ses chevilles d'un déferlement d'eau froide.

Allongé sur la plage, appuyé sur mes coudes, devant Catherine et Mary qui s'amusaient au bord de l'eau, je tentai de rassembler mes idées. Mis à part le fait que je n'avais pas su répondre aux avances de Catherine, la journée s'annonçait réussie : notre départ matinal avait été récompensé et la mer avait surpassé toutes les attentes. Mais une pensée me revenait continuellement à l'esprit. Malgré l'assurance de Catherine, je craignais encore que l'une d'entre elles raconte l'incident de la forêt à notre retour… Mais lorsque je vis les deux sœurs s'aventurant dans les eaux plus profondes pour revenir de plus belle, poussant de grands éclats de rire à l'arrivée de la prochaine vague, ainsi que Jane, tranquillement assise à mes côtés, les yeux fermés, baignant dans la chaleur du soleil matinal et visiblement perdue dans le bruissement des vagues, ma brève rencontre avec Catherine paraissait déjà oubliée.

Mais *moi*, je ne pouvais pas l'oublier. J'éprouvais toujours l'ardent désir de son corps tandis qu'elle cambrait les reins et se pressait contre moi. Certes, je n'avais pas manqué de batifoler dans l'herbe avec bon nombre de jeunes paysannes (la plupart d'entre elles, il faut l'admettre, beaucoup plus plantureuses que Catherine) et encouragé par le cidre de la ferme, fait l'amour à quelques-unes d'entre elles, plutôt maladroitement. Mais ce matin-là, c'était autre chose. Catherine était différente. Je sentais encore la tension de ses membres lorsqu'elle me serrait, l'insistance de son regard avant qu'elle m'embrasse. Et je me rappelais aussi, avec une netteté qui me fendait le cœur, l'air profondément blessé qui était apparu sur son visage lorsque j'avais changé d'avis et que je m'étais dérobé.

J'avais agi instinctivement, et ce faisant, négligé de prendre ses sentiments en considération. Sur le moment, je m'étais dit qu'elle serait soulagée que la situation n'ait pas dérapé – que je n'aie pas bassement profité de ce malheureux accident (si tel était le cas). Puis j'ai cru qu'elle allait pleurer – sans bien savoir si elle était gênée, ou si elle se sentait rejetée.

Mais elle n'avait eu aucune de ces réactions. Au lieu de cela, elle avait repris la maîtrise d'elle-même, s'était renfrognée, et m'avait regardé d'un air froidement calculateur qui, rien qu'à y songer, me mettait encore mal à l'aise.

Pendant un instant, je craignis qu'elle cherche à se venger. Si elle le faisait, je savais que c'en était fait de moi. Une accusation de mauvaise conduite, avec quelque fille que ce soit, serait déjà bien assez grave, mais elle le serait d'autant plus s'il s'agissait d'une jeune lady de sang royal – très jeune, même. Et si ces allégations émanaient du marquis et de la marquise de Dorset, je serais certainement pendu.

— Viens, Jane. Venez, Richard. Venez vous joindre à nous. Mais prenez garde : l'eau est glaciale !

Catherine nous faisait signe.

Je regardai Jane, l'invitant à venir retrouver les autres, mais elle refusa avec un sourire.

— Je suis très bien ici, Richard. Allez donc avec mes sœurs. Ne vous inquiétez pas pour moi.

Sans enlever mes grandes bottes de cavalier, je marchai jusqu'au bord de l'eau et sourit aux deux jeunes filles, qui s'aspergeaient d'eau de mer en riant aux éclats. Je regardai Catherine, encore incertain de ce qu'il adviendrait de nous après ce moment d'intimité, tout en espérant un dénouement heureux. Elle rencontra mes yeux et me fixa. Pendant un court instant, elle demeura sérieuse, et me dévisagea d'un air que je n'arrivais pas à interpréter, mais qui néanmoins me retourna jusqu'au plus profond des entrailles.

L'instant passa, et Catherine s'intéressa à l'autre côté de l'embouchure du fleuve, le long de la plage, vers le petit village de pêcheurs de Seaton. Elle pointa quelque chose du doigt.

— Regardez! Que voit-on là-bas, qui brille si merveilleusement au soleil?

Jane et moi suivirent son regard tandis que Mary, laissant là son petit jeu, sortit de l'eau et gagna les pierres sèches pour voir ce qui avait retenu l'attention de Catherine. Au moins, j'aurais l'occasion de leur montrer ce que je savais de mon propre pays.

— Ce sont les falaises de Beer. Des murs de craie de cent pieds de haut. Il y a derrière la colline une carrière où, depuis l'époque des Romains, on taille de la pierre pour les maisons, et les cheminées…

Mes mots s'égarèrent soudain quand je vis, portant le regard au-delà de Beer, l'ampleur de la tempête qui fonçait sur nous. Les nuages, empourprés et sombres, portaient en leur sein un véritable déluge. Les choses s'annonçaient bien mal. Ces tempêtes, en avril, pouvaient s'abattre soudainement sur notre vallée avec une violence terrifiante. J'étais à présent plus inquiet que je ne l'avais encore été ce matin-là.

— Dépêchons-nous, Mesdames, il faut rentrer. Voyez cette tempête qui approche.

Comme les deux plus jeunes sœurs enfilaient leurs bottes et se précipitaient vers leurs montures, j'aidai Lady Jane à monter en selle et observai de nouveau la tempête imminente. Elle semblait encore pire que ce que j'avais cru au départ: une tempête immense, en vérité. Déjà, elle noyait les terres vallonnées situées derrière Beer, qui avait complètement disparu sous l'averse. Je sentais le vent s'intensifier d'un instant à l'autre : bientôt elle s'abattrait sur nous.

Le retour à la maison allait être difficile. Après un long hiver pluvieux et de récentes averses, le sol ne pouvait plus absorber d'eau supplémentaire ; celle-ci n'avait plus qu'un seul chemin à prendre, celui des rivières, et nous devions passer à gué la plus large d'entre elles pour rentrer à Shute. Il y avait deux gués sur le fleuve, l'un à Whitford, où nous étions passés plus tôt, et l'autre à Colyford, qui était en aval et donc potentiellement plus profond, mais plus proche. Il était peut-être plus sûr de traverser à Colyford, avant que le fleuve soit trop gonflé. C'était un coup de dés, mais quelle que fût ma décision, une chose était certaine : la chevauchée allait être éprouvante.

Il était surprenant de constater à quel point le mauvais temps avait joué sur le moral de notre petite expédition. Personne ne riait ni ne parlait plus quand nous traversâmes le village d'Axemouth avec grand fracas et remontâmes la rive du fleuve qui s'enflait rapidement, en direction de Colyford ; le vent et la pluie nous frappaient de plein fouet sur les rives dégarnies de l'estuaire. Même si je connaissais le chemin comme ma poche, il m'était quasiment impossible de suivre le sentier, car nous chevauchions directement contre le vent, qui s'engouffrait alors dans la vallée avec toujours plus de force.

Hors d'haleine et trempés jusqu'aux os, nous arrivâmes enfin au gué. Le courant était fort et les eaux montaient rapidement. Il me fallait prendre une décision, et vite. Il était impossible de faire le grand détour, et il n'y avait de toute manière aucun abri de ce côté du fleuve. Nous n'avions pas le choix : il fallait traverser ce gué et le faire immédiatement.

À la vue des eaux agitées et boueuses, les sœurs parurent inquiètes, et je craignais qu'elles ne se décident jamais à traverser. Enfin, je résolus de les faire passer une à la fois. Jack savait se maintenir dans l'eau et serait en mesure de choisir le chemin le plus sûr pour franchir le torrent, qui montait désormais à la taille d'un homme et se déversait à une allure terrifiante : sans monture, le passage était déjà impraticable.

Mary semblait nerveuse et je choisis de la faire passer en premier. Son poney de New Forest, Rufus, était le plus petit des trois, et même à ce stade, ce serait difficile. Si l'eau montait encore plus, il ne pourrait plus toucher le fond, et je ne voulais pas imaginer ce qui se passerait si la petite Mary devait maîtriser un cheval apeuré et contraint à nager.

Je tentai de prendre un air brave, saisis la bride du poney dans la main gauche et le menai dans l'eau, qui montait désormais jusqu'au ventre de Jack et faisait une puissante vague sur son flanc droit. Cela créait une sorte de remous peu profond à sa gauche : si j'arrivais à maintenir le poney à cet endroit, il serait quelque peu à l'abri du courant. Ce stratagème fonctionna et le petit poney, Mary accrochée à sa bride et à sa crinière, passa de l'autre côté sans un seul faux pas.

Je conduisis Mary et son poney derrière un rocher qui les protégerait un peu des éléments, puis je retournai chercher Jane, dont la monture se tenait nerveusement au bord de l'eau. Une fois de plus, le stratagème réussit, et Jane chercha bientôt toute la sécurité qu'elle pouvait trouver aux côtés de Mary derrière le rocher.

Je revins sur mes pas une fois encore, mais comme je traversais le fleuve pour une quatrième fois, je remarquai que l'eau avait déjà monté d'un pied depuis le premier passage à gué. Rejoignant Catherine, je lui criai de bien se tenir, car cette fois les chevaux allaient peut-être perdre pied et devoir traverser le milieu du fleuve à la nage.

— Je vais bien, Richard. Mettons tout de suite fin à ce cauchemar.

Même en haussant le ton, sa voix était à peine perceptible dans le hurlement du vent.

J'utilisai de nouveau la carrure et la force de Jack pour créer une sorte d'abri qui permettrait au petit cheval de Catherine de toucher le fond. Nous avions presque rejoint l'autre rive lorsqu'une rafale de vent nous frappa soudainement. Bien qu'imprégnée d'eau de pluie, la robe de Catherine battit violemment sous l'action du vent et son cheval paniqua immédiatement. Il plongea vers l'autre rive et Catherine, disparue sous les replis de sa robe, fut jetée de sa selle. Un instant plus tard, elle était emportée par le courant. Déjà loin de moi, elle s'éloignait rapidement.

Il n'y avait qu'une seule chose à faire. Le cheval de Catherine avait atteint l'autre rive et marchait à la rencontre de ses pairs. Il y serait en sécurité. Il fallait sauver Catherine avec l'aide de Jack. Regardant en aval du fleuve, je me souvins d'un long coude quelques centaines de pieds plus bas. Jack et moi devions gagner la rive sablonneuse à l'intérieur du coude. Avec de la chance, nous pourrions l'attraper à cet endroit. Je fis virer Jack et regagnai la rive, le lançai au galop, et aveuglé par la pluie battante, traversai la plaine en l'espace de quelques secondes. Une haie basse nous séparait de la rive la plus proche du coude. Dieu sait comment il put l'apercevoir dans la tempête, mais Jack la franchit d'un bond à l'aveuglette, retomba sur la rive boueuse, glissa, puis reprit son équilibre, et ensemble nous finîmes par nous arrêter juste au bord des eaux torrentielles.

La rive de sable était recouverte d'eau, mais nous y plongeâmes, juste au moment où Catherine apparaissait au détour du fleuve. Prenant un risque, j'emmenai Jack aussi loin que je l'osai, et, me penchant sur la selle, j'attrapai le capuchon de la robe de Catherine au moment où elle passait devant moi. Je tirai la bride de la main gauche et serrai fortement les cuisses de Jack.

— Demi-tour, Jack! Arrière, je dis!

Jack se recula avec effort jusqu'aux eaux moins profondes, puis sur la rive pierreuse où, en des jours plus calmes, le bétail allait à la rivière pour s'abreuver. Sitôt que nous eûmes retrouvé les eaux peu profondes, je descendis de cheval pour ramener Catherine vers moi, enlevant frénétiquement le tissu détrempé qui l'étouffait. Elle était livide. Pendant un instant, je fus certain qu'elle était morte. Puis, à mon grand soulagement, elle toussa et cracha violemment.

— Que cette eau est infecte!

Elle leva les yeux vers moi.

— Oh, Richard! Dieu merci! J'ai cru que c'en était fait de moi!

Je tremblais de soulagement.

— Ça va, Catherine?

— Emmène-moi à la maison, Richard. Je suis trempée et je meurs de froid. Emmène-moi à la maison, de grâce.

Je la portai dans mes bras jusqu'aux chevaux frissonnants et aux sœurs soulagées. Avec l'aide de Jane, je la montai en selle, et malgré le froid et l'épuisement qui l'accablaient, elle trouva moyen de me sourire.

— Merci, Richard… merci, murmura-t-elle dans un dernier souffle.

Ce fut un cortège pitoyable qui arriva enfin dans la cour de Shute House, une longue heure plus tard. Lady Frances se tenait dans l'entrée et ne tarda pas à prendre les choses en main, entraînant ses filles à l'intérieur et réclamant à grands cris des couvertures, de l'eau-de-vie et des boissons chaudes.

Puis elle se tourna vers moi, qui me tenais dans la cour, trempé jusqu'à la moelle, retenant par la bride quatre chevaux tout aussi mouillés.

— Allez, ouste ! Vous avez fait assez de mal, jeune homme. Occupez-vous des chevaux. C'est tout ce à quoi vous êtes bon.

Presque reconnaissant, je conduisis les chevaux aux écuries. Je ne m'attendais pas à des remerciements.

# Chapitre 4

# 20 avril 1551
# Shute House

La pluie cessa enfin le jour suivant, en milieu de matinée. Je m'étais levé de bonne heure et, comme d'habitude, je faisais ma ronde auprès des chevaux. On pouvait normalement compter sur les valets d'écurie pour s'occuper quotidiennement des chevaux actifs ; mais j'aimais vérifier chaque animal au moins une fois par semaine. John Deyman avait également décidé que, pour la durée du séjour du marquis, de sa femme et de ses filles à Shute, je devrais m'occuper de leurs chevaux personnellement. J'avais accepté, espérant ainsi avoir la chance de parler à Catherine. Jusque-là, mon plan semblait fonctionner, même s'il m'avait mis dans une fâcheuse posture, au sens propre comme au figuré.

J'examinai consciencieusement les chevaux. Matilda, le poney de Jane, Rufus, celui de Mary, et Dobby, celui de Catherine, ne semblaient pas avoir souffert des péripéties de la veille, mais Jack s'était ouvert une patte assez sérieusement, peut-être en se retirant des eaux du fleuve, et je passai quelque temps à nettoyer la blessure tout en y appliquant un cataplasme d'herbes écrasées, avant de poursuivre ma ronde.

Sur le coup de midi, peu avant le dîner, j'en étais à vérifier les provisions de nourriture dans les écuries du manoir, quand Will, un jeune serviteur, vint me trouver.

— Qu'est-ce qu'il y a, Will ? demandai-je lorsque le jeune garçon entra en trombe dans l'écurie, les yeux écarquillés.

— Maître Richard, vous êtes demandé à l'instant au manoir. Sa Seigneurie et ces dames vous y attendent d'urgence. L'intendant s'y trouve aussi. Ça semble très sérieux. Qu'est-ce qui se passe, maître Richard ? On m'a chargé de vous trouver sous peine de mort.

Je lui souris et, d'un geste amical, lui donnai une petite tape sur la tête ; mais en même temps je sentis mes entrailles se tordre à l'intérieur.

— Ne t'inquiète pas, Will. Tout va bien. Une question d'administration, rien de plus, j'en suis certain. La famille mène une vie bien remplie et il y a toujours beaucoup à faire. Je vais me laver les mains et me présenter immédiatement. Dis-leur que j'arrive tout de suite.

Will sembla soulagé, et le visage rouge jusqu'aux oreilles, se précipita à travers l'embrasure de la porte, traversant la cour jusqu'au manoir de l'autre côté. J'allai jusqu'à l'abreuvoir pour me laver les mains et le visage. Lequel des événements d'hier serait à l'origine de ce châtiment ? Car il y aurait certainement un châtiment à l'issue de cette inquisition… Tout en m'essuyant la figure sur un pan de ma chemise, je priai pour que mon chef d'accusation soit pour le crime le moins grave : celui d'avoir exposé les filles à un risque en les faisant traverser un fleuve en crue. L'une des trois avait-elle mentionné mon aventure avec Catherine ? Leur mère avait-elle remarqué la déchirure de sa robe, et si oui, comment l'avait-on expliquée ?

Quand je fus sur le point de franchir le seuil du manoir, je m'arrêtai pour jeter un regard vers le ciel, de plus en plus dégagé. Je respirai profondément l'air frais du Devon. Cette journée serait-elle la dernière que je passerais en homme libre ? Serais-je, avant que le soleil s'enfonce dans le soir, un homme condamné ? Je frissonnai, respirai une dernière fois l'air du dehors, puis j'entrai au manoir.

⤳

— Maître Richard Stocker, annonça l'intendant lorsque j'entrai dans la grand-salle.

La grande table n'avait pas encore été mise pour le dîner, et tous les membres de la famille étaient assis en face de moi, alignés comme des juges.

— Approchez, maître Stocker.

J'avais devant moi des visages sévères, notamment celui de Henry Grey, marquis de Dorset, seigneur de Shute et de bien d'autres domaines, tandis qu'il s'adressait à moi. Cela n'annonçait rien de bon.

Bien qu'ils fussent eux-mêmes assis, ils ne m'invitèrent pas à prendre un siège : il n'y avait même pas une chaise ou un banc de mon côté de la table. Alors que je me tenais devant eux, l'eau de l'abreuvoir dégouttait de la frange de ma chemise, puisque, dans mon empressement, j'avais omis de la sécher complètement après m'être lavé rapidement à l'extérieur.

Lady Frances se pencha en avant.

— Peut-être devrions-nous vous appeler maître Chien-de-Mer, car vous semblez avoir autant d'affinités avec l'eau qu'avec nos filles ici présentes. Qu'avez-vous à répondre des événements d'hier ? Car je vous avoue ne pas avoir entendu d'histoire semblable depuis maintes années.

En entrant dans la salle, j'avais essayé de réfléchir à ce que j'allais dire, mais je fus immédiatement déstabilisé par ces remarques. Manifestement, j'étais accusé, et il fallait me défendre de mon mieux. Mais me défendre de quoi ? Ne sachant pas quelles étaient les accusations retenues contre moi, que devais-je répondre ? Si je me défendais d'avoir

59

commis telle ou telle faute, je risquais d'évoquer des événements dont aucune des sœurs n'avait (encore) informé ses parents, ce qui ne manquerait pas d'aggraver les choses pour elles comme pour moi. J'essayai d'atermoyer.

— Madame, j'ai tenté de faire mon devoir comme je l'entendais.

Henry Grey commença une réponse :

— Quel était votre devoir ?…

Mais Lady Frances était déjà sur sa lancée et lui fit signe de se taire.

— Votre devoir, freluquet ! Me ramener une fille aux vêtements en lambeaux, après lui avoir fait vivre une expérience telle qu'elle semble incapable d'en parler ?

Elle s'était levée de l'autre côté de la table, et comme c'était une grande femme, me regardait droit dans les yeux du haut de ses six pieds.

Je me mis à trembler intérieurement. Ce serait donc, en fin de compte, le chef d'accusation le plus sérieux. J'essayai de parler, mais j'étais abasourdi et ne pus trouver les mots.

— Je… euh… c'est-à-dire, Madame…

Lady Frances posa les mains sur ses hanches et s'adressa à la salle entière, comme un homme politique faisant son discours devant un public captif.

— Est-ce là notre savant gentilhomme, qui sait lire et écrire en anglais comme en latin ? Il semble avoir perdu la faculté de parole dans les deux.

Je ne savais plus où regarder. Je promenai les yeux le long de la table, à la recherche du moindre signe de soutien. Lord Henry Grey remuait inconfortablement sur son siège et regardait dans le vide. Il semblait être accoutumé aux diatribes de sa femme et avait appris à ne pas l'interrompre lorsqu'elle était lancée. Lady Jane regardait passivement la table, les mains posées dans son giron. Son visage était exceptionnellement pâle et elle ne chercha aucunement à prendre la parole. Au bout de la table, les yeux de corbeau de Mary scrutaient la pièce, tandis qu'elle enregistrait en silence tout ce qui se passait. Catherine refusait de me regarder. J'étais fichu.

Que devais-je faire ? Tout avouer, puis implorer leur pardon et leur clémence ? Admettre avoir eu connaissance intime de leur jeune fille en présence de ses sœurs ? Admettre que, après en avoir presque violé une, j'avais failli les noyer toutes trois ? Pendant un instant, il y eut un silence total dans la salle presque vide, alors que Lady Frances et moi restions à nous dévisager de chaque côté de la table.

Le silence était assourdissant. Soudain, je fus pris d'un malaise. La tête me tournait, et je dus prendre plusieurs grandes respirations pour retrouver l'équilibre.

— Mère, arrêtez ! Je vous en prie ! Assez ! Nous l'avons assez taquiné. La plaisanterie est allée trop loin !

En un instant, l'atmosphère changea du tout au tout.

Henry Grey se cala dans son siège en riant. Catherine ricana et mit la main devant sa bouche en manière de fausse politesse, ouvrant de grands yeux brillants. La pâleur quitta le visage de Jane et elle s'empourpra, rougissant jusqu'aux oreilles, visiblement gênée de l'injustice de la plaisanterie.

Seule Mary demeura impassible à l'extrémité de la table. Lady Frances, à présent bien divertie, s'esclaffa et se tapa la cuisse, riant à s'en étouffer, au point où il lui fallut une gorgée de bière, apportée sur-le-champ par un John Deyman médusé, pour se remettre.

— Père, libérez ce pauvre homme immédiatement, car il me faudra bientôt visiter les cabinets si vous ne le faites pas, s'écria Catherine, encore radieuse.

Complètement dérouté, je regardai Lord Henry, implorant ma libération.

— Je suis désolé, jeune homme, mais il faut nous laisser nous amuser quand nous en avons l'occasion. En vérité, je vous ai appelé ici pour vous remercier. Mes filles ont raconté comment vous les avez menées par des chemins sûrs jusqu'à la mer et leur avez montré ses prodiges, ce pour quoi elles vous remercient, tout comme nous. En effet, leur description des falaises blanches dans le lointain fut si évocatrice que j'ai bien envie d'aller les voir moi-même, avant notre retour imminent à Bradgate. Tous s'accordent pour dire que c'est vous qui avez senti le danger de la tempête qui approchait, bien avant qu'elles n'en aient saisi la menace, et que vous avez insisté pour qu'elles rentrent immédiatement. Je connais mes filles, Monsieur : ce n'est pas un mince exploit que d'avoir réussi à les éloigner d'un plaisir nouveau. En particulier, toutefois, Jane a souligné la prudence dont vous avez fait preuve en utilisant votre monture et votre propre corps afin d'emmener Mary en sûreté de l'autre côté du torrent, puisqu'il n'y avait pas d'autre abri possible. Et notre chère Catherine nous a dit qu'elle vous devait la vie, rien de moins, sa robe déchirée témoignant de votre hardiesse à la repêcher des eaux déchaînées, au péril de votre propre vie, ce sans quoi elle se serait certainement noyée.

Les trois sœurs acquiescèrent de la tête, leurs regards de côté offrant une première indication du fait qu'elles s'étaient entendues à l'avance sur leur histoire, et l'avaient racontée avec succès à leurs parents, avec toute la duplicité que leur avait enseigné leur éducation.

— Venez, Richard, laissez-moi vous serrer dans mes bras, en guise de remerciement.

Contournant la table, Lady Frances m'étreignit contre sa généreuse poitrine. Elle me retint dans cette position, tout en s'écriant, pour que tous l'entendent :

— Merci, trois fois merci !

Presque étouffé par son étreinte, je n'oublierais pas de sitôt la forte odeur et la chaleur réconfortante de son profond décolleté.

Quelques minutes plus tard, j'étais renvoyé titubant dans la cour, encore sous le choc.

J'avais déjà côtoyé de fins négociateurs : des marchands et des commerçants qui omettaient d'indiquer s'ils allaient acheter ou vendre avant de déterminer un prix d'entente, des braconniers qui savaient se tirer d'un mauvais pas alors que les cerfs du propriétaire étaient cachés dans une haie éloignée de pas plus d'une dizaine de pieds… Et pendant les longues soirées d'hiver, le docteur Marwood m'avait souvent engagé dans des discussions philosophiques au cours desquelles il pouvait, moyennant quelques contorsions, affirmer une chose et son contraire, sans jamais avoir l'air de changer de parti. Mais cette famille-ci était différente : leur duplicité était d'un tout autre ordre. Ils n'avaient même pas statué sur le dénouement de l'affaire, m'ordonnant de revenir à dix heures le lendemain matin pour mettre un terme à l'entretien.

Tout cela était bien étrange. C'était comme se lancer à la poursuite d'un sanglier blessé dans un dense sous-bois – à la fois terrifiant et excitant, de sorte que le temps semblait ralentir, et que chaque instant vous restait en mémoire par la suite.

Et que signifiait la remarque de Sa Seigneurie, à propos d'un retour imminent à Bradgate ? Une chose était certaine : je ne dormirais pas cette nuit-là.

## Chapitre 5

# 21 avril 1551
# Shute House

— Asseyez-vous donc, Richard, me dit Lord Henry quand je le rencontrai dans les appartements privés de la famille, le matin suivant. Qu'avez-vous pensé de notre petite mise en scène d'hier ?

— J'étais très perplexe, et, jusqu'au dénouement, fort contrarié, Monseigneur. Je n'ai pas compris la plaisanterie et je croyais vous avoir fait grand tort.

— Qu'aviez-vous donc à vous reprocher ? Quels péchés n'avez-vous pas confessés ?

Cette fois-ci, je vis mieux les signes. On me faisait marcher, comme un poisson prêt à mordre à l'appât, et je devais éviter de me prendre à des hameçons invisibles.

— Aucun, Maître. Je ne me fiais qu'à la manière et au ton de la conversation.

Lord Henry sourit.

— Bien. Vous avez appris. Le jeu n'était pas sans but, car j'ai une proposition à vous faire et il était nécessaire d'éprouver vos réactions. Hors de cette vallée, il y a un monde plus vaste, et si je ne m'abuse, une place pour vous dans ce monde. Mais attention : ce n'est pas un village de campagne où vivent des amis de la famille. Il est question ici de politique nationale, et chacun doit agir avec prudence.

— Je crois bien vous comprendre, Monseigneur. J'ai conscience d'avoir beaucoup à apprendre, mais je souhaite améliorer mon sort et le monde m'appelle – même s'il y a des risques.

— Allons au fait, donc. Seriez-vous prêt à quitter Shute, à quitter le Devon, si l'occasion idéale se présentait ?

— Oui, Monseigneur. Je suis le deuxième fils, et à côté de mon frère aîné, les bœufs ressemblent à de jeunes bouvillons. Il me faut donc trouver ma place à l'extérieur de la ferme et de la maison. C'est ce qui m'a amené ici et je n'envisageais pas cet endroit comme la fin du voyage.

— Bien dit, Richard. Dans ce cas, poursuivons. Nous avons une dette de reconnaissance envers vous, qui avez récemment assuré la protection de nos précieuses filles. J'ai dans l'idée de vous offrir un poste à Bradgate Park. Vous êtes prometteur et les terres que nous possédons ici à Shute ne sont que de la petite bière. Bradgate Park est au moins dix fois plus grand, et nous avons d'autres domaines non loin, dans le Leicestershire, à Groby et Ansty, par exemple, ce qui ajoute à nos responsabilités dans ce pays. Ma femme et moi croyons que vos talents sont ici employés à perte, et avons décidé de vous offrir un poste à Bradgate pour votre avancement. Ce serait en qualité de second écuyer : une promotion d'envergure, si l'on tient compte des dimensions du domaine, car à n'en pas douter, la deuxième plus grosse carpe d'un grand lac dépasse en taille et en consommation la plus grande dans un petit étang.

Mon cœur bondit de joie. Je serai tout près de Catherine, et… qui sait ? De plus, cela constituait un avancement considérable.

— Merci infiniment, Monseigneur. Je puis immédiatement vous assurer que j'accepte avec plaisir votre proposition. À quel moment entrerait-elle en vigueur ?

— Nous comptons partir la semaine prochaine, la journée de mardi. Vous voyagerez avec nous, et apprendrez nos usages sur le chemin. Avec cette pluie qui n'arrête pas, le voyage sera lent, je le crains.

— Je serai prêt, Monseigneur. Avec votre permission, je me rendrai à Stocker's Farm pour allez voir mes parents et leur faire mes adieux. De même qu'à mon frère John, à sa nouvelle épouse Joan, et au voisin de mon père, le docteur Marwood, à Blamphayne.

— Bien sûr. Rendez-leur visite et faites vos adieux, car qui sait ? vous pourriez demeurer loin d'ici pendant longtemps si vous savez profiter de la chance qui vous est offerte. Docteur Marwood… s'agit-il du médecin que nous avons rencontré ici, le jour de la réception ?

— Lui-même, Monsieur. Il est très respecté dans le coin. Il fut pour moi un mentor et je ne voudrais pas partir sans sa bénédiction.

Nous étions en train de nous serrer la main pour sceller l'entente quand Lady Frances fit irruption dans la pièce.

— Est-ce chose faite, Henry ? Richard a-t-il accepté ?

Je me tournai vers elle, très excité.

— En effet, Madame, je viens tout juste. Si j'ai bien compris, je ferai le voyage avec vous jusqu'au Leicestershire, la semaine prochaine.

Lady Frances continua de regarder son mari, comme si je n'avais rien dit. Fâché de ma propre sottise, je compris que je n'aurais pas dû ouvrir la bouche, puisqu'elle posait la question à son mari, et non à moi.

— Tout est arrangé comme nous en avions discuté ? demanda-t-elle à Lord Henry, poursuivant là où elle avait laissé.

Lord Henry acquiesça d'un signe de tête.

— Oui, ma chérie. Second écuyer.

— Et Adrian ?

— Comme convenu, ma chérie, Adrian deviendra premier écuyer. Je lui ai envoyé une dépêche pour l'en informer.

Elle afficha un sourire de satisfaction évidente. Je les regardai tour à tour pour mieux évaluer leur relation, tout en me demandant jusqu'à quel point l'offre de Lord Henry avait pu émaner d'elle.

Puis, enfin, elle reconnut ma présence.

— Excellent. Vous saurez vous plaire à Bradgate et peut-être… – elle fit une pause presque imperceptible – saurez-vous nous plaire. Notre premier écuyer se nomme Adrian Stokes, et vous serez quotidiennement sous ses ordres. Vous le trouverez juste, mais ferme.

Elle se tourna vers son mari et hocha la tête d'un air entendu :

— Très ferme.

Henry Grey lui lança un regard étrange, presque attristé, mais ne répondit pas.

## Chapitre 6

## Fin avril 1551
## Stocker's Farm

Le samedi suivant, en milieu de matinée, j'entrepris la courte chevauchée à travers la vallée afin d'aller dire adieu à mes parents.

Conduisant Jack à travers les rues de Colyton, je rencontrai d'abord un, puis deux anciens camarades d'école, et m'arrêtai pour leur raconter ce qui m'arrivait. La ville semblait chaque jour plus affairée. Les lainages du Devonshire avaient acquis une certaine notoriété, devenant un important article de commerce en Europe, dans la Méditerranée, et même au Levant. Les tissus confectionnés à Colyton étaient comptaient parmi les étoffes les plus raffinées.

En tournant le coin de la place, je rencontrai Joan Kettle, la femme du boulanger. Elle me regarda avec fierté, car elle me connaissait depuis que j'étais bébé.

— Ça alors, Richard, comme tu as grandi ! Tu dois bien mesurer six pieds, maintenant. Quel charmeur tu fais ! Remercie pour ça tes beaux cheveux dorés. Aucune fille ne peut résister à un beau grand blond, cela va sans dire.

Son mari, Jack Kettle, sortit de la boulangerie pour voir à qui elle s'adressait. Il était court de jambes et avait le crâne dégarni, à l'exception d'une petite tonsure de cheveux courts et sombres qui lui donnait l'air d'un moine.

— Bien le bonjour, maître Richard. Essayez-vous encore de me voler ma femme ? Ne l'encouragez pas. Elle se conduit déjà bien assez mal.

Il lui donna une tape sur les fesses tandis qu'elle se précipitait devant lui pour retourner à l'intérieur, riant aux éclats ; la porte était à peine assez large pour qu'ils puissent entrer tous les deux de front.

Contournant la place publique, je constatai que les teinturiers et les lainiers avaient travaillé fort, car il y avait six supports chargés d'une étoffe fraîchement teinte et soigneusement disposée pour le séchage. Je pouvais entendre le bruit sourd et grinçant des moulins à eau, en amont de la rivière Coly, vers Puddlebridge et le chemin qui menait chez moi. Aux confins de la ville, je tombai sur trois des feudataires – ceux des commerçants locaux qui avaient hypothéqué la ville au roi Henri VIII pour la somme fara-mineuse de 1000 £. Cela ne semblait pas les avoir appauvris. John Buckland, marchand lainier, John Byrde, fabricant de soie et de serge, et John Maunder, un vieil ami de mon père qui fabriquait de l'étoffe le long de la rivière, semblaient positivement à l'aise.

— Vous avez tous l'air très contents de vous, Messieurs, leur lançai-je, descendant de ma monture pour leur serrer la main.

— En effet, maître Richard, car nous étions justement en train de fêter un anniversaire : une année complète d'expor-tation de nos meilleurs lainages à partir d'Exeter, pour couper l'herbe sous le pied aux intermédiaires de Londres.

— Te joindras-tu à nos célébrations ? me demanda John Buckland.

Ce dernier avait réussi à faire main basse sur la majeure partie du commerce d'étoffes brutes entre Exeter et Colyton, et sur la production locale d'étoffes finies et teintes destinées à l'exportation. On voyait toujours ses bêtes de charge sur la route d'Exeter, montant ou descendant la colline.

— Merci, c'est très aimable à vous, John, John, et John. (Je leur fis chacun un signe de tête.) Mais je dois être chez mon père avant le dîner, ou je ne finirai plus d'en entendre parler.

— Pauvre Richard ! Toujours le gentil garçon à sa mémère. Comme tu voudras, grognèrent-ils.

Ils entrèrent dans la taverne tandis que je remontais en selle.

Il était passé midi quand je bifurquai au carrefour de Blamphayne et contournai les murs de torchis blanc si familiers qui entouraient Stocker's Farm. Kate, ma sœur cadette, nourrissait les poules quand je mis pied à terre et se précipita dans la maison lorsqu'elle me vit.

— Richard est ici ! Mère ! Père ! Richard est venu nous voir !

Comme toujours, je fus chaleureusement accueilli, notamment par Tic, le chien de berger qui ne semblait jamais vieillir, et je m'assis confortablement à ma place d'autrefois autour de la table de cuisine, laissant ma mère rouspéter et ronchonner.

— Tu aurais dû me prévenir de ta venue. J'aurais préparé plus de nourriture.

La familiarité réconfortante de mon ancienne place à la table, la bière forte spécialement brassée par mon père, ainsi que l'odeur du repas préparé par ma mère ne facilitaient en rien l'annonce de la nouvelle, mais je leur expliquai le plus soigneusement possible, et vers la fin du repas ils commencèrent à manquer de questions.

— Promets-moi, Richard, que tu poursuivras tes études. Il faut être savant de nos jours pour progresser. Promets-moi que tu travailleras ta lecture et ton écriture.

— C'est promis, mère. Je serai parmi les gens éduqués à Bradgate. Des gens qui parlent le latin, le français, l'italien et le grec.

— L'italien et le grec! Mais où va le monde? Enfin, j'imagine que tu sais ce qu'il faut. Nous avons fait de notre mieux pour vous tous, n'est-ce pas, pépé?

Mon père acquiesça d'un hochement de tête. Il était fier de ses fils, il avait travaillé dur pour notre bien-être, et nous le savions. Mais c'était notre mère qui nous avait pressés de parfaire notre éducation. Longtemps John et moi avions marché les deux milles et demi qui nous séparaient de Colyton pour arriver à l'heure à l'école, et parcouru la même distance pour revenir le soir. Cela avait duré des années, jusqu'à ce que la famille puisse s'offrir un cheval en surplus, que nous partagions durant le voyage. Je me souvenais que nous le lâchions dans le champ de la vieille veuve Hardwick, non loin de Chantry Bridge, au début des classes, et que nous devions l'attraper le soir avant de pouvoir rentrer à la maison. Parfois nous chevauchions à deux, moi derrière John, mais le plus souvent nous échangions, allant tour à tour à cheval et à pied. Il y avait bien une règle entre nous: quiconque allait à cheval devait porter le sac qui contenait nos livres et notre dîner.

Alors que tous ces souvenirs affluaient dans ma mémoire, je demandai à mon père:

— Comment va mon frère, John? Je ne l'ai pas revu depuis son mariage. S'est-il établi à Nyther Halsted?

— Oui, répondit mon père, mais il dit qu'il y a beaucoup à faire. La veuve Mathilda travaillait dur, mais elle avait eu du mal à maintenir la cadence après la mort de son mari. Combien de temps cela fait-il, maintenant, mémé?

— Sept ans! cria-t-elle depuis le lavoir. Il est mort pendant l'été de 1544, Dieu ait son âme. Un bon monsieur.

— Oui, c'est vrai, acquiesça mon père, perdu dans ses pensées. John Gye.

Il secoua la tête à ce souvenir.

— Un bon gars, ce John, toujours franc et sans détour. Honnête, sérieux en affaires. Son cidre n'était pas piqué des vers non plus.

Il resta un moment assis à hocher la tête en se remémorant son vieil ami.

J'acquiesçai à mon tour. La vieillesse. Chacun de nous en arrive là irrémédiablement. J'avais remarqué un changement chez mes parents, ces dernières années. Depuis que mon frère, John, et moi avions quitté la maison, leur conversation avait changé. Quand j'étais garçon, ils regardaient toujours vers l'avenir; à présent, j'avais remarqué qu'ils commençaient à se tourner vers le passé. Au moins, ils n'étaient pas comme mon grand-père: dans ses dernières années, il s'était mis à répéter que «le pays allait au diable, pas comme au bon vieux temps de l'ascension du roi Hal».

«Eh bien, soupirai-je en moi-même, je suppose que nous devons tous y passer un jour.»

— Je pensais aller rendre visite à John et Joan demain, avant de rentrer.

— Oh oui, dit ma mère, tu dois faire tes adieux à John. La prochaine fois que tu le verras, s'il plaît à Dieu, Joan aura un jeune poupon à te montrer.

Elle éleva la voix:

— On a hâte d'être grand-père, n'est-ce pas, pépé?

Mon père grogna indifféremment et prit une autre lampée de bière.

— Pourvu que le poupon soit en santé, c'est tout ce qui compte. Parlant d'être en santé, Thomas Marwood devrait être chez lui en cette fin de semaine, si tu veux le voir. Il revient toujours à Blamphayne une fois par semaine, même s'il se construit une grande maison à Honiton. Il dit qu'il préfère l'air de la vallée.

Je posai une main consolatrice sur l'épaule de Kate, qui se sentait exclue de la conversation et essayait de me montrer son nouveau chiot.

— Alors j'irai le voir cet après-midi, si vous êtes d'accord. Et j'irai voir John et Joan demain matin ; de là je rentrerai directement à Shute par la vieille route d'Axminster.

— Dieu nous bénisse ! s'écria ma mère. Tu viens d'arriver, et tu parles déjà de partir.

— Je sais, mère, mais tu me connais. Qu'avais-tu l'habitude de dire quand j'étais plus jeune ? Que j'étais « mi-puce, mi-épagneul ». Rien n'a changé. Maintenant, il faut que j'y aille.

Ma mère battit des mains en signe de résignation et se tourna de nouveau vers le feu.

— Vous m'épuisez, tous les deux. John et toi. Tous deux aussi vilains l'un que l'autre.

Elle se tourna à moitié vers mon père.

— C'est pas vrai, ça, pépé ? Deux vilains ?

Mon père posa sa chope de bière et s'essuya la bouche du revers de la main.

— Je pense bien.

Il se tourna vers moi.

— Écoute, petite puce. Si t'as autant d'énergie, tu peux bien m'aider un peu. J'ai une porte à accrocher sur la clôture à bestiaux et c'est assez d'ouvrage pour deux hommes. Tous les autres sont occupés. Le vieux Arthur est dans le champ d'en bas avec Robert Shawe et le jeune Tommy rassemble les moutons sur la lande de Watchcombe.

— Arthur ? Tu veux dire le vieil Arthur Blewett ? Est-il encore à ton service ? Quel âge a-t-il, maintenant ?

— Qui ? Arthur ? Il doit bien avoir dans les soixante-dix ans. C'est encore un de mes meilleurs travailleurs, ce bon vieil Arthur. Personne ne sait dresser une haie comme lui. Ses haies sont serrées comme le cul d'un canard et deux fois plus imperméables.

— Pépé ! Surveille ton langage ! Je ne suis pas sourde. Ce garçon n'apprendra pas de gros mots chez nous. Un jour, Richard deviendra un homme comme il faut, et tes grossièretés ne feront rien pour l'aider.

La voix s'élevait depuis le lavoir.

Père me fit un clin d'œil et leva la tête :

— Désolé, mémé, la langue m'a fourché.

Je ris. Rien n'avait changé. Je me levai en souriant.

— J'irai les voir quand nous aurons accroché cette porte. Je n'ai pas vu les garçons depuis des lustres. Viens donc, papa, mettons-nous au travail avant qu'il fasse noir.

Nous venions tout juste d'ajuster la porte sur ses charnières, à peu près satisfaits du résultat, quand le jeune chiot accourut dans le champ, suivi de Kate, tout à fait hors d'haleine.

— Richard ! Richard ! Le docteur descend le chemin de Honiton ! Je peux déjà l'apercevoir.

Je regardai mon père, qui me donna congé d'un signe de tête. La porte serait très bien comme ça. Je me lavai les mains dans l'abreuvoir, et les essuyant sur mon haut-de-chausses, je ramassai mon pourpoint et marchai jusqu'au chemin.

Le docteur Marwood arriva, toujours aussi souriant. Il descendit de cheval en soufflant bruyamment.

— Eh bien, Richard. Heureuse rencontre, c'est le moins qu'on puisse dire.

Je ne pus résister à l'envie de le taquiner.

— Mon bon docteur ! Comment vas-tu donc ? Je constate, de par l'étroitesse de ton pourpoint, que la profession de médecin est des plus prospères. Je jurerais que tu as pris du poids depuis que je t'ai vu, pas plus tard que la semaine dernière.

Thomas Marwood s'examina lui-même. Il était petit – cinq pieds ou un peu plus – et trapu, de la carrure typique, en fait, d'un fermier du Devon.

— Petit effronté ! Il n'en est rien. Le vent est froid sur la colline de Widworthy et j'ai pris l'habitude de porter deux chemises par mesure de précaution. Je suis aussi en forme que toi, juré.

Il salua mon père d'un signe de la main. Celui-ci faisait encore tourner la porte sur ses gonds, l'air moins sûr, à présent qu'elle était bien installée.

— Viens, Richard. Si ton père n'a plus besoin de toi, accompagne-moi à Blamphayne et nous ouvrirons une bouteille de vin pour le souper.

Nous descendîmes ensemble le long du chemin tout en bavardant et en riant. Le docteur Marwood menait son cheval en le tenant lâchement par la bride, car la bête connaissait bien la route.

Il faisait presque nuit quand nous repoussâmes nos chaises avec un soupir de satisfaction. Je venais de décrire la promotion que j'avais reçue ainsi que mon aventure au gué, me gardant toutefois d'évoquer l'incident avec Catherine. Mais son nom avait surgi dans la conversation un tel nombre de fois que mon ami ne se faisait pas d'illusions sur les motivations qui m'avaient poussé à accepter ce poste à Bradgate. Il souleva la bouteille de vin, à présent vide, et jeta un regard du côté de la cheminée.

— C'est une occasion spéciale. Dois-je en ouvrir une autre ?

C'était tentant. Je ne voulais pas mettre un terme à la rencontre, mais je finis par secouer la tête en signe de refus.

— Non, Thomas, il ne vaut mieux pas. Je dois rendre visite à mon frère demain matin et il faut que tu te consacres à ta famille, car je sais que tu leur manques lorsque tu es à Honiton.

Marwood laissa doucement tomber la bouteille dans le panier de bûches posé près du foyer.

— Ils vont m'y rejoindre cet été. Je construis une maison à Honiton, tout en haut de High Street, là où la route d'Axminster commence à grimper la colline. Ce sera notre résidence ainsi que mon cabinet de médecine.

Il hocha la tête avec un sourire tranquille.

— C'est un métier satisfaisant, la médecine. Je ne l'ai jamais regretté. C'était en 1540 et j'étais déjà beaucoup plus vieux que tu ne l'es en ce moment – j'avais vingt-huit ans, en fait – quand je suis parti pour Padoue. C'était une aventure, tu peux m'en croire, car je ne n'avais aucune notion d'italien, bien que ma connaissance du latin fût suffisante, grâce aux bons enseignements de notre école de Colyton. Et me voilà maintenant, onze ans plus tard, bien établi dans ma situation. Parfois j'aimerais avoir encore ton âge et repartir à l'aventure. Comment tes parents ont-ils réagi à la nouvelle ?

Je considérai un instant sa question, car en vérité, je m'étais plus préoccupé des défis qui m'attendaient que de l'effet produit par mon départ sur mes parents.

— Ils disent tout ce qu'ils sont en devoir de dire, mais au fond d'eux-mêmes, je vois bien qu'ils sont inquiets. Aucun d'entre eux n'a jamais voyagé plus loin qu'Exeter ou Taunton.

Il se faisait tard et je me levai pour prendre congé. Thomas posa une main sur mon épaule.

— C'est toujours plus difficile pour ceux qui restent. Le monde s'ouvre à toi. De nouvelles rencontres. De nouveaux endroits. De nouvelles expériences. Mais ils ne peuvent entrevoir cela. Tout ce qu'ils voient, c'est la perte que ton départ leur cause.

À ma grande surprise, je constatai que son commentaire m'avait déplu. J'avais devant moi une chance en or, le fruit d'un travail acharné, qui pourrait changer ma vie. S'imaginait-il que j'allais la laisser filer entre mes doigts, simplement parce que mes parents n'avaient pas rencontré ou accepté de pareils défis ?

— Mais ça, je n'y peux rien ! m'écriai-je étourdiment, laissant voir ma colère.

Thomas, fidèle à lui-même, garda son calme. En me reconduisant vers la porte, il me donna une autre tape sur l'épaule.

— Non, en effet. Il en va toujours ainsi : c'est dans l'ordre des choses. Tu es un homme, à présent, et tu dois mener ta propre vie. Ni moi ni tes parents ne cherchons à te retenir de quelque façon. Mais il faut que tu en sois conscient, car ils s'inquiéteront, comme tous les parents.

Le lendemain, je quittai la ferme de mon frère à Wilmington et suivis l'ancienne route d'Axminster. Longeant le flanc de la vallée, je contemplai les moulins à laine égrenés le long de l'Umborne, qui alimentait la vallée en eau durant les douze mois de l'année.

L'industrie du vêtement était en plein essor et il y avait toujours plus de moulins chaque fois que je passais par là. J'en avais compté cinq dans les deux milles parcourus avant d'atteindre Easy Bridge et de remonter la colline vers Shute House. Je me demandai à quel moment j'aurais l'occasion d'emprunter de nouveau ce chemin. Qui connaîtrait la plus grande prospérité ? Ces moulins, ou bien la progression hésitante de ma propre vie ? Seul le temps pourrait le dire. Certes, quelque part en moi, j'avais peur. Mais en même temps, j'étais excité, avide d'avancer – vers le succès, la fortune… et quoi d'autre ? Je ne pouvais le dire.

Je ne manquais pas de conseils : en effet, j'en avais reçu de tout le monde. Mon père, qui n'était pas homme à faire des histoires, plutôt enclin à se retrousser les manches et à se mettre à l'ouvrage qu'à tergiverser, m'avait pris la main et l'avait serrée très fort lors mon départ.

— Souviens-toi, Richard, ce ne sont que des gens, quels que soient leur éducation ou leur rang. Ne te laisse pas trop impressionner. Ne crains rien ni personne.

Ma mère s'était réfugiée au lavoir, derrière la ferme, nous laissant « parler entre hommes », comme elle le disait ; mais quand j'allai la trouver, elle serra mes deux mains dans les siennes et réitéra son message :

— Ne néglige pas ton éducation : c'est la voie de la réussite.

Enfin, Thomas Marwood m'avait fait ses adieux à la porte de Blamphayne Farm en me prodiguant ses sages conseils.

— Souviens-toi, Richard, tu t'aventures dans un monde très différent de celui que tu connais. Ton honnêteté et ton courage sont tes plus grandes forces. Tu les as surtout développées parce que tu as eu du succès dans tous tes projets et que tu as été bien traité par les gens de la vallée, qui ont été bien traités par toi en retour. Mais ailleurs, les choses seront peut-être différentes : ceux qui ont beaucoup à gagner ou beaucoup à perdre peuvent avoir recours à toutes sortes d'agissements, en toute impunité. Sache que tu n'auras pas toujours affaire à des hommes honorables ; tu seras l'objet de tromperies, de leurres, de mensonges, et probablement de menaces, au cours des prochaines années. Promets-moi une chose : quoi que tu fasses, ne change pas ta nature profonde, Richard, ce serait folie. Essayer d'être quelqu'un d'autre, c'est se condamner à être malheureux, car l'on est forcé de vivre dans le mensonge. La vérité l'emporte toujours, en bout de ligne.

Mais une question demeurait, qu'aucun d'entre eux n'avait pu éclairer de leurs conseils. Une question que je me posais sans cesse, sans jamais y répondre : Catherine avait-elle un rôle à jouer dans ma vie ? Elle était si jeune – trop jeune pour que je la prenne au sérieux, si elle avait été une fille ordinaire. Je n'aurais jamais posé les yeux sur une villageoise de cet âge, quand bien même elle eût été nubile comme Catherine. Le bon sens me disait qu'elle était bien trop jeune pour moi. Mais cela n'avait aucune prise sur mes sentiments. Le bon sens ne s'appliquait pas. Car Catherine faisait preuve d'une maturité que je n'avais jamais vue chez une jeune personne, avant de rencontrer les sœurs Grey : c'était une femme, et bien qu'elle eût cinq ans de moins que moi, elle devait en avoir trois de plus dans sa compréhension des mœurs du monde auquel j'allais me joindre.

« Telle mère, telle fille », disait-on souvent à Colyton. Catherine finirait-elle comme Lady Frances ? Serait-elle femme à réprimander et à dominer son mari, comme semblait l'être sa mère ?

Quelles que fussent ses habiletés particulières (son côté mondain ; sa compréhension des choses, des caractères et des motivations, des risques et du danger, de la politique), je savais que j'en étais certainement dépourvu. C'était quelque chose que j'enviais, mais qui en même temps me troublait. Une chose semblait certaine : c'était là l'essence même du monde qui s'apprêtait à m'accueillir.

En passant la grille de Shute House, je me retournai sur ma selle pour contempler une dernière fois, dans l'intimité, la vallée qui avait bercé mon enfance et que je connaissais si bien.

Seul le temps éclaircirait tout. En attendant, j'avais beaucoup à apprendre.

# Chapitre 7

# 1<sup>er</sup> mai 1551
# Bradgate Park, dans le Leicestershire

*Mes chers parents, ma très chère sœur,*

*Je suis arrivé sain et sauf au palais de Bradgate Park : il n'y a pas d'autre mot pour le qualifier. C'est un vaste domaine, beaucoup plus grand que les parcs à gibier de notre vallée. La maison est tout simplement énorme, construite comme un palais, avec trois étages, une façade en brique à motifs dits losangés, et d'immenses fenêtres de pierre blanche, dont bon nombre sont recouvertes de verre, de sorte qu'on peut même en hiver voir à l'extérieur et sur le domaine.*

*Notre voyage fut long et mouvementé.*

*Nous avons emprunté la route des pèlerins depuis Taunton, en passant par Glastonbury et Wells, et gravissant les collines de Mendip jusqu'à Cheddar, où nous avons visité de nombreux moulins à eau sur la rivière vive. Lord Henry possède un tel moulin ici, sur le domaine, et tenait à ce que nous visitions ces installations, afin d'en observer les plus récentes avancées.*

*De là jusqu'à Bristol, où Lady Frances a insisté pour que nous prenions le bateau, ce que nous fîmes, remontant le fleuve Severn jusqu'à Tewkesbury. Cette partie du voyage dura deux jours, mais fut très reposante après la chevauchée des jours précédents dans une épaisse boue.*

*De là nous retrouvâmes les chemins de campagne, séjournant une nuit à Warwick Castle, où nous fûmes rejoints par John Aylmer, un homme jovial originaire du Norfolk, le précepteur des jeunes dames. J'espère pouvoir l'appeler mon ami, car c'est un homme d'une grande bonté et d'un savoir considérable, et j'ai retiré beaucoup de plaisir des conversations que j'ai eues avec lui.*

*Nous sommes arrivés à Bradgate Park hier soir et l'on m'a fourni de l'encre et du papier pour que je vous écrive cette lettre, qui devrait vous parvenir par le même messager qui apportera les lettres de Lord Henry et Lady Frances, adressées à ceux qu'ils souhaitent remercier pour leur récent séjour dans le Devon.*

*J'espère que ma lettre vous trouvera tous en bonne santé, et je compte bien vous écrire à nouveau dès que l'occasion se présentera. Je ne sais pas à quel moment ils enverront un autre messager dans le Devon: la plupart d'entre eux semblent se rendre à la Cour, à Londres, ainsi ma prochaine lettre passera-t-elle peut-être par cette grande cité avant de vous parvenir. J'espère un jour la visiter, mais pour l'instant, il me reste encore beaucoup à apprendre et à saisir, ici à Bradgate.*

*Signée ce premier jour de mai 1551 à Bradgate Park,*
*Votre fils tout dévoué,*

*Richard*

Chapitre 8

# Début mai 1551
# Bradgate Park

Il y eut un fracas de cailloux lorsque j'arrêtai Jack au sommet du tertre, faisant demi-tour pour regarder d'en haut cette maison que je m'efforçais de considérer comme mon nouveau foyer.

Tout était si différent de ce que j'avais entrevu, même si en vérité, je n'étais pas sûr d'avoir bien su à quoi m'attendre. D'une certaine façon, j'étais déçu. Autour de Bradgate Park, le pays était beaucoup plus rocailleux et plus désolé que je ne m'y attendais. Je croyais que nous serions entourés de terres de culture, riches et fertiles, comme celles que j'avais laissées derrière dans l'est du Devon. Mais tout ici n'était que forêts et broussailles, avec de la bruyère et de la roche là où les arbres étaient plus clairsemés.

Mais comme m'en informa mon nouvel ami, Zachary le parquier, c'est ainsi qu'on faisait les choses depuis toujours, dans cette partie du domaine de Groby. Depuis l'époque de la famille Ferrers dans les années treize cents, les basses terres étaient cultivées par les métayers; la forêt et la lande servaient pour la chasse. Et c'étaient, à n'en pas douter, de bons terrains de chasse: jamais je n'avais vu autant de cerfs et de daims.

Je posai les yeux sur la vaste demeure située en bas. Elle, du moins, ne m'avait pas déçu. Sa façade principale regardait au sud, vers la descente : ainsi, d'où j'étais, la maison me tournait le dos, et c'était de loin le plus grand édifice que j'avais jamais vu. On m'avait dit qu'il mesurait deux cents pieds de largeur et trente pieds de profondeur au centre, ce qui était aisément vérifiable de mon point de vue. Chacune des ailes latérales avait quarante pieds de profondeur et s'éloignait de la façade principale à distance de soixante pieds, formant la lettre «E», avec une section centrale raccourcie, de sorte qu'une immense cour accueillait les nouveaux arrivants devant la porte centrale, laquelle était de dimensions tout aussi imposantes.

L'édifice principal était construit de brique rouge ornée de motifs losangés très élaborés, et ses angles étaient couverts de granit gris pâle, lequel entourait également fenêtres et portes. Il y avait trois tours, au nord-ouest, au sud-ouest et au sud-est, de quatre étages chacune ; mais le corps de l'édifice lui-même ne comportait pas moins de trois étages, où s'ouvraient de grandes fenêtres somptueuses.

La petite rivière Lyn courait juste devant la maison, du côté opposé à moi, mais on voyait de ce côté-ci des jardins et un étang assez considérable. Du haut de la colline, le barrage sur la rivière était bien visible, loin en amont : les eaux détournées par un bief venaient alimenter les étangs à poissons situés derrière la maison, mais elles servaient aussi à alimenter la maisonnée en eau fraîche et à évacuer les égouts. La rivière était si forte qu'elle était également dérivée vers un moulin accolé à la maison, où son courant faisait tourner la grande roue qui actionnait les meules. Leur puissant grondement parvenait même jusqu'à mes oreilles, en haut de la colline.

Ce ne fut qu'après avoir visité le moulin en compagnie d'Adrian que je pus enfin comprendre l'intérêt de Lord Henry pour les moulins de Colyton, le même intérêt qui avait occasionné notre détour par Cheddar au cours du long voyage vers Bradgate. Toutes ces installations étaient très impressionnantes. Pourtant, on aurait dit qu'il manquait quelque chose. Contemplant ce qui était devenu mon nouveau foyer, lequel (m'avait-on dit) pouvait loger deux cents personnes, je me demandai comment je pouvais me sentir aussi seul. Je repassai en mémoire les deux semaines écoulées depuis mon arrivée à Bradgate.

J'avais à peine vu Lady Catherine, qui était retournée à ses études et à ses animaux de compagnie ; et j'avais eu, une fois seulement, l'occasion de parler avec Lady Mary, qui m'avait généreusement offert de visiter les parterres du jardin, une offre dont je n'avais pu encore profiter.

Lady Jane était absorbée par son étude auprès de John Aylmer, et sauf à l'occasion d'un ou deux repas que la famille avait choisi de prendre en public, dans la grand-salle, je ne l'avais pas vue depuis notre arrivée. Pour la même raison, je n'avais pas encore eu l'occasion tant espérée de faire meilleure connaissance avec John Aylmer, lui qui m'avait laissé une si bonne impression lors de notre première rencontre.

Ces dernières semaines, j'avais passé le plus clair de mon temps en compagnie d'Adrian Stokes. Cette relation-là, au moins, fonctionnait bien. Adrian avait dix-huit ans – deux ans de plus que moi seulement – et comme moi, tout comme John Aylmer bien des années auparavant, il s'était joint à la maison en qualité de domestique, dans l'espoir d'améliorer sa condition. Dès notre première rencontre, Adrian avait montré une personnalité forte. Il était même plus grand que moi, mesurant plus de six pieds, le corps svelte et musclé. Il avait le visage allongé, le nez long, plutôt crochu, et de grands yeux bruns qui vous fixaient sans ciller quand vous parliez – de manière assez troublante, jusqu'à ce qu'on s'y habitue. Dieu merci, il avait aussi ses défauts. Ses cheveux étaient sombres et coupés courts, de sorte que ses oreilles, plutôt grandes, paraissaient décollées de sa tête. Il semblait en avoir conscience, et bien qu'il ne manquât pas d'assurance, cette incertitude le gardait d'un peu trop d'arrogance.

Nous avions sympathisé dès les premiers instants. Nous aimions tous deux les chevaux, et savions les monter en rivalisant d'adresse. Nous pratiquions tous deux la chasse à courre et à l'arc, de même que la fauconnerie, et nous éprouvions le même plaisir tranquille à la pêche. Adrian m'avait conduit à cheval jusqu'au lac de Groby, à deux milles du manoir. L'endroit était célèbre depuis des siècles pour sa bonne pêche, et nous avions prévu y retourner avec des cannes, sitôt que nos obligations nous le permettraient.

Lors de ma première journée à Bradgate, Adrian m'avait fait visiter le parc en chevauchant tout le long de la palissade : une haute clôture en bois soigneusement construite au sommet d'un tertre, pourvue d'un fossé à l'intérieur, pour que les cerfs ne puissent pas s'échapper. C'était un ouvrage impressionnant, très bien entretenu par les parquiers.

Nous avions rencontré Zachary Parker en train de réparer l'une des portes sur la route de Newton Linford, le village le plus proche, et il nous avait invités chez lui à souper. À ma grande surprise, sa maison, bien que située à l'intérieur de la palissade, était également protégée par une douve, ainsi que par des portes et des fenêtres lourdement grillagées. Zack avait minimisé la chose, expliquant qu'à l'époque de son père et de son grand-père, lorsqu'on avait rasé l'ancien village de Bradgate (Thomas Grey l'aîné voulant doubler la superficie du parc d'origine), le ressentiment avait été grand dans la population locale. Personne n'avait osé s'en prendre au seigneur, mais sa venaison était un produit recherché, et le parquier représentait une cible légitime.

— Mais par les temps qui courent, ce n'est pas si mal, nous dit Zack autour d'un bon souper. Et c'est mieux ainsi, parce que je ne voudrais pas que mes enfants grandissent dans la peur. On est nés pour ça, vous voyez – on s'appelle Parker et on est parquiers de métier[1], depuis cinq générations. J'imagine que le métier est venu en premier, et le nom ensuite. Et toi, Richard ? C'est quoi, ton nom de famille ?

Je vis tout de suite où cette conversation allait nous mener.

— Stocker[2].

Les yeux de Zack s'illuminèrent à cette réponse qui promettait beaucoup d'amusement.

— Des vaches, hein ? T'étais un éleveur, avant de venir ici ? T'es passé du bétail aux chevaux ?

Je ris.

—Tu n'es pas loin de la vérité, Zack.

— Je me tournai vers Adrian, question de faire le tour de la plaisanterie. Et toi, Adrian ? Stokes[3] ? Tes ancêtres travaillaient-ils à la fournaise ?

Adrian secoua la tête.

— Pas que je sache. Mon père est né d'une famille de marchands.

Zack le regarda à travers la pièce enfumée, un sourire espiègle flottant sur son visage.

— Nous savons tous quel feu il attise quand il en a l'occasion, pas vrai Adrian ?

---

1. *Parker* signifie en anglais : «gardien de parc» ou «parquier» (*N.D.T*).
2. *Stock* : «bétail, bestiaux» (*N.D.T.*).
3. *To stoke* : «alimenter un feu, un fourneau » (*N.D.T.*).

Pour la première fois depuis que je le connaissais, Adrian fut déstabilisé. Son visage s'empourpra, et il mit aussitôt un terme à la discussion.

— Ne commence pas avec tes médisances, Zack. Richard et moi, nous devons rentrer.

Le deuxième jour avait été pluvieux, et comme Lord Henry et Lady Frances étaient partis à Leicester pour la journée entière, Adrian avait suggéré que nous en profitions pour explorer la maison, et pour me présenter aux gens du personnel, ce que nous fîmes.

En tant que premier et second écuyers, notre devoir à Bradgate Park nous confinait au parc et aux écuries, situées non loin de l'entrée principale du parc, de l'autre côté de la rivière Lyn à partir de la maison. Adrian demanda donc à l'intendant s'il avait le temps de nous faire faire la visite de ce qui, après tout, était sa sphère à lui.

L'intendant, James Ulverscroft, parut satisfait de voir son autorité ainsi reconnue, mais il semblait en même temps douter de mon intérêt véritable. Je ne savais pas pourquoi, mais il semblait se méfier de ma présence, comme s'il craignait que je tente d'usurper une partie de ses pouvoirs.

— La maison est très vaste, maître Richard, et nous avons bien des gens à notre service. Préféreriez-vous faire le tour rapidement, ou plutôt nous voir dans le détail – avec tous nos défauts ?

Il me paraissait évident qu'une visite éclair serait malvenue, qu'elle dénoterait un manque d'intérêt flagrant envers ce qui relevait de l'autorité de James, aussi je lui fis la réponse diplomatique. Conséquemment, nous passâmes toute la matinée à nous promener tranquillement dans la maison, James faisant halte dans chaque pièce pour en expliquer les particularités et la fonction, et pour nous décrire les quelques articles d'ameublement que nous rencontrions en cours de route. Il me présenta également les gens d'ancienneté et m'expliqua leurs fonctions, même si je semblais avoir un don exceptionnel pour oublier les noms et les positions aussitôt qu'ils étaient annoncés.

Quand le moment fut venu de nous rassembler dans la salle des domestiques pour le dîner (la famille étant absente), nous n'avions encore visité que le rez-de-chaussée et les caves, mais j'étais déjà étourdi par tant de nouvelles informations et de nouveaux noms. Dans l'aile ouest, la cuisine et la boulangerie étaient semblables à celles de Shute, quoique bien plus grandes, et je remarquai avec une certaine fierté qu'il n'y avait pas de foyer comparable à celui de là-bas. Mais la salle des domestiques et la grand-salle étaient plus vastes que tout ce que j'avais jamais vu ou imaginé.

James m'accompagna dans l'aile est, où se trouvaient les appartements privés de la famille, incluant la chapelle, le salon d'été, le salon d'hiver, ainsi qu'une deuxième cuisine, privée et plus petite, située non loin de la base de la tour sud-ouest. C'est là que, non sans un certain plaisir amusé, je rencontrai John Aylmer. Il apportait du gâteau et de la bière chaude à Lady Jane, qui avait refusé d'accompagner ses parents. Au lieu de cela, elle s'était consacrée à son étude très tôt ce matin-là, dans ses appartements à l'étage. John Aylmer avait l'air affairé et semblait préoccupé. Je compris immédiatement que ce n'était pas l'occasion de relancer la conversation au sujet de mes études, et décidai d'attendre un moment plus convenable.

Les salons d'été et d'hiver étaient, à l'évidence, la retraite favorite de Lord Henry et Lady Frances lorsqu'ils n'étaient pas à la chasse. Ces deux pièces étaient encombrées de toutes sortes d'articles de chasse, mais je remarquai non sans étonnement la nette absence de livres. Je m'étais laissé dire que les Grey étaient connus comme des gens cultivés ; mais la source de leur érudition ne se trouvait certainement pas ici, dans leurs appartements privés.

Entre les deux salons, et dominant la terrasse, se trouvait une petite salle de musique très ensoleillée, comprenant deux luths, une harpe et un cistre. Ici, nous trouvâmes Catherine et Mary à leurs études musicales, jouant une chanson traditionnelle à propos d'un échange de baisers ; mais on pouvait s'interroger sur le sérieux de leur étude, puisqu'elles étaient accompagnées de deux jeunes épagneuls, d'un oiseau en cage et d'un singe de compagnie enchaîné à un lutrin. Elles me saluèrent bien poliment, mais vu la présence d'Adrian et de l'intendant, on comprit vite qu'il s'agissait d'une visite dans les formes et nous passâmes rapidement à autre chose.

En entrant dans la chapelle, je m'attendais à la trouver très décorée comme j'en avais l'habitude chez moi, mais à ma grande surprise, elle était très sobre. James Ulverscroft m'expliqua en chuchotant que, malgré les efforts continuels du chapelain lui-même, Sa Seigneurie et son épouse faisaient très peu usage de la chapelle : ses visiteurs les plus fréquents étaient le chapelain lui-même, le docteur James Haddon, Lady Jane et John Aylmer. Leur préférence, avança Ulverscroft d'un ton diplomatique, allait au style moins décoré de la Réforme, et ils avaient discrètement, à eux seuls, joué de leur influence au cours des dernières années.

Nous nous arrêtâmes un moment pour prier. Agenouillé dans cet espace sobre et tranquille, je pouvais presque sentir la présence de Jane et comprendre comment, par dégoût des mœurs bruyantes, affairées et lourdaudes de ses parents, elle pouvait trouver ici réconfort, paix et force intérieure, comme elle le faisait à l'étage avec ses livres. Je me rappelai les derniers mots que ma mère m'avait adressés – de ne pas négliger mes études – et je résolus, à la première occasion, de demander à John Aylmer de m'aider. Depuis que j'étais récemment tombé sous l'influence de cette famille, il semblait s'être passé bien des choses, et du même coup, la vie paraissait beaucoup plus compliquée.

Après le dîner, Adrian dit qu'il était occupé pour l'après-midi, et je dus terminer la visite sans lui. En l'absence des Grey, James me donna un bref aperçu – presque furtif – des appartements privés de la famille, au-dessus de la chapelle et des salons de l'aile est, tout en veillant à ne pas interrompre Lady Jane dans son étude.

Plus tard, nous retournâmes dans l'aile ouest, où nous flânâmes plus librement dans la partie réservée aux officiers et aux domestiques, en s'arrêtant désormais plus régulièrement afin que James puisse me présenter à de nouveaux collègues.

Enfin, peu avant l'heure du souper, je regagnai ma propre chambre, où je m'écroulai sur le lit, épuisé. Après cela, tout ce dont je me souvenais était l'odeur du pain frais et de la viande au feu qui montait des cuisines.

Une semaine plus tard, tout en considérant ces événements du haut de la selle de Jack, au sommet du tertre surplombant la maison, je me souvins m'être allongé dans cette même chambre, me disant : « Si ces odeurs sont habituelles, je quitterai très tôt ce lit chaque matin. » Jusqu'à présent, ma prédiction s'était révélée juste. Je pris encore un instant pour scruter la vallée où s'étendaient le parc et la maison qui avaient si rapidement gagné une place au centre de ma vie. Jack commençait à s'impatienter, mais je ne pouvais me résoudre à retourner dans cette fourmilière – pas tout de suite. Il fallait que je réfléchisse. Je donnai quelques petites tapes à mon étalon, tout en me demandant où cela me mènerait, et quelle serait l'influence du monde à la fois étrange et excitant, mais vaste et terrifiant, où évoluait cette famille.

Y avait-il – *pouvait-il* y avoir – quelque chose entre Lady Catherine et moi, me demandai-je ? Je savais que je ne pouvais penser à elle sans que mes entrailles ne se serrent, et que mes pensées passent d'un seul bond de ce qui était sensé, plausible et raisonnable, à ce qui était seulement *possible*, même si c'était de la pure rêverie. Avait-elle les mêmes sentiments pour moi, ou même un quelconque sentiment à mon égard ? Il m'était impossible de le dire. Je l'avais tenue contre moi, elle m'avait demandé d'en faire plus, mais cela voulait-il dire quelque chose ? Ou étais-je comme le singe de la salle de musique, rien qu'un autre animal de compagnie que l'on enchaîne à un lutrin, jusqu'à ce que l'on s'en lasse ?

Et que penser de la petite Lady Mary ? Je n'arrivais pas à la saisir. Le bon sens me disait que c'était une enfant, une enfant de six ans seulement, qui ne pouvait comprendre, encore moins m'expliquer, l'univers de la famille Grey. Pourtant, tout ce qu'elle disait semblait vrai. Les circonstances de sa vie avaient peut-être fait d'elle, à sa manière, quelqu'un d'aussi unique que ses deux sœurs, toutes deux très précoces. Peut-être avait-elle, à travers leur exemple, et même en prêtant l'oreille à leurs pensées les plus secrètes, accédé à une compréhension plus profonde. Mais il se pouvait encore qu'elle me manipulât elle aussi, qu'elle se servît de moi à ses propres fins. Mais quelles étaient-elles ? Il y avait tant de choses qui m'échappaient.

Mes pensées se tournèrent vers Adrian Stokes, qui m'avait accueilli à bras ouverts et s'était empressé de me faire découvrir les lieux et les habitants du domaine de Groby en général, et de Bradgate Park en particulier. Notre amitié allait-elle durer ? Serais-je en mesure de remplir mes fonctions tout en étant à la hauteur de ses attentes ? Il est difficile de remplacer quelqu'un dans son travail quand cette personne est à vos côtés. Faites un travail médiocre et vous n'êtes qu'un bon à rien. Faites-le tout juste passablement et vous êtes une déception. Mais excellez, faites-le mieux qu'elle ne l'a jamais fait, et vous mettez son gagne-pain en danger, car vous êtes la preuve qu'elle aurait pu faire mieux. Pourquoi la vie était-elle si compliquée ?

Et que penser de l'intendant, James Ulverscroft ? Il était difficile à saisir, et un peu froid, avec ses listes et sa plume. Mais il m'avait pourtant bien accueilli : il m'avait fait la visite, il m'avait même donné un aperçu des appartements privés de la famille. M'étais-je ridiculisé auprès de James ? Il m'avait été si difficile de trouver des questions sensées à lui poser tandis que nous allions de pièce en pièce, et j'avais oublié la moitié des noms des gens rencontrés en cours de route. Plus tard, bien sûr, j'avais songé à mille choses que j'aurais pu lui demander, mais c'était trop tard.

Comme s'il flairait mon inquiétude, Jack commença à souffler et à trépigner, ce qui me changea les idées le temps de le calmer. Puis je regardai de nouveau la maison en contrebas, hésitant à redescendre. Je ne voulais pas retrouver l'activité qui régnait là-bas avant d'avoir rassemblé mes esprits. Jack étant plus tranquille, je me mis à songer à Lord Henry et à Lady Frances. Pourquoi se montrait-elle si désinvolte avec son mari ? La plupart des femmes que je connaissais étaient soumises à leur époux, car c'était assurément le maître de maison. Lady Frances agissait différemment. Peut-être parce que, comme elle ne manquait jamais une occasion de le rappeler, elle était de sang royal, tout comme ses filles. Mais même si elle avait ses raisons, pourquoi Lord Henry la laissait-elle s'en tirer de cette façon ?

Et qu'y avait-il derrière leur étrange relation avec leur fille, Lady Jane ? Pourquoi s'acharnaient-ils continuellement sur elle ? À ma connaissance, c'était une fille exemplaire et une étudiante parfaite. John Aylmer n'en disait que du bien, pourtant ils ne manquaient jamais une occasion de la rabaisser, de la critiquer, ou de lui faire des reproches. C'était si injuste, d'autant qu'ils ne semblaient pas traiter Lady Catherine ou Lady Mary de la même manière.

Tout cela n'avait aucun sens. C'était comme si mon esprit s'était lancé dans une course indépendante, et dont je ne maîtrisais pas l'itinéraire. Je commençai à me demander, par exemple, pourquoi Jane occupait si fréquemment mes pensées. Mon cœur s'était arrêté sur Catherine, et Jane n'avait rien en commun avec elle. Elle ne serait jamais aussi belle, jamais aussi facile d'approche. Pas plus qu'elle n'aimait rien de ce que j'aimais. Elle me paraissait, comme sa mère l'avait dit, faible – du moins au sens physique. Elle était également distante, inaccessible, enfermée dans ses livres. Alors, pourquoi mon cœur s'était-il réchauffé si soudainement quand, lors de notre première rencontre, John Aylmer en avait fait l'éloge ? Je n'étais certainement pas amoureux d'elle comme (peut-être) j'aimais Catherine. Mais elle avait quelque chose, une qualité particulière qui, malgré sa réserve studieuse, la rendait en même temps vulnérable et digne d'intérêt, et je savais que je voulais mieux la connaître, et devenir son ami, si elle me le permettait.

Avec réticence, car je n'étais pas venu à bout de mes inquiétudes, je dirigeai Jack vers la maison et entrepris la chevauchée du retour. Pourquoi y avait-il toujours autant de questions et si peu de réponses ?

# Chapitre 9

# Mi-mai 1551
# Bradgate Park

Le long hiver pluvieux s'était étiré en un printemps de grisaille interminable et tout le monde était déprimé. La chasse avait été difficile à cause du terrain boueux, et les denrées fraîches qui auraient dû égayer nos repas à ce temps de l'année avaient à peine commencé d'apparaître, tant la douce saison se faisait attendre.

Puis, au milieu du mois de mai, le mauvais temps se dissipa et le printemps et l'été arrivèrent ensemble. À la troisième semaine de mai, le parc s'était recouvert de verdure, et chacun avait retrouvé sa bonne humeur.

À présent, je connaissais les règles de la maison, explicites et implicites, et je pus donc, lorsque mon devoir le permettait et qu'Adrian me laissait libre, profiter du parc et des coins de la maison où nous étions admis, sans crainte de réprimande.

Contrairement au potager situé derrière la maison, l'un des endroits qui nous étaient clairement interdits était le jardin ornemental. Celui-ci se trouvait du côté est, immédiatement sous la terrasse, ce qui le reliait aux appartements de la famille. À cet endroit, le terrain glissait doucement vers la vallée de la Lyn, et afin de compenser cette inclinaison, un immense mur de pierre avait été construit tout autour du jardin, avec des arches et des ponts menant à l'extérieur, au nord vers l'étang, et à l'est, à travers le parc jusqu'à Cropston.

À l'exception des jardiniers eux-mêmes, qui devaient s'acquitter de leur tâche très tôt en matinée, et quitter l'endroit lorsqu'un membre de la famille s'y rendait, l'accès au jardin était réservé à la famille et à leurs invités.

J'avais remarqué ce jardin du haut de la fenêtre de la salle de musique, lors de la visite guidée que James m'avait faite, mais je n'avais jamais eu l'occasion d'y entrer jusqu'à ce matin-là.

En revenant de Groby, je traversai le pont sur la rivière Lyn et m'approchai du manoir, quand je vis quelqu'un me faire signe du haut des murailles du jardin.

Je m'avançai jusqu'au pied du mur, où je m'arrêtai sur ma monture. Jack mesurait soixante-dix pouces et j'avais six pieds de haut, mais le sommet du mur était encore loin au-dessus de ma tête. Cela réjouit grandement Lady Mary, qui avait grimpé en haut depuis la passerelle surélevée, à l'intérieur des remparts, et était à présent assise, balançant les jambes dans le vide, deux pieds au-dessus de moi.

— Holà, Richard ! Je vois le dessus de votre tête ! ricana-t-elle. Je n'ai jamais vu cela auparavant. Comme c'est étrange.

Je m'inclinai sur ma selle et la saluai. Bien qu'elle fût seulement une enfant, et que sa maladie l'eût rapetissée, je m'étais habitué, ces dernières semaines, à son allure et ses manières étranges, et je la considérai avec bienveillance. Elle n'avait jamais eu un mot hostile à mon égard, et c'était après tout une source de renseignements très utile.

— Bonjour, Lady Mary. Quelle belle matinée ! Le soleil est si bon. Je reviens tout juste de Groby et j'ai senti une chaleur comme je n'en avais pas sentie depuis l'été dernier, chez nous, dans le Devon.

Mary fronça les sourcils.

— Êtes-vous en train de dire que ma famille n'a fait preuve d'aucune chaleur envers vous depuis que vous vous êtes joint à nous ? En voilà un reproche !

Je levai vers elle un regard incertain. Les membres de cette famille étaient si malins. Un mot de travers et vous pouviez vous retrouver dans de beaux draps. À mon grand soulagement, elle quitta son perchoir au-dessus du mur, descendit derrière les remparts, et se mit à sauter sur place, toute joyeuse.

— Richard vint à cheval,
Fit une remarque incongrue ;
Richard vint à cheval,
Une lady l'avala tout cru !

Je m'inclinai après sa chanson et lui offris mon meilleur sourire.

— Très bien versifié, Madame. Je suis surclassé en hauteur, en intelligence et en chant.

Elle battit des mains.

— Très flatteur, Richard. Ils vont finir par vous transformer en vrai courtisan. Vous méritez une récompense. Venez s'il vous plaît vous joindre à moi au jardin, car il est aujourd'hui à son meilleur.

Je la remerciai, conduisis Jack le long du mur jusqu'au sentier vers Cropston, l'attachai au poteau, puis traversai la petite passerelle pour arriver à la porte du jardin. J'entendis un grattement derrière, mais la lourde porte en chêne massif cloutée de fer refusa de bouger.

— Pouvez-vous ouvrir la porte, Richard ? Elle est coincée.

Je poussai la porte et trouvai Mary à l'intérieur du jardin, toujours sautillante, et chantant sa chanson, dont elle semblait plutôt fière. Un jeune épagneul courait à ses pieds, qu'elle ramassa et cajola lorsque j'entrai.

Mon impression immédiate, en voyant le jardin pour la première fois, fut celle de l'ordre qui se dégageait de l'ensemble : le rectangle formé par l'enceinte était idéalement proportionné ; les murs extérieurs étaient construits par degrés, formant tout autour une passerelle surélevée, quelque deux pieds plus bas que le sommet du mur, et quatre pieds plus haut que le centre du jardin. C'était un bel ouvrage de maçonnerie, qui abritait du vent tout en offrant une vue imprenable non seulement sur le jardin, mais aussi sur les terres du parc au-delà.

Le centre du jardin était divisé en quatre rectangles égaux par des sentiers remblayés de deux pieds de haut, bordés par des haies de buis, basses et finement taillées. À l'intérieur des rectangles se trouvaient des parterres, c'est-à-dire des pelouses surbaissées, taillées très court pour former des motifs compliqués qui me firent immédiatement penser à la dentelle de Honiton. La terre entre les motifs était sèche et complètement dépourvue de mauvaise herbe.

— Ça vous plaît ? demanda Mary avec fierté.

— C'est époustouflant, Madame. Je n'aurais pas cru qu'un simple jardin – car, malgré ses motifs complexes, il comporte peu de plantes différentes – puisse dégager une telle atmosphère de sérénité.

Elle applaudit à nouveau, visiblement enchantée par ma réponse.

— Monsieur Aylmer dit qu'il répond aux idéaux de l'Église réformée, car il oppose la simplicité à l'ostentation, et amène de l'ordre dans le chaos. Jane dit que ce jardin est une seconde chapelle, car vous pouvez ici être près de Dieu, et Sa parole devient claire à vos yeux, inaltérée par la cacophonie du quotidien.

Ce n'était pas la première fois que je remarquais son aptitude à retenir une phrase et à la répéter mot pour mot. Mais dans cette redite de perroquet se trouvait une idée qui me resta en tête et ne me quitta plus. L'ordre dans le chaos : voilà exactement ce que je cherchais, et ici, dans ce magnifique jardin, la simplicité semblait être la solution.

C'est alors que je pus comprendre, peut-être, pourquoi Lady Jane et John Aylmer s'habillaient avec tant de sobriété, comparativement aux gens de leur entourage. Si ma vie était compliquée, celle de Jane devait l'être mille fois plus. Elle était soumise à tant de pressions, à tant de supplices. Peut-être que, quand elle venait se recueillir au parc, elle parvenait à les surmonter en se retirant dans le cadre ordonné de ses livres, et dans les simples vérités de sa religion. Peut-être le jardin m'apporterait-il des réponses à moi aussi ? Je promenai le regard en quête d'inspiration.

Tandis que j'étudiais tout autour de moi cet ordre parfait, Mary m'observait.

— Il vous a atteint vous aussi, n'est-ce pas ? Le jardin ? Vous semblez tout à fait absorbé par vos réflexions. Était-ce à ma sœur que vous pensiez ?

Je la regardai, stupéfait. Comment avait-elle su que je pensais à Lady Jane ?

Je levai les yeux devant moi, toujours préoccupé par Lady Jane et ses ennuis.

— Oui, je pensais à elle. Comment le saviez-vous ?

Un air étrange et dérobé passa sur son visage, et elle se détourna de moi avant de répondre, comme si le fait de croiser mon regard eut pu briser l'enchantement de cet instant.

— Car elle ne cesse de penser à vous. Elle me l'a dit.

Elle se tourna pour observer l'effet que produisaient ses mots.

Je la fixai, presque muet d'étonnement.

— Vraiment?

— Bien sûr que si. Vous devez l'avoir remarqué. Cat ne vous lâche pas des yeux. Elle dit qu'elle rêve de vous. Elle n'arrête pas de songer au jour où vous nous avez emmenées à la mer – quand vous l'avez soulevée de sa selle, dans la forêt. Vous vous rendez compte qu'elle m'avait demandé de desserrer sa robe et de délacer sa pièce d'estomac avant que nous partions ce matin-là? Je suis certaine qu'elle est amoureuse de vous, mais quoi que vous fassiez, ne lui dites pas que je vous l'ai dit.

À présent, j'étais tout à fait déconcerté. Si j'avais trouvé l'ordre l'espace d'un instant, celui-ci venait de céder la place à un chaos total. Je ne pouvais plus me concentrer: il me fallait du temps. Les yeux noirs et pénétrants de Lady Mary s'étaient à présent posés sur moi. Cherchant à rassembler mes esprits, je flânai un peu dans le jardin, sans rien voir, la tête tourbillonnante. Je me retournai pour m'apercevoir qu'elle me suivait derrière, à distance respectueuse, étreignant son chiot, comme si elle sentait ma détresse.

— Catherine se soucie de moi? Est-ce vrai? Cela se peut-il?

— Bien sûr que si, mais ne voyez-vous pas que cela empire les choses, au lieu de les améliorer?

J'étais encore plus désorienté. Cela n'avait pas de sens. Cette enfant ne savait pas de quoi elle parlait.

— Comment cela? En quoi cela peut-il être pire, si je… et qu'elle?…

Mary caressa les longues oreilles de son petit animal.

— Il ne comprend pas du tout, n'est-ce pas, Floppy?

Elle posa le chiot par terre, et il s'assit face à elle, entendant son nom. Mary leva le bras pour me prendre la main et me conduisit jusqu'à l'escalier qui montait vers la terrasse, sous la salle de musique. Elle se retourna pour s'asseoir sur la première marche, ses yeux noirs prenant pour la première fois un regard doux, dépourvu de son acuité habituelle.

— Catherine vous aime bien. Peut-être est-elle même amoureuse de vous : elle est d'une nature très romantique. Qui sait ? Vous êtes le premier à l'avoir… enfin, vous savez. Mais c'est différent, ici. Dans le Devon, vous étiez une idylle, un étranger, un rêve, une amourette. Mais nous sommes de retour à la maison, et vous êtes ici en qualité de domestique : il faut qu'elle revienne à la réalité. C'est si difficile pour nous toutes. Nous avons si peu de liberté. Nous sommes prisonnières de notre condition.

Une fois de plus, j'entendais l'écho des paroles de quelqu'un d'autre, mais de qui ? Jane ou bien Catherine ?

J'aperçus du coin de l'œil un éclair de mouvement derrière la fenêtre de la salle de musique. Mary suivit mon regard. Elle se leva immédiatement et se mit à traverser le jardin, me reconduisant vers la porte où je venais d'entrer, à peine quelques minutes auparavant. Elle me quitta avec un murmure complice.

— Vous devez prendre garde, et elle aussi.

L'instant était passé et l'enchantement rompu. Notre conversation avait brusquement pris fin ; il n'y avait plus rien à dire.

J'avais pris congé d'elle et, pendant une heure, j'étais allé faire galoper Jack à travers le parc, essayant de m'éclaircir les idées, de remettre de l'ordre dans le chaos. Mais le jardin de mon esprit était bouleversé, ses terres retournées sens dessus dessous, et l'ordre n'y voulait plus revenir.

# Chapitre 10

# Fin mai 1551
# Groby, dans le Leicestershire

L'une des nombreuses questions qui tournoyaient dans ma tête reçut une réponse quelques jours plus tard. Le beau temps s'était maintenu. La saison de la chasse n'était pas encore commencée, et tous les chevaux étaient dehors dans l'herbe fraîche. Ainsi, Adrian et moi profitâmes de cette occasion pour nous libérer de nos obligations et décidâmes de nous rendre au lac de Groby afin de taquiner le poisson.

Des cannes à pêche, avec leurs lignes tressées de crin et de boyaux de chat, étaient entreposées au moulin pour pêcher dans l'étang de Bradgate, et nous chevauchâmes à travers la forêt en les portant bien droites sur nos étriers, comme des lances. C'était une parfaite matinée de juin : fraîche, après un lever du jour chargé de rosée, mais avec un ciel dégagé et la promesse d'une journée chaude et ensoleillée.

Adrian affichait sa bonne humeur coutumière et entendait bien profiter de cette journée de pêche, sans qu'aucune responsabilité ne puisse venir l'embêter. D'habitude, quand nous chevauchions ensemble, nous allions le plus vite que nous le pouvions et rivalisions pour franchir tous les obstacles du chemin. Cette compétition commençait d'habitude par des sauts faciles, puis plus difficiles, suivis d'essais plus improbables et, inévitablement, de tentatives impossibles.

Ce jour-là, nos «lances» de pêche nous interdisaient pareil comportement, et nous avions dû nous résigner à converser tranquillement pendant la durée du trajet.

— Eh bien, Richard. Cela doit bien faire un mois que j'ai vu pour la première fois ton visage souriant à Bradgate. Tu sembles t'intégrer très bien : ma charge de travail n'a jamais été aussi légère et aucun membre de la famille n'a eu matière à nous chercher quelque défaut. Je te félicite pour cet excellent début. Puisse notre réussite continuer longtemps, car je crois que nous formons ensemble une équipe très capable.

Je levai ma «lance» en guise de salut.

J'étais à la fois très content et très soulagé d'entendre ces louanges, car jusqu'ici, je ne savais pas très bien comment Adrian percevait mes efforts. J'avais certainement travaillé très dur pour mieux connaître et mieux comprendre chacun des aspects du domaine de Groby, de Bradgate Park, et du manoir lui-même.

— Merci bien, Adrian. Je suis content de te l'entendre dire, car durant les premiers jours, je craignais que les choses tournent autrement.

Adrian parut surpris de ma remarque, retint sa monture et se tourna vers moi en fronçant les sourcils.

—Autrement? Pourquoi donc? Avais-tu donc si peu confiance en tes habiletés?

— Certainement pas. Je n'ai jamais douté de moi, mais je n'étais pas certain que nous nous entendrions bien. Puisque Lord Henry m'a nommé à ce poste en ton absence, je pensais que tu me verrais comme un usurpateur, comme une menace pour ta situation.

Adrian arrêta son cheval et me lança un regard sévère.

— Te voyais-tu comme un usurpateur ?

Je secouai la tête et levai la main, paume vers l'extérieur, comme en signe de reddition.

— Absolument pas. Je me souciais de ta situation, c'est tout.

Pendant ce qui parut une éternité, mon compagnon resta cloué sur sa selle et me regarda. Puis, lentement, il sembla se faire une idée, et relança sa monture d'un coup d'étriers.

— Merci de t'en être inquiété, mais malgré les félicitations que je viens de t'adresser, je ne t'ai jamais considéré comme une menace. Ta nomination a contribué à mon avancement, et Lord Henry m'en a informé par écrit avant notre rencontre.

Nous lançâmes nos deux montures au trot, comme pour laisser derrière nous ce moment d'inconfort. Nous chevauchâmes en silence pendant cinq minutes ; puis, Adrian se mit à parler, gardant les yeux devant lui, le long du chemin à travers la forêt.

— Je suis ambitieux, Richard. Je ne suis pas venu à Bradgate Park pour être un simple domestique et je n'étais même pas satisfait d'occuper le poste que tu détiens. Autrefois, mon père était un homme riche, un marchand prospère doté d'une clientèle fortunée au sein notre sainte mère l'Église, qui lui payait grassement ses marchandises sans chicaner. Mais lorsque les monastères ont fermé, ses affaires ont périclité. Il les a menées assez longtemps pour payer mon éducation, mais en bout de ligne, c'était trop dur. Ma mère est morte de chagrin et mon père vit maintenant dans la pauvreté.

Je ne savais pas quoi dire.

— Adrian, je suis désolé. Je ne savais pas.

Il repoussa cette main tendue d'un haussement d'épaules.

— Tu ne pouvais pas le savoir. Presque personne n'est au courant. Lord Henry le sait, lui. Il connaissait mon père et le respectait. Cette famille fut mon salut. Grâce à leur bonté et leur générosité, maints jeunes hommes comme John Aylmer et moi ont pu s'offrir une éducation, un rang, et une situation dans ce monde. Les mauvaises langues disent que Lord Henry est trop entiché des jeunes garçons, et qu'il leur tend une main amicale seulement pour en venir à ses propres fins ; mais il ne m'a jamais fait d'avances.

— Ce sont de grossières diffamations, répondis-je. Qui en est l'auteur ?

— Ses ennemis. Comme tous les hommes de pouvoir, en particulier ceux qui sont proches de la cour, Lord Henry a des ennemis. Ce qui n'arrange pas les choses, c'est que Lady Frances traite les sots comme des imbéciles et les compétiteurs comme des chiens, et la plupart du temps elle sait reconnaître les deux. Je te conseille de ne pas encourir sa colère si tu veux sauver ta peau. Il vaut mieux ne pas te préoccuper de telles rumeurs : juge les gens comme ils te paraissent, prête l'oreille à leurs conseils, mais au bout du compte, tire tes propres conclusions. Il faut se souvenir d'une chose, Richard. Nous vivons dans un monde dur où chacun doit veiller sur lui-même. J'ai l'intention d'améliorer ma condition et je me fiche d'écraser quiconque m'empê-chera d'y parvenir. Alors travaille avec moi et nous nous entendrons bien, mais mets-toi sur mon chemin et tu le regretteras.

La conversation était devenue difficile et nous nous réfugiâmes tous deux dans un silence inconfortable pour le reste du trajet jusqu'à Groby.

Le lac était profond et tranquille, surplombé d'arbres des deux côtés. Le soleil avait réchauffé l'eau et accéléré la croissance des algues, de sorte qu'elles recouvraient plus de la moitié de la surface. Néanmoins, nous avions pu trouver deux trous dans ce couvert algueux, à l'ombre d'un grand chêne, mais assez loin du fût pour que nous puissions lever nos cannes sans nous prendre dans ses branches.

Adrian avait demandé à l'un des valets d'écurie d'aller nous déterrer une bonne quantité de petits vers dans le tas de fumier, et ils se révélèrent de fort bons appâts. Quand le soleil eut suivi sa course assez longtemps pour nous faire perdre l'ombre du chêne, nous avions déjà pris une douzaine de poissons, dont une carpe de bonne taille, ainsi qu'un long brochet qui avait croqué le petit gardon qu'Adrian était en train de pêcher, et s'y était accroché avec une telle férocité que j'avais pu sauter dans l'eau pour l'attraper, et le rapporter sur l'herbe avec l'autre poisson.

J'avais fait assez de vacarme pour apeurer tous les poissons du lac, ainsi nous décidâmes de trouver un autre endroit ombragé et de récupérer nos flacons de bière, que nous avions laissés auprès des chevaux attachés.

— Peuh ! Cette bière est chaude comme de la pisse ! s'écria Adrian, dégoûté, car son flacon de bière était resté pendu à sa selle, et la bête s'était rendu compte que les mouches lui donnaient du répit lorsqu'elle se tenait en plein soleil.

— Essaye donc celle-là.

J'avais emporté ma bière dans un pot de grès que j'utilisais depuis des années, et qui m'avait été offert à Lyme. C'était un ouvrage de poterie vernissée, rond, avec deux anses perforées où passait une courroie qui servait à le porter. On appelait cela un « hibou » dans cette région du Dorset, m'avait-on dit, et je savais par expérience que ce «hibou» pouvait garder mes boissons bien au frais durant les foins et autres activités estivales, dont celles que l'on avait coutume de faire dans la paille une fois que les foins eux-mêmes étaient terminés.

— Voilà qui est mieux. Bravo, Richard. Vive les usages de la campagne !

Adrian s'allongea dans l'herbe sèche sous notre nouvel arbre, profitant de la chaleur de ce début d'après-midi.

— Pour en revenir à notre conversation de ce matin, Richard, dit-t-il sans ouvrir les yeux, te décrirais-tu comme quelqu'un d'ambitieux ? Étais-tu pauvre, quand tu étais jeune ?

C'était une question importante et difficile, à laquelle il fallait se garder de répondre trop vite. Je m'appuyai sur un coude, enlevai le brin d'herbe que j'avais entre les lèvres et méditai une réponse.

— Ce fut différent, pour moi. J'ai été élevé dans une ferme. Mis à part quelques marchands de Colyton, la ville la plus proche du lieu où j'ai grandi, je suppose que tous les habitants de mon coin de pays pourraient être considérés comme «pauvres», selon les critères que tu évoquais ce matin. Mais nous étions tous dans la même situation, nous avions suffisamment à manger la plupart du temps, sauf, peut-être à l'arrivée du printemps, quand les provisions de l'hiver commençaient à manquer, et que les nouvelles récoltes n'étaient pas encore prêtes ; mais cela, tout le monte le vivait chaque année, alors c'était normal. Au cours des cinquante dernières années, le commerce de la laine a amélioré le sort des gens de Colyton et je suppose que cette prospérité déteint aussi sur les fermiers de l'endroit : nous avions donc un peu plus que par le passé. L'un de mes amis du voisinage, le docteur Thomas Marwood, dit que toute richesse est relative. Il dit qu'un grand seigneur qui aurait perdu deux de ses trois domaines s'imaginera qu'il a tout perdu, alors qu'un pauvre homme qui n'avait pas de quoi se nourrir ou se loger, et qui vit à présent sous un toit, le ventre plein, croira que ses prières ont été exaucées.

Adrian ouvrit les yeux, surpris.

— Nous avons un philosophe parmi nous. Mais toute cette philosophie te rend-elle ambitieux ?

— Je ne sais pas. C'est-à-dire, je n'en suis pas sûr. Mon père croyait en la valeur du travail et c'est ainsi qu'il m'a élevé. Il dit que la plupart des fermiers reçoivent la ferme sur laquelle ils vivent et ne peuvent la troquer pour une autre, mais que tous devraient cultiver leurs terres du mieux qu'ils le peuvent. Personnellement, je veux vivre pleinement ma vie, mais je ne suis pas encore certain de la direction à prendre. Thomas Marwood m'a dit de me souvenir que « la soif de savoir vaut mieux que la soif de pouvoir ». Je pense être d'accord avec lui là-dessus – même si je ne connais pas grand-chose des deux pour l'instant.

Adrian rit.

— Très drôle, Richard, mais je ne suis pas sûr d'être d'accord. J'ai eu l'occasion d'observer le pouvoir et de vivre à proximité. Le pouvoir amène la richesse. Et la richesse peut tout acheter : le manger, le boire, le savoir, et même, selon certains, le salut éternel.

J'en doutais, aussi je m'abstins de répondre. Bradgate Park et l'existence de la famille Grey attestaient en eux-mêmes ce qu'il venait de dire. Pourtant, la répartition du butin était très inégale. Lord Henry et Lady Frances usaient visiblement de leur pouvoir afin de créer de la richesse et semblait user de cette richesse afin d'acquérir encore plus de pouvoir. Mais depuis ma récente arrivée parmi eux, je n'avais pas vu grand-chose qui me laissât croire que leur soif de pouvoir fût accompagnée d'une quelconque soif de savoir. Quant au salut éternel, je n'aurais pas gagé là-dessus.

Mais l'attitude de Lady Jane était tout à fait opposée. Elle ne paraissait aucunement avide de pouvoir et n'était pas portée à faire étalage de sa richesse par des tenues extravagantes, préférant s'habiller simplement. Et son insatiable désir de connaître ne se démentait pas. John Aylmer l'avait bien résumé quand nous nous étions rencontrés pour la première fois à Warwick Castle. Et pour ce qui était du dernier point soulevé par Adrian, j'étais certain d'une chose : dans la course vers le salut éternel, Lady Jane avait déjà une bonne longueur d'avance sur les autres.

Tout cela m'apparaissait très clairement à l'esprit, et je me dressai soudain sur mon séant, de sorte qu'Adrian ouvrit les yeux et fit de même, craignant d'avoir dit quelque chose de mal.

— Merci, Adrian. Tu as répondu à une question qui me troublait.

Il bondit sur ses pieds.

— Maintenant, retournons au travail : le poisson nous attend. Je te parie que tu ne pourras pas répéter ton exploit de ce matin en attrapant deux poissons l'un dans l'autre !

Nous retournâmes au bord de l'eau en riant.

# Chapitre 11

## Début juin 1551
## Bradgate Park

Une semaine plus tard, je songeais de nouveau à cette partie de pêche. Je m'étais rendu au sommet de la colline de Warren, à environ un mille au nord de la maison, avec Zachary Parker. Zack m'avait dit que des faucons pèlerins nichaient dans les rochers non loin du sommet de la colline, et il avait accepté de me montrer l'emplacement du nid. Bien que j'eusse de la fauconnerie une expérience considérable – je ne me rappelais pas la première fois où j'avais travaillé avec des faucons –, je n'avais jamais eu la chance d'en élever un moi-même. Cette couvée avait, selon Zack, environ huit semaines, commençait déjà à voler, et le moment était venu de la sortir du nid.

C'était un pari risqué. Il était notoirement difficile d'élever et d'entraîner un fauconneau pour la volerie : il fallait lui consacrer toute son attention durant les premiers jours, et la plus grande partie des premières nuits ; et si je m'étais décidé à essayer, c'était parce que Lord Henry et Lady Frances étaient partis en visite chez la cousine de cette dernière, la princesse Marie, à Audley End, dans l'Essex. Ils ne reviendraient pas avant une semaine au moins.

Le pèlerin présentait un autre risque : traditionnellement, les aigles et les pèlerins étaient réservés à la royauté et je n'avais certainement pas le rang nécessaire pour en posséder un. Je m'étais dit, cependant, que si je pouvais faire voler l'oiseau jusqu'à ma main, et le faire répondre à mes ordres, je pourrais le présenter officiellement à Lady Frances (qui, pensai-je, était suffisamment noble pour mériter l'espèce) et continuer de le faire voler en son nom lors de nos expéditions de fauconnerie. Ce serait un bon stratagème s'il fonctionnait, car il me permettrait non seulement de chasser au faucon avec la famille, mais aussi de rentrer dans les bonnes grâces de Lady Frances. Si je voulais un jour faire des progrès avec Catherine, c'est là que je me devais d'être.

En l'occurrence, tout ce stratagème n'avait rien donné, car les oiseaux s'étaient enfuis du nid quand Zack avait escaladé les rochers, et, furieux, n'avaient cessé de tournoyer autour de nous jusqu'à ce que nous abandonnions pour la journée et regagnions nos montures. Nous avions convenu que le seul espoir de réussite était de se faufiler jusqu'au nid, à l'aube le lendemain matin, et d'essayer de capturer l'un des oisillons à la nasse sitôt que les parents prendraient leur première volée de la journée. Pour être franc, je considérais que nos chances étaient minces, mais Zack était si enthousiaste, et si persistant, que la plupart de ses stratagèmes finissaient par fonctionner.

Alors que j'arrivais aux étangs à poissons du manoir, je tins la bride haute à Jack et nous suivîmes les eaux tumultueuses du bief, contournant le jardin potager à l'arrière de la maison. J'étais à peine sorti du couvert des arbres, me rappelant avec satisfaction la conversation que j'avais eue à la pêche avec Adrian quelques jours auparavant, quand une mince silhouette débouchant des buissons en bordure du sentier me fit sursauter.

— Bonjour, Richard, s'écria Catherine avec nonchalance. Je croyais t'avoir reconnu, descendant la colline, il y a quelques instants. Qu'est-ce qui t'a conduit à la colline de Warren de si bon matin?

—Lady Catherine! Vous m'avez surpris.

Je rejetai ma cape en arrière (car le temps était froid lorsque j'étais parti au petit matin), mis pied à terre et attachai Jack à une branche.

J'étais content d'avoir la chance de la rencontrer seul à seul, et mon cœur se mit à battre plus fort.

— Bonjour, Madame, c'est un plaisir de vous voir.

— J'aimerais que tu m'appelles Catherine quand nous sommes seuls.

Elle me regarda du coin de l'œil.

— De toute façon, je ne suis pas ta dame.

Elle s'éloigna de quelques pas, puis se retourna, leva la tête et me regarda directement dans les yeux.

— Pas encore.

Mon cœur battit encore plus fort. J'étais à bout de souffle. Je m'empressai d'aller vers elle et lui prit les mains. Je la tirai vers moi; elle sortait du bain, je sentis le savon et le mélange d'herbes dont elle aimait se servir.

— Catherine!

Je la pris dans mes bras et elle ne me résista pas. Je l'embrassai et elle répondit en me serrant plus fort et en ouvrant la bouche, d'abord avec hésitation, puis avec avidité. Je pouvais sentir la chaleur de son corps tandis que je la serrais tout contre moi, enroulant ma cape autour d'elle.

Il y eut un bruit de pas et des rires, quand deux jeunes servantes passèrent de l'étang à la porte du jardin potager, portant toutes deux un même panier de poissons. Elles nous virent et rebroussèrent chemin, discrètement. Tandis qu'elles rentraient à la maison en courant, je pus entendre leurs bavardages et leurs petits rires excités.

Catherine recula et m'examina du regard, hésitante, son expression changeant d'un instant à l'autre. Je m'avançai et passai un bras autour de son cou, la ramenant derrière ma cape. Nous nous tînmes tout près l'un de l'autre, échangeant nos souffles, savourant l'instant sans savoir si cette interruption avait rompu le charme ou si nous pouvions, ou devions, continuer là où nous avions laissé.

Elle se mit à murmurer contre ma poitrine, comme si elle n'osait pas me regarder en pleine face pour me le dire. Elle parlait doucement, avec hésitation, de sorte que je dus me pencher pour entendre ce qu'elle disait.

— Richard... Est-ce vrai... pour toi, je veux dire ? Dis-moi que je ne serai pas qu'une autre de tes conquêtes.

Je lui caressai les cheveux et parlai à travers ses mèches, car je craignais également que nos regards se croisent.

— Quelles conquêtes ?

À présent elle s'éloigna de moi, le visage ruisselant de larmes.

— Je sais que tu as de l'expérience, que tu as connu bien des filles. Elles sont toutes à tes pieds. Les jeunes servantes te regardent quand tu passes, elles se donnent des coups de coude, elles rougissent. Je les ai vues. Tu es grand, fort et beau... et si séduisant. Tu dois avoir troussé la plupart des filles de ce domaine, si la moitié des rumeurs sont vraies.

J'essuyai les larmes sur sa joue du revers de ma main, lui baisai un œil, puis l'autre, puis les lèvres, et je la ramenai sous le couvert protecteur de ma cape.

— Petite sotte ! Tu sais bien qu'il ne faut pas se fier à de pareils racontars. Je ne crois pas qu'il y ait des rumeurs, contrairement à ce que tu dis, mais s'il y en a, elles sont toutes fausses. Je n'ai pas touché à une seule fille, ni même remarqué une seule autre fille depuis le jour où nos regards se sont croisés devant la cheminée de Shute House. Tu dois me croire, car c'est la vérité de Dieu.

Elle me donna un petit coup à la poitrine.

— Pas de blasphèmes, Richard.

Je savais que ce n'était pas une réprimande : je pouvais entendre le soulagement dans sa voix. Je l'étreignis très fort, puis, lentement, pour ne pas de nouveau rompre le charme, je m'éloignai un peu et me penchai pour que nos yeux soient parfaitement alignés.

— Catherine, je t'aime. C'est aussi simple que cela. Il n'y a aucune autre femme dans mon univers, rien que toi.

Elle s'accrocha à moi, tremblante, pleurant comme l'enfant qu'elle était encore lorsqu'elle avait laissé tomber le masque, et reniflant contre mon justaucorps.

— Oh, Richard ! Qu'allons-nous faire ? C'est si difficile ici pour Jane, pour Mary et pour moi. Nous sommes astreintes à un régime spartiate. Lever à l'aube, prières matinales, déjeuner, études, dîner, encore des études, souper, études musicales, lecture, puis coucher, et le cycle recommence. Le seul répit que nous avons dans cette prison est que notre geôlier, monsieur Aylmer, est l'homme le plus aimable qu'on puisse souhaiter. Sans cela, je pense que nous serions toutes devenues folles. Jane en particulier, car elle essuie le plus gros du mécontentement de nos parents.

Je caressai doucement le dos de sa tête.

— Je les ai vus faire, mais je ne comprends pas pourquoi. Car entre vous trois, c'est certainement l'étudiante modèle ?

Elle leva les yeux vers moi et se frotta les paupières pour en essuyer les larmes.

— C'est bien là le problème. Elle les a surpassés, par son maintien, par ses connaissances en musique, en langues anciennes et modernes. Mais surtout, elle les a trop devancés

en matière religieuse et philosophique. Ils se sentent mala-
droits et stupides en sa présence et s'imaginent qu'elle se
moque d'eux derrière leur dos. Leur ambition est facile à
voir, car Jane se distingue comme un phare. Ils ont toujours
voulu la marier à notre cousin le roi. C'est ainsi qu'on l'a
formée depuis qu'elle est toute petite. Mais maintenant, alors
qu'elle a toutes les grâces nécessaires et que son intelligence
a rejoint celles du roi Édouard et de la princesse Élizabeth,
ils sont incapables de remplir le contrat. Les promesses de
Thomas Seymour n'ont rien donné, et ma sœur a été sacri-
fiée à cet intrigant coureur de jupons, avec ses visites matinales et ses mains baladeuses. Un homme dégoûtant !

Quelque chose dans ce qu'elle venait de dire me fit
songer à une conversation passée – mais avec qui ? Mary,
peut-être. Mais ce n'était pas le moment de parler de Lady
Jane. Je voulais parler de Catherine – et de moi.

— Quels sont leurs plans à ton égard, Catherine ?

— Je ne sais pas. Ils me marieront à quelqu'un, bien
entendu. Quelqu'un de puissant, qui renforcera la carte
maîtresse de ma mère, ses liens avec la royauté, et apportera
à ma famille la richesse et le pouvoir supplémentaires qu'elle
croit mériter.

— Veux-tu dire qu'ils pourraient te forcer à épouser
n'importe qui ? N'as-tu pas le choix ?

— La loi dit que notre avis doit être pris en compte, mais
en réalité, nous sommes forcées d'accepter. Deux choix
s'offrent à nous. Soit accepter tout de suite, ce qui est la
voie facile, ou bien résister, pour finalement accepter de
force, ce qui est la voie plus difficile.

Tous mes instincts protecteurs furent alors alertés.

— Mais c'est scandaleux ! Nous pouvons sûrement faire
quelque chose. Ne pourrions-nous pas nous marier secrètement ?

C'est alors qu'elle me sourit comme elle souriait à son chiot en lui expliquant les règles élémentaires de la maison.

— Le mariage serait annulé. On ferait appel à des médecins pour témoigner de ma virginité, de sorte que, à tout prendre, le mariage n'aurait pas été consommé, et tu disparaîtrais tranquillement en l'espace d'une semaine. C'est *ça*, la réalité.

Je sentis que les rôles avaient été subitement renversés. Une minute avant, j'étais le plus fort, celui qui la réconfortait ; à présent, je ne savais plus que faire, et c'était elle qui prenait les rênes. Pour la première fois depuis que la famille Grey était entrée dans mon existence, je compris à quel point leur influence dominait la vie de ceux qui l'entouraient.

Je devais ramener la conversation dans la bonne direction, celle qu'elle prenait avant que je l'interroge à propos de Jane. Catherine ne m'avait pas réellement déclaré son amour ; elle l'avait seulement sous-entendu par sa jalousie apparente.

— Catherine ?

Je pris son visage entre mes mains.

— M'aimes-tu autant que moi je t'aime ?

Ses larmes coulèrent de plus belle, et même plus encore qu'avant.

— Bien sûr que oui. Mais qu'allons-nous faire ? Je ne peux pas t'épouser. Ils ne me le permettraient jamais, et même s'ils le faisaient, le roi s'y opposerait.

— Le roi ? Quel rapport avec le roi ?

Elle secoua la tête et soupira, voyant que je ne connaissais aucunement les rouages de la haute société. Notre entretien commençait à mal tourner. Je désespérai de trouver une solution.

— Nous pourrions devenir des amants secrets.

Je regrettai ces mots aussitôt que je les prononçai.

— Secrets ? As-tu déjà essayé de garder un secret dans cette maison ?

Soudain, nous entendîmes le son d'un cheval qui approchait. Nous nous séparâmes, Catherine essuyant ses yeux rougis du mieux qu'elle le pouvait, tandis que j'essayais de prendre un air détendu et indifférent.

— Je dois y aller, Richard. Nous trouverons quelque chose. Ne m'oublie pas.

Sur ce, elle disparut, se glissant à travers une brèche dans la haie tandis que le cheval approchait, laissant apparaître la figure d'Adrian sur le chemin.

— Holà, Richard ! Que fais-tu là ? Tu ramasses des chenilles ?

Il examina la scène des yeux : le cheval attaché, les traces de pas en bordure du sentier, l'étroite brèche dans la haie menant vers la maison.

Il me fit signe d'approcher, affichant un sourire amical mais sérieux.

— Viens, Richard. Chevauchons ensemble un instant : j'ai des choses à te dire.

Je montai en selle et nous contournâmes ensemble la maison avant de nous en éloigner, remontant la rivière Lyn jusqu'à atteindre le barrage qui détournait une partie du courant vers le bief. Les eaux débordaient par-dessus le barrage, produisant un bruissement sonore qui masquerait notre conversation.

— Tu es un bon gars, Richard, mais tu en as long à apprendre sur la vie au sein de cette famille. Tu es amoureux de Lady Catherine et tu crois que vous avez un avenir ensemble.

J'allais protester, mais Adrian me fit taire d'un geste.

— N'essaie pas de le nier. Je t'ai vu lui faire les yeux doux. Tu n'es pas le premier, ni le dernier. Elle en a brisé des cœurs, et le tien n'est pas le premier. Elle est belle, intelligente, bonne musicienne, et de sang royal. Elle fera une bonne compagne à celui qui l'épousera, Richard. Mais ce ne sera pas toi, sauf dans un monde à l'envers.

Encore une fois, je voulus répondre, mais Adrian n'avait pas terminé.

— Mais ce n'est pas là le réel danger. Le vrai danger, c'est qu'elle te regarde de la même manière. Je l'ai remarqué, et certains des domestiques aussi. Jusqu'ici, Lady Frances semble avoir été trop préoccupée par ses propres affaires pour se rendre compte de quoi que ce soit. Mais lorsqu'elle le fera, tu seras dans de beaux draps. Prends garde, Richard. Prends garde. Par égard pour elle mais aussi pour toi.

Il tourna bride et s'éloigna, me laissant assis sur Jack au bord de la rivière, encore une fois égaré dans mes réflexions.

## Chapitre 12

# Mi-juin 1551
# Bradgate Park

Au fil des semaines, je finis par comprendre que l'étendue de Bradgate Park avait un effet considérable sur la façon dont fonctionnait le domaine en tant que communauté.

En rétrospective, cela paraît idiot, mais cette constatation évidente ne s'était vraiment imposée à mon esprit qu'à la mi-juin, un soir d'été. J'étais assis à l'écart dans la salle des domestiques, qui profitait toujours d'un moment de tranquillité après le souper. Les tables étaient déjà débarrassées et nettoyées, mais la plupart des domestiques – ceux qui n'avaient pas le privilège d'avoir une chambre (même partagée) – n'étaient pas encore revenus avec leur literie pour s'apprêter à dormir sur le jonc répandu par terre.

J'aurais voulu me botter le derrière lorsque je compris la naïveté de l'erreur que j'avais commise. J'avais supposé que la vie quotidienne à Bradgate, bien qu'à une échelle beaucoup plus grande, serait essentiellement semblable à ce qu'elle avait été à Shute. En réalité, les deux endroits ne pouvaient pas être plus différents.

Shute avait été une seule et unique communauté. Même si tout le monde, du plus haut placé au plus inférieur, avait sa place assignée et la connaissait, chacun partageait le même espace : nous nous croisions plusieurs fois par jour et parlions souvent entre nous lorsque cela se produisait. Tout le monde connaissait tout le monde et la plupart du temps nous étions au courant de tout ce qui se passait autour de nous.

Dans le calme passager de ce soir-là, je compris enfin deux choses : non seulement Bradgate fonctionnait comme deux communautés distinctes (la famille et les domestiques), mais l'édifice lui-même avait été construit dans ce dessein, l'aile est ayant été conçue dès le départ pour servir d'appartements privés à la famille. Lorsque j'y réfléchis de plus près, il m'apparut également que cette décision avait été renforcée au fil du temps. En effet, comme l'intendant James Ulverscroft me l'avait expliqué lors de ma première visite de l'édifice, les cuisines privées dans le coin de l'aile est avaient été ajoutées plus tard (par Thomas Grey, le second marquis, dans les années 1520) et, conséquemment, cette partie de l'immeuble était devenue autosuffisante, du moins au jour le jour. En vérité, la famille s'éloignait de plus en plus (quoique discrètement) des gens ordinaires comme moi, et cela comprenait les autres serviteurs de la maison.

Je compris aussi que cette séparation m'affectait directement, et de plusieurs manières. Cela m'empêchait de parler à Catherine aussi souvent que je l'aurais voulu (c'est-à-dire tous les jours) et c'était pour cette raison également que je n'avais pu reprendre mes échanges avec John Aylmer. Je constatai qu'il avait réussi à faire la transition et à intégrer le cercle familial : en conséquence, on lui avait assigné une chambre au dernier étage de l'aile est, et il mangeait avec la famille lorsqu'elle se retirait dans ses appartements. Inversement, je ne semblais pas être devenu, après tout, membre à part entière du cercle familial des Grey, comme je l'avais espéré.

J'essayais encore de trouver un moyen de surmonter cet obstacle quand l'homme de la situation déambula devant la fenêtre, sur le côté de la maison, vers l'entrée arrière. Je sautai rapidement sur mes pieds et passai les portes en courant jusqu'à la grand-salle, à l'instant même où John Aylmer entrait par la porte arrière.

La famille s'était encore une fois retirée dans l'aile est, et il n'y avait aucun invité au manoir qui devait y dormir, la grand-salle était donc vide quand je fis irruption dans la pièce. John Aylmer semblait perdu dans ses pensées, mais il esquissa rapidement l'un de ses sourires amicaux quand il vit que j'étais sur le point de lui rentrer dedans.

Il parla avant que j'aie pu rassembler mes esprits.

— Richard, tout juste l'homme qu'il me fallait ! Je pensais à vous, en faisant ma promenade du soir. Je vous dois des excuses, car j'avais consenti à vous rencontrer de nouveau pour discuter de la reprise de vos études. Je ne pense pas que vous ayez beaucoup perdu dans l'attente, car je parie que vos premières semaines ici ont dû représenter pour vous une éducation suffisante. Venez, allons marcher à l'extérieur, l'air du soir est frais. J'en viens : je regardais les hirondelles attraper des fourmis volantes. Il y en a des centaines au-dessus du jardin potager ce soir, car le vent est presque muet.

Je ne pus retenir un sourire. Cet homme avait du style, et malgré toute son érudition, il avait conservé toute la sagesse rustique de son enfance dans le Norfolk.

— Heureuse rencontre, John. Je pensais à la même chose, et me disais que cette vaste demeure, son architecture particulière, avaient conspiré pour que nous ne nous rencontrions jamais.

John me prit le bras et nous empruntâmes l'entrée arrière pour rejoindre le sentier entre la maison et le jardin potager. Il agita la main dans les airs.

— Voyez leurs essaims ! Et quel festin pour les hirondelles.

Je hochai la tête, partageant l'enthousiasme de celui que j'espérais pouvoir considérer comme un ami.

— Alors nous devrions visiter la rivière, car je parie que les truites seront tout aussi friandes de ce cadeau de Dieu que le sont les hirondelles.

Nous nous éloignâmes de la maison, rejoignant la rivière tout juste en aval du barrage menant au bief. Le profond étang qui s'y trouvait regorgeait de truites bondissantes, lesquelles se gavaient de fourmis volantes avant de retourner sous l'eau. John s'assit sur le muret du bief et observa cette activité.

— Les merveilles de la nature… Elles sont sans fin, chaque saison offrant un don à la suivante, comme chaque génération d'hommes laisse un héritage à ceux qui suivent.

Il semblait heureux, mais j'étais d'une humeur plus sombre.

— C'est bien vrai, John, mais tout comme certaines années sont abondantes et d'autres maigres, de même le legs de certaines générations est-il davantage un fardeau, et moins un don, que celui d'autres générations.

Il posa une main sur mon bras.

— Vous êtes inquiet, Richard. Que se passe-t-il ? À votre âge, vous devriez vous sentir invincible.

Sitôt que j'ouvris la bouche, mon cœur se déversa dans un flot de paroles.

— Je suis si dérouté, John. Chaque matin, je m'éveille plein d'énergie et d'optimisme, souhaitant remplir cette journée jusqu'à débordement. Mais presque tous les soirs, quand je m'endors, je ressens… eh bien, non pas une tristesse, le mot serait trop fort, mais une déception, comme celle d'une occasion manquée, comme si la journée avait été trop courte, ou incomplète. J'ai en moi un appétit, mais je ne sais de quoi. Tout juste avant que je quitte le Devon, mon ami et mentor, le docteur Thomas Marwood, m'a dit qu'il valait mieux avoir soif de savoir plutôt que soif de pouvoir. Je pense être du même avis. Je n'aime pas le pouvoir. Je n'aime pas l'effet qu'il produit sur les gens, l'injustice qui en résulte.

Mon compagnon observait le poisson qui bondissait encore à la surface de l'eau, mais je savais qu'il m'écoutait ; seulement, il lui fallait réfléchir. Enfin, il se tourna à moitié vers moi, l'air grave ; mais au lieu de me regarder directement, il parla à la rivière.

— Souvenez-vous, Richard, que la poursuite de la connaissance ne se fait aux dépens de personne, tandis que celle du pouvoir est presque toujours de nature compétitive et que c'est un sport beaucoup plus rude.

Une grosse truite apparut non loin de nous, sur la rive opposée. Contrairement aux poissons de plus petite taille, qui produisaient de grandes éclaboussures, ce vieux grand-père sirotait les fourmis à petites gorgécs, sans presque laisser de rides à la surface. John Aylmer l'observa un instant, puis reprit la parole.

— Le pouvoir peut être salutaire. Le pouvoir de Dieu, le pouvoir de… d'un bon roi.

Je le regardai.

— Vous alliez dire « le pouvoir de l'Église », n'est-ce pas ?

À cet instant, John Aylmer se tourna vers moi.

— Pour un jeune homme qui dit être dérouté, vous vous montrez très perspicace, Richard. En effet, j'ai ravalé mes paroles, car je ne voulais pas m'engager dans une discussion politique dangereuse. J'allais dire que je crois que le pouvoir d'une Église peut être salutaire, mais que celui d'une autre peut se révéler nocif.

J'eus un hochement de tête.

— Je commence à le sentir aussi. Je l'ai senti dans le jardin ornemental, que j'ai visité avec Lady Mary il y a quelque temps. Elle m'a dit que vous considérez que le jardin «oppose la simplicité à l'ostentation et amène de l'ordre dans le chaos», tout comme l'Église réformée. Je pense être du même avis. Une chose est sûre : tout au fond de moi, je recherche de l'ordre dans le chaos, mais chaque fois que ma vie acquiert un semblant d'ordre, un nouvel élément de chaos semble faire son apparition.

— C'est que, parfois, nous engendrons notre propre chaos par nos gestes. Avez-vous déjà vu quelqu'un essayer de ramer contre le courant sur une rivière à fort débit, à bord d'une embarcation surchargée ? Plus il rame, plus la vague d'étrave qu'il crée est grande, et plus la pression de la vague est importante, plus il se penche vers l'arrière et plus il rame fort. Enfin, il s'épuise, et le fort courant le ramène en aval.

L'histoire était si vraisemblable : elle me rappelait les mésaventures de mon enfance sur l'estuaire du fleuve Axe.

— Quelle est la réponse, John ?

Encore une fois, il parla vers la rivière.

— Il n'y a pas qu'une seule bonne réponse. Il peut y en avoir beaucoup : attendre que le courant faiblisse, rééquilibrer l'embarcation en allégeant son fardeau à la proue, s'asseoir vers l'avant et non vers l'arrière, ou peut-être ramer à petits coups et non à grands.

À présent, comme en manière d'emphase, il se tourna face à moi.

— Ou essayer de remonter le bord de la rivière, plus près de la rive, où le courant est moins fort.

Je savais qu'il me disait quelque chose d'important.

— Qu'est-ce que vous essayez de me dire, John ?

Il tourna le dos à la rivière et me prêta toute son attention.

— Je ne vous dirai pas comment vivre votre vie, pas plus que je ne le ferai pour les trois ladies qui sont à ma charge. Je leur présente les choix que la vie leur offre et je les laisse décider. C'est la même chose pour vous. Votre domaine de Shute était comme un petit ruisseau. Bradgate Park est une grande rivière. Mais la cour royale est un torrent déchaîné. Vous êtes à présent au bord de ce torrent, bien que vous ne vous en rendiez peut-être pas compte.

Je réfléchis un instant avant de répondre. Oserai-je mentionner son nom ? Je décidai que John était digne de confiance.

— Vous voulez parler de Lady Catherine ?

Aylmer acquiesça d'un signe de tête.

— La considération que vous avez l'un pour l'autre est évidente et bien compréhensible. Mais vous pêchez dans le ruisseau d'un autre, Richard, et la pêche y est privée.

Je serrai les poings, bouillant de colère en entendant cet avertissement. Comment osait-il ! Catherine n'appartenait à personne.

— Merci, John. Je comprends ce que vous dites, mais dans la vie, tout n'est pas que considération tactique : certaines choses ne se déterminent pas si facilement.

John Aylmer me regarda fixement, sa main reposant à présent sur mon bras.

— Ne vous méprenez pas sur mes paroles, Richard. Ce n'est pas une question tactique pour vous. C'est une question stratégique, et vous n'êtes pas Machiavel.

Un frisson glacial me parcourut le corps. Ce genre d'intimidation ne ressemblait pas à John.

— Je le sais, John. J'ai beaucoup à apprendre et je vous remercie de vos francs conseils.

Nous restâmes assis ensemble à regarder la rivière. Le soir s'était rafraîchi, les fourmis ne s'agitaient plus, et les truites avaient replongé vers leur position habituelle, plus près des rochers au fond de la rivière. L'activité avait cessé et tout était silencieux.

— M'aiderez-vous à étancher cette soif de savoir, je vous prie, John ? Si je dois mener ma barque loin du courant central et rejoindre la rive peu profonde, je disposerai de plus de temps pour la contemplation.

John Aylmer éclata de rire et me donna un coup de poing sur le bras, ravi.

— Bien dit, Richard ! Très bien dit. Pendant un instant, j'ai cru vous avoir découragé.

Retournant à l'intérieur, nous dénichâmes de la bière que nous apportâmes avec nous dehors, avant de poursuivre notre conversation tard dans la soirée. Avec lui, je tentai de déterminer quelles études me seraient utiles. Mon anglais, dit-il, parlé comme écrit, était bon, mais mon latin nécessitait quelques discussions supplémentaires, tant du point de vue logique que rhétorique. La plupart de celles-ci seraient centrées sur la religion et les Écritures – seule Lady Jane s'était aventurée dans *La République* de Platon –, et Aylmer lui-même me consacrerait une partie de son temps.

Il me promit également du temps avec le docteur Haddon, qui m'enseignerait une troisième langue. Nous discutâmes quelque temps du choix de celle-ci. Enfin, je me rappelai le long séjour du docteur Marwood à Padoue où il avait reçu sa formation de médecin, et optai pour l'italien. Puisque ce devenait rapidement la principale langue de la diplomatie internationale (surtout grâce aux Vénitiens et non à Rome, pour ce qui était de l'Angleterre), John Aylmer donna vite son consentement.

Il faisait presque nuit lorsque nous rentrâmes enfin. Comme nous passions la porte, la rumeur de la multitude de domestiques se préparant pour le coucher nous rappela que notre intimité touchait à sa fin. Aylmer me saisit l'avant-bras et m'attira près de ses lèvres chuchotantes.

— N'oubliez pas, Richard. Ramez doucement. Tout doucement. Et restez en dehors du courant fort si vous le pouvez.

Dans mon lit, je réfléchissais.

— Si vous le pouvez.

Cela ne ressemblait pas à un ordre, plutôt à une dispense, accompagnée d'une mise en garde. Comme toujours, lorsque j'étais allongé dans mon lit, je me mis à songer à Catherine. Ses derniers mots avaient été : «Ne m'oublie pas.» Jamais je ne le ferais. Je ne le pourrais jamais.

D'une façon ou d'une autre, nous trouverions un moyen, mais il nous fallait être discrets, et cet endroit semblait avoir été conçu pour nous compliquer la tâche.

## Chapitre 13

# Mi-juin 1551
# Bradgate Park

Je la revis le jour suivant. Elle se présenta aux écuries, avec hardiesse, à l'heure où nous étions le plus occupé, réclamant Dobby.

Je sellai le palefroi pour elle et le conduisis au montoir, pour qu'elle ait plus d'aisance à monter. Elle regarda autour, et pendant un instant nous fûmes laissés seuls, tous les valets d'écuries, garçons et filles, ayant miraculeusement trouvé de quoi s'occuper ailleurs.

— Richard, il faut que je te parle. As-tu le temps de m'accompagner à cheval ?

Je trouvai une monture déjà sellée et nous chevauchâmes ensemble, loin de la maison et vers Ansty. À la première occasion, elle quitta le sentier, et je la suivis jusqu'à une petite clairière dans les bois.

Elle ne mit pas pied à terre. Visiblement, elle était pressée.

— Vite, Richard, car je dois aller à Ansty pour y rencontrer mes parents et je suis déjà en retard.

Elle se retourna sur sa monture, de manière à pouvoir se pencher plus près de moi sur sa selle.

— Je voulais simplement te dire que je t'aime. J'ai décidé que nous ne pouvons vivre notre vie dans l'ombre de demain, et que nous devons en tirer ce que nous pourrons, au jour le jour.

Je réfléchissais à la vitesse de l'éclair. Elle avait dit « notre vie », pas « nos vies ».

— Je trouverai un moyen, en me servant de nos études comme couverture. J'ai ouï dire que John Aylmer te donnera des cours de latin et de philosophie et le docteur Haddon, des cours d'italien. C'est très bien. Je vais essayer d'obtenir le consentement de mon père pour que John puisse t'enseigner dans la salle des livres. Elle se trouve dans les appartements privés de la famille, dans l'aile est. Une fois que notre étude est en train, il nous laisse souvent nous débrouiller toutes seules pendant quelque temps. J'imagine qu'il fera la même chose avec toi. Ce sera l'occasion de t'esquiver. Ma chambre est juste au-dessus, avec une petite cage d'escalier non loin. Laisse-moi faire…

Elle se pencha vers moi et m'embrassa, tourna bride, chevaucha prestement à travers les branches vers le sentier d'Ansty, et disparut sans même se retourner.

Mon cœur battait la chamade tandis que je songeais à notre rencontre prochaine ; mais sans trop savoir pourquoi, je n'étais pas sûr que notre plan réussisse.

De retour à la maison, les battements de mon cœur s'étaient calmés, mais les pensées se bousculaient encore dans ma tête. Qu'avait-elle voulu dire exactement par « vivre notre vie » ? Je ne cessais non plus de ressasser l'autre question qui me hantait : qu'est-ce qui avait bien pu la pousser à me faire cette soudaine déclaration ? Ses remarques étaient empreintes d'une insistance qui dépassait l'enthousiasme. Je la connaissais alors assez pour reconnaître sa nature impétueuse (cela faisait partie de son charme), mais cette fois il y avait quelque chose de plus, comme si elle craignait quelque événement.

En revenant aux écuries, j'aperçus Mary rôdant dans la cour. Je sus immédiatement que ce n'était pas une coïncidence, qu'elle avait quelque chose à me confier et qu'elle mourait d'envie de me le dire. Je descendis de cheval et me tournai vers elle. Avant que je puisse ouvrir la bouche, elle parla.

— Richard, êtes-vous au courant ? Notre sœur Jane est fiancée ! À Edward Seymour, Lord Hertford !

Elle roula les yeux. À l'évidence, les filles de la maisonnée voyaient en Lord Hertford un beau parti.

J'avais vu Hertford au manoir à quelques occasions. Au début, je n'étais pas sûr de qui il était, car Lady Frances avait l'habitude de l'appeler « mon fils » et le traitait comme l'un des siens. Même alors, je n'en savais pas beaucoup plus que cela, puisqu'il ne m'avait jamais adressé la parole personnellement, mais je le savais très sérieux et bien éduqué. Je me souvenais, il est vrai, de l'avoir vu en grande conversation avec Jane lors d'une promenade faite avec elle dans les jardins : peut-être était-ce là un mariage arrangé en paradis, autant qu'au bureau des comptables ?

Considérant Lady Mary avec un large sourire, je me penchai vers elle pour lui parler plus aisément.

— C'est une bonne nouvelle, n'est-ce pas ? Lady Jane est-elle heureuse de cet arrangement ?

— Oh oui, elle l'est. Elle est très contente, car Edward partage avec elle le plaisir de l'étude et des livres. Il est également très beau et tout à fait charmant. Je suppose que Lady Catherine sera la prochaine ?

À ces mots, ses yeux dardèrent un petit regard furtif en ma direction. Sa remarque avait produit l'effet escompté, et même plus. Je la regardai bouche bée. Que voulait-elle dire ? Certainement pas que Catherine... et moi ?...

Puis, tout d'un coup, je compris. Catherine s'attendait à être fiancée à quelqu'un d'autre, et dans un avenir rapproché. Il eût été inapproprié qu'elle fût fiancée avant Jane, mais l'avenir de Jane étant à présent décidé, ils planifieraient le sien. C'était ce qu'elle avait voulu dire par « en faire ce que nous pourrons, au jour le jour ». Elle envisageait une amourette passagère.

Je saluai Mary et rentrai aux écuries, assommé. Je rendis le cheval emprunté, la tête ailleurs, et courus jusqu'à la maison, aux escaliers, et à ma chambre. Pendant une heure, je fus inondé de réflexions. Je compris qu'elle avait raison, que nos avenirs à long terme ne seraient pas joints, mais que, peut-être, pendant un court instant, nous pourrions nous aimer vraiment.

## Chapitre 14

# Mi-juin 1551
# Bradgate Park

— Regarde, on fait comme ça.

Zachary Parker tint fermement la vastringue et la glissa doucement le long de la branche d'if, à partir du centre vers l'extrémité, laquelle était profondément enfoncée dans le tablier qu'il portait à la taille. Il retourna la branche et appliqua le même procédé vers l'autre extrémité, puis la retourna encore, en la soupesant parfois en son centre pour vérifier le point d'équilibre.

Lentement, la forme de la branche se transforma, et je pus discerner le contour fuselé d'un *longbow* anglais apparaissant sous l'action des mains de Zack. L'arc faisait bien six pieds de long, et, après deux heures d'efforts méticuleux, il avait l'aspect lisse et régulier d'un bois de cerf.

Soigneusement, Zack pratiqua deux entailles à chaque bout, puis posa doucement l'arc sur son banc.

— Voilà. Il faut maintenant le faire sécher lentement, pendant trois mois, avant d'y mettre une corde, sinon il perdra la moitié de sa puissance. Remarque, je ne commettrai pas l'erreur de l'accoter au mur dans le coin de la pièce. Ça déforme l'arc, ah ça oui! Ça l'abîme. Y a pas de raccourcis dans ce travail. Il faut le faire comme il faut ou ne pas le faire du tout.

J'examinai les arcs finis, posés à plat sur des chevilles de bois sortant des traverses de la petite cabane. C'étaient de superbes ouvrages.

— Ils sont merveilleux, Zack. Je ne m'étais jamais rendu compte de la quantité de travail requise pour construire un bon arc.

— «Fais du bon ouvrage.» C'est ce que mon père me disait quand j'étais gamin. Le bon Dieu nous a donné des talents et Il exige qu'on s'en serve de notre mieux. Jamais un de mes arcs ne s'est jamais cassé. Pas un.

Il me regarda d'un œil malicieux.

— Mais j'ai vu quelques doigts se casser en les tendant, ça oui !

Je ris avec lui.

— Comment est-ce que tu t'en tires avec cet Adrian, alors ?

Je n'étais pas surpris. Je savais que Zack ressortirait ce vieux sujet. Il y revenait toujours.

— Je ne peux pas me plaindre. Adrian s'est montré bon envers moi, il m'a fait la visite et m'a présenté tous ceux que je devais connaître. Même toi, espèce de vieux coquin.

Zack rit jusqu'à ce qu'il se mette à tousser, puis il s'assit, reprenant sa respiration sifflante.

— Faut juste faire attention de ne pas te laisser entraîner dans sa débauche.

— Sa débauche ? Dans quelle débauche pourrait-il m'entraîner, dis-moi ?

Zack se cura les dents avec un éclat de bois et le jeta au feu.

— Tu sais comment un parquier fait son ouvrage, pas vrai ? Surtout en ne faisant pas de bruit. Tu vois tout si tu ne fais pas de bruit. Les cerfs, les blaireaux, les renards, les braconniers, et les jeunes amants dans les bois. C'est pour ça qu'ils nous appellent les parquiers fouineurs, parce qu'on garde les yeux et les oreilles ouverts.

— Quels jeunes amants as-tu espionnés, dis-moi, Zack ? demandai-je, sans être sûr de vouloir connaître la réponse.

— Eh bien, je t'ai vu plus d'une fois… avec cette Lady Catherine. Faut faire attention, maître Richard. C'est une vraie beauté, celle-là, bien qu'encore à moitié enfant, et y en a qui seraient jaloux. Ça va faire jaser si tu ne fais pas attention, et si le Maître l'apprend, t'es fichu.

J'étais inquiet, à présent, pas pour moi, mais pour Catherine.

— Quoi que tu fasses, ne dis rien à Adrian, lui répondis-je avec insistance.

— Adrian ? T'as rien à craindre de lui : il s'est déjà fourré dedans jusqu'au cou. Non, c'est de Lord Henry qu'il faut se méfier, parce que s'il apprend quelque chose, t'es pas mieux que mort.

Je fus immédiatement soulagé. Je savais bien le risque que je courais si Lord Henry avait le moindre soupçon à propos de Catherine et moi. Mais qu'avait dit Zack à propos d'Adrian ? « Fourré dedans jusqu'au cou » ? Avec qui ? Un frisson me parcourut le dos. Pas Catherine ? Pas avec Adrian ? Sûrement pas.

Je glissai la question aussi nonchalamment que je le pus.

— Adrian ? Où donc a-t-il été fourrer son nez ? Tu peux me le dire, Zack. Je n'en dirai pas un mot – je n'oserais pas !

Zack savourait l'instant. Il se trouva un autre éclat de bois et se cura les dents pendant une minute ou deux, jusqu'à ce que je fusse près d'éclater d'impatience. Enfin, il incinéra son dernier cure-dent et sourit. Il se tapota le nez du bout de l'index.

— La maîtresse de céans, bien entendu. Lady Frances. Ils s'en donnent à cœur joie, pardi, chaque fois que l'occasion cst bonne. Tu serais surpris d'apprendre ce qui se passe quand la chasse se disperse.

Je ne pouvais pas y croire.

— Elle est assez vieille pour être sa mère !

Zack me regarda d'un air faussement choqué.

— Ce qu'il faut pas entendre, venant de toi, la tête enfouie dans le berceau de sa deuxième fille !

— Mais ce n'est pas pareil. Nous n'avons que cinq ans de différence. Mais elle doit avoir…

— Ç'a n'a pas l'air de l'arrêter, de toute manière. Et l'expression qu'il avait sur la figurc, la dernière fois que je les ai vus ensemble, ne ressemblait pas à de la déception.

Une bûche remua soudainement sur le feu et Zack intervint pour l'empêcher de tomber sur les braises. Le vieux renard me lança un regard oblique à travers la fumée.

— Et si tu ne le savais pas, c'est que tu es sourd et aveugle, et pas très malin. Tu dois être la dernière personne sur ce domaine à t'en rendre compte.

Je me calai dans mon siège et saisit le cruchon de cidre qui était resté près de mon épaule durant toute la conversation.

« Ça c'est trop fort ! pensai-je. Adrian, le scélérat ! Après tous les conseils qu'il m'a donnés… »

# Chapitre 15

# Fin juin 1551
# Bradgate Park

Une semaine plus tard, la famille tint une grande réception, à laquelle tout le monde depuis Bradgate jusqu'à Leicester était invité. Après s'être terrés dans leurs appartements pendant des semaines, engagés, selon toute vraisemblance, dans de profondes délibérations, les soucis qui accaparaient les Grey semblaient s'être dissipés. On avait annoncé que Lord Henry s'en irait bientôt à Dorset House, à Londres, mais que le reste de la famille demeurerait ici, à Bradgate. Après leur isolement forcé, ils avaient manifestement décidé de se rattraper, car la grand-salle était remplie à pleine capacité.

Ce fut un grand étalage de richesse et de pouvoir. La fine fleur du Leicestershire était présente et chaque occasion était bonne pour montrer à quel point la famille prospérait. En plus des plats habituels, des oiseaux rares, dont des paons, trônaient sur chaque table, et à la fin du repas furent servies des fraises en quantité jamais vue, sur d'immenses plateaux portés à bout de bras par les cuisiniers.

La table d'honneur s'était parée de ses plus beaux atours, de sorte que la plupart des convives, dans la chaleur estivale, suaient sous de lourds brocarts, des cols de martre, des perles, et autres bijoux. Une frêle silhouette ressortait du lot, comme toujours : Jane s'était vêtue d'une robe de velours bleu foncé, très sobre, avec un unique médaillon de perles suspendu à son cou par une chaîne en or. Catherine avait opté pour un entre-deux, et bien qu'elle fût richement parée, sans commune mesure avec sa sœur, elle n'arborait pas les décorations de Noël dont ses parents étaient accoutrés.

Elle me parut agitée et j'essayai d'attirer son regard ; mais il y avait plus de deux cents personnes dans la salle, et je ne pus gagner son attention par aucun moyen, bien qu'elle ne cessât de regarder tout autour comme si elle me cherchait. Au bout d'un moment, dans la frustration la plus totale, j'abandonnai mes efforts pour me concentrer plutôt sur les excellents vins qui nous étaient servis.

Il y avait eu abondance de bière, de vin et d'eau-de-vie française, et tous, moi y compris, avions ingurgité notre part. Bientôt, je dus m'excuser et me frayer un chemin jusqu'aux cabinets situés à l'arrière du pavillon des domestiques, car on se pressait déjà en file devant les toilettes les plus proches.

Tandis que je jouais des coudes à travers la foule, je pris soudain conscience de la présence de Catherine à mes côtés. Elle me glissa une note dans la main et me chuchota quelques mots.

— Richard… Cache cette lettre pour l'instant, mais lis-la plus tard. Il fallait que je t'écrive. Je suis vraiment désolée, mon amour.

Je voulais la retenir. Je ne lui avais pas parlé depuis plus d'une semaine. Mais avant que je puisse rassembler mes esprits, elle était partie, et je fus entraîné vers l'avant dans ce dense cortège de dîneurs gavés.

Enfin, je regagnai ma chambre et m'affalai sur le lit. J'avais la tête qui tournait et le ventre trop plein. Je tirai la lettre de la poche de mon justaucorps et la tins à la lueur de la chandelle.

Je reconnus immédiatement son écriture soignée et régulière.

*Richard, mon amour,*

*Mon cœur se brise et je ne puis continuer ainsi. Il m'est si pénible de te voir tous les jours, de passer près de toi, mais de ne pouvoir rien dire, sans parler du reste.*

*En mon for intérieur, je veux être avec toi, je veux que tu puisses me toucher, que tu puisses m'aimer. J'en ai rêvé depuis le jour où nous nous sommes rencontrés pour la première fois; et même avant que nous allions à la plage ensemble, je voulais que tu me touches. Ce qui s'est passé ce jour-là n'était pas totalement accidentel, car j'avais pensé à certains préparatifs que la pudeur me garde de t'expliquer plus en détails. Comme je souhaiterais maintenant que mes desseins aient été planifiés avec plus de soin; car j'aurais dû être tienne ce matin-là et tu aurais dû être mon amant.*

*Depuis notre retour dans cette maison, nous avons dansé une gaillarde en public, fait des courbettes par-ci, des salutations par-là, mais jamais nous n'avons pu nous toucher comme nous le voudrions tous deux. Tu sais que c'était mon rêve le plus cher que de connaître ton amour dans sa plénitude avant d'être irrévocablement promise ailleurs, dans un rôle que je n'aurai pas choisi. Mais mon rêve est sans espoir. Je suis comme mon propre singe de compagnie, pensant avoir la liberté d'aller là où l'on me réclame, mais enchaînée, toujours enchaînée à mon joug. Si j'enfreins les règles, on tirera brusquement ma chaîne. Je pourrais endurer ce mal dans la joie de savoir que tu m'aimes et de connaître ton amour juste une fois, mais le plus grave châtiment serait pour toi, et je ne puis envisager d'être celle qui aura causé ta perte. Si nous persistons, il nous arrivera malheur à tous deux. Je ne suis pas maître de mes choix, et maintenant que tu es à l'emploi de mon père, tu ne l'es pas non plus, c'est évident.*

*Mon amour, il faut arrêter cela avant qu'il nous arrive malheur à tous.*

*Sois assuré de mon amour impérissable.*

*Au revoir.*

*Toujours bien à toi,*

*Cat*

Je ne pouvais y croire. Je relus la lettre deux fois et même alors je ne pus reconnaître la justesse des mots qui y étaient inscrits. Que s'était-il produit ? Cela faisait à peine deux semaines qu'elle était venue me trouver dans les écuries, que nous avions chevauché ensemble, qu'elle m'avait informé de son projet pour nous deux. À présent, subitement, brusquement, elle mettait un terme à tout cela, et par écrit, rien de moins. Elle n'était même pas là afin que je la questionne, afin que je lui demande pourquoi.

Soudain, je compris. Voilà pourquoi elle m'avait écrit. Elle était incapable de me le dire en personne. C'est alors que, l'âme en peine, je vis que la décision n'avait pas été sienne. La chaîne du singe avait déjà été tirée.

Qui avait fait cela ? Adrian l'avait-il confié à Lady Frances pendant l'un de leurs rendez-vous ? Ou bien John Aylmer avait-il pris Catherine à l'écart pour l'enjoindre de se comporter en femme du monde, et d'obéir à ses parents ? La prochaine fois que je verrais John Aylmer, j'essaierais de le découvrir.

## Chapitre 16

## Fin juin 1551
## Bradgate Park

John Aylmer avait tenu parole. Non seulement il avait emprunté sur son temps à lui pour m'aider dans mes études, et assuré la disponibilité du docteur Haddon mais, d'abord et surtout, il avait obtenu la bénédiction et le soutien de Lord Henry, qui avait consenti à me libérer de mes obligations trois fois par semaine le matin (et à tout autre moment où mes services ne seraient pas requis) pour la poursuite de mes études.

Je n'aurais su dire si Catherine avait influencé cette décision, mais bientôt John Aylmer m'invita à prendre mes leçons dans la salle des livres ou dans la salle de classe, selon que l'une ou l'autre n'était pas occupée par les jeunes filles.

Ces deux pièces contiguës se trouvaient sous le salon d'hiver et près de la tour sud-ouest, où Lady Jane avait, dans une large mesure, établi sa retraite privée ; elle n'essayait plus de se joindre au reste de la famille lors des expéditions de chasse ou des sorties mondaines à l'extérieur du manoir. Au fil des jours, je pris tranquillement ma place au premier étage de l'aile est, et la famille s'habitua à ma présence, en particulier Jane, que je semblais toujours rencontrer à un moment donné au cours de mes visites. Nous eûmes bientôt de brèves conversations polies, principalement axées sur la religion, et je me vis développer une fascination grandissante pour la confiance qu'elle plaçait envers ce qu'elle appelait la foi véritable. Quand j'écoutais Lady Jane, tout me semblait si clair ; mais loin d'elle, le doute et l'incertitude m'envahissaient de nouveau, et j'étais englué dans un bourbier de confusion et d'inquiétude.

John Aylmer était un professeur attentionné, et il entama la conversation ce jour-là en me demandant ce qui n'allait pas.

Sitôt cette porte ouverte, un flot de paroles s'échappa de moi, que je ne pus retenir.

— John, j'ai besoin de votre aide : la religion est un sujet qui me déroute et je ressens grandement le besoin d'une compréhension plus limpide. Mes discussions avec Lady Jane ont été rares, et la plupart du temps brèves, mais elles m'ont beaucoup influencé. Je suis devenu très attiré par son idée d'« ordre dans le chaos » : le fait d'être capable de dégager avec assurance le sens de la vie et la manière idéale de vivre doit être d'un merveilleux soutien. Mais lorsqu'il s'agit de choisir entre deux Églises rivales, et de trouver un juste milieu dans la querelle qui les divise, alors là, je reste dans le noir. Comme la plupart des paysans de ma génération dans l'ouest de l'Angleterre, j'ai reçu une éducation catholique. Étant enfant, je n'avais conscience d'aucune autre option. Nous avions un Dieu, une église paroissiale et un curé. À présent, j'entends dans mon entourage des idées qui me déroutent, selon lesquelles il y aurait un seul Dieu mais deux Églises.

Aylmer s'assit, la main posée sur les genoux, et m'offrit le sourire tranquille de celui qui a connu la même perplexité mais qui vit maintenant dans l'assurance d'avoir trouvé une réponse, dans laquelle il place sa foi la plus absolue. Lentement, au cours des quelques heures qui suivirent, il m'expliqua les différences entre l'ancienne et la nouvelle Église, et les raisons pour lesquelles, selon lui, et selon Lady Jane, la nouvelle Église était dans le droit chemin. Il prit toutefois la précaution de m'avertir du danger de ces idées, car ce n'était pas seulement une question de religion, mais aussi une question de politique nationale et internationale.

— Permettez-moi de vous aider un peu, car nous entrons en même temps dans la sphère de Dieu et dans celle de l'homme. Vous n'êtes pas sans savoir que, depuis l'époque du roi Henri, cette discussion est une affaire politique, et donc dangereuse. Ce n'est pas un sujet facile, mais j'essaierai de vous l'expliquer aussi clairement et simplement que possible.

Il raconta comment le roi Henri était devenu le chef suprême de l'Église d'Angleterre et comment la rupture avec Rome avait permis de réformer les pratiques de l'Église, afin de la rendre plus accessible au peuple. Il m'expliqua chacun des arguments présentés dans l'*Acte des Six Articles* et me parla des soulèvements de 1549 qui avaient suivi son abrogation par le roi Édouard.

— Je crois que le pays se dirige dans la bonne direction, Richard. En mars de l'an dernier, l'ordinal de l'archevêque Cranmer a remplacé l'ancien pontifical catholique, et en novembre, le Conseil, conformément aux ordres de l'archevêque de Londres, Nicholas Ridley, a enjoint les évêques d'enlever les autels qui restent et de les remplacer par des tables de communion.

— En ce qui concerne la clarté, je m'attends à ce que le Conseil ordonne, en temps voulu, la publication d'une seconde version révisée du *Livre des prières publiques*, afin de dissiper quelques-unes des incertitudes actuelles; ce qu'il fera, je le crois et l'espère ardemment, dans le cadre des idées de la Réforme. Notre roi, après tout, et par la grâce de Dieu, est un partisan de ces idées. Il sait ce qu'il veut et a le courage d'agir selon ses convictions.

Durant la majeure partie de son exposé, il avait gardé les yeux dans le vide, pour mieux se concentrer, mais à présent il s'était tourné vers moi et me regardait profondément dans les yeux.

— Maintenant, Richard, il t'appartient de décider. Tu dois aller au plus profond de toi-même en quête de la vérité. Je t'offrirai toute l'assistance dont je serai capable, mais je ne puis te dire en quoi il faut croire.

Sa réponse avait excédé tous mes espoirs et mes attentes, et j'étais reconnaissant.

En descendant l'abrupt escalier, au terme de ma leçon avec John Aylmer, j'avais le vague sentiment d'avoir vécu un moment marquant de ma vie. Quelque chose me dit de ralentir, de savourer l'instant, afin de pouvoir m'en souvenir plus clairement dans l'avenir. Je m'arrêtai au milieu des marches, devant la fenêtre étroite, pour observer le jardin en bas.

« Quelque chose aujourd'hui a changé, pensai-je. Dans les années à venir, je me souviendrai de ce jour en reconnaissant son importance. Mais pour l'instant, je me demande bien quel rôle il jouera. »

John Aylmer ne m'avait pas dit ce que je devais croire ou faire : au contraire, il avait pris soin de ne rien m'imposer. Je n'avais pas non plus été soudainement converti à sa cause. Néanmoins, quelque chose d'important s'était produit. Je sentais que j'avais, d'une certaine manière, grandi, comme si j'étais passé d'une incertitude adolescente à une confiance nouvelle. Je n'avais pas de réponses – il me fallait encore les trouver – mais je me sentais prêt à partir moi-même en quête de ces réponses. Était-ce cela, devenir un adulte ?

Peut-être était-ce aussi simple que cela.

J'avais au moins trouvé les questions. Il me restait à trouver les réponses, armé d'une confiance nouvelle pour m'aider dans cette tâche.

Oui, je crois que ce fut un Richard Stocker plus tranquille, plus réfléchi, qui s'attabla pour souper dans la salle des domestiques ce soir-là.

## Chapitre 17

## 2 juillet 1551
## Bradgate Park

Trois jours plus tard, juste avant sept heures, par un beau matin de juillet, je m'apprêtai à prendre un petit déjeuner tardif lorsqu'une femme de chambre m'apporta un message.

— Madame souhaite vous voir tout de suite, m'sieur. Dans ses appartements, m'sieur. Elle dit de venir immédiatement.

C'était une requête extrêmement inhabituelle. Je n'étais pas ordinairement admis au dernier étage de l'aile est (mes leçons avaient lieu à l'étage du dessous) et je dus suivre la femme de chambre afin d'éviter de me tromper et d'aboutir dans la mauvaise pièce. La femme de chambre me fit signe d'entrer et se retira avec empressement, d'un air quelque peu embarrassé.

— Venez, Richard. Il y a un devoir que j'aimerais vous voir remplir.

Cela, du moins, n'avait rien d'inhabituel, car la plupart des conversations avec Lady Frances Grey tournaient autour des devoirs dont elle souhaitait que l'on s'acquitte en son nom. Elle se tenait devant la fenêtre, scrutant l'horizon au-delà de la rivière Lyn, vers les terres du parc et la vallée qui s'ouvrait entre elles et le village de Cropston. Elle parla sans se retourner.

— Veuillez enlever vos bottes, Richard ; vous saliriez ma carpette, et elle m'a coûté une fortune.

Je ne me sentais pas à ma place dans cette pièce richement décorée de tapis et de tentures. J'enlevai mes bottes et restai debout, perplexe, dans mes bas de coton. Bien que la pièce me fût inconnue, quelque chose semblait bel et bien de travers. Ici, dans son salon privé, elle portait une cape de velours. Ce n'était pas rare en hiver, mais inattendu par un matin ensoleillé de juillet. Alors, pour la première fois, elle se retourna et me dévisagea longuement, comme pour me mettre à nu. Sans me lâcher des yeux, elle leva le bras vers son col et le dégrafa, retenant la cape de sa main droite.

— La première fois que je vous ai vu dans le Devon, j'ai su que nous nous rencontrerions un jour dans de telles circonstances.

D'un geste du bras, elle laissa tomber la cape qui glissa sur le plancher, révélant toute sa nudité. Elle se débarrassa de la cape d'un coup de pied et s'avança vers moi.

— Qu'en pensez-vous ? me demanda-t-elle tandis que je contemplais sa silhouette découpée contre la fenêtre, la lumière matinale rayonnant sur ses épaules et faisant rutiler ses cheveux, comme un halo dans une peinture religieuse.

Que pouvais-je dire ? C'était une Tudor : la maîtresse de maison, l'épouse de mon influent employeur et une femme de pouvoir elle aussi. Elle était également nue devant moi, et très féminine. Bien qu'elle fût alors âgée de trente-quatre ans et qu'elle ait eu cinq enfants, dont trois avaient survécu, elle était encore une belle femme. Elle était grande, plus grande que son mari ; sa poitrine demeurait ferme, son ventre plat, et ses muscles durs, comme ceux d'une cavalière qui, je le savais pertinemment, montait à cheval tous les jours, parfois pendant des heures.

— Venez, Richard : je suis à votre merci. Enlevez votre chemise et votre culotte, que nous soyons sur un pied d'égalité. Soyez sans crainte, nous sommes dans l'intimité : mon mari et ses frères libertins sont allés faire ribote à Leicester et ne reviendront pas avant trois jours, comme l'expérience me l'a appris.

Le cœur battant, j'enlevai mon haut-de-chausses et mes bas, et passai ma chemise au-dessus de ma tête. Avant même que j'en sois libéré, elle se mit à me toucher un peu partout, passant ses mains dans mon dos et sur mes fesses, comme un juge à la foire équestre. Elle fit quelques pas en arrière et j'attendis sans bouger, nu comme un ver, en plein devant la fenêtre, le temps qu'elle se décide. Elle finit par me prendre la main.

— Vous ferez l'affaire. Venez. Dans ma chambre. Nous y serons à notre aise.

Elle me conduisit à sa chambre et me tira vers elle avec ardeur, en me serrant cette fois tout contre elle, de sorte que je pus sentir la chaleur de son corps tout au long du mien. Lentement, toujours en me serrant, elle commença à me pousser vers l'arrière, jusqu'à ce que mes mollets donnent contre le bord du lit ; puis elle me fit doucement glisser dessus. Elle s'étendit sur moi de tout son long, son souffle chaud et suave, son corps brûlant et lourdement parfumé. Cette femme ne venait pas de sauter du lit, mais s'était soigneusement préparée pour l'occasion. Elle se hissa sur moi à califourchon, affichant un sourire énigmatique.

— Savez-vous quel jour nous sommes, Richard ? Nous sommes le 2 juillet. Dans deux semaines, nous serons le 16, le jour de la Saint-François, et aussi mon anniversaire. Et où pensez-vous que sera mon mari ce jour-là ? Il assistera à l'investiture de Sa Majesté à Hampton Court et je ne suis pas invitée. Ainsi, puisque mon mari semble avoir oublié mon anniversaire, j'ai décidé de m'offrir un cadeau à l'avance. Vous, Richard, serez le cadeau d'anniversaire que je m'offrirai à moi-même.

C'était une expérience nouvelle, à laquelle je n'étais pas préparé. J'étais excité mais nerveux, enflammé mais craintif. D'une certaine façon, je sentais que j'étais davantage un bouc émissaire qu'un cadeau d'anniversaire. Je n'étais pas certain de ce que je devais faire. Quelque part, je voulais réagir, mais devant son attitude dominatrice, c'était comme si je redevenais un petit garçon, comme quand ma mère me lavait derrière les oreilles. Je me hissai contre la tête de lit, mais elle me poursuivit et grimpa de nouveau sur moi. Même si j'étais de plus en plus conscient de l'effet que produisait sur moi la chaleur de son corps pressé contre le mien, ma réticence était évidente, et, s'appuyant contre ma poitrine, elle se rejeta en arrière, en position assise, ses yeux lançant des éclairs.

— Qu'est-ce qu'il y a, Richard ? Ne suis-je pas attirante ? Pas assez femme pour vous ?

Je la regardai fixement à mon tour, assise sur moi sans gêne aucune, chaque partie de son corps étant bien en vue.

« Ne suis-je pas attirante ? Pas assez femme pour toi ? »

C'était exactement ce que Catherine m'avait lancé trois mois auparavant. Combien de fois depuis étais-je resté étendu dans mon lit, tôt le matin, à penser à Catherine, et avais-je entendu ces mêmes mots résonner à mes oreilles ?

Mais Catherine avait été suppliante, généreuse ; elle voulait se donner à moi. Sa mère était tout le contraire : railleuse, avide, exigeante ; elle voulait me prendre pour elle, comme toujours.

Mon humeur changea en un instant. Je n'eus plus que de la haine pour cette femme. Je haïssais l'effet qu'elle avait sur son entourage. Je haïssais la façon qu'elle avait de considérer Catherine comme un produit échangeable, entraînée à faire la belle comme un chien d'appartement. Je haïssais sa façon d'ignorer la pauvre Mary, de mener sa vie sans lui demander une seule fois ce qu'*elle* voulait, quel était *son* avis. Je haïssais la façon qu'elle avait de persécuter son mari, de lui crier après, et de l'interrompre en présence d'autres personnes. Certes, c'était un homme faible, indécis, superficiel, qui, comme le prouvait son départ de ce matin, se laissait facilement mener ; mais il n'était pas nécessaire de lui faire un aussi mauvais parti.

Mais à ma grande surprise, je compris que je la haïssais par-dessus tout pour ce qu'elle faisait à Lady Jane : ses réprimandes inutiles, injustes et incessantes. Jane, une fille honnête, studieuse et talentueuse ; Jane, qui ne cherchait qu'à faire plaisir, mais qui ne pouvait rien faire de bien aux yeux de sa mère (et conséquemment, de son père). Jane, qui n'avait jamais, à ma connaissance, dit de mal de personne ; qui, après des années de réprimandes, s'était réfugiée comme un escargot dans un coquille protectrice faite de livres, d'études, et, comme je commençais à m'en rendre compte, de principes inspirés de la nouvelle Église réformée.

Je fus ramené à l'instant présent par la voix stridente de Lady Frances, toujours aussi autoritaire.

— Allons, Monsieur ! Comment osez-vous ? Je ne vous ai pas traîné jusque dans mon lit pour vous voir rêver. Vous ferez votre devoir quand je l'exige. Si je dis « prenez-moi », cela veut dire « prenez-moi », et cela veut dire tout de suite !

Alors je la pris. Je la pris comme je n'avais jamais pris aucune fille de mon âge. Je la saisis par les poignets et la retournai sur son dos, toute sa force devenant soudainement un défi. J'écrasai ses lèvres contre les miennes, et, me sentant pour la première fois puissant et maître de la situation, je la pénétrai et la montai comme un cheval indompté, jusqu'à ce qu'enfin, sa tête s'arquât vers l'arrière : sa bouche s'ouvrit en un gémissement muet, son dos se cambra, et tous son corps trembla comme dans un grand relâchement.

Quand ce fut terminé, je restai étendu à côté d'elle. Nos épaules se touchaient ; pourtant je me sentais à mille lieues d'elle. Elle avait eu soif de luxure et c'est ce que je lui avais donné, tout simplement, ni plus, ni moins. Mais derrière ces excuses, je regrettais ce qui s'était passé. J'avais couché avec la mère de Catherine et je me sentais souillé.

Elle était à présent silencieuse et immobile, pour la première fois depuis qu'elle m'avait conduit dans sa chambre. Pendant un instant je crus que je l'avais épuisée. Mais quand je me tournai pour la regarder, je vis sur son visage quelque chose que je n'avais pas vu avant. Elle s'était détendue. Elle avait arrêté de se battre. Elle était, pour un bref instant, en paix. Et en cet instant paisible, elle était belle.

Elle se roula vers moi et posa la tête sur ma poitrine. Instinctivement, pour mon propre confort autant que pour le sien, je passai le bras autour d'elle et me trouvai à lui caresser les cheveux. Une larme glissa lentement du coin de son œil et je la sentis couler sur ma poitrine. Elle se mit à parler, doucement, d'une voix que je ne lui avais encore jamais entendue.

— Oh, Richard, vous devez penser que je suis une méchante femme. Une mégère, tellement effrontée. Mais vous n'avez pas idée. Je suis une Tudor et ma mère est Marie, la sœur du roi Henri VIII et la fille de Henri Tudor et d'Élizabeth de York. Je ne puis être comme les autres femmes. La lignée des Tudor doit être préservée et renforcée. Pourquoi croyez-vous que nous nous montrons si durs envers notre Jane ? Elle est destinée à épouser le roi Édouard – ils sont faits l'un pour l'autre, et ensemble ils renforceront notre lignée. Mais les responsabilités royales sont grandes. Elle sera constamment exposée à la vie publique, et doit apprendre à porter les fardeaux de l'existence sans égard pour sa personne. La plupart du temps, je dois porter seule ce fardeau. Vous n'imaginez pas à quel point cela est difficile, et combien je suis seule. Mon mari est un poids plume, un coquelet, un panier percé, sans aucun sens des responsabilités, ni une once de jugement politique, ni même un rien de talent pour gagner ou économiser de l'argent. Je l'ai porté depuis notre mariage et je continuerai loyalement de le faire jusqu'à ce que l'un ou l'autre d'entre nous soit enlevé par la mort.

Elle se leva à moitié et s'appuya contre ma poitrine en me dévisageant intensément, afin d'être sûre que je comprenne bien et d'être sûre de m'avoir convaincu.

— C'est là ma destinée, mon rôle dans la vie, ma responsabilité, et je ne manquerai *pas* à la promesse faite à mes parents. Je vais faire quelque chose de cette famille. Nous aurons notre place dans l'histoire, même si je dois mourir pour y parvenir! Et maintenant que nous avons l'occasion d'influencer des gens importants et d'agir sur la tournure des événements à l'investiture du roi, je ne puis même pas y être pour m'assurer qu'il le fait convenablement...

Elle se rallongea quelques instants, en silence. L'humeur était passée, sa colère dissipée. La fille paisible était revenue. Elle me prit la main et la plaça, presque timidement, entre ses jambes.

— Encore, Richard. Pour vous, cette fois.

Je ressentis le caractère unique de cet instant, situé en dehors de nos vies, avec des règles différentes, des obligations différentes. Cette fois, en dépit de tout, je la pris plus doucement, avec une sensibilité nouvelle.

# Chapitre 18

## Début juillet 1551
## Bradgate Park

— Richard, j'ai des nouvelles pour vous.

Je levai les yeux vers mon nouveau tuteur, John Aylmer.

Au début, mes leçons avec lui avaient été très difficiles, mais désormais je ne les aurais manquées pour rien au monde, car John avait un talent naturel pour l'enseignement, et m'avait appris tant de choses au cours des dernières semaines. Mais c'était un homme plein de surprises, qui semblait par là vouloir garder l'étudiant intéressé et en éveil ; et je me demandais ce qu'il me réservait. Il n'avait certainement pas eu vent de ma rencontre avec Lady Frances !

— Lady Jane m'a demandé de vous inviter à la rejoindre pour une discussion au sujet des vertus chrétiennes.

Or, conscient de la chance qui m'était offerte, j'avais mis beaucoup d'efforts dans mes études. Mon latin n'avait cessé de s'améliorer, et selon John, le progrès accompli lors de mes premiers essais avec l'italien tendait à démontrer que j'avais une aptitude naturelle pour les langues. Néanmoins, la perspective d'une discussion intellectuelle face à face avec Lady Jane, peu importe mes habiletés, n'était pas quelque chose à prendre à la légère, et le thème de la discussion semblait plutôt sérieux. J'avais presque envie d'essayer de me défiler, mais en même temps, Lady Jane était bien la personne qui pouvait m'aider à trouver quelques-unes des réponses que je cherchais.

Lorsque vint le temps de gravir les marches jusqu'à elle, j'étais fort nerveux. Même si je l'avais souvent vue déambuler dans la maison et (plus rarement) dans le jardin, et que nous avions conversé bon nombre de fois, ce serait notre première discussion officielle, en privé. Jane avait évidemment une bonne longueur d'avance sur moi (et, semblait-il, sur le reste du pays) dans ses études, la perspective de me retrouver seul avec elle m'apparaissait donc tout à fait intimidante. Je craignais, au fond de moi, de ne pas être à la hauteur de la discussion et de me couvrir de ridicule.

Quand je la rejoignis dans la salle de classe, toutefois, je commençai à me sentir un peu mieux. Non seulement Jane avait deux ans de moins que moi, mais je la dépassais d'un pied, de sorte qu'elle dut lever les yeux vers moi quand elle me vit entrer. Ce seul fait aurait pu apaiser toutes mes craintes si nous étions à cheval, à la chasse, ou même à la pêche ; mais elle était ici sur son propre terrain et je conservai une part d'appréhension. Elle m'accueillit cependant avec tant de grâce et de gentillesse que toutes mes craintes d'être humilié disparurent en un instant, et j'acceptai les gâteaux et le vin offerts avec grand soulagement.

Jane commença la première, comme je m'y attendais (et comme je l'espérais). Après tant d'années à étudier, elle semblait goûter son nouveau rôle de préceptrice. Elle m'amena doucement à communiquer en latin avec elle, n'ayant recours à l'anglais que lorsque je restais complètement muet.

Puis, alors que tout semblait aller pour le mieux, elle me déconcerta complètement.

— Monsieur Aylmer m'a parlé de votre mission des plus sincères.

Pendant un instant, je la dévisageai d'un air ahuri. Ma traduction du latin me laissait parfois tomber et je n'étais pas certain de ce qu'était ma «mission des plus sincères», ou de l'avoir bien traduite.

Elle fut si gentille. Loin d'être perturbée par mon absence de réponse, elle essaya de nouveau, cette fois en anglais.

— Je crois que monsieur Aylmer a pu vous éclairer dans votre quête, vous qui cherchez la voie qui mène véritablement à Dieu. J'ai l'assurance que la sincérité et la clarté de ses explications vous seront d'un très grand secours, comme elles l'ont été pour moi au fil des années.

J'étais à la fois soulagé et intrigué : soulagé d'avoir correctement traduit son latin, et intrigué d'apprendre que John Aylmer avait discuté de mes tâtonnements de novice avec quelqu'un dont la foi et les connaissances religieuses étaient si avancées.

Je la regardai d'un air impuissant, tant je ne me sentais pas à la hauteur, et ne sachant par où commencer.

— En effet, Madame, je cherche la vérité, et John Aylmer m'a beaucoup aidé ; il reste pour moi une source d'inspiration. Puis-je vous poser une question très personnelle, Madame ? Comment se fait-il que vous puissiez bénéficier d'une foi si absolue et si assurée ? Car je dois admettre que je suis en lutte avec ma conscience et que cela dure depuis un certain temps.

À mon grand soulagement, elle ne prit pas ombrage de mon impertinence, mais me répondit franchement et sans condescendance, m'expliquant qu'elle avait beaucoup lu, et profondément réfléchi sur le sujet depuis qu'elle était toute jeune. Elle évoqua l'influence de ceux qui l'avaient aidée : sa nurse madame Ellen, le docteur Harding, qui avait été son premier tuteur, et en particulier la reine Catherine, lorsqu'ils vivaient ensemble à Chelsea et Hanworth. Je remarquai qu'elle n'avait fait aucune mention de son séjour ultérieur à Seymour Place avec Catherine Parr (après que la reine fut mariée à Thomas Seymour), et me demandai s'il n'y avait pas quelque vérité derrière les allusions voilées de Lady Mary, entendues deux mois auparavant.

Lady Jane garda toutefois la plupart de ses éloges pour John Aylmer, qui, dit-elle, était bien sûr une source d'inspiration et l'avait même présentée à de nombreux savants, dont Roger Ascham, et (par correspondance) Jean Sturm à Strasbourg ainsi que Henri Bullinger à Zurich. C'était, m'expliqua-t-elle, à cause de ce dernier que notre rencontre d'aujourd'hui avait eu lieu.

Tandis que j'étais assis dans la salle des livres et que je l'écoutais me parler doucement, le soleil du matin entrant à flots par la fenêtre, je pris conscience d'une chose que je n'avais jamais remarquée. Lorsque Jane parlait de ceux qui avaient nourri son éducation et l'avaient aidée à développer sa foi, elle semblait s'envoler dans un autre monde, complètement détaché de Bradgate et de sa famille. C'était comme si elle avait deux vies : celle où elle était née, et celle qu'elle avait créée pour elle-même, peut-être pour assurer sa protection.

Elle était, à cet égard, tellement différente de sa sœur. Bien que timide de nature, Catherine était toujours bien ancrée dans ce monde, le regard alerte, toujours consciente de l'impact qu'elle produisait. Même quand je l'avais vue étudier ou pratiquer la musique, Catherine jouait pour la galerie ; elle n'avait jamais l'air de s'égarer comme Jane semblait le faire à présent.

— Monsieur Bullinger constitue lui-même un très bon exemple. Il a tout récemment, et avec quelle bonté, fait parvenir à mon père un exemplaire de son excellent traité, intitulé *De la doctrine chrétienne dans sa pureté*. Étant donné que mon père se trouve en ce moment à Londres pour affaires du Conseil, je me suis chargée d'écrire à monsieur Bullinger pour le remercier. Au cours de la semaine dernière, j'ai lu le livre avec grande attention. Sachant que mon père ne doit pas revenir dans un avenir rapproché, et que même s'il le faisait, il ne serait pas susceptible de lire ce traité, j'ai pensé à vous. Plutôt que de prendre sur moi la responsabilité de traduire et d'interpréter cet excellent ouvrage, je me suis dit qu'il vous plairait de l'emprunter et de le lire vous-même. Monsieur Aylmer m'a assuré que votre latin est amplement suffisant pour l'assimiler, jugement que je partage entièrement après notre conversation de ce matin. Vous êtes, je le sais, en quête de la voie qui mène véritablement à Dieu et au salut éternel. Cet ouvrage me semble pour vous un excellent guide qui vous aidera dans votre quête. Je n'exigerai de vous que deux choses. D'abord, je vous demande de prendre extrêmement soin de ce livre, car je lui attache une très grande valeur. Ensuite, j'aimerais que vous me promettiez que, lorsque vous aurez assimilé son contenu, vous viendrez en discuter avec moi.

Je n'en croyais pas mes oreilles. Vivement reconnaissant, je la remerciai avec profusion de la bonté qu'elle avait eu de songer à moi. La générosité de cette offre me touchait, et j'appréciais tout particulièrement le compliment qu'elle sous-entendait, à savoir, que je serais en mesure de comprendre le latin et les idées exprimées dans l'ouvrage.

J'acceptai de conserver le traité en promettant d'en prendre soin, et l'assurai que j'attendrais notre prochaine discussion avec impatience, tout en admettant pour finir que j'envisageais cette rencontre avec plus d'assurance que la première fois.

Jane rit en entendant cela.

— Suis-je une telle source d'appréhension que vous craigniez de venir discuter avec moi ? L'étalon aurait-il peur du poulain ?

Cela faisait assez longtemps que je vivais dans cette famille pour reconnaître le début d'une conversation plaisante.

— Certes non, Madame, mais la Crécerelle ferait bien de prendre des leçons du Sage Hibou lorsqu'il s'agit de chasser du gibier dans le noir.

Il apparut que j'avais visé juste, car elle riait encore lorsque je descendis les escaliers, le livre en main, d'un pas beaucoup plus assuré que je ne les avais montés plus tôt ce jour-là.

# Chapitre 19

## Début juillet 1551
## Bradgate Park

Le long hiver pluvieux avait laissé place à un été très chaud et sec. Pour commencer, les récoltes avaient été perdues par manque d'eau; puis, encore tout récemment, on avait reçu la nouvelle d'une recrudescence de la suette, maladie fort redoutée. Cette fois-ci, on disait que c'était très mauvais. Il n'y avait pas eu pareille épidémie depuis 1520: elle faisait rage dans le sud de l'Angleterre et les gens mourraient par milliers.

On disait que c'était une maladie terrifiante, qui frappait sans merci et sans crier gare. Un homme parfaitement solide pouvait s'attabler devant un copieux dîner, s'en gaver jusqu'à la dernière miette et tomber raide mort avant l'heure du souper. Personne n'en savait la cause et il n'y avait pas de remède connu. Tout ce qu'il y avait à faire était de s'enfermer chez soi dans l'isolement le plus strict et d'espérer que la maladie n'entre pas. Ceux dont la mémoire remontait loin disaient qu'elle avait l'habitude de disparaître à l'arrivée du temps frais, à l'automne; mais cela ne se produirait pas avant deux ou trois mois encore, et entre-temps les cadavres s'empileraient.

Puis, très tôt un matin, des messagers s'étaient présentés réclamant Lady Frances qui, à leur arrivée, se trouvait dans la grand-salle. Leur hâte était telle qu'ils coururent en sa direction et débitèrent leur message d'un seul trait, au milieu de la pièce et devant bon nombre de domestiques, dont Adrian et moi. Jamais je ne l'avais vue ainsi : Lady Frances eut l'air positivement épouvanté. Elle devint pâle comme un linge, posa les mains sur sa bouche et gémit à voix haute.

Seulement un mois auparavant, Lady Frances avait rendu visite à sa bonne amie, Catherine Willoughby, dans une maison qu'elle louait à Kingston, près de Cambridge, et qui lui permettait de garder un œil sur ses fils bien-aimés, Henry et Charles, qui vivaient et étudiaient ensemble au collège Saint-Jean de Cambridge. Les premières nouvelles de l'épidémie les avaient rejoints là-bas et l'on craignait que Cambridge soit touchée en l'espace de quelques jours. On avait averti Lady Frances de retourner à Bradgate, et Lady Suffolk avait ramené ses fils à Buckden. Puis, durant des semaines, Lady Frances avait attendu de leurs nouvelles.

À présent, les nouvelles étaient venues, et elles n'auraient pas pu être pires. Henry et Charles étaient morts à deux jours d'intervalle. Lady Suffolk, complètement bouleversée, s'était retirée dans sa maison de Grimsthorpe, incapable de faire face aux conséquences, laissant les cadavres de ses deux fils à Buckden, inhumés dans de simples tombes.

Pendant une journée complète, Lady Frances ne fit pratiquement rien. Elle mangea peu et n'alla point à cheval. Sa seule activité fut de prier à la chapelle, et de marcher en silence au jardin ornemental, auquel elle sembla trouver de nouvelles qualités durant sa période de deuil.

Le lendemain matin, elle demanda à Adrian de l'accompagner, et je pus les apercevoir, marchant lentement, tête baissée, le long de la rivière Lyn devant la maison. Quel que fût le résultat de leur discussion, il sembla la pousser à agir, car après avoir pris un dîner privé dans l'aile est, elle me fit appeler.

— Vous connaissez sans doute la terrible nouvelle qui nous afflige.

C'était une affirmation, non une question, et je ne pus que hocher la tête en signe d'acquiescement. Tout le monde savait.

— Je dois m'assurer que mon mari en soit informé. Il n'a peut-être pas reçu la nouvelle à Londres, car les morts sont si nombreux, et tous les gens de la Cour sont absorbés par les préparatifs de l'investiture du roi. Richard, je dois vous demander de vous rendre à Dorset House, à Londres, demain à la première heure. Emmenez Mark Cope avec vous.

Elle dut remarquer ma mine déconfite. S'il vous fallait quelqu'un de confiance pour un voyage difficile, Mark Cope était la dernière personne à choisir. Depuis que j'étais à Bradgate, j'avais passé le plus clair de mon temps à l'éviter.

Lady Frances réagit immédiatement.

— Certes, je sais que c'est un voyou, mais il a déjà visité notre propriété de Londres et il connaît la route. Il pourra vous servir de guide, mais prenez garde de lui tenir la bride courte, et ne le laissez rien voir de l'argent que je vous donnerai. Vous l'emmènerez avec cinq autres compagnons. Ayez soin de choisir des hommes solides et dignes de confiance : les gens ont peur et ils meurent de faim, et les routes, bien qu'elles soient aussi sèches qu'elles puissent l'être, sont dangereuses. Oh, et n'oubliez pas de prendre avec vous des montures de rechange et de vous montrer tatillon quand il s'agira de choisir une auberge. J'écrirai à mon mari cet après-midi et je vous remettrai la lettre après le souper. Venez me trouver à ce moment-là et je vous remettrai également l'argent nécessaire pour le voyage.

Quand je sortis de la pièce, Adrian me suivit. J'attendis que nous soyons hors de portée de voix, et je l'attirai dans un coin.

— Dieu du ciel ! Je ne l'ai jamais vue aussi démoralisée.

Adrian acquiesça.

— Elle a eu un choc terrible. Elle aimait ses demi-frères et eux aussi l'aimaient.

Il me passa un bras autour du cou d'un air complice, regardant à droite et à gauche avant de poursuivre.

— Mais il y a plus. Ce que tu n'as peut-être pas encore compris, c'est que la mort de Henry et de Charles signifie que la lignée des Suffolk passe à Lady Frances par défaut. Il faut absolument t'assurer de remettre sa lettre à Lord Henry. Il y a une lutte de pouvoir au sein du Conseil privé du souverain, dans laquelle Lord Henry est profondément impliqué. Tout accaparé qu'il est par ses autres affaires, l'importance de ces deux morts a pu lui échapper, ainsi que la chance qui s'offre à lui, même s'il a déjà appris la nouvelle.

— Prends garde, Richard. Tu cours au-devant du danger, dans une époque trouble. Si le manoir familial est déjà bien assez périlleux, la Cour est un nid de vipères. Je te conseille d'observer et d'apprendre, et d'en dire aussi peu qu'on te l'autorisera. N'essaie pas de faire le malin. Les courtisans te battront à ton propre jeu – en optant pour une langue avec laquelle tu n'es pas à l'aise, si nécessaire. Quel est ton niveau de français de cour ?

Mon visage en dit assez long pour que je m'abstienne de répondre.

J'étais d'humeur grave quand, le lendemain à l'aube, je montai en selle à la tête de notre petit cortège sur la route de Londres. Voyager seul sur cette route, sans compter les domestiques, était déjà tout un défi. L'emprunter au milieu de la pire récolte jamais vue depuis des années, et après deux ans de hausses de prix et d'émeutes partout dans le pays, en était un autre. Mais traverser le pays en proie à une épidémie de suette tout en étant porteur de nouvelles qui pourraient décider du sort de ce qui était déjà l'une des plus grandes familles d'Angleterre, c'était encore une responsabilité supplémentaire.

Pourtant, ce n'était pas du tout ce qui me préoccupait quand je pris la route ce matin-là. C'était la perspective de visiter Londres.

## Chapitre 20

# Début juillet 1551
# Périphérie de Londres

Je croyais être prêt. Par le passé, j'avais visité Exeter, Bristol et (une fois, très brièvement) Anvers, mais rien ne m'avait préparé à Londres.

Nous avions chevauché à vive allure pendant quatre jours. Tandis que nous progressions vers le sud, en suivant les longues collines du Middlesex depuis Barnet, je sentis quelque chose devant nous, quelque chose de nouveau et d'extraordinaire. Le temps avait été chaud et sec durant tout le voyage, et nous avions pris l'habitude de nous reposer dans la chaleur du jour, et de voyager tard dans l'air frais du soir, avant de repartir très tôt le lendemain, chaque matin. Ainsi, ce fut peu après l'aube, et par un vent froid venu du sud, tandis que nous sortions de la vallée de Cony Hatch, que je commençai à la sentir. Enfin, nous parvînmes en haut de la colline de Muswell et elle se trouvait là, devant nous, à une dizaine de milles.

Nous arrêtâmes tranquillement nos montures pour contempler le bassin de la Tamise et sa vallée en forme de soucoupe. Du haut de la colline, on aurait dit que la ville était enserrée de tous bords par une grande muraille de château, lequel avait été incendié mais refusait de produire des flammes. Toute la région était recouverte d'une épaisse fumée noire qui s'élevait très haut dans l'air du matin et flottait lentement vers le nord, vers nous.

Mark Cope posa les yeux sur la ville et renifla.

— C'est de la fumée de charbon. Ils ont brûlé la majeure partie des arbres environnants et les prix ont monté en flèche, alors ils font maintenant venir du charbon de Newcastle par bateau et c'est ce qu'ils utilisent. C'est beaucoup moins cher, dit-on, mais Dieu que ça empeste.

J'étais d'accord. C'était dégoûtant.

Mark rit.

— Ça cache la puanteur du reste, cependant.

Nous bûmes une lampée de bière et mangèrent un peu de pain avec du pâté de viande, sans descendre de nos selles afin de profiter pleinement de la vue. Puis nous descendîmes la colline abrupte, gagnant le village d'Islington et Londres même.

— Qu'est-ce que t'as dit ?

Mark regarda en ma direction et se couvrit l'oreille d'une main pour assourdir le brouhaha de la rue qui nous envahissait.

— J'ai dit : sais-tu par où il faut aller maintenant ? répétai-je en criant.

C'était un véritable cirque. Une véritable maison de fous. Un gigantesque tas de fumier. Mais c'était aussi l'endroit le plus excitant que j'avais jamais traversé à cheval. Nous chevauchions à travers Cheapside et c'était comme si tous les marchands d'Europe essayaient de nous vendre quelque chose en même temps. Il devait y avoir au-delà de mille étals, déployés tout au long de la large rue, de chaque côté. Outre les produits de la campagne anglaise, regroupés sur des étals près des tours que nous rencontrions en chemin, et qui portaient les noms de Middlesex, Essex, Kent et ainsi de suite, des commerçants étrangers faisaient également concurrence et s'exprimaient tout aussi bruyamment dans une variété d'accents bizarres.

Une vieille bique vendait des miches de pain d'une taille minuscule, hurlant ses prix à tous les passants.

— Combien ? Un demi-penny pour cette misérable petite miche ? Vous voulez rire !

Les prix étaient trois fois plus élevés qu'à Colyton ou dans les villages autour de Bradgate.

— Oui, nous continuons sur cette route jusqu'au fleuve ; alors Whitehall n'est plus très loin, et nous y sommes, cria enfin Mark en réponse à ma question.

Le bruit (et les odeurs) diminuèrent un peu quand nous quittâmes la Cité à Ludgate et chevauchâmes le long du fleuve vers les palais de Whitehall. Un nom approprié, car malgré l'omniprésente fumée noire, les belles façades de pierre de la résidence royale brillaient d'un éclat blanc. Nous étions presque arrivés.

Nous étions euphoriques mais épuisés quand nous passâmes enfin les grilles de Dorset House, et je demandai à être conduit devant Sa Seigneurie de toute urgence.

Lord Henry revenait tout juste d'une réunion du Conseil privé quand je fus conduit dans son bureau. Il saisit la lettre et la lut immédiatement. Je prétendis regarder par la fenêtre, mais ce faisant je le lorgnai attentivement du coin de l'œil. Lorsqu'il parvint à la deuxième page, je vis ses yeux s'écarquiller pendant un instant ; mais il reprit rapidement contenance, et son visage ne trahissait aucune expression lorsqu'il mit fin à sa lecture et se tourna vers moi, qui me tenais tranquillement près de la fenêtre.

— À en juger par la date apposée sur cette lettre, vous êtes en avance. Je vous en remercie, car le contenu du message revêt une importance toute particulière en cette époque troublée. Le roi Édouard a déjà appris la mort de ses cousins et m'en a gentiment informé à son tour. Henry, duc de Suffolk, était l'un de mes plus proches amis. Toutefois, cette lettre met en lumière, euh… certains aspects de la situation qui n'étaient pas parfaitement clairs, et son arrivée à ce moment-ci est très opportune. Dites-moi, comment va Lady Frances ?

— Elle se porte bien physiquement, Messire – la suette n'avait pas atteint Bradgate quand je suis parti ; mais il semble que les nouvelles de Cambridge l'aient abattue.

— Certes. Elle était très proche des deux, Henry et Charles. Comme nous tous. Et mes filles ?

— Elles aussi se portent bien, Monseigneur. Bradgate constitue leur refuge le plus sûr tant et aussi longtemps que cette situation persiste.

Lord Henry posa la lettre sur la table et regarda en ma direction, l'œil vitreux, apparemment perdu dans ses pensées. Distraitement, il se gratta la lèvre inférieure avec le pouce de la main gauche pendant un instant.

— Dieu vous entende, Richard. Maintenant, rejoignez vos hommes en bas et prenez quelque chose à manger. Mon intendant vous trouvera un hébergement dans les environs. Ce ne sera pas difficile en ce moment, car une bonne partie des membres du Parlement ont fui Londres en attendant que la maladie disparaisse, et les ambassadeurs de France sont hébergés à Richmond avec leur suite. Je vous prie de revenir ici demain, après le déjeuner, et je vous dirai quels sont nos plans.

J'étais excité. L'après-midi était jeune et j'avais le reste de la journée pour explorer la ville. J'étais très fatigué, mais ce serait peut-être ma seule occasion de visiter Londres, alors le sommeil pouvait attendre.

# Chapitre 21

# Juillet 1551
# Dorset House, à Whitehall

— Bonjour, Richard. J'espère qu'Edmund vous a trouvé un hébergement satisfaisant et que vous n'avez pas dû passer la nuit entière dans les bordels de Bankside ?

Je répondis avec un sourire. Mon maître n'était pas très loin de la vérité. Mark Cope et moi avions fêté la veille, mais pas autant que Lord Henry ne le laissait entendre. Mark voulait faire étalage de sa connaissance de Londres et tenait à ce que nous prenions une barque pour traverser le fleuve et nous rendre aux bains publics en guise de divertissement. Heureusement, la fatigue et le sens du devoir finirent par me ramener à la raison, et je réussis à l'en dissuader. Mais nous avions quand même bien fêté.

Après quatre jours de voyage et une nuit à Londres, je comprenais pourquoi Lady Frances avait qualifié Mark de voyou. Il connaissait tous les coups. Sa devise était « si t'attrapes pas la peste, la suette t'attrapera », et son but était de vivre chaque jour comme si c'était son dernier. Mark n'avait que vingt et un ans et considérait avoir déjà plus d'expérience que son père n'avait pu en acquérir en deux fois plus d'années. Il avait peut-être raison de prendre la vie ainsi. En voyant le nombre de gens qui mouraient cet été-là, on ne se sentait pas enclin à faire des plans détaillés pour l'avenir à long terme.

— J'ai une tâche à vous soumettre, Richard, qui exigera toute votre attention, poursuivit Lord Henry. Vous m'accompagnerez à Whitehall, où j'assisterai aux réunions du Conseil privé du souverain. J'aurai besoin de vous comme porteur de documents et comme messager particulier. Je ne peux faire confiance à aucun de mes gens de Londres. Ils sont tous pareils. « Qu'ai-je à y gagner ? » est la seule question qu'ils savent poser, et leur allégeance peut être achetée du jour au lendemain avec une pièce d'argent.

J'essayai d'avoir l'air alerte, honnête, fiable et appliqué.

— Allez avec maître Tucker que voici. Il me sert d'intendant dans cette maison.

Edmund me salua d'un hochement de tête.

— Nous avons fait connaissance hier soir, Monseigneur.

Lord Henry poursuivit.

— Bien. Bon, comme je vous le disais, Edmund vous trouvera des vêtements, avec lesquels vous pourrez déambuler dans les corridors de Whitehall sans attirer sur vous toute l'attention que vous recevez dans cet accoutrement de paysan. Revenez ici à midi et je vais tout vous expliquer pendant le dîner.

Comme nous nous apprêtions à sortir, Lord Henry nous rappela avec un sourire narquois.

— Faites de lui un homme présentable, Edmund.

Edmund Tucker rejeta la tête en arrière et répondit à voix basse.

— Ne vous inquiétez pas, Monseigneur, je ferai de notre petit cul-terreux un gentilhomme digne d'une reine.

Suivant Edmund Tucker dans l'abrupt escalier de bois qui nous ramenait en bas, je continuais à me demander ce que pouvait bien signifier «un gentilhomme digne d'une reine», dans les présentes circonstances. Je ne savais toujours pas que penser de ces rumeurs. Lord Henry semblait tout à fait normal, mais il y avait quelque chose d'étrangement féminin chez Edmund, et il semblait y avoir un secret quelque part entre eux. Je ne pouvais pas mettre le doigt dessus, mais il y avait quelque chose…

De retour à l'heure du dîner, j'étais soulagé de constater que les vêtements choisis, quoique bien coupés et taillés dans de bonnes étoffes, ne faisaient pas trop dandy. Ils ne semblaient pas enfreindre les nouvelles lois somptuaires du roi, ni les principes de la Réforme qui m'étaient de plus en plus chers, et je sentais que j'aurais pu me présenter devant John Aylmer et Lady Jane sans offusquer personne. Je n'avais pas de collerette, pas de manches crevées ni de culottes de velours comme j'avais pu en voir lors de nos pérégrinations dans la ville. Au lieu de cela, j'étais vêtu presque uniquement de noir, de manière très élégante : je portais un haut-de-chausses noir en worsted, avec des bas noirs et des bottines de cuir noir, et au-dessus, une chemise noire recouverte d'un justaucorps en cuir noir. Je me trouvais un air chic et important, tout en demeurant à l'aise dans mes mouvements.

Lord Henry examina le résultat et donna son assentiment d'un signe de tête. Il pencha la tête du côté de l'intendant.

— Pas de visite chez le fripier, à ce que je vois, Edmund ?

Tucker pinça les lèvres et inspira bruyamment, feignant la stupéfaction.

— Monseigneur ! Vous nous envoyiez chercher une tenue de cérémonie pour le parlement et la cour.

La main gauche appuyée sur sa hanche, et l'index de la droite posée sur ses lèvres, il m'examina plusieurs fois de la tête aux pieds, lentement et attentivement. Je me sentais nettement mal à l'aise de faire l'objet d'une inspection aussi directe, et pas seulement parce que je portais ces nouveaux vêtements dont je n'avais pas l'habitude. Enfin, Edmund termina son examen et ses yeux s'arrêtent sur les miens. Sans détourner le regard, et d'une voix étrangement voilée, presque féminine, il poursuivit à l'intention de Lord Henry.

— Monseigneur, nous pouvons toujours lui trouver autre chose pour les occasions plus… privées, si vous le souhaitez ?

Lord Henry rit, d'un long et chaleureux éclat de rire. Edmund et lui se connaissaient visiblement bien et appréciaient les plaisanteries et le badinage. Je commençai à me détendre, percevant là un autre aspect du jeu de cour qu'il me faudrait observer et, un jour peut-être, apprendre.

Le dîner fut une affaire étonnamment simple, mais conduite avec sérieux. On servit un bon filet de morue, accompagné de légumes frais et suivi d'un chapon aux herbes et au citron, délicieusement aromatique. Je refusai le vin que l'on m'offrit, et remarquai le hochement de tête approbateur de Sa Seigneurie devant cette décision.

Lord Henry m'expliqua que les affaires discutées par le Conseil étaient de la plus haute importance. Il me plaça sous le sceau du secret, et exigea que je prête serment, ce que je fis.

— Le travail que vous êtes sur le point d'entreprendre vous amènera à transporter des documents secrets et à observer maintes choses qu'il vous faudra oublier. Vous surprendrez sans doute de nombreuses conversations que vous devrez toujours oublier, ou bien, dans le doute, me signaler. Conséquence directe des politiques ratées de l'ancien Lord Protecteur, Somerset, nous sommes en état de guerre partielle avec la France et l'Écosse, et la situation financière précaire dans laquelle nous nous trouvons nous oblige à y mettre un terme. Warwick a amorcé cette démarche mais la visite des ambassadeurs français est retardée depuis avril à cause de l'épidémie de suette. En lieu et place des célébrations de la Saint-Georges, le roi a décidé de se servir de son investiture – le jour de la Saint-François – comme point de départ pour établir de meilleures relations avec les Français.

À cette évocation de l'anniversaire de Lady Frances, je m'attendis à le voir exprimer une lueur de regret, puisqu'il se trouvait dans l'impossibilité de célébrer l'événement avec elle, du moins cette année ; mais la date ne sembla rien lui rappeler. Il était beaucoup trop absorbé par les affaires de la cour.

— Chaque petit pas est important et il nous faut procéder avec circonspection. Ce ne sont pas tous les gens du Conseil qui partagent la confiance de Warwick dans la réussite de ce plan. Bien évidemment, Somerset est prêt à tout pour l'empêcher de se faire du crédit en surmontant les problèmes créés durant son protectorat. À la base, bon nombre de nos délibérations ont trait aux affaires de l'Église, lesquelles continuent de créer des divisions entre les hommes. Wriothesley étant mort l'an dernier, nous en sommes donc débarrassés, mais il faut vous méfier de Derby, Shrewsbury et Arundel, qui donnent encore leur appui à Somerset, même s'il est tombé en disgrâce.

Lord Henry s'avança vers la fenêtre, l'ouvrit, et regarda de l'autre côté de la Tamise. Le soir tombait et l'odeur moite des marais de Lambeth, sur la rive opposée, s'engouffra dans la pièce. Il poursuivit, parlant au-dessus de son épaule en gardant les yeux fixés sur le fleuve, tandis que les lanternes d'une barque qui passait s'approchaient des marches du palais.

— Croyez-moi, Richard, l'avenir de notre nation est en jeu au moment où l'on se parle, et il nous faudra tous faire des sacrifices pour en assurer la pérennité.

Tandis qu'il parlait, je remarquai que sa manière, quoique sans cérémonie, et presque amicale, dégageait beaucoup d'assurance. Ici, loin de sa femme, c'était un homme différent. Peut-être se sentait-il contraint par l'influence de Lady Frances. Elle l'avait qualifié de poids plume, de panier percé, sans une once de jugement que ce soit en politique ou en affaires. Pourtant il se tenait là, à la fenêtre de sa luxueuse demeure près de Whitehall, au centre même du pouvoir et visiblement maître de la situation politique, avec une idée claire et solide du rôle qu'il avait à y jouer.

— Nous aurons à partir de bonne heure demain. Étant donné la nouvelle épidémie de suette qui s'est abattue sur Londres avec virulence ces derniers jours, Sa Majesté s'est judicieusement retirée à Hampton Court et c'est là qu'elle recevra les ambassadeurs français. Nous devrons y être pas plus tard qu'à huit heures, car la rencontre des ambassadeurs avec le roi est prévue pour neuf heures. Nous partirons à cinq heures. Ma barque privée nous attendra au bas des marches qui mènent au fleuve, derrière la maison. Savez-vous où elles se trouvent ?

J'acquiesçai d'un signe de tête. Depuis mon arrivée à Dorset House, Mark Cope m'avait fait visiter l'endroit et je m'y retrouvais à présent sans difficulté.

— Bien. Nous disons donc à cinq heures. Edmund nous préparera un panier à déjeuner et nous pourrons manger pendant que les rameurs nous emmèneront. La marée nous sera favorable, ainsi j'ose croire que le voyage sera facile.

Comme je prenais congé, Lord Henry leva la main.

— Oh, Richard…

Je m'arrêtai dans l'embrasure de la porte, me retournant vers l'homme soudainement monté dans mon estime.

— Apportez un bon manteau. Il fait froid et humide sur le fleuve le matin, même en plein été.

## Chapitre 22

## 14 juillet 1551
## Hampton Court

Même après avoir dévoré tout ce que je pus me permettre de prendre dans le panier à déjeuner sans avoir l'air gourmand, j'étais encore tout transi et fatigué quand la barque toucha le grand embarcadère de Hampton Court. Il y avait de l'activité partout sur le fleuve : trois barges royales se retiraient au milieu des eaux pour faire place aux arrivées récentes, et des barques se ruaient de tous les côtés pour se positionner.

Les grandes grilles de fer étaient déjà ouvertes et gardées par des piquiers portant le costume royal. J'aidai Lord Henry à gravir les marches, encore glissantes dans la rosée du matin, et ensemble nous suivîmes le chemin à travers les vastes jardins, éclairés de part et d'autre par des grassets de six pieds de haut, fichés en terre, où brûlaient des chiffons imbibés d'huile placés dans leurs cages. Devant nous se dressait Hampton Court, le grand palais construit par le cardinal Wolsey et plus tard offert à Henri VIII. Sa splendeur dépassait toute imagination. Comme nous approchions d'un long étang rectangulaire, la faible lueur du matin illuminait les façades de brique rouge et de pierre blanche de la demeure royale, et se reflétait parfaitement sur l'eau sans rides. J'avais trouvé

Bradgate Park impressionnant, mais Hampton Court était d'un tout autre ordre de grandeur et d'éclat.

— Cela donnera aux Français de quoi réfléchir quand ils arriveront, n'est-ce pas ?

J'acquiesçai.

— Voyez comment la lueur du matin frappe la maçonnerie entourant ces immenses fenêtres.

— Ça, mon garçon, c'est de la pierre de Beer, apportée à Londres par bateau depuis vos contrées du Devon, et transportée le long du fleuve sur des barges. C'est la plus belle pierre qui soit. Aucune n'accroche la lumière comme elle, pas même le granit de Charnwood que nous avons à Bradgate. Voyez avec quelle précision les blocs ont été taillés, ajustés les uns aux autres et sculptés autour des fenêtres : un travail superbe.

Visiblement, Lord Henry entrevoyait la journée avec enthousiasme. Il avait revêtu ses meilleurs habits, mais je remarquai qu'il ne portait pas autant de bijoux qu'à l'occasion du dîner auquel nous avions assisté à Bradgate. Il dut s'aviser de mon regard, car alors que nous marchions dans la cour du palais, il se retourna vers moi et murmura d'un air complice :

— Vaut mieux ne pas abuser de parures à la cour, Richard : Sa Majesté est notre lumière et nous n'en sommes que les reflets. Seuls les sots essaieraient de l'éclipser.

Nous approchions alors de la résidence et je souris intérieurement en apercevant, à travers les portes du palais, la foule grouillante et animée de diplomates et de nobles. Cependant, Lord Henry poursuivait :

— Remarquez, il serait bien difficile de l'éclipser, en particulier lors d'une occasion aussi solennelle. Attendez, vous verrez bien.

Je me demandai si j'aurais vraiment la chance de voir le roi dans toute sa magnificence.

L'occasion dépassa mes rêves les plus fous. Nous n'étions pas les premiers à arriver, loin de là. Il semblait y avoir des centaines de personnes, des grands seigneurs se saluant avec cérémonie, et des serviteurs à leur suite – certains, comme moi, écarquillant les yeux en apercevant ce grand palais pour la première fois.

À huit heures, la foule commença à se séparer, certains valets étant renvoyés aux barges et aux barques qui les attendaient sur l'embarcadère du fleuve, alors que d'autres, plus chanceux, étaient autorisés à accompagner la multitude qui se massait dans la grand-salle. Je regardai vers Lord Henry, cherchant ses consignes, et sa réponse me ravit :

— Restez avec moi, mon garçon, j'aurai peut-être besoin de vous pour porter des messages.

La première chose que je remarquai en entrant dans la grand-salle fut le plafond, qui s'élevait en trois étages de bois sculpté au-dessus des murs blanc crème. Il était éclairé par d'immenses fenêtres, et chapeautait un grand vitrail à l'autre bout de la pièce. Tandis que nous avancions, je vis que les murs d'en bas étaient recouverts de riches tapisseries, à présent cachées à la vue par la foule remuante et enthousiaste.

— Où est le roi ? murmurai-je comme nous nous dirigions vers la porte à l'autre bout de la pièce.

— Il est dans la chambre de parement, bien entendu. Le roi ne vient pas à nous. Nous allons à lui.

Je dus avoir l'air excité, car Lord Henry ajouta d'un ton plutôt méprisant :

— Nous qui sommes invités, s'entend.

— Le marquis de Dorset, mais bien sûr. Une heureuse rencontre, Messire, en ce jour de gloire.

Son interlocuteur était dans la quarantaine, grand, brun, portait la barbe dans le style espagnol, et dégageait énormément d'assurance. Il était vêtu tout de velours noir, à l'exception d'une collerette blanche, et de ses manchettes. Lord Henry s'inclina profondément.

— Bonjour à vous, Lord Somerset. C'est en effet un bien grand jour, un jour de gloire, comme vous dites. Espérons que nos invités français penseront de même.

Somerset acquiesça.

— J'ai les documents, Monseigneur.

Lord Henry me fit signe d'approcher avec le dossier en cuir contenant les papiers, que j'avais transporté avec tant de soin depuis que nous avions quitté Dorset House. Je tendis le bras en avant, dossier en main, sans savoir si je devais le donner à Lord Henry ou directement à Somerset. Je les regardai chacun tour à tour, hésitant.

— Donnez-moi cela, mon garçon, dit Somerset.

Je regardai Lord Henry en quête d'une réponse, d'un signal, mais il ne fit aucun geste. Cela en disait assez.

Somerset tendit la main et je lui remis le précieux paquet, posant les yeux sur cet homme d'envergure. Quand il le prit, son regard croisa le mien, et, pendant un court instant, il parut juger de ma valeur. C'était le regard profond et perçant d'un hibou, et à cet instant, je me sentis mal à l'aise, comme si mes entrailles étaient exposées à la vue.

Somerset saisit le dossier, hocha la tête et prit congé. Je l'observai attentivement alors qu'il remettait les documents à un secrétaire et poursuivait sa ronde autour de la pièce. C'était donc là Edward Seymour, duc de Somerset et ex-

Lord Protecteur, qui, bien que dépouillé de ce haut titre, détenait encore un pouvoir immense – surtout à de mauvais desseins, s'il fallait en croire Lord Henry. Je le suivis du regard tandis qu'il se promenait dans la pièce, posant la main sur le bras de l'un, tapant sur l'épaule de l'autre, comme celui qui connaît tout le monde, toujours affable et souriant.

À neuf heures, il y eut un grand brouhaha dans la pièce voisine, et les ambassadeurs français arrivèrent. Somerset les salua tour à tour et les présenta aux douze nobles qui se tenaient là pour les accueillir, dont le marquis de Dorset.

Alors qu'ils se dirigeaient vers la chambre de parement, je vis que Somerset s'était mis à compter les personnes présentes dans chaque groupe. Les Français dépassaient en nombre les nobles anglais et leurs suivants immédiats. Cela laissait présager des ennuis protocolaires, car le roi serait désavantagé si les Anglais étaient surpassés en nombre ; mais il serait difficile de refuser à la dernière minute, l'accès à certains membres de la compagnie française, d'autant que l'ordre des préséances entre eux ne semblait pas clair.

Somerset jeta un regard en arrière et promena les yeux tout autour de la pièce, à l'instant même où les compagnies anglaise et française disparaissaient derrière les portes. Je le regardai fixement, et nos regards se croisèrent. Soudainement, Somerset parut se décider, et d'un léger signe de tête, m'appela à le suivre. Deux autres reçurent le même signal et nous nous hâtâmes tous trois de rejoindre la queue du peloton qui s'engouffrait dans la pièce suivante.

Lord Henry eut l'air surpris de me voir entrer dans la pièce, et je me glissai à ses côtés.

— Somerset m'a fait signe de venir, peut-être pour équilibrer les deux groupes, expliquai-je.

Lord Henry inclina la tête et chuchota à mon oreille :

— Dans ce cas, mettez-vous là-bas, en dehors du chemin, et ne dites rien en présence du roi.

Il était impossible de ne pas s'aviser de l'entrée du roi. Il fut annoncé par les trompettes royales, qui résonnèrent si puissamment que personne ne put prononcer un mot. Quand cette fanfare se termina, un silence total régnait.

Le roi fut précédé par une troupe de cavaliers de la garde, leurs uniformes brodés de la couronne royale et de la lettre E. On aurait dit qu'ils étaient frères, car ils avaient tous la même taille et les mêmes cheveux blonds. Le dernier fit son entrée dans la pièce au moment où les notes finales de la fanfare retentissaient ; et ils se tinrent debout en silence, raides comme des piquets, devant l'assemblée qui attendait. Le roi entra au milieu d'un silence théâtral, ses chaussons d'étoffe ne produisant aucun son sur le sol de pierre, alors qu'il montait sur l'estrade et se retournait pour faire face à l'assemblée sous le baldaquin royal. La première impression qu'il me laissa fut un sentiment de jeunesse, car le roi n'avait pas encore quinze ans, et il était très pâle et mince. Mais il suffisait d'un regard sur ce visage encadré de cheveux acajou pour constater qu'il n'était pas homme à être traité à la légère ; et tandis que ses profonds yeux marron scrutaient la pièce, tous tombèrent à genoux sans mot dire, dans la plus grande révérence.

Le roi Édouard se tint debout pendant quelque temps et considéra les personnes agenouillées à ses pieds, laissant la scène parler d'elle-même, afin d'établir son rang par rapport à toutes les personnes présentes. Puis, se tournant légèrement de côté, il prit place sur le trône qui se trouvait derrière lui.

— Le roi est assis, annonça le héraut, et toute l'assemblée se leva.

J'étais alors bien placé pour observer notre monarque de plus près, même si je gardais la tête basse de crainte d'attirer son regard et peut-être sa colère. Toutes mes premières impressions s'étaient à présent dissipées. Ce roi était peut-être jeune, mais ne pouvait être sous-estimé, car il savait créer et maintenir une présence autoritaire dans cette pièce, pourtant pleine de courtisans qui n'étaient pas nés de la dernière pluie. Sa tenue n'admettait en rien ses sympathies à l'égard de l'Église réformée, pourtant bien connues, mais cherchait visiblement à impressionner. Le rouge, le blanc et le pourpre en ressortaient vivement et servaient de toile de fond à des perles, à des rubis et à des diamants, le tout parachevé de fil d'or et d'hermines.

Il y eut une autre fanfare, et Somerset entra à la tête des ambassadeurs français, qui traversèrent la pièce jusqu'à l'estrade du roi. L'assemblée se sépara au milieu pour leur donner accès à la présence royale. Somerset les présenta tour à tour. Le maréchal de Saint-André fut suivi de François de Rohan de Guyé et du Sire de Vicilleville, l'ambassadeur français. Chacun s'agenouilla et baisa la main du roi, puis recula d'un pas. Alors le roi se leva, et dans un français limpide et plein d'aisance, leur souhaita la bienvenue.

— Messires, vous êtes les bienvenus pour trois raisons : *primo*, votre présence consacre la grande paix qui régnera à jamais entre mon frère de France et moi-même ; *secondo*, elle me permet de faire la connaissance du Grand Maréchal, que j'ai si longtemps voulu rencontrer ; *tertio*, elle m'assure que vous tous, ayant été témoins du serment de loyauté que je prêterai envers votre roi, vous souviendrez qu'il sera tenu – car je sais que vous, Messires, m'êtes suffisamment chers pour vous faire aimer ou détester de moi, comme il vous plaira. Laissez-moi vous souhaiter encore une fois, Monsieur le Maréchal, la plus cordiale des bienvenues.

Il y eut un murmure d'approbation dans toute la pièce. L'entrée en matière était impressionnante, et les cérémonies qui suivirent, dont la présentation des lettres du roi Henri II de France, coulèrent avec autant d'aisance que le français du roi. Au bout d'un moment qui sembla passer comme l'éclair, les ambassadeurs prirent congé de ce qui devait être la première d'une série de rencontres échelonnées au cours des semaines à venir, pour être reconduits à leurs appartements, jusqu'à l'heure du dîner. Sitôt qu'ils eurent quitté la pièce, les lords anglais s'agenouillèrent de nouveau, et le roi se leva, sortant dans le même silence que celui dans lequel il était entré.

Lord Henry se tourna vers moi et me lança un clin d'œil.

— Quel spectacle, n'est-ce pas ?

J'avouai être ébloui, et j'étais sûr que les ambassadeurs français l'étaient tout autant.

— C'est ainsi que l'on fait les choses à la Cour, Richard. De la poudre aux yeux. Quatre semaines de préparation et tout marche comme sur des roulettes, y compris les discours impromptus. Maintenant, allez trouver notre barque et dites aux rameurs de se secouer. Je vous rejoindrai dans une heure, mais je dois d'abord m'entretenir avec Somerset.

En traversant lentement les jardins vers le grand embarcadère sur la Tamise, je considérai tout ce que j'avais vu depuis que nous avions quitté la jetée de Dorset House, très tôt ce matin-là. Je n'étais pas parvenu à me faire une idée des membres de la compagnie française, qui n'étaient pas encore vraiment entrés au cœur des discussions. Ils le feraient sans doute au courant de la semaine. Mais l'entrée en matière avait été remarquable. Le roi, dont la grande présence avait marqué l'événement dès son arrivée dans la pièce et qui, malgré son jeune âge, s'était imposé du début à la fin, m'avait particulièrement impressionné. «Où, me demandai-je, avait-il trouvé cette assurance, cette prestance ?»

Puis je me rappelai Lady Jane, qui, comme me l'avait dit sa mère, avait été préparée pendant des années à devenir l'épouse du roi. Peut-être était-ce ainsi que l'on y parvenait : avec de l'entraînement, de la préparation et des répétitions, pendant des années et des années, jusqu'à ce que le rôle soit parfaitement assimilé et les habiletés nécessaires affinées au point de pouvoir faire preuve d'une aisance presque désinvolte. Des gens comme le roi et comme Lady Jane étaient peut-être *voués* à la grandeur, mais Dieu sait qu'ils y travaillaient, aussi.

Je songeai à Lady Frances étendue près de moi dans son lit, serrant les dents, déterminée à assurer la réussite de sa famille. Celle-ci s'était battue pour le pouvoir et l'avait obtenu. À présent, elle n'allait pas le laisser lui glisser des mains si facilement. Peut-être étaient-ils tous semblables, les Grey, les Seymour, les Howard... Peut-être était-ce cela qui les différenciait des gens que j'avais connus tout au long de ma vie : leur ardent désir de réussir, et l'occasion d'agir qui se présentait à eux.

Quant à moi, je n'étais pas sûr d'avoir ni l'un ni l'autre.

Chapitre 23

# 16 juillet 1551
# Hampton Court

Cette journée-là avait commencé de bonne heure elle aussi, avec un autre voyage sur la barque dans le froid et l'humidité du matin, depuis le quai de Dorset House jusqu'à Hampton Court, cette fois à l'occasion de l'investiture du roi.

La dernière fois que j'avais débarqué à cet endroit, j'étais excité et inquiet. Je fus surpris de voir à quel point tout avait changé en l'espace de deux jours. Car cette fois-ci, j'étais plein d'allégresse dans l'attente de l'investiture du roi et j'espérais simplement pouvoir me dénicher une place où je pourrais suivre le déroulement de la cérémonie.

À toute cette excitation s'ajoutait de la crainte. Notre voyage sur la Tamise avait été plus difficile, car le vent soufflait vers l'aval et la marée se levait contre nous : ainsi la tâche des rameurs fut pénible et nous voyageâmes dans l'humidité et l'inconfort. Mais le trajet n'avait pas été ennuyeux. Alors que nous remontions lentement le fleuve au milieu des éclaboussures, Lord Henry avait fait état du plus récent scandale, lequel risquait de faire tourner la journée au désastre.

— Vous vous souvenez de Monsieur de Guyé, que nous avons vu avant-hier ?

Je répondis par l'affirmative, même si je n'aurais su dire lequel des Français répondait à ce nom.

— Eh bien, il aurait affirmé avoir reçu une mise en garde selon laquelle on tenterait de l'empoisonner durant son séjour en Angleterre : ainsi il s'est fait livrer de la nourriture française via Boulogne et Dover, et ce jusqu'à Richmond, où tous les Français sont maintenant hébergés ; et il refuse de manger toute nourriture anglaise.

C'était insensé.

— Est-ce que tous nos visiteurs français refusent de manger nos plats, maintenant ?

— Non, répondit Lord Henry c'est justement cela : uniquement ceux qui sont chez Monsieur de Guyé ; les autres s'empiffrent comme quatre.

À nouveau, j'étais dérouté.

— Pourquoi essaierait-on d'empoisonner seulement l'un d'eux ? Cela n'arrêterait pas les discussions diplomatiques, si je ne m'abuse ? C'est peut-être un règlement de compte ?

Lord Henry ne voulut rien entendre.

— Peuh ! Le pauvre homme se couvre de ridicule. La cour française s'imagine qu'elle vaut mieux que nous et se targue d'être plus civilisée. Je soupçonne qu'un drôle l'aura mené en bateau en se plaignant de la frugalité des mets anglais et qu'il aura marché. J'étais avec eux hier à Richmond, et ils en ont discuté en ma présence, sans se rendre compte que mon français est plus que passable. Ni de Vieilleville, ni le maréchal de Saint-André n'ont reçu d'avertissement semblable. Mais Monsieur de Guyé et ses suivants n'en démordent pas et s'en tiennent à leur diète importée.

— Le roi ne sera-t-il pas… excusez-moi…

Tout en cherchant à demeurer au sec sous ma cape, j'avais entrepris de dévorer une énorme tourte à la viande au cours notre conversation, et le fait que j'avais la bouche pleine, combiné à mon accent du Devon, laissait planer un doute sur la teneur exacte de ma question.

— … le roi ne sera-t-il pas fâché de cet outrage à son hospitalité ?

Lord Henry semblait tout à fait inconscient des miettes que je faisais tomber à ses pieds.

— C'est tout à fait possible. Il se fâche parfois très facilement, surtout quand son autorité lui paraît menacée. C'est là qu'il se met à imiter son père : debout, les jambes écartées, il rentre le pouce sous la ceinture et se met à beugler d'une voix puissante. Il peut jurer comme un charretier quand ça lui prend. Le problème, c'est que comme vous l'avez entendu avant-hier, il n'a pas encore une voix d'homme, et cela prête souvent à rire. Mais si cela se produit, quoi que vous fassiez, ne ricanez pas, ou vous serez dans de beaux draps. Toutefois, il y a un autre problème qui risque de causer de plus graves ennuis.

Enfournant la tourte aussi goulûment que je le pouvais tout en écoutant, je signalai mon intérêt soutenu en ouvrant de grands yeux et en hochant la tête.

— Apparemment, Monsieur de Guyé est très vexé depuis qu'on lui a demandé d'interdire à son chapelain de célébrer la messe en public durant leur séjour. Vous connaissez les vues de Sa Majesté concernant la liturgie, et ce sont des vues très personnelles et très sérieuses, comme la princesse Marie l'a appris à ses dépens. Si Monsieur de Guyé prend position publiquement à ce sujet, cela risque de faire véritablement des feux d'artifice. Le roi a une facette plus dure, et il n'y a pas meilleur moyen de la faire ressortir.

J'étais plus excité que jamais, et je passai le reste du voyage à appréhender les événements de la journée.

Si je croyais que ma visite précédente m'avait préparé à ce qui m'attendait, je me trompais lourdement.

On n'avait pas regardé à la dépense. À présent, je comprenais pourquoi Lord Henry avait insisté pour que j'emporte à bord un énorme sac de toile imperméable, puis m'avait donné un autre sac, beaucoup plus petit, que je gardai soigneusement contre ma poitrine pendant tout le voyage sur le fleuve.

À notre arrivée, on m'avait laissé seul dans le hall d'entrée. Je faisais signe aux gens que j'avais rencontrés lors de ma première visite, en attendant le retour de mon maître, qui avait pris les sacs et avait disparu dans un vestiaire. À présent il revint, plus resplendissant que jamais, et je me rappelai le conseil qu'il m'avait donné de ne pas porter ombrage au roi.

À notre arrivée dans la grand-salle, cette question s'imposa de plus en plus à mon esprit, car tous les comtes, ducs et marquis anglais étaient présents, couverts de parures incrustées de bijoux, et leurs valets de pied rôdaient discrètement autour d'eux, habillés (tout comme moi) à la dernière mode de la cour pour les personnes de leur statut.

Les plus grands seigneurs, dont Dorset, se dirigèrent alors dans la chambre de parement, et leurs serviteurs s'entassèrent devant la porte (laquelle avait été laissée ouverte, négligemment ou à dessein), pour voir et entendre la cérémonie qui se déroulait à l'intérieur.

Du haut de mes six pieds, je regardai au-dessus de la foule pour apercevoir le roi sur son trône, placé sur l'estrade à l'autre bout de la pièce. Je compris que je n'aurais pas dû m'inquiéter pour le roi. Je n'avais jamais vu quiconque – homme ou femme – être paré avec autant de finesse, ni, il faut le dire, personne d'aussi beau. Sa jeunesse était à présent un avantage, car les habits incrustés de diamants, de rubis, de perles et d'émeraudes lui seyaient comme à une femme, sans toutefois lui ôter la prééminence qui le consacrait roi tout-puissant aux yeux des personnes présentes.

Les trois envoyés, précédés de leurs écuyers portant la toge et l'insigne de l'ordre de Saint-Michel, entrèrent dans la chambre de parement. Visiblement impressionnés, ils se tinrent immobiles en regardant autour d'eux. Pendant ce temps, le roi, bien conscient de l'effet produit par cet instant de pur théâtre, offrit son plus grand sourire à la multitude rassemblée, comme pour dire « bienvenue » à ses invités et « bravo » à ses nobles.

Le roi se dirigea ensuite vers la chapelle, marchant entre le maréchal de Saint-André et Monsieur de Guyé, où il reçut seul la communion. La compagnie française admira le spectacle, les lords anglais placés derrière eux, accompagnés des serviteurs qui, comme moi, avaient osé franchir les portes de la chambre de parement pour suivre la cérémonie qui se tenait dans la chapelle.

La Bible fut présentée au roi et il prêta son serment d'allégeance à l'ordre de Saint-Michel. Il fut alors sacré chevalier de l'ordre par le maréchal de Saint-André, qui lui passa autour du cou le collier fait de coquillages au bout duquel était accroché l'insigne de l'ordre. Monsieur de Guyé lui posa alors la toge sur les épaules, et une fanfare de trompettes et de hautbois, suivie d'un roulement de tambours, annoncèrent la fin de la cérémonie. Il y eut des acclamations spontanées, et les nobles français et anglais s'étreignirent les uns les autres. Nombre d'entre eux étaient en larmes.

Le roi se dirigea vers les portes, ce sur quoi les serviteurs et les écuyers se retirèrent promptement, laissant libre passage au roi et à sa suite de nobles qui empruntèrent le grand escalier menant à la salle de banquet en bas. Il était clair que les personnes de moindre rang n'étaient pas invitées à les suivre, et nous fûmes rapidement conduits par les escaliers arrière à une salle séparée, où nous prîmes ensemble un dîner très animé.

Nombre des serviteurs anglais avaient été touchés par l'ambiance des festivités et tentèrent de communiquer avec leur nouveaux « amis » français, mais peu d'entre eux connaissaient la langue et presque toute la compagnie française ne parlait pas un mot d'anglais. Enfin, dans un mélange d'anglais, de français, de latin et de langue gestuelle, aidés de copieuses quantités de vin, nous établîmes une relation et parvînmes à une forme de rapprochement qui nous convenait davantage, nous autres moindres mortels.

Le banquet fut suivi de joutes. La division des classes fut maintenue, et nous dûmes trouver nous-mêmes un moyen d'y assister. Je dénichai une place tout près de la balustrade, et au cours des deux heures suivantes j'assistai à un impressionnant spectacle de joutes, au bouclier et aux anneaux. Le roi s'abstint d'y prendre part (l'un des spectateurs me dit qu'il pouvait rivaliser avec la plupart des participants), mais les encouragements qu'il adressait aux compétiteurs témoignaient de son engouement pour ce sport.

Quand le soleil se mit à descendre et que l'air se rafraîchit, un souper fut servi aux seigneurs et des musiciens remplacèrent les jouteurs. L'événement se transforma bientôt en une seconde joute, car les Français avaient fait venir leurs propres musiciens, et les deux groupes commencèrent à jouer en alternance, de sorte que la soirée prit la tournure d'une compétition musicale improvisée.

Pendant quelque temps, les Français risquaient d'avoir le dessus, car ils étaient représentés par des trompettes, un cornet, des flûtes, des chalemies et des sacqueboutes.

Sentant le vent tourner contre lui, le roi appela des renforts de Hampton Court et du château de Windsor, et en l'espace d'une heure, le nombre de musiciens avait presque doublé. Le roi Édouard avait même convoqué le chœur de la chapelle royale afin qu'il puisse joindre ses forces à celle des musiciens, et la soirée se termina avec le *Kyrie le Roy* de John Taverner, sa musique flottant à travers les prés et les jardins de Hampton Court par une belle soirée d'été. Ce lent écoulement de voix entrelacées semblait mettre un terme idéal à cette journée splendide.

Puis vint le crépuscule d'un soir d'été, et les invités, à présent plutôt las, firent leurs adieux et s'en retournèrent titubants jusqu'à l'embarcadère, où attendaient les bateaux qui les reconduiraient à Richmond et à Londres. Je venais d'apercevoir Lord Henry zigzaguant comme un ivrogne, criant «Dorset! Dorset!» à l'attention d'un attroupement de rameurs, et je courus vers l'embarcadère afin d'y être le premier. Par chance, les rameurs du marquis se montrèrent à la hauteur et accostaient déjà les marches quand nous arrivâmes. Lord Henry était très essoufflé lorsqu'il parvint à la barque et il s'affala sur le siège à la poupe avec un soupir de soulagement, tandis que je me penchai pour embarquer à mon tour.

— Ah, Richard…

Il agita le revers de la main comme s'il voulait chasser une guêpe de son dessert aux fruits.

— Demi-tour. Demi-tour. Il me faut les sacs qui contiennent mes habits de voyage de ce matin. Vous les trouverez dans la pièce contiguë à la grand-salle. Donnez cela au domestique.

Il me remit une cheville en ivoire gravée «Marquis de Dorset».

Je l'examinai. «Ça, pensai-je, c'est ce qu'on appelle avoir le souci du détail.»

Il était presque onze heures quand nous quittâmes enfin Hampton Court pour regagner le milieu du fleuve. La marée avait eu le temps de monter et de redescendre pendant les festivités, et le reflux qui s'achevait précipitait le courant du fleuve. Les rameurs furent donc récompensés pour leur attente de quinze heures par un voyage de retour des plus aisés, laissant filer l'embarcation le long du fleuve dans l'obscurité grandissante, tandis que Lord Henry ronflait doucement à la poupe, appuyé contre moi et partageant ma lourde cape.

John et Dick Barley, les rameurs, qui étaient jumeaux, se regardèrent d'un air résigné.

— On se la coule douce, pas vrai?

Je souris. Ils étaient bien payés.

Je me demandai ce qu'ils comprenaient des grands événements auxquels ils devaient conduire le marquis, s'ils en comprenaient quelque chose. Je les regardai chacun leur tour, ramant avec l'aisance facile de ceux qui sont passés maîtres dans leur métier. Je connaissais suffisamment leur humour pour comprendre qu'ils en savaient plus qu'ils ne l'admettaient, et qu'ils s'étaient fait une idée, à leur manière, des différents membres de la famille.

Mais cela s'arrêtait là. Ils voyaient, ils entendaient et ils commentaient entre eux, mais ils ne cherchaient pas les raisons. Ils n'allaient pas voir en profondeur en s'interrogeant sur les événements d'importance qui influençaient

Lord Henry, son épouse et sa famille, événements auxquels la famille répondait à son tour.

Cela au moins, je l'avais déjà appris. Plus jeune, à Shute, j'avais compris que l'intendant, même si c'était lui qui menait le bal jour après jour, n'était pas omnipotent, mais qu'il avait des comptes à rendre au seigneur. Je présumais toutefois que le grand seigneur était lui-même omnipotent et tout à fait maître de sa destinée. Mais mon bref séjour à la Cour m'avait clairement démontré que ce n'était pas vrai, car j'avais constaté que les lords montraient toujours une grande déférence envers le roi, dont les ancêtres étaient probablement à la source des richesses de leur famille, richesses que le roi pouvait leur reprendre s'il lui en prenait l'envie.

Mais plus que cela, j'avais commencé à comprendre que jusqu'à un certain point, le roi lui-même était contraint par les événements extérieurs : la menace d'une guerre contre des puissances étrangères, la nécessité d'établir des alliances, le genre de jeux de pouvoir dont nous venions d'être témoins.

N'y avait-il aucun homme qui se sentît libre ?

Les frères Barley avaient peut-être raison de penser : « Mène ta barque, ferme-la et tiens-toi loin des ennuis. »

# Chapitre 24

# 17 juillet 1551
# Hampton Court et Windsor

— Bonjour, Monseigneur. Alors ce sera Windsor aujour-d'hui, Messire ?

John Barley enleva son chapeau tandis que Lord Henry et moi remontions dans la barque à Dorset House. Cela ne faisait pas plus de quelques heures que nous l'avions quittée la veille. Néanmoins, les frères Barley semblaient tout aussi éveillés qu'à l'habitude et prêts à prendre les rames. « Ils doivent dormir du sommeil du juste », pensai-je.

— Oui, s'il vous plaît… John, répondit Lord Henry avec hésitation.

Les deux frères se ressemblaient tant qu'il avait du mal à les distinguer.

— Les chevaux ont-ils été envoyés par avance, comme j'en ai donné l'ordre ? demandai-je, bien conscient que cette question relevait de ma charge et que, comme il s'agissait d'une journée de chasse, ma contribution se devait d'être plus importante que celle des autres jours, lors d'occasions plus solennelles.

— Oui m'sieur, sur la barge, la nuit dernière, m'sieur, avec tout le matériel de chasse, comme c'était demandé, répondit Dick Barley en se frappant le front avec le poing. Le valet d'écurie est parti avec eux, avec l'ordre d'y passer la nuit. Il devait les mettre à l'écurie de Hampton Court et les faire galoper jusqu'à Windsor, ce matin à la première heure, pour les réchauffer un peu.

— Tu es drôlement bien informé, Dick, répondis-je.

J'avais appris à distinguer les jumeaux par la petite entaille que Dick avait à l'oreille, résultat d'une bagarre de rue à Bankside bien des années auparavant, comme il me l'avait raconté avec quelque fierté.

— Ah-ha, m'sieur ! fit Dick en se tapotant le nez avec l'index. Ce valet d'écurie, il s'appelle Simon Barley. C'est notre cadet, Simon. Faisons les choses en famille, que je dis. C'est un bon gars, Simon. Il sait s'y prendre avec les chevaux.

— N'empêche qu'il sait pas ramer, même pour sauver sa vie, grommela son frère John.

À ce moment, Lord Henry glissa et s'appuya contre le flanc de la barque, qui faillit presque chavirer.

— Sait pas nager non plus, renchérit Dick, gardant son sérieux.

Il était encore plus intimidant d'arriver par l'eau au château de Windsor que d'arriver à Hampton Court, que nous avions dépassé quelque temps auparavant en remontant le fleuve. Windsor n'avait pas la taille de Hampton Court, mais ses fortifications et sa position dominante sur la colline, loin en haut du fleuve, le rendaient en quelque sorte plus imposant.

Les chevaux nous attendaient au bord de l'eau, mais il était convenu que nous ne monterions pas le chemin abrupt qui menait au château lui-même, car on nous avait informés que le roi et les ambassadeurs étaient demeurés à Hampton Court la veille, et qu'ils allaient faire la chevauchée ce matin.

Nous suivîmes donc le palefrenier jusqu'au Grand Parc, pour y attendre l'arrivée du roi.

Il ne nous fit pas attendre longtemps, et ce fut une compagnie enjouée qui arriva de Hampton Court. Les formalités des jours précédents appartenaient au passé. Le maréchal de Saint-André arriva en premier avec le roi, galopant bruyamment le long du chemin battu venant du château ; ils s'arrêtèrent brusquement devant nous avec un glissement de sabots.

— Je vous ai battu d'une longueur ! s'écria le roi en riant, pantois.

— En effet, Votre Majesté, je suis battu, et par un cavalier de talent, j'en fais serment, répondit le maréchal d'un ton chevaleresque.

Les charrettes transportant les chiens et les armes arrivèrent avec le reste de la compagnie, puis le maître d'équipage et le roi conférèrent sur la tactique à adopter. Au terme de quelques échanges, il fut convenu que le débusquement se ferait dans le grand bois qui se trouvait en face, avec les chevaux et les chiens, pendant que les archers, dont le roi lui-même, resteraient tranquillement dissimulés dans une clairière près du fleuve – le chemin d'évasion le plus naturel.

La ruse fonctionna : les chiens n'avaient pas été lâchés depuis dix minutes qu'une douzaine de daims, dont deux gros mâles, débouchèrent au trot dans la clairière, regardant soigneusement derrière eux, sans toutefois avoir l'air de s'inquiéter outre mesure. Les biches avaient revêtu leur livrée estivale couleur noisette, tachetée de blanc, mais le plus gros des mâles était presque blanc, et l'autre, de couleur isabelle, était très pâle et tacheté. Les mâles étaient en train de se faire une nouvelle ramure, ayant perdu leurs anciens bois à la fin du mois de mai. Mais leur taille et leur dominance les distinguaient des biches et ils s'avançaient avec confiance dans la lumière éparse de la clairière.

Les flèches sifflèrent presque instantanément, chacune atteignant le repli cutané situé derrière la jambe antérieure de chacun des deux mâles, qui tombèrent raides morts sans même tressaillir.

— Excellents tirs, Messires! s'écria Lord Henry, tandis que le maréchal et le roi sortaient de leur repaire touffu à l'autre bout de la clairière.

Le roi jubilait.

— Avez-vous vu cela, Dorset? J'ai dit au maréchal de prendre le blanc, et je me chargerais du mâle isabelle. Nous avons chuchoté «prêts» et tiré ensemble. A-t-on jamais vu une telle chasse?

— Non, en effet, Votre Majesté, répondit Lord Henry. Un bel exemple de tir bien maîtrisé, et, si je puis me permettre… – il marqua une pause pour l'effet, sous le regard attentif du roi et du maréchal – … un bel exemple de collaboration!

Le maréchal sourit de toutes ses dents, visiblement ravi, et le roi poussa un cri de joie.

— De collaboration, tout à fait! Bien dit, Dorset.

Il débita rapidement quelques phrases en français à l'intention du maréchal, qui sembla en apprécier la teneur, car il donna au roi une tape sur l'épaule et lui lança un «d'accord!» tandis qu'ils regagnaient leurs montures.

Lord Henry Grey, marquis de Dorset, se retourna sur sa selle vers ceux de notre compagnie dont l'impassibilité montrait qu'ils ne disposaient pas de l'aptitude du roi pour le français.

— Sa Majesté a dit au maréchal que, conséquemment, le *longbow* anglais ne doit plus être utilisé qu'en collaboration avec nos alliés français.

Des hochements de tête approbateurs vinrent accueillir ce commentaire très pertinent, et l'on apporta des verres de la meilleure eau-de-vie française afin de célébrer.

— Laissons courre ! dit le roi.

Les chiens furent à nouveau découplés et, suivis de près par nos montures, se lancèrent dans une course régulière, traversant le fond de la vallée et gravissant la colline d'en face. Parvenus au sommet, ils débusquèrent un grand nombre de daims mâles qui se mirent à dévaler la colline. Tandis que nous les pourchassions, les daims se séparèrent en deux groupes et la poursuite fit automatiquement de même. Ce fut une longue course, mais pas pour Jack, qui était visiblement content de prendre son plus grand galop ; et après deux milles, je chevauchais sur les traces du roi et du maréchal, tandis que le reste de la compagnie traînait à quelque distance derrière.

Nous filions à bride abattue, le roi criant ses encouragements au maréchal, quand la monture du roi, trouvant un terrier de lapin sur son chemin, tomba à genoux et culbuta lourdement. Le maréchal et moi nous arrêtâmes brusquement, craignant que le roi n'ait été gravement blessé ; mais bien qu'il fût tout à fait hors d'haleine, il se remit rapidement sur ses pieds tandis que j'essayai de l'aider en le tenant par la taille.

Pendant que le reste du groupe nous rejoignait, le roi s'appuya sur moi et me remercia de mon aide. Le cheval du roi ne semblait avoir rien de cassé, mais à l'évidence il ne porterait plus de cavalier pour le reste de la journée.

— Prenez ma monture, Majesté, s'écrièrent Dorset et cinq autres à l'unisson ;

mais le roi n'y voulut rien entendre.

— Non, je prendrai l'un de mes chevaux de réserve quand il sera là. En attendant, je vais me reposer et tenter de reprendre mon souffle. Dorset, je vous prie de ramener le maréchal aux autres qui nous attendent au creux de la vallée : je vous y rejoindrai dans quelques minutes.

— Comme il vous plaira, Majesté.

Il obéit à contrecœur, et suivit les autres à la file le long de la dernière pente.

— Quel est votre nom, mon bon monsieur ? demanda le roi.

Je le conduisis à une vieille souche non loin de là, afin qu'il s'y repose.

— Richard Stocker, Votre Majesté, de Shute dans le Devon jusqu'à tout dernièrement ; mais je suis désormais second écuyer du seigneur Henry Grey, marquis de Dorset.

Le roi grimaça, sentant les ecchymoses sur ses côtes.

— Second écuyer de Dorset, hein ? Son premier écuyer doit être tout un cavalier, car vous m'avez talonné toute la matinée, si je me rappelle bien.

— Merci, Majesté. J'adore monter à cheval. Jack est mon fidèle destrier depuis maintenant quelques années et il n'a jamais fait aucun faux pas. Le premier écuyer de Bradgate Park est Adrian Stokes. C'est en effet un bon cavalier, Votre Majesté.

— Mais pas autant que vous, hein ? Dites-moi, Richard, à quoi ressemble votre comté, le Devon ? Je n'ai pas encore eu la chance de voyager si loin à l'ouest. C'est, si j'ai bien compris, le pays de la laine, n'est-ce pas ? Et de l'étain des mines ? Et de la pêche ?

— Il y a peu à ajouter, Votre Majesté. Vous avez résumé l'essentiel en quelques mots. Peut-être devrais-je ajouter la beauté de la campagne, l'herbe, et… la pluie.

— C'était le fief des Courtenay, pas vrai ?… Le Devon ?

— En effet, ce l'est encore très largement, mais mon maître détient les terres aux alentours de Shute.

— Shute, dites-vous ? Je ne crois pas en avoir entendu parler. Quelle est la ville la plus proche et la plus grande cité, dans vos environs ?

— La ville la plus proche se nomme Colyton, Votre Majesté, et la plus grande cité est Exeter.

— Colyton… Ce nom me rappelle quelque chose de mon enfance. Mon père n'a-t-il pas vendu ce domaine aux citoyens par inféodation ?

Encore une fois, j'étais impressionné.

— C'est exact, Votre Majesté. Cela s'est passé en 1546, et ce fut un grand événement pour la ville.

— Ha ! J'avais neuf ans à l'époque, mais je m'en souviens quand même. Quant à Exeter… cette ville nous a causé des ennuis il y a quelques années. Il y a eu un siège. Pourquoi donc ? Lord Russell a libéré Exeter au bout de, quoi donc ?… Six semaines ?

C'était un terrain glissant – discuter d'une rébellion avec un roi n'était pas chose facile.

— C'est exact, Votre Majesté, six semaines.

Par chance, les serviteurs arrivèrent à ce moment-là avec l'un des chevaux que le roi tenait en réserve, et celui-ci remonta en selle en prenant une grande respiration.

— Merci, maître Stocker. Je me souviendrai de notre rencontre.

Je remontai à mon tour et observai le roi descendant lentement la colline à la rencontre des autres. Je caressai l'encolure de mon fidèle compagnon.

— Eh bien, Jack, j'ai parlé au roi et le roi m'a parlé. Mère ne me croira jamais quand je lui dirai.

Le reste de la journée fut comparativement décevant. La chasse fut extrêmement ralentie après l'accident du roi et nous rentrâmes bientôt à Windsor, où l'on s'embarqua pour Hampton Court, les chevaux laissés derrière pour être ramenés. Lord Henry m'enjoignit d'accompagner nos montures jusqu'à Hampton Court, puis de laisser Simon Barley, le valet d'écurie, les conduire à Dorset House. Quant à moi, j'attendrais qu'il termine ses affaires à Hampton Court.

Ce fut une autre fin de journée tardive. Lord Henry ne réapparut qu'après le souper et je réveillai les jumeaux pour un autre tour de barque jusqu'à Whitehall. Je fus étonné de voir à quel point la chevauchée m'avait courbaturé, après seulement quelques semaines d'inactivité relative.

Par chance, nous pûmes compter sur la marée pour nous emporter lentement le long du fleuve, Lord Henry me félicitant pour ma bonne conduite en présence du roi, et racontant comment la journée s'était achevée. Il poursuivit d'un ton monotone tandis que j'essayais vainement de garder les yeux ouverts.

— Nous avons dîné à Hampton Court, plutôt tardivement et sans façons. C'était succulent. Le roi était très détendu et semblait s'être complètement remis de sa chute. Après le dîner, la garde royale donna un spectacle d'archerie au champ de tir puis le roi et le maréchal ont tiré à nouveau – sur des cibles. Plus tard, le roi s'est plu à jouer du luth pour les ambassadeurs qui furent enchantés. Il leur a vraiment fait une énorme impression.

Je sommeillais dans la barque. *Oui, et à moi aussi*, pensai-je.

— Richard !

Je me secouai pour chasser le sommeil.

— Pardon, Monseigneur, je réfléchissais.

— Je suis désolé de vous arracher à vos amitiés royales, mais demain je dois vous demander de partir pour Bradgate. Je dois demander à ma femme de venir me rejoindre ici, car la scène politique se réchauffe et sa présence me sera très précieuse. Je rédigerai une lettre pour elle quand nous serons à Dorset House. Votre cheval est-il toujours solide après une journée de chasse?

— Oui, Monseigneur. Jack est suffisamment bien portant. Je me préparerai à partir de bonne heure.

# Chapitre 25

## Fin juillet 1551
## En route vers le Leicestershire

— Que dit la lettre? Ouvrons-la. Allons, Richard, ouvrons-la.

Mark Cope n'avait cessé de ressasser cette idée depuis que nous avions quitté Dorset House deux jours auparavant.

Il y avait peu d'affluence sur les routes, car bien que la sécheresse du climat – pour un deuxième été d'affilée – eût facilité les déplacements (malgré l'abondance de poussière), elle avait aussi affecté les récoltes, ainsi que le commerce de denrées, normalement très actif à cette époque de l'année. L'épidémie de suette avait également dissuadé les gens de voyager, et bien qu'elle semblât s'être résorbée, du moins aux environs de Londres, personne ne tenait à s'aventurer au-dehors.

Conséquemment, nous avions décidé d'emprunter très tôt dans notre voyage l'ancienne route romaine, de loin la plus directe quand elle n'était pas bondée de charrettes et de chevaux de bât; et en deux jours de chevauchée ininterrompue, nous avions traversé le Buckinghamshire et parcouru un bon bout de chemin dans le Northamptonshire. Nous traversions le district de Towcester quand Mark recommença de plus belle.

— Allons, Richard ! Si tu ne veux pas l'ouvrir, cette maudite lettre, laisse-moi donc essayer. C'est facile, je l'ai fait souvent.

Je commençais à me fâcher.

— Je me fiche que ce soit facile, ce n'est pas bien. Il s'agit d'une lettre privée entre un homme et son épouse, et elle m'a été confiée pour que je la garde.

Mark n'était aucunement dissuadé.

— Écoute. Nous sommes constamment brimbalés par nos prétendus maîtres comme volant et raquette. Ce sont eux qui prennent toutes les décisions. Ce sont eux qui font toutes les règles. Et que faisons-nous ? Nous suivons comme des moutons, sans jamais savoir ce que l'avenir nous réserve, et sans jamais pouvoir nous protéger ou obtenir de l'avancement d'aucune façon. Tout ce que je demande, c'est de pouvoir jeter un œil à cette lettre, la refermer et la remettre. Personne n'en saura rien et personne ne sera touché, à part peut-être toi et moi. Au moins nous saurons ce qui se passe et comment faire face au vent pour éviter des ennuis.

Ce harcèlement avait été incessant. Depuis que nous avions quitté Londres, Mark avait répété ce même discours à n'en plus finir. Ainsi, ne serait-ce que pour avoir la paix, je finis par accepter et sortis de mon justaucorps l'enveloppe de cuir qui contenait la lettre.

Mark se saisit du paquet soigneusement cousu et sauta de sa monture. Tirant de sa ceinture une petite dague pointue, il défit soigneusement la couture, soucieux de ne pas la déchirer. Puis il dégagea la lettre et, s'asseyant sous une haie pour se protéger du vent, alluma un petit feu avec du silex et de l'amadou.

— Qu'est-ce que tu fais là, Mark ? Tu ne peux pas la brûler ! m'écriai-je avec appréhension.

— T'inquiète pas, Richard. Je fais seulement un petit feu pour chauffer mon couteau, afin que nous puissions refondre la cire et refermer la lettre une fois que nous l'aurons lue. Maintenant, lis la lettre à haute voix pendant que je m'assure que nous n'incendions pas toute la prairie. Ce chaume est aussi sec que de l'amadou.

Il me tendit la lettre ouverte, et je la pris comme si le papier lui-même était brûlant. Je commençai ma lecture, en silence, pour moi-même.

*Ma chère Frances,*

*Comme je m'y attendais, les choses évoluent rapidement ici à Londres. Les négociations avec les Français se poursuivent avec succès. Ils se sont pris d'amitié pour le roi, et le roi de même. Warwick prédit que nous aurons une entente qui satisfera toutes nos conditions avant leur départ à la fin du mois.*

*Nos arrières ainsi protégés, nous pouvons aller de l'avant avec le grand projet. La princesse Marie n'obtiendra aucun soutien de l'étranger pour la cause catholique et l'on peut sans aucune crainte la mettre de côté. Le roi maintient catégoriquement qu'il épousera une princesse étrangère qui sera en mesure de livrer l'argent et les alliances dont le pays a besoin, ainsi notre plan initial est probablement à l'eau. Au lieu de cela, je suggère que nous nous servions de Jane pour renforcer nos liens avec la famille Dudley, car il est clair que Warwick est sur une pente ascendante et que la mort de Somerset n'est qu'une question de temps. Par conséquent, les fiançailles de Jane avec Hertford ne présentent plus aucun avantage, et peuvent s'avérer risquées, ainsi je suggère que nous oubliions tranquillement qu'elles ont jamais eu lieu.*

*Ma position auprès de Warwick continue de s'affermir et il m'a assuré de son soutien quant à cette chance qui s'offre à nous et dont vous m'avez fait part dans votre lettre, par suite du malheureux décès de vos demi-frères. Voilà qui devrait être notre prochaine priorité. Je vous propose donc de venir me rejoindre à Dorset House aussitôt que vous en aurez l'occasion, si possible avant la fin du mois de juillet, afin que nous puissions user de vos relations familiales dans la poursuite de notre entreprise.*

*J'espère que les affaires demeurent en ordre à Bradgate et que vous, ainsi que nos filles, êtes en bonne santé. Je prie pour que la suette soit maintenant enrayée (car on n'a dénombré que très peu de cas à Londres cette semaine), et espère qu'elle n'aura pas passé la clôture de Bradgate Park.*

*Je fais envoyer cette lettre par Richard Stocker, qui me paraît désormais tout à fait digne de confiance, avec l'assurance qu'elle vous parviendra sans faute. Je vous suggère fortement de revenir avec lui à Londres, et de confier la garde du parc à Adrian Stokes pendant que James Ulverscroft s'occupe du manoir, car nous pourrions être à Londres pendant quelque temps si nos plans fonctionnent comme prévu. Nos filles seront en sécurité auprès d'eux, avec John Aylmer à leurs côtés.*

*Votre tout dévoué mari,*

*Henry Grey*


Mark avait à présent un bon feu et y chauffait délicatement la lame de son couteau.

— Eh bien ? Que dit la lettre ?

J'étais sur le point de la lui remettre à contrecœur, quand quelque chose me retint.

— Tu devras me la lire, Richard, car je n'ai pas beaucoup d'éducation et je ne sais pas lire.

Soulagé, je repris la lettre et me mis à la lire très lentement, tout en la transformant à mon gré au fur et à mesure.

— *Ma chère Frances,*

*Comme je m'y attendais, les choses évoluent rapidement ici à Londres. Les négociations avec les Français se poursuivent avec succès. Ils se sont pris d'amitié pour le roi, et le roi de même. Warwick prédit que nous aurons une entente qui satisfera toutes nos conditions avant leur départ à la fin du mois.*

*Le roi maintient catégoriquement qu'il mariera une princesse étrangère qui sera en mesure de livrer l'argent et les alliances dont le pays a besoin, ainsi notre rapprochement avec la France arrive peut-être au moment opportun.*

*Warwick a présenté ses condoléances pour la perte de vos demi-frères, vous fait parvenir ses plus sincères salutations, et espère que vous vous remettrez du choc le plus tôt possible. J'abonde dans le même sens, bien entendu. Votre prompt rétablissement devrait être notre prochaine priorité, ma chère. Je vous propose donc de venir me rejoindre à Dorset House aussitôt que vous en aurez l'occasion, si possible avant la fin du mois de juillet, afin que nous puissions être ensemble durant cette période difficile.*

*J'espère que les affaires demeurent en ordre à Bradgate et que vous, ainsi que nos filles, êtes en bonne santé. Je prie pour que la suette soit maintenant enrayée (car on n'a dénombré que très peu de cas à Londres cette semaine), et espère qu'elle n'aura pas passé la clôture de Bradgate Park.*

*Je fais envoyer cette lettre par Richard Stocker, avec l'assurance qu'elle vous parviendra sans faute. Je vous suggère de revenir avec lui à Londres, et de confier la garde du parc à Adrian Stokes pendant que James Ulverscroft s'occupe du manoir, car nous pourrions être à Londres pendant quelque temps. Nos filles seront en sécurité auprès d'eux, avec John Aylmer à leurs côtés.*

*Votre tout dévoué mari,*

*Henry Grey*

Mark renifla.

— C'est tout ? Ça ne valait pas la peine d'être écrit. Es-tu sûr qu'il n'y a rien d'autre ?

Je le regardai droit dans les yeux et lui tendis la lettre.

— Rien. C'est tout ce qu'il y a. Regarde toi-même.

Mark repoussa ma main d'un geste, l'air honteux.

— Bon, refermons-la. Replie-la exactement comme elle l'était. Bien. Maintenant, retourne-la et pose le coin de ta chemise dessus.

Faisant ce qu'il disait, je compris vite comment fonctionnerait la supercherie. Mark appliqua le bord du couteau chauffé contre l'étoffe et attendit que la chaleur se soit suffisamment transmise pour refermer. Puis il retourna la lettre. Le sceau avait été recollé au papier, mais l'empreinte de la chevalière de Lord Henry sur la cire demeurait intacte et lisible. Puis il replaça la lettre dans l'enveloppe de cuir et, produisant une alêne de sa sacoche de selle, recousit soigneusement la reliure de cuir, qui parut comme neuve.

— Voilà ! Personne ne le saura jamais.

Il me remit fièrement le paquet, que je glissai derrière mon justaucorps.

Nous remontâmes en selle et continuâmes en silence pendant quelques heures, Mark paraissant satisfait d'avoir enfin découvert les secrets de notre maître. Mais je vivais mal avec la double malhonnêteté dans laquelle cette situation m'avait entraîné. J'avais protégé les plus grands secrets de Lord Grey, mais il s'agissait tout de même d'un abus de confiance et j'aurais aimé avoir été assez fort pour résister à la pression de Mark, et n'avoir même jamais ouvert cette lettre.

Nous avions traversé Daventry et approchions du hameau d'Ashby Saint-Ledgers quand nous aperçûmes de la fumée. Éperonnant Jack, je chevauchai jusqu'au village pour y trouver la boulangerie en feu, son toit de chaume brûlant comme de l'amadou. L'incendie grondait dans la brise légère. Des hommes se précipitaient de chaque côté du petit chemin étroit, allant et venant de la canardière jusqu'à la maison avec des seaux remplis d'eau; mais leurs efforts semblaient vains.

Je tirai la bride de Jack, et comme je l'attachai à un arbre suffisamment éloigné du brasier, je vis une jeune femme, les cheveux en flammes, sortir en courant de la bâtisse et crier à tue-tête.

— Mes enfants! Mon Dieu, aidez-moi! Il y a trois enfants à l'intérieur! Aidez-moi, quelqu'un! Aidez-moi!

Je me tournai vers Mark pour de l'aide, mais il avait arrêté sa monture très loin du brasier et paraissait bien décidé à ne pas s'en mêler. Il n'y avait aucune minute à perdre. Je pris la lourde couverture de Jack enroulée derrière ma selle et courus jusque dans l'étang en la déployant. J'en ressortis trempé.

— Où sont-ils? criai-je à la femme en détresse.

— Au deuxième étage, à l'arrière! Les escaliers sont en feu! répondit-elle en hurlant.

Je ne m'attardai pas pour plus de détails, car le temps pressait. J'agis sans réfléchir au danger. M'abritant la tête sous la lourde couverture mouillée, je courus à l'intérieur et montai l'escalier en feu à toute allure. Il y avait une lourde porte à ma droite, que j'ouvris, et je me précipitai dans la pièce enfumée en refermant la porte derrière moi d'un coup de pied.

Trois enfants en bas âge, vêtus de guenilles, étaient recroquevillés dans un coin, toussant et pleurant. Je ramassai le plus jeune et menai les deux autres vers la fenêtre étroite.

— On n'arrive pas à l'ouvrir! dit le jeune garçon qui ne devait pas avoir plus de cinq ans.

— Tenez-vous bien! m'écriai-je.

Puis, portant le bébé dans mes bras, je défonçai la fenêtre du talon de ma botte. La fumée qui envahissait la pièce s'engouffra par la fenêtre et les flammes derrière nous, attisées par le courant d'air, commencèrent à brûler la porte. Je passai la tête en dehors de la fenêtre.

— Attrapez-les! hurlai-je aux hommes qui se trouvaient en bas et qui désespérément essayaient encore d'éteindre l'incendie.

Je poussai le garçon à travers la fenêtre, et l'un des hommes le reçut et s'éloigna pour laisser la place à un autre. Puis la petite fille, qui n'avait probablement que trois ans, fut jetée par la fenêtre et attrapée.

Derrière moi, la porte s'était embrasée complètement et la chaleur dans la pièce était intense. La fenêtre était trop étroite pour que j'y grimpe avec le bébé; et il était trop petit pour que je le lance. Serrant l'enfant contre ma poitrine, la couverture enroulée autour de nous, je m'assis sur l'appui de la fenêtre, aussi loin que je l'osai, puis me laissai rouler vers l'arrière. Je sentis l'air frais pénétrer mes poumons avant même que mon dos ne touche le sol. J'appréhendais la douleur mais elle ne vint pas. Au lieu de cela, je m'aperçus que j'étais reniflé par un groin poilu qui se demandait ce qui venait de tomber soudainement dans la soue à cochons.

Des femmes accoururent pour prendre le bébé. Il était secoué et avait peur, mais il respirait, et la mère fit le tour de la maison en courant pour venir reprendre sa fille. Deux hommes solidement bâtis m'extirpèrent du tas de fumier et m'éloignèrent de la maison, car le chaume et les fermes de la toiture s'étaient complètement embrasés et pleuvaient de chaque côté. Comme si personne n'y avait pensé sur le coup, on relâcha ensuite la truie, qui se sauva en couinant, poursuivie par deux jeunes garçons le long du chemin.

On nettoya ma chemise et mon justaucorps dans le ruisseau et on les accrocha à des buissons pour les faire sécher. On me gava de bière forte, de pain frais et de bonne viande, chaque victuaille accompagnée d'une tape dans le dos de la part de son donateur.

— Ce fut véritablement un acte de bravoure, jeune homme. Je ne sais pas comment vous remercier.

C'était le boulanger lui-même. Son visage était blanc et recouvert d'une pâte de farine et d'eau ; mais il semblait aussi heureux que pouvait l'être un homme qui venait de perdre sa maison.

— Les enfants sont tous sains et saufs grâce à vous, Monsieur. Ma femme vous remercie infiniment. Les ouvrages de maçonnerie, incluant les fours, ont survécu à l'incendie, et nous allons reconstruire ensemble. Tout le village nous aidera. Nous avons nos vies, nos amis, et un avenir. C'est là tout ce que nous demandons.

Assis au bord de l'étang du village, je regardai les visages noircis mais souriants tout autour de moi. Tout le monde voulait me serrer la main et me donner une bonne tape sur l'épaule. Ces gens n'avaient que peu de chose, mais ils voulaient tout partager avec moi et leur reconnaissance était sans bornes. Je cherchai Mark Cope du regard et le trouvai occupé à garder nos montures, en retrait de la foule, seul dans tout le village à n'avoir pas participé à la célébration.

Je lui fis signe de venir.

— Y a-t-il de la nourriture pour mon compagnon ? m'écriai-je.

L'on apporta d'autres victuailles. Mark les accepta avec gratitude, mais son visage exprimait ce qu'il ne pouvait pas manquer de ressentir : une distance vis-à-vis de ces gens, un détachement face à cet événement auquel il n'avait pris aucune part.

Le silence régnait lorsque, quittant le hameau, nous poursuivîmes notre chevauchée dans le ciel du soir. Nous avions décidé de rentrer à la maison le jour même, et le temps n'avait plus d'importance. Après avoir franchi la frontière du Leicestershire et remonté le chemin de Lutterworth, il ne nous resterait plus que dix milles à parcourir jusqu'à Groby et deux autres milles avant d'atteindre Bradgate Park. Nous n'avions qu'à chevaucher sans arrêt en espérant arriver avant la tombée de la nuit.

Quelque temps plus tard, nous franchîmes la rivière Stour à Sutton Thorpe, sans mot dire. Quoi qu'il advienne, je savais que Mark Cope et moi suivrions des chemins différents. Nous ne pourrions jamais être amis, à présent. Ce qui s'était passé avait placé une barrière entre nous. Aucun de nous deux n'avait dit quoi que ce soit, et tout ce non-dit résonnait dans nos têtes alors que nous poursuivions notre route.

Après les péripéties du début de l'après-midi, je me sentais étrangement triste et solitaire. Je songeais à mon premier jour à Bradgate Park. Tant de choses semblaient s'être passées, tant de choses en moi avaient changé depuis ce jour fatidique où la famille Grey avait visité Shute House.

Pour commencer, j'étais bien mieux informé de la situation du pays. Quand j'habitais dans le Devon, le monde se limitait pratiquement à ma propre vallée, hormis des visites occasionnelles à Exeter. Désormais, j'avais visité une bonne partie du sud de l'Angleterre, et j'étais bien conscient des difficultés auxquelles le pays faisait face. La paix avec la France et la perspective d'une paix avec l'Écosse étaient certainement encourageantes pour nous, mais les habitants du pays ne se sentaient pas appuyés. Les deux attaques de suette, qui avaient balayé l'intérieur du pays en partant de Bristol, Poole et Londres, amenées là-bas, disait-on, par des marins français infectés, avaient décimé le pays.

Mais sous les humeurs de la campagne couvait une tristesse plus grande.

Il y avait peu de constantes dans la vie des gens. Les saisons, le roi, la valeur de l'argent, Dieu et l'Église : toutes semblaient menacées.

Les saisons s'étaient déréglées. Les hivers semblaient plus pluvieux que jamais, tandis que les deux derniers étés avaient été si secs que les cultures s'étaient perdues avant de pouvoir être récoltées, et que le prix du pain avait doublé.

Pour ce qui était des prix, une partie du blâme revenait au Protecteur, car on disait qu'il avait dévalorisé la monnaie plus d'une fois. Je ne pouvais me résoudre à croire que le roi en sût quelque chose. Assurément, le roi n'eût pas permis que la proportion d'argent contenue dans les pièces à son effigie soit réduite coup sur coup par rapport au métal vil, jusqu'à ce qu'un shilling ne vaille plus qu'une pièce de six pence. Il eût été trop cynique de le penser. Ou peut-être pas. Certains croyaient que le roi n'était pas vraiment maître de lui-même, et qu'il se laissait manœuvrer – d'abord par Somerset, le Lord Protecteur, puis par Warwick.

Enfin, une dernière constante de la vie des gens était devenue instable et imprévisible, et c'était l'Église. Depuis la seconde moitié du règne du roi Henri, l'Église anglicane avait commencé à se démarquer de l'Église catholique et du pape à Rome. La tentative du roi Édouard visant à définir une Église universelle à travers le *Livres des prières publiques* n'avait servi qu'à engendrer plus de confusion. Au cours de mes voyages dans le pays, j'avais commencé à prendre conscience de factions, soit en faveur de l'Église catholique, soit en faveur de la Réforme; et les partisans de cette dernière semblaient se disputer entre eux quant à savoir ce que le processus de réforme était supposé amener précisément. Il n'était donc pas surprenant de voir la population confuse et frustrée.

Jetant à l'occasion un regard du côté de Mark Cope qui chevauchait à mes côtés, sans expression aucune, je me demandai quelle part de cette confusion était bien réelle, et quelle part ne se trouvait que dans ma tête. Au cours des quatre derniers mois, ma vie avait été bouleversée. En mars, je vivais tranquillement à Shute sans grandes espérances. Fin juillet, j'avais pris part à deux grandes cérémonies à la Cour et même parlé au roi.

Je songeai à toutes les nouvelles rencontres faites depuis que les Grey avaient mis les pieds à Shute House. Lord Henry, qui paraissait si faible en présence de sa femme, mais qui, de sa propre initiative, semblait très apte à s'occuper de politique de cour. Lady Frances, qui avait autorité sur la famille, mais qui avait aussi versé des larmes sur mon épaule dans son propre lit. Lady Catherine, qui avait retenu mon attention la première et dont j'avais cru être amoureux, mais à qui – je fus choqué de le constater – je n'avais pas pensé du tout au cours des deux dernières semaines.

Et vis-à-vis de tout cela, il y avait Lady Jane. À notre première rencontre, je l'avais trouvée froide, distante, opiniâtre, une fragile fleur incapable de faire face au tumulte de la vie mondaine et vivant dans l'isolement, enfermée dans ses livres et sa religion. Étrangement, autant Catherine avait été absente de mes pensées durant les deux dernières semaines, autant j'avais souvent songé à Lady Jane ; car elle semblait représenter pour moi une fenêtre ouverte sur le monde du roi, des Tudor et de la noblesse.

Je constatai que Lady Jane et le roi se ressemblaient par bien des aspects. Tous deux étaient prodigieusement intelligents et leurs esprits avaient été formés par une éducation et des leçons particulières d'une grande profondeur. Ils travaillaient avec persévérance et autonomie ; et tous deux se trouvaient isolés par leur situation et donnaient une impression de suffisance et d'irascibilité, surtout lorsqu'il était question des vues réformistes qu'ils semblaient pa tager.

Nous poursuivions notre route dans le soir tombant. La lumière s'évanouissait et il nous arrivait d'apercevoir une chauve-souris chassant les papillons de nuit le long de l'allée créée par la route à travers les arbres. Mark continuait de galoper en silence, conscient lui aussi de la faille invisible qui s'était ouverte entre nous.

« Les choses prennent parfois une tournure étrange, pensai-je. Quand nous sommes partis, j'avais du mal à penser tellement il n'arrêtait pas de me parler de cette lettre et de son contenu, et maintenant, je ne peux plus en tirer un seul mot. »

Je me redressai brusquement sur ma selle, tâtant d'une main le plastron de mon justaucorps.

— La lettre ! Où est-elle ? J'ai dû la perdre.

Dans la confusion de l'incendie, j'avais oublié son existence. On avait pris tous mes vêtements après la chute dans le tas de fumier, et tout lavé, à l'exception de mon haut-de-chausses, que j'avais refusé d'enlever. Je regardai Mark, alarmé.

Pour la première fois depuis que nous avions quitté Ashby Saint-Ledgers, Mark sourit. Il glissa la main derrière son propre justaucorps et produisit la besace de cuir.

— Je me demandais combien de temps il te faudrait pour t'en rappeler, dit-il en riant. Elle est tombée par terre quand ils t'ont retiré ton pourpoint. Tu n'étais pas vraiment en état de le remarquer, à ce moment-là.

Mark me lança la besace et je l'attrapai avec gratitude. Pour avoir été plongée dans un étang, traînée dans le brasier d'une maison et embourbée dans une soue à cochons, elle semblait en assez bon état.

— Dieu merci, Mark. Pendant un instant, j'ai cru qu'elle était perdue.

Mark sourit de nouveau. Il avait l'air plus heureux, à présent.

— Je n'aurais pas permis qu'un seul d'entre nous rentre en héros à Bradgate Park, tu comprends?

Je ris, et, levant les yeux, j'aperçus les grilles de Bradgate Park se dressant devant nous à travers les arbres.

## Chapitre 26

# Début août 1551
# Bradgate Park

Nous arrivâmes avec fracas dans la cour centrale de Bradgate Park, tous deux de bonne humeur. Je demandai immédiatement où se trouvait Lady Frances, puisque j'avais un document important à lui remettre en personne. Entrant dans la grand-salle à la course, je rencontrai James Ulverscroft, l'air pensif et plutôt grave.

— Savez-vous où est Madame, James ? demandai-je, hors d'haleine.

Ulverscroft me parut plus distant et plus désinvolte qu'à l'habitude. Nous n'étions pas de grands amis ; je le trouvais froid et sévère, et James semblait me considérer comme un paysan parvenu, mais d'ordinaire nous arrivions à nous entendre assez bien. Ce soir-là, toutefois, il était à son plus glacial.

— Si vous avez une communication à transmettre à Madame, il vaudrait peut-être mieux me la remettre, maître Stocker.

Cet attachement inhabituel aux formalités me surprit. Je pointai l'index vers ma poitrine.

— Richard Stocker ? Vous vous souvenez de moi, James ? Je m'appelle Richard, et j'ai été chargé personnellement par

Lord Henry de remettre cette communication à Madame, et à elle seule.

Ulverscroft ne parut nullement impressionné, mais répondit :

— Très bien. Veuillez me suivre. Madame est au salon d'été.

Quand nous entrâmes dans la pièce, elle se trouvait à la fenêtre, observant le jardin en bas de la terrasse. Elle continua de regarder un certain temps, pour bien faire savoir qu'elle était chez elle, dans ses appartements, et qu'elle réagirait à mon arrivée comme et quand il lui plairait.

J'attendis patiemment. Je connaissais déjà cette comédie, observée encore tout récemment chez des vétérans de la cour royale ; il n'y avait qu'une seule chose à faire : attendre.

— Je vais parler à maître Stocker en privé, James.

Ulverscroft s'inclina et sortit.

— J'ai une lettre urgente de la part de votre mari, Madame, commençai-je.

Mais elle me coupa la parole.

— Vous pouvez la laisser là, sur la table. J'ai à vous parler d'une affaire sérieuse.

Pendant un instant, je me demandai si cette affaire exigeait que j'enlève mes vêtements, comme c'était arrivé par le passé. Après trois jours de chevauchée, un acte de bravoure dans un incendie et un plongeon dans le fumier, je ne me sentais pas des plus irrésistibles.

Lady Frances ramassa un livre et me le montra.

— Savez-vous ce que c'est ?

Je le reconnus immédiatement.

— Oui, c'est un traité. *De la doctrine chrétienne dans sa pureté*, par Henri Bullinger.

— Croyez-vous que ce soit un livre rare ? De grande valeur, pensez-vous ?

— Assurément, Madame, les deux.

Elle laissa tomber le livre sur la table avec un fracas épouvantable.

— Dans ce cas, pouvez-vous m'expliquer comment il se fait qu'un tel livre, écrit en latin, et présenté à mon mari par l'auteur lui-même, ait été trouvé enfoui parmi toutes vos affaires dans le coffre qui se trouve dans votre chambre ?

Quatre mois auparavant, j'aurais été pétrifié de terreur. À présent, je répondis calmement à la question.

— Certes, je peux l'expliquer, Madame, car ce livre m'a été prêté par Lady Jane, pour ma lecture et mon édification personnelles, sur recommandation, je crois, de monsieur Aylmer. Je me suis engagé personnellement auprès d'elle à en prendre soin du mieux que je le pouvais. Quand j'ai été dépêché à Londres pour aller trouver votre mari, mon départ fut si précipité que je n'eus pas le temps de le remettre à Lady Jane ; je l'ai donc entreposé en lieu sûr.

À cet instant, on frappa doucement à la porte, puis Lady Jane et John Aylmer entrèrent.

— Mère, nous avons terminé les leçons pour ce soir, monsieur Aylmer et moi. Je me demandais si vous souhaiteriez vous joindre à nous dans la salle de musique ?

Lady Frances se tourna vers sa fille.

— Te souviens-tu d'un livre qui aurait été envoyé à ton père par M. Bullinger de Zurich ?

Jane eut un large sourire.

— En effet, mère. Un livre merveilleux : je l'ai lu trois fois, avant de le recommander à maître Stocker. En avez-vous tiré autant de bienfaits que moi, Richard ?

Quelque chose me retint de lui répondre.

— Et où est-il, maintenant? aboya sa mère.

Jane examina rapidement la pièce du regard.

— Eh bien, mère, s'il ne se trouvait pas là sur la table, devant vous, je vous aurais répondu sans hésiter que Richard en assurait la garde, jusqu'à ce qu'il soit prêt à me le rendre.

Elle se tourna vers moi, souriant gracieusement.

— Je vois que vous l'avez déjà rendu, Richard, et j'en déduis que vous en avez terminé la lecture. Merci de ce retour si prompt. Je discuterai avec M. Aylmer afin de voir quels autres livres nous pourrions vous prêter.

Lady Jane regarda froidement sa mère et attendit la réponse. Lady Frances était visiblement stupéfaite de la tournure des événements et se rétracta en fulminant.

— Très bien. Je semble avoir été mal informée pour cette fois. J'en tirerai mes propres conclusions. Jane, je te prierais de remettre ce livre à sa place, à savoir, sur les rayons de la bibliothèque privée de ton père. Richard, vous pouvez partir. Je lirai la lettre que vous m'avez apportée et vous donnerai demain matin ma réponse s'il y a lieu. Venez me voir après le déjeuner.

Il me fallut une demi-heure pour retrouver mes affaires. En mon absence, quelqu'un d'autre avait pris possession de ma chambre, et mon coffre, qui contenait tous mes effets personnels hormis mes articles de sellerie, avait été enlevé et remisé. Je décidai de descendre à la salle des domestiques pour tenter d'avoir à souper.

En traversant la cour au bas de l'escalier, j'entendis un sifflement.

— Psst! Richard! Je suis ici!

C'était Lady Mary qui se tenait dans l'ombre, l'air plus malicieux que jamais.

— Comment allez-vous, Richard ? Quelles nouvelles ? Qu'avez-vous pensé de Londres, et de Dorset House ?

Je la rejoignis dans l'ombre, et pendant une demi-heure, je lui racontai presque tout ce qui s'était passé depuis que j'avais été dépêché dans le sud. Je lui parlai fièrement de ma rencontre avec le roi et des paroles qu'il m'adressa, et de l'incendie de la boulangerie sur le chemin du retour.

Elle voulait connaître toutes les nouvelles et tous les commérages, et je fis de mon mieux, étant infiniment plus doué pour les faits que pour les on-dit. Enfin, je m'enquis de ce qui s'était passé à Bradgate.

— Oh, pas grand-chose. Nous avons continué à suivre nos leçons comme d'habitude. Mère a eu une énorme dispute avec Adrian Stokes il y a deux semaines. Je n'ai pas pu saisir de quoi il était question, mais il semble que cela avait rapport avec vous, car Adrian s'est mis à être très jaloux de vous et à critiquer votre travail. Il complotait avec James Ulverscroft pour faire vider votre chambre, et quelque chose se tramait à propos d'un livre, mais je ne sais pas quoi. Avez-vous une idée ?

Je ne le savais que trop bien. Lord Henry étant à Londres le jour de son anniversaire, Lady Frances pouvait très bien s'être gratifiée d'un autre cadeau – cette fois, Adrian. Il semblait que ma rencontre avec elle avait été ébruitée à un moment donné, et qu'Adrian en éprouvât de la jalousie. C'était une complication dont je pouvais me passer, car Adrian était un bon ami, mais il serait certainement un redoutable ennemi.

Astucieusement, Mary avait gardé le meilleur pour la fin, comme on pouvait s'y attendre.

— Oh, en passant, Richard, Catherine s'est languie de vous. Elle n'est pas du tout dans son assiette depuis que vous êtes parti. Elle m'a demandé si je pensais que vous songiez à elle. Je lui ai dit que c'était assurément le cas, que vous pensiez à elle tous les jours. J'avais raison, n'est-ce pas ?

Je m'accroupis en prenant un air complice, afin de pouvoir murmurer à son oreille.

— Tout à fait raison. Il ne s'est pas passé un jour sans que je pense à votre sœur.

Elle hocha la tête triomphalement.

— Je le savais !

Je n'eus pas le cœur de lui dire qu'elle se trompait de sœur.

Non seulement cela, mais j'avais des réticences face à Lady Mary elle-même. Tout récemment, je m'étais rendu compte que si elle constituait pour moi une bonne source de renseignements, elle était tout aussi susceptible d'aller raconter ce que je lui disais à quelqu'un d'autre. Tristement, je compris que le « lien spécial » que nous avions ne jouait probablement pas toujours en ma faveur. Il me paraissait beaucoup plus probable qu'il jouait en *sa* faveur et que c'était *elle* qui échangeait des renseignements, et qui décidait de qui saurait quoi. Qui plus est, alors que je prenais mes marques et que j'en apprenais davantage sur la famille et sur ses intentions, la dure réalité était que je devenais probablement plus utile pour Lady Mary, et qu'elle le devenait moins pour moi. Je devrais être plus circonspect à l'avenir. Dans quel petit monde cruel je m'étais échoué !

# Chapitre 27

## Septembre 1551
## Bradgate Park

Ce fut un bon déjeuner. Des œufs et du lard, tous deux fraîchement arrivés de la ferme, et du pain cuit sur place, encore tout chaud. Cela compensait en partie pour la mauvaise nuit de sommeil.

Étant donné que je ne disposais plus de ma chambre, j'avais été obligé de dormir dans la salle des domestiques, où le remue-ménage et les toussotements incessants m'avaient tenu éveillé pendant la moitié de la nuit ; en plus du fait que je ne pouvais arrêter de penser à Adrian Stokes.

J'étais certain qu'Adrian était à blâmer pour la confiscation de ma chambre (mes effets personnels ayant été enfermés dans un débarras) et pour les accusations portées contre moi, mais il n'y avait probablement aucun moyen de le prouver ; de toute manière, j'allais bientôt partir pour Londres, alors quelle importance ? Adrian pouvait rester ici à Bradgate et continuer à suer.

Je me sentais plutôt mieux quand je rejoignis Lady Frances au salon d'été, mais je fus surpris de la trouver en compagnie d'Adrian, et les deux paraissaient en grande conversation quand j'entrai dans la pièce.

— Ah, Richard. Juste à l'heure. J'ai décidé d'aller rejoindre mon mari à Londres. J'ai besoin de changer d'air et je suis sûr que ma compagnie lui fera du bien. La récolte, si pauvre soit-elle, est déjà faite, et il n'y a rien pour me retenir ici.

— Dois-je préparer nos montures, Madame ?

Je ne tardai pas à m'en mordre les lèvres. Ma question était présomptueuse, et je risquais de me trahir en révélant ce dont je ne devais pas être au courant.

— Non, ce ne sera pas nécessaire, Richard.

Il y avait quelque chose de catégorique et de définitif dans le ton de sa voix.

— Adrian s'occupera des préparatifs. C'est lui qui m'accompagnera à Dorset House.

Adrian se tourna à moitié vers moi et eut un petit sourire satisfait. J'étais surpris : je ne m'attendais pas à un tel arrangement. J'hésitai encore.

— Mais…

— Mais quoi, Richard ? Comme je viens de vous le dire, Adrian m'accompagnera et vous pourrez rester ici. Vous aurez la charge du parc et James Ulverscroft s'occupera de la maison. C'est clair, non ?

Mon cœur se serra.

— Très clair, Madame. Merci de mettre votre confiance en moi pour la bonne garde du parc.

Elle était brusque, froide et méthodique.

— Bien. S'il n'y a plus de questions, Adrian et moi nous préparerons pour le voyage. Merci, Richard. Ce sera tout.

Je fus remercié d'un geste de la main.

J'étais encore furieux quand je les vis partir peu après le dîner. Ni Lady Frances ni Adrian ne m'avaient reparlé ensuite. J'étais rejeté, mis de côté, évacué de leurs projets, et apparemment déjà oublié. Comment cela avait-il pu se produire ?

Je n'avais aucun mal à comprendre pourquoi Adrian était jaloux et pourquoi il s'était vengé. Mais qu'aurais-je pu faire pour y remédier ? Je n'avais pas insisté auprès de Lady Frances, grands dieux non, car elle pouvait être un monstre redoutable quand l'humeur lui en prenait. C'était elle qui m'avait pris au piège, et elle semblait avoir décidé d'accorder à nouveau ses faveurs à Adrian.

— Ne vous laissez pas abattre, Richard. Quand on évolue dans le monde des grands, il faut être prêt à encaisser les coups, et apprendre à s'en remettre. Du reste, vous ne souhaitez pas vraiment reprendre cette liaison, n'est-ce pas ?

Je me détournai de la fenêtre, apercevant John Aylmer debout dans l'embrasure de la porte, la main encore posée sur la poignée.

— Oh, John ! Entrez !

Je ris intérieurement.

— Vous avez raison, bien sûr, mais comment le saviez-vous ?

— Allons, Richard. Dans une si grande maison, tout est visible pour qui cherche à voir. Tout le monde sait que Lady Frances vous a fait des avances : la bonne l'a vue faire, comme elle l'avait vue avec Adrian auparavant, et l'a revue depuis. Vous vous rendez bien compte que ce seul événement aurait suffi à le rendre jaloux. Mais quand vous avez reçu la préférence de Lord Henry et qu'il vous a permis d'assister aux cérémonies royales à Hampton Court, eh bien, tout le monde était jaloux de vous, et Adrian, lui, en éprouva de la rancœur.

Je hochai la tête.

— Je n'avais pas conscience d'attirer autant l'attention.

John Aylmer éclata de rire.

— Pour l'amour de Dieu, Richard! Vous mesurez six pieds, avec vos longs cheveux blonds et vos grands yeux bleus. Vous allez de côté et d'autre en sauvant des gens d'un incendie ou de la noyade, vous batifolez avec mère et fille en même temps, et vous vous imaginez que personne ne lèvera un sourcil? J'ai déjà vu du bétail faire preuve de plus de subtilité.

J'étais tout déconfit. Ainsi exprimé, cela paraissait plutôt mal. Et dire que, jusqu'au soir précédent, je croyais que tout allait si bien. Aylmer me passa un bras autour du cou, autant que le permettait notre différence de taille, et me conduisit à un banc situé sous la fenêtre où nous pourrions discuter tranquillement.

— Au cours des six derniers mois, vous avez beaucoup grandi, Richard. Beaucoup de choses vous sont arrivées, parfois de votre propre initiative, mais le plus souvent à l'instigation d'autres personnes, plus puissantes que vous. Sachez tirer la leçon de ces événements et en bénéficier. Ne vous alarmez pas s'il vous arrive de commettre des erreurs. Nous en avons tous fait, et nous en ferons encore. L'important est d'apprendre de ses erreurs et d'essayer de ne pas les commettre une seconde fois.

Il regarda par la fenêtre. Pendant un instant, il me parut très éloigné, comme plongé dans un souvenir d'autrefois.

— Quand nous sommes jeunes, le temps semble infini. L'échelle horizontale de la vie nous semble si longue qu'elle ne revêt plus aucune importance à nos yeux, ainsi nous la gaspillons, nous chargeons vers l'avant, sûrs de vouloir passer à l'étape suivante, quelle qu'elle soit, sans guère nous attarder aux conséquences ni profiter des jours. Nous exagérons l'importance de l'échelle verticale, de sorte que chaque expérience devient un triomphe ou un désastre. Jour après jour, nous passons du summum de l'allégresse au désespoir le plus profond, et vice-versa. En vieillissant, on commence à comprendre que la seule vraie réalité de la vie est la mort elle-même, que la vie est précieuse, et qu'il vaut la peine de freiner son cheval à l'occasion, question de reprendre son souffle, d'apprécier la vue et de respirer le parfum des fleurs. Plus nous franchissons de montagnes, plus nous comprenons que la plupart des sommets qui ponctuent notre vie ne sont que des collines, et que les abîmes ne sont que de petites vallées dont on peut facilement ressortir avec un peu de temps et de persévérance.

Il se détourna de la fenêtre et me regarda en face. Il y avait une franchise dans son regard qui, comme c'était arrivé si souvent par le passé, me faisait redoubler d'attention.

— Avec le temps, la vie devient moins impétueuse. Nous réfléchissons davantage aux conséquences probables avant d'agir, et bien que nous commettions encore des erreurs et que nous en tirions les leçons, il devient plus facile d'épargner les autres quand cela se produit.

Il me regarda fixement. Que voulait-il dire par là ?

— Vous voulez parler de Lady Catherine ?

Aylmer me sourit. C'était un sourire de compréhension, et non de reproche.

— Oui, en partie. Elle est jeune et impressionnable. Quelque part, elle sait qu'elle est destinée à une vie de servitude envers les familles dont elle est et sera toujours membre. En ce moment, vous représentez à ses yeux quelque chose de différent : la liberté, l'évasion, l'amour et l'aventure. Mais vous ne pouvez lui offrir toutes ces choses, car elle est vouée à cette position qu'elle occupe, et sans vouloir vous brusquer, Richard, vous n'êtes pas assez bien né pour y changer quoi que ce soit.

J'acquiesçai d'un hochement de tête. C'était difficile, mais en mon for intérieur je savais que c'était la vérité. Aylmer me tapota la main et poursuivit.

— Mais cela ne signifie pas que vous ne pouvez pas lui tendre une main amicale, comme compagnon, ou bien, puisque vous êtes si habile avec les chevaux, un peu d'aventure de temps en temps.

C'était la voix de la raison et du bon sens. Mais il manquait quelque chose.

— Est-ce que Catherine comprend tout cela ?

— Non. Pas encore, mais elle le comprendra, et vous pouvez l'y aider.

Je regardai par la fenêtre. La poussière soulevée par le récent départ des voyageurs était déjà retombée. C'était comme si une part de ma naïveté d'enfant était partie avec eux. Je me levai et serrai la main de John Aylmer, la gorge nouée.

— Merci, John. Vous êtes un bon ami et un professeur attentionné. Je me souviendrai de vos paroles et j'agirai en conséquence.

J'eus un petit rire.

— Ou du moins, aussi souvent que je m'en souviendrai !

Aylmer rit à son tour, et nous descendîmes ensemble l'escalier vers la cour ensoleillée.

Je venais de quitter John Aylmer, quand j'aperçus James Ulverscroft se dirigeant vers moi d'un pas décidé. Je ne voyais pas en quoi je pourrais bénéficier d'une conversation avec l'intendant, aussi je partis dans l'autre direction. Cependant, à ma grande surprise, Ulverscroft me héla et courut pour me rattraper.

— Maître Richard, je suis venu pour m'excuser, car monsieur Aylmer et Lady Jane m'ont fait comprendre que j'ai été induit en erreur et que les accusations portées contre vous étaient infondées. Je vous prie d'accepter mes plus plates excuses.

C'était, à n'en pas douter, un revirement de situation et j'étais heureux de pouvoir lui rendre la pareille.

— Merci, John. Je suis content de vous l'entendre dire avec tant de gentillesse, car il est vrai que je me suis senti faussement accusé hier soir. Auriez-vous la bonté de me dire qui était à l'origine de cette allégation ?

Ulverscroft eut l'air embarrassé et se tordit les mains.

— Oh, mon cher Richard… J'aurais préféré que vous ne me posiez pas la question. Disons seulement que Madame était déjà fortement influencée quand je suis arrivé sur les lieux et qu'elle ne voulut entendre aucun autre avis.

Je n'avais pas besoin d'en entendre davantage. C'était bien ce que je craignais : Adrian lui avait soufflé à l'oreille en la poussant à une telle colère qu'elle ne voulut plus entendre raison ou même consulter ceux qui, comme Lady Jane et John Aylmer, auraient pu lui montrer la vérité toute simple.

— Permettez-moi de me racheter, Richard, car s'il nous faut travailler ensemble, vous au parc et moi au manoir, il ne peut y avoir de bisbille entre nous. J'ai déjà donné les ordres pour que votre coffre soit rapporté dans votre ancienne chambre. S'il manque quoi que ce soit, je vous prierais de me le faire savoir.

Je le remerciai. C'était bien mieux ainsi, et cela m'ôtait l'une des grandes inquiétudes que j'avais ressenties lorsqu'on m'avait annoncé mes nouvelles responsabilités ; car la perspective de coexister avec Ulverscroft tout en étant en guerre avec lui m'avait préoccupé au plus haut point.

— Il y a une chose en quoi j'apprécierais votre aide, Richard.

Je me demandai bien où il voulait en venir. D'abord les cajoleries, puis les requêtes. Je levai un sourcil en attendant la suite.

— Les jardins, en particulier le jardin ornemental… Je me demandais si nous pouvions nous mettre d'accord pour dire qu'ils font partie du parc, plutôt que du manoir ? Les jardiniers sont en réalité des domestiques rattachés au parc, et seraient bien contents, je crois, d'être placés sous vos ordres.

Le moment paraissait bien mal choisi pour une telle requête. Ulverscroft poursuivit, tout sourire.

— Bien sûr, si vous étiez responsable du jardin, il vous serait nécessaire d'inspecter leur travail et cela vous donnerait le droit de vous y promener à tout moment, afin de voir à vos obligations.

Je souris. Cet Ulverscroft se montrait parfois bien astucieux, mais je pouvais moi aussi jouer son petit jeu.

— Il s'agit bien sûr d'une responsabilité supplémentaire, James, mais si vous croyez que mon aide peut vous être utile et qu'elle profitera à la famille, je suis évidemment tout disposé à faire de mon mieux. Peut-être serait-il souhaitable d'informer les jeunes filles de notre entente. Je n'aimerais pas que ma présence inattendue au jardin leur cause une surprise désagréable.

Nous fîmes comme convenu. Après le souper, je décidai de prendre mes nouvelles responsabilités au sérieux en m'assurant que le jardin avait survécu à sa première journée sous ma charge. Je marchais tranquillement dans la lumière du soir, examinant soigneusement le travail minutieux qui se déroulait dans ce petit havre de paix, lorsque j'entendis un léger bruit de pas dans le sentier derrière moi.

— Bonsoir.

C'était Catherine. Je me tins debout en face d'elle. Comme moi, elle semblait consciente des fenêtres du haut qui donnaient sur le jardin, ne sachant que faire ou que dire.

— On m'a nommé responsable du jardin. Je vérifiais seulement que tout est en ordre.

— Oui, c'est ce que monsieur Ulverscroft nous a dit. Et est-ce que ce l'est ?

— Est-ce que c'est quoi ?

— En ordre. Est-ce que tout est en ordre ?

Je souris et m'avançai vers elle.

— C'est mieux, maintenant que tu es là.

Je tendis la main vers elle avec hésitation, et comme elle n'eut aucun mouvement de recul, je lui caressai la joue du revers des doigts.

— Ça va ?

Elle fit oui d'un signe de tête. Une larme coula sur son visage.

— Et Londres, comment était-ce ? Et Hampton Court ? On dit que tu as vu le roi ?

Nous nous assîmes sur un banc au fond du jardin. Une heure durant, je lui racontai tout ce qui s'était passé depuis que je l'avais vue pour la dernière fois : mon voyage, Dorset House, les ambassadeurs, l'investiture, et ma conversation avec le roi. Je lui racontai le voyage de retour, sans insister sur l'incendie de la boulangerie. Cela ne fit aucune différence : Mark Cope lui avait tout raconté, et je dus lui narrer tout ce qui s'était passé dans les moindres détails.

Quand j'eus terminé, elle se leva et me prit la main.

— Viens, promenons-nous un peu.

Nous marchâmes dans le jardin, faisant halte à l'occasion pour contempler la rivière Lyn au-dessus des murailles, ou pour observer les chauves-souris qui avaient commencé leurs vols de nuit.

— Qu'allons-nous faire ? demanda-t-elle.

— Nous serons des amis. Nous nous raconterons ce qui se passe dans nos vies. Nous serons honnêtes l'un envers l'autre et nous verrons ce que la vie nous apporte. Nos existences sont largement gouvernées par d'autres, ainsi nous devons profiter de chaque jour comme il se présente et espérer que tout finira bien pour nous deux.

Elle me serra la main, me regarda profondément dans les yeux, et sourit.

— C'est ce que John Aylmer m'a dit aussi.

❧

Nous fûmes interrompus par un léger toussotement. Catherine regarda par-dessus son épaule.

— Sœur ! Viens te joindre à nous, car nous n'avons rien à cacher et tu n'as pas à te faire discrète.

Lady Jane descendit doucement les escaliers de la terrasse et nous rejoignit.

— Richard, comme c'est agréable de vous revoir. Vous nous avez manqué à toutes.

Je ne pouvais dire si elle était sincère ou si elle me taquinait, et me contentai de répondre par un froncement de sourcils. Catherine s'était peut-être ennuyée de moi, je le concédais ; mais je n'étais pas si sûr à propos de Jane. Elle répondit à ma question mimée en me prenant par le bras et en me conduisant vers le fond du jardin, avant de se tourner vers Catherine.

— Puis-je te l'emprunter un instant, Cat, ou as-tu l'intention de l'accaparer toute la soirée?

En d'autres circonstances, Catherine aurait pu être jalouse, mais j'avais remarqué qu'elle faisant confiance à sa sœur et qu'elle ne craignait aucune compétition venant d'elle.

— Emprunte-le donc, sœur, car il me faut vaquer à certains besoins naturels.

Elle me regarda avec une gravité toute feinte.

— En l'absence de nos deux parents, j'ose espérer pouvoir te laisser seul dans la pénombre avec ma sœur aînée sans que sa vertu soit mise en danger?

Jane rougit, puis elle serra ma main dans la sienne tout en répondant à Catherine, qui s'éloignait rapidement vers la maison.

— Je n'y compterais pas trop, Cat, car je crois bien que la stature et les manières de cet homme ont bien évolué depuis qu'il nous a quittées pour la Cour du roi. Peut-être a-t-il appris les usages de l'amour courtois, et caresse-t-il l'intention secrète de m'emporter dans la forêt en me chantant un madrigal.

Catherine hésita, mais l'appel de la nature sembla l'emporter, et elle courut à l'intérieur avec un léger plissement de front.

— Avant toute chose, Richard, je voulais vous présenter des excuses pour la manière dont on vous a faussement accusé à votre retour.

J'allais répondre, mais elle leva la main vers moi et poursuivit.

— Si vous en doutez encore, laissez-moi vous dire tout de suite que je connais l'auteur de l'accusation et que je peux deviner ses motifs, même si je préférerais que l'on m'épargne les détails: les appétits de notre mère nous mettent tous fréquemment dans l'embarras. Catherine, bien entendu, ne sait pas pourquoi Adrian vous a accusé et je suis sûre que nous préférons tous deux qu'elle ne l'apprenne pas.

Je la regardai avec stupéfaction. Elle était au courant de ma mésaventure avec sa mère, ou du moins elle en savait assez ; mais elle le prenait néanmoins avec calme. Je sentis le besoin de m'expliquer.

— Ce ne fut pas à mon instigation.

Elle coupa court à mes remarques.

— Je ne veux pas savoir les détails, Richard. C'est déjà chose faite et il vaut mieux l'oublier. Vous étiez loin d'être le premier et ne serez assurément pas le dernier non plus. Essayez simplement de faire en sorte que Catherine ne le sache pas, ou qu'elle ne le déduise pas d'elle-même. Elle serait choquée d'apprendre que vous… et notre mère… J'en ai dit plus qu'assez.

Je partageais son inquiétude.

— Comment avez-vous ?…

— La femme de chambre. Elle a déjà été remerciée pour avoir trop parlé. Espérons que les autres domestiques seront plus discrets. Parlons donc d'autre chose. On m'a dit que vous aviez adressé la parole au roi et qu'il vous avait parlé ? Comment l'avez-vous trouvé ? Était-il bien portant, et de bonne humeur ?

— Oui, les deux, Madame. Je l'ai trouvé très impressionnant. Devant les grandes assemblées, il dégage une présence qui lui vaut beaucoup d'attention et de respect. Pourtant, quand il m'a parlé, il s'est montré doux et amical, comme si nous étions amis. Je l'ai beaucoup aimé.

— Qu'avez-vous pensé du palais de Hampton Court ?

— Magnifique. Il n'y a pas d'autre mot pour le décrire. Je n'ai jamais visité d'endroit semblable. Même les ambassadeurs français semblaient stupéfaits. Tout l'événement fut merveilleusement organisé. J'ai vu Warwick et Somerset – des hommes puissants et imposants. Je ne voudrais pas déplaire à aucun d'entre eux. Tout le voyage fut une révélation et une grande expérience. Mon seul regret est de ne pas être sur la route de Londres en ce moment même, aux côtés de votre mère.

Elle eut un mouvement de recul.

— Ma compagnie vous est-elle si désagréable en comparaison ? Êtes-vous à ce point déçu d'être obligé de rester ici avec Catherine, avec moi, et notre petite sœur Mary ? Elles seront très vexées de l'apprendre, car nous avions toutes hâte de vous revoir, pour différentes raisons.

Je gémis. J'avais encore donné dans le panneau. Quand apprendrai-je à être diplomate et à choisir mes mots ?

— Non, non, ce n'est pas ce que je voulais dire du tout. C'est merveilleux d'être de retour parmi vous, car j'avais moi aussi mes raisons de vouloir vous revoir toutes les trois.

En disant cela, je vis dans quel piège je me dirigeai.

— Vraiment ? Je suis bien consciente des raisons pour lesquelles vous vouliez revoir Cat ; et vous espérez sans doute que Mary continuera de vous servir de confidente et de source de renseignements. Mais quelle peut bien être la raison qui vous pousse à vouloir me revoir, moi ?

Brusquement, je compris que le moment auquel je songeais depuis plusieurs semaines était enfin arrivé. J'avais pensé à ce que j'allais lui dire si j'avais un jour l'occasion de lui signifier tout le respect et l'estime que j'avais pour elle. Cela m'était venu si facilement : étendu dans mon lit au beau milieu de la nuit, j'avais réfléchi à ce que j'allais dire en choisissant soigneusement les mots qui exprimeraient clairement ma pensée, sans avoir l'air gauche ou immature. À présent, j'en avais l'occasion, mais que pouvais-je dire ? Assis à côté d'elle, pouvais-je lui dire la vérité, ou devais-je jouer les courtisans en essayant de faire de l'esprit, tout en dissimulant mes sentiments ?

Elle pencha la tête d'un côté en attendant ma réponse, devinant peut-être le trouble de mon esprit.

— Alors ?

— Je voudrais seulement être comme vous.

Toutes ces heures d'insomnie, toutes ces considérations et tous ces beaux discours : tout cela n'avait finalement servi à rien.

Jane me regarda, puis baissa les yeux vers sa taille.

— Je crois que vous auriez de la difficulté à rentrer dans cette robe.

J'étais exaspéré, et elle ne faisait rien pour me faciliter la tâche. Je soupirai.

— Ce n'est pas ce que je voulais dire, Madame. Je voulais dire que j'envie votre intellect. Que je voudrais avoir la même habileté que vous avec les mots, la capacité d'articuler mes idées avec toute la clarté et l'aisance dont vous faites preuve jour après jour, non seulement en anglais, mais en français, en italien, en grec, en latin, et maintenant en hébreu, si je ne m'abuse. Bref, je voudrais avoir la même éducation que vous, la même lucidité, la même faculté d'expression dont vous avez fait si souvent la démonstration éclatante.

— Richard !

Elle battit des mains, visiblement ravie.

— Quel beau discours. John Aylmer lui-même n'aurait pas mieux dit.

Encouragé, je poursuivis sur ma lancée.

— Mais plus que cela, Madame, j'admire la profondeur et l'assurance de vos croyances religieuses. Je vous ai écoutée, ainsi que John Aylmer. Le roi, semble-t-il, partage les mêmes opinions : cela ressortait d'un certain nombre de choses qu'il a dites lorsque j'étais à Hampton Court.

Je lui pris la main et elle ne fit aucun effort pour se dégager.

— M'aiderez-vous à trouver la foi véritable ? À rester entre deux Églises, on ne fait partie d'aucune, et je vous assure qu'il règne là un silence et une solitude difficilement supportables.

Elle posa son autre main sur la mienne ; je tenais encore la première.

— Il m'a rarement été donné d'entendre parler un homme avec autant de sincérité, autant d'honnêteté et de simplicité. Je respecte la conviction que vous manifestez dans votre quête de la vérité, et ferai tout ce qui est en mon pouvoir pour vous aider à la trouver, Richard, tout comme John Aylmer, j'en suis sûre. Nous découvrirons la vérité ensemble.

Une profonde sensation de soulagement m'envahit. Enfin, j'avais là quelqu'un à qui je pouvais vraiment me confier. Depuis que j'avais quitté le Devon et mon mentor, le docteur Marwood, je n'avais pas eu l'occasion de communiquer de cette manière. Ce ne fut qu'à ce moment-là que je compris, malgré toutes les expériences que j'avais vécues depuis mon départ, à quel point je m'étais senti seul dans cet environnement étrange et parfois terrifiant.

Je lui serrai fortement la main.

— Voulez-vous être mon amie, Jane ?

Je la serrai un peu moins fort car dans mon enthousiasme, je risquais de lui faire mal. Je n'aurais pas dû m'en inquiéter, car elle me serra en retour.

— Oui, si vous voulez être le mien.

— Hum !

Pour la deuxième fois ce soir-là, je fus interrompu par un léger toussotement, cette fois-ci venant de Catherine.

— Eh bien ! Il semble que si j'avais été partie plus longtemps, vous auriez été fiancés à mon retour. Vous êtes-vous vus, assis tous les deux main dans la main, les yeux dans les yeux? Vos nez se touchent presque.

Gêné d'avoir été surpris de la sorte, je tentai de me libérer de la main de Jane, mais elle me retint.

— Catherine, ton Richard est un homme bon, et tu devrais l'apprécier, car il a beaucoup de grandes qualités.

Elle me tapota la main, puis regarda de nouveau sa sœur. Enfin, elle se leva et, sans mot dire, plaça ma main dans celle de Catherine; puis elle se pencha vers sa sœur d'un air complice.

— C'est peut-être ton amant secret, Cat, mais j'espère que ça ne te dérange pas si c'est aussi mon bon ami.

Poussant un petit cri de joie, Catherine nous serra tous les deux dans ses bras.

— Je ne pourrais souhaiter rien de mieux.

Chapitre 28

# Septembre 1551
# Bradgate Park

Catherine et moi étions étendus dans l'herbe longue à la lisière du bois de Swithland, observant Bradgate Park de l'autre côté de la vallée. Les deux dernières semaines avaient été les plus heureuses que j'avais connues depuis mon départ du Devon, six mois auparavant.

Libérée de ses parents, et entourée d'un John Aylmer apparemment compréhensif et d'un James Ulverscroft devenu plus indulgent, Catherine, semblait elle aussi plus heureuse qu'elle ne l'avait été depuis longtemps, et s'était blottie contre moi tandis que je lui caressais le cou.

Chaque fois que nous attachions les chevaux et que nous nous reposions dans une clairière tranquille et éloignée du monde, j'avais des sentiments contradictoires. Sa proximité, le contact de sa peau et l'odeur de sa chevelure la rendaient extrêmement désirable à mes yeux, et la tension que je sentais dans ses membres quand je la serrais me disait qu'elle ressentait la même chose. Pourtant, quelque chose nous retenait toujours, de sorte que nous effleurions constamment le charnel, tremblant d'un désir inassouvi, mais incapable de le satisfaire.

Je regardai vers la demeure qui était devenue mon foyer, et me demandai où cette histoire nous mènerait. Sans doute la tension entre nous se relâcherait-elle une fois de plus, quand, plus tard dans la journée, nous rentrerions à la maison dans la gaieté, en chevauchant à bride abattue par-dessus les fossés et les plus petites haies. Mais combien de temps pourrions-nous continuer ainsi, tendus comme les cordes d'un luth, en attendant presque passivement que l'avenir se dévoile ? Un jour, certainement, nous serions véritablement des amants. Pour l'instant, je sentais que c'était sa réticence à franchir l'étape finale, que je respectais par amour et par égard pour elle, qui nous retenait tous les deux. Mais que se passerait-il si, un jour, elle s'allongeait et disait « prends-moi » ? Y penserais-je à deux fois ? Considérerais-je les conséquences ou bien assouvirais-je mes propres désirs en lui laissant la responsabilité morale ? En vérité, je ne le savais pas, et, frustré comme je l'étais, j'étais en quelque sorte soulagé qu'elle ne m'ait pas encore mis à l'épreuve.

Comme si elle lisait dans mes pensées, Catherine roula sur son dos et me regarda.

— Le ferais-tu ?

— Quoi ?

— Si je te demandais de me faire l'amour, ici, maintenant, dans l'herbe. Le ferais-tu ?

— Je ne pense pas que je pourrais me retenir.

— Et ensuite… Le regretterais-tu ?

Je hochai la tête d'un air dubitatif. C'était une question difficile, une question que je m'étais souvent posée et à laquelle je n'arrivais pas vraiment à répondre.

— Je ne sais pas, Cat. C'est la vérité. Pas parce que je ne t'aime pas ou que je ne te désire pas. Pas parce que tu n'es pas belle, ni parce que nous n'en tirerions pas de plaisir, mais parce que… eh bien, je suppose que c'est parce que nous ne pourrions pas revenir en arrière et qu'il me serait pénible de te mettre dans une situation que tu pourrais regretter plus tard.

Elle roula vers moi et m'embrassa.

— Je ne crois pas que je le regretterais un jour, Richard.

Pendant un instant, je crus qu'elle allait se donner à moi sur-le-champ, mais elle poursuivit.

— Mais je vois ce que tu veux dire. Jusqu'à ce que nous sachions plus clairement ce que l'avenir nous réserve, aucun de nous deux ne peut se permettre de franchir cette étape finale.

Elle détourna les yeux, puis les ramena vers moi, timidement.

— Ce n'est pas faute de vouloir. Tu sais cela, n'est-ce pas ?

Nous nous embrassâmes et nous étreignîmes tous deux dans l'herbe longue, conscients d'avoir franchi une étape importante et peut-être irrévocable. Il n'y avait plus rien à dire. Nous savions tous deux qu'un jour, nous serions des amants. Un jour, mais pas encore.

Au bout d'une dizaine de minutes, nous retrouvâmes nos montures et descendîmes tranquillement la colline vers le parc, sans mot dire, perdus dans nos réflexions. Quand le manoir apparut devant nous, je vis un cavalier chevauchant à toute allure vers la grande porte. Secouant mon humeur pensive, je crus bon d'avertir Catherine.

— On dirait qu'il y a des ennuis. Nous ferions mieux de nous hâter.

Éperonnant nos chevaux, nous dévalâmes la colline au petit galop.

Quand nous rentrâmes, tout le monde était réuni dans la grand-salle, en quête de nouvelles du messager. C'était Mark Cope. Comme sa monture laissée dehors, il semblait épuisé, ayant parcouru en trois jours le chemin depuis Londres ; et il tentait de répondre aux questions, sans grand succès d'ailleurs, tout en mangeant et en buvant.

— Donnez une chance à ce garçon ! s'écria James Ulverscroft quand je fis irruption dans la pièce avec Catherine. Laissez-le boire sa bière et manger un petit quelque chose, ensuite nous poserons nos questions. Je suis bien certain d'en avoir autant que tout le monde.

En guise de réponse, Mark glissa la main dans son justaucorps et en retira un petit sac de cuir, à partir duquel il distribua des lettres pour Catherine (qui en prit une également pour Jane, et une pour Mary), pour James Ulverscroft, pour John Aylmer, et enfin, pour moi. Elles produisirent l'effet désiré, car tout le monde attendit en silence que chacun finisse de lire la lettre qu'il avait reçue, observant les réactions en attendant l'annonce de quelque nouvelle.

Ce fut James Ulverscroft qui, en sa qualité d'intendant, répondit en premier.

— C'est une lettre de Sa Seigneurie. J'imagine que les autres contiennent des informations semblables : je résumerai donc le contenu de ma lettre. Sa Seigneurie et son épouse sont fort accaparés par des affaires d'importance nationale à la Cour et exigent que leurs vêtements d'hiver leur soient envoyés promptement, étant donné qu'ils ne prévoient pas revenir avant plusieurs semaines ou même plusieurs mois, probablement pas avant le début de la saison des divertissements. Richard et Mark retourneront à Londres demain avec le chariot de bagages. Les autres resteront ici comme d'habitude.

Il se tourna vers John Aylmer pour voir si celui-ci désirait ajouter quelque chose, mais John se contenta d'acquiescer et se détourna. Puis James me regarda ; mais il n'y avait rien dans ma lettre que j'eusse souhaité annoncer à tout le monde, et je hochai négativement la tête en guise de réponse.

Le groupe commença à se disperser. Certains des domestiques avaient l'air déçu, se doutant bien que les nouvelles intéressantes ne leur seraient pas divulguées.

Quand la pièce se fut vidée, Mark Cope m'accrocha du regard et me fit signe d'approcher.

— Allons nous promener un peu. Il y a quelque chose qu'il faut que je te dise avant que nous partions demain matin.

Je pris congé de Catherine, qui emporta sa lettre et celles de ses sœurs aux appartements familiaux, et rejoignis Mark à l'extérieur.

— Eh bien, Mark, quelles nouvelles as-tu à me conter pour qu'il faille nous défiler ainsi ? lui demandai-je.

Mark esquissa un sourire complice et m'éloigna des fenêtres, de crainte que quelqu'un nous entende de l'intérieur.

— Je voulais t'informer de ce qui se passe à Londres. Il se trouve que j'ai surpris une conversation l'autre soir…

Je l'interrompis.

— Tu veux dire que tu as recommencé à écouter aux portes !

— On peut dire ça comme ça, oui. Mais il faut toujours essayer d'être aussi bien informé que possible. C'est ce qu'on a de mieux à faire.

Il n'y avait pas grand-chose à redire là-dessus, mais cette logique particulière à Mark me restait en travers de la gorge. Il passait son temps à tromper et à mentir, mais trouvait toujours une justification d'ordre moral pour se défendre, chaque fois qu'on s'interrogeait sur ses propres actions.

— Bon. Et qu'as-tu découvert que je devrais savoir tout de suite, avant que nous repartions pour Londres ?

Mark regarda tout autour de nous, afin de s'assurer que personne ne nous espionnait.

— Lord Henry rendait compte à Lady Frances de ses nombreuses discussions avec le comte de Warwick. Apparemment, le roi devient de plus en plus autonome. Il assiste maintenant en personne à toutes les réunions du Conseil et y fait sentir son autorité, ainsi Warwick sent son pouvoir diminuer. Mais il semble que le roi ait encore un point faible, à savoir sa ferveur absolue pour la Réforme. Warwick a manœuvré en ce sens, question de renforcer sa position auprès du roi. Au cours des six derniers mois, il a fait remplacer des évêques catholiques par des réformateurs triés sur le volet : Ponet a été transféré de Rochester à Winchester afin de remplacer Stephen Gardiner en avril ; Hooper est en place à Gloucester depuis juillet, et Veysey a été supplanté à Exeter par Miles Coverdale. Warwick ne fait toujours pas confiance à Somerset, et avec Lord Henry, il complote de le faire tomber une fois pour toutes. Pis encore, si quelque chose arrivait au roi, l'héritière présomptive du trône serait la princesse Marie. Or, ainsi engagés sur le chemin de la Réforme, si elle venait à prendre le pouvoir, il leur faudrait tous se battre non seulement pour préserver leur règne, mais pour sauver leurs vies. Warwick envisage donc de jouer sur la faiblesse du roi en dénonçant le fait que sa sœur continue d'assister à la messe et d'embrasser le faste de l'Église catholique, situation qui porte ombrage au roi, afin que celui-ci soit contraint de passer une nouvelle loi qui remettrait la couronne entre les mains d'un partisan de la Réforme. Au mois d'août, des émissaires ont été envoyés à quatre reprises pour visiter la princesse Marie et la persuader de changer de camp. Maintenant, nous en sommes au point où le roi a dû écrire à sa propre sœur pour lui signaler qu'en assistant à la messe (même en privé), elle se rend coupable de trahison, ainsi que tous ceux qui sont avec elle. Apparemment, Nicholas Ridley, l'évêque de Londres, est allé la voir chez elle, la semaine dernière, pour lui demander d'agir plus sagement, mais elle lui a opposé un refus net. Warwick a maintenant l'assurance de pouvoir, avec un peu de temps, convaincre le roi de lui enlever la succession, au moyen d'une loi qui serait adoptée par le Parlement. Si la princesse Marie était privée de son droit d'accession au trône, il devrait en être de même pour la princesse Élizabeth, car leurs droits sont égaux, et les moyens légaux qui seront mis en œuvre pour leur destitution reposent sur leur illégitimité. Une fois débarrassé d'eux, l'héritière présomptive serait Lady Frances, en tant que fille de Marie Tudor, la sœur du roi Henri.

J'écoutais de plus en plus attentivement. Je savais que Lady Frances était du sang royal de la lignée des Tudor, mais j'ignorais que son rang était si élevé dans l'ordre de préséance. Mark Cope poursuivit, très concentré sur son propos.

— Maintenant, il semble que Warwick ait présenté une offre à Lord Henry. Avec la mort des frères Willoughby, la lignée des ducs de Suffolk passe aux fils de Lady Frances (sauf qu'elle n'en a pas un seul). Warwick a dit qu'il appuierait une pétition adressée au roi pour que Lord Henry soit fait duc de Suffolk, mais à une condition. À savoir que, dans l'éventualité où le roi tomberait malade et mourrait, Lady Frances devrait renoncer à la couronne au profit de sa fille aînée.

Je raidis les muscles.

— Lady Jane ! Lady Jane deviendrait reine d'Angleterre indépendamment, sans être mariée au roi Édouard !

Soudain, tout le complot m'apparut clairement. C'était une entreprise de longue haleine, et un jeu dangereux. Mais quelque chose m'échappait encore.

— Pourquoi était-il si important de me le dire maintenant, avant que nous retournions à Londres ? Nous aurons toute la durée du voyage pour en discuter.

Mark haussa les épaules.

— Je ne sais pas vraiment. Je pensais que tu voudrais peut-être avertir Lady Jane ou Lady Catherine, avant que nous partions.

Je fus atterré.

— C'est de la folie ! Ne vois-tu pas à quel point toute cette situation est dangereuse ? Peux-tu imaginer quelle serait la réaction de Lady Jane ? Elle se hâterait probablement jusqu'à Londres et tenterait de confondre ses parents sur-le-champ. Ils nieraient évidemment toute l'affaire en la ridiculisant, et nous serions morts tous les deux en l'espace d'une semaine. Mark, pour l'amour de Dieu, oublie toute cette histoire, et quoi que tu fasses, n'en parle à personne d'autre.

Ce fut au tour de Mark de blêmir.

— Désolé, Richard. Je n'avais pas compris à quel point c'était dangereux. Je ne faisais qu'écouter tout ce qu'ils disaient, en essayant de m'en souvenir du mieux que je le pouvais, et je voulais te le dire avant de l'oublier. J'aimerais être capable de lire et d'écrire comme toi : j'aurais pu tout noter.

Je posai la main sur son épaule et le ramenai vers la maison.

— Dans ce cas, nous sommes chanceux que tu n'aies rien écrit et que tu t'en sois souvenu juste assez longtemps pour me le dire. Maintenant, si tu tiens à nos vies, tu peux tout oublier.

Nous rentrâmes lentement dans la maison, tout aussi nerveux l'un que l'autre, le teint livide.

## Chapitre 29

# Fin septembre 1551
# Shute House

— Richard! Sa Seigneurie veut vous voir, et tout de suite!

« Quoi encore? » me dis-je en avalant la dernière bouchée de mon déjeuner tout en me précipitant dans l'escalier de Dorset House. Depuis que Mark Cope et moi étions arrivés à la résidence, après un voyage éreintant de sept jours à traîner une charrette bourrée d'effets personnels, l'ambiance dans la maison avait été épouvantable, et la pression était terrible.

Lord Henry et Lady Frances étaient pris d'une frénésie d'activité nerveuse, ponctuée de rencontres et de discussions à Dorset House et au palais de Whitehall. Chaque jour commençait de bonne heure, et la fièvre du couple ne semblait avoir de cesse qu'ils ne s'écroulent tous les deux dans leur lit, tard dans la soirée. Même alors, la pression ne diminuait pas, car Adrian Stokes, sentant ma fatigue et ma frustration grandissante, me faisait travailler jusqu'aux petites heures et me rappelait aux premières lueurs de l'aurore pour des tâches encore plus urgentes. Adrian goûtait visiblement sa position d'autorité et n'avait visiblement pas l'intention de me laisser regagner le respect de notre maître ou de notre maîtresse.

Il m'était apparu évident, quelques jours après mon retour à Dorset House, qu'Adrian Stokes entretenait de la jalousie et de la méfiance à mon égard et qu'il cherchait délibérément à me faire mal voir, chaque fois que l'occasion était bonne.

L'atmosphère entre les Dorset était tout aussi tendue. Lady Frances tempêtait partout dans la maison, vociférant des ordres à tout le monde, y compris à son mari, sous les regards furieux de Lord Henry qui s'abstenait toutefois de rouspéter. Je semblais mieux renseigné que la plupart de mes confrères sur leurs motivations respectives : sachant qu'une pétition devait incessamment être adressée au roi et connaissant son importance pour l'avenir de la famille, je voyais bien que Lady Frances craignait de voir surgir une complication à la dernière minute, et qu'elle ne ménageait aucun effort pour parer à toute éventualité.

La passivité de Sa Seigneurie devant la goujaterie de son épouse était parfaitement compréhensible, car Lady Frances était essentielle à toute l'opération, et sans sa participation active, il n'obtiendrait jamais son duché.

Puisque l'étoile de Lady Frances était visiblement à l'ascendant, il n'était peut-être pas surprenant de constater qu'Adrian Stokes en profitait pour nous traiter avec arrogance ; mais son acharnement à vouloir me déprécier constamment me déconcertait tout à fait. Cela faisait bien trois mois que j'avais couché avec Lady Frances (ou, plus exactement, qu'elle avait couché avec moi), et l'on n'avait laissé planer aucun doute, ni à Bradgate, ni plus récemment à Dorset House, quant à la position d'Adrian Stokes et au fait qu'il était rentré dans ses bonnes grâces.

— Richard ! Dépêchez-vous !

Je me précipitai en haut de l'escalier, fonçant vers le petit salon de Lord Henry qui dominait la route à l'extérieur et le palais de Whitehall de l'autre côté du chemin. Mon maître avait été habillé et avait reçu son déjeuner, les plats ayant été posés sur le coin de la table afin qu'il puisse examiner les documents qui se trouvaient devant lui.

— Bonjour, Richard. Merci d'être venu si rapidement : je voulais vous parler tranquillement avant que mon épouse ne soit levée. Je constate qu'Adrian Stokes vous fait la vie dure, plus que ce qu'on fait endurer à nos bêtes de somme. Il a une dent contre vous, comme vous avez sans doute pu vous en rendre compte. Adrian vous perçoit comme une menace, et comme un usurpateur potentiel de sa position auprès de ma femme, et dans ma maison. Pour ce qui est de la première (oui, je suis parfaitement conscient de ce qu'elle fabrique avec Adrian quand je traite des affaires du Conseil privé), je souhaite que les choses demeurent en l'état, car cela me donne plus qu'un peu de répit quand j'ai besoin de tout mon temps pour réfléchir.

Il eut un petit rire narquois auquel il semblait inopportun de répondre.

— En ce qui concerne la deuxième, je vous donne ma parole que votre situation dans ma maison demeure assurée. Ma fille Jane ainsi que John Aylmer m'ont écrit pour me dire que vous aviez été faussement accusé d'avoir dérobé ce livre que Jane vous avait prêté, et je vous sais complètement innocent. À l'inverse, et par les mêmes circonstances, je sais qu'Adrian est fourbe et qu'on ne peut se fier à lui. Ce n'est pas sa faute : c'est plutôt ma femme qui l'a dévoyé, mais cela ne change rien au fait que sa faiblesse de caractère a été mise au jour, et dûment notée. Pour lors j'attends mon heure, Richard, pour des raisons que je ne peux éclaircir ; mais soyez assuré que la vérité et l'honnêteté finiront par l'emporter. Maintenant, retournez à vos affaires avant que la journée ne se soit trop chaude.

Je le remerciai de son soutien et de sa franchise et pris congé. Descendant tranquillement l'escalier arrière, je me demandai comment il se faisait que Lord Henry et des gens comme lui pouvaient converser de façon apparemment sincère, invoquer la vérité et l'honnêteté, tout en se livrant à des manigances secrètes qui, si elles se concrétisaient, viendraient bouleverser la vie de tous ceux qui les entouraient. Comment réussissait-il à dormir la nuit quand chaque recoin de son esprit abritait d'aussi sombres secrets ? Et pourtant, si je le jugeais par ses actions, Lord Henry s'était montré tout à fait juste envers moi : il m'avait ouvert des portes qui dépassaient toutes mes espérances, et continuait même alors de m'offrir son soutien.

Juste avant d'atteindre le pied de l'escalier, dans un coin sombre avant d'entrer dans le couloir du bas, quelqu'un apparut pour me barrer la route : c'était Adrian Stokes.

— Qu'est-ce qui t'amène de si bon matin aux étages supérieurs, jeune maître ? Encore un mauvais coup, n'est-ce pas ? Tu cherches à voler la famille, peut-être ? Montre-moi tes mains ! Laisse-moi regarder dans ton pourpoint !

Il agrippa mon justaucorps de cuir de chaque côté du col et tira dessus. Le premier bouton sauta et il tira de nouveau, plus fort cette fois. Cependant, il avait commis une erreur tactique en accostant sa victime un instant trop tôt ; car je me trouvais encore sur la deuxième marche de l'escalier. Vu la différence de hauteur, Adrian devait lever les bras et tout le devant de son corps était laissé à découvert.

Le coup de pied que je lui servis n'était pas aussi vigoureux qu'on puisse l'imaginer, mais la manœuvre était bien sentie et tomba en plein dans le mille. Alors qu'il se tordait de douleur en se tenant les parties intimes, je levai le genou. Le craquement que produisit son nez lorsqu'il se cassa me surprit moi-même, et mon assaillant s'écroula sur le sol, son sang ruisselant sur les dalles. Dans la pénombre, je le vis porter la main vers sa dague, aussi je lui marchai sur le poignet. Sans mot dire, je m'agenouillai pour ramasser la dague dans sa main tendue et en tins la pointe tout près de son œil gauche. Je pus voir ses yeux s'agrandir en apercevant la lame brillante. Approchant mon visage contre le sien, je m'adressai à lui à voix basse, d'un ton assuré.

— Écoute, Adrian. Je ne sais pas ce que tout cela signifie, mais si tu crois pouvoir continuer de cette façon, tu te trompes. Je n'ai commis aucun acte répréhensible, ici ou à Bradgate. Je n'ai jamais dit aucun mal de toi et je n'essaie pas d'usurper ta position auprès de nos employeurs, peu importe à qui tu penses. Mais si tu persistes, alors la prochaine fois je te fracasserai tous les os du corps, ça c'est promis.

Je jetai la dague par terre, assez loin pour que la main tendue d'Adrian ne puisse l'atteindre trop rapidement, et m'avançai dans le soleil matinal du grand couloir.

Lady Frances venait d'entrer par la porte principale et s'avançait à ma rencontre en retirant ses gants de cavalière.

— Ah, Richard ! Avez-vous vu Adrian ce matin ?

Je m'inclinai profondément, dissimulant le bouton manquant à mon pourpoint en posant la main contre ma poitrine.

— Pas ce matin, Madame. Peut-être a-t-il eu du mal à se lever ?

Je sortis par la porte avant, encore en train de se refermer. Il me fallait un peu d'air frais. Dorset House semblait avoir quelques occupants de trop.

# Chapitre 30

## 4 octobre 1551
## Dorset House

Il n'y eut aucunes représailles, ni aucune réaction visible à mon affrontement avec Adrian pendant toute la semaine suivante, en dehors du fait que ma victime se faisait remarquer par son absence. La tension continua de monter dans la maison jusqu'à ce que, très tôt le matin du 4 octobre, Lord Henry et Lady Frances, ayant enfilé leurs plus belles parures, quittent Dorset House en parcourant à pied le court chemin qui menait au palais de Whitehall.

Ils ne revinrent pas avant la fin de la soirée, prenant deux repas au palais, le premier en public aux côtés du roi, et le second en privé, avec le comte de Warwick. Lorsqu'ils revinrent, armés de leur nouveau titre de duc et duchesse de Suffolk, ils étaient visiblement guillerets, bien qu'on ne pût dire si c'était le vin et l'eau-de-vie, ou bien l'ivresse de la réussite qui se lisait sur leurs visages.

Du jour au lendemain, l'atmosphère de la maison changea du tout au tout. Finies l'inquiétude et la tension nerveuse : tout cela fut remplacé par un nouvel affairement, plus confiant, plus maîtrisé. Il y avait beaucoup de besogne, car le roi avait laissé entendre, et Warwick l'avait confirmé, que des appartements au palais de Richmond conviendraient mieux qu'une résidence privée, aussi bien située soit-elle, pour servir de quartiers généraux à un duc membre du Conseil privé et à sa duchesse, laquelle était également de la famille royale des Tudor et la cousine du roi lui-même.

Je n'avais pas vu Adrian une seule fois depuis notre empoignade dans l'escalier, et je me demandais ce qui lui était arrivé quand Mark Cope, un jour où nous partions en mission pour Lord Henry, s'était arrêté dans la rue avec une nonchalance étudiée pour examiner mon justau-corps.

— S'agit-il d'un nouveau bouton, Richard? Il est bien assorti, mais il a l'air plus neuf que les autres. Tu as peut-être eu un accident?

Je le regardai attentivement. Que savait-il? Mark avait un talent inouï pour vous tirer les vers du nez.

— Oui, j'ai perdu l'autre. Il a dû être arraché je ne sais trop comment.

Mark renifla.

— J'ai entendu dire que celui qui l'a arraché a du mal à se moucher, ces jours-ci. Il avait un assez grand nez, si je me rappelle bien. Je me demande ce qui lui est arrivé… Il a peut-être été frappé par un bouton projeté dans les airs?

Il me lança un regard de côté.

— Tu passes encore ton temps à écouter aux portes, n'est-ce pas, Mark? Tu finiras par t'attirer des ennuis, je te l'ai déjà dit.

— Et je t'ai répondu que c'était tout aussi susceptible de m'éviter des ennuis. Savais-tu, par exemple, qu'Adrian a été envoyé chez un barbier chirurgien pour se faire redresser et recoudre le nez? Et qu'on l'a enjoint de rentrer tranquil-lement à Bradgate Park quand ses deux yeux au beurre noir seraient guéris?

— Comment le sais-tu?

Mark se tapota le nez du bout de l'index.

— Madame a la voix très forte quand elle se met en colère. Elle n'a rien trouvé de drôle à ses blessures. Elle a failli tomber dans les pommes en le voyant, quand elle l'a fait appeler dans sa chambre. Je l'ai entendue crier. Puis il lui a dit qu'il ne pourrait rien faire parce que ses couilles lui faisaient trop mal, et ça s'est terminé là. Elle l'a tout de suite envoyé faire ses bagages. Apparemment, Lord Henry voulait le congédier immédiatement, pour avoir compromis leur importante entreprise à moins d'une semaine du grand jour, mais Lady Frances a fait valoir qu'il représenterait un danger plus menaçant s'ils le jetaient à la porte. Alors, ils l'ont laissé entre les mains d'un chirurgien à Blackfriars en disant au personnel de la maison qu'il était parti à Bradgate pour affaire urgente.

— Comment le sais-tu?

— Le Céleste Edmund me l'a dit.

— Qui?

— Le Céleste Edmund – Edmund Tucker. C'est ainsi qu'ils l'appellent, John et Dick, les rameurs. Ils disent que c'est parce qu'il ressemble à un ange. De toute manière, c'est moi qui ai dû trouver le chirurgien et lui amener son patient à l'insu de tout le monde. Edmund dit qu'Adrian veut ta peau mais qu'il est aussi mort de peur depuis que tu lui as flanqué une raclée.

Il s'arrêta un instant.

— Oh, et Céleste te trouve encore plus merveilleux qu'avant.

Il me regarda du coin de l'œil, et je décidai de ne pas lui faire attention. Mark ne se faisait aucun scrupule d'«embellir» ses histoires quand cela l'arrangeait.

# Chapitre 31

## 14 octobre 1551
## Palais de Richmond, à Londres

— Edmund!

Ce cri me tira de ma rêverie, mais il n'y eut aucune réponse. J'attendis de voir ce qui se passerait.

— Richard!

Les appartements familiaux à Richmond n'étaient pas bien vastes et la voix de Sa Seigneurie résonnait fortement à l'intérieur. Je bondis de mon siège tout près de la fenêtre.

— Oui, Monseigneur.

J'étais en train de regarder à travers la cour, examinant les autres ailes du palais. Encore une fois, mon association avec la famille Grey – devenue la semaine dernière celle du duc et de la duchesse de Suffolk – m'avait fait grimper encore plus haut dans l'échelle sociale, même si je restais un domestique et un observateur, non un acteur.

À présent, mon maître avait atteint des sommets, mais ils semblaient périlleux. Il n'y avait que quatre ducs dans tout le pays : Thomas Howard, le duc de Norfolk, approchant les quatre-vingts ans, disgracié, emprisonné, et dessaisi de sa propriété depuis la fin du règne du roi Henri ; Edward Seymour, le duc de Somerset, dont la position ne tenait qu'à un fil ; Henry Grey, élevé de marquis de Dorset à duc de Suffolk seulement une semaine auparavant ; et John

Dudley, qui était passé de comte de Warwick à duc de Northumberland seulement trois jours avant, la veille du quatorzième anniversaire du roi.

C'était cette dernière promotion qui, en un sens, avait été la plus spectaculaire de toutes. Les Howard et les Seymour étaient de grandes familles royales, et Lord Henry avait atteint sa position par l'entremise de Lady Frances qui, en sa qualité de Brandon, descendait de la reine Marie Tudor. Le quatrième et le plus récent n'était issu d'aucune grande famille, toutefois : c'était le fils d'un avocat. En quarante-huit ans de travail acharné, John Dudley avait obtenu les titres de vicomte Lisle, comte de Warwick, et à présent duc de Northumberland. Avec sept enfants dans son sillage, il tentait de créer sa propre dynastie.

— Richard, où est passé Edmund Tucker ?

Ces mots retentirent dans le corridor alors que j'approchais de la porte.

Je me précipitai dans la pièce avant de répondre. Le duc était resplendissant dans sa nouvelle tenue et respirait la santé et l'assurance. Sa nouvelle situation lui seyait visiblement bien et il semblait avoir acquis une autorité nouvelle depuis que son titre de duc avait été proclamé.

Lady Frances, de son côté, avait l'air pâlot et diminué, le visage bouffi et la mine incertaine. Peut-être avait-elle pleuré. Ce n'était certainement pas la dame devant qui j'avais l'habitude de m'aplatir. Tandis que je les regardais l'un et l'autre, attendant les réprimandes qui ne pouvaient pas manquer de venir lorsqu'ils se trouvaient ensemble dans la même pièce, je sentis que quelque chose d'autre ne tournait pas rond.

Puis je compris ce que c'était. La duchesse ne portait pas d'anneaux. Elle en portait toujours un certain nombre à chaque main, mais à présent, elle n'en avait pas un seul. Ses mains, comme son visage, étaient enflées. Peut-être était-elle malade ?

— Eh bien ?

— Je suis désolé, Monseigneur. Il est parti au nouveau manoir de Sheen, très tôt ce matin, et n'est pas encore revenu.

Les choses s'annonçaient certainement très bien. Non seulement les Suffolk avaient été invités à occuper ces appartements dans l'aile royale du palais de Richmond, mais ils avaient aussi fait l'acquisition d'une nouvelle résidence : le chapitre de Sheen, dans le Surrey, tout près de la Tamise et très accessible depuis Londres. Ils envisageaient de s'en servir comme manoir en lieu et place de Bradgate Park ; et Dorset House deviendrait un simple pied-à-terre en ville pour des rencontres privées et occasionnelles.

— Dans ce cas, vous devrez assumer ses responsabilités, Richard. Le duc de Northumberland et sa femme souperont ici ce soir. Il est trop tôt pour se servir de Sheen – Edmund a visiblement des choses à régler là-bas – ainsi nous les recevrons ici. Prévenez les domestiques : un souper pour quatre personnes à cinq heures. Les cuisines d'en bas y pourvoiront.

Je m'inclinai et cherchai à prendre congé, afin de faire les préparatifs nécessaires.

— Oh, et Richard ?

— Oui, Monseigneur ?

— Je veux que vous vous assuriez personnellement que nous soyons dans l'intimité la plus totale. La plus totale, vous entendez ? Cet endroit est un nid d'intrigues et l'on ne peut faire confiance à personne. Une fois le souper servi, je veux que tous les domestiques se retirent dans leurs quartiers ; il n'y a que vous qui pourrez rester ici, au cas où il y ait des messages. Il ne devrait pas y avoir d'interruption venue de là-bas.

Il montra le logis royal de l'autre côté de la cour.

— Le roi est rentré à Whitehall ce matin, après sa discussion d'hier soir avec Northumberland.

Il se retourna vers moi.

— Compris ?

— Tout à fait, Monseigneur.

Je m'inclinai et me retirai.

Comme c'était intéressant ! Adrian aurait été jaloux de voir que l'on me gardait comme seul domestique digne de confiance, à l'occasion d'un souper privé entre deux ducs nouvellement promus. Je m'en fus débusquer les autres domestiques, afin de m'assurer de tous les préparatifs.

Northumberland arriva avec sa femme à quatre heures précises, le duc portant avec lui une petite liasse de papiers ; et tous les quatre se retirèrent dans la salle à manger. On m'avait expressément ordonné de garder la porte toute la soirée, et de ne laisser entrer aucun domestique avant que j'aie moi-même frappé et reçu l'ordre entrer.

À cinq heures, les domestiques commencèrent à arriver des cuisines et je frappai comme convenu. Il y eut un long silence avant que Lord Henry ouvre enfin la porte. Je pus voir sur la table quantité de documents éparpillés, que Northumberland s'empressa de ramasser. Je fis signe à Suffolk d'un hochement de tête, lequel ouvrit plus grand la porte et signifia aux domestiques d'entrer. Des plateaux de bouillon, de pain, de viande et de fromage furent apportés, ainsi que de la bière, du vin et un panier de fruits. À la vue de toute cette nourriture, je me rendis compte que j'avais faim, mais il était clair que je ne pourrais quitter mon poste en aucune circonstance. Tandis que la dernière servante sortait, je la reconnus.

— Anne, c'est bien cela ?

Elle rougit et baissa les paupières.

— Oui, m'sieur, c'est exact.

— Voulez-vous me sauver la vie, Anne ?

Elle rejeta la tête en arrière et roula les yeux. De par l'expression sur son visage, je vis qu'elle avait l'habitude de recevoir des avances semblables de la part de courtisans mielleux, ayant l'air de dire que nous voulions toujours la même chose. Elle rougit encore, mais son sourire entendu trahissait son expérience.

— Cela dépend de ce que vous cherchez, m'sieur.

— De la nourriture, Anne, car je serai peut-être ici jusque tard dans la soirée, et je ne peux quitter mon poste.

Son attitude changea du tout au tout. Elle renifla et eut l'air soudainement déçu.

— C'est tout, alors ? Ne vous inquiétez pas. Votre panier est déjà prêt. Molly vous l'apportera dans quelques instants. On ne peut pas tout faire en même temps, vous savez. On n'a que deux mains chacune.

Elle descendit lourdement l'escalier, faisant claquer ses talons sur les marches de pierre.

Je me palpai le front. Parfois, il était impossible de gagner. Quoi que vous disiez à ces filles, elles vous le reprocheraient. D'une manière ou d'une autre, vous étiez fichu. Je m'assis sur le seuil de la salle à manger, m'adossai contre la porte, et attendis. Le murmure des voix me parvenait distinctement de l'intérieur, mais il fut bientôt noyé par un nouveau claquement dans l'escalier.

Molly apporta mon panier avec un clin d'œil. Visiblement, Anne lui avait dit quelque chose, car elle sourit en le posant par terre, et se pencha lentement vers moi pour le placer entre mes jambes alors que j'étais assis sur le seuil, adossé contre la lourde porte. Je levai les yeux pour la remercier, mais elle resta penchée, l'ampleur de sa robe toute simple laissant voir ses formes exubérantes.

Prétendant ne pas se rendre compte que j'étais tout proche, elle inspira lentement et profondément, faisant monter et descendre ses seins.

— Je pense que vous aurez amplement de quoi vous régaler, murmura-t-elle. Anne dit que vous resterez ici toute la soirée. Peut-être aurez-vous besoin de compagnie un peu plus tard ? Il me faudra revenir pour reprendre le panier et les assiettes à l'intérieur.

Elle montra la porte d'un signe de tête.

J'examinai son visage souriant, sa poitrine haletante, puis de nouveau ses traits avides. Quelque chose n'allait pas : c'était trop facile. J'avais l'habitude de plaire aux filles, même de recevoir des avances ; mais deux invitations en l'espace de cinq minutes, c'était pour le moins inhabituel. Je me levai, presque cloué contre la porte par sa présence.

— Oui, ce serait agréable. Mais pour l'instant, j'ai un devoir à remplir. Peut-être plus tard, donc.

Elle me regarda d'un air inquisiteur, parut se faire une idée, puis hocha la tête, souriante.

— Plus tard, donc.

Le son de ses chaussures descendit dans l'escalier. Pendant un moment, je crus entendre un autre bruit de pas, plus léger, comme celui de chaussons, ainsi que des murmures, mais je n'étais pas sûr.

Lentement, un silence glacial s'étendit tout au long de l'étroit corridor. Je soulevai la cruche de bouillon du panier et en versai un peu dans le bol, rompant un gros croûton de pain pour l'accompagner. La soupe n'était pas très chaude – une bonne partie de la nourriture était froide, dans ces grands palais, si vous mangiez loin des cuisines – mais elle avait bon goût et je la dégustai tranquillement, assis dans la pénombre. L'unique lampe à mèche de jonc vacilla au bout du corridor de pierre. J'espérais qu'elle ne s'éteigne pas complètement avant que ma veille ne soit terminée.

Quelque chose me troublait. Mon esprit revenait sans cesse à un événement qui s'était produit plus tôt dans la journée. Lequel était-ce ? Pour une raison que j'ignorais, je ne faisais que penser à ma mère, à quelque chose qu'elle avait dit, plusieurs années auparavant.

Les anneaux !

C'était cela. Longtemps auparavant, ma mère nous avait dit que l'une des femmes de Colyton était enceinte. Quand mon père lui avait demandé comment elle le savait, car rien n'avait été annoncé, elle avait dit que c'était parce que son alliance était devenue trop serré et qu'elle lui faisait mal au doigt.

— Toutes les femmes savent que leurs doigts enflent quand elles sont enceintes.

Je pouvais l'entendre le dire à cet instant même. Et voilà que Lady Frances avait ôté ses anneaux et que sa figure était bouffie. Était-elle enceinte ?

Puis, avec un frisson, il me vint une autre idée.

Et si cet enfant était le mien ?

Pendant un instant, je paniquai ; mais je compris vite que si tel avait été le cas, les signes seraient apparus bien avant. Depuis ce temps-là, je m'étais rendu à Londres auprès de Lord Henry et Lady Frances était restée à Bradgate Park...

avec Adrian ! Bien sûr ! Et si le père n'était pas Lord Henry mais plutôt Adrian ? Cela expliquerait une bonne partie des récents événements, le comportement déraisonnable d'Adrian à mon égard et le soutien qu'apportait Lady Frances à tout ce qu'il faisait.

Je revins à mon pain et à ma soupe. Le temps nous le dirait, d'une façon ou d'une autre. La lampe descendait encore et le corridor semblait se refroidir de minute en minute. Frissonnant, je ramenai ma lourde cape autour de mes épaules.

Mais mon esprit refusait la quiétude. Je songeai alors aux remarques de Lord Henry plus tôt cette journée-là : « Cet endroit est un nid d'intrigues. » Puis je me rappelai Anne et Molly – Molly en particulier. Étais-je en train de m'emballer, ou bien il se passait quelque chose ? Les discussions qui avaient lieu derrière mon dos étaient-elles si délicates qu'on eût essayé d'envoyer des espions pour écouter ? Il n'y avait qu'un moyen de le savoir. Je commençai à manger plus silencieusement, tendant l'oreille.

Lentement, mon ouïe s'habitua au silence et je commençai à discerner quelques bribes au hasard. Puis j'entendis un raclement de chaises et des pas s'avançant vers la porte. Je me levai vivement et m'éloignai poliment de la porte. Lady Frances et la duchesse de Northumberland sortirent tout en bavardant. Elles étaient si accaparées par leur conversation qu'elles ne remarquèrent même pas le panier de nourriture posé par terre, pas plus qu'elles ne prêtèrent attention à ma présence.

— Je suis désolé que vous vous sentiez si malade, Frances. Je sais ce que c'est, ayant moi-même eu sept enfants, murmura la duchesse. Le matin, j'étais toujours malade comme un chien, et j'avais moi aussi une terrible enflure aux doigts.

Elles tournèrent le coin au bout du corridor, et je les entendis entrer dans le boudoir de Lady Frances en claquant la porte derrière elles. Le silence revint, moins profond qu'avant. Je m'aperçus que les dames n'avaient pas tout à fait refermé la porte de la salle à manger : je pouvais entendre Northumberland et Suffolk très distinctement, à présent. Devais-je m'avancer pour refermer la porte convenablement ? Pendant un instant, je restai figé, hésitant. Il était déjà trop tard : si je la refermais maintenant, ces messires en déduiraient que j'écoutais aux portes. La seule chose à faire était de rester où j'étais, de m'assurer que personne ne venait à portée de voix, et d'écouter aussi attentivement que je le pouvais.

J'entendis Northumberland mettre son poing sur la table avec frustration.

— Cette fois, Somerset est allé trop loin ! Sa suggestion à la réunion de l'autre jour, selon laquelle nous devrions nous montrer plus cléments dans nos relations avec la princesse Marie, était risible. Marie nous couvre de ridicule, et je pense en particulier à son frère qui est roi. Elle a suffisamment été avertie : la prochaine fois, c'est la trahison. Le roi est désormais assez fâché pour agir. La seule chose qu'il déteste, c'est que son autorité soit remise en question. Voilà qui, plus que tout autre chose, fait ressortir en lui l'ardeur de son père.

Lord Henry était moins vindicatif.

— Quant à Somerset, croyez-vous que nous puissions l'épingler pour trahison ?

À présent, Northumberland baissa la voix, mais je pouvais encore l'entendre.

— J'ai eu une longue audience avec Sa Majesté hier soir. J'ai pu lui dire tout ce que Sir Thomas Palmer a découvert au sujet de Somerset, y compris la conspiration qu'il a ourdie le jour de la Saint-Georges, il y a six mois. Je lui ai dit que Somerset avait l'intention de vous assassiner, ainsi que Northampton et moi, lors d'un dîner empoisonné, puis, avec Arundel comme bras droit, de soulever Londres, de s'emparer du Grand Sceau et de rallier les apprentis. J'ai dit au roi que son objectif à long terme était de briser l'alliance française et en se posant comme dictateur, de marier le roi à Lady Jane Seymour.

— Et quelle fut la réaction du roi ?

Il y eut un rire étouffé.

— Je ne sais pas ce qui l'a choqué le plus : l'idée d'une insurrection organisée ou bien celle d'épouser Jane Seymour. Néanmoins, il s'est montré très attentif et a tout noté dans ce journal qu'il tient. Je lui ai bien fait comprendre que l'intention de Seymour est de renverser la Réformation et de ramener le pays vers le catholicisme. Bref, nous pouvons maintenant, je crois, aller de l'avant, sachant que le roi sera là pour faire obstacle à son oncle.

— Quelle est la prochaine étape ?

— La réunion du Conseil, le 16. Nous le surprendrons au dîner. Je peux tout arranger d'ici là. Et si nous rejoignions les femmes, maintenant ? En passant, je dois vous féliciter pour le nouvel enfant à venir. Vous espérez sans doute un garçon, afin de perpétuer la lignée des Suffolk ?

— Bien sûr, répondit Lord Henry en ouvrant la porte.

Il m'aperçut debout contre l'autre mur, assez près pour paraître à mon affaire, mais assez loin pour ne pas avoir l'air d'écouter aux portes.

— Personne en vue, Richard ? demanda-t-il.

— Personne, Monseigneur, répondis-je.

Suffolk eut un hochement de tête approbateur et suivit Northumberland, tournant le coin au bout du couloir.

— Oh, Richard !

Je ne le voyais plus. «Quoi encore? me dis-je. Va-t-on en finir avec les requêtes?»

Je soupirai.

— Oui, Monseigneur?

— Vous pouvez disposer, maintenant. Nous avons fait le tour de la pièce avant de partir. Nous n'y avons rien laissé.

— Merci, Monseigneur. Bonne nuit, Monseigneur.

Je me tournai vers les escaliers menant à la cour et au logis des domestiques de l'autre côté, car l'espace était limité dans les appartements royaux. À mi-chemin dans les escaliers, j'entendis des pas en ma direction et me réfugiai dans l'ombre d'une porte voûtée, à ma gauche. Un homme et une jeune fille me dépassèrent dans l'escalier et montèrent jusqu'en haut. Je restai tapi en silence. L'homme attendit en haut des marches, mais la jeune fille s'avança dans le corridor, vers les appartements des Suffolk. J'entendis ses souliers claquer sur les dalles, puis revenir, après un moment d'interruption.

— Il est parti et la porte était ouverte. Ils sont tous partis.

C'était Molly : j'étais sûr que c'était elle.

—Trop tard, répondit l'homme.

Je me recroquevillai dans l'ombre tandis qu'ils redescendaient l'escalier, passant à quelque six pieds de moi.

J'attendis bien dix minutes avant de redescendre moi-même. «À quoi tout cela peut-il bien rimer?» me demandai-je. Je l'apprendrais sûrement un jour.

## Chapitre 32

## Fin octobre 1551
## Dorset House

— Aïe !

Pour la troisième fois ce jour-là, la pointe acérée de mon couteau se ficha douloureusement dans mon doigt. C'était plus difficile qu'il n'y paraissait. Tout avait commencé par une idée. Une semaine auparavant ou à peu près, j'avais appris que Mark Cope avait (encore une fois) été envoyé à Bradgate Park, cette fois pour transmettre à James Ulverscroft l'ordre de déménager l'essentiel de la maisonnée, incluant Lady Catherine et Lady Mary, dans la nouvelle propriété de Sheen, tandis que Lady Jane serait appelée aux côtés de sa mère, dont la grossesse n'évoluait pas de manière satisfaisante et qui se sentait alors très malade, au palais de Richmond. Il n'y avait eu aucune mention d'Adrian Stokes et j'espérais pouvoir en déduire qu'on l'avait congédié, ou du moins, laissé moisir tout seul à Bradgate.

Apprenant l'arrivée prochaine de Lady Jane, et songeant qu'elle avait dû célébrer le jour de ses quatorze ans dans la solitude, à Bradgate, et sans recevoir de cadeaux de ses parents trop préoccupés, j'avais décidé de lui en offrir un moi-même. N'ayant pas d'argent pour lui acheter quelque chose dans le style auquel elle était habituée, je pouvais néanmoins lui fabriquer quelque chose d'utile. J'avais acheté une bande de cuir sombre et lustré à un étal du marché de Cheapside, et j'en étais à présent à graver sur le signet l'inscription *Ici m'ont amenée mes études*, en latin. C'était un travail beaucoup plus long que ce que j'avais cru au départ, mais jusque-là le résultat n'était pas trop mauvais et j'étais bien décidé à le terminer avant son arrivée.

J'avais également hâte de revoir Catherine. Des siècles semblaient s'être écoulés depuis que nous avions redescendu la colline de Bradgate et reçu les nouvelles de Mark Cope revenant du sud. Je me demandais comment elle allait, et si les récents bouleversements avaient eu des répercussions sur sa vie.

Beaucoup de choses s'étaient produites depuis la dernière fois que je l'avais vue : la désignation des nouveaux ducs de Suffolk et de Northumberland, ainsi que de semblables promotions (quoique de moins haut rang) pour leurs alliés, dont William Paulet (devenu marquis de Winchester), William Herbert (devenu comte de Pembroke) et divers autres. Somerset avait enfin été arrêté, comme prévu, au dîner du 16 octobre et son procès était en cours. Sa seconde déchéance avait été un choc pour beaucoup, car bien qu'il eût perdu le titre de Lord Protecteur, sa réhabilitation l'avait vu devenir ministre et membre du Conseil privé, et il n'avait pas manqué d'attentions envers son neveu, le roi.

J'entendis du remue-ménage au rez-de-chaussée et m'avançai à la fenêtre pour voir qui arrivait. À ma grande joie, je vis John Aylmer, las et échevelé, descendant de sa monture et se tâtant péniblement l'arrière-train avant de se diriger vers la maison. Rangeant mon œuvre en lieu sûr, je descendis l'escalier en courant pour accueillir mon ami à la porte d'entrée.

— Ah, ha ! Le Norfolk rejoint enfin le Suffolk, m'écriai-je, faisant allusion (plutôt astucieusement, me dis-je) aux origines de John et à la récente élévation de notre maître.

Aylmer saisit le trait avec sa promptitude habituelle et m'accueillit chaleureusement, toujours dans son fort accent du Norfolk.

— En effet. Et, si j'en crois mes yeux, le Devon est toujours aux côtés du Dorset, pour ce qui est de cela.

Je compris qu'il faisait allusion à Dorset House, que Lord Henry n'avait pas encore pris la peine de rebaptiser. Je ris. Ce petit jeu aurait pu durer pendant des heures.

— Arrêtons le match à égalité, car aucun de nous deux ne mérite de perdre.

— D'accord! s'écria Aylmer.

— Apportez des rafraîchissements pour monsieur Aylmer, lançai-je.

Je conduisis mon ami, mon professeur et mon confident à l'étage. Nous choisîmes un coin tranquille parmi tous ceux dont nous disposions, car la maison était étrangement vide depuis que la majeure partie de la famille avait levé le camp pour s'établir au palais de Richmond et à Sheen.

John Aylmer retira ses bottes en les envoyant dans un coin et jeta son manteau sur une chaise.

— Les trois sœurs vous adressent leurs plus chaleureuses salutations. Catherine et Mary vous invitent à visiter Sheen au moment qui vous conviendra – il pencha la tête d'un air narquois – c'est-à-dire quand les affaires de l'État le permettront. Lady Jane espère vous voir demain ou dans les jours qui viennent, soit à Sheen ou au palais de Richmond, quand elle aura fini de s'occuper de sa mère. Comment se porte Lady Frances?

Je fis la grimace.

— Je ne suis pas médecin, mais elle n'avait pas l'air très bien la dernière fois que je l'ai vue. Son état ne semble pas s'améliorer. Je crois qu'elle craint les conséquences.

— Et il y a de quoi. C'était donc vrai.

Je le regardai d'un air inquisiteur.

— Adrian Stokes est venu me voir peu après son retour à Bradgate. Il avait une mine horrible. Quelqu'un lui avait flanqué une raclée ; il ne voulait pas dire qui. Il avait le nez recousu et couvert de pansements, ses yeux étaient encore tout noirs, et il disait avoir beaucoup de mal à monter à cheval. Les cinq jours de chevauchée ont dû le tuer. Il m'a avoué qu'il croyait avoir mis Lady Frances enceinte, et que c'est grâce à son intervention s'il a survécu à la rossée que Lord Henry lui a administrée. Il faut bien l'admettre : je ne croyais pas que Lord Henry en fût capable, car c'est toute une correction qu'Adrian a reçue, lui qui, après tout, est un solide gaillard bien charpenté.

Je souris intérieurement.

— Oui, c'est incroyable ce que la colère peut provoquer chez un homme, n'est-ce pas ? dis-je. Comment va Lady Catherine ?

— Elle est toujours aussi belle, sinon encore plus. Vous lui avez manqué, et elle a hâte de vous revoir.

Mon cœur sauta un battement à l'annonce de cette nouvelle.

— Et Lady Mary ?

— Elle mûrit vite. Toujours aussi curieuse. Son caractère s'est fixé très jeune – elle ne changera plus, maintenant. Cette jeune fille en voit plus qu'elle ne l'admet, en entend plus qu'elle ne le reconnaît, et en comprend bien plus que ce que pensent les autres. Elle sera toujours, hélas, prisonnière de sa condition physique, et la beauté n'est pas sienne, mais son intelligence est respectable pour tous, sauf peut-être pour les gens très doués…

— Oui, et à propos, comment va Lady Jane ?

John Aylmer soupira. Pour la première fois depuis que je le connaissais, je le vis peser ses mots et considérer minutieusement sa réponse.

— Elle est à un âge difficile. Jane a maintenant quatorze ans, et je dirais qu'elle ne manifeste plus la même ardeur qu'avant dans ses études. Je ne puis être plus précis mais je sens que ma relation avec elle est en train de changer. Elle se montre plus distante – c'est peut-être sa propre identité qui s'affirme.

— Ce n'est pas nécessairement une mauvaise chose, John. En fait, cela témoigne peut-être de votre réussite auprès d'elle en qualité de professeur, car si l'oisillon ne quitte jamais le nid, c'est qu'on ne l'a pas suffisamment préparé à affronter les difficultés de l'existence.

John Aylmer soupira une nouvelle fois.

— C'est très gentil de votre part, Richard, et je vous en remercie. Les semaines qui viennent seront décisives, car elle sera invitée au palais de Whitehall au début du mois de novembre, pour accueillir Marie de Guise, qui se rendra de France en Écosse. Ce sera une occasion très distinguée. Le roi en fera sans doute un grand spectacle, pour montrer aux Écossais qu'il maîtrise son royaume, et que celui-ci, aussi, est fort (en dépit de la dévalorisation de la monnaie, par suite de quoi toutes les valeurs ont été bafouées ces dix dernières années). J'espère seulement que cela ne lui montera pas à la tête.

— Pourquoi serait-ce le cas ? Elle a toujours montré beaucoup d'humilité dans sa toilette, assurément ?

— En effet, et juste avant que nous quittions Bradgate, un paquet est arrivé pour elle de la part de sa cousine, la princesse Marie. Celui-ci contenait une robe pour l'occasion, d'un tape-à-l'œil inimaginable, et je préfère ne pas connaître sa valeur. Elle est faite d'une étoffe d'or et de velours clinquants, ornée de dentelle d'or sur parchemin. Lady Jane l'a regardée avec du recul. « Que vais-je faire avec cette robe ? » a-t-elle demandé à madame Ellen. « Dame, la porter, comme de raison ! » a répondu madame Ellen, qui a toujours aimé voir les filles s'endimancher. Mais Jane, toute décontenancée, refusa en disant : « Non, il serait honteux de suivre Lady Marie contre la parole de Dieu, et de trahir Lady Élizabeth, laquelle suit la parole de Dieu. »

— C'est bon signe, non ? répondis-je.

John semblait encore inquiet.

— On serait porté à le croire, mais j'ai remarqué qu'elle avait donné des instructions pour que la robe soit empaquetée et transportée ici avec le plus grand soin, et je pense encore qu'elle la portera.

— John, parfois j'ai l'impression que vous êtes trop dur avec elle.

— Peut-être, Richard, mais je ne peux que suivre ma conscience et ce que je crois bon pour elle. Mais ce n'est pas seulement une question de foi ; c'est aussi un enjeu politique.

— Que voulez-vous dire par là ?

— Notre pays traverse une étape très difficile de son histoire. Au cœur du conflit se trouve la religion. Dans les deux camps les factions sont très puissantes. Le roi, Northumberland et Suffolk sont du côté de la Réforme, et les vues de Jane auraient tendance à être plus affirmées que les leurs. Mais contre eux, il y a les catholiques traditionalistes, soutenus par bon nombre de vieilles familles et confortés par les apparitions publiques de la princesse Marie.

Je n'arrivais pas à faire le lien.

— Mais la position de Lady Jane ne peut assurément pas vous poser problème dans toute cette affaire ?

— Sa position, non. Mais la famille essaie de ménager la chèvre et le chou. Suffolk s'est joint à Northumberland pour faire de l'attitude de la princesse Marie envers la messe un acte de trahison ; pourtant Lady Frances, sa femme, est une amie proche de sa cousine, la princesse Marie, et visite fréquemment ses résidences, ce qu'elle fera encore dans un avenir rapproché, j'en suis certain.

— Je ne vois pas pourquoi Lady Jane serait à blâmer dans tout cela, John.

John Aylmer secoua la tête, l'air apparemment résigné.

— Je ne la blâme pas, je m'inquiète pour elle, voilà tout. Je crains qu'elle ne finisse par se retrouver au milieu du combat de quelqu'un d'autre. C'est l'une des raisons pour lesquelles je vais voir Nicholas Ridley, l'archevêque de Londres, afin de lui demander des conseils de notre part à tous. Quand je reviendrai de ma rencontre avec l'arche-vêque, j'élirai domicile avec les autres au chapitre de Sheen, et j'espère vous y voir très bientôt.

Nous poursuivîmes la discussion pendant une autre heure, mais le ton de la conversation s'était assombri. Nous nous séparâmes le cœur lourd après le souper, John Aylmer voulant passer une bonne nuit de sommeil avant d'aller voir l'archevêque le lendemain, tandis que je me demandais comment m'arranger pour voir Catherine et Jane, et laquelle des deux je devrais voir en premier.

# Chapitre 33

## Début novembre 1551
## Palais de Westminster

À ma grande surprise, et pour ma plus grande déception, la prémonition de John Aylmer s'était révélée juste.

J'avais accompagné la famille, afin surtout d'escorter les sœurs, au palais de Westminster pour la cérémonie d'accueil de Marie de Guise, de passage à Londres dans son voyage vers l'Écosse. L'événement était aussi fastueux que l'accueil réservé aux ambassadeurs de France, quelques mois auparavant, et j'espérais pouvoir encore, comme cette fois-là, apercevoir le roi pendant la réception.

Comme pour les ambassadeurs français, la cérémonie d'accueil s'était étirée en longueur, ayant débuté avec l'arrivée de la reine Marie à Hampton Court, après un long voyage depuis Portsmouth. Elle s'était ensuite déplacée au palais de Southwark, où elle avait tenu une réception pour les dames à laquelle Lady Frances avait assisté seule, pour arriver enfin au palais de Westminster, où le roi l'attendait. Le faste de la cérémonie ne me surprenait pas, car j'avais déjà été témoin d'un tel spectacle, et les explications de Lord Henry m'avaient aidé à comprendre. Comme le premier événement à l'intention des Français, qui se voulait une manifestation d'amitié, accompagnée d'une démonstration de pouvoir sans grande subtilité, celui-ci visait à envoyer le même message aux Écossais, lesquels représentaient, à leur manière, un ennemi potentiel tout aussi incommode, et menaçaient toujours de surprendre l'Angleterre par la porte arrière.

J'étais arrivé tôt et me tenais dans la grand-salle, vêtu du nouveau costume de velours bleu foncé que Lord Henry et Edmund Tucker avaient commandé pour moi, quand les invités de moindre rang commencèrent à arriver. La salle se remplit rapidement et, en ordre inverse à leur rang, toute l'élite du pays fut rassemblée, sauf les trente hommes les plus éminents d'Angleterre, lesquels se tenaient debout aux portes du palais en manière d'accueil officiel.

Il régnait dans la pièce une étrange atmosphère de nervosité. D'une part, tous attendaient ce jour avec impatience : ceux qui avaient pris part à la cérémonie d'accueil organisée pour la reine douairière à Hampton Court quelques jours auparavant savaient qu'elle aurait droit à d'exceptionnelles marques de courtoisie ; et d'autre part, les dames qu'elle avait elle-même reçues au palais de Southwark avaient apprécié le style de la reine, et la compagnie des dames françaises et écossaises de sa suite. Malgré cela, une ombre flottait néanmoins dans la salle : celle de Somerset, lequel était évidemment absent. Cet homme était apprécié de bien des personnes présentes, qui l'avaient toujours trouvé charmant, quoiqu'un peu imbu de sa personne ; et l'on était nombreux à penser, même si nul n'osait le dire tout haut, que sa seconde déchéance, encore toute récente, reflétait la puissance et l'ambition grandissantes de Northumberland, plutôt que la preuve tangible des prétendus méfaits de Somerset.

J'assistai à l'arrivée de Lady Frances, dont les traits étaient encore blêmes, mais qui paraissait en meilleure forme depuis quelques jours. « Les soins de Jane ont dû lui être bénéfiques », pensai-je. Sa tenue était riche à outrance, comme je m'y attendais, et elle chancelait presque sous l'amoncellement de bijoux qu'elle portait. Puisqu'elle et moi étions exceptionnellement grands comparativement à la plupart des invités qui peuplaient la grand-salle, je la repérai tout de suite et me frayai un chemin en sa direction, jouant du coude à travers une foule animée et de plus en plus bruyante.

En m'approchant, je pouvais déjà apercevoir Catherine à côté d'elle. Je ne l'avais jamais vue plus radieuse, ni vêtue de manière plus extravagante. Elle respirait la beauté même, et mon cœur bondit en apercevant le plaisir illuminant son visage lorsqu'elle me vit me dépêchant vers elles à travers la foule. Rejoignant leur groupe, je saluai tour à tour Lady Frances et Lady Catherine, puis m'inclinai pour dire bonjour à Lady Mary, laquelle paraissait très contente d'elle-même dans une robe qui faisait tout pour dissimuler ses infirmités.

— Lady Jane n'est-elle pas avec vous ? demandai-je en me redressant

J'étais surpris de son absence, après toutes les discussions qu'il y avait eu au sujet de la robe envoyée par la princesse Marie, quant à savoir si Jane devait la porter ou non. (La nouvelle demeure de Sheen était grande, mais pas au point que les pires querelles familiales puissent se dérouler sans que tous les domestiques soient au courant en l'espace de quelques heures.)

— Elle est tout juste derrière toi, Richard, dit Catherine en riant, visiblement impatiente de me faire la surprise.

Je reçus une petite tape sur l'épaule et me retournai pour apercevoir Lady Jane, portant non seulement la robe offerte par la princesse, mais aussi de nombreux bijoux. Sa chevelure était relevée très haut, maintenue par un serre-tête incrusté de perles et couronnée d'un double diadème, avec deux autres bandeaux de perles derrière. L'encolure carrée de sa robe était bordée de dentelle d'or, et une collerette de perles et d'émeraudes l'enserrait au cou, ornée d'une grosse broche de rubis et d'émeraudes. L'effet était saisissant et je la regardai bouche bée tandis qu'elle s'amusait à me faire la révérence, les yeux pétillant de plaisir.

— Je… vous êtes… ravissante, bégayai-je.

Je jetai rapidement un regard vers Catherine, car ma réaction devant la tenue de Jane dépassait de beaucoup celle que j'avais manifestée pour la sienne ; mais cela ne parut pas la déranger pour cette fois, tellement elle était ravie de constater que sa sœur semblait dans l'esprit de la fête.

Ayant une pensée pour la petite Mary, et sans faire abstraction des susceptibilités de Lady Frances, je reculai de quelques pas, ouvris les bras et annonçai :

— Vous êtes toutes radieuses. Quel splendide hommage à la famille et à sa réussite au cours des derniers mois !

Pendant un instant, une ombre passa sur le visage de Lady Frances, et je compris que, fort probablement, les derniers mois ne lui avaient pas apporté seulement du bonheur ou du succès. Je constatai qu'elle portait de nouveau ses anneaux, sans pouvoir dire toutefois si cela reflétait l'importance de l'événement, ou bien un changement dans sa condition.

J'en étais à considérer cette question quand le visage de Catherine s'éclaira soudainement, regardant avec intérêt par-dessus mon épaule vers le fond de la salle. Je me retournai pour voir ce qui attirait son attention, et remarquai une agitation considérable devant les portes centrales. Un nouveau groupe était sur le point de faire son entrée, et à en juger par le remue-ménage que suscitait leur arrivée, ces gens étaient tout aussi nombreux qu'importants.

— Regardez, s'écria Catherine, voilà Amy Robsart avec son nouveau mari… et les frères de ce dernier : toute la famille Dudley est ici.

Les regards s'étaient désormais posés sur les nouveaux arrivants. Pleinement conscients de l'intérêt qu'ils suscitaient, ils descendirent lentement l'allée du centre, saluant de côté et d'autre en hochant la tête. La duchesse de Northumberland parcourut la foule des yeux, et, apercevant Lady Frances, l'autre duchesse récemment promue (aisément repérable de par sa taille imposante), elle se dirigea vers elle. Son mari étant demeuré aux portes du palais pour faire l'accueil officiel, John Dudley, son fils aîné, la conduisait par la main, lui qui était devenu comte de Warwick avec l'ascension de son père au duché de Northumberland. Ses autres frères venaient derrière eux : Henry, Ambrose, Robert, et enfin Guilford, toujours célibataire.

Il fallait admettre que Robert et sa nouvelle épouse, Amy Robsart, étaient bien assortis. Robert était le plus grand et le plus joli des frères, auxquels on avait permis (disait-on) de se marier par amour. Je compris alors pourquoi Robert avait tant insisté auprès de son père (racontait-on), car Amy était vraiment d'une beauté incontestable : grande, le dos droit, avec un long cou et de jolis traits. Ensemble, ils formaient un beau couple, et je décidai immédiatement qu'ils me plaisaient.

Je décidai tout aussi vite que Guilford ne me plaisait pas. À seize ans, il était le plus jeune, et visiblement le chouchou de sa mère. Il était assez joli : blond de cheveux, gracieux et élégant – au point d'avoir l'air efféminé, pensai-je. Mais ce furent sa manière prétentieuse et son attitude renfrognée d'enfant gâté qui me le rendirent immédiatement antipathique. En fait, à bien y penser, je me dis qu'aucun d'entre eux ne me plaisait, et que je ne leur ferais pas confiance pour un sou. « Se mêler à eux, c'est s'attirer des ennuis », me dis-je, flairant quelque danger.

Lady Jane Dudley, duchesse de Northumberland, paraissait aussi autoritaire que Lady Frances ; et elle commença tout de suite les présentations. Je me fis discret, car les domestiques étaient exclus de ce genre de protocole. C'était, je m'en rendais compte, la première fois que les familles des nouveaux duchés, Northumberland et Suffolk, se rencontraient tous ensemble, et je me réjouis silencieusement de voir que Lady Jane, bien qu'affectant la courtoisie et les bonnes manières requises, ne semblait pas du tout apprécier les Dudley.

Catherine, quant à elle, m'apparut transportée par l'événement, et elle ricanait nerveusement tandis que Robert, et plus tard Guilford, peut-être en réponse à la froideur évidente de Jane, exerçaient tout leur charme sur elle, et lui disaient avec ferveur combien elle était belle. Peut-être considérait-elle que Amy Robsart occupait une position qui pourrait plus tard être sienne, car les deux jeunes filles tombèrent rapidement en grande conversation, échangeant des remarques sur les toilettes et les bijoux.

Soudain, il y eut une fanfare de trompettes, et le roi lui-même fit son entrée dans la salle. Il s'avança lentement vers le baldaquin d'État, ainsi toutes les personnes présentes purent admirer le raffinement de sa mise, la somptuosité de ses bijoux, l'élégance de son goût dans les deux, et la preuve de son pouvoir absolu qui transparaissait dans cet étalage de richesse. Il se retourna et se tint sous le baldaquin, faisant face à la multitude rassemblée. Son regard seul suffit à faire taire la salle en l'espace de quelques secondes, et le brouhaha s'évanouit en un murmure, laissant place à un silence attentif.

Le roi, bien conscient d'avoir à présent tous les yeux sur lui, et sans encore prononcer un mot, dirigea lentement son regard vers les grandes portes à l'autre extrémité de la salle, et tous les yeux firent de même. Comme ils se fixaient sur les portes, elles s'ouvrirent, et Marie de Guise, la jolie veuve française de trente-cinq ans, les passa lentement et traversa toute la salle, suivie des nombreuses dames de sa suite. Derrière elles, les trente hommes les plus puissants d'Angleterre, qui l'avaient escortée depuis l'entrée du palais jusqu'à la grand-salle, fermaient la marche.

Il n'y eut aucun son, hormis le léger bruissement des chaussons des dames ; car les hommes s'étaient arrêtés après être entrés, afin de laisser toute la place aux Françaises et aux Écossaises. Presque sans bruit, elles s'approchèrent du roi qui attendait, debout sur l'estrade, le visage souriant. Quand elles l'eurent rejoint, la reine douairière et régente d'Écosse s'agenouilla au bord de l'estrade, et fut relevée par le roi, qui lui embrassa la joue. Elle présenta ses dames une à une, par leur nom ainsi que par leur titre, et une à une, le roi les embrassa sur la joue. «Assurément, me dis-je, personne ne doutera qu'elle est la bienvenue, après un tel accueil.»

À midi, le roi conduisit la reine Marie à sa chambre afin qu'elle se repose. Tous les recoins du palais étaient grouillants de monde, tant des nobles que des valets de pied : la cour, la grand-salle et l'escalier, étaient surtout peuplés de domestiques, pendant que la grande chambre du roi, sa chambre de parement et celle de la reine, l'étaient surtout de nobles. Toute la hiérarchie de l'Angleterre se trouvait effectivement représentée.

À deux heures, nous fûmes appelés à dîner. En l'honneur des dames, le roi devait dîner séparément avec elles, et puisque aucune de ses sœurs, les princesses Marie et Élizabeth, n'était présente, il devait être assisté de ses deux cousines. Ainsi, Lady Frances fut conviée avec Margaret Clifford, fille de Lord Cumberland et cousine du roi, à s'asseoir auprès de la reine Marie, tandis que l'ambassadeur français prit place aux côtés du roi. Jane, Catherine et Mary se joignirent à la compagnie des femmes occupant les trois grandes tables de la grand-chambre de la reine, tandis que Lord Henry et les autres nobles du même sexe dînèrent ensemble dans la grand-chambre du roi, de l'autre côté. Quant à moi, je mangeai avec la foule de gentilshommes, de valets de pied et de vieux courtisans qui restaient, à quatre grandes tables rapidement assemblées dans la grand-salle.

À quatre heures de l'après-midi, on nous fit sortir de table, et nous restâmes dans la grand-salle à attendre que les tables soient démontées. Une demi-heure plus tard, les seigneurs et les gentilshommes apparurent au haut des escaliers, descendant tranquillement et flânant dans la grand-salle en attendant l'arrivée des femmes. En temps normal, c'était tout à fait l'inverse, et certains commençaient à perdre patience quand les dames apparurent enfin à cinq heures, après avoir fait bombance, assisté à un concert d'instruments et effectué une lente promenade à la suite du roi et de la reine douairière en conversant plaisamment à travers jardins et galeries.

Lady Frances semblait en meilleure forme qu'elle ne l'avait été depuis des semaines – on n'aurait su dire si c'était à cause de la bonne chère et du bon vin, ou bien de la reconnaissance du statut de sa famille par le roi – et, comme toujours lorsqu'elle était de bonne humeur, Lord Henry semblait également plus détendu. Catherine et Mary étaient encore tout aussi excitées qu'elles l'avaient été le matin même, bavardant constamment avec les jeunes dames de leur âge, qui elles aussi avaient beaucoup goûté cette magnifique journée, d'autant plus agréable qu'elle accordait une grande place à la présence féminine.

Lady Jane, au contraire, était un paradoxe vivant. Parée plus richement qu'elle ne l'avait jamais été, elle était visiblement mal à l'aise dans sa dentelle dorée et ses lourds ornements. Avec sa manière réservée, sa petite taille et sa peau blanche parsemée de taches de rousseur, elle était éclipsée par sa tenue, plutôt que mise en valeur ; et comme il arrivait souvent lorsqu'elles étaient vues ensemble en public, on aurait dit qu'elle était la petite sœur de Catherine plutôt que sa sœur aînée. Tout le monde ce jour-là cherchait à briller plus que les autres : or, Jane se tint encore plus farouchement sur son quant-à-soi, prenant un air réservé et distant, comme je l'avais si souvent vue le faire.

— Avez-vous passé un bel après-midi ? lui demandai-je d'un ton léger, tentant d'égayer son humeur.

— C'était un jeu politique, répondit-elle, rien d'autre, mais rondement mené. Ce fut un soulagement de se défaire des hommes. Les Dudley sont tout à fait déplaisants avec leurs manières de paons infatués, et je n'irais jamais jusqu'à leur faire confiance, ne serait-ce que pour les laisser s'approcher à distance de crachat.

Je ne pouvais imaginer Lady Jane en train de cracher, même lorsqu'elle se disait dégoûtée à ce point, mais je partageais instinctivement son opinion des frères Dudley. Il y avait quelque chose dans leur façon de se tenir ensemble et d'aborder tout le monde avec une telle assurance... Ils me faisaient penser à une meute de chiens courants, flairant une piste et chassant leur proie de concert.

— Allons, s'écria Lord Henry. Rentrons à Suffolk Place.

Sur ce, nous quittâmes le palais. Comme il arrivait si souvent, je me précipitai pour aller chercher les chevaux dans la cour du valet d'écurie.

Depuis son ascension récente, la famille avait fait l'acquisition de Suffolk Place, la demeure traditionnelle des ducs de Suffolk à Londres, et venait d'y emménager, laissant Dorset House pratiquement à l'abandon, hormis quelques domestiques restés sur place. Aux yeux des trois sœurs, cette nouvelle résidence avait encore l'attrait de la nouveauté.

Chez Lady Frances, elle suscitait des sentiments contradictoires, car Lord Henry et elle y avaient été mariés, dix-huit ans plus tôt, en 1533, alors qu'elle était la propriété de son père, Charles Brandon, premier duc de Suffolk. Depuis lors, la lignée de Suffolk était passée brièvement à Henry Brandon, son demi-frère issu du remariage de son père avec Catherine Willoughby, avant le départ si tragique de Henry et de son frère Charles, morts de la suette au début de l'été. À présent, le duché était revenu du côté de Lady Frances, et la demeure également.

Debout auprès des chevaux, je regardai la famille qui s'avançait lentement vers moi. Parfois, le monde semblait tourner en rond, en particulier le monde fermé des Tudor et des grandes familles qui fourmillaient autour. Il n'était pas étonnant de les voir lutter sans cesse pour la conservation du pouvoir, tant celui-ci était éphémère.

À Suffolk Place, l'aube se leva dans un épais brouillard montant de la Tamise vers Southwark sur sa rive sud, apportant l'odeur salée et nauséabonde de la marée montante qui charriait avec elle le restant des eaux d'égout de la veille.

J'avais abandonné l'idée d'essayer de dormir. Parfois, surtout par temps humide, comme ce jour-là, Londres m'était insupportable. Si seulement la Tamise pouvait être aussi limpide que le fleuve Axe, chez nous dans le Devon, ou bien la petite rivière Lyn qui passait devant Bradgate Park. À présent, début novembre, ce n'était pas aussi pénible que par une chaude nuit d'août, mais par un automne aussi doux, il était néanmoins difficile de ne pas suffoquer quand nous dormions tout près du fleuve.

J'entendis des voix à l'étage d'en bas, et, m'habillant en vitesse, descendis à la course pour voir qui était debout. Jane, Catherine et Mary étaient habillées, drapées de lourdes pèlerines afin de contrer l'humidité du matin, et mâchaient des feuilles de citronnelle pour adoucir leur haleine.

— Es-tu incapable de dormir, Richard ? demanda Catherine. Nous non plus. Il nous faut un peu d'air frais ; cet endroit est dégoûtant. Nous ne nous attendions pas à ce que l'air soit aussi pur qu'à Bradgate, mais Sheen et même Dorset House sont plus respirables que cela.

— Avons-nous la permission de sortir de si bon matin, ici à Londres ? demanda Mary. Vous vous rappelez les avertissements que mère nous a donnés, pour ce qui est de nous promener seules dans cette ville, en particulier sur la rive sud.

— Ne t'inquiète pas, sœur : les maisons de débauche auront fermé leurs portes il y a longtemps, et de toute manière, nous serons en sécurité avec Richard, répondit Jane en me regardant avec le sourire.

Elle sembla changer d'avis pendant un instant et une petite ride parut sur son front.

— Avez-vous une épée, Richard, juste au cas où ?

— Non, je n'en porte pas – je n'ai qu'un couteau pour manger, mais je prendrai un bâton aux cuisines. Ce sera suffisant pour nous défendre.

Marchant sur la pointe des pieds, nous sortîmes en silence et traversâmes la rue boueuse, remontant le fleuve le long de la rive et passant devant le palais de Winchester. Ici, le terrain remontait légèrement – ce n'était qu'une affaire de quelques pieds mais cela faisait toute la différence. Pendant un instant, le brouillard et la puanteur de la marée montante furent laissés derrière nous et nous poursuivîmes notre chemin avec plus d'entrain. Regardant de l'autre côté du fleuve, nous aperçûmes Baynard's Castle et Durham House, tous deux encore à moitié voilés dans un brouillard tourbillonnant.

— C'est la demeure londonienne de Northumberland, dis-je en montrant Durham House. J'imagine que les Dudley y auront élu domicile durant leur séjour.

Jane frissonna.

— Elle a un aspect froid et horrible. J'espère ne jamais avoir à y mettre les pieds.

Poursuivant notre route, nous fûmes déconcertés de voir que ceux dont nous parlions à l'instant s'avançaient vers nous en titubant comme des ivrognes. Robert et John n'étaient pas avec eux, mais Henry et Ambrose Dudley avaient délaissé leurs femmes et conduisaient Guilford, leur frère cadet, le long de la rive, cherchant, apparemment sans succès, une barque qui pourrait les ramener chez eux de l'autre côté du fleuve. Guilford, en particulier, était ivre mort, ses vêtements en désordre et maculés de vin, une bouteille d'eau-de-vie encore dans sa main. Il était trop tard pour les éviter, et de toute manière Ambrose reconnut les filles tandis que nous approchions.

— Bonjour, Mesdames, balbutia Ambrose.

Celui-ci soutenait difficilement la comparaison avec son père, réputé pour sa sobriété.

— Êtes-vous sorties en ville toute la nuit ?

Il me regarda, et visiblement ne me reconnut pas.

— Vous avez ramassé un joli garçon, on dirait ? Du genre à vous garder bien au chaud, si seulement vous lui en donnez l'occasion ! Pas vrai, Guilford ?

Guilford s'appuya contre un mur et lorgna Jane d'un air concupiscent.

— Je pourrais m'occuper de vous, Lady Jane. Ce serait un plaisir. J'en sais quelque chose : ma bite est encore toute mouillée depuis la dernière fois.

Ambrose rit en me faisant un clin d'œil entendu.

— Il revient tout juste de sa première maison de débauche, à Bankside.

Guilford sourit bêtement et éructa bruyamment.

— Et il en a profité, pas vrai, petit frère ? Trois putains en une nuit, et toujours au garde-à-vous. Un vrai Dudley !

Il se tourna vers Guilford, à présent cramponné au mur, les mains et le visage blanchis par l'effort.

— Ta femme aura du pain sur la planche quand tu te marieras, pas vrai ?

Nous nous en serions probablement tirés à ce moment-là si nous avions pris part à la rigolade et passé notre chemin, mais Jane, après un mouvement de recul devant les précédentes remarques de Guilford, retrouva son sang-froid. Soudain, le visage blanc de dégoût, elle s'avança vers Guilford et se mit à vociférer contre lui.

— Vous êtes répugnant ! Vous êtes immonde ! Quel déshonneur pour votre famille ! Si vous voyiez quel animal repoussant vous faites !

L'ivresse de Guilford se changea en colère, et il voulut lui assener un coup avec sa bouteille. Je me jetai sur lui pour tenter de le maîtriser, empoignant le collet de son lourd manteau, mais Guilford, alors dans une rage folle, fracassa la bouteille d'eau-de-vie contre le mur et essaya de m'atteindre au visage.

Instinctivement, je me défendis à l'aide du bâton que j'avais emporté, lui portant un coup sur le côté de la tête, de sorte qu'il tomba lourdement sur la chaussée. Il n'avait pas l'air d'être capable de se relever seul, et même si je me tenais au-dessus de lui, je n'avais aucune intention de le frapper de nouveau. Mais les frères Henry et Ambrose Dudley s'étaient décidés à agir, et ils tirèrent leurs épées.

Il n'y avait pas d'autre choix que de se battre. Un gros bâton contre deux bonnes lames aurait dû mettre toutes les chances contre moi, mais ils étaient tous deux presque aussi ivres que leur frère. D'abord Ambrose, puis Henry tombèrent sous un grand coup à la tête et bientôt les trois frères se retrouvèrent étendus ensemble dans le caniveau, où une eau de pluie mêlée d'ordures descendait la colline, imprégnant leurs vêtements.

J'avais repoussé le premier assaut, mais j'étais désormais soucieux de ramener les trois personnes dont j'avais la charge en un seul morceau. Il paraissait peu probable que Guilford soit de la poursuite, mais Henry et Ambrose, le jugement miné par l'alcool et l'orgueil froissé par la défaite, pouvaient tout aussi bien reprendre leurs épées et se lancer après nous, avant que nous soyons en sécurité à Suffolk Place.

Il ne me restait plus qu'une chose à faire, mais ce ne fut pas de gaieté de cœur. Je ramassai leurs épées, puis, les plaçant contre le mur de pierre, les brisai une à une d'un coup de pied porté en biais.

Conduisant les trois jeunes filles devant moi, je rebroussai chemin vers le palais de Winchester, et Suffolk Place. Ils ne nous poursuivraient plus, à présent, car ces deux ivrognes et leurs épées tronquées n'avaient aucune chance contre un homme lucide armé d'un lourd bâton ; mais lors de leur retour, les frères en auraient long à expliquer à Northumberland. Les épées coûtaient cher, et c'était un déshonneur de se faire briser son arme par un autre homme.

Nous rentrâmes à Suffolk Place sans aucun autre incident, mais j'étais conscient de m'être fait des ennemis mortels dans la famille la plus puissante du pays, et que les ennuis ne faisaient que commencer.

Deux heures plus tard, Catherine appuyait ma tête contre une serviette posée sur ses genoux, et essuyait soigneusement le sang sur mon visage.

— Tu as une vilaine coupure près du sourcil. Elle est courte, mais profonde. Il a dû t'atteindre avec cette bouteille. Tu es chanceux de ne pas avoir perdu un œil.

Je grimaçai de douleur tandis qu'elle nettoyait la blessure. Sur le moment, je ne m'étais pas rendu compte que Guilford m'avait blessé; tout s'était déroulé si rapidement.

— Quelle affaire idiote. Cela n'aurait jamais dû se produire. Jamais je n'aurais dû vous emmener dans cette ville à une heure pareille, et sans protection adéquate. Je suis sûr que ton père me congédiera, et s'il ne le fait pas, les hommes de Northumberland me trouveront. Dans les deux cas, je suis dans un sale pétrin.

Catherine se pencha en avant et m'embrassa sur le nez.

— Tu exagères. D'abord, notre père ne fera rien parce que nous ne lui dirons pas ce qui est arrivé. Il n'y a rien à montrer à part ta coupure à l'œil, et quand elle ne saignera plus, ton sourcil la cachera. Et si tu crois que les fils de Dudley sont prêts à perdre la face en admettant qu'ils se sont enivrés au point où tu as pu les mater tous les trois avec un bâton et briser leurs épées, tu les connais bien mal. Non, ils utiliseront leur propre argent pour faire reforger leurs épées sans le dire à personne. Mais tu as raison sur un point : un jour, ils iront à ta poursuite, s'ils en ont l'occasion, donc prends garde.

La douleur cuisante de la blessure avait à présent évolué en un mal de tête lancinant, mais j'étais bien content de demeurer sur les genoux de Catherine et ne fis aucun effort pour me relever.

— Il ne nous serait rien arrivé si Jane n'était pas tombée sur Guilford si soudainement. Je ne l'ai jamais vue aussi courroucée. Qu'est-ce qui lui a pris, nom de Dieu ?

Catherine prit ma tête dans ses bras. La blessure avait arrêté de saigner et si je restais ainsi, sur le dos, pendant quelque temps encore, avec un peu de chance, elle ne saignerait plus.

— Jane t'a-t-elle déjà glissé un mot à propos de l'amiral ?

— L'amiral ? Veux-tu parler de Thomas Seymour, le frère cadet du Protecteur ?

Elle me toucha le bout du nez en manière de reproche.

— Le frère cadet de l'*ancien* Protecteur. Eh bien, t'en a-t-elle parlé ?

Je ne me rappelais de rien de précis ou de personnel à propos de Seymour, dans les conversations que j'avais eues avec elle.

— Eh bien, quand elle était plus jeune, Jane a été envoyée chez la reine Catherine, pour vivre auprès d'elle. Avant que le roi la demande en mariage, Catherine Parr (car c'est ainsi qu'elle s'appelait) avait prévu d'épouser Thomas Seymour. Après la mort du roi Henri, Seymour s'est mis à la courtiser de nouveau, et elle a consenti à l'épouser. Jane et la princesse Élizabeth vivaient encore avec la reine quand Seymour est arrivé en sa compagnie. Il s'avéra que c'était un voyou, et il prit l'habitude de faire des propositions obscènes à la princesse Élizabeth, d'aller la trouver dans sa chambre tôt le matin et de sauter dans son lit pour la chatouiller. Il a fini par coucher avec elle… et plus d'une fois.

— C'est scandaleux. Comment le sais-tu ?

— Parce qu'Élizabeth l'a dit à Jane quand elle a quitté la maison, et lui a dit de faire attention. Tant et aussi longtemps qu'Élizabeth vivait là, Jane demeurait à l'abri, car Élizabeth avait treize ans – quatre ans et un mois de plus que Jane – et son corps était mieux développé. Mais un jour, la reine est tombée enceinte et a décidé que cela avait assez duré. Alors elle envoya Élizabeth chez Sir Anthony Denny, qui était marié à la sœur de Kate Ashley, laquelle avait été sa maîtresse à la nursery, son amie et son mentor. C'est alors qu'Élizabeth a donné cet avertissement à Jane.

Je me redressai pour me rasseoir.

— Tu veux dire que Jane fut laissée toute seule… avec Seymour ?

— C'est exactement cela ; et comme sa femme Catherine était enceinte, et qu'elle devait rester alitée pendant de longues périodes, Jane était à sa merci.

J'étais à présent assis, serrant la main de Catherine.

— Et que s'est-il passé ?

— Le pire qui pouvait arriver. Il a essayé tout ce qu'il avait fait à Élizabeth : il est monté à sa chambre, il l'a chatouillée et caressée ; enfin il a essayé (sans succès, je dois dire) de coucher avec elle. La différence est qu'Élizabeth aimait cela : elle encourageait Seymour parce qu'elle était amoureuse de lui ; d'aucuns disent qu'elle était déjà enceinte quand elle est partie vivre chez les Denny. Mais Jane n'avait que neuf ans. Elle n'a pas du tout succombé à ses charmes : il la dégoûtait, et elle le repoussait. Elle est restée avec une peur bleue d'être laissée seule avec des hommes en qui elle n'a pas confiance – et cela vaut pour la plupart d'entre eux. N'as-tu pas remarqué que, si tu l'approches de trop près, elle se raidit de peur ?

Je réfléchis.

— Je ne sais pas ; je n'ai jamais essayé de l'approcher d'aussi près. C'est toi que j'aime, pas Jane.

Je regrettai aussitôt d'avoir dit cela. Je me sentais comme Judas Iscariote en la reniant. Pendant un long moment, Catherine me regarda profondément dans les yeux.

— Je ne te crois pas.

Mon cœur se serra. Que pouvais-je dire, à présent ?

— Catherine, je t'aime, crois-moi.

— Oui, je le sais, mais je crois que tu aimes Jane aussi – peut-être d'une manière différente, mais tout aussi fort. J'ai vu la façon dont tu la dévisages lorsqu'elle est au milieu d'une explication. Tu la regardes bouche bée, comme un chiot épris de son maître.

— Cat, je…

— Ça va. Cela ne me dérange pas. Je sais que je n'ai pas son intelligence. Je sais que tu ne me regarderas jamais comme ça, l'air ébahi, mais je sais aussi de quelle manière tu me regardes et je ne pense pas que tu la verras un jour de cette façon – du moins j'espère que non.

C'était un moment difficile, délicat, et nous en étions tous deux conscients. Je serrai ses deux mains et la regardai aussi sincèrement que je le pus.

— Cat, tu as ma parole. Jamais je ne…

Elle rit. La tension s'était dissipée.

— Ça va. Tu n'arriverais à rien même si tu essayais.

— Si elle hait autant les hommes, que pense-t-elle de ses fiançailles avec le comte de Hertford ?

Catherine sourit et s'arrêta un instant pour réfléchir, puis elle eut un petit rire.

— Edward Seymour est différent. Son éducation est excellente et il adore les livres. Jane et lui s'entendent vraiment bien. Ils discutent de livres, de religion, de philosophie et tout, et il ne l'a jamais touchée. C'est un homme charmant, vraiment bien. Mère l'aime aussi : elle l'appelle « mon fils ». Je pense qu'elle regrette encore le fils qu'elle a porté et qui est mort, à l'âge de deux mois, bien avant la naissance de Jane. Depuis, elle a eu une autre fille, mort-née, et puis il y a eu nous trois. Je pense qu'elle souhaiterait encore avoir eu un fils.

Pendant un instant, elle regarda par la fenêtre avec mélancolie, perdue dans ses pensées. Sans me regarder et à demi pour elle-même, elle murmura :

— Je dois admettre qu'il ne me déplairait pas d'être moi-même fiancée à Hertford.

Elle se retourna vers moi avec une lueur étrange dans les yeux, presque de défi.

— Tu ne l'as visiblement jamais rencontré.

Je réprimai l'élan de jalousie que je sentis monter en moi. Pendant ce qui me parut une éternité, nous restâmes main dans la main à nous regarder, sans savoir que dire. Une idée commença à prendre forme indistinctement, allant et venant dans mon esprit. Enfin, choisissant mes mots avec soin, je brisai le silence.

— As-tu toujours eu à partager avec ta sœur aînée, à partager des choses précieuses ? Des choses qui devraient t'appartenir ?

Elle sourit. Pendant un instant, on eut dit qu'elle était à mille lieues de moi. Puis, comme si elle s'était fait une idée, elle hocha la tête. Incapable de me regarder en face, elle se détourna, comme si elle s'adressait à quelqu'un d'autre.

— Ce n'est pas ainsi que les choses se passent. C'est elle l'aînée, et c'est l'aînée qui reçoit tout. Mais elle ne m'enlève rien, elle ne rivalise pas avec moi, elle n'essaie pas de me porter ombrage. Elle n'a pas à le faire, car elle est vraiment différente : pas seulement intelligente, mais exceptionnelle, dans un monde à part. Elle comprend des choses qui sont au-delà de mon entendement, non seulement des langues étrangères, mais des questions de religion et de philosophie.

À présent, Catherine tourna lentement la tête en ma direction. Elle avait les larmes aux yeux.

— C'est vraiment une personne remarquable.

Une grosse larme monta dans son œil gauche et glissa sur sa joue.

— Et très malheureuse.

Je sentis entre elles un attachement si fort que ma poitrine se serra. Pendant un instant, je fus incapable de respirer.

— Tu l'aimes, n'est-ce pas ?

Elle fit oui de la tête, la gorge serrée, puis essuya une larme et releva la tête. Elle renifla bruyamment, se frotta le nez du revers de la main et se tourna vers moi, souriante, les yeux encore mouillés.

— Oui.

Il y eut un long silence, puis Catherine eut un petit rire forcé.

— Oui, comme une sœur.

En cet instant, je les enviais. Je compris, si je ne le savais pas encore, que je les aimais toutes les deux, d'une manière différente. Je savais aussi que j'étais exclu de leur vie intime, et en particulier, de cet attachement unique qu'elles partageaient, et je savais que, quoi qu'il arrive, je n'en ferais jamais partie. En même temps, j'étais ravi pour elles en songeant au lien qui les unissait si fortement, qui les soutenait et leur donnait force et courage. J'espérais seulement que rien ne vienne jamais leur enlever cela.

## Chapitre 34

# 18 novembre 1551
# Clerkenwell, à Londres

Nous étions arrivés à la Saint-Martin, onze jours après que la Toussaint eut annoncé l'arrivée de l'hiver; et le froid s'était enfin installé au terme d'un automne humide et prolongé. Du jour au lendemain, les rues de Londres, recouvertes de boue depuis deux mois, s'étaient changées en glace, et nos chevaux durent traverser la ville en glissant nerveusement sur la chaussée, tandis que nous faisions le court voyage jusqu'à l'ancien prieuré de Saint-Jean-de-Jérusalem, à Clerkenwell, devenu la résidence londonienne de la princesse Marie.

On nous avait accueillis à l'intérieur, et alors que je conduisais les chevaux dans leurs nouvelles écuries, j'avais pu voir la princesse serrant Lady Frances dans ses bras comme une sœur perdue de vue depuis longtemps. Lady Frances et la princesse étaient environ du même âge: elles avaient été élevées ensemble et partageaient les mêmes valeurs. Seule la religion les séparait. Lady Frances s'était pliée aux influences réformistes de son entourage: cela contentait tout le monde et n'empêchait en rien la chasse, alors quelle importance? La princesse, cependant, demeurait une fervente catholique, et en dépit des accusations de trahison brandies par son frère le roi, elle persistait, disait-on, à faire dire la messe selon la manière traditionnelle, trois fois, parfois quatre fois par jour.

Je m'étais rendu compte qu'une tension régnait dans la maison avant notre départ de Sheen. John Aylmer et le docteur Haddon (devenu chapelain à Sheen, Bradgate étant presque déserté) avaient tous deux déclaré qu'ils étaient pris ailleurs, laissant voir assez clairement qu'ils ne voulaient pas passer une seule nuit sous le même toit que la princesse catholique.

Je me souvins d'une conversation que j'avais eue avec John Aylmer, à propos de « ménager la chèvre et le chou ». C'était une situation difficile. En plus d'être cousines, Lady Frances et la princesse étaient des amies de longue date, et la fidélité en amitié était quelque chose de très important. En même temps, la famille devait tout le pouvoir nouvellement acquis à Northumberland et au roi. Et non seulement le roi Édouard était un grand partisan de la Réforme, mais il n'aimait pas voir son autorité remise en question – même (et peut-être surtout) par sa sœur.

À l'intérieur, l'air était froid et humide. Les domestiques expliquèrent que la princesse avait passé la majeure partie de l'été et de l'automne dans deux de ses résidences de l'Essex (Woodham Water, près de Maldon, et Newhall Boreham, sa préférée), et que cette maison-ci, l'ancien prieuré de Clerkenwell, avait été laissée presque à l'abandon pendant des mois. À l'arrivée des invités une semaine auparavant, les domestiques avaient dû entretenir les cheminées jour et nuit, cherchant désespérément à réchauffer les lieux.

Je m'ennuyais. À part manger, dormir et trembler de froid, il n'y avait pas grand-chose à faire. Je devais rester à la disposition de mes maîtres au cas où l'on aurait besoin de mes services, ainsi je ne pouvais quitter la maison pour explorer la Cité de Londres, laquelle se trouvait à quelques milles au sud, facilement accessible à pied même par un temps pareil.

Mais on n'avait pas eu besoin de mes services ; la famille avait passé le plus clair de son temps à festoyer et à se divertir avec son hôte, et j'avais été réduit à passer le temps en m'occupant des chevaux. Je revenais des écuries quand Catherine vint me trouver.

— Bonjour ! Tu as l'air de t'ennuyer.

— Bonjour ! Je m'ennuie. C'est ici la plus froide, la plus humide, la plus ennuyeuse des prisons jamais vues.

— En as-tu déjà vu une ?

— Quoi ?

— Une prison. Es-tu déjà allé dans une vraie prison ?

— Eh bien, non.

— Dans ce cas, je te suggère de ne pas porter de jugement avant d'en avoir visité une. Père nous a emmenées à la Tour et nous avons vu de vraies prisons. Elles étaient horribles… terrifiantes, même. Et le plus affreux est qu'on y enferme des gens pendant des années sans qu'ils n'aient jamais rien fait de mal.

Je ris.

— Merci beaucoup. Je me sens vraiment mieux, maintenant !

Catherine rit et me saisit le bras.

— Je m'ennuie aussi, et Jane également. Nos études avec monsieur Aylmer nous manquent.

Elle éclata de rire, puis, levant ma main dans les airs, passa sous mon bras comme pour danser la gaillarde.

— Je n'aurais jamais cru pouvoir dire que mes études me manquent ! Pendant des années j'ai dû bûcher ferme alors que Jane avançait allégrement, et j'aurais voulu arrêter. Maintenant, il n'y a plus personne pour me donner mes leçons, et elles me manquent.

Elle dansa encore autour de mon bras, puis se retourna et me fit la révérence.

— Merci, mon bon monsieur. J'appellerai cette danse la Gaillarde du palefrenier, que l'on devra toujours danser dans des bottes crottées de boue, les mains empestant la sueur de cheval.

— Je suis désolé.

Gêné, je retirai ma main et tentai de l'essuyer sur mon haut-de-chausses.

— J'étais en train de m'occuper des chevaux. Je ne savais pas que tu sortirais.

Catherine se glissa sous mon bras d'un geste gracieux et approcha son visage aussi près du mien qu'il lui était possible, vu sa grandeur.

— J'aime ça quand tu sens les écuries. Veux-tu m'embrasser ?

Confus et gêné, je reculai d'un pas, ne sachant trop quel était son petit jeu ; car c'était bien de cela qu'il s'agissait.

— M'embrasseras-tu si je te donne un cadeau ?

Je fus pris de court. D'abord un reproche, puis une invitation ; à présent une offre de cadeau. En viendrais-je jamais à comprendre les femmes ?

— Mais mes mains…

— Je ne veux pas te baiser les mains, je veux t'embrasser sur la bouche. Garde les mains derrière le dos et penche-toi en avant.

Je fis comme elle le demandait et elle releva la tête pour m'embrasser, doucement pour commencer, puis avec plus d'ardeur.

— Ferme les yeux, me dit-elle, et je lui obéis. J'entendis le bruissement de sa cape et je crus un instant qu'elle était en train de l'enlever, mais elle prit ma main gauche dans sa droite et la retourna paume vers le haut.

— Ouvre ta main, mais garde les yeux fermés.

À nouveau, je lui obéis. Et elle déposa un paquet dans ma main, petit, mais lourd.

— Maintenant, tu peux ouvrir les yeux.

Intrigué, j'examinai le paquet. Elle hocha la tête et je commençai à l'ouvrir. C'était une dague, pourvue d'une lame fine et bien aiguisée, ainsi que d'une gaine en cuir avec les initiales R.S. gravées sur le côté.

— Elle est magnifique, mais je ne peux l'accepter. Quelqu'un – et tu vois bien qui – pourrait m'accuser de l'avoir volée.

— Non, ils ne pourraient pas, parce qu'elle vient de nous tous, y compris de mon père… et de ma mère.

La manière dont elle termina cette phrase montrait bien que la duchesse était la seule à ne pas avoir participé.

— L'aimes-tu ?

— Si je l'aime ? Elle est magnifique. Elle doit avoir coûté une fortune. Comment te l'es-tu procurée ?

— Nous savions qu'il y aurait un échange de cadeaux aujourd'hui, alors Jane, Mary et moi avons décidé de demander à Edmund de nous l'acheter. Jane l'a taquiné. Elle a dit : « Edmund, sois un *ange* et achète-nous une dague pour que nous puissions l'offrir à Richard. »

Je la regardai du coin de l'œil.

— Tu veux dire qu'elle pense qu'Edmund est un…

Catherine exécuta une pirouette enjouée.

— Bien sûr qu'elle le pense. Nous le pensons tous. Tu ne t'imagines pas que tu es la seule personne à recevoir les confidences des rameurs ? Bon, qu'importe. Le Céleste Edmund s'inquiétait, alors j'ai demandé la permission à mon père qui a non seulement donné son accord, mais accepté de la payer.

J'étais méfiant.

— Il ne sait rien de notre mésaventure avec les Dudley à Bankside?

— Non, il n'en sait rien. Il y a des choses qu'il vaut mieux taire.

— Dans ce cas, pourquoi?…

Elle me regarda attentivement pendant quelque temps, comme si elle pesait le pour et le contre. Enfin, elle dit:

— Pour te remercier de la loyauté dont tu as fait preuve cet automne, au milieu d'événements très délicats… – elle s'arrêta un instant – et pour signifier quelque chose à notre mère.

Elle approuva cette dernière remarque d'un signe de tête.

Je la regardai. Était-ce bien ce à quoi je pensais? Je ne pouvais pas lui demander. C'était trop délicat: une fois le sujet lancé, je n'aurais pu mettre un terme à la conversation. Je m'inquiétais pour rien, car Catherine comprit mon dilemme et décida de me libérer de la gêne qui m'étreignait.

— Oui, pour lui signifier quelque chose à ton sujet… et au sujet d'Adrian. Aux yeux de mon père, il s'agit de choisir son camp, et il s'est dit que tu étais dans son camp, alors qu'Adrian est dans son propre camp à lui, et même un peu trop bien campé auprès de ma mère, si tu veux bien excuser l'indiscrétion.

Elle me regarda d'un air scrutateur.

— Tu t'étais rendu compte qu'elle était enceinte, j'imagine?

J'acquiesçai d'un signe de tête.

— Les anneaux, dis-je.

Catherine esquissa un sourire en coin.

— Ah, les anneaux. Je ne croyais pas qu'un homme puisse le remarquer. Et bien sûr, tu te rends compte que l'enfant est d'Adrian?

J'acquiesçai de nouveau.

— Il fallait que ce soit le sien, n'est-ce pas ? Lord Henry n'était pas dans les parages au moment de sa conception.

Catherine soupira.

— Nous en sommes venues à la même conclusion, Jane et moi. Mais nous avons été quelque peu surprises quand la petite Mary nous a dit la même chose.

Je levai un sourcil, étonné.

— Elle est terriblement précoce, cette petite.

Catherine éclata de rire.

— Tu n'as pas idée ! Sais-tu ce qu'elle a dit ?

Je secouai négativement la tête.

— Elle a dit qu'elle n'arrivait pas à décider lesquels d'entre nous seraient les premiers : notre mère, avec Adrian, ou… – elle me regarda sous des sourcils froncés – ou moi, avec toi !

Je lâchai un profond soupir.

— Dieu du ciel ! Ainsi tes deux sœurs pensent maintenant que nous sommes amants.

Catherine me prit la main.

— Je le pense aussi, dans mon esprit et dans mon cœur. C'est juste que… enfin, tu sais.

Je passai mon bras autour d'elle.

— Je sais, dis-je.

Mais chaque fois que je le disais, j'étais moins certain de le savoir vraiment.

Elle se remit à gambader pour faire diversion.

— Demande-moi ce que nous avons eu comme cadeaux.

Pendant dix minutes, elle me décrivit les présents offerts et reçus, dont un bel étalon noir présenté au duc de la part de sa femme. Lorsqu'elle me l'annonça, je ne pus retenir un halètement de surprise.

— Était-ce sa façon à elle de lui passer un message ? demandai-je.

— J'en ai bien peur, répondit-elle. Au moins, elle ne l'a pas appelé Adrian.

— Pourquoi est-ce qu'elle tourmente ton père de cette façon ?

— Ce n'était pas pour le tourmenter. C'est sa façon de s'excuser, mais elle est incapable de se rétracter, alors elle fait reculer les autres. À propos, j'aimerais savoir si, à ton avis, notre chère Jane est en train de se rétracter ou de se révolter.

Aucun des deux ne ressemblait à Jane à mes yeux.

— Je ne comprends pas.

— Eh bien, tu te souviens à quel point tu as été surpris (et, si j'ose dire, ravi) quand tu as aperçu Jane à la cérémonie en l'honneur de Marie de Guise, rengorgée comme un paon dans la robe que sa marraine, la princesse Marie, lui avait offerte ? Eh bien, aujourd'hui, la princesse lui a donné un magnifique collier de rubis et de perles. Je croyais qu'elle l'aurait en horreur, mais au contraire, elle semblait folle de joie et l'a porté tout de suite. Tout le monde était ravi, et il lui va à merveille.

— Cela ressemble davantage à une rétractation qu'à une révolte, dis-je, déçu de constater que Jane semblait finalement avoir renoncé à ses principes.

Catherine agita le doigt en manière de semonce.

— Tout dépend de la personne à qui elle a affaire. Attends de voir ce que John Aylmer et le docteur Haddon diront quand ils l'apprendront. Il y aura plus d'un sermon sur la manière convenable de se vêtir, je puis te le dire. Crois-tu que Jane trouve que monsieur Aylmer est un peu vieux jeu ces temps-ci ? Elle semble se départir de certains principes auxquels elle avait l'habitude de tenir mordicus.

Je réfléchis un moment avant de répondre. J'avais honte d'avoir pensé cela. Jane n'était pas du genre à se laisser aller si facilement. Elle était d'une autre trempe. Manifestement, nous lisions mal les signes.

— Non, je ne pense pas. Je crois qu'elle prend exemple sur le roi. Malgré toute sa ferveur pour la Réforme, il ne se gêne pas non plus pour se pavaner en grande tenue, et je sais que Jane a beaucoup d'amour et de respect pour son cousin, et prend son exemple au sérieux. Le plus inquiétant dans tout cela à mes yeux est que la princesse Marie vous couvre peut-être de présents pour essayer de reconvertir la famille au catholicisme, ou du moins, tenter de vous associer à elle dans la perception de la cour. Tu as bien dit qu'elle avait donné à ta mère un rosaire de cristal avec des glands d'or ? Au vu de l'édit du roi et des lettres adressées à la population au cours des derniers mois, c'est un cadeau empoisonné, peu importe le destinataire.

Catherine opina du chef.

— Je n'y avais pas pensé. Si tel est son but, ce sera bien évidemment un lamentable échec, car nos parents suivront l'exemple du roi et de Northumberland, et il faudra plus que quelques babioles hors de prix pour que Jane change son fusil d'épaule en matière de religion.

Je fus rassuré, car mon propre penchant pour l'Église réformée s'était affirmé au cours des derniers mois, et j'aurais été très préoccupé si Lady Jane avait décidé de prendre la direction opposée.

Comme pour régler la question, je demandai :

— Lady Jane n'a sûrement pas assisté à la messe depuis qu'elle est arrivée à Clerkenwell ?

Catherine secoua lentement la tête.

— Non. Tu as peut-être raison. Elle ne s'est certainement pas approchée de la chapelle de la princesse, et prie seule dans sa chambre matin et soir.

Elle passa son bras autour du mien et nous traversâmes l'écurie, rentrant vers la maison. Arrivés à la porte, il était temps de regagner nos univers séparés. Elle fit la grimace et me bécota rapidement le bout du nez.

— Je ne sais pas, Richard, mais je crois que l'hiver va être long et éprouvant.

# Chapitre 35

## Période de Noël 1551
## Tilty, dans l'Essex

L'hiver s'annonçait long et froid.

Il neigeait déjà abondamment en cette deuxième semaine de décembre, tandis que nous chevauchions vers le nord, traversant Barnet, puis vers l'est pour rejoindre l'ancienne croix saxonne à Waltham. Là, nous franchîmes la rivière Lea – laquelle n'était plus en crue, mais frappée par le gel – et passâmes la vieille abbaye de Waltham, avant d'arriver dans l'Essex, d'abord en prenant vers l'est, à travers la forêt de Theydon Bois, un terrain de chasse normand, puis vers le nord, suivant la vallée de la Lea jusqu'à Bishop's Stortford. Après une lente chevauchée dans la vallée, le gué sur la rivière Stort qui donnait son nom au village nous amena à la vieille route romaine de Takely Street, laquelle nous emporta rapidement et plus confortablement vers l'est, jusqu'à une charmante ville de l'Essex du nom de Great Dunmow.

C'était un jour de marché et la ville fourmillait d'activité. On en profita pour acheter des cadeaux de Noël de dernière minute et pour se réchauffer avec un verre d'eau-de-vie avant d'entreprendre les quelques derniers milles vers le nord pour rejoindre Tilty.

Nous reçûmes un accueil chaleureux à Tilty – de véritables retrouvailles familiales : les deux frères cadets de Lord

Henry, Lord Thomas et Lord John Grey, étaient déjà arrivés, et conversaient avec les Willoughby. La famille aimait garder dans la maison une atmosphère de liberté, ainsi les amis du voisinage et les domestiques les plus éminents étaient libres de se joindre aux repas et aux divertissements. Quand la famille Grey entra dans la grand-salle, Lady Frances se précipita à l'autre bout de la pièce pour saluer Catherine Willoughby, et elles s'étreignirent longuement, toutes deux en larmes.

— Qui est cette femme? murmurai-je à Catherine qui se tenait à côté de moi.

— C'est Catherine Willoughby, chuchota-t-elle en retour. Depuis la mort de ses fils l'été dernier, tout le monde l'appelle Madame de Suffolk. Elle n'a pas l'air si mal en point, pas vrai? Nous croyions qu'elle viendrait assombrir les réjouissances, car la mort de ses fils l'a terriblement bouleversée, mais elle semble s'en être remise. Tu ne dois pas manquer de faire connaissance avec elle. Elle est charmante, et sa vision des choses est des plus avenantes. Bien qu'elle soit en principe la belle-mère de ma mère, elle compte deux ans de moins qu'elle; et comme tu le verras si tu lui parles, elle est d'une nature beaucoup plus indulgente.

Tandis que nous l'observions, Madame de Suffolk s'avança vers Lady Jane et la jeune Mary pour leur souhaiter la bienvenue.

Catherine poursuivit.

— Henry Brandon, notre grand-père, était son tuteur, et il l'a épousée peu après le décès de notre grand-mère, la princesse Marie Tudor.

Considérant la jolie jeune femme dont il était question, cette affirmation me parut difficile à croire.

Catherine le vit dans mon regard et eut un petit rire.

— Il avait quarante-huit ans quand il l'a épousée, mais elle n'en avait que quatorze.

Je lui lançai un regard inquisiteur, laissant paraître une expression de dégoût. Catherine haussa les épaules avec philosophie.

— Question de stratégie politique. Du pouvoir, de l'argent et des terres : elle avait les trois, et notre grand-père, comme d'habitude, était un peu à court.

Je posai de nouveau les yeux sur la jolie femme qui se tenait à l'autre bout. Elle avait des traits délicats et effilés, un petit nez, une bouche minuscule et un sourire malicieux. Ses yeux, bien qu'assez petits, étaient étincelants, et se promenaient rapidement autour, toujours alertes. J'étais enchanté. Tandis que je la dévisageais, son regard sembla croiser le mien ; elle m'observa brièvement, et m'adressa un sourire fugitif.

— Elle est très attirante, pas vrai ? commentai-je sans réfléchir.

Catherine me donne un coup de coude aux côtes.

— Tu n'as pas le droit de t'enticher d'elle, Richard. Tu es déjà pris.

Je baissai les yeux vers Catherine, me demandant ce qu'elle entendait par là. Elle haussa les épaules, l'air gêné.

— Bah, en quelque sorte. Tu sais ce que je veux dire.

Encore une fois, je constatai que je n'étais pas sûr de le savoir.

— Voulez-vous m'emmener à cheval, Richard ?

Madame de Suffolk leva les yeux vers moi. Sa petite taille n'amoindrissait aucunement l'agréable impression qu'elle donnait à l'œil.

Cela faisait deux semaines que j'avais rencontré ses yeux pour la première fois, dans la grand-salle. Malgré l'atmosphère de fête qui régnait presque toujours dans la maison (ou peut-être à cause de celle-ci, car Madame de Suffolk, qui faisait un bon intermédiaire entre les familles Grey et Willoughby, agissait pratiquement à titre d'hôtesse), nous n'avions pas eu l'occasion de faire connaissance.

J'examinai ses traits délicats. En la voyant de plus près, je compris que ses yeux n'étaient pas petits, mais qu'elle était myope et avait l'habitude de plisser les yeux lorsqu'elle regardait à distance. À présent, debout devant moi, elle avait de grands yeux clairs.

J'hésitai encore.

— Vous n'avez rien à craindre. Je ne me mettrai pas à pleurer la mort de mes fils. Ils me manqueront chaque jour de mon existence, mais la vie est précieuse et doit continuer. Je prie pour eux quand je suis seule et m'en remets à Dieu pour que mes prières leur viennent en aide dans l'au-delà ; mais en public je consacre toute mon attention aux vivants, car il m'est toujours possible d'influencer leur vie, non par la prière, mais par la parole.

La conversation prenait une tournure inattendue et je ne sus pas quoi répondre.

Elle me sourit d'un air moqueur.

— Et je ne poursuivrai pas votre vertu jusque derrière une haie dans la campagne de l'Essex. Mes désirs sont moins pressants que ceux de ma nièce. D'ailleurs, elle me dit que vous vivez dans la chasteté la plus honorable.

— Souvent assiégée mais jamais conquise, répondis-je, regrettant immédiatement ce trait d'esprit.

Pourquoi ma langue s'agitait-elle ainsi sans que je lui demande lorsqu'une femme attirante s'approchait de moi ?

À mon grand soulagement, elle rit et me pinça le bras.

— Je vois que vous avez toute la verve des Grey, Richard. Lady Jane serait-elle votre préceptrice?

— En effet, Madame, à l'occasion. J'ai également la chance de recevoir mon éducation de monsieur Aylmer.

— Je me suis laissé dire que votre éducation progresse également avec mon homonyme, Lady Catherine?

Je sentis un piège et décidai de l'éviter.

— Je crois que Lady Catherine me considère comme un ami, plutôt que comme un serviteur. Tous m'ont traité avec honneur et générosité depuis que la famille m'a embauché il y a huit mois. J'essaie de leur rendre cette grâce en travaillant avec acharnement et loyauté.

Elle parut satisfaite.

— Nous sommes donc tous deux hors de danger. Maintenant, voulez-vous bien m'emmener à cheval? Après deux semaines de réjouissances, j'ai besoin de prendre un peu d'air.

— Bon sang! Qu'est-ce qu'il fait froid!

Nous étions allongés dans une embarcation à fond plat, attendant l'aurore. Comme Madame de Suffolk, John Aylmer se sentait étouffé par trop de nourriture, trop de vin et trop d'activité intérieure; mais tandis que Madame de Suffolk s'était tournée vers l'équitation pour remédier au problème, John Aylmer était retourné à ses racines du Norfolk et m'avait emmené ici, dans les marais de l'Essex, pour chasser l'oie et le canard.

Le fusil était énorme, presque comme un petit canon, et fixé au centre de la barque, de sorte que la seule façon de viser était de déplacer la barque elle-même. Aux premières lueurs grises, les bancs de boue de l'estuaire commencèrent à apparaître, d'abord très sombres, puis plus clairs. Voilà le moment que nous attendions depuis trois heures. Le jacassement des oiseaux sauvages descendus à terre pour se nourrir s'évanouit lentement, et l'on put bientôt discerner un mouvement distinct chez une bonne partie du groupe. John, s'aidant d'une perche pour manœuvrer la barque, aligna doucement la gueule du fusil au centre de la volée d'oiseaux. Le tir ne pouvait pas rater, car il y avait devant nous des milliers d'oiseaux, et nous nous accroupîmes au fond de l'embarcation, recouverts seulement de quelques touffes d'oyat, l'herbe des sables.

— Maintenant !

À ce cri, les oiseaux s'élevèrent en un nuage d'ailes, secouant l'eau et la boue de leurs plumes tout en prenant leur envol.

Je fis sauter l'amorce et le fusil gronda.

Pendant un moment, je crus qu'il avait explosé, car la détonation avait été assourdissante, mais un instant plus tard, je vis que John était debout dans la barque, criant triomphalement.

— Excellent tir ! Nous festoierons demain !

À présent debout, car les seuls bêtes en vue étaient mortes ou blessées, nous avançâmes dans l'estuaire à coups de perche pour ramasser les oiseaux morts, aidés des trois épagneuls de John Aylmer qui, glissant dans la boue et nagcant dans l'eau, rassemblèrent les canards et les oies, et les ramenèrent vers la barque. Nous abattîmes les oiseaux blessés et comptâmes le gibier en le plaçant dans des sacs. Sept oies et soixante et un canards de différentes espèces en une seule explosion bien planifiée. La puissance de ces nouveaux fusils était terrifiante, mais vu leur taille et leur manque de flexibilité, je me demandais si l'on n'avait pas quelque peu exagéré leur potentiel militaire.

Ramenant le bateau à la perche, nous regagnâmes la rive surélevée, à la frontière entre marécages et terres arables. Nous transportâmes le fusil sur la terre ferme, non sans mal, et le soulevâmes jusqu'au chariot. Puis ce fut le tour des canards et des oies ; mais John et moi préférions chevaucher jusqu'au manoir plutôt que de nous asseoir dans le chariot, car nous étions gelés jusqu'à la moelle et la chevauchée nous réchaufferait.

— Comment avez-vous trouvé Madame de Suffolk ? me demanda John alors que nous rentrions tranquillement vers un déjeuner bien mérité.

— Je pourrais l'écouter parler pendant des heures, répondis-je ; ses idées sont si modernes. Nous avons discuté du mariage, nous demandant si les unions devaient être arrangées ou bien dictées par l'amour. Je m'attendais de sa part à la même attitude que Lord Henry ou Lady Frances, mais ce ne fut pas le cas du tout. « Au contraire, a-t-elle dit, je ne puis dire quelle serait pire méchanceté, ou quelle manière d'agissement serait plus cruelle envers nos proches, que de vouer notre descendance à une telle misère, en ne choisissant pas selon leurs goûts celui ou celle envers qui ils devront professer un lien si étroit et un amour si grand, pour l'éternité. »

— En effet, répondit Aylmer, elle est bien placée pour le savoir, car elle s'est mariée à quatorze ans pour servir de quatrième ou cinquième épouse à un homme de quarante-huit ans. Qu'est-ce qui vous a amenés sur le sujet ?

Je cherchai dans mes souvenirs.

— Je pense qu'elle y est venue d'elle-même. Elle parlait de ses fils et de ce qui se serait passé s'ils n'étaient pas morts.

John Aylmer sourit.

— Oui, peut-être. Mais je pense qu'on l'aura incitée à aborder la question. Lady Frances et elle sont très proches et l'ont toujours été, ayant été mariées à différents rameaux d'une même famille en l'espace de quelques années. Je ne serais pas surpris si Lady Frances lui avait demandé de découvrir ce que vous fabriquez avec Catherine.

— Qu'entendez-vous par «fabriquer»? Lady Catherine et moi n'avons jamais fait quoi que ce soit de répréhensible.

— Je vous crois sur parole, Richard, mais ne me dites pas que vous êtes indifférents l'un envers l'autre. Votre attirance est manifeste: n'importe quel imbécile s'en rendrait compte. En fait, Lady Catherine le cache moins bien que vous.

J'arrêtai mon cheval et fis face à mon ami.

— John, je pense pouvoir me confier à vous comme à nul homme. J'aime vraiment Catherine, et je crois qu'elle m'aime aussi. Mais quel que soit le désir de mon cœur, le bon sens me dit qu'il n'y a pas d'espoir, qu'elle est née dans une famille puissante et que, quelles que soient les vues libérales de Madame de Suffolk, l'actuel duc de Suffolk et sa duchesse l'échangeront au plus offrant quand le moment sera venu. Convainquez-moi d'avoir tort et je serai l'homme le plus heureux de toute la chrétienté.

John Aylmer hocha la tête.

— Autant j'aimerais vous dire le contraire, autant j'ai bien peur que vous ayez raison, Richard. Votre seule chance serait que Lady Frances donne naissance à un fils bien portant et – il haussa les sourcils – légitime. Cela ferait baisser Jane, Catherine et Mary dans la hiérarchie, et peut-être qu'à ce moment-là – je dis bien peut-être – Catherine aurait l'autorisation d'épouser qui elle veut.

J'écoutais, hochant la tête. Les chances que Lady Frances donne naissance à un fils, après toutes ces années, étaient assurément bien minces. Et au vu des récents événements, les chances de produire un fils légitime étaient encore plus ténues.

John Aylmer poursuivit tout en gardant les yeux sur moi, tandis que nous progressions dans l'air humide du matin.

— Mais même là, mon jeune ami, je dois vous dire que lorsque viendra le temps de choisir, je pense que l'amour qu'elle a pour vous risque fort d'être tempéré par votre manque de terres, d'argent ou de vraies perspectives d'avancement. C'est dur, mais c'est la vérité. Qu'auriez-vous à lui offrir, de façon réaliste?

Je poursuivis mon chemin en silence. John avait raison, bien sûr. Je n'avais jamais voulu le pouvoir, ni la richesse, et n'avais que du mépris pour ceux qui les recherchaient ouvertement. Ma mère, et d'une manière différente, le docteur Marwood, m'avaient tous deux poussé à améliorer ma condition, mais en me tournant vers le savoir et l'éducation, plutôt que vers le pouvoir et la richesse. À présent placé devant cette pénible réalité voulant qu'un tel manque puisse entraver l'amour ou le bonheur, je devais peut-être reconsidérer ma position.

Un an plus tôt, j'aurais tout de suite balayé cette idée du revers de la main. À la maison, si une fille de la vallée avait voulu de moi non pas pour ce que j'étais mais pour le peu de choses que je possédais, je l'aurais perçue comme une profiteuse, et la valeur de notre relation aurait été sérieusement mise en doute. Mais avec Catherine, c'était différent. Elle ne s'intéressait pas à mon argent; mais en étant réaliste, et même avec le consentement de ses parents, comment aurais-je pu lui offrir l'espoir de pouvoir continuer à vivre dans l'aisance quotidienne qui constituait pour moi un luxe inimaginable il y a quelques mois encore, mais qui était normal pour elle? C'était une chose que de ne pas aller de l'avant, mais c'en était une autre que d'accepter de régresser.

Je me rappelai ce que John Aylmer m'avait dit peu de temps auparavant, à savoir que d'évoluer dans la vie, c'était comme d'avancer dans un long corridor avec de nombreuses portes à droite et à gauche. Pour les plus chanceux et les gens bien nés, la plupart des portes sont déjà ouvertes, ou du moins peuvent s'ouvrir sans grand effort ; mais pour les moins fortunés, la plupart des portes sont fermées et elles le resteront toujours. L'éducation, selon Aylmer, était une clef qui ouvrait bien des portes ; mais je compris alors que l'argent et le pouvoir étaient de meilleures clefs, susceptibles d'ouvrir plus de portes que tout autre chose. Il n'était pas surprenant de voir certaines gens les rechercher avec tant de persévérance.

Je n'avais pas le cœur à la fête quand nous rentrâmes au manoir. Peut-être qu'un déjeuner bien mérité me remettrait d'aplomb. D'habitude, je trouvais toujours le moyen de rebondir ; mais cette fois-là, je ruminai ces pensées pendant des jours.

# Chapitre 36

# Fin janvier 1552
# Walden, dans l'Essex

La saison des fêtes parut s'éterniser, puisqu'elle se poursuivit très avant dans la nouvelle année. La princesse Marie était venue dîner le jour de Noël ainsi que la veille du jour de l'An, faisant chaque fois la chevauchée depuis sa demeure à Newhall.

Les Willoughby n'avaient ménagé aucun effort pour que chacun passe un séjour agréable, que ce soit la princesse ou le docteur Haddon, même si l'accueil que celui-ci réserva à ce qu'il qualifiait de « momeries » fut loin d'être chaleureux, comme on pouvait s'y attendre. À ses yeux, le jour de la naissance du Christ était pour les chrétiens une occasion de se réjouir, d'une manière qui soit appropriée et religieuse, non une occasion pour la noblesse de s'abaisser au niveau des paysans incultes (ou même plus bas), en se livrant à d'interminables parties de plaisir souvent très arrosées.

Mais son attitude acrimonieuse ne troubla pas les réjouissances des autres. Étant donné le grand froid qui continuait de sévir, il devenait de moins en moins tentant de s'aventurer à l'extérieur, sauf pour lancer quelques boules de neige au jardin, et nous fûmes bientôt nombreux à étirer les soirées et à faire la grasse matinée le lendemain, tandis que les réjouissances se poursuivaient sous d'autres formes le jour au rez-de-chaussée, et le soir à l'étage.

Les divertissements ne manquaient pas, des acrobates aux jongleurs en passant par un chœur de garçons. Le plus amusant de tous était peut-être la Compagnie du comte d'Oxford, une troupe de comédiens ambulants, laquelle donnait une pièce de théâtre chaque soir après le souper. Leurs pièces, en particulier, n'étaient pas du goût du docteur Haddon, car c'étaient des mimes plutôt que des miracles; et les plaisanteries devenaient de plus en plus grivoises à mesure que la soirée avançait, car le vin coulait librement.

Néanmoins, vers la fin du mois de janvier, et en dépit des meilleurs efforts des saltimbanques et des musiciens, les réjouissances commencèrent à s'essouffler, et Lady Frances décida que nous irions tous visiter la sœur du duc, Lady Audley, à Walden. Au moins, le voyage serait court.

Ce nouvel environnement avait de quoi faire revivre les esprits, mais il fallut peu de temps pour les abattre à nouveau.

Cela ne faisait pas une journée que nous étions arrivés, et les grands coffres venaient tout juste d'être apportés dans les chambres de leurs propriétaires respectifs, quand un messager arriva de Londres. Ses chevaux et lui-même étaient complètement transis, et il fallut le dégourdir avec de l'eau-de-vie et de la soupe chaude avant qu'il puisse transmettre son message à Lord Henry avec un semblant d'ordre. Celui-ci disparut avec le messager dans une petite pièce en retrait, prenant soin de bien fermer la porte. L'effet fut immédiat: toute la maisonnée voulut savoir quelles nouvelles il apportait, et nous flânâmes dans les environs, l'air de nous occuper mais toujours à portée de voix, dans une sorte d'impatience fébrile.

Au bout d'une demi-heure, le messager ressortit et, à ma grande surprise, je fus convoqué dans la pièce pour lui succéder. Lord Henry était assis près du feu, apparemment perdu dans ses pensées.

— Approchez, Richard. Pendant que nous festoyions ici dans l'Essex, d'importants événements se sont produits en notre absence. C'est maintenant chose faite : Somerset a été exécuté le 22 janvier, et au dire de tous, cela ne s'est pas passé comme prévu. Des troupes sont arrivées sur les lieux à la dernière minute, la foule a cru à une commutation de peine et ce fut la pagaille. Évidemment, Somerset a gardé son sang-froid et ce fut lui qui calma la foule. Ils l'ont finalement envoyé *ad patres* et il est mort en grand homme, soit la dernière chose que nous voulions. Si nous ne faisons pas attention, il deviendra un martyr dans la mémoire du peuple.

Ces nouvelles ne me surprenaient pas outre mesure – je savais déjà d'après certaines remarques de Lord Henry que l'exécution de Somerset avait été remise après Noël ; mais j'étais surpris que Lord Henry ait choisi de me l'annoncer avant d'en informer la famille.

Mon maître poursuivit.

— Le roi semble avoir accepté le départ de son oncle avec sérénité : Northumberland a dû bien le convaincre de la culpabilité de Somerset. Cependant, la grogne du peuple est palpable et il faudra entrer avec prudence dans la nouvelle année. Il y a beaucoup à faire et ce ne serait pas bien servir notre roi ou notre pays, sans parler de nous-mêmes – il eut un petit sourire narquois –, que de continuer à folâtrer dans les campagnes, alors que le travail nous attend en ville.

— Vous avez bien travaillé ces derniers mois, Richard, et je vous ai déjà remercié pour cela. Maintenant, votre travail acharné et votre loyauté me seront nécessaires pour continuer, car nous voilà débarrassés de Somerset, et la voie est libre pour une réforme majeure, ce qui exigera un effort tout particulier de notre part à tous. Le nouveau *Livre des prières publiques* doit être publié incessamment et il est crucial qu'il soit bien accueilli par la population. Me donnerez-vous l'assurance de pouvoir compter sur votre loyauté et votre discrétion, tout au cours de la nouvelle année et dans l'avenir ?

Je lui donnai ma parole : que pouvais-je dire d'autre ? Je ne comprenais pas pourquoi il se donnait la peine de poser la question. Il y avait quelque chose d'étrange dans toute cette conversation. Enfin, je vis qu'il était sur le point de me donner congé.

— Richard, je suis content que nous ayons eu cette conversation. Demain, il nous faudra rentrer à Suffolk Place. Pour l'instant, je dois en parler à ma femme. Auriez-vous la bonté de lui demander de venir me rejoindre ? Et pendant que je m'entretiens avec elle, auriez-vous l'obligeance d'informer mes filles de la situation, avant que le messager ne s'en charge ?

Je sortis pour aller trouver Lady Frances, lui demandant d'aller rejoindre son mari «quand cela lui conviendrait». Elle fut visiblement choquée de recevoir le message de ma part, mais je ne voyais pas d'autre solution : on m'avait demandé de lui transmettre et c'est ce que je faisais.

Je partis à la recherche des sœurs, ainsi qu'on me le demandait, et les trouvai en train de jouer de la musique dans une petite pièce au fond de la résidence. J'entrai et leur expliquai qu'on m'avait demandé de les informer de la situation pendant que leur père s'entretenait avec Lady Frances. Catherine et Mary restèrent impassibles devant la nouvelle du décès de Somerset. Dans la lignée des Tudor, les exécutions capitales étaient monnaie courante et la première réaction semblait toujours être « Dieu merci, ce n'était pas nous ».

Lady Jane, toutefois, blêmit et chercha à s'asseoir sur le coussiège, comme prête à défaillir. Inquiet, je ne savais trop que faire, mais Catherine lui passa un bras autour du cou et la soutint jusqu'à ce qu'elle reprenne ses esprits. Je restai debout inconfortablement, attendant de pouvoir continuer, jusqu'à ce que Jane me fît signe.

— Inutile d'attendre après moi, Richard – je vais bien. Cela m'a fait un choc, c'est tout. S'il vous plaît, continuez.

Je poursuivis, mais Jane se leva immédiatement, et avec l'aide de Catherine, se dirigea vers la porte.

— Je suis désolée, Richard. Je sens que je vais être malade. Je crois que je vais aller m'étendre un peu. Je vous prie de m'excuser.

Je passai une dizaine de minutes à bavarder avec Mary, mal à l'aise, avant que Catherine ne soit de retour. Elle sembla vouloir dire quelque chose, me regarda, regarda Mary, puis sembla se raviser.

— Elle va se remettre. Jane a toujours beaucoup de difficulté avec ce genre de choses. Elle a l'imagination trop fertile.

Toute cette affaire m'embarrassait et je voulus m'excuser.

— Je suis désolé, Mesdames. J'ai l'impression d'avoir été placé dans une situation difficile. Pour une raison que j'ignore, quand le messager est arrivé, votre père a choisi de s'adresser à moi en premier, avant même de parler à votre mère. Catherine et Mary échangèrent un regard sans mot dire.

— Il s'entretient avec elle en ce moment même, et m'a demandé de vous informer de la situation entre-temps. Il semble se tramer bien des choses à Londres et il nous faudra rentrer demain au plus tard. Nous prendrons la route de Suffolk Place à la première heure.

Mary bondit sur ses pieds.

— Je vais aller voir Jane. Elle aura besoin d'aide avec tous ses livres. Elle vient tout juste de les déballer.

Sitôt qu'elle fut partie, Catherine m'invita à m'asseoir auprès d'elle sur le coussiège. Pendant un moment, nous restâmes assis main dans la main : elle, apparemment perdue dans ses pensées, et moi, tout aussi silencieux, ne sachant que dire. Enfin, Catherine brisa le silence.

— Il ne lui a toujours pas pardonné.

Je la regardai d'un air interrogateur.

— Qui ?

— Notre mère. Père ne lui a pas pardonné d'avoir repris sa liaison avec Adrian et (ce qui est peut-être pire) d'avoir été assez stupide pour se retrouver enceinte. Voilà pourquoi il t'a parlé en premier. Mère a toujours été sa confidente et sa conseillère. En fait, la plupart du temps, elle lui dit quoi faire sans se contenter de lui suggérer. Mais maintenant, il boude, alors pour se faire comprendre, il a renvoyé Adrian à Bradgate et refuse que son nom soit prononcé dans cette maison. Avait-il quoi que ce soit de spécifique à t'annoncer ?

— Non, pas vraiment. C'était étrange. Il m'a parlé de la situation, m'a dit que nous aurions une tâche importante qui nous tiendrait très occupés, et m'a demandé de l'assurer de ma loyauté – comme si j'allais refuser !

Catherine hocha la tête.

— C'est bien ce que je pensais. Tout cela est à cause de sa relation avec notre mère. Il reste très dépendant de sa force, même s'il est parfois contrarié par sa manière autoritaire. Il se sert de toi pour la remplacer et pour remplacer Adrian.

Elle s'arrêta, puis me regarda du coin des yeux.

— Et pour remplacer le fils en santé qu'il n'a jamais eu. Tu t'en rends bien compte, n'est-ce pas ?

J'étais stupéfait.

— Que veux-tu dire ?

Elle m'agrippa le bras.

— Notre père est un homme solitaire. Il recherche la compagnie des hommes et a toujours voulu, plus particulièrement, un fils qu'il pourrait emmener à cheval, à la chasse, et ainsi de suite. Au lieu de cela, il a une femme autoritaire, et trois filles indépendantes.

Il y eut un silence, et je vis qu'elle ruminait quelque chose, comme si elle hésitait à m'en parler. Enfin, elle parut se décider et détourna le regard, visiblement embarrassée.

— Pourquoi crois-tu qu'il a toujours parrainé de jeunes hommes ? D'abord il y a eu John Aylmer, puis Adrian ; et c'est maintenant ton tour d'assumer ce rôle. Oui, je connais les rumeurs disant que c'est parce qu'il est secrètement pédéraste, mais c'est ridicule. À ma connaissance – elle me regarda d'un air un peu incertain –, il n'a jamais fait de ce genre d'avances à aucun d'entre vous ?

Je secouai négativement la tête, peut-être un peu trop énergiquement ; mais Catherine sembla rassurée et poursuivit.

— Exactement. Il veut seulement un fils – un ami en qui il peut avoir confiance et avec qui partager les fardeaux de l'existence. Il voit Northumberland et tous ses garçons qui le traitent avec respect et loyauté, même Guilford le chouchou de sa mère, et il souhaiterait avoir la même chose. C'est triste, vraiment, mais bien compréhensible. C'est toute une chance que tu as là, toute une responsabilité aussi.

Pendant un instant, je considérai ce qu'elle venait de dire.

— Et ta mère, elle ? Ne souhaite-t-elle pas avoir un fils, elle aussi ?

Catherine se plaça devant moi et serra mes deux mains dans les siennes en me regardant profondément dans les yeux.

— Bien sûr que si. Ce doit être pire d'avoir eu un fils – son premier enfant – et de l'avoir perdu si jeune. Elle en parle parfois, surtout après une visite de Edward – Lord Hertford – qu'elle appelle son fils. C'est peut-être pour cette raison qu'elle a fiancé Jane avec lui l'été dernier – c'était ma mère qui le souhaitait, et non mon père. Mais avec ce que nous venons d'apprendre, qui sait ? Les Seymour ne vaudront plus rien, à présent.

Je passai mon bras autour de son cou et je l'étreignis. C'était si injuste. La vie de Catherine et de ses sœurs était carrément dictée par la politique. Pourquoi n'auraient-elles pas le droit de vivre leur vie en paix, en toute tranquillité ? Je sus la réponse aussitôt que je me fus posé la question, et pendant un instant, je me rappelai la froide chevauchée matinale que j'avais eue avec John Aylmer dans les marécages de l'Essex, seulement une semaine auparavant.

Mais cela paraissait quand même injuste !

La nouvelle se répandit dans toute la maison comme une traînée de poudre, et quand elle fut connue, tous tombèrent dans un profond silence, chacun perdu dans ses réflexions.

La lutte pour le pouvoir entre Northumberland et Somerset était connue du public depuis des mois. Certains pensaient que Somerset était coupable des accusations retenues contre lui, mais bien des gens croyaient que les preuves présentées avaient été fabriquées de toutes pièces, ou achetées. La plupart avaient cependant mis l'affaire de côté avant la période de Noël, assurés du fait que le roi ne ferait pas exécuter celui qui, pendant si longtemps, avait été le favori de tous ses oncles.

À présent, on apprenait que Somerset était bel et bien tombé sous la hache devant une foule en colère, laquelle avait blâmé Northumberland ensuite, criant qu'il s'était livré à un acte d'une grande cruauté. On ne pouvait que spéculer sur les conséquences, mais pour la famille Grey, une chose ne faisait aucun doute : nous avions festoyé trop longtemps ici à la campagne ; il fallait vite redescendre dans l'arène, afin de protéger nos intérêts.

Très tôt le lendemain, au milieu d'un froid glacial, nous partîmes dans la campagne de l'Essex, tout en espérant que le froid et la glace ne nous empêchent pas de rentrer à Suffolk Place avant la nuit.

## Chapitre 37

## Février 1552
## Suffolk Place

La nouvelle de l'exécution de Somerset avait enfin tué l'esprit de Noël et nous rentrâmes à Suffolk Place dans l'abattement le plus total. Peut-être avions-nous tous été comprimés trop longtemps dans un espace restreint, car sitôt que nous arrivâmes dans ce que nous appelions désormais notre foyer, chacun des membres de la compagnie se dispersa.

Lord Henry, comme toujours, se donna corps et âme à son travail, maintenant sa relation assidue auprès de Northumberland et remplissant ses devoirs ministériels. Le roi avait connu une nouvelle explosion d'énergie, causée en partie, disait-on, par la publication imminente du nouveau *Livre des prières publiques* dans le courant du mois.

Vers la fin de février, Nicholas Ridley prêcha la situation difficile des pauvres, et ce, devant le roi, qui en fut ému au point de se lancer immédiatement dans une série d'œuvres, dont deux nouvelles fondations caritatives dans deux couvents abandonnés de Londres : l'hôpital Saint-Thomas à Southwark, non loin de Suffolk Place, et celui du Christ dans l'ancien couvent de franciscains à Newgate. Évidemment, la tâche bien concrète de transformer l'idée royale en une réalité opérationnelle échut au Conseil, et Lord Henry se retrouva mêlé aux détails de l'affaire.

James Haddon retourna à Sheen afin de poursuivre sa correspondance avec Henri Bullinger et d'autres de ses collègues réformateurs sur le continent. La saison des fêtes l'avait convaincu que le pays allait à vau-l'eau, opinion partagée par John Knox, lequel était arrivé d'Écosse pour devenir chapelain à la Cour.

La réaction de John Aylmer fut d'essayer de rétablir le cadre qui lui permettait d'enseigner de nouveau à Lady Jane et à ses deux sœurs, position confortable et gratifiante ; mais pour la première fois, cela s'avérait difficile. Pensant bien faire, il avait parlé tranquillement à Catherine pour lui dire sensiblement la même chose qu'à moi, lorsque nous chassions le gibier à plume dans l'Essex. Cela n'avait pas donné le résultat escompté, car Catherine, qui avait réglé le problème en refusant simplement d'en tenir compte pendant des mois, fut prise d'un affolement soudain et s'enferma dans sa chambre. Trop bouleversée pour parler à Aylmer, qui selon elle l'avait trahie, elle refusait également de me voir, tant elle était embarrassée.

Jane ne l'aida pas non plus, car elle s'était elle aussi claquemurée dans sa chambre et ne voulait parler à personne, sauf à la petite Mary, qui devint pratiquement la seule voie de communication possible au sein de la famille ce mois-là.

— Qu'est-ce qui ne va pas chez elle, nom de Dieu ? demandai-je à Mary.

Lady Frances avait dû excuser Jane lors de trois événements successifs à la cour, prétextant qu'elle était « épuisée de la saison des fêtes ».

— Elle est complètement bouleversée, expliqua Mary dont les habiletés de diplomate semblaient s'être considérablement développées tout au cours de l'hiver. Elle essaie tellement de plaire à tout le monde. Chacun a ses demandes : Dieu, le roi, nos parents – surtout notre mère, bien entendu, car père ne se mêle jamais à nos prises de bec – et monsieur Aylmer. Elle s'est brouillée avec lui très sérieusement.

— Que s'est-il passé ? demandai-je, alarmé, car l'étroite amitié qui unissait mes deux camarades était pour moi un réconfort, et l'idée de la voir s'étioler m'inquiétait vraiment.

Mary me fit asseoir et se lança dans un long commentaire. Agitant le doigt devant ma figure, elle usait du langage simple et lentement articulé dont elle se servait lorsqu'il fallait expliquer quelque chose d'important à Floppy, son adorable petite boule de poil qui, au cours des six derniers mois, était devenu un épagneul plein de caractère, toujours prêt à quelque espièglerie.

— C'est la princesse Marie : tout est de sa faute. Tout a commencé avec l'arrivée de cette robe, avant la réception pour la reine Marie de Guise, vous vous rappelez ?

J'acquiesçai d'un signe de tête.

— Eh bien, Jane la trouvait trop riche et pas du tout à son goût. Monsieur Aylmer était d'accord avec elle et elle a dit à mère qu'elle ne la porterait pas. C'est alors que mère a fait venir des dames de la cour pour lui expliquer que le but de la cérémonie était d'impressionner les Français et les Écossais, et qu'il était important que nous revêtions nos plus beaux atours, ce que le roi entendait faire. Elles dirent que le roi serait fâché si quelqu'un manquait à cette règle, alors Jane a accepté de la porter et vous avez vu le résultat : elle était resplendissante.

J'acquiesçai.

— Vraiment splendide – je m'en souviens très bien. Vous étiez toutes merveilleuses.

Mary continua d'agiter le doigt. Pas plus que Floppy, je n'avais visiblement pas le droit de l'interrompre lorsqu'elle était lancée.

— Eh bien, après l'événement, monsieur Aylmer a dit à Jane qu'il ne l'avait pas aimée habillée ainsi et que la princesse Élizabeth était beaucoup plus convenable dans la robe peu décorée qu'elle portait à la réception donnée par Marie de Guise pour les dames à Southwark. Jane s'est emportée et a dit qu'elle ne faisait que suivre les ordres du roi, qui ne s'appliquaient pas à Southwark puisque c'était Marie elle-même qui recevait à cette occasion-là. Puis vinrent les cadeaux de Noël de Marie, encore elle. Elle a donné à Jane un collier de rubis et de perles, qui était tout à fait charmant – pas trop voyant, et qui seyait parfaitement à son teint. C'est pourquoi elle l'a porté pendant les fêtes de Noël, car mère et père voulaient que l'autre rameau de la famille, et Madame de Suffolk en particulier, constatent à quel point nos affaires vont bien, et comprennent que nous pourrons faire honneur au nom de Suffolk autant que son mari et elle le font. C'était un peu délicat, car mère et tante Catherine ont toujours été de bonnes amies et aucun d'entre nous ne voulait la choquer en ayant l'air de lui ravir son titre – et cette maison-ci, bien entendu, qui appartenait à sa famille. Cette fois-là, monsieur Aylmer s'est fait accompagner par le vieux grognon, je veux parler du docteur Haddon, et leur échange avec Jane fut plutôt corsé. Elle finit par les considérer comme de vieux croûtons qui ne sont même plus capables de jouir de la vie ; mais en même temps sa conscience est ravagée par l'idée d'avoir offensé la religion par sa tenue. Pauvre Jane. Son seul désir est de faire ce qui est juste et bon, mais quoi qu'elle fasse, on lui donne toujours tort. Elle a l'habitude de se disputer avec mère – elle n'a aucun respect pour ses opinions de toute manière ; mais maintenant qu'elle est brouillée avec monsieur Aylmer, elle est toute bouleversée.

J'allais manifester ma sympathie, mais Mary n'avait pas encore terminé. Comme je me penchais vers elle en ouvrant la bouche, elle leva la paume de sa main vers moi, comme pour me dire « assis ».

— Mais il y a pire. À Walden, quand nous avons appris que Somerset avait été exécuté, Jane s'est soudainement trouvée mal et a dit qu'elle se sentait malade, vous vous souvenez ? C'est parce qu'elle venait de comprendre que ses fiançailles avec ce cher Edward Seymour, Lord Hertford, qu'elle aime beaucoup (tout comme Catherine et moi, et mère aussi, remarquez), eh bien, tout cela ne se réaliserait pas. À présent, Somerset a été disgracié, condamné à la mort civile et exécuté ; Hertford ne vaut plus rien, s'associer avec lui est considéré comme dangereux, et la famille devra chercher quelqu'un d'autre dans son entourage. Jane craint vivement que ce soit le fils de Northumberland, car notre père se rapproche toujours plus du duc au fil des semaines.

À présent, je comprenais tout. C'était comme si la lune était sortie derrière un nuage pour tout inonder de lumière. Pourquoi n'y avais-je pas songé plus tôt ? C'était évident.

— Guilford Dudley ! Bien sûr : le seul célibataire. Et après notre rencontre avec les frères Dudley ce matin-là, et ses expériences passées avec l'amiral, je puis comprendre ! Pauvre Jane, que pouvons-nous faire ?

Mary secoua la tête.

— Je ne sais pas. Si vous comprenez, c'est un bon début, je suppose. Je vais le lui dire et lui demander de vous parler. Elle a confiance en vous et ne vous trouve pas aussi répugnant que les autres hommes.

C'était un compliment étrange, mais gratifiant tout de même.

Mary tint parole. Jane m'ouvrit sa porte et se montra disposée à me parler. Elle était d'accord avec Catherine pour dire que leur père me considérait comme le fils qu'il n'avait jamais eu et qu'il était susceptible de me faire entrer toujours plus avant dans son monde. Elle était d'avis que mon éducation risquait de prendre du retard avec mes responsabilités grandissantes, situation qu'elle avait l'intention de corriger.

— Je vais vous aider à perfectionner votre italien, m'annonça-t-elle au début de notre troisième rencontre. Vous pourrez être mon mentor et partager mes soucis, et en retour je prendrai la responsabilité de votre éducation future. Je crois que vous avez un don pour les langues – votre latin est vraiment excellent ces jours-ci – et l'italien est une langue très utile dans les sphères de la diplomatie. Vous serez capable de comprendre l'ambassadeur de Venise.

Au cours des six semaines suivantes, nous nous rencontrâmes chaque jour durant une heure (sauf les dimanches), et au bout de cette période, je pouvais dire quelques phrases en italien avec un début d'accent qui tenait plus de Venise que du Devon, et Jane avait retrouvé sa sérénité et son sens de l'humour. Suffolk et son épouse furent ravis de l'amélioration de l'humeur de Jane, qu'ils attribuaient beaucoup plus à ma présence qu'aux visites régulières de l'apothicaire, dont la plupart des potions avaient été jetées par la fenêtre par celle qui devait les boire.

Au début du mois de mars, le temps froid qui sévissait dans tout le pays depuis des semaines s'adoucit enfin, tout comme la relation entre Suffolk et son épouse. Lord Henry était entièrement absorbé par les divers projets du roi – son dernier était la réorganisation du Conseil en comités – et quand Lady Frances proposa de se rendre à Sheen avec les filles pour profiter de l'air printanier et, avec la permission du roi, de chasser à Richmond Park, il donna son assenti-ment et lui proposa même d'inviter Catherine Willoughby à les rejoindre là-bas, ne serait-ce que pour la remercier de son hospitalité durant la période des fêtes.

Au vu de l'urgence et de la délicatesse des affaires dont il était chargé, Suffolk déclina l'invitation de Lady Frances à les accompagner à Sheen, et dit qu'il resterait à Suffolk Place pour travailler. La charge de travail était si importante et si difficile – relevant directement de la volonté du sou-verain – qu'il me demanda de demeurer auprès de lui et de l'accompagner aux différentes réunions pour lui servir de secrétaire.

À bien des égards, j'aurais préféré accompagner les dames, car mes études auprès de Lady Jane me procuraient beaucoup de plaisir et se révélaient bénéfiques pour nous deux ; en outre, l'humeur de Catherine était si changeante que j'aurais aimé rester auprès d'elle. Par ailleurs, Suffolk travaillait directement sous les ordres du roi, et en ma qualité de secrétaire, il me faudrait assister à certaines réunions et prendre des notes, ce qui représentait un avan-cement considérable par rapport au poste de second écuyer ; enfin, la possibilité de voir le roi au travail était tout à fait enthousiasmante.

J'étais donc passablement déchiré lorsque, par un matin de printemps ensoleillé, je dis au revoir aux dames qui prenaient la route de Sheen.

# Chapitre 38

# Mars 1552
# Palais de Whitehall et de Saint-James

Les travaux de Suffolk auprès du roi progressaient rondement, mais le jeune souverain bouillonnait d'idées qu'il n'était guère possible de mettre en pratique toutes en même temps, et il se trouvait continuellement frustré de ne pas pouvoir les concrétiser sur-le-champ.

Un après-midi, je déambulais rapidement le long d'un corridor du palais de Whitehall, tout excité du fait de transporter une liasse de documents importants. J'approchais de la pièce où Suffolk était en réunion avec le roi et d'autres ministres, quand je fus accueilli par une série d'invectives et de jurons criés à tue-tête. Cette fois, je sus immédiatement que c'était le roi qui jurait, et je ralentis le pas, avant de m'arrêter complètement, tout juste devant la porte.

J'avais bien fait d'attendre, car un éminent seigneur sortit à cet instant, grommelant entre ses dents, rouge de confusion, poursuivi par des cris de «Sacrée andouille!» et «Espèce d'incapable!» venus de l'intérieur. J'en étais à me dire que les documents pouvaient être livrés plus tard, quand le roi, dont manifestement l'humeur pouvait se retourner en un éclair, comme celle de son père avant lui, laissa tomber une dernière obscénité, et toute la pièce fut secouée d'un grand rire viril.

Prenant mon courage à deux mains, je me décidai à entrer, tandis que le roi s'adressait à l'assemblée devant lui. Je portais une grosse pile de dessins et de documents enroulés, et il dut y avoir quelque chose dans mon maintien qui faisait écho à ce que le roi était en train de dire, car lorsqu'il m'aperçut, il s'esclaffa, pris d'un rire incontrôlable et contagieux, et toute la salle rit jusqu'à en avoir les larmes aux yeux. Sans trop savoir ce qu'il y avait de drôle, je me joignis à l'euphorie générale en riant moi aussi.

Le silence revint peu à peu dans la pièce et tous les regards restaient fixés sur moi, qui me tenais à mi-chemin entre la porte et la table, les bras chargés de la liasse de papiers.

— Pardon, mon jeune ami, s'écria le roi en gloussant encore un peu, vous êtes arrivé sur la fin d'une plaisanterie. Qu'avez-vous donc là ?

— Des dessins, Votre Majesté, répondis-je.

En effet, j'avais cru comprendre que la plupart des documents étaient des dessins.

— Des dessins ! s'écria le roi en se tapant la cuisse, riant de nouveau à gorge déployée, jusqu'à s'en étouffer.

Une fois de plus, la salle fut secouée d'un rire enjoué, tandis que je restais planté là, perplexe, mais souriant comme un idiot, en attendant des instructions. Enfin, le roi retrouva la maîtrise de lui-même et me fit signe d'approcher.

— Laissez-les là, sur la table, dit le roi tout en m'examinant attentivement. Je vous connais, n'est-ce pas ? Je n'oublie jamais un visage et je connais le vôtre. Vous me rappelez mes hallebardiers de la garde royale. Avec vos six pieds et vos longs cheveux blonds, vous pourriez être l'un d'entre eux, mais je sais que vous n'en êtes pas, car je les connais tous par leur nom. Comment vous appelez-vous, Monsieur ?

— Richard Stocker, Votre Majesté.

À présent, j'étais véritablement le centre de l'attention et me sentais nettement mal à l'aise.

Le roi fit claquer ses doigts, comme s'il venait de capturer un souvenir du passé.

— Richard Stocker ?... Des chevaux ! J'étais avec le maréchal ; mon cheval est tombé et m'a jeté bas pendant la chasse, et vous êtes venu à mon aide. C'est l'accent du Devon, n'est-ce pas ? Vous êtes l'un des hommes de Suffolk, c'est bien cela ?

J'étais impressionné par le fait que mon roi se souvînt d'un sujet tout à fait ordinaire, après une seule rencontre de courte durée.

— Oui, Votre Majesté, c'est tout à fait cela : c'était à Windsor, le 17 juillet dernier. En effet, je suis originaire de Colyton, dans le Devon, mais je travaille maintenant auprès du duc de Suffolk.

Le roi Édouard se donna une claque sur la jambe et regarda tout autour de la pièce, les yeux brillants.

— Dans le mille ! N'ai-je pas atteint la cible, Messieurs ?

Toutes les personnes présentes applaudirent, ce qui, visiblement, était attendu ; mon devoir rempli, je m'inclinai et reculai vers la porte, jetant un œil vers Suffolk pour recevoir ses instructions. Lord Henry sourit et hocha la tête, m'invitant à prendre congé.

Quiconque serait tombé sur Richard Stocker sortant de cette rencontre se serait raisonnablement demandé comment je pouvais marcher dans ces corridors de pierre en flottant six pouces au-dessus du sol, et pourquoi j'arborais ce sourire inepte sur mon visage.

Nous étions le 15 mars, et le soleil brillait quand Lord Henry et moi, accompagnés de deux serviteurs subalternes, chevauchâmes à travers la foule au nord de Suffolk Place, traversant le pont de Londres, et prenant à gauche à travers la Cité de Londres, vers notre destination finale au palais de Whitehall.

Le beau temps des derniers jours avait mis tout le monde de bonne humeur, et nous progressions vers le nord-ouest dans une atmosphère de contentement général. Nous étions en avance à notre rendez-vous : le pont de Londres était d'ordinaire si fréquenté qu'il fallait parfois une demi-heure pour le traverser, surtout si une charrette de marchand perdait une roue à mi-chemin, comme c'était arrivé l'autre soir ; mais ce jour-là, le pont était étrangement désert, et nous le franchîmes en l'espace de quelques minutes.

Quand nous entrâmes dans Cheapside, nous fûmes engloutis par une armée de cavaliers (de façon plutôt inhabituelle, nombre d'entre eux étaient des femmes – j'estimai qu'il y avait bien deux cents cavalières en tout) suivant une armée de hallebardiers gravissant la colline vers la tour de bois de la cathédrale de Saint-Paul. Les hallebardiers, qui allaient à pied, peinaient grandement le long de la pente, et nous parvînmes à nous faufiler devant eux, avant que le chemin ne se mette à redescendre, après la cathédrale, vers la porte de Ludgate.

— Il va falloir jouer des éperons ! s'écria Lord Henry. Si nous ne passons pas la porte avant ce cortège, nous prendrons certainement un retard d'une heure et perdrons ainsi toute l'avance gagnée sur le pont.

— Quelle est cette armée ? m'écriai-je.

Je trouvais inquiétant de voir autant d'hommes armés marchant à travers la Cité avec une suite aussi nombreuse.

— C'est celle de la princesse, répondit Suffolk.

Cela m'inquiéta encore plus. L'animosité entre le roi et sa sœur, la princesse Marie, n'avait fait qu'empirer au cours des six derniers mois, et je n'étais pas du tout surpris de la trouver à Londres, mais inquiet de la voir à la tête d'une compagnie armée.

— Ne risque-t-il pas d'y avoir du grabuge, si la princesse Marie se promène dans Londres à la tête d'une armée ? demandai-je à Lord Henry.

Mais Suffolk rit.

— Vous vous trompez de princesse, Richard. C'est la princesse Élizabeth que nous avons là-devant : une tout autre paire de manches. Partisane de la Réforme, elle est en grâce auprès du roi. Vous verrez qu'on lui réserve un accueil fort différent de celui qui fut servi à sa demi-sœur. Je ne m'attendais pas à la voir arriver avant la fin de l'après-midi, ou même demain – elle est venue de Hatfield et doit passer la nuit à Durham House, avant de se rendre au palais de Saint-James le 17. De là, nous l'accompagnerons à Whitehall le 19, comme vous le verrez.

Nous poursuivîmes notre chevauchée, progressant régulièrement à travers la foule, puis dépassant lentement les hallebardiers qui, compte tenu de la congestion des rues de Londres, s'étaient mis à avancer par paires, au lieu de marcher à quatre de front.

Quand nous fûmes au sommet de la colline, la cathédrale de Saint-Paul à notre droite, nous avions pu nous faufiler jusqu'au premier tiers du cortège, et Suffolk commença à saluer les nobles qu'il reconnaissait, tout en évitant soigneusement de s'engager dans de véritables conversations, ce qui nous aurait contraints à rester où nous étions.

Soudain, il me vint une idée et je me penchai tout près de Lord Henry afin de pouvoir lui parler plus discrètement, tout en me faisant comprendre au milieu d'une foule de trois cents cavaliers chevauchant sur le pavé de Londres.

— Comment allons-nous faire pour les dépasser ? Ne serait-il pas mal vu de passer devant la princesse ?

Suffolk rit et fit glisser sa monture à travers une nouvelle compagnie de gentilshommes à cheval, tous parés de leurs plus beaux atours.

— Vous avez raison. Il faudra nous approcher tranquillement et attendre le bon moment. Au moins, si nous arrivons à Ludgate en tête de peloton, nous aurons une bonne occasion de la dépasser, car la princesse s'arrêtera sûrement pour remercier le Lord Maire d'avoir pu traverser la Cité sans difficulté. Et puis elle s'arrêtera à Durham House, au bout de la Strand, ainsi nous pourrons continuer seuls jusqu'à Whitehall. Restez près de moi et gardez ces deux laquais sur vos talons. Je sais que votre cheval sait se tenir au milieu d'une foule, mais les leurs ne sont peut-être pas aussi fiables.

Cela demandait une certaine adresse, et j'étais content de chevaucher mon fidèle compagnon, Jack, toujours aussi solide, alors que nous nous pressions plus avant, sans jamais avoir l'air brusque, mais tout en améliorant constamment notre position, autant socialement que géographiquement.

Quand nous arrivâmes au bas de la colline de Ludgate et à la grande porte de la ville, nous étions parmi les cinquante premiers du groupe, assez proches pour apercevoir la princesse elle-même, qui chevauchait en tête. Elle passa la porte et attendit que ses suivants immédiats, composés de nobles et de conseillers de la ville, eussent fait de même. Nous étions en mesure de les suivre et avions passé les murs de la ville quand la princesse tourna bride et s'arrêta.

— Mon bon Maire, et vous tous, conseillers de la grande Cité de Londres ! s'écria-t-elle d'une voix forte, presque masculine. Une fois de plus, je vous remercie d'avoir veillé à ce que mon passage dans votre cité se soit déroulé sans encombre, et de votre soutien qui toujours m'accompagne. Il me tarde de vous revoir tous à Westminster d'ici quatre jours. Entre-temps, puissent tous vos projets être couronnés de succès par la grâce de Dieu, et votre ville continuer à prospérer.

Le Lord Maire s'inclina et les conseillers retirèrent leurs couvre-chefs de velours pour les agiter en signe d'approbation.

La princesse prit la direction de l'ouest, vers le pont sur la rivière Fleet et la Strand qui s'étirait au-delà. Elle avança lentement sur sa monture, le temps que le cortège derrière elle puisse se reformer, tandis que les derniers de sa suite passaient les portes de la ville. Suffolk saisit l'occasion et s'avança, levant son chapeau.

— Mes salutations à Votre Altesse Royale! C'est un plaisir de vous voir ici ce matin, et très en voix, qui plus est. J'espère que votre voyage depuis Hatfield s'est déroulé en sûreté et sans inconfort.

La princesse se retourna sur sa selle et le salua.

— Monseigneur de Suffolk, quelle heureuse rencontre! Notre voyage s'est déroulé sans incident ni inconfort, du moins, pas plus que ce que l'on a coutume d'endurer. Qu'est-ce qui vous amène dans ces environs?

— Nous devons nous rendre à Whitehall dans l'heure pour rencontrer le roi, Madame.

— Dans ce cas, je ne vous retiendrai pas. Transmettez à mon frère mes plus chaleureuses salutations, et dites-lui que je suis impatiente de le rencontrer dans quatre jours. Serez-vous des nôtres, Suffolk?

— Certes, Madame, j'aurai le plaisir de vous accompagner depuis Saint-James le matin du 19. D'ici là, Dieu vous garde, Madame!

Il souleva son couvre-chef.

La princesse inclina la tête et se tourna de nouveau vers sa suite, qui avait eu le temps de se regrouper dans l'intervalle.

— Allons, au galop ! me cria Suffolk. Sortons tout de suite de cette mêlée ou nous serons en retard pour les affaires du roi, ce qui ne conviendrait pas du tout, princesse ou pas.

Quatre jours plus tard, nous arrivâmes au palais de Saint-James bien à temps pour la procession qui devait avoir lieu. Suffolk avait agi avec tout le souci du détail qui le caractérisait et fait venir Edmund Tucker de Sheen pour s'occuper de nos vêtements. J'étais de nouveau resplendissant dans ma tenue : justaucorps noir en velours et bas-de-chausses, avec de longues bottes de cavalier de la même couleur, ainsi qu'une cape assortie. Edmund avait dit que le côté très strict de mon costume me faisait paraître plus âgé que mes seize ans (j'en aurais dix-sept en juin), et que je montais à cheval avec une assurance donnant également l'impression que j'étais plus vieux. Je fus très content de voir qu'Edmund avait opté pour un style plus sobre. J'étais impatient de montrer mes nouveaux habits à Jane, Catherine et Mary, et ne voulais surtout pas que Jane s'imagine que j'avais laissé tomber la cause en m'habillant de façon outrancière.

Vu l'importance de l'événement, Lord Henry m'avait également offert une épée, que je portais avec style, et non sans une certaine fierté, de l'autre côté de la dague reçue à Noël. À n'en pas douter, le secrétaire et valet de pied du duc de Suffolk, chevauchant à la rencontre de la princesse Élizabeth, le matin du 19 mars 1552, était un jeune homme tout différent de l'employé subalterne qui avait rencontré la famille Grey dans le Devon un an à peine auparavant. En vérité, j'étais fier de ce que j'avais accompli, bien qu'encore un peu fébrile.

L'événement s'avéra tout aussi excitant et mémorable que je l'avais espéré. Nous arrivâmes de bon matin au palais, un édifice bas, recouvert de brique rouge. Construit par Henri VIII pour servir de résidence londonienne à Édouard, à l'époque où celui-ci était prince de Galles, il avait été habité par Thomas Cromwell avant sa disgrâce en 1540.

L'air du matin était froid et pénétrant, mais la journée s'annonçait particulièrement vivifiante et ensoleillée en ce début de printemps. C'était un événement important, planifié avec soin, et bien à l'avance. Northumberland et Suffolk, alors les deux premiers pairs du royaume, se placèrent en tête du cortège et attendirent la princesse aux portes du palais. Elle ne les fit pas attendre longtemps. En temps voulu, mais non sans avoir reçu au préalable la parfaite assurance que tout était en place, elle effectua sa sortie majestueuse aux portes du palais, montée sur un grand cheval de chasse à robe blanche recouvert d'une étoffe brodée d'or.

Nous parcourûmes à cheval la courte distance qui nous séparait du palais de Whitehall, passant le terrain de joute pour aboutir dans King Street, l'une des rues les plus larges de Londres, qui divisait le palais de Whitehall en deux. Elle avait été recouverte de sable fin pour l'occasion afin de réduire le bruit, ce qui me paraissait une bonne chose puisque la suite de la princesse comptait des centaines de cavaliers. Sans la présence de ce sable, il eût été impossible de tenir une conversation au palais avant que tout le cortège ne soit passé, ce qui dut prendre au moins une demi-heure.

Nous défilâmes le long de King Street, sous les arches de pierre qui abritaient les deux galeries privées du palais et reliaient les deux pavillons, avant d'arriver dans la cour centrale.

Elle fut ce jour-là le théâtre d'un grand événement, car le roi, faisant fi de tous les protocoles habituels, accueillit sa sœur aux portes du palais en l'appelant « ma sœur Tempérance », avant de l'embrasser sur les joues et de la conduire par la main dans la grand-salle, où l'attendaient encore d'autres gens de l'élite londonienne souhaitant lui faire bon accueil.

Sur la route vers la maison à la fin du jour, fatigué mais ravi par la splendeur et la chaleur de l'accueil – un mélange inusité, me semblait-il –, je me surpris à comparer en moi-même les deux princesses.

J'avais rencontré la princesse Marie lors de réunions familiales seulement, d'abord chez elle au palais de Saint-Jean à Clerkenwell, puis à Tilty en compagnie des Willoughby : en ce sens, la comparaison était injuste, mais je percevais une énorme différence entre les deux demi-sœurs, et je savais pertinemment laquelle je préférais.

Marie s'était montrée franche et amicale. Elle m'avait adressé la parole à quelques reprises et m'avait même servi une fois du vin à Clerkenwell ; mais à trente-six ans, elle n'était pour moi qu'une lady sans éclat, d'âge moyen, qui semblait aimer les enfants parce qu'ils ne lui en demandaient pas plus que ce qu'elle était capable de donner. Toutes les fois où j'avais été en sa compagnie, je ne lui avais trouvé aucun sens de l'humour, peu de marques d'intelligence ou d'esprit, et malgré son éducation royale et sa grâce manifeste, elle ne me semblait pas avoir l'étoffe d'une dirigeante. Même en faisant abstraction du fait qu'elle était catholique, ce qui m'inspirait instinctivement de la crainte et de l'aversion, eu égard à la famille Grey, je ne parvenais pas à l'imaginer en héritière du trône, dans l'éventualité où, Dieu nous en garde, il arriverait quelque chose au roi.

Élizabeth, au contraire, avait de l'envergure, bien qu'elle n'eût pas encore dix-neuf ans. Je compris soudain avec grand étonnement que la grande princesse qui avait dominé les événements de la journée n'avait pas deux ans de plus que moi ; pourtant, entre tous ceux et celles que j'avais rencontrés au cours de la dernière année, à l'exception du roi, de Lady Jane et de Madame de Suffolk (lesquels m'avaient particulièrement impressionné), elle semblait être dans une classe à part. Vu les mérites de sa philosophie réformatrice, souvent louangée par Lady Jane et John Aylmer, je devais conclure que le pays aurait quelqu'un derrière qui se rallier si par malheur le roi venait à mourir.

C'est étrange, me dis-je quand nous rentrâmes enfin à Suffolk Place ce soir-là : un an auparavant, je me serais demandé quelle serait l'influence du temps printanier sur la récolte, mais à présent, je m'inquiétais de la succession du trône ! Comme les choses avaient changé depuis !

## Chapitre 39

## 10 avril 1552
## Palais de Westminster

Avais-je eu un pressentiment? Environ trois semaines auparavant, j'avais quitté ce même palais à cheval, comparant les deux princesses héritières dans l'éventualité où il arriverait malheur au roi.

Mais à la première floraison du printemps, au moment où nous aurions tous dû nous réjouir du début d'un nouveau cycle de croissance, nous avions reçu (dans le plus grand secret) une nouvelle nous annonçant que le roi était tombé gravement malade quelques jours auparavant, frappé par une combinaison mortelle de petite vérole et de rougeole.

Suffolk avait eu de longs échanges avec Northumberland pendant une bonne partie de la journée; et au palais de Westminster, les gens chuchotaient entre eux.

Ce fut un interlude fort inquiétant, et je ressentis plus que jamais le besoin de prier – pour leur avenir à tous.

Seule bonne nouvelle: Lady Frances et ses filles étaient attendues à Suffolk Place dans les deux jours suivants. J'étais impatient de les revoir.

# Chapitre 40

## Avril 1552
## Suffolk Place

— Richard !

Pendant un instant, je crus qu'elle était en colère, mais ce n'était que de l'exaspération.

— Qui est donc Fergal Fitzpatrick ? Allons, Richard, raconte-moi ce qui s'est passé !

Catherine me prit la main et m'adressa un regard enjoué. Les filles étaient arrivées très tard la veille et aussitôt le déjeuner terminé, Catherine s'était précipitée sur moi, voulant savoir tout ce qui s'était produit depuis le jour où elles étaient parties à Sheen, presque un mois auparavant. Il semblait y avoir eu tant de choses que je ne savais pas par où commencer.

— Fergal est mon nouvel ami. C'est un Irlandais, le cousin de Barnaby Fitzpatrick, le meilleur ami du roi ; et il travaille dans la maison royale comme maître de chambre. Je l'ai rencontré un jour où je devais livrer des papiers confidentiels au roi, et depuis ce temps nous sommes bons amis. Il a un sens de l'humour des plus irrévérencieux. Il est impossible d'être en sa compagnie pendant dix minutes sans rire. Même le roi le trouve exubérant.

— Est-il beau garçon ? A-t-il les cheveux rebelles, roux comme de l'or ? On dit que les Irlandais ont toujours les cheveux roux – et les yeux verts.

Je m'efforçai de garder un air sérieux.

— Il est très cultivé, parle le gaélique ainsi que l'anglais et le latin, et – je me penchai vers elle comme pour lui faire une confidence – il a les cheveux verts… et les yeux roux.

Catherine écarquilla les yeux pendant un instant puis elle eut une exclamation et me donna un coup de poing au ventre.

— Ah, le coquin! Le sacripant! C'est vraiment injuste. Tu es en train de rire de moi!

— Pas du tout, dis-je en imitant l'accent irlandais de mon mieux. Pas du tout. Je ris avec toi, et non de toi.

Je lui fis l'accolade et l'embrassai doucement. C'était si bon d'être de nouveau près d'elle. Ce mois d'absence m'avait paru une éternité.

Une heure durant, nous restâmes assis sur le coussiège, contents de ne pas être dérangés, car tous s'empressaient de vaquer à leurs occupations.

Je lui donnai les nouvelles, en lui parlant de mes récentes attributions et des occasions que j'avais eues de rencontrer les personnages les plus éminents du pays, dont le roi, dans une circonstance où j'étais devenu le sujet de ses plaisanteries. Catherine me dit que leur séjour à Sheen avait été plutôt pénible, car bien que l'air y fût plus pur qu'en plein centre de Londres, le temps avait été venteux, humide et froid, et il n'y avait guère autre chose à faire que d'étudier et de pratiquer la musique.

— Dans ce cas, j'imagine que Jane était comblée? demandai-je, en me rappelant son aversion pour la chasse et les activités extérieures.

Mais Catherine fit la grimace.

— Pas complètement. Il lui reste encore à faire la paix avec monsieur Aylmer. Il lui a tendu une main amicale à de multiples reprises, mais tu sais à quel point elle peut être têtue ; quant à lui, il refuse d'assouplir ses principes ou de ravaler son orgueil. Si tu veux mon avis, ils sont tout aussi bornés l'un que l'autre.

Je lui refis l'accolade, plus fraternellement qu'amoureusement cette fois, et je promis de parler à Jane sitôt que l'occasion se présenterait. Mais si elle boudait encore, il faudrait peut-être attendre un certain temps.

Le 14 avril, comme l'avaient appris tous ceux qui partageaient le secret des dieux, l'archevêque Cranmer lut ses propositions de réforme du droit canon devant les deux Chambres du Parlement, et l'*Acte d'uniformité* fut dûment adopté. Celui-ci était accompagné d'un énoncé doctrinal et trouvait son application pratique dans le nouveau *Livre des prières publiques*, lequel, espérait-on, serait mieux accepté que le précédent, publié en 1549.

Suffolk observa le déroulement des événements sans sourciller, car bien que leur importance parût considérable lorsqu'ils étaient en préparation, les réactions initiales furent minimes lorsqu'on en fit l'annonce. En réalité, il s'inquiétait beaucoup plus pour la santé du roi, car si comme on le croyait, celui-ci avait contracté la petite vérole et la rougeole en même temps, ses chances de survie étaient assurément très minces.

— Richard… pourriez-vous parler à votre ami Fergal Fitzpatrick et vous enquérir de la santé du roi ? Les messages que nous recevons sont si contradictoires ; et il refuse de voir qui que ce soit, même Northumberland, au moment où l'on se parle.

Voilà ce que je redoutais. Le cousin de Fergal, Barnaby, était le meilleur ami du roi depuis qu'il avait agi en qualité de bouc émissaire auprès de Sa Majesté, lorsqu'ils étaient enfants et partageaient la même salle de classe. Fergal avait décroché sa position grâce au lien qui l'unissait au «petit espiègle royal» (comme son père avait l'habitude de l'appeler, disait-on). Tout le monde savait que sa loyauté envers le roi était inébranlable et qu'il ne se rendrait responsable d'aucune fuite d'information venue de la chambre à coucher de Sa Majesté. Je savais que le seul fait de lui poser la question mettrait notre amitié en péril, et si la conversation était rapportée à Sa Majesté, elle pourrait, dans le pire des cas, être interprétée comme un acte de trahison, et me valoir la hache du bourreau. Mais un maître est un maître, et Lord Henry s'était montré plus que bienveillant à mon égard, alors je devais au moins faire preuve de bonne volonté et consentir à sa requête.

— J'essaierai de le voir demain matin, Monseigneur, quand nous nous rendrons au palais, dis-je.

Par chance, je n'eus pas à choisir entre ma loyauté envers Lord Henry et mon amitié pour Fergal, car celui-ci était de bonne humeur lorsque je le rencontrai le lendemain matin.

— J'apporte de bonnes nouvelles qui auront de quoi te réjouir, dit-il en me voyant. Les chirurgiens du roi se sont inquiétés inutilement. Il est atteint de la rougeole et seulement la rougeole.

Fergal m'attira à l'écart et regarda de côté et d'autre dans le corridor avant de poursuivre.

— Hier matin, il a dit que ses couilles le faisaient souffrir à mort! me confia-t-il en riant.

J'étais complètement dérouté.

— Pourquoi ris-tu? N'est-ce pas là quelque chose de grave?

— Le roi dit que c'est une bonne nouvelle. Il dit que si les couilles lui font mal, c'est sûrement la rougeole.

Riant à mon tour, non pas qu'il y ait eu quoi que ce soit de vraiment hilarant, mais en réponse à son rire contagieux, je songeai aux conversations que j'avais eues avec le docteur Marwood quand j'étais très jeune.

— Je croyais que c'était les oreillons. Et si c'était la petite vérole?

— Il dit qu'avec la petite vérole, on ne sent plus ses couilles du tout!

Il se mit à rire plus fort et me prit le bras, m'attirant à lui.

— Même avec les mains! Ha, ha!

À présent nous étions deux à nous tordre de rire, essuyant des larmes, soulagés par ces bonnes nouvelles.

Sur sa lancée, Fergal n'entendait pas s'arrêter là.

— Il doit prendre du mieux, car il m'a taquiné à ce sujet ce matin, sitôt après son réveil. Il a dit que ce ne pouvait pas être à cause des femmes, parce que je ne lui permettais pas d'en avoir, donc ce devait être la rougeole. Il était soulagé, je puis te le dire – car lui-même a cru d'abord avoir la petite vérole en plus de la rougeole. Dieu qu'il avait mauvaise mine ces derniers jours – tout rouge, et suant comme un bœuf! Mais hier, la fièvre est tombée et demain il sera probablement à l'étape des démangeaisons. Je te le dis, Richard, cet homme est si amusant en privé... Nous avons tellement de plaisir quand les guetteurs sont absents!

— Les guetteurs? demandai-je sans comprendre.

— Les vieux. Northumberland et ses acolytes du Conseil privé. Le roi les appelle ainsi, les « guetteurs », parce qu'ils sont toujours aux aguets, toujours à manigancer. Il insiste auprès de Northumberland pour qu'il lui donne sa majorité afin de pouvoir être débarrassé d'eux ; cependant, il n'a pas encore réussi. Mais il y parviendra, tu peux m'en croire, car le roi Édouard est aussi persévérant qu'il est intelligent. Il finira par avoir ce qu'il veut, tu verras.

Il y eut un silence, tandis que nous essayions tous deux de reprendre notre souffle.

— Puis-je le dire à d'autres ? demandai-je avec prudence.

Fergal souriait encore.

— Tu peux informer ton maître à propos de la rougeole, mais pas un mot au sujet de… – il se remit à pouffer de rire – au sujet des couilles du roi ! Ce sont des informations privilégiées !

Nous nous assîmes tous deux en riant dans le long corridor de pierre, mais des bruits de pas nous ramenèrent rapidement à la raison : deux hallebardiers de la garde royale approchaient.

Fergal les regarda passer, avec leur air sévère et leurs hallebardes polies rappelant le rôle terrifiant qu'ils pouvaient jouer en tant que gardes du corps particuliers de Sa Majesté.

Fergal était un visage familier au palais, et ils ne prêtèrent aucune attention aux deux jeunes ricaneurs. Quand ils furent hors de portée de voix, Fergal inspira profondément, se pencha vers moi et me dit, sur le ton de la confidence :

— Dieu que je suis content que tu sois mêlé aux affaires du roi, Richard. On rigole tellement, nous deux ! Et ça va continuer, hein, j'espère ?

Je souris et lui serrai la main.

— Bien sûr que si, Fergal. Bien sûr que si.

Les nouvelles étaient meilleures, la santé du roi aussi. Vers la fin du mois d'avril, il se sentit assez d'attaque pour se rendre à Greenwich, suivant sa migration saisonnière habituelle ; et il fut capable de passer en revue ses hommes à Blackheath sans avoir l'air trop fragile en public.

À la mi-mai, Fergal dit qu'il se sentait pleinement rétabli, mais que la maladie lui avait fait peur. Il ne craignait pas d'être malade, sinon il se serait contenté de ralentir un peu la cadence. Non, le roi avait peur de perdre du temps, et dès lors il s'attela à la tâche avec un empressement renouvelé. C'était comme s'il croyait qu'il disposait d'un temps limité pour accomplir tout ce qu'il voulait faire ; conséquemment, il fut plus que jamais sur le dos de ses ministres, à mesure que la fin du mois approchait.

Lord Henry et moi fûmes ensevelis sous cette avalanche de travail et aucun de nous deux ne vit beaucoup la famille avant la fin du mois. Les dames devaient se rendre à Newhall précisément à ce moment-là, à l'occasion d'une nouvelle visite chez la princesse Marie. Elles quittèrent enfin Suffolk Place le dernier lundi du mois, sans les adieux de Lord Henry ni les miens ; car nous étions encore absents ce jour-là pour être au service du roi, cette fois Greenwich.

Les choses se poursuivirent ainsi jusqu'au début de juin, le roi harcelant ses ministres avec différents programmes de réforme, tandis que les membres du Conseil et leurs aides essayaient de transformer les aspirations du roi en projets réalisables – «opportuns», disait-on –, même si cela revenait parfois à les émasculer complètement.

Au début du mois, une lettre de Lady Frances nous parvint de Newhall. Lord Henry s'en saisit et disparut. Une heure plus tard, il me fit appeler.

— Les affaires du roi semblent se résorber et il doit bientôt commencer sa visite dans le sud de l'Angleterre. Cependant, j'ai décidé d'aller rejoindre la famille à Newhall et de retourner avec elle à Bradgate Park pour l'été.

Je dus sourciller à la mention de Bradgate, car Lord Henry releva ma surprise et produisit l'explication suivante.

— Je sais qu'il y aura du grabuge avec Adrian si vous êtes trop longtemps ensemble à Bradgate. Frances insiste pour qu'on l'y laisse, malgré le manque de fiabilité dont il a fait preuve l'été dernier. Quant à moi, j'insiste bien sûr pour vous garder, car vous avez maintenant dépassé Adrian de beaucoup en termes de fiabilité et d'utilité ; et puis, il n'a pas votre éducation ni votre expérience à la cour : vous êtes donc un choix naturel. Northumberland est d'accord pour que vous alliez représenter la famille auprès du roi ; j'essaierai d'aller vous rejoindre plus tard.

Je ne sus quoi répondre.

— Merci, Monseigneur. C'est un grand honneur et je vous remercie de la confiance que vous me portez. Y aura-t-il de grands débours ?

Lord Henry sourit de toutes ses dents.

— C'est l'un des grands avantages. Cela ne vous coûtera pas un liard, car le roi paiera toutes vos dépenses, hormis votre équipement et vos vêtements, dont je m'occuperai moi-même. Vous aurez également besoin d'une monture supplémentaire. Jack est un véritable trésor, mais il ne pourra tenir le rythme seul, quand vous irez chasser. Demandez à Edmund de vous accompagner à la foire aux chevaux.

Je dus paraître contrarié, car il ajouta immédiatement :

— Pas pour choisir, Richard, pour payer. Et prenez-en un bon, car l'été va être long, et vous l'avez bien mérité.

Je m'apprêtais à le remercier, mais Lord Henry avait pris un de ces airs affairés dont il était coutumier, et ne voulait manifestement pas être interrompu une nouvelle fois.

— Ne tardez pas à faire vos préparatifs. La visite commence le 27 juin, et il vous faudra rejoindre la compagnie au moins un jour à l'avance. Votre ami Fergal Fitzpatrick pourra sans doute vous tenir au courant des plans de dernière minute – il sourit – qu'il tient de source sûre, si je puis dire.

Deux jours plus tard, Lord Henry s'en fut à Newhall en me souhaitant un été agréable et fructueux, et en promettant de venir me rejoindre vers la fin de la visite, peut-être au début de septembre.

## Chapitre 41

# Juin 1552
# Suffolk Place

Avec le départ de Lord Henry, le reste de la famille étant déjà à Newhall, je me dis que la vie serait tranquille à Suffolk Place, et ma prédiction s'avéra, à l'exception du besoin du Céleste Edmund de chipoter sur les moindres détails de ma tenue, de mon équipement de chasse et des préparatifs généraux pour la visite.

Puis, le lendemain du départ de Lord Henry, Edmund vint me trouver, l'air penaud et embarrassé.

— Richard, j'ai une confession à vous faire. La semaine dernière, quand Lord Henry a reçu la lettre de Lady Frances, il y en avait une pour vous également, qu'il m'a demandé de vous remettre. Mais dans toute cette bouscu-lade, au milieu de choses et d'autres, j'ai complètement oublié. La voici : j'espère qu'elle n'était pas urgente.

Je pris la lettre. Je reconnus immédiatement l'écriture de Catherine, mais ne voulais pas l'ouvrir sous le regard insistant d'Edmund. Sitôt que j'en eus l'occasion, je déni-chai un coin tranquille et ouvris la lettre. L'écriture semblait précipitée, moins précise qu'à l'accoutumée.

*Mon très cher Richard,*

*C'est avec grand empressement que je t'écris cette lettre, car je viens d'apprendre que mère enverra un messager à notre père dans l'heure qui vient, et je voulais te faire part d'un événement important qui s'est produit ici, et dont ils éviteront probablement de te parler, tellement il est gênant pour eux.*

*Comme tu le sais, la princesse Marie s'accroche toujours avec véhémence à sa religion, ce qui n'inquiète pas trop nos parents; mais Mary et moi le désapprouvons, et Jane ne peut le tolérer. Même si c'est illégal, et en dépit des intimidations constantes de Northumberland et des consignes directes de son frère le roi (ce qu'elle n'a pas peur d'admettre dans l'intimité de cette maison), la princesse continue à faire dire la messe tous les jours. Bien entendu, l'Hostie demeure toujours sur l'autel lorsqu'elle est seule ici ou qu'elle reçoit des gens de confiance, comme nous; et il est toujours bien en évidence lorsqu'on se rend à la chapelle.*

*Eh bien, avant-hier, Jane traversait la chapelle avec Lady Anne Wharton, quand celle-ci s'inclina devant l'autel. C'est alors que Jane, toujours prête à passer un savon à n'importe qui lorsqu'il est question de religion – surtout dans cette maison – a fait l'innocente et lui a demandé: «Pourquoi toutes ces courbettes? Est-ce parce que Notre-Dame la Vierge Marie se trouve dans cette chapelle?»*

*Bien sûr, Lady Anne donna immédiatement dans le panneau et répondit: «Non, Madame, je m'incline devant notre Créateur à tous.»*

*Alors Jane regarda l'autel, et voyant la rondelle de pain, dit: «Ah, mais comment pourrait-ce être notre Créateur à tous, puisque c'est le boulanger qui l'a fait?»*

*Évidemment, Lady Anne fut scandalisée et courut jusqu'à la princesse pour lui dire ce qui s'était passé, et il y eut une horrible dispute entre mère et la princesse. Celle-ci dit à notre mère que sa fille était blasphématrice et qu'elle ne tolérerait plus sa présence dans la maison. Mère, qui ne fait habituellement aucun cas de ces questions, s'est mise à défendre Jane, rappelant à la princesse qu'en matière de religion, le roi avait prescrit des consignes bien précises qui la visaient tout particulièrement, et que Jane était dans le vrai, même si elle manquait cruellement de tact.*

*Notre visite ici devra donc être écourtée, et nous partons pour Bradgate Park demain. Mère est en train d'écrire à père pour lui demander de passer ici avant de nous rejoindre à Bradgate, afin de limiter les dégâts auprès de la princesse, qui demeure l'héritière présomptive du roi, et qui n'est pas le genre de personne dont on souhaite se faire l'ennemie à vie. De plus, mère est troublée par leur querelle, car la princesse Marie et elle sont de proches amies depuis l'enfance.*

*Père usera sans doute de ses talents de diplomate pour réparer les pots cassés quand il arrivera ici, mais Jane s'est attiré de graves ennuis et restera mal vue pendant des semaines pour avoir causé tout ce gâchis. Tu peux imaginer dans quel genre d'atmosphère nous rentrerons à Bradgate!*

*Si tu en as l'occasion, j'aimerais que tu écrives un petit mot à Jane – fais comme si tu n'étais au courant de rien, mais tends-lui au moins une main amicale, car en ce moment, elle se sent plutôt seule.*

*Et moi aussi!*

*Tu me manques, Richard, et j'aimerais que tu viennes nous rejoindre à Bradgate plutôt que d'aller folâtrer dans le sud de l'Angleterre avec le roi; mais tu peux sans doute reconnaître une meilleure offre quand tu la vois, et la perspective de passer l'été aux frais du roi et en sa compagnie ne semble pas mauvaise, je suppose, surtout pour un cavalier aussi entraîné que toi.*

*Écris souvent, et raconte-moi tout. Je dois y aller, maintenant, car mère vient d'appeler le messager.*

*Je t'aime, plus que tu ne peux t'en rendre compte.*

*Cat*

Je relus la lettre deux fois, puis je la glissai dans la poche intérieure de mon pourpoint. Ainsi donc, Lord Henry ne m'avait pas dit toute la vérité. Même cette relation, aussi saine pouvait-elle paraître, méritait d'être surveillée. Je dus en tirer une dure leçon : sous la contrainte des événements, on ne pouvait faire confiance à personne.

# Chapitre 42

# Été 1552
# Petworth House

— Nous comptons sur vous pour garder l'œil ouvert pendant la visite du roi.

Au moment où ces paroles m'avaient été dites, je n'en avais pas bien saisi le sens ; mais lorsque je reçus la lettre de Suffolk, je compris quel serait mon véritable rôle. La lettre avait tout éclairci. Quand Lord Henry m'avait dit de « garder l'œil ouvert pendant la visite du roi », j'avais cru comprendre que Suffolk et Northumberland voulaient rester en contact avec la suite royale et savoir où ils en étaient dans leur voyage à travers le sud de l'Angleterre.

À présent, je me rendais compte que, lorsque Suffolk employait l'expression « n'oubliez pas vos responsabilités », il n'était pas en train de me dire (comme le reste de la lettre que j'avais devant moi le laissait supposer) d'offrir tout mon soutien au roi, mais de l'espionner au profit de Suffolk et de Northumberland – les « guetteurs » du roi. En particulier, il m'apparut clairement (bien que ce ne fût exprimé qu'à mots couverts) que le principal souci des deux ducs était la santé du roi, non pas pour son propre bien, mais pour le leur.

— Le roi ! Le roi ! s'écrièrent les hallebardiers de la garde royale.

Je bondis sur mes pieds et j'enfouis la lettre dans la poche intérieure de mon pourpoint, alors que le roi se précipitait dans la pièce avec enthousiasme. Nous étions arrivés à Guilford, partis d'Oatlands le jour précédent, et le roi se montrait de fort bonne humeur.

Alors que nous étions sur le point de quitter Hampton Court pour entreprendre notre voyage, nombre des membres du Conseil (dont Northumberland et Somerset) étant déjà partis ailleurs, Monsieur de Scheyvfe, l'émissaire de l'empereur, avait demandé une réunion afin de discuter de l'appui de l'Angleterre pour contrecarrer l'activité des Français aux Pays-Bas. Le roi Édouard avait autorisé la réunion et avait lu les lettres de protestation de l'empereur – en privé, pour lui-même, non pas aux membres du Conseil qui restaient, comme à l'accoutumée – avant d'annoncer que l'émissaire recevrait une réponse le lendemain ou le surlendemain. Celui-ci s'était retiré, satisfait.

Le départ de la suite royale pour la visite estivale avait alors été devancé, le roi s'amusant en privé de cette tentative de Monsieur de Scheyvfe d'obtenir une nouvelle réunion. Enfin, nous partîmes, l'un des gentilshommes de l'émissaire traînant à l'arrière avec nos bagages, tentant de se procurer, sans succès, des comptes rendus substantiels de nos activités pour les transmettre à son maître, activités auxquelles on prenait soin de ne pas l'inviter.

— L'empereur peut attendre avec les autres, avait dit le roi à Fergal Fitzpatrick. Je suis en vacances et nous ne nous embêterons pas avec des affaires d'État, ici ou à l'étranger.

Et le jeu se poursuivit d'un endroit à l'autre, sans aucun répit : le roi ne trouva jamais le temps de s'occuper du représentant de l'empereur ou d'aucun de ses autres suppliants qui, pour le restant de l'année, ne le quittaient pas d'une semelle.

Ce goût de liberté manifesté par le roi avait eu pour effet de transformer l'ordre social pour la durée de notre voyage. Pour marquer la coupure avec le formalisme étouffant de la hiérarchie de cour, il choisissait pour compagnons ceux qui chevauchaient le plus rapidement, ceux dont le tir à l'arc était le plus précis, ou ceux qui faisaient voler le faucon avec le plus de style, quel que fût leur rang social.

— Nous sommes les princes des fous ! s'écria le roi en entrant dans la pièce. Allons, qui chevauchera avec moi jusqu'au sommet de cette colline, là-bas ?

Il promena des yeux enjoués autour de la pièce, cherchant du regard ceux parmi ses compagnons de la veille qui avaient su tenir le coup jusqu'à la fin.

— Ah ! Voilà un bien fidèle compagnon ! Pet de Lion ! Allez-vous nous divertir encore au souper de ce soir, Richard ?

J'esquissai un sourire penaud, mais en mon for intérieur, j'étais ravi d'être reconnu par le roi, plus que je n'étais embarrassé par le souvenir des festivités de la veille. Après une journée de chasse très active et un excès de nourriture avalée trop vite au repas de midi, j'avais les intestins dérangés ; ainsi, en présence du roi, et au grand amusement de tous ceux qui l'entouraient, j'avais lâché un vent très sonore, et ce, plus d'une fois.

— Qui a fait cela ? s'était écrié le roi la deuxième fois, le sourire fendu jusqu'aux oreilles.

Fergal, toujours porté à la blague, et fin juge de l'humeur du roi, m'avait montré du doigt en criant :

— C'est lui ! C'est Richard !

Le roi, secoué de rire, avait enlevé son chapeau et l'avait posé sur ma tête, disant :

— Je vous nomme Richard Pet de Lion. Puisse votre renommée vous suivre toujours derrière.

La plaisanterie avait été bien reçue, surtout par Fergal, qui avait tendu la perche au roi, et se demandait si je finirais par faire oublier ce surnom. Il était à présent temps de mettre un terme à ce moment de gloire.

— S'il plaît à Votre Majesté, j'espère me contenir avec un peu plus de décorum aujourd'hui.

Le roi Édouard tourna la tête sur le côté et sourit.

— Décorum. C'est un joli mot. Oui, nous observerons le décorum, mais n'y apportons pas trop de formalités, car nous sommes, Messieurs… EN VACANCES !

Toute l'assemblée s'était regroupée à ces deux derniers mots, car le roi les avait inlassablement répétés au cours des derniers jours et c'était devenu une sorte de cri de ralliement.

— Mettons-nous en selle ! s'écria le roi.

Nous sortîmes tous ensemble dans le soleil de juillet, en espérant que la chasse à Petworth, où nous devions nous rendre, nous offrirait autant d'exercice et d'amusement que celle faite à Oatlands la semaine précédente.

Nous arrivâmes à Petworth – l'une des plus magnifiques demeures d'Angleterre, disait-on, et assurément beaucoup plus grandiose que Bradgate Park – le 20 juillet. Depuis le jour de notre départ, le 27 juin, le temps avait été chaud et sec. Toute la compagnie parcourait les routes depuis quatre semaines, et durant tout ce temps, nous nous étions à peine arrêtés pour souffler. À présent, nous étions descendus de selle au sommet d'une colline. Le roi, observant les terres desséchées, se tourna vers moi.

— Ces champs me paraissent bien secs, Richard. Les gens auront-ils eu le temps de récolter beaucoup de foin avant cette sécheresse ?

Je secouai la tête.

— Ce fut une année difficile, Votre Majesté. Un automne pluvieux, suivi d'un hiver froid et d'un printemps lui aussi pluvieux, et maintenant, un été plus chaud que tout ce dont je me souvienne. Ils ont peut-être pu récolter un peu de foin, mais nul doute qu'ils viendront à en manquer cet hiver.

Le roi Édouard hocha la tête d'un air pensif.

— Combien sommes-nous dans cette compagnie?

On passa quelque temps à s'entreregarder avant que quelqu'un trouvât le courage de répondre.

— Nous sommes quatre cents, Votre Majesté.

Le roi s'adressa à son maître intendant.

— Nous consommons toutes les provisions de ce pays en sécheresse. Cela ne va pas. Mes sujets ne seront pas voués à la famine par ma faute. Nous réduirons notre nombre à une centaine. Je veux que tous mes compagnons de chasse restent avec moi. Les attachés du Conseil peuvent retourner à Londres ou chez eux – ils auront à s'occuper de leurs propres récoltes, sans doute.

Il se tourna vers la foule rassemblée.

— Tout homme qui désirerait pourvoir aux besoins de sa famille a ma bénédiction pour le faire. Je ne me sentirai pas déserté et n'aurai pas piètre idée de vous si vous choisissez vos familles.

Il se retourna vers moi, qui me tenais à ses côtés.

— Allez-vous rentrer à Bradgate, Richard?

— Non, Votre Majesté, répondis-je. Le duc dispose d'un effectif complet là-bas et Adrian Stokes s'occupe maintenant du parc en son nom. Il n'a aucun besoin de moi.

Le roi Édouard sourit et hocha la tête.

— Bien. Je suis donc assuré d'avoir encore au moins un compagnon en selle à mes côtés à la fin du jour. Vous êtes un cavalier et un archer fort doué, Richard – comme le vrai paysan que vous êtes, et vous n'êtes pas obnubilé par la politique. Puissions-nous avoir plus de gens comme vous !

*Monseigneur Suffolk,*

*Nous sommes arrivés à Petworth, une demeure magnifique où nous allons rester pendant cinq jours, avant de partir pour Cowdray, où nous serons reçus par Sir Anthony Browne. Il me tarde de visiter Buck Hall, où l'on peut voir, dit-on, onze cerfs grandeur nature avec tous leurs andouillers, sculptés dans le chêne.*

*Le temps ici demeure très chaud, et les terres sont en sécheresse. Sa Majesté a ordonné une réduction de nos effectifs, de crainte que nous semions la famine dans le pays sur notre passage. Cet après-midi, après moult discussions, nous sommes passés de quatre cents à cent cinquante. Ceux qui restent sont en majeure partie des chasseurs et des archers, non des diplomates, car la compagnie royale est véritablement en vacances et les affaires d'État ont été laissées derrière.*

*Le roi semble en pleine forme, monte à cheval plusieurs heures par jour, et respire la santé et la vigueur.*

*Je crois que nous devons nous rendre dans le Hampshire vers la fin du mois, en espérant atteindre Portsmouth à la fin de la première semaine d'août, avant de nous diriger vers Southampton.*

*J'espère que vous vous portez bien, ainsi que toute la famille à Bradgate, et vous souhaite une abondante récolte.*

*Votre loyal serviteur,*

*Richard Stocker*

Je scellai la lettre et partis à la recherche de Fergal, qui m'avait dit que le roi avait pris le temps d'écrire quelques lettres, dont une missive, qui attendait depuis longtemps, à Barnaby, son cousin. Les messagers devaient partir avant le début du souper.

# Chapitre 43

## 12 août 1552
## Portsmouth

— Comme j'aimerais qu'il s'arrête de temps en temps pour souffler !

Fergal Fitzpatrick secoua la tête de désespoir et me donna un coup de coude. À l'évidence, le roi semblait de nouveau fatigué.

Cowdray avait certes été magnifique à tous points de vue, mais l'hospitalité de Sir Anthony Browne avait été jugée plutôt excessive par beaucoup d'entre nous, y compris le roi. Jour après jour, nous nous étions levés de bonne heure, chassant toute la journée ; nous avions dîné, puis soupé en ingérant quantité de nourriture, et veillé tard dans la nuit. Notre hôte était riche, ses terres étaient riches, et sa table était riche. Même si le roi s'était confondu en remerciements auprès de Sir Anthony à notre départ, Fergal m'avait confié que, comme beaucoup d'entre nous, il n'était pas fâché de mettre un terme à cette partie du voyage et de prendre la route dans l'espoir de trouver une nourriture plus simple à notre prochaine destination.

L'infinie richesse des plats servis avait grandement dérangé l'estomac du roi, et il n'était pas encore complètement remis quand nous étions arrivés à Portsmouth quatre jours auparavant. Mais au lieu de se reposer tranquillement, ce que beaucoup d'entre nous se seraient contentés de faire pendant quelques jours, le roi s'était lancé dans une visite approfondie des fortifications et des chantiers navals, lesquels avaient terriblement besoin d'être modernisés. Au cours des trois derniers jours, il s'était montré infatigable, planifiant la construction de nouvelles fortifications, ainsi que de deux châteaux forts, un de chaque côté de l'entrée du port, en plus de fossés et de remparts supplémentaires pour mieux protéger la ville elle-même.

Fergal et moi étions adossés à la muraille extérieure du port pendant que le roi, suivi par le maître du havre et ses ingénieurs, arpentaient le front de mer d'un bout à l'autre, esquissant de nouveaux plans et discutant de l'efficacité des solutions proposées. Le roi demeurait au centre des échanges, stimulé par la possibilité de parler directement aux constructeurs, plutôt que d'avoir à passer par le Conseil où ses idées étaient examinées, filtrées, et bien souvent tuées dans l'œuf.

Tandis que nous observions la scène, nos visages baignés par la fraîcheur des embruns salés soulevés par le vent, un groupe de gens que je ne connaissais pas s'avança le long de la muraille et rejoignit la compagnie du roi. Il y eut un cri de bienvenue et l'on put voir le roi serrer dans ses bras le plus grand des nouveaux arrivants.

— C'est John Cheke, s'écria Fergal, l'ancien précepteur du roi, et, après Barnaby, son ami le plus proche.

J'observai la figure érudite qui s'était agenouillée sur la muraille aux côtés du roi, face à des dessins tenus en place par de lourdes pierres, dont ils discutaient de façon animée.

— Le roi dit de lui : « Il ne m'enseigne rien ; nous découvrons ensemble », poursuivit Fergal. C'est un homme de bonne compagnie, religieux mais pas trop sérieux, instructif sans être condescendant, et totalement dépourvu des manières affectées du courtisan. Il a plus d'influence sur le roi qu'aucun homme que je connaisse, y compris…

Il hocha la tête d'un air entendu.

— Tu sais de qui je veux parler.

Je hochai la tête à mon tour. L'atmosphère des dernières semaines avait été d'autant plus légère que Northumberland était absent. Avec l'arrivée de Cheke, elle continuerait peut-être sur cette lancée, pourvu que le roi ne se tue pas à la tâche. Cheke parviendrait peut-être à le calmer.

Le lendemain matin, nous étions repartis. Cette fois, nous devions nous rendre chez le comte de Southampton à Titchfield, et visiter la fameuse ville de Southampton. À cause du long été chaud, les routes étaient exceptionnellement bonnes et les cavaliers les plus rapides (dont le roi, comme toujours) filaient loin devant la poussière soulevée par les chariots. Nous étions pratiquement arrivés à destination quand le roi, arrêté le temps de laisser passer un troupeau de bétail qui bloquait la route devant nous, s'aperçut qu'il avait perdu une grosse perle, accrochée en pendentif à son collier d'or. Quand je l'eus rejoint, il promenait çà et là sa monture, examinant le sol d'un air visiblement inquiet.

— Puis-je vous être utile, Votre Majesté ? demandai-je.

— J'ai perdu ma perle. C'est un bijou de valeur qui m'a été offert. Peut-être pourriez-vous m'aider à le retrouver ? répondit le roi, manifestement troublé.

— Quand l'avez-vous vue pour la dernière fois ? demandai-je.

Le roi répondit qu'il était certain de l'avoir encore au dîner, à quelque dix milles derrière nous.

— Dans ce cas, j'emmènerai avec moi trois bons gaillards aux yeux perçants et nous retournerons vos pas jusqu'à cet endroit, répondis-je.

Choisissant trois garçons parmi les plus jeunes et dont la vue était parfaite, je fis demi-tour et remontai lentement le chemin.

Notre progression fut entravée par la longue file de cavaliers et de chariots que le roi traînait à sa suite, lesquels avançaient sur le chemin qu'il nous fallait passer au crible ; mais après cinq milles, au sommet d'une colline, et en un endroit où je me souvenais avoir galopé avec le roi, Jack Varley, l'un des garçons, poussa un cri et sauta du haut de sa selle. Nous avions de la chance : la perle était là, toujours avec son fermoir d'or ; mais le fil d'or qui la rattachait au collier était tordu et brisé.

— Excellent travail, Jack ! m'écriai-je en lui donnant une tape dans le dos. Gardez cet objet en sécurité et vous pourrez le remettre vous-même au roi, quand nous serons à Southampton.

Nous accomplîmes le reste du voyage sans nous dépêcher, restant à notre place dans la poussière du convoi, tout en nous assurant que la perle ne soit pas perdue de nouveau. Quand nous arrivâmes enfin à Southampton, il apparut évident que la population locale s'était donné beaucoup de peine pour préparer cette visite, car les murs venaient d'être réparés et fortifiés, et une odeur de peinture fraîche flottait dans l'air estival.

Le roi était reçu au château par le comte de Southampton, au milieu d'une grande cérémonie d'accueil organisée par les gens de la ville, et j'hésitai avant de me précipiter devant avec le garçon. Je n'avais pas à m'en faire, car le roi reconnut ma tête blonde qui dépassait des autres au milieu de la foule et m'appela à lui.

— Je vois d'après l'expression sur votre visage que vous avez eu du succès, Richard. Approchez.

Je me frayai un passage à travers la foule, faisant signe à Jack Varley de me suivre.

— L'avez-vous trouvée ? demanda le roi.

Il n'y avait plus qu'une petite ride sur son front pour trahir son inquiétude.

Je secouai la tête.

— Hélas non, Votre Majesté, je ne l'ai pas trouvée.

Le roi haussa les épaules, l'air résigné.

— En tous les cas, je vous remercie d'avoir essayé, répondit-il.

Je souris.

— Mais Jack Varley que voici a fait mieux, Votre Majesté, et l'article est sain et sauf en sa possession.

Je poussai le jeune homme en avant, lequel produisit le bijou d'une main maladroite et le tint bien haut pour le montrer au roi et à tous ceux qui se tenaient là. La perle était de la taille d'un œuf de rouge-gorge, et avec son fermoir en or, représentait le salaire d'une vie aux yeux de ceux qui la virent. Il y eut un cri d'émerveillement alors qu'elle étincelait dans le soleil du soir.

Le roi la prit gracieusement et la remit à Fergal Fitzpatrick afin que celui-ci en assure la bonne garde.

— Merci, Jack, annonça-t-il d'une voix claire. Vous avez les yeux d'un faucon et l'honnêteté d'un chien-loup.

Tandis que Jack bégayait timidement sa réponse, le roi se tourna vers son intendant, qui se tenait tout près, et d'une voix puissante, en s'adressant visiblement aux gens de Southampton plutôt qu'à son intendant, dit :

— Cet homme recevra en pièces d'or la somme que valent un faucon et un chien-loup, en reconnaissance du service rendu.

La somme était énorme – assez pour s'acheter une petite ferme dans le Kent, son comté d'origine – et Jack en resta stupéfait. Il s'assit sur un banc à proximité et accepta avec gratitude le flacon de bière que lui tendait l'un des marchands à l'étal. Le roi me fit signe d'approcher et se pencha vers moi, comme pour me faire une confidence.

— C'était très noble de votre part, Richard. Un homme de moindre qualité se serait attribué le mérite d'avoir retrouvé ce joyau. Vous serez récompensé une autre fois, car c'est aujourd'hui le jour de Jack Varley.

Je m'inclinai en souriant, profondément satisfait. C'était là un vrai roi, capable de motiver ses gens.

# Chapitre 44

# Été 1552
# Bradgate Park

*Cher Richard,*

*Avant de remettre cette lettre, j'ai inscrit Southampton sur l'enveloppe, puisque c'est là que tu dois te rendre prochainement avec la compagnie du roi, selon les renseignements dont mon père dispose. Père enverra par le même messager les lettres destinées aux membres du Conseil qui voyagent avec toi, aussi j'ai bon espoir que celle-ci te parvienne sans faute.*

*J'espère que tu profites bien de la grande vie en compagnie du roi. Père a entendu dire que bon nombre d'entre vous auraient été renvoyés à la maison la semaine dernière, mais il se dit assuré que tu continueras à être de la partie pour le reste de la visite. Avec tes talents de cavalier et d'archer (sans parler de ta carrure et de ton charme), tu devrais faire bonne figure à côté de ces courtisans efféminés. J'espère bien que tu auras la chance de t'entretenir de nouveau avec le roi; cela pourrait être à ton avantage, à moins que tu ne gâches ta bonne réputation, ce qui, j'en suis sûre, n'arrivera pas.*

*Je te supplie de me réécrire dès que tu en auras la chance, car tu me manques terriblement et il me tarde de savoir ce que tu fais là-bas.*

*Cet été à Bradgate se révèle bien étrange, très différent des étés de notre enfance. L'atmosphère est empreinte d'une telle lourdeur, bien que je ne sache trop pourquoi. Mère et père se sont montrés étrangement distants, ces dernières semaines. Je ne puis dire si c'est encore à cause d'Adrian, ou bien si c'est autre chose, car ils refusent de discuter de quoi que ce soit avec nous et ne cessent de nous répéter que tout va bien.*

*Je sais qu'ils en veulent encore à Jane pour avoir causé cette dispute avec la princesse Marie à Newhall. Père est allé lui rendre visite avant de nous rejoindre à Bradgate et cela n'a pas dû bien se passer, car il était d'une humeur noire à son arrivée. Normalement, les parties de chasse que nous faisons ici suffisent à l'apaiser, mais cette année, elles ne semblent pas produire leur effet. On dirait que père ne cesse de sortir de ses gonds : la semaine dernière, il a menacé de cravacher Zachary Parker pour une peccadille, et Zachary a dit que s'il le touchait, il tuerait mon père de ses mains. Évidemment, cela a refroidi l'ambiance au souper, ce soir-là.*

*Adrian a dit à père qu'il devrait se débarrasser de Zachary immédiatement, mais père lui a rappelé que sa propre faute avait été beaucoup plus grande que celle de Zachary et qu'il devrait traiter les autres avec toute la clémence dont on avait fait preuve à son égard. Cela l'a remis à sa place, et il s'est montré moins arrogant depuis, bien qu'on puisse se demander combien de temps cela va durer. Je ne crois pas qu'il se soit très bien occupé du parc depuis qu'on l'a renvoyé ici.*

*Mère, j'en suis certaine, a encore le béguin pour lui, mais ces jours-ci elle joue les épouses dociles : tout un revirement relativement à sa manière autoritaire d'autrefois. Elle a changé depuis l'élévation de notre père au duché de Suffolk, et lui aussi s'est transformé. En fait, leurs rôles sont presque inversés, et il dirige la famille avec une assurance tranquille – c'est du moins ce qu'il faisait avant que cette dernière querelle n'éclate.*

*Jane s'est enfermée dans sa tour (comme dit la petite Mary) et dans ses livres. Je ne sais pas pourquoi elle vient ici, car elle* s'aventure rarement au parc, mais elle dit que l'air lui plaît, alors… elle peut bien faire ce qu'elle veut, je suppose. Elle a la compagnie de John Aylmer et c'est tout ce dont elle a besoin. Ils semblent passer leurs journées à écrire des lettres à leurs confrères suisses et à lire les réponses de Bullinger et des autres. On dirait qu'ils peuvent lire et relire la même lettre comme si c'était une vérité nouvelle et merveilleuse, ou un passage de la Bible. J'ai la certitude que l'école genevoise est en train d'accaparer complètement notre chère Jane. Évidemment, le nouveau Livre des prières publiques et l'Acte d'uniformité de cette année ont plutôt tendance à lui donner raison, ou du moins à prouver qu'elle partage les vues du roi ; mais selon Jane, l'Acte et le Livre ne sont pas allés assez loin.

Je crois que Jane est en train de devenir un peu zélatrice : c'est un mot grec dont elle s'est entichée, et qu'elle ne cesse de brandir. Mary et moi avons l'impression de la perdre de vue. La seule personne qui semble vraiment capable de la comprendre est ce cher Edward Seymour. Il nous a visités la semaine dernière et a passé le plus clair de son temps avec Jane, ce qui est assez normal, je suppose, puisqu'ils doivent un jour être mariés. Je dois dire que je la trouve très chanceuse – c'est non seulement quelqu'un de très joli, mais de vraiment charmant et de très gentil : l'homme idéal pour Jane. Sa visite a même réussi à égayer notre père.

Je prie pour que tu nous reviennes sain et sauf à la fin de l'été. Fais attention à toi et ne prends pas de risques inutiles. Nous voulons tous te retrouver en un morceau. As-tu l'occasion de voir souvent Fergal Fitzpatrick ? Il avait l'air d'un si bon ami.

Je dois arrêter d'écrire maintenant, car le messager nous attend en bas et doit partir bientôt.

Ta tendre amie de toujours,

*Cat*

Je refermai la lettre et regardai à travers la dense armature de plomb qui striait la fenêtre, perdu dans mes pensées. La vie semblait changer rapidement pour les trois sœurs. Hélas, elles grandissaient et, c'était peut-être inévitable, semblaient s'éloigner les unes des autres avec le temps. Moi qui ne connaissais la famille que depuis un an et demi, j'étais tout de même capable de constater ces transformations.

Catherine était probablement celle qui avait changé le moins. Elle était toujours aussi excitable et impétueuse, avec, à l'occasion, de grandes sautes d'humeur que je trouvais parfois difficiles à suivre ; mais sa nature fondamentalement enjouée demeurait, et j'espérais que la vie ne vienne jamais l'altérer. Elle était en passe de devenir une très jolie femme, et, sans doute très bientôt, une bonne épouse pour son mari. Comme j'aurais souhaité que ce fût moi ! Je n'avais pas désespéré. Des hommes de moindre qualité que moi avaient été portés bien haut par la fontaine de la vie courtisane (certains, il est vrai, avaient été rejetés sur les pierres ensuite), et j'avais bien conscience du long chemin parcouru depuis que Catherine s'était entichée du jeune fermier que j'étais. Mais avec elle, je mettais la barre très haut, et mes chances de lui donner accès au pouvoir et à la fortune dans lesquels elle avait grandi et qu'elle tenait pour acquis paraissaient bien minces.

Mary n'avait pas beaucoup changé physiquement. Il était clair, à présent, qu'elle conserverait sa petite taille et que son dos ne se redresserait pas, malgré ses vaillants efforts pour se tenir droite, à pied ou à cheval. Ses sourcils avaient encore épaissi et ses yeux étaient plus noirs que jamais, mais toujours aussi brillants et observateurs. Ce qui m'avait frappé le plus chez elle, c'était la duplicité qu'elle avait développée et qu'elle maîtrisait si bien, venant s'ajouter à une conscience particulièrement exacerbée des difficultés de l'existence, plus courante chez les courtisans aguerris que chez une enfant. Fini le temps où elle se plaisait à jacasser comme une pie, tout en laissant échapper bon nombre de secrets et d'indiscrétions. En fait, c'était désormais l'inverse : au cours des derniers mois, j'avais appris à me méfier d'elle, car son talent pour soutirer des informations dépassait de beaucoup sa disposition à les partager. Le monde lui avait servi une mauvaise donne, me disais-je ; mais au moins elle n'était pas souffrante, était bien nourrie et sous la protection d'une famille généreuse, sinon véritablement aimante.

Jane était le mouton noir. Je pris la lettre qu'elle m'avait fait parvenir avec celle de Catherine. Son écriture, comme tout ce qu'elle faisait, était presque trop parfaite. Mais sa quête de perfection était mon inspiration, la chose qui, par-dessus tout, m'incitait à viser plus haut, à me dépasser et à tirer le meilleur parti de mon existence.

Il y avait néanmoins une différence énorme entre nous. Tandis que mon désir de progresser produisait chez moi une sorte d'empressement fébrile qui me tenaillait toujours plus, Jane semblait s'élever intellectuellement avec la bienheureuse tranquillité d'une nonne. C'était presque comme si, pendant que je m'efforçais de faire des progrès dans cette vie et dans ce monde, Jane était déjà entrée dans cet autre lieu, où tout était soumis à Dieu et à la Vérité, et où les tâtonnements des hommes étaient comme un plancher souillé que l'on se devait d'enjamber le plus gracieusement possible.

C'était cela qui, j'en prenais conscience, la rendait si éthérée ; car elle conservait la plus haute idée des gens, même quand ceux-ci l'avaient laissée tomber à plusieurs reprises. C'était également cette étrange disposition envers le monde qui la gardait isolée des autres, qui la rendait si froide et si distante aux yeux de la plupart des gens, alors que je la savais chaleureuse et bienveillante.

En ouvrant sa lettre, je me rendis compte que je ressentais encore plus d'excitation et de curiosité que pour celle de Catherine. Je pouvais deviner ce que Catherine allait dire, mais avec Jane, il y avait toujours possibilité d'une nouvelle idée, d'une perspective différente ou d'une compréhension plus grande.

*Cher Richard,*

*J'espère vous trouver en bonne forme, sain de corps et d'esprit, quand vous lirez ces lignes. C'est un plaisir de savoir que vous pouvez bénéficier de la compagnie de notre cher cousin le roi Édouard, et que vous avez la chance de partager non seulement son enthousiasme pour la chasse, mais aussi son engagement envers la Réformation de notre Église, question qui demeure au centre de ses préoccupations, ainsi que des miennes.*

*Ce fut pour moi un bonheur considérable de voir ses efforts porter fruit, par l'entremise du bon archevêque Cranmer, à travers la publication du nouveau* Livre de prières. *Tout en craignant que les réformes contenues dans cet ouvrage ne soient pas assez poussées, je suis heureuse de constater que les choses progressent dans la bonne direction et, en particulier, de voir notre position clarifiée concernant l'eucharistie, dont la justesse ne saurait être remise en cause.*

*Comment peut-on se méprendre sur une vérité aussi patente ? Car il ne fait assurément aucun doute que le Corps du Rédempteur est monté au ciel et qu'il fut placé à la droite de Dieu le Père ; il ne peut donc se trouver ici-bas dans le sacrement de l'autel.*

*À ce propos, vous feriez bien d'écouter notre cousin le roi, qui a résumé notre aversion pour la profanation du plus sacré des rites par les catholiques, en décrivant ainsi leur acte de cannibalisme :*

*Ni mordre Sa chair sous nos dents,*
*Ni s'abreuver de Son sang ;*
*Ce serait trop grande absurdité*
*Ne serait-ce que d'y songer.*

*Si seulement mes parents arrivaient à mieux saisir l'immensité de ce différend, il ne leur paraîtrait pas nécessaire ou opportun de me reprocher les commentaires que je me suis permis lors de notre récent séjour chez la princesse Marie. Je suis bien consciente qu'il s'agit d'une femme de sang royal et d'une grande dame ; mais sur cette question de religion, elle se méprend et se fourvoie, et l'enjeu est d'une telle importance que tout compromis serait abjuration, et l'abjuration est impensable.*

*Cette affaire crée une division au sein de notre famille, car notre mère voudrait rester amie avec la princesse, tandis que notre père, qui adhère plus fermement à la cause des réformateurs, reconnaît que ses vues sont obstinées, erronées, et politiquement dangereuses. À présent, notre père est internationalement reconnu comme le plus puissant adhérent au mouvement de la Réforme anglaise, après le roi et Northumberland, et mes nombreux échanges avec Zurich me rappellent régulièrement la grande responsabilité qui échoit à notre famille, celle d'aider les sujets du roi à trouver la vérité vraie.*

*Quant à moi, je m'efforce de chercher cette vérité pour moi-même, et me suis mise à l'étude de l'hébreu, afin de pouvoir lire et comprendre les Écritures dans leur forme originelle. Bucer, Bullinger et Ulmis m'ont grandement assistée dans cette entreprise. Bullinger en particulier m'a écrit à de nombreuses reprises, afin de m'aider à diriger mon étude. Avec le docteur Haddon et monsieur Aylmer à mes côtés, je suis confiante de pouvoir réussir.*

*Je suis inquiète que vos études et votre éducation, qui progressaient si bien, soient à présent dissipées par les plaisirs terrestres. Vous êtes en bonne compagnie, mais je me soucie néanmoins de votre bien-être. La visite du roi exigera sans doute que vous parcouriez chaque jour de nombreux milles, et en ajoutant à cela les parties de chasse quotidiennes, vous risquez de vous trouver grandement préoccupé par les besoins physiques, au détriment des besoins spirituels.*

*Je vous conseille de ne pas laisser un tel déséquilibre s'établir, car vous risquez d'être incapable de vous atteler à la tâche à votre retour, tellement l'effort requis vous paraîtra grand. Observez le roi, ses dévotions quotidiennes, et faites en sorte de consacrer chaque jour un peu de temps à la prière, à la contemplation et à l'étude. Je vous promets qu'à votre retour, vous en retirerez une expérience plus riche que si vous vous étiez contenté de galoper toute la journée à travers le pays.*

*Je prie pour votre santé et votre bonheur, et suis impatiente de vous voir revenir sain et sauf. Entre-temps, souvenez-vous que toutes vos peines doivent vous apprendre à mourir, car c'est le chemin qui mène au salut éternel.*

*Votre amie toute dévouée,*

*Jane Grey*

Je refermai la lettre en silence et la posai devant moi sur la table.

Elle semblait devenue si étrange ! C'était comme si elle s'était complètement retirée dans son monde de livres, d'étude et de religion. Depuis que je la connaissais, Jane avait toujours été une intellectuelle, studieuse, un rien détachée ; mais elle semblait à présent se sauver de moi – peut-être de nous tous. La piété était une vertu – surtout chez une jeune femme – mais Jane semblait avoir perdu de vue l'équilibre entre le fait de lutter et celui de vivre.

Cela faisait un an et demi que j'avais fait sa connaissance, et Lady Jane avait pris dans ma vie une place toujours plus importante. Au début, je l'avais trouvée distante, moralisatrice et présomptueuse. Mais au fil des mois, j'avais constaté la fausseté de cette impression. Elle ne se préoccupait aucunement d'elle-même, ne démontrait aucun intérêt envers les biens matériels, les belles toilettes, l'argent ou le pouvoir. Seules les idées lui importaient. Bien qu'elle fût d'un naturel calme et tranquille – d'aucuns disaient morose, voire mélancolique –, elle pouvait se changer en véritable furie lorsqu'elle défendait ses idées et en particulier la vérité en laquelle elle croyait; et elle poursuivait l'expression de ces idées avec un zèle fervent, presque messianique.

Peut-être était-ce son éternelle assurance de la justesse de ses opinions (car ce n'était guère plus que cela, pensais-je) qui agaçait certaines personnes, les mêmes qui la trouvaient tyrannique, péremptoire et imbue d'elle-même. Mais je la connaissais suffisamment pour me rendre compte qu'elle-même aurait été consternée devant de tels jugements. Elle cherchait simplement à connaître la vérité, et, l'ayant trouvée (du moins le croyait-elle), elle voulait la partager avec les autres.

En fin de compte, elle se caractérisait par une honnêteté toute simple, presque naïve. Je compris soudainement que, malgré toute son érudition, malgré toutes les langues qu'elle possédait, elle était en fait une bien piètre missionnaire. En effet, son attachement à ses convictions était si fort que tous ses efforts pour les communiquer aux autres (qui n'avaient pas, pour la plupart, son remarquable intellect) ressemblaient davantage à des coups de massue qu'à de la persuasion. Pourtant, plus je voyais ses défauts, plus je l'aimais, étrangement, pour ses imperfections.

L'amour? Était-ce de l'amour que je ressentais pour Jane? Il était difficile de le dire.

Ce n'était certainement pas de l'amour au sens où j'aimais Catherine – pas un amour physique. J'aimais Catherine pour sa beauté insolente, sa grande féminité et sa bonne compagnie. Quand nous étions ensemble, il y avait cette énergie qui unissait nos deux corps, dont nous avions conscience tous les deux et nous avions l'impression de partager un espace commun, duquel les autres seraient toujours exclus. En présence de Catherine, je trouvais difficile de ne pas la toucher, et je ressentais toujours l'ardent désir de la sentir me toucher.

Mais si Catherine nourrissait mon corps, Jane nourrissait mon âme, et dans son cas, cette nourriture passait par le regard.

Quand j'étais avec Jane, je n'arrivais pas à la quitter des yeux, et lorsqu'elle me regardait, c'était comme si quelque chose passait entre nous, de telle sorte que ce qu'elle avait à l'esprit quelques secondes auparavant trouvait désormais sa place dans ma tête. Quand nous étudiions ensemble, elle avait l'habitude de me fixer, comme si elle souhaitait intérieurement me transmettre ses pensées par l'air qui nous séparait; et je sentais que mon esprit s'emplissait, presque de façon tangible, comme l'air pénétrant dans mes poumons quand je respirais. Hélas, je ne pensais pas être capable de lui rendre la pareille. Peut-être n'avais-je pas le don de transmettre la pensée? Ou peut-être n'avais-je même rien à lui enseigner, ni même à lui offrir.

Malgré ces différences, je compris que mon amour pour elles avait également deux points en commun. Le premier était ma volonté de mettre l'accent sur leurs forces, de pardonner leurs faiblesses, et de profiter à chaque instant de leur présence chaleureuse.

Le deuxième était plus difficile à déterminer. Quand je me trouvais loin d'elles et que je songeais à elles, j'étais toujours envahi d'une sensation irrésistible, entre le plaisir et la douleur: un plaisir qui me réchauffait le cœur à l'idée de les revoir, avec, en contrepartie, un vide qui me tiraillait l'estomac à l'idée – la crainte – de les perdre.

Je m'avançai vers la fenêtre, car le soir tombait et la lumière se faisait rare. Assis sur le banc, j'ouvris la lettre de Catherine une nouvelle fois. Je n'avais pas le temps de leur répondre ce soir-là, mais je pouvais relire leurs deux lettres, au moins une fois, avant d'aller au lit.

# Chapitre 45

# Août 1552
# Southampton

Le lendemain matin, le roi se leva de bonne heure et visita les chantiers navals. Il fut consterné d'y trouver quantité d'hommes désœuvrés, apparemment sans travail permanent.

— Ces hommes seront utiles sur d'autres chantiers, annonça-t-il.

Bon nombre des charpentiers locaux furent envoyés au port de Londres dès le lendemain pour travailler temporairement aux nouveaux bâtiments de guerre du roi.

L'enthousiasme du roi Édouard paraissait sans bornes, mais au fil des jours, toute cette activité finit par miner ses forces, et il sembla de plus en plus las. Nous nous rendîmes ensuite à Beaulieu, où le roi reconnut soudainement sa fatigue, disant qu'il lui fallait du repos. Mais tout comme la dernière fois, il se remit le jour suivant, et dès le milieu de la matinée, il mena la chasse.

Toutefois, les courtisans de la suite royale s'en inquiétaient de plus en plus, et il ne se passait pas un jour sans que l'un ou l'autre d'entre eux ne se faufile auprès de Fergal, ou (moins souvent) jusqu'à moi, pour nous demander si le roi avait montré des signes de faiblesse pendant la chasse. Nous pouvions tous deux leur répondre franchement par la négative, car c'était à la chasse que le roi se sentait le plus libre, et ses forces lui revenaient. Mais les courtisans pouvaient constater eux-mêmes combien il était las quand il rentrait et comme la fièvre du sport s'estompait; et ils commencèrent à envisager d'écourter la visite du roi.

Leur première approche fut de dire au roi qu'il y avait un risque de contagion de la suette. Le roi réfuta ces allégations, disant que la maladie avait disparu de l'ensemble du pays, et que la seule ville où une rumeur de contamination persistait était Bristol (qui se trouvait à de nombreux milles de là). Certains avaient également parlé de Poole. Cependant, expliqua le roi, nous venions de passer à trois milles de Poole, ou encore moins; «pourtant, personne ne craignait la maladie».

Les courtisans attendirent le lendemain et réessayèrent. Cette fois, ils recentrèrent la discussion sur un problème évoqué par le roi lui-même au début du voyage, à savoir que les frais de la visite placeraient les participants dans la gêne, autant que ceux qui leur servaient d'hôtes. À contrecœur, le roi finit par donner son accord, et il fut convenu de rentrer à Londres en passant par Wilton et Salisbury.

À Wilton House, l'hospitalité du comte de Pembroke fut la plus somptueuse de toutes. Nous chassions quatre heures par jour dans les contrées vallonnées du Wiltshire, chacun étant libre de galoper à son aise et d'admirer les paysages saisissants; mais une longue chevauchée nous attendait invariablement quelque part dans un coin perdu de la campagne, à la fin du jour, quand nous nous décidions à rentrer enfin.

Il advint une fois que le roi se perdit complètement, et la compagnie se sépara afin de battre les chemins environnants pour s'enquérir de lui auprès des paysans. Je parcourais Felstone Lane, près du village de Bowerchalk, quand je rencontrai une petite fille – elle ne pouvait pas avoir plus de cinq ou six ans – se tenant au milieu du chemin comme si elle venait d'apercevoir un ange.

— Tu n'aurais pas vu un monsieur richement vêtu passer par ici, à cheval ? demandais-je, tandis que la fillette gardait les yeux fixés sur la route.

Elle ne répondit mot et se contenta de lever la main devant elle et de pointer du doigt, tout en continuant d'observer la route, gardant l'autre pouce fermement enfoncé dans sa bouche.

— Quel est ton nom ? demandai-je.

Elle retira son pouce le temps de me répondre.

— Dew, fit-elle.

Elle ne voulut rien dire d'autre.

Je suivis le chemin jusqu'au fond de la vallée et trouvai le roi en train de mener son cheval, fatigué mais bien portant, quoique sans doute assoiffé, vers une mare à demi asséchée tout près d'une petite maison en torchis blanc.

— Richard ! C'est bien trouvé ! s'écria le roi. Je me demandais pourquoi tout le monde s'était perdu à part moi. Maintenant, nous sommes deux !

Il sourit comme un jeune garçon.

— Auriez-vous par hasard une idée du chemin qu'il faut prendre pour rentrer ?

Je descendis de selle pour abreuver mon propre cheval, et ensemble nous remontâmes le chemin à pied jusqu'au sommet de la colline, vers le manoir. La fillette avait disparu.

# Chapitre 46

# Septembre 1552
# Windsor

À Salisbury, Northumberland rejoignit la compagnie du roi et, comme à son habitude, prit immédiatement les choses en main. Forts de son soutien, les courtisans finirent par être contentés : le roi perdit tout intérêt, et la visite se transforma vite en retraite. Il fut convenu de rentrer à Windsor en passant par Winchester.

La réception de Pembroke fut somptueuse jusqu'à la toute fin. Ceux qui partageaient la table du roi mangeaient dans des assiettes d'or martelé ; les conseillers avaient droit à de l'argent recouvert de dorures ; et tous les gens de sa maison, jusqu'au plus modeste serviteur, dînaient dans de l'argent massif. Puis, comme cadeau d'adieu, il offrit au roi un lit de voyage, décoré de perles et de pierres précieuses. Repliable, il pouvait être porté par une mule.

Le roi le remercia de ce présent et lui promit d'en faire bon usage l'été prochain, à l'occasion de sa prochaine visite. Alors qu'il lui faisait cette promesse, j'observai attentivement le visage de Fergal. Ce que j'y vis fut une expression d'incrédulité. Ce que je ne pus dire, et n'osai demander, c'est si Fergal mettait en doute la promesse du roi de s'en servir, ou bien la probabilité qu'il y ait même une visite l'an prochain.

ᖗ

Ayant traversé Salisbury, Winchester, Newbury et Reading, nous arrivâmes enfin à Windsor le 15 septembre.

Fergal me confia que le roi avait écrit à Barnaby pour lui dire à quel point il s'était amusé durant tout l'été et qu'il se portait bien ; mais Fergal connaissait la vérité et me fit part de son inquiétude pour la santé du roi. Il admit également que le roi Édouard avait demandé à son cousin Barnaby de prendre congé du roi Henri II de France, chez qui il était en service depuis décembre 1551 (agissant du même coup à titre d'informateur personnel du roi).

— Je pense que Barnaby lui manque, admit Fergal en baissant la voix plus qu'à son habitude, et à mon sens, cela signifie qu'il ressent le besoin d'avoir ses amis très proches de lui. Je crois qu'il est plus malade qu'il ne veut bien l'admettre.

Il resta longuement à fixer le sol. Puis il reprit, sa voix réduite à un murmure.

— Tu sais, Richard, au plus profond de lui-même, je crois qu'il se sait très malade. Mais n'en parle à personne. Il veut te voir. Allons-y.

Nous gravîmes ensemble les marches de pierre jusqu'aux appartements royaux. À chaque porte se tenait un hallebardier qui ne pouvait manquer de reconnaître Fergal, et de lever son arme en guise de salut. Nous approchions du saint des saints, traversant la chambre de parement avant d'atteindre la chambre à coucher du roi lui-même.

Le roi était assis près de la fenêtre, secoué d'une violente toux. Quand il nous vit, il nous invita à entrer d'un geste de la main, tout en continuant à tousser. Il nous fit signe de nous asseoir, et nous obéîmes pendant qu'il se tenait la poitrine et tentait de reprendre son souffle.

— Un autre rhume, je le crains. Je suis tout à fait à bout de souffle.

Lentement, ses joues reprirent leur couleur habituelle, et il parut retrouver ses forces.

— Richard, je suis si content de vous voir. Je vous ai fait une promesse à Southampton et il est maintenant temps de l'honorer. Vous avez prouvé non seulement votre ingénio-sité mais aussi votre honnêteté et votre loyauté en me rapportant le pendentif de perle que j'avais perdu. Mais ce que j'ai apprécié par-dessus tout fut de vous voir accorder tout le mérite à un autre, quand la plupart des hommes n'auraient pas hésité à se l'approprier.

Je ne savais que dire, alors je ne dis rien, et souris en opinant du chef.

— Voici : prenez-le !

Le roi me tendit un rouleau de parchemin. Je le regardai, perplexe, avant d'ouvrir le document.

— Il s'agit d'un acte de transfert. Sans cela, on vous arrêterait comme un vulgaire voleur. Je vous donne mon cheval, le blanc, l'étalon espagnol, avec sa selle et son har-nais.

J'étais fou de joie. C'était un étalon arabe pure race, élevé en Espagne et importé spécialement par l'empereur, à Bruxelles, pour être offert au roi Édouard. J'avais eu maintes occasions de chevaucher à ses côtés pendant l'été, et d'en faire les louanges au roi. Ce cheval valait une fortune. La selle et le harnais du roi représentaient également le salaire d'une vie entière.

— Son nom, comme vous vous en souviendrez, est Ventura. Je ne doute pas que vous saurez en tirer plaisir. Je ne connais personne qui soit capable de le monter avec plus d'aisance ni plus de style, ni de s'en occuper avec plus de prévenances. Vous le méritez, Richard, et puis c'est dans l'intérêt de la bête : elle prendra maintenant plus d'exercice avec vous qu'avec moi.

J'allais lui témoigner ma reconnaissance quand le roi se remit à tousser. Il s'essuya les lèvres du revers de la main et je crus apercevoir une trace de sang. Le roi s'avisa de mon inquiétude, qu'il écarta d'un geste de la main.

— Ce n'est rien. N'y faites pas attention. Je me suis mordu la langue, c'est tout. Maintenant, partez et profitez de votre nouvelle monture avant que Northumberland ne l'apprenne et qu'il s'en trouve jaloux.

Je me levai de mon siège et le remerciai du mieux que je le pus, m'apprêtant à prendre congé. Quand je fus sur le pas de la porte, le roi me rappela.

— Richard !

Je me retournai. Le roi était adossé à un lourd fauteuil en chêne, pris d'une nouvelle quinte de toux. Lentement, il reprit son souffle et leva les yeux vers la porte, où j'attendais patiemment. Pour la première fois ce jour-là, je vis le sourire du roi Édouard. C'était un sourire forcé – visiblement, il souffrait – mais néanmoins sincère.

— Je voulais vous remercier pour votre compagnie, cet été. Vous fûtes un bon camarade. Je vous souhaite un bon retour à Londres.

C'était une remarque étrangement personnelle de la part d'un roi. En descendant tranquillement les marches de pierre froide, quelque peu ahuri, je compris que je venais de vivre un de ces moments qui m'habiteraient jusqu'à mon dernier jour.

Le lendemain matin, armé de l'acte de transfert, je passai chercher Ventura aux écuries royales, ainsi que la selle et le harnais. Je le fis lentement descendre la colline abrupte, vers la Tamise et la route de Londres. Derrière moi, deux serviteurs montaient Jack et Vixen, la jument que j'avais achetée au début de l'été. L'un d'entre eux conduisait également les deux mules portant mon petit coffre à documents et mes autres affaires. Mon grand coffre, qui contenait la plupart de mes vêtements, descendrait le fleuve par bateau plus tard dans la journée.

Je suivis du regard ceux qui, comme moi, avaient pris part à la visite et qui se dirigeaient au bas de la colline devant moi. La plupart prendraient le chemin de Londres, mais d'autres remonteraient le fleuve vers Oxford et l'ouest. Nous venions de passer ensemble l'été le plus chaud et, pour beaucoup d'entre nous, le plus agréable jamais connu, et ce fut une compagnie silencieuse qui se sépara enfin au château de Windsor, en ce jour de la troisième semaine du mois de septembre 1552.

## Chapitre 47

# 20 septembre 1552
# Suffolk Place

Je me disais que c'était bien étrange. Plus on s'impatiente, plus on est déçu quand le moment vient. J'étais prestement rentré à la maison, car je considérais désormais Suffolk Place comme mon foyer ; à présent, j'étais arrivé, mais rien de ce que j'avais rêvé ne semblait vouloir prendre forme.

En étant bien honnête avec moi-même, je devais reconnaître que j'étais surtout impatient de me donner en spectacle. Comme j'avais hâte de voir l'expression de leurs visages – surtout celui de Lady Frances – quand je leur montrerais le cadeau renversant qui m'avait été offert par le roi ! Ces réactions, je les avais déjà imaginées.

Dans mon rêve, toute la famille se tenait près des grilles, et je faisais mon entrée fracassante sur le pavé de la cour, monté sur Ventura, Jack et Vixen me suivant derrière. Quelle serait leur surprise à la vue de tous ces chevaux, car aucun d'entre eux n'avait encore vu Vixen, pas plus que Ventura ; et ils verraient ma nouvelle selle, étonnés par son allure, sa qualité, et sa provenance.

Catherine serait ravie et très fière de moi ; Jane, quant à elle, serait impressionnée, du moins je l'espérais, et me porterait plus d'estime. Enfin, Lord Henry verrait en ces récompenses une preuve de ma position privilégiée auprès du roi et n'en serait que plus attentif à mes comptes rendus, lorsqu'il s'enquerrait de la santé du roi, ce qu'il ne manquerait pas de faire, j'en étais sûr.

À présent, j'étais assis dans la cuisine, quasiment seul, devant l'unique feu qui brûlait dans toute la maison et un pot de bière chaude, me demandant à quel moment la famille serait enfin de retour.

— Ils sont partis à Sheen il y a trois jours.

Le Céleste Edmund semblait partager ma déception de n'avoir pu faire une entrée remarquée.

— Je les attends ce soir avant l'heure du souper, car Sa Seigneurie doit se rendre à Whitehall demain matin pour voir Northumberland et sa tenue de cour n'est pas avec lui à Sheen. Ils voulaient s'offrir un ou deux jours de chasse et de détente avant de renouer avec les affaires d'État.

J'eus un hochement de tête distrait.

— On dit que le roi n'est pas dans son assiette, Richard. Est-ce vrai ? Comment s'est passée sa visite ?

Je levai les yeux vers lui. Edmund n'était pas un mauvais gars : c'était un bon ami, comme on en trouvait peu à la cour et dans les sphères tout autour ; mais il était enclin à partager les secrets. Après avoir été comblé de faveurs auprès du roi, je ne désirais pas m'étendre en commérages sur la santé de Sa Majesté, ni auprès du Céleste Edmund, ni de quiconque d'ailleurs.

— Il fut d'excellente humeur tout au long de la visite, menant la chasse de jour, veillant tard dans la nuit et festoyant avec les plus vaillants d'entre nous.

Edmund sourit et se leva.

— Je suis content de l'entendre. C'est un bon roi qui cautionne la foi véritable du sceau de son pouvoir suprême. Si quelque chose devait lui arriver, la succession serait inenvisageable.

Il me lança un regard provocateur et pénétrant, mais je m'abstins de répondre. Le seul fait de spéculer sur la santé du roi était un acte de trahison, et celui de considérer sa succession en était un plus grand encore. Le silence gêné qui s'ensuivit fut enfin brisé par un remue-ménage à l'étage du dessus.

Edmund se retourna vivement vers moi.

— Vite, Richard ! Ils arrivent. Il me faut remettre tout le monde à l'ouvrage.

— Si vous continuez comme cela, il me faudra faire agrandir la maison ou trouver un autre endroit. Les écuries débordent de vos bêtes, dirait-on !

Lord Henry s'engouffra dans la pièce, le visage éclairé d'un large sourire, et me donna une tape sur l'épaule.

— Comment allez-vous, Richard ? Comment fut la visite ? À en juger par l'allure de cette selle, vous avez fait bonne impression sur quelqu'un – quelqu'un de très haut placé. Allons, apportez ce pichet de vin jusqu'à la table et racontez-moi tout. Comment va le roi ?

Pendant près d'une heure, je lui fis un compte rendu détaillé de la visite, aussi factuel et véridique que je le pus, et en essayant de ne pas enjoliver les choses comme on avait tendance à le faire à la cour. Suffolk m'écouta attentivement, les jambes allongées et croisées devant lui, un verre de vin à portée de main. Parfois, il lui arrivait de m'interroger sur des questions de détail, mais en général, il essayait de ne pas me couper la parole, soucieux de ne pas dévier de la perception que je m'étais faite des événements des trois derniers mois.

Je parlai avec aisance et honnêteté, mais lorsque j'en fus à raconter l'arrivée de Northumberland à Salisbury, je fus contraint à choisir mes mots. Lord Henry releva immédiatement cette hésitation de ma part et me questionna à ce sujet.

— Quelle fut la réaction du roi lorsque Northumberland vous a rejoints ?

C'était une question épineuse.

— Je ne doute pas qu'il fût enchanté de voir le duc ; néanmoins, son arrivée sembla signaler la fin des vacances : c'était comme si Northumberland avait sonné la cloche de l'école et que nous étions tous obligés de retourner à nos leçons.

Je guettai la réaction de mon maître. Il n'était pas facile d'expliquer à un duc l'attitude du roi devant l'arrivée d'un autre duc. Le ton de ma réponse sembla lui plaire, car Lord Henry sourit et dit, sans vraiment s'adresser à quiconque :

— Il est vrai que sa manière est parfois maladroite. Northumberland travaille trop dur, mais il agit toujours dans l'intérêt du roi et de la nation. Toutefois, je le sens de plus en plus pressé dans ses actions – comme si le temps nous manquait.

Suffolk leva soudain les yeux vers moi.

— Comment va la santé du roi ? Pensez-y bien avant de répondre, car c'est très important.

Je le regardai en silence, le temps de réfléchir un peu. Les yeux du duc – toujours attentifs – étaient à présent mi-clos, signe infaillible de sa concentration la plus intense. J'avais remarqué chez lui cette habitude lors de ses réunions à la cour : cela signifiait qu'il se concentrait pour assimiler le plus d'informations possible, sans jamais trahir ses propres pensées.

J'essayai de me concentrer autant que lui.

— C'est difficile à décrire. Au début du voyage, il était d'attaque au réveil et bien reposé. Pendant la journée, il avait l'habitude de prendre la tête, chevauchant avec une rapidité et un abandon qui effrayaient ses gardiens. Au dîner, il mangeait et buvait avec avidité, toujours d'humeur gaillarde et enclin au rire, comme nous tous. Fergal fit remarquer plus d'une fois que son père avait l'habitude de l'appeler le «petit espiègle royal», et qu'il semblait avoir retrouvé cet été sa personnalité d'autrefois.

Je marquai une pause et dévisageai Suffolk, qui continuait de me fixer avec attention, assis sans bouger, les yeux mi-clos.

— Continuez.

— Mais vers la fin du mois d'août, sa vigueur parut fléchir. Alors qu'au début, il avait l'habitude de festoyer jusqu'après minuit, en août, il se portait autrement. À l'heure du souper, il était fatigué et se mettait à tousser. Une fois que sa toux avait commencé, il se fatiguait encore plus vite, et il dut régulièrement s'excuser pour aller au lit de bonne heure.

Suffolk se pencha en avant et repoussa sa coupe de vin, comme pour laisser toute la place à notre échange.

— Quand il tousse, crache-t-il du sang?

J'acquiesçai, hochant lentement la tête.

— La dernière fois que je l'ai vu, le 16 septembre à Windsor, oui. Il a dit qu'il s'était mordu la langue.

Suffolk resta quelque temps assis en silence, regardant à travers la pièce vide, perdu dans ses réflexions. Puis ses yeux – toujours mi-clos – se posèrent à nouveau sur moi.

— Il se sait gravement malade, n'est-ce pas?

Pendant un instant, je pus revoir le roi s'essuyant la bouche du revers de la main. Cette image de lui m'était restée depuis notre dernière rencontre. Je ne pus me résoudre à répondre, aussi je me contentai d'un hochement de tête affirmatif.

Suffolk s'enfonça dans son siège avec un lent et profond soupir. Au bout de quelques minutes, il se leva et s'avança vers la fenêtre. En un murmure presque inaudible, il dit :

— La succession serait inenvisageable.

Je restai assis sans bouger, évitant de croiser son regard. Suffolk était de mauvaise humeur depuis des jours ; la plupart de ses proches avaient essayé de l'éviter, ou du moins de choisir les moments où ils étaient forcés de lui parler. À présent, j'entrevoyais peut-être la raison de ses sautes d'humeur.

« La succession serait inenvisageable. »

Le Céleste Edmund avait employé les mêmes mots. C'était donc là ce qui le troublait et le rendait si difficile. Suffolk croyait que le roi était mourant, et, en tant que chefs de file de la Réformation, sa famille et lui seraient perdus si la princesse Marie, résolument catholique, accédait au trône. Il n'était pas surprenant de les voir tous aussi préoccupés.

— Par tous les saints, tu as bon air !

Déposant la brosse dont je me servais pour panser la robe de Ventura, je me retournai.

— C'est vrai qu'il a bon air, hein ?

— Pas le cheval, gros nigaud ! Toi.

Catherine traversa l'écurie en courant et se jeta dans mes bras, pressant ses lèvres fortement contre les miennes au point où je faillis manquer de souffle. Enfin elle me lâcha, fit un pas en arrière et m'examina attentivement tout en me tenant les hanches.

— Tu as vraiment bon air ! Si seulement j'en avais l'occasion, je te laisserais m'emporter dans ce grenier à foin pour que tu me prennes sur-le-champ.

Quelque part en moi, je savais qu'elle n'était pas sérieuse. Je levai les yeux vers le grenier à foin.

— Nous pourrions faire peur à Mark Cope. À en juger par ces bruissements qu'on entend, il est déjà là-haut avec la jeune bonne, Molly.

Catherine eut un rire étouffé et me conduisit à travers la cour, jusqu'au petit jardin situé derrière la maison où personne ne pourrait nous surprendre.

— Eh bien ? Comment s'est passée la visite ? Et le roi, comment va-t-il ? La chasse était-elle bonne ? As-tu rencontré des jolies filles dans tous ces grands manoirs que tu as visités ? Allons, Richard, raconte-moi !

Nous nous assîmes sur un petit banc dans l'ombre du grand platane situé à l'extrémité du jardin, entamant une longue discussion. Au bout d'une heure, j'avais revécu tout mon voyage, et j'en étais arrivé à l'épisode où le roi m'offrait son cheval et sa selle. Catherine se répandait en exclamations admiratives et me caressait la main ou le bras à chaque occasion, aussi je m'assurais qu'elles soient nombreuses et prolongées. C'était si bon de se revoir après un été de séparation.

Enfin, j'eus l'occasion d'orienter la conversation vers elle.

— Et toi, Cat ? Une kyrielle de charmants jeunes hommes t'ont sûrement rendu visite cet été à Bradgate Park ?

Elle secoua la tête d'un air faussement timide.

— Non, pas une kyrielle, même pas un chapelet. Il y en a eu un, mais il venait voir ma sœur Jane.

Je levai un sourcil interrogateur. Je n'associais pas Lady Jane à des visites galantes.

Elle remarqua ma surprise et rit.

— Edward Seymour – Lord Hertford ! Il est venu pour une semaine, et nous lui avons tous sauté dessus. Il s'est montré particulièrement gentil avec la petite Mary, et l'a emmenée à cheval tous les jours; mais je n'arrive pas à l'envisager comme un frère, même s'il peut encore épouser ma sœur un jour.

Je fronçai les sourcils.

— Oui, j'ai été surpris de lire cela dans ta lettre. Jane m'avait pourtant dit qu'elle croyait que les fiançailles seraient annulées, après l'exécution de Somerset?

— Moi aussi, dit Catherine avec un hochement de tête, mais il semble que ce ne soit pas le cas. Il est resté une semaine et nous nous sommes quittés en excellents termes. Jane a beaucoup de chance. J'espère qu'ils trouveront quelqu'un d'aussi gentil et d'aussi bon pour moi.

Lorsqu'elle dit cela, je la sentis se dérober. Elle se tourna pour me faire face.

— Je suis désolée, Richard. C'était maladroit de ma part. Mais tu connais la situation: je t'aime et je t'aimerai toujours, mais un jour je serai promise à quelqu'un d'autre. Ainsi vont les choses. Il nous faut apprendre à vivre avec cela.

Elle se blottit de nouveau sous mon bras et me serra dans une étreinte amicale.

— Entre-temps, nous n'avons qu'à profiter au mieux de ce que la vie nous offre.

Je restai assis, pétrifié, mon bras passé autour d'elle, mais incapable de réagir à ses mouvements. Elle sentit ma raideur soudaine et relâcha son étreinte, se retournant face à moi, soudainement fâchée.

— Oh, allons Richard! Nous sommes tous deux conscients de la réalité. Rien n'a changé – ni pour toi, ni pour moi. Ne fais pas la tête; cela fait une éternité que j'ai hâte de te revoir, et maintenant tout va de travers.

Je voulus lui sourire. Je voulus la serrer en sachant qu'un jour tout rentrerait dans l'ordre, mais c'était comme si je venais de tomber d'une échelle, et que j'étais étendu sur le sol, le corps meurtri et l'âme en peine.

— Mais j'espérais…

— Je sais… Tu espérais que si tu étudiais et que tu devenais riche et influent, nous pourrions nous échapper, nous marier et vivre heureux ensemble avec nos enfants.

J'acquiesçai d'un signe de tête, au bord des larmes – des larmes de tristesse, de déception et de frustration. Je ne pouvais rien dire. Il n'y avait rien à dire. J'aurais dû être le plus fort de nous deux, mais à cet instant-là, je n'en avais pas le courage.

Nous nous levâmes, et retournâmes tranquillement vers la maison, sans nous toucher ; les quelques pouces qui nous séparaient ressemblaient à un gouffre large d'un mille. Elle s'arrêta à mi-chemin et se tourna vers moi.

— Richard, je t'en prie, crois-moi. Rien ne me ferait plus plaisir que de m'enfuir dans le Devon avec toi et de vivre dans une petite maison comme Shute House, avec seulement quelques domestiques et nos propres terres. J'en ai rêvé, soir après soir. Mais ce n'est probablement rien d'autre que cela : un rêve. Il nous faut encore rêver, nous deux, car le monde est si incertain que seuls nos rêves peuvent nous tenir à flot ; mais il nous faut aussi garder prise sur la réalité, et la réalité est que je suis vraisemblablement la cinquième héritière du trône, et que je n'aurai peut-être jamais la maîtrise de mon destin…

Elle me prit la main et me regarda profondément dans les yeux, avec la sincérité la plus totale.

— Même si je le souhaitais plus que tout au monde ; et je le souhaite, mon amour, crois-moi.

Elle s'arrêta devant la porte et m'embrassa doucement, sachant que je reviendrais bientôt à ma réalité – aux écuries, à mes chevaux, et à mon travail de secrétaire auprès de son père – comme elle retrouverait la sienne dès qu'elle franchirait le pas de la porte.

Comme nous nous quittions, la porte s'ouvrit et Lady Frances apparut dans l'embrasure, suivie de près par son mari. D'un regard circulaire elle releva notre air dépité, nos épaules tombantes.

— Avez-vous fini par accepter la dure réalité, Richard ? Vous en avez mis du temps !

Elle s'en fut rapidement dans le jardin.

Lord Henry s'arrêta et nous considéra tous deux avec compassion.

— C'est un monde difficile pour nous tous, mais souvenez-vous, il y a des gens là-bas – il regarda de l'autre côté de la Tamise en direction de la Cité de Londres – qui souffrent beaucoup plus qu'aucun de vous deux. Il nous faut jouer avec la donne que Dieu nous a servie, avec honnêteté et en donnant le meilleur de nous-mêmes. C'est ce que nous avons de mieux à faire.

Il se détourna pour suivre sa femme. Catherine m'adressa un dernier regard, long et triste, avant d'entrer dans la maison. Je m'apprêtai à retourner aux écuries quand Lord Henry m'appela, debout dans le gazon.

— La journée de demain commencera de bonne heure, Richard. Northumberland nous attend à Whitehall à neuf heures. Nous partirons à sept heures – tenue de cour exigée. Les vacances sont finies pour nous tous.

Ayant terminé de soigner les chevaux, j'avais avalé mon souper, puis je m'étais retiré dans ma chambre pour lire. J'avais beau essayer, le même paragraphe ne cessait de défiler devant mes yeux sans que j'en retienne quoi que ce soit. J'avais le cerveau mort. Je ne pouvais réfléchir à rien. Une phrase me revenait constamment, tout juste insaisissable, aux confins de mon esprit. Puis soudain, elle m'apparut clairement.

— Une petite maison. Comme Shute House, avec seulement quelques domestiques et nos propres terres.

Voilà ce qu'elle avait dit, et en une phrase, elle avait tout résumé. Car le domaine de Shute House était bien au-delà de mes rêves les plus fous ; mais elle s'en servait, à titre d'exemple seulement, pour représenter le minimum envisageable pour elle. Le rêve s'était enfin brisé et transformé en cauchemar. Elle était, et resterait toujours, hors de ma portée.

On frappa doucement à la porte de ma chambre. Hébété, je me levai et l'ouvris tout grand.

Lady Jane entra dans la pièce avec son silence habituel. Sitôt qu'elle me regarda, je sus qu'elle venait de parler à Catherine. Embarrassé, je l'invitai à s'asseoir sur mon lit, qui constituait tout l'ameublement de ma chambre, hormis le coffre qui contenait toutes mes affaires sauf celles que je rangeais à l'écurie et la sellerie. Elle se percha sur le bord du lit, l'air gêné, tandis que je restai debout à la regarder. Je ne pouvais me résoudre à m'asseoir à côté d'elle – ce ne serait pas convenable ; au lieu de cela, je sortis quelque vêtements sales de mon coffre et m'assis inconfortablement sur le couvercle.

— Je suis tellement désolée, Richard. Il semble que vous ayez eu toutes les raisons d'espérer un retour en grande pompe et d'heureuses retrouvailles avec notre famille. Au lieu de cela, vos rêves ont été brisés. De grâce, ne blâmez pas Catherine, car elle est éperdument chagrine et ne sait plus que faire, à présent. Elle n'a dit que la vérité et vous ne devriez jamais en vouloir à personne d'avoir agi ainsi. La vérité est sacro-sainte, bien que le fait de la dire soit parfois teinté de générosité, et parfois de méchanceté.

Je restai assis tête penchée, incapable de dire un mot, me contentant de hocher la tête pour montrer que j'écoutais ce qu'elle disait, et que je l'acceptais.

— Vous connaissez mes vues sur l'existence, Richard. Pour la plupart des gens, il s'agit simplement d'un combat pour survivre : vous l'avez vu dans les terres du Devon et dans les quartiers pauvres de Londres. Ceux qui naissent en meilleure famille sont libérés de ces fardeaux, mais ils en reçoivent d'autres : le fardeau de la responsabilité passe avant tout. Tout comme le destin du fermier est lié à ses terres et au besoin de les préserver pour les générations futures, celui des grandes familles est lié au patronyme, à sa préservation et sa continuation.

Elle me fit signe de m'asseoir à côté d'elle. Docilement, car il ne me restait plus aucune volonté, je lui obéis, posant ma tête contre son épaule pour plus de réconfort. Elle passa le bras autour de moi et m'appuya tout contre elle ; et dès lors que je lâchai prise, ma respiration se changea en sanglots, comme ceux d'un enfant qui ne comprend pas. Machinalement, et avec un instinct maternel qu'aucun d'entre nous ne semblait lui connaître, elle me caressa les cheveux jusqu'à ce que je me calme.

— Votre père a sa destinée, et, vous me l'avez déjà dit une fois, il s'en contente, quand bien même elle constitue pour lui une prison. De la même manière, Catherine, Mary et moi avons notre destin – plus grand, mieux nanti, avec des provisions plus généreuses, peut-être ; mais c'est notre prison quand même. Vous êtes dépaysé, Richard, parce que vous avez échappé à votre destin, sans avoir pu encore identifier ou accepter le sort qui vous attend.

Pendant quelque temps, elle me serra contre elle en me caressant la tête, comme le ferait une mère pour un enfant chagriné.

— Je n'ai jamais serré un homme dans mes bras de cette façon, jamais senti sa chaleur et son cœur battre contre moi. Je n'ai que des sœurs et n'ai même jamais étreint un frère. Pour des raisons que je ne peux me résoudre à expliquer, je suis normalement incapable de me laisser approcher par un homme, encore moins de me laisser toucher, mais avec vous, c'est différent, Richard. Vous êtes honnête, fort, mais aussi vulnérable, et je me sens en sécurité auprès de vous. Quand nous étudions ensemble, je regarde dans vos yeux, et c'est comme si la fenêtre de votre prison était face à la mienne, de sorte que nous pouvons nous voir, communiquer par le simple regard, et jouir de la liberté que nous trouvons entre ces deux fenêtres.

Je levai la tête et la regardai. Je n'avais jamais été si près d'elle, et je la sentis se dérober, sa crainte resurgissant instinctivement dès lors que j'étais moins vulnérable. Je me glissai vers l'autre bout du lit pour lui donner de l'espace, et la vis tout de suite plus détendue.

— Ce que vous dites à propos de fenêtres – je ressens la même chose, exactement la même chose. Quand vous m'enseignez le latin ou l'italien, mais surtout la rhétorique, je sens une force presque physique joignant nos esprits ensemble, à travers nos yeux. Croyez-vous qu'il peut s'agir d'une force physique, mais invisible ?

Elle sourit, à nouveau détendue.

— Je ne sais pas. Tout ce que je sais, c'est que si vous le sentez et que je le sens, alors ce doit être vrai. Ce que c'est m'importe peu, mais j'aimerais que nous continuions.

Nous étions assis l'un devant l'autre, à chaque bout du petit lit, les yeux dans les yeux.

— Croyez-vous que vous serez heureuse ?

— Un jour. Cela, je n'en doute pas, car j'ai confiance en Dieu, je ne crains pas la mort, et je crois au salut éternel. Avant cet heureux instant de libération, dans cette vie, j'en suis moins sûre, mais je pense que je le serai. Je suis fiancée à Edward Seymour, Lord Hertford, avec lequel je vis également la même sensation que nous venons de décrire. Il partage mon amour pour Dieu, les livres et l'érudition, et à part vous, c'est le seul homme que je puisse encore tolérer à mes côtés. J'ai bon espoir que nous nous marierons et que nous pourrons nous distancer de la vie de cour et vivre tranquillement, dans une petite ville épiscopale, avec une chapelle et une bibliothèque.

Je lui souris. Pendant un instant, je voulus m'approcher et lui faire l'accolade, pour lui signifier tout le plaisir que j'avais en sa compagnie ; mais je craignis que mon geste soit mal interprété et ne voulus pas gâcher cet instant.

— Croyez-vous que je vais trouver le bonheur moi aussi ? demandai-je.

Elle me fixa intensément, mais son regard parut se troubler. La « sensation » l'avait quittée, mais elle essaya encore.

— Je crois que vous le trouverez, mais où, je n'en sais rien. Votre vie a tellement changé au cours des seize derniers mois. Il me souvient d'une image que vous évoquiez naguère pour moi et mes sœurs, celle d'un marin en haute mer, bien loin des terres ; mais tel que je vous vois en ce moment, vous êtes perdu, et devez trouver le moyen de naviguer jusqu'à votre destination – quelle qu'elle puisse être.

Sa réponse était incomplète, mais honnête. Je lui souris en guise de remerciement.

— Quand les marins sont loin des côtes, ils trouvent réconfort en pensant à leurs êtres chers, avec la certitude qu'on ne les oublie pas. Quand je serai en haute mer, puis-je croire que vous ne m'aurez pas oublié?

Elle se leva et se pencha vers moi, prenant mes puissantes mains dans les siennes, toutes menues.

— Oui, vous le pouvez, pourvu que je puisse me réconforter par la même pensée.

Une sensation chaleureuse m'envahit le cœur. J'essayai de me lever, mais dans cette chambre étroite, étant donné ma taille et ma carrure, elle m'aurait trouvé menaçant. Au lieu de cela, je me laissai choir sur un genou, comme un chevalier jurant foi et hommage, et lui pris de nouveau la main.

— Ma chère Lady Jane, je vous en fais la promesse sincère et éternelle.

# Chapitre 48

# Novembre 1552
# Palais de Westminster

— Sainte Marie, mère de Dieu! Quel mois d'enfer nous avons vécu!

Cela me fit grimacer. «Comme j'aimerais que les Irlandais cessent de blasphémer avec tant de vigueur!» pensai-je.

Je considérais Fergal Fitzpatrick comme l'un de mes meilleurs amis, et l'un des hommes les plus amusants de la cour, mais il prenait à l'occasion certaines libertés avec la langue. Le roi l'admonestait à ce sujet au moins une fois par semaine, et chaque fois il s'excusait, mais cela n'y changeait pas grand-chose. Nous étions à présent assis dans un coin reculé de la salle des domestiques dans les caves du palais de Westminster, bavardant à voix basse; car si l'on nous entendait, le sujet de notre conversation nous vaudrait tous deux la prison.

— Ils ont failli l'achever à eux seuls. Tu sais à quel point il était malade quand tu l'as vu pour la dernière fois, en septembre?

Je m'en souvenais très bien. Je n'avais pas revu le roi une seule fois depuis ce jour mémorable, et à présent, les nouvelles étaient encore plus mauvaises, si cela était possible.

— Qui ça? Qui veut l'achever? demandai-je.

— Eh bien, ils l'ont convaincu d'aller se reposer à Windsor, même s'il déteste cet endroit à mourir, puis ils l'ont fait s'installer à Hampton Court avant son anniversaire, le 12 octobre. Alors il a semblé prendre du mieux, car Hampton Court lui plaît autant que Windsor peut lui déplaire ; mais ensuite, nous avons eu droit à une dispute idiote avec ce personnage hautain et imbécile, j'ai nommé bien sûr l'ambassadeur d'Espagne.

— À quel propos ?

Je ne connaissais pas cette histoire.

— Oh, l'ambassadeur s'est fait annoncer quand nous étions à Hampton Court, et le roi a joué son rôle à merveille, comme toujours – tu sais, leur faire croire qu'il est leur meilleur ami, rire de leurs plaisanteries stupides, tout ça. Eh bien, l'ambassadeur lui apprend qu'il a un nouveau fils ; le roi aimerait-il en être le parrain ? « Bien sûr », répond le roi pour être gentil. Alors l'ambassadeur s'enhardit jusqu'à lui demander s'il voudrait assister au baptême. « Non », dit le roi, voyant bien qu'on essayait de le manœuvrer pour qu'il assiste à une cérémonie catholique. « C'est à l'encontre des vœux que j'ai prononcés lors de mon couronnement, mais j'enverrai un cadeau à l'enfant. » Entendant cela, notre homme perd complètement la boule, prend congé de la cour et n'y met plus les pieds pendant des semaines, dans une sorte de bouderie. Eh bien, comme tu peux l'imaginer, le roi n'était pas trop content et a fait une rechute.

— Est-ce qu'il va mieux, maintenant ?

Fergal me jeta un long regard courroucé.

— Veux-tu bien me laisser finir l'histoire ? Eh bien, poursuivit Fergal, ensuite de cela, Northumberland commença à s'inquiéter parce que le roi était repris par ses violentes quintes de toux, alors il s'arrangea pour que le roi soit emmené à Westminster sur le fleuve. On finit par comprendre ce qu'il avait derrière la tête : il voulait lui faire rencontrer un médecin italien du nom de Girolamo Cardano, qui venait de guérir l'évêque de Saint-Andrews de l'asthme, alors que tous les autres docteurs avaient faussement diagnostiqué une consomption pulmonaire.

Je l'écoutai plus calmement. Fergal avait parfois tendance à radoter de manière inconséquente, mais ce qu'il disait là semblait sensé : je savais que dans l'entourage privé du roi, on pensait que sa toux était causée par une consomption des poumons.

— Puis, il nous fit une comédie interminable à propos d'un échange d'idées avec l'homme de science – ce qui est ridicule puisque tout le monde savait bien pourquoi le médecin était là. Qu'importe, ils ont dû se voir à quatre reprises en tout et ils se sont entendus à merveille, sauf qu'à un moment donné, le médecin a malencontreusement laissé entendre que le roi était peut-être un peu sourd. Sourd ? Quelle farce ! Je vais te dire de quoi il en retourne, car le roi m'a avoué lui-même qu'il n'arrivait pas à comprendre le latin du docteur Cardano, parce que, dit-il, son accent italien était trop fort. Son accent italien ? Ah, ha !

Cette fois-ci, je commençai à m'impatienter.

— A-t-il trouvé un remède ?

Fergal leva les mains vers le ciel avec un sourire sarcastique :

— Le pape est-il catholique ? Qu'est-ce que tu crois ? Le pauvre homme n'avait aucune chance, car s'il avait osé poser un diagnostic juste, ils l'auraient enfermé dans la Tour ; et il ne pouvait lui prescrire aucun médicament, puisqu'il n'était même pas supposé être là pour le soigner. Ils s'imaginent tous que le roi ne comprend pas le mal qui l'afflige. Ridicule : il n'est pas idiot et sait ce qui arrive aux hommes de sa famille quand ils se mettent à cracher du sang. Il le sait très bien. Tout ce que Cardano a pu faire, c'est avertir Cheke en privé de ce qu'il savait déjà, à savoir que le roi faisait un peu de consomption pulmonaire et qu'il fallait qu'il se repose autant que possible.

Parfois, ce rituel de cour m'exaspérait au plus haut point.

— Alors, le roi a-t-il pu se reposer comme il faut ?

Fergal secoua la tête d'un air résigné.

— Non, c'est ce que je vais t'expliquer, si tu veux bien arrêter de m'interrompre. Le roi essayait de prendre du repos, mais à la mi-octobre, alors que le nouveau *Livre des prières publiques* était chez l'imprimeur et prêt à sortir, John Knox est venu prêcher devant le roi à Westminster, contestant vigoureusement le geste de la table.

— Qu'est-ce que c'est que ça ?

— Exactement… En gros, il est contre le fait de s'agenouiller pour recevoir le sacrement, un geste d'idolâtrie et d'adoration assimilable au catholicisme, donc condamnable.

Je haussai les épaules.

— Je vois. Knox a-t-il reçu du soutien ?

— De la part de Northumberland, pour commencer, et de ton maître, Suffolk (sans doute aidé et soutenu par cette chère Lady Jane), ainsi que de l'archevêque Hooper. Ils ont tous pris fermement position, croyant faire plaisir au roi, qui semble pencher de plus en plus vers la doctrine calviniste – et aussi, sans doute, parce que l'archevêque Cranmer et la plupart des autres évêques étaient d'avis contraire. Tu sais combien Northumberland déteste Cranmer.

— Quel était l'avis du roi ?

Fergal me saisit le bras, comme pour donner plus de poids à ses paroles.

— Eh bien, c'est ce qui a jeté un pavé dans la mare, car le roi ne voulait pas retarder plus longtemps la parution du *Livre des prières*. Tu n'es pas sans savoir qu'il a rédigé une bonne partie de cette édition lui-même, de sa main. Il était donc disposé à balayer l'affaire sous le tapis, dans l'intérêt de la publication, mais Knox a fait un tel tapage qu'il n'a pas été possible de passer outre, et il y eut un grand débat à Windsor.

— Le roi a donc dû retourner à Windsor ?

— Exactement ; tu commences à comprendre, Richard. Il a dû se rendre à Windsor pour entendre tout ce débat, qui se transforma bientôt en engueulade. Je vais te dire combien le roi était fatigué : il n'a même pas pris de notes – et tu sais qu'il en prend toujours – mais a plutôt demandé à Cranmer de lui résumer les arguments de chaque camp.

— Et quel fut le résultat ?

— Comme on pouvait s'y attendre, le roi a fini par en faire à sa tête, et le nouveau *Livre des prières* a été publié le premier de ce mois, mais affublé d'une « rubrique noire », apportant des modifications au geste de la table et spécifiant que le communiant s'agenouille pour recevoir le sacrement en signe de révérence, et non par idolâtrie.

Je me penchai en avant sur la table d'un air complice.

— La nuance me paraît assez fine.

Fergal hocha la tête.

— Était-il vraiment nécessaire d'inquiéter le roi pour de pareilles vétilles, de le trimballer de-ci de-là et de l'énerver avec un retard de publication pour son *Livre de prières* ? Tout cela l'a vidé. C'était la dernière chose dont il avait besoin, et nous aussi.

— Comment va Sa Majesté, à présent ?

Fergal m'attira plus près de lui, car il était dangereux de discuter de la santé du roi. Il promena les yeux autour de la salle vide afin de s'assurer que personne ne venait d'entrer.

— Soit dit entre nous, je pense que sa santé se détériore. Il a ses bons et ses mauvais jours. Mais au fil des mois, il décline. Il n'y a qu'à prier pour que l'hiver soit court et le printemps clément, pour qu'il puisse prendre un peu de soleil dans le dos.

Je donnai mon assentiment d'un signe de tête.

— Dieu t'entende. Le roi va-t-il pouvoir rester à Westminster, maintenant, et se reposer ?

— N'y compte pas. Nous partons pour Greenwich dans quelques semaines afin de préparer la saison de Noël. Au moins, le roi aime Greenwich et il peut regarder les navires monter et descendre sur le fleuve. Cela lui fait toujours plaisir. Mais le climat y est un peu humide, surtout quand les brumes hivernales se lèvent sur le fleuve, et cela empire souvent ses quintes de toux.

— Eh bien, j'espère qu'il pourra prendre tout le repos qu'il mérite. Et toi aussi, Fergal. On dirait que tu as aussi souffert de toute cette histoire.

Fergal haussa les épaules.

— Ah ! Ça va aller. C'est au roi qu'il te faudra songer pendant la saison des fêtes. Qu'est-ce que tu fais pour Noël, Richard ?

— Je n'en suis pas certain, mais je soupçonne que la famille tout entière sera aux côtés du roi à Greenwich. Suffolk ne nous a encore rien dit, mais j'en déduis qu'il songe à quelque chose de ce genre d'après l'une de ses remarques, l'autre jour.

— Eh bien, je l'espère, dit Fergal en souriant. Si tu te trouves vraiment à Greenwich, nous devrions avoir l'occasion de nous défiler à un moment donné et de nous amuser.

Il leva les yeux, plus sérieux à présent.

— En espérant que le roi ne soit pas si malade qu'il ait besoin de moi constamment. Si c'est le cas, il faudra s'amuser une autre fois.

Je comprenais bien. C'était la même menace qui planait sur nos vies.

# Chapitre 49

## Mi-décembre 1552
## Palais de Westminster

Une aube grise venait de se lever, par un triste matin de décembre. Lord Henry était assis derrière son secrétaire, dans son bureau de Suffolk Place, observant de l'autre côté de la Tamise les murailles et les tourelles de la Cité de Londres. À l'approche de Noël, il aurait eu raison d'être fier du travail accompli cette année-là. En effet, un peu plus d'un an s'était écoulé depuis son élévation de marquis de Dorset à duc de Suffolk : âgé de trente-cinq ans seulement, il était membre du Conseil privé et représentait, après Northumberland, le plus puissant seigneur du pays.

À sa gauche était assis, une tête au-dessus de lui, son protégé Richard Stocker, moi-même. J'aurais eu raison, moi aussi, de considérer l'année qui s'achevait avec satisfaction : naguère second écuyer à Bradgate Park, j'étais devenu, en l'espace de quelques mois, scribe, secrétaire personnel et, de plus en plus, confident attitré du duc, et j'évoluais doré-navant au milieu de rois et de princesses.

Il ne faisait pas vraiment froid – les eaux peu profondes sur le bord de la Tamise ne montraient aucun signe de gel, comme on en voyait souvent, disait-on, à cette époque de l'année ; mais le ciel de Londres avait pris une teinte menaçante, gris comme l'acier, et visiblement nous aurions droit à du temps hivernal avant l'arrivée de Noël.

Deux vaisseaux marchands, tous deux récemment déchargés à Poles Wharf, de l'autre côté du fleuve et en aval, se faisaient touer vers le milieu du courant, cherchant sans doute à être emportés par le reflux avant l'arrivée de la tempête.

Plus loin en aval, je pouvais apercevoir la façade austère mais imposante de Baynard's Castle, qui s'élevait majestueusement en dessous du Temple et de Blackfriars. Son propriétaire et son occupant, William Herbert, était un autre proche sympathisant de Northumberland. Il était devenu comte de Pembroke en octobre dernier, au moment où Suffolk et Northumberland avaient obtenu leurs duchés respectifs.

« Si tu veux réussir, pensai-je, la marche à suivre est claire : tu me fais une petite faveur, je t'en rendrai une autre, et ensemble nous en ferons une au roi – la source du pouvoir suprême. »

J'observai le visage de Suffolk, ridé par la fatigue et l'inquiétude.

— Je serai content de mettre l'an 1552 derrière moi, soupira-t-il. La montée fut longue et ardue, et nous a tous laissés pantois. Le roi est las, je suis las, et Northumberland m'a avoué hier soir que, ayant veillé lui-même aux préparatifs des fêtes de Noël de cette année, il est tellement épuisé qu'il n'a plus l'énergie suffisante pour y prendre part. Ce qui signifie, dit-il en se tournant vers moi d'un air résigné, que nous devrons occuper la place d'honneur et tenter de divertir le roi de ses problèmes de santé.

Je fixai son regard fatigué. « Oui, c'est cela », pensai-je. Il faut à tout prix redonner vie au roi, car s'il meurt maintenant, l'héritière présomptive demeure la princesse Marie, une catholique, et si elle vient à prendre le pouvoir, tout s'écroulera comme un château de cartes. Northumberland, Suffolk, Pembroke et les autres seront déchus, et leurs vies mises en danger ; et Durham House, Baynard's Castle et la grande demeure de Suffolk Place tomberont tous entre les mains de sympathisants catholiques. Ainsi, la fragilité de l'édifice n'en devenait que plus évidente.

— Est-ce que vous pensez la même chose que moi ? demanda Lord Henry.

Je hochai la tête, le cœur lourd.

— Oui, je crois.

Suffolk soupira.

— Tout est si précaire – l'avenir de la nation, son destin, que l'on souhaite la meilleur possible – tout cela repose sur la vie d'un homme, et, à défaut de cela, sur son successeur.

— Mais le roi survivra ?

Le ton de ma voix trahissait mes doutes, car ce que je voulais émettre comme une affirmation catégorique et encourageante avait pris l'allure d'une question.

— S'il plaît à Dieu, oui, grogna Suffolk, et pour lui en donner le goût, Northumberland lui a promis qu'il obtiendrait sa majorité à l'avance, en octobre prochain, le jour de ses seize ans. Cela sera confirmé quand le Parlement retournera siéger ce printemps, et l'annonce sera immédiate.

Il secoua la tête, comme si la perspective d'une autre année pesait sur lui comme un fardeau.

— L'année qui vient sera une épreuve pour nous tous.

Tout en disant cela, Suffolk ne semblait plus avoir trente-cinq ans, mais cinquante-cinq.

— Je m'inquiète au sujet de Northumberland. Ces dernières années, il s'est tenu debout comme une tour ; mais le combat contre Somerset l'a épuisé, et la question de la santé du roi et de la succession doit le tourmenter, comme elle me tourmente.

— Quel âge a maintenant Northumberland ?

Suffolk réfléchit pendant un instant.

— Je dirais environ cinquante, cinquante et un ans. Pourquoi cette question ?

Je haussai les épaules.

— C'était sans raison précise. Seulement, vous avez dit qu'il se fatiguait et je me demandais quel âge il pouvait avoir.

Je regardai en direction de Baynard's Castle, de l'autre côté du fleuve.

— Et quel âge a Pembroke, alors ?

— Il a cinq ans de moins – quarante-six ans. Où voulez-vous en venir, Richard ?

Je lui fis mon sourire le plus hypocrite. D'ordinaire, cela fonctionnait. Suffolk avait la faiblesse d'être obsédé par la supériorité et l'éminence de son rang, à tel point qu'il avait tendance à sous-estimer les autres.

— Il semble que vous soyez parvenu au zénith avant tout le monde, Monseigneur.

Suffolk se tourna à moitié vers moi, comme sur le point de s'enorgueillir de cette flatterie, mais il s'arrêta et posa le regard de l'autre côté du fleuve.

— Oui, eh bien…

Il marqua une pause, observant les différentes résidences de ses associés.

— C'est plus facile en épousant quelqu'un de la famille royale, évidemment, comme Pembroke l'a fait chez les Parr, et comme je l'ai fait avec Madame. Mais Northumberland ! Il a tout conquis seul. Il s'est battu pour tout avoir ; du plus bas échelon, il s'est hissé jusqu'en haut, seul artisan de sa propre réussite.

Je ne m'étais pas rendu compte de toute l'admiration qu'avait mon maître à l'endroit de son aîné.

— Mais vous avez raison, poursuivit Lord Henry. Northumberland est beaucoup plus vieux que moi et il est au bout du rouleau. S'il devait lui arriver quelque chose, et que le roi devait survivre, alors moi, qui suis beaucoup plus proche de votre génération et de celle du roi, je pourrais... qui sait?

Son regard en disait long. C'était dans des moments comme celui-là que mon maître était le plus enclin à penser tout haut et à faire des confidences.

— Mais si le contraire devait se produire et que Northumberland survivait au roi, qu'adviendrait-il alors? demandai-je, tout en espérant que le moment était bien choisi et que je n'avais pas dépassé les bornes.

— Alors, dit Lord Henry, nos perspectives d'avenir seraient sévèrement compromises et il nous faudrait réfléchir longuement et sérieusement. Dans tout cela, la clef est de toujours se tenir au courant du véritable état de santé de Sa Majesté. C'est pourquoi il est absolument essentiel que vous continuiez à entretenir de bonnes relations avec votre ami Fergal Fitzpatrick. C'est peut-être dans cette amitié que se trouvent nos chances de salut pour l'avenir. Je vous suggère d'essayer de le rencontrer plus tard dans la journée, lorsque nous aurons assisté à la réunion du Conseil.

❧

— Qu'est-ce qui se passe, Fergal? Tu as l'air sérieusement déprimé.

C'était probablement la première fois que mon ami ne souriait pas en ma présence.

Fergal était assis, le visage enfoui dans les mains, l'air très abattu.

— C'est mon cousin, Barnaby. Cela faisait quatre ou cinq mois qu'il négociait son départ de la cour française, car le roi Édouard s'ennuyait de lui et voulait le revoir ici. Il avait enfin réussi à se déprendre, mais il vient d'être rappelé en Irlande où son père, mon oncle, se meurt; ainsi il doit mettre ses affaires en ordre. Évidemment, il est bouleversé à cause de son père, mais il a aussi le sentiment de laisser tomber le roi. Quant à moi, je suis remué parce que mon oncle se meurt et parce que le roi s'ennuie, et qu'il est à vrai dire un peu effrayé; et il n'y a rien que je puisse faire pour remédier à tout cela.

Je pris place à ses côtés et, pendant quelque temps, nous restâmes tous deux perdus dans nos pensées. Enfin, je lui donnai un petit coup de coude.

— Soit dit en passant, c'est confirmé : toute notre famille sera auprès du roi pour les fêtes de Noël à Greenwich. Apparemment, Northumberland a tout préparé et se sent trop épuisé pour y participer lui-même : Suffolk prendra donc sa place.

Fergal esquissa un sourire.

— Je suis content de savoir que tu seras là, Richard, mais je crains que tu ne me trouves de bien mauvaise compagnie cette année, à moins que la santé du roi ne s'améliore de façon significative. Northumberland! Comme je hais cet homme. Il prétend avoir fait tout le travail… Foutaises que tout cela! C'est George Ferrers qui s'est chargé d'organiser la plupart des festivités. Je le sais parce que l'un de ses écrivains, John Heywood – un catholique, mais qui connaît bien son métier – a été emprisonné, et le roi a dû le faire sortir des geôles. Ferrers a travaillé aux préparatifs avec Sir Thomas Cawarden, qui sera maître des divertissements cette année. Ils essaient d'en faire un grand spectacle, afin de « divertir le roi de ses ennuis »; mais ça ne fonctionnera jamais, car le roi est plus malade qu'ils ne le croient, et de toute façon, il est déjà bien au courant de ce qu'ils manigancent.

Je levai doucement les yeux vers lui.

— Il va très mal, n'est-ce pas ?

Fergal leva la tête avec lassitude. Visiblement, il avait manqué beaucoup d'heures de sommeil, car de grosses poches se voyaient sous ses yeux.

— Je vais te dire à quel point il va mal, Richard. Le 30 novembre, il a écrit la dernière entrée dans son journal. Depuis, je lui ai demandé à plusieurs reprises s'il voulait en écrire davantage, mais il dit qu'il n'en a pas la force. Et ça, c'est très mauvais, tu peux m'en croire. Cela signifie qu'il commence à abandonner la lutte, en lui-même, pour survivre. Je suis inquiet, Richard. Très inquiet.

# Chapitre 50

# Noël 1552 et Nouvel An 1553
# Greenwich

Tout le monde fut d'avis que le spectacle de cette année était d'une envergure peu commune, rarement vue depuis la mort du roi Henri lui-même.

Nous devions être quatre cents personnes, toutes massées sur les rives de la Tamise. Un navire, drapé de bleu et de blanc, flottait silencieusement dans les brumes de l'hiver, en direction de l'embarcadère de Greenwich où l'écuyer du roi attendait. Tandis que le navire glissait sans bruit contre l'embarcadère – Fergal m'avait dit qu'ils y avaient accroché des vessies de porc remplies d'air afin d'assurer l'effet théâtral de cette arrivée silencieuse – George Ferrers, le prince des fous, débarqua. Il était vêtu d'une tenue bleu nuit, représentant (disait-on) les espaces célestes, et précédé de deux rangées de joueurs de tambour vêtus à la turque, c'est-à-dire de blanc et d'or.

Les «arrivants de l'espace» furent accueillis par Sir George Howard, l'homme de théâtre chargé des spectacles, avec un cheval, des pages d'honneur et des hommes d'armes. Ils se présentèrent au roi et Ferrers déclama :

— Le serpent à sept têtes figure en premier sur mon blason et le houx est l'emblème de mes armoiries. Ma devise est *semper ferians* – «toujours en fête». En ce jour de Noël, j'envoie à Sa Majesté une solennelle ambassade, composée d'un héraut, d'une trompette, d'un orateur parlant en langue étrangère, et de mon interprète.

On récita alors quelques vers complémentaires sous les acclamations de la foule qui, enveloppée de fourrures et bien fortifiée par le vin chaud et l'eau-de-vie, applaudissait à chaque couplet. Enfin, quand la chaleur des alcools se fut dissipée et que le froid humide commença à nous geler les os, nous fûmes conduits en procession jusqu'au palais de Greenwich pour la suite des réjouissances.

— J'allais dire que Northumberland ne sait pas ce qu'il manque, mais bien sûr, il le sait, car c'est lui qui a organisé cette fête de Noël avec Ferrers, là-bas, et qui a en a débloqué les fonds.

Nous suivions la compagnie du roi jusqu'au palais ; le duc de Suffolk était aussi magnifiquement vêtu que tout le monde.

— Le duc a décidé de ne pas être de la partie ? demandai-je sournoisement, car je connaissais parfaitement la réponse.

— Je crains qu'il ne commence à sentir le poids des années, répondit Suffolk. Vous vous souvenez de notre conversation à Suffolk Place ? Comme vous me l'aviez si gentiment fait remarquer, il est beaucoup plus âgé que moi, et l'année qui se termine, en particulier, a nui à sa santé. Il a fait des miracles en établissant une base solide au règne du roi Édouard. Le Parlement a donné son accord – pas formellement, bien entendu, mais nous avons fait un arrangement – pour que le roi atteigne sa majorité en octobre prochain, le jour de ses seize ans, ainsi Northumberland pourra se reposer un peu. Il a dit à Cecil qu'il n'allait pas assez bien pour prendre part aux festivités : « Comme le fidèle serviteur dont parle un certain proverbe italien, je vais finir par devenir complètement gâteux ».

J'acquiesçai d'un signe de tête. Tout cela, je le savais déjà, mais comme je l'espérais, le duc poursuivit.

— Northumberland a aussi dit à Cecil qu'il souhaitait se retirer du monde, que chaque soir il se couche «la conscience tranquille et le corps las; mais il ne s'en trouve guère malgré tout qui me voient d'un bon œil». Il est vrai qu'il n'est pas bien populaire, mais les dirigeants forts ne le sont jamais: le peuple veut du changement, mais sans les désagréments qu'il entraîne.

Nous avancions péniblement sur le chemin de gravier, qui craquait sous nos pas dans le soir glacé. La lueur de nombreux grassets éclairait le chemin, et devant nous les grilles du palais brillaient de mille torches.

— Que ferions-nous si Northumberland décidait vraiment de prendre sa retraite ou s'il tombait malade avant que le roi n'atteigne sa majorité? demandai-je.

Suffolk se retourna discrètement pour s'assurer que personne ne pouvait nous entendre.

— Attention, Richard. Ce sont des questions épineuses, répondit-il à voix basse.

J'attendis. Je connaissais bien Suffolk, à présent. Comme le roi, Northumberland l'intimidait, mais en son absence, et lorsqu'il était entouré de personnes de confiance, il ne pouvait se contenter de demeurer silencieux. En effet, après avoir fait quelques pas, il poursuivit.

— Si malheur arrivait à Northumberland avant que le roi n'ait atteint sa pleine autorité, le Conseil privé continuera à porter le fardeau de devoir le guider dans ses choix politiques.

Je haussai les sourcils.

— Et en l'absence de Northumberland, qui prendrait la tête du Conseil afin de présider à ses délibérations?

Suffolk soupira profondément, affectant un air résigné.

— Eh bien, je suppose que ce fardeau me reviendrait, à moi qui suis son membre le plus éminent.

Son visage prit l'expression d'un martyr.

Je ne pus me contenir plus longtemps. Mon visage se décrispa quelque peu, trahissant l'ombre d'un sourire et une certaine gaieté autour des yeux. Suffolk s'en aperçut, se retourna encore par souci de discrétion, puis, satisfait, se mit à rire.

— Oui, je suppose qu'il me faudrait accepter ce fardeau, mais, s'il plaît à Dieu, pas comme une mule ou un cheval de bât.

Il me sourit d'un air complice et je lui rendis son sourire, hochant la tête.

— En effet !

— Qui est ce vieil imbécile ? N'est-il pas un peu vieux pour ce genre d'âneries ?

Nous avions survécu à deux semaines de festivités, et ce jour-là, jour de l'Épiphanie, le clou du spectacle était un « Triomphe de Cupidon » où défilaient en cortège les dieux portant des torches, accompagnés de danseurs déguisés en singes mais affublés de peaux de lapin grises, et de musiciens. Nous étions quant à nous entourés de chats, d'anciens Grecs, de satyres, de monstres, de soldats et d'« Irlandais sauvages » portant des gourdins. C'était une foule plutôt disparate, mais néanmoins très colorée.

Lady Frances Grey fit signe à sa fille de se taire.

— Chut, Catherine ! Il s'agit du célèbre Will Somers, le fou de Sa Majesté le roi Henri VIII. Nous l'avons tiré de sa retraite exprès pour les fêtes de cette année.

Catherine eut l'air indigné.

— Il n'est pas très amusant, en tout cas. Et qu'est-ce qu'il est laid! Il ressemble à un singe.

Je me glissai à ses côtés et lui donnai un petit coup de coude.

— Je crois que c'est délibéré, murmurai-je à son oreille; mais ne le sous-estime pas. C'était le seul homme capable de tirer le roi d'une de ses torpeurs sans risquer d'y laisser sa vie… C'est aussi l'homme qui a gagné l'amitié du jeune prince Édouard à la cour et, dit-on, développé son sens de l'humour espiègle et irrévérencieux.

Pendant quelque temps, nous regardâmes le spectacle ensemble, puis je me penchai de nouveau vers Catherine.

— Mais je suis d'accord: c'est un peu triste d'avoir ramené ici ce vieil homme, simplement pour égayer le roi jusqu'à son rétablissement complet. Ça ne semble pas fonctionner.

— Il est complètement fini, ce vieux fou!

Nous fûmes rejoints par Fergal Fitzpatrick, à qui l'on avait permis de prendre congé du roi pour quelques instants. Il me donna un coup de coude en signe d'amitié et se hissa sur ses pieds pour me chuchoter quelque chose à l'oreille. Je baissai la tête pour mieux l'entendre.

— Il est fini. Il n'est plus drôle. Il est trop vieux pour être fou du roi, et puis ce genre de festivités organisées à la minute près, ce n'est plus de mode; c'est un gaspillage d'argent.

Je me penchai en avant et posai la main autour de son oreille avant de lui répondre, car la conversation était risquée.

— Comment le sais-tu, petit freluquet irlandais? Tu n'es pas assez vieux pour te souvenir de Will Somers à la cour du roi Henri.

Fergal me fit signe de me baisser, car nous avions environ un pied de différence, et aussi téméraire fût-il, il savait également reconnaître les dangers de notre conversation.

— Je citais le roi. Il s'en souvient, lui. Il sait aussi que le pays a désespérément besoin d'argent, ce qui est dû en partie à la prodigalité de son propre père, même s'il ne l'admettrait jamais publiquement. Le roi commence à en avoir ras le bol de voir que Northumberland essaie toujours d'acheter ses faveurs avec son propre argent – l'argent de la nation. «À quoi bon, dit le roi, passer onze mois de l'année à essayer d'endiguer les dépenses, pour ensuite jeter tout l'argent par les fenêtres en l'espace d'un mois? Ça n'a aucun sens et c'est irréligieux.»

Je balayai la pièce du regard, voulant m'assurer à tout prix que personne n'espionne notre conversation. Fergal ne s'en souciait pas: il n'était pas grand et pouvait chuchoter de cette façon pendant des heures sans se faire remarquer. Mais j'étais (comme toujours) l'un des plus grands hommes dans la foule, et quand je gardais la tête penchée pendant dix minutes pour écouter les chuchotements d'un autre, il était assez évident qu'il se passait quelque chose. Comme toujours, Fergal ne s'en inquiétait pas et il poursuivit son commentaire sans s'arrêter.

— Le roi dit que Northumberland a commandé toutes ces frivolités pour lui faire oublier sa maladie. Il dit que s'il croit que ça va marcher, c'est qu'il est condescendant en plus d'être idiot. Le roi déteste de plus en plus sa manie de lui tourner autour, surveillant chacun de ses mouvements et manipulant toutes ses décisions. Il veut être un grand roi, comme son père, et laisser son propre héritage. Comme tu l'as vu par le passé, Richard, il déborde d'idées de changement et brûle de les voir mises en œuvre – d'autant plus depuis qu'il se sait malade. Dans ses bons jours, il reprend des forces et croit qu'il se remettra bientôt – comme l'année dernière après sa rougeole; mais dans ses mauvais jours, il devient très abattu. Je suis sûr qu'il se sait atteint de consomption et nous savons tous à quel point il est difficile d'en guérir, surtout par temps froid et humide comme c'est le cas maintenant.

Je posai une main sur son épaule, en partie pour le rassurer, mais aussi pour le faire taire. Cette conversation n'était pas du tout appropriée, surtout pas au milieu d'une telle foule, même si les réjouissances accaparaient toute l'attention. Je regardai discrètement autour pour voir si quelqu'un nous avait remarqués. La plupart des gens, dont Catherine, observaient le spectacle en riant, mais je remarquai que Lady Frances regardait dans ma direction, et jetait des regards furtifs à l'autre bout de la pièce. Je suivis ses yeux. Ils me conduisirent au roi, qui, je m'en aperçus avec un frisson, regardait tout droit vers moi, l'air très absorbé.

— Le roi nous observe, murmurai-je du coin des lèvres en direction de Fergal, tout en serrant vigoureusement l'épaule de mon ami.

Fergal leva les yeux vers son maître avec circonspection. Le roi lui fit un signe de tête quasi imperceptible et Fergal lui répondit de la même manière.

— Je dois y aller. Le roi m'appelle, dit Fergal.

Il se fraya tranquillement un chemin à travers la foule vers le corridor qui le ramènerait aux côtés du roi.

Tandis que l'on préparait le prochain numéro, je bavardai un peu avec Lady Frances et Catherine, sans toutefois jamais quitter le roi des yeux. Fergal finit par apparaître dans l'embrasure de la porte, juste derrière le roi, et regagna sa place à ses côtés. Je vis le roi se pencher vers lui et lui poser une question, tout en jetant un regard à l'autre bout de la pièce, en direction de la famille Suffolk. J'eus un frisson d'appréhension quand les yeux du roi croisèrent mon regard, mais ils se posèrent ensuite sur Lady Frances et ses filles. Le roi sembla regarder Lady Jane, puis il se pencha de nouveau vers Fergal. Je vis ce dernier poser la main tout contre son oreille pour y murmurer quelque chose. Quelle que fût sa réponse, elle chatouilla le sens de l'humour du roi, car celui-ci lâcha un grand éclat de rire qui parut amuser considérablement la foule, même si la plaisanterie leur échappait. «Dieu merci, c'est aujourd'hui un de ses bons jours», pensai-je.

— Il semble que votre ami ait l'oreille du roi, presque littéralement!

Lady Frances, comme à son habitude, n'avait rien manqué. Son expression soulagée montrait clairement que, comme moi, elle avait perçu un danger que le rire de Sa Majesté avait fini par écarter.

— Oui, Madame, il occupe à cet égard une position privilégiée, mais il a, je crois, la sagesse de ne pas en abuser.

Lady Frances me regarda droit dans les yeux, comme seule le pouvait une femme de sa stature, et eut un sourire glacial.

— J'en suis certaine, Richard, mais c'est un ami utile néanmoins, en ces temps d'incertitude.

— Nous ne discutons aucunement du roi, Fergal et moi, répondis-je d'un ton prudent.

Lady Frances me lança un regard méprisant.

— Bien sûr que non, Richard, ce ne serait pas du tout convenable. Mais il semble que votre ami et son monarque ne se privent guère de discuter de nous.

Elle balaya la pièce du regard, son visage prenant toutes les nuances et les expressions imaginables.

— Prenez garde, Richard, vous nagez en eaux troubles.

Je m'inclinai respectueusement. Il s'agissait d'une réprimande. Il fallait que je dise à Fergal de ne plus s'afficher en présence de Lady Frances. Et qu'avait dit le roi à propos de Lady Jane?

# Chapitre 51

## 11 février 1553
## Suffolk Place

— Et comment le roi se porte-t-il ? J'imagine que vous avez demandé à votre ami Fergal Fitzpatrick et qu'en ami, il vous l'a dit ?

J'étais assis devant Lord Henry Grey, duc de Suffolk, dans son bureau dominant la Tamise à Suffolk Place, et mon maître poursuivait son inévitable interrogatoire.

— J'ai cru comprendre qu'il allait mal, Monseigneur, et que ses sœurs l'inquiétaient beaucoup.

Suffolk acquiesça d'un signe de tête, comme si ses propres sources venaient d'être confirmées.

— Comment Fergal décrit-il sa condition ?

— Il a attrapé un gros rhume mardi de la semaine dernière, et le jeudi suivant il était pris à la poitrine, trop malade pour assister aux célébrations de la Chandeleur.

— Oui, oui, c'est pourquoi elles ont été annulées, exactement, répondit Suffolk dans une sorte d'irritation soudaine. Je sais tout cela, mais quel est son état de santé depuis trois jours ? A-t-il pris du mieux ? Je ne puis me fier aux rapports publics de Northumberland, comme vous le savez.

— Il semble que son état ait empiré, Monseigneur. Les médecins craignent pour sa vie, tellement ses quintes de toux sont devenues violentes et prolongées. Fergal dit que s'il contracte une autre affection avant d'être venu à bout de celle-ci, il risque la mort. Encore pire, le roi lui-même se croit déjà mourant.

Suffolk me regarda avec attention, vit ma sincérité, et se cala dans son fauteuil pour réfléchir. Il regarda de l'autre côté de la Tamise, comme pour chercher l'inspiration. Quand il parla, ses mots tombèrent péniblement, comme si tous les soucis du monde avaient été soudainement déchargés sur ses épaules.

— Northumberland est épuisé et mal en point, et le roi est peut-être mourant. L'heure pèse lourdement sur nous, Richard, et il faudra procéder avec circonspection, saisir les chances qui s'offrent à nous tout en évitant les écueils.

Je hochai la tête, voulant montrer que je saisissais toute la portée de ce que disait Suffolk.

— Mais il s'agit de trouver quel chemin représente une chance et lequel nous mènera à la ruine. Voilà le nœud.

Comme pour insister sur ce point, Lord Henry se tordit les mains pour se réchauffer et remonta son lourd manteau de fourrure autour de ses épaules ; le feu brûlant dans la cheminée, malgré sa taille imposante, était en train de perdre la lutte contre le froid qui montait du fleuve.

Je frissonnai en retour et m'enveloppai dans mon propre manteau, sans pouvoir dire toutefois si je cherchais protection contre le froid, ou contre les aléas de l'existence. Je regardai Suffolk, me demandant s'il était d'humeur bavarde ce jour-là. Il était parfois difficile de le savoir, et cela pouvait mal tourner si j'intervenais au mauvais moment. À tout prendre, je décidai qu'il valait la peine d'essayer, car je savais exactement de quelle manière lancer la discussion.

— Pourquoi Sa Majesté s'inquiéterait-elle de ses sœurs, Monseigneur ?

J'employai un ton aussi léger que possible, afin de déjouer ses soupçons.

Suffolk ne répondit pas, mais continua de regarder l'autre rive de la Tamise. Je me gardai bien d'insister, sachant pertinemment que Sa Seigneurie parlerait à son gré, ou pas du tout. Suffolk prit une gorgée de vin dans le gobelet posé devant lui et garda les yeux sur la fenêtre. C'était bon signe.

— Le roi se croit mourant. Vous l'avez dit vous-même. À quoi pense un roi quand il se meurt ?

— Au salut, Monseigneur ?

— Peuh ! s'écria Suffolk, postillonnant. À sa succession. C'est à leur succession qu'ils pensent, les rois mourants. Et qu'a-t-il devant lui lorsqu'il pense à cela ? Marie, sa sœur, aux premières loges, prête à détruire tout ce en quoi il a cru, tout ce qu'il a bâti depuis qu'il a lui-même succédé à son père. Va-t-il permettre que toute son œuvre soit détruite ? Bien sûr que non.

Il jeta une autre bûche au feu et se blottit de nouveau dans son manteau.

— Et peut-il considérer Élizabeth comme une héritière digne de confiance ? Pas le roi Édouard. Elle est au moins deux fois trop rusée, celle-là : ni réformatrice, ni vraiment catholique, elle serait bien capable d'épouser un étranger – auquel cas, où irions-nous, je vous le demande ?

— Y a-t-il d'autres choix qui se présentent à lui – à nous ?

J'eus soudain l'horrible impression que la fin de cette conversation ne me plairait pas.

— Il faut l'encourager à chercher plus loin, à reconsidérer l'ordre de préséance. Laissez-moi vous suggérer une idée, Richard. Je sais que Lady Jane et vous aimez les conversations rhétoriques et le jeu des conséquences.

Réfléchissez donc à ceci. Quelle serait la conséquence d'un jugement du roi attestant clairement l'illégitimité de ses deux sœurs ? Pensez-y. Marie est illégitime car sa mère, Catherine d'Aragon, avait déjà été mariée à Arthur, le frère aîné du roi Henri : son mariage avec Henri était donc illégal. Et Élizabeth est illégitime parce que le mariage du roi Henri avec Anne Boleyn, sa mère, fut jugé nul et non avenu. Où cela nous mène-t-il ?

J'étais sûr de connaître la réponse, mais moins sûr de devoir la lui donner. Je me rappelai le conseil de John Aylmer :

— Dans le doute, répondre à une question par une question.

— Où nous mène l'ordre de succession ?

Suffolk hocha la tête avec enthousiasme.

— Oui, exactement.

Je ne m'en sortais pas aussi bien que je l'espérais.

— Mais qui est ?…

Sans plus attendre, en me gratifiant d'un sourire complice, Lord Henry leva le pouce par-dessus son épaule, en direction de la pièce adjacente.

— Lady Frances ? dis-je.

Suffolk écarta les mains vers le ciel.

— La duchesse, ma femme, exactement ! En ligne directe depuis Marie Tudor. Pas d'incertitudes, pas de discussions, pas de doutes.

Je respirai profondément.

— Alors, cela ferait de vous ?…

Suffolk ôta son chapeau de velours, puis le remit. Mais au lieu de l'enfiler normalement d'une seule main, il le leva bien haut à deux mains et le déposa lentement, avec une infinie délicatesse, sur sa tête – comme s'il s'agissait d'une couronne.

— Enfin, Richard, vous y êtes. Cela ferait de moi… quelqu'un de puissant !

— Ce serait vraiment tout un exploit, Monseigneur.

Il y eut un long silence d'autocongratulation. Étant parvenus à la conclusion qu'une des personnes présentes pourrait bientôt devenir roi d'Angleterre, il n'y avait plus grand-chose à dire.

Suffolk arborait son sourire le plus satisfait. Manifestement, il avait eu du plaisir à partager son rêve en m'aidant à le démêler lentement ; mais un détail me troublait encore.

— Monseigneur, pourriez-vous m'éclairer sur un point, je vous prie ?

Suffolk ouvrit les bras d'un air affable.

— Bien sûr.

— Pourquoi le roi a-t-il refusé de voir les deux princesses quand elles sont allées le visiter à la Chandeleur, alors qu'il a accepté de voir la princesse Marie, et seulement la princesse Marie, le lundi suivant ?

L'intrigue se lisait dans ses yeux pétillants. Non seulement il connaissait visiblement la réponse, mais il brûlait d'envie de me la dire.

— Peut-être à cause de sa maladie, le roi Édouard s'ennuyait-il de ses sœurs et avait-il exprimé sa déception de n'avoir pu voir aucune des deux à Greenwich pour les fêtes. Aussi, avant de rentrer à Westminster durant la dernière semaine de janvier (et à l'insu de Northumberland qui, comme on le sait, n'y était point), il les invita toutes les deux à une mascarade d'enfants au palais de Saint-James le jour de la Chandeleur – le 2 février. Quand Northumberland apprit qu'elles faisaient leurs préparatifs, il était face à un problème, car le roi pouvait leur dire tout ce qu'il voulait s'ils se retrouvaient tous ensemble, et elles pourraient se confier à lui. Ainsi, il enjoignit la princesse Élizabeth de ne pas se présenter, prétextant que le roi était trop malade pour la recevoir.

— Mais pourquoi a-t-il laissé la princesse Marie se rendre à Londres, avant d'empêcher la visite à son arrivée ? Et pourquoi avoir décidé de l'autoriser, le lundi suivant ?

Tout cela m'avait été conté par Fergal Fitzpatrick, mais soit à cause de l'emportement de Fergal, soit parce que la situation était véritablement complexe, je n'avais pas suivi du tout.

— Il faut voir cela du point de vue de Northumberland. La princesse Marie croit (comme beaucoup de gens, soit dit en passant) qu'elle est la vraie héritière du trône d'Angleterre. Si nous voulons la remplacer par quelqu'un d'autre, la dernière chose à faire est de le lui laisser deviner. Elle n'a peut-être pas l'intelligence de la princesse Élizabeth, mais elle n'est pas stupide, et y verrait immédiatement anguille sous roche. C'est pourquoi Northumberland a accepté qu'elle vienne. Toutefois, lorsqu'elle arriva chez elle à Clerkenwell, le roi avait déjà rechuté et se trouvait en bien piteux état – il était effectivement trop malade pour assister à la mascarade de la Chandeleur pour les enfants. Northumberland ne voulait pas que la princesse Marie le voie dans cet état, car elle se mettrait immédiatement à songer à la succession, c'est pourquoi il lui dit que le roi était trop malade pour la recevoir. Elle demeura néanmoins à la Cour et posa des questions difficiles. Alors sitôt que le roi prit du mieux, il sembla plus sûr de la laisser le voir. Au cas où elle se rendrait compte à quel point le roi est malade, et pour brouiller les pistes, Northumberland a commencé à lui montrer beaucoup d'égards. Hier, elle est partie à cheval du prieuré de Saint-Jean à Clerkenwell, pour se rendre à Whitehall, où on l'a accueillie en grande pompe ; Northumberland lui a rendu les anciennes armoiries qu'elle portait dans les années 1520 en tant qu'héritière de son père, et le ministre des Finances a déboursé plus de 500 £ pour réparer les digues sur ses domaines de l'Essex. Elle fut en mesure de revoir le roi, et l'on dit cette fois qu'il se portait beaucoup mieux, de sorte qu'il put la recevoir dans la chambre de parement. Voilà pourquoi je vous interrogeais sur son véritable état de santé – en coulisses, si je puis dire ; ses apparitions publiques ont laissé une bonne impression à tout le monde, mais nous ne pouvons nous y fier – désormais, il nous faut entrer dans sa vie privée.

Je me sentis soudain mal à l'aise. C'était comme si le nœud se serrait autour de ma gorge. Tout cela m'apparaissait trop facile – trop limpide, trop méticuleusement préparé. Une nausée me serra les entrailles quand je compris que Suffolk avait été au centre de ce complot avec Northumberland depuis des mois – peut-être même des années – et se voyait comme le principal bénéficiaire. Ce ne fut qu'à ce moment-là que je compris mon rôle sordide dans ce complot.

— Son plan a-t-il fonctionné ? demandai-je avec tout l'enthousiasme dont je pouvais faire preuve.

Suffolk fit la grimace.

— Je n'en suis pas certain. Northumberland en a peut-être fait un peu trop, car j'ai entendu dire ce matin que la princesse Marie se méfiait de sa générosité, qu'elle peut avoir associé à l'état de santé de son frère, qui, apparemment, lui a causé tout un choc lorsqu'elle l'a finalement rencontré. Fergal Fitzpatrick vous a-t-il dit quoi que ce soit à ce sujet ?

Je secouai la tête.

— Non. Il n'a fait aucune mention de la princesse Marie. Il a simplement dit que le roi avait reçu une lettre de la princesse Élizabeth, à Hatfield, disant qu'elle était très mécontente d'avoir été renvoyée chez elle alors qu'elle avait déjà fait la moitié du chemin pour le voir, et qu'elle espérait qu'il se porterait assez bien pour la recevoir bientôt. Il a dit aussi que le roi était désolé d'avoir déçu sa sœur Élizabeth, avec qui il entretient des relations très étroites, tant sur des questions d'érudition que de religion – ce qu'il n'a aucune-ment avec sa sœur Marie.

Suffolk se leva, courbant son dos endolori, et s'apprêta à me donner congé.

— Merci, Richard. Comme toujours, vous avez été d'une grande aide. Maintenant, n'oubliez pas : cette discussion n'a jamais eu lieu et les idées évoquées n'ont jamais été expri-mées – ni même pensées, par moi ou par vous. Nous vivons en des temps difficiles, et bien que le sentier que nous suivons puisse nous mener très rapidement vers les som-mets, ses pentes glissantes peuvent nous faire descendre encore plus rapidement et nous rompre les os. Je vous souhaite une bonne journée.

Je gravis lentement les escaliers arrière, vers ma propre chambre au dernier étage. Dans quel monde nous vivions ! Ils étaient tous à comploter, chacun d'entre eux jusqu'au dernier. C'était peut-être inévitable. Si vous n'aviez rien, personne ne se donnerait la peine d'essayer de vous le prendre ; mais il semblait que plus vous possédiez, plus vous en vouliez, et qu'en même temps, plus il vous fallait pro-téger ce que vous aviez déjà gagné.

Je songeai à l'analogie de Lord Henry, celle du sentier de montagne. Il semblait que, une fois lancé sur ce sentier, on ne pouvait s'arrêter pour admirer la vue ; il fallait aller toujours plus avant, toujours plus haut, sinon on risquait de glisser jusqu'en bas. Parfois, des jours comme celui-là, j'aurais voulu être dans la vallée du Coly, à regarder le martin-pêcheur attraper du fretin.

Quand je fus dans ma chambre, je m'assis sur le lit. Mon épée et ma dague étaient accrochées derrière la porte. Je regardai le lourd coffre qui occupait presque tout le reste de ma chambre, au bout de mon lit. Il y avait là-dedans mes beaux habits, témoignages de mes réalisations, des endroits fréquentés, des personnes rencontrées et des idées échangées. Des idées exaltantes, qui exerçaient mon esprit autant que mes chevaux exerçaient mon corps. Mes chevaux, qui étaient mes compagnons, et qui à présent se nourrissaient tranquillement dans les écuries en bas ; et mes selles, rangées à la sellerie à côté d'eux. Je possédais tout cela à présent, et je ne voulais pas le perdre.

Cela faisait presque deux ans que j'avais rencontré la famille Grey. Pendant ce temps, j'étais passé de six pieds à six pieds trois pouces et je pesais désormais cent soixante-quinze livres (je le savais parce que le Céleste Edmund avait gagé qu'il pesait au moins trente livres de moins que moi et nous avait emmenés au marché à légumes pour le prouver). Au cours de ces deux années, je m'étais également enrichi (malgré la coquette somme que j'avais dû remettre à Edmund !) plus que je ne l'aurais imaginé dans mes rêves les plus fous.

Mais les changements les plus marquants s'étaient produits à l'intérieur, dans ma tête et dans mon cœur. Je savais que mon courage dépassait désormais tout ce que j'avais pu imaginer dans mon enfance. Pas seulement de la bravoure de garçon – celle de retirer un tison brûlant de l'âtre ou de soutenir le regard d'un taureau qui mugit – je l'avais déjà quand j'étais dans le Devon. J'avais désormais le courage moral : la force de me battre pour la justice, de défendre les faibles contre l'oppression, et, je l'espérais, l'humilité d'écouter l'avis des autres et d'admettre que j'avais (parfois) tort et qu'ils avaient raison.

Ils m'avaient tous appris : John Aylmer, Lord Henry, Lady Frances et Lady Jane – surtout cette dernière, dont la force morale dépassait tout ce que j'avais vu chez les autres. Mais comme Lady Jane (et Catherine) auraient eu tôt fait de me le rappeler, j'avais aussi développé des ruses plus basses et des instincts plus vils : la fourberie politique, le cynisme, et peut-être – pour la première fois de ma vie – l'avarice et la soif de pouvoir.

La rançon devenait peut-être trop grande ? Comme j'aurais souhaité pouvoir discuter avec le docteur Marwood ! Il eût été capable de mettre les choses en perspective.

# Chapitre 52

# 2 mars 1553
# Sur la Tamise, près de Whitehall

Je frissonnai dans ma lourde cape. Il était tard et il faisait froid dans la barque. Depuis les marches de Whitehall, je devais descendre le fleuve sur une courte distance et le traverser jusqu'au petit embarcadère de Suffolk Place, sur la rive sud, un peu en amont du pont de Londres. Je venais de séjourner à Whitehall pendant deux jours, ayant assisté à l'ouverture du nouveau Parlement ; à présent, j'avais froid, j'avais faim, et j'étais complètement épuisé.

Durant tout le mois de février, j'avais croisé Fergal presque quotidiennement, et au cours des trois dernières semaines, à chacune de ces rencontres, il m'avait confirmé que le roi restait alité. Puis, vers la fin du mois, Fergal m'avait dit que le roi était déterminé à participer à l'ouverture du nouveau Parlement, qui avait été annoncée par Northumberland le 21 février et devait avoir lieu le 1er mars. En guise de compromis, au vu de sa maladie, elle se tiendrait à Whitehall et non à Westminster, comme il était d'usage.

J'en avais fait part à Suffolk, qui devait siéger en tant que membre du Conseil, et il m'avait enjoint d'y assister moi-même, avec la responsabilité expresse de surveiller chacun des mouvements du roi et, si possible, d'obtenir une description plus récente et plus exacte de sa maladie par Fergal Fitzpatrick, ma source de renseignements sise dans la chambre à coucher du roi.

La réunion avait bien commencé et le Parlement avait ratifié la décision du Conseil, annoncée par Northumberland avant Noël, voulant que le roi atteigne sa majorité le jour de son seizième anniversaire. Puis, pendant deux jours, j'avais observé le roi présidant le Parlement, l'air très affaibli, le teint blême, les traits tirés, et toujours incommodé par cette toux récurrente, mais parvenant néanmoins à jouer son rôle intégralement. Il était arrivé avec une traîne de velours cramoisi longue de trente pieds et avait patiemment signé les documents rattachés à dix-sept nouvelles lois ; car malgré sa maladie, son désir de réforme n'en demeurait pas moins impérieux.

Tous observaient l'humeur du roi avec attention, car on avait eu vent d'une réunion du Conseil tenue en février, à laquelle le roi avait assisté depuis son lit, et qui avait permis l'expression d'un désaccord avec ses vues. Il s'était alors écrié, fulminant de rage : « Vous m'enlevez mes plumes une à une comme si j'étais un faucon apprivoisé… Le jour viendra où ce sera moi qui vous plumerai ! » La réunion s'était apparemment terminée sur une note sombre, peu de temps après.

Mais Northumberland commençait à sentir le fardeau que représentait la présidence d'une telle assemblée. Quand Cranmer s'était levé pour lire à haute voix ses mesures pour la réforme du droit canon, Northumberland s'était écrié : « Vous autres évêques, tâchez bien de ne pas saccager l'œuvre de vos pairs – vous le faites à vos risques et périls ! Prenez garde à ce que pareille chose ne se reproduise plus… Sinon, vous et vos prêcheurs en souffrirez tous ensemble. » Cranmer avait protesté et, au bout d'une violente altercation, le roi avait dû les faire taire tous les deux.

Toute cette histoire m'avait surpris, car pour le peu que j'en savais, le roi avait toujours su rester maître de lui, et Northumberland aussi. J'avais demandé à Fergal ce qu'il en pensait, et, comme toujours, il avait eu la réponse.

— La maladie du roi le rend vraiment de mauvaise humeur, et il s'est trouvé en désaccord avec le duc à de nombreuses occasions. Le problème est que le duc a l'habitude d'avoir autorité sur lui – quoique discrètement et subtilement – et il se sent donc menacé lorsque le roi le réprimande. Il réagit en criant aussi, et comme tu peux l'imaginer, cela ne fonctionne pas avec notre roi Édouard, qui, lorsqu'on le bouscule, acquiert un sens très aigu de sa position, et l'exploite tout aussi bien que le faisait son père. Je vais te dire autre chose, Richard. Le roi a changé d'avis à propos de Northumberland. Il fut un temps – en particulier à l'époque où son oncle, Somerset, fut exécuté – où le roi percevait le duc comme son serviteur le plus loyal. Mais il comprend maintenant que Northumberland nourrit ses propres desseins, et cela lui déplaît de plus en plus.

Je me blottis dans ma cape, secoué d'un nouveau frisson. Je détestais la situation dans laquelle je me trouvais, forcé d'employer mon amitié avec Fergal pour espionner le roi, et de rendre compte de mes découvertes – je devenais de plus en plus sélectif dans ce que je décidais de rapporter ou non – auprès de mon maître. Mais il y avait une chose que Suffolk avait perçue avec flair. Tout le monde savait bien que le roi était malade, et quiconque ayant quelque notion de la vie de cour comprenait pertinemment que l'enjeu de la succession, et tous les changements de patronage l'accompagnant, étaient d'une importance capitale pour tout le monde.

Mais Lord Henry avait senti autre chose. Il avait compris que Northumberland contrôlait les informations concernant la santé du roi et les manipulait à son avantage. Cela durait sans doute depuis quelque temps, mais ce qui semblait avoir frappé tout récemment la conscience de mon maître, c'était le fait que, bien qu'étant son allié le plus loyal et le plus puissant, cela ne lui donnait pas le droit de connaître la vérité plus que quiconque.

Ce fut, je crois, cette prise de conscience qui l'avait poussé à me demander avec tant d'insistance de cultiver ma relation avec Fergal Fitzpatrick. Fergal se trouvait aux premières loges : il pouvait voir le roi lorsqu'il relâchait ses défenses, le voir cracher du sang et des mucosités dans son mouchoir, et sentir l'odeur fétide et purulente qu'exhalaient ses entrailles. Seuls ses collègues et lui, dans l'entourage proche du roi, pouvaient constater l'enflure de ses jambes et de son ventre, car les habits royaux arrivaient à la dissimuler presque entièrement aux yeux des visiteurs ou de l'observateur ordinaire, lors des assemblées publiques.

Fergal me confia une chose en particulier que je cachai à Lord Henry : la croyance de Fergal selon laquelle le diagnostic de la maladie du roi, initialement rendu par Cardano l'automne dernier, était erroné. Cardano avait guéri l'évêque de Saint-Andrews de l'asthme, alors que tous, y compris l'évêque lui-même, croyaient qu'il souffrait de phtisie, c'est-à-dire de consomption pulmonaire. Fergal savait que Cardano avait diagnostiqué cette maladie chez le roi, car il avait lu ses notes personnelles, alors que le médecin les avait laissées sur une table. Mais Fergal n'était pas d'accord. C'était bien pire que cela, disait-il.

— Qu'est-ce qui peut bien être pire que de la consomption ? avais-je demandé à Fergal. Rares sont ceux qui survivent à cette maladie, s'il y en a.

Il avait été catégorique dans sa réponse.

— Je reste assis là tranquillement, pendant qu'un médecin après l'autre dispense sa science. Je reste avec eux à titre d'assistant si besoin est, lorsque nous prenons congé du roi. C'est là qu'ils disent véritablement ce qu'ils pensent, car s'ils émettaient de telles idées en présence du roi, cela relèverait de la trahison. À entendre tous ces médecins, je puis te dire que la consomption est une maladie qui emporte lentement, sauf que si on mange bien, qu'on évite les disputes et les bouleversements, et qu'on prend de l'air frais, on ne s'en sauve peut-être pas, mais on peut vivre assez correctement pendant de nombreuses années. C'est ce que le roi pense : c'est pourquoi il se retirera à Greenwich aussitôt que le Parlement aura assumé ses responsabilités, pour essayer de profiter du printemps. Mais je ne pense pas qu'il soit atteint de consomption ; il y a un maléfice, un poison, quelque chose de plus pernicieux que la consomption en lui et, Richard (il m'avait brusquement saisi le bras en prononçant ces paroles), je pense qu'il ne survivra pas jusqu'au jour de sa majorité.

Ces mots m'avaient fait l'effet d'un coup de massue. L'énormité de la situation m'avait laissé abasourdi et j'avais titubé jusqu'à l'embarcadère dans un rêve mêlé d'effroi et de confusion. Par chance, j'avais immédiatement aperçu une barque descendant le fleuve et j'étais à présent assis, la tête enfouie dans les mains, emmitouflé dans ma cape, à me demander où cette vie m'emmenait et ce que je devrais faire ensuite.

La marée montante ralentissait le courant et nous progressions lentement sur le fleuve, mais je n'étais pas pressé de rentrer à Suffolk Place. J'avais besoin de réfléchir, de décider de ce que j'allais faire.

— Ne vous hâtez pas, batelier. Je suis en avance à mon rendez-vous. Laissez-nous seulement suivre le courant pendant une dizaine de minutes, d'accord ?

Le vieux batelier effleura sa casquette.

— Très bien, m'sieur. On va suivre le courant, m'sieur.

Je secouai la tête, tentant d'éclaircir mes idées. Les implications étaient trop énormes pour être comprises. Si le roi mourait, sans épouse ni enfant, et si, comme Lord Henry l'avait laissé entendre, les princesses Marie et Élizabeth étaient déclarées illégitimes, la couronne irait alors à Lady Frances, et son mari, Lord Henry, deviendrait sûrement roi. Et moi, que deviendrais-je ? Sûrement un proche employé du roi, son homme de confiance – une position influente et bien rémunérée. Peut-être que, dans ces circonstances, je pourrais, en fin de compte ?...

Catherine ! Quelle serait sa place dans tout cela ? Je le compris avec un sursaut : si je saisissais bien les protocoles, l'élévation de Lady Frances sur le trône ferait de Jane, de Catherine et de Mary... des princesses.

Catherine en princesse royale, donc encore plus hors de mon atteinte ! Si elle faisait déjà figure de marchandise échangeable, à vendre au plus offrant dans les sphères influentes, quelle serait alors sa valeur si elle devenait princesse et potentiellement (à moins que Lady Frances ne produise un héritier mâle) deuxième héritière du trône, après Jane ! La reine Catherine ! C'était de la folie ; pourtant, cela devenait subitement du domaine des possibilités.

Qu'étais-je supposé faire ? À chaque mois de ma vie, quoi que je fasse pour m'élever dans le monde, elle semblait toujours glisser hors de ma portée, au lieu de se rapprocher de moi.

Soudain je pris une décision, donnant du poing dans la paume de mon autre main. Le batelier, qui s'était appuyé sur ses rames, menant sa barque en ligne droite dans le faible courant au bord du fleuve, sursauta devant ce mouvement soudain.

— Quelque chose ne va pas, m'sieur ?

— Non, batelier. Il n'y a rien. Je viens de prendre une décision, c'est tout. Débarquez-moi à Suffolk Place, s'il vous plaît.

Le batelier ramena la barque dans le courant et la fit glisser sur la centaine de pieds qui restait avant l'embarcadère. Je le payai généreusement et bondis sur la terre ferme. Je me tins seul sur l'embarcadère, tandis que la barque traversait jusqu'à la descente publique. Là, comme toujours, une file de gens l'attendaient pour lui donner ce qu'il faudrait afin de traverser à leur tour le fleuve promptement, au lieu de passer une demi-heure à se presser au milieu de la foule et des étals du pont de Londres. J'avais pris ma décision. Dorénavant, je serais mon propre maître, dans la poursuite de mes propres intérêts, et je ferais ce que je pourrai de ce monde sens dessus dessous.

Pour commencer, je ne raconterais pas à Suffolk ce que Fergal m'avait dit. Après tout, il ne s'agissait que d'une opinion, et je n'avais pas ordre de les rapporter. Pour ma part, néanmoins, j'étais sûr du jugement de Fergal. Si l'on ne pouvait sauver la vie du roi, et que sa mort devait survenir avant l'automne, je ferais mieux de considérer de quelle façon cette information pouvait servir mes intérêts, avant de la transmettre à d'autres.

# Chapitre 53

## Troisième semaine d'avril 1553
## Suffolk Place

— NON !

Ce cri horrible, nauséeux, épouvantable, était l'expression d'une terreur abjecte. Toute la maisonnée fut saisie d'étonnement et resta comme pétrifiée. Que diable se passait-il là ?

— Friponne, insolente ! Sache ton devoir : tu feras comme on te l'ordonne !

Le beuglement de Suffolk résonna à travers la maison.

— Je ne le ferai point, mon père ! Pour cela, je ne puis vous obéir. Vous pouvez me traiter de tous les noms, mais JE – N'ÉPOUSERAI – PAS – GUILFORD – DUDLEY !

Chaque mot fut crié à tue-tête et retentit à travers la maison, où tous les domestiques écoutaient, glacés d'horreur.

La voix de Jane se fit moins perçante et plus suppliante.

— Et puis c'est impossible, puisque je suis déjà fiancée à Lord Hertford.

— Cet arrangement a été rompu, Jane. Il n'est plus de mise. Celui-ci est beaucoup mieux pour toutes les parties concernées.

Lord Henry parlait d'un ton mesuré et se voulait manifestement conciliant.

— Je suis désolée, père, mais la réponse est non. Pas lui. Pas Guilford Dudley. Je ne pourrai me résoudre à…

— Reprends ta place, ma fille! Tu feras comme on te l'ordonne ou tu recevras le fouet!

C'était au tour de Lady Frances de s'époumoner.

— Je n'en ferai rien, et c'est mon dernier mot. Dieu m'en soit témoin, je refuse.

La voix de Jane, d'ordinaire tranquille, résonnait alors dans les corridors de pierre de l'édifice.

— Que pouvons-nous faire? Je crains pour sa vie, car elle ne cédera jamais, et eux non plus.

Catherine courut jusque dans mes bras et s'accrocha à moi, terrifiée.

— Il n'y a rien que nous puissions faire. Cela se passe entre des parents et leur fille, et toute intervention de notre part ne ferait qu'empirer les choses.

Je la serrai tout contre moi et nous tremblâmes ensemble sous les cris sortant de la pièce voisine.

— Mets-toi à genoux, jeune fille, et prie pour le pardon de Dieu. Tu obéiras ou je te ferai obéir!

— Je n'en ferai rien!

On entendit un claquement vif, suivi d'un bruit sourd.

— Relève-toi, ma fille, ou je te frapperai encore. Henry, enlevez votre ceinture et servez-vous-en, car si la discipline vous fait peur, sacredieu, je vais m'en charger moi-même!

La voix de Jane était plus douce, entre deux sanglots, mais toujours défiante.

— Vous pouvez cajoler, vous pouvez argumenter, vous pouvez crier et me frapper, mais JE – N'ÉPOUSERAI – PAS – GUILFORD – DUDLEY!

Catherine se raidit encore lorsque le son du fouet nous parvint de la chambre.

— Assez, ma femme ! s'écria Lord Henry. Vous la tuerez si vous continuez ; et que vaudra alors notre alliance ?

Il y eut un bruit sourd comme celui d'un coup de pied porté à quelqu'un qui est à terre.

— Lève-toi, nom de Dieu, sinon je te rosserai encore !

Silence.

— Frances, je crois bien que vous l'avez tuée.

— Fadaises. Meg ! Meg ! Apportez-moi un seau d'eau froide – aussi froide que possible.

Meg, la bonne, poussant des gémissements craintifs, descendit les escaliers en courant et revint avec un seau d'eau froide et une serviette. Elle entra dans la pièce, et il y eut un éclaboussement d'eau, lorsque le seau fut versé sur la jeune fille meurtrie.

Jane haleta bruyamment lorsqu'elle sentit l'eau glaciale sur sa peau.

— Obéis-tu, ou dois-je faire venir un autre seau d'eau ?

— Je ne puis obéir, mère. Pas Guilford Dudley. Pas lui. S'il vous plaît, mère, n'importe qui sauf lui…

— Nous avons fait le meilleur arrangement possible, ma fille. Pour toi, pour la famille et pour l'avenir. Tu as été acceptée au sein de la famille la plus puissante du pays et tu devrais en être reconnaissante. Je n'admettrai aucune discussion et nous n'en parlerons plus. Nous t'avons appelée dans cette pièce pour te faire part de notre décision, non pas pour que tu lances un débat sur le sujet.

— Mais, mère, je vous en prie…

— Il n'y a pas de « si » ni de « mais ». Tu m'obéiras et tu ne quitteras pas cette pièce avant d'avoir accepté. Je n'ai pas besoin de ton consentement, car nous avons déjà un accord avec Northumberland à ce sujet. Maintenant, décide. Accepte, ou nous recommencerons.

— Je ne puis…

Il y eut un autre claquement de fouet, puis la bonne sortit en courant, emportant le seau. Un silence absolu régnait dans la maison tandis que Meg se précipitait dans la cour pour remplir le seau à la pompe. Le silence régnait encore lorsqu'elle revint, montant l'escalier de pierre en courant, tout en essayant de ne pas renverser plus d'eau que nécessaire dans sa hâte. Elle entra dans la pièce et la porte fut violemment refermée ; toute la maisonnée retint son souffle en attendant l'éclaboussement d'eau.

Quelques instants plus tard, on l'entendit, et il y eut des sanglots et des murmures de conversation. Enfin, la porte s'ouvrit et Meg apparut, portant le seau vide et la serviette, à présent imbibée d'eau. La voix autoritaire de Lady Frances se fit entendre par l'ouverture, au milieu des sanglots.

— Bon. Ainsi, nous sommes d'accord. Voilà qui est plus sage. Maintenant, va dans ta chambre et mets des vêtements secs avant d'attraper un rhume.

Jane apparut dans l'embrasure de la porte, trempée, le visage gonflé par les larmes et une joue bleue. Elle se tenait le bras comme s'il lui faisait mal, et remonta les marches en boitant, sans jeter un seul regard dans notre direction, tandis que Catherine et moi l'observions depuis la porte ouverte de notre cachette.

— C'est injuste, Richard. Tout cela est injuste.

Catherine avait les larmes aux yeux, et la colère réprimée la faisait trembler, tandis qu'elle regardait sa sœur monter l'escalier en boitant. Elle paraissait si dégradée, elle qui pourtant était si bonne avec les autres. D'une certaine manière, il était plus difficile d'accepter qu'un tel mauvais traitement lui soit infligé à elle, plutôt qu'à un domestique qui aurait désobéi, par exemple.

Je fis l'accolade à Catherine.

— Je suis d'accord, mon amour, c'est injuste ; mais le mal est fait, je le crains, et ni toi ni moi n'avons la capacité d'y remédier.

Catherine s'entortilla entre mes bras et me regarda dans les yeux.

— Quand crois-tu que ce sera mon tour ?

Je songeai à mon retour de Whitehall sur le fleuve, six semaines auparavant, et pendant un instant je considérai l'idée de partager avec elle le point de vue de Fergal concernant la santé du roi. Devrais-je, par exemple, lui dire à quel point sa mère me semblait près d'accéder au trône d'Angleterre ? Non, c'était trop dangereux : elle était impétueuse et risquait d'en faire part à Mary, ou même d'interroger son père à ce sujet au dîner. Cela gâcherait tout : Lord Henry voudrait savoir de qui elle tenait cette information, et me demanderait ensuite pourquoi j'avais omis de lui en faire part sitôt en avoir eu connaissance. Non, le silence restait la meilleure option.

— Je n'en ai aucune idée, Cat. Mais j'espère que quand ce jour viendra, s'il vient, tu seras moins mécontente de leur choix que cette pauvre Jane. Mon Dieu, Guilford ! Après cet épisode révoltant à Bankside ! C'est tout à fait impensable comme union…

Elle me regarda avec insistance.

— En effet, ce l'est. Tu ne devrais même pas songer à de telles choses, Richard. J'espère que tu ne perds pas des heures de sommeil à m'imaginer avec un autre homme ?

Je l'embrassai sur le bout du nez, tentant d'esquisser un sourire ; mais j'étais trop malheureux en mon for intérieur pour réussir.

— Non, je ne fais pas cela.

Je la regardai profondément dans les yeux.

— Pas avec un autre homme, non.

## Chapitre 54

# Fin avril 1553
# Suffolk Place

En l'occurrence, ce fut seulement trois jours plus tard que Catherine vint me trouver aux écuries, où je nettoyais la selle que le roi m'avait donnée, pour m'apprendre la nouvelle.

— Ils me l'ont dit.

— Quoi ?

— Ça devait arriver, tu le sais. Ils m'ont dit que j'allais épouser… William, Lord Herbert, le fils de Pembroke. Jane et moi nous marierons en même temps, dans un mois. Et Mary est promise à notre cousin, Lord Arthur Grey. Northumberland et mon père l'annonceront ensemble cet après-midi.

Je sentis mon cœur se serrer. Je lui pris la main et la baisai cérémonieusement.

— Je vous souhaite bonne chance, Madame. J'espère que vous serez heureuse.

Elle retira sa main et me regarda d'un air mélancolique.

— Allons, Richard. Nous savions tous les deux que cela arriverait un jour. Ne boude pas. Pas maintenant.

J'essayai de sourire, mais ne parvins qu'à esquisser une moue grimaçante.

— Je sais. Je suis désolé. Mais c'est vrai : je te souhaite tout le bien du monde. Ça me fait mal, tout de même.

Elle s'embrassa le bout des doigts et vint effleurer mes lèvres.

— Je comprends. Nous ne saurons jamais, à présent, n'est-ce pas ?

— Savoir quoi ?

— Ce que ce serait de s'allonger ensemble, d'être des amants.

Sans réfléchir, je l'agrippai par les bras et l'attirai à moi.

— Nous pourrions encore. Nous pourrions le faire ici, maintenant.

Elle recula.

— J'y ai pensé, Richard. Aussitôt que je l'ai appris, c'est la première pensée que j'ai eue, que nous devrions nous aimer, juste une fois, avant que nos chemins se séparent. Mais cela ne fonctionnerait pas.

— Pourquoi pas ?

— Sans un avenir devant nous, ce ne serait que de la concupiscence. Ce serait simplement *prendre* – moi de toi et toi de moi – plutôt que de *donner*, comme cela doit être. Je préfère me rappeler ce rêve, et les fois où nous avons presque…

— Sur la colline de Shute ?

— Oui, et un après-midi sur la colline au-dessus de Bradgate. J'étais si près de me donner à toi cet après-midi-là.

Je la regardai, elle qui s'éloignait déjà de moi, et hochai la tête, les yeux mouillés.

— Je suis contente que nous n'ayons rien fait, ce jour-là, murmura-t-elle.

— Moi aussi, répondis-je.

Mais comme pour beaucoup d'autres choses que j'avais dû lui dire au cours des douze derniers mois, le cœur n'y était pas vraiment.

Chapitre 55

# 21 mai 1553
# Durham House, à Londres

— Pourquoi Northumberland n'a-t-il pas organisé ce mariage à Syon House? C'est un plus bel endroit que Durham House et le cortège aurait pu traverser le parc à gibier depuis Sheen. Cela aurait été un beau spectacle, par une journée comme celle-ci.

Assis à l'arrière de la seconde barge, je regardais par-dessus l'épaule du Céleste Edmund pour observer la barge familiale remontant lentement devant nous la Tamise sur une courte distance, vers la rive opposée à Suffolk Place. Il fallait l'admettre : elles étaient radieuses, Jane et surtout Catherine, sans pèlerines pour naviguer, bravant la douce brise dans leurs atours de mariées. Comme il fallait s'y attendre, Suffolk et Lady Frances étaient sur leur trente et un, et portaient une telle abondance de bijoux que j'eusse craint pour leur vie si la barge devait chavirer.

Jane avait l'air blême et gravement déterminé. Depuis cette terrible dispute, elle semblait avoir accepté son sort et, toujours aidée par sa religion, avait consenti à faire son devoir pour le bien de la famille. Elle s'était également vêtue pour faire plaisir aux autres, non à elle-même, et paraissait étonnamment confortable dans sa robe très ajustée de brocart d'argent et d'or, ornée de diamants et de perles. Je savais qu'elle lui avait été procurée par Sir Andrew Dudley, lequel avait reçu l'autorisation de Northumberland de fouiller dans la garde-robe royale, en quête de la plus belle toilette qu'il pût trouver. Elle avait les cheveux détachés jusqu'aux épaules, ce qui symbolisait la virginité (bien que personne n'en eût douté dans son cas), et nattés de perles, lesquelles brillaient doucement dans la chaude lumière du matin.

De son côté, Catherine était absolument radieuse. Elle s'était prise d'amitié pour William Herbert depuis leurs fiançailles encore toutes récentes, et semblait s'être faite à l'idée de rejoindre la maison des Pembroke. Je pouvais l'apercevoir, laissant distraitement glisser sa main dans les eaux de la Tamise tandis que leur barge approchait de l'embarcadère de la grande demeure. Depuis notre dernière conversation à Suffolk Place, lorsqu'elle m'avait annoncé ses fiançailles à Lord Herbert, elle avait évité mon regard et m'avait à peine adressé la parole. Je m'étais à présent résigné à la voir épouser quelqu'un d'autre, sachant qu'elle ne serait jamais à moi; mais je trouvais dommage que nous ne puissions continuer à être bons amis. Je devais admettre toutefois que si les rôles avaient été renversés, si j'avais épousé Catherine et qu'elle avait essayé d'entretenir une amitié semblable avec un autre homme, j'eusse été dévoré par la jalousie.

Je ramenai les yeux vers Edmund Tucker, assis en face de moi dans la seconde barge et incapable de voir la compagnie des mariées derrière lui.

— Northumberland a choisi cet endroit parce qu'il voulait que le roi soit présent. Étant donné sa maladie, Isleworth paraissait trop loin de Greenwich.

— Mais viendra-t-il ici? demanda Edmund.

— Je ne crois pas. Sa guérison est plus lente que l'on ne s'y attendait et il est toujours à Greenwich.

Je répondis d'un ton aussi mesuré que je le pus, mais Edmund me connaissait trop bien.

— Sa guérison ?

Edmund se montra digne de son sobriquet en se donnant un air si angélique que quiconque ne le connaissant pas parfaitement n'aurait pu en deviner le cynisme.

— Oui, sa guérison, répondis-je sèchement, tâchant de lui indiquer rapidement qu'une telle conversation n'avait pas sa place dans l'arène publique.

Je me levai à moitié de mon siège et me penchai en avant pour lui parler à l'oreille.

— Il est encore très malade, me dit-on. Mais plus un mot à ce sujet.

Edmund hocha la tête, rougissant d'être ainsi réprimandé. Ma relation avec lui avait beaucoup changé depuis que j'avais fait sa connaissance un an auparavant, et c'était moi dorénavant qui le dominais. J'observai son expression tandis que nous étions assis face à face. Même si je m'étais rendu compte, aussitôt après l'avoir rencontré, qu'Edmund était différent de moi dans ses relations avec les femmes, je l'avais toujours trouvé gentil, bien renseigné sur les mœurs de la société londonienne, et toujours prêt à veiller sur moi avec sollicitude – surtout lorsqu'il s'agissait d'acheter de nouveaux vêtements. Au fur et à mesure que j'avais grandi, physiquement et socialement, son attitude envers moi avait changé. Il était devenu plus... plus quoi ? Peut-être plus *féminin*, c'était la meilleure façon de le dire : il me montrait désormais le même genre de soumission qu'il réservait jadis à son employeur, Lord Henry.

Depuis l'annonce des fiançailles de Jane et de Catherine, il paraissait avoir redoublé d'égards pour moi. Je me demandais en moi-même s'il espérait remplacer Catherine dans mon cœur, et (ce n'était pas la première fois) s'il n'avait pas eu, par le passé, le même genre de relation sentimentale avec Lord Henry lui-même. Je posai les yeux sur Edmund, qui me sourit, et rougit jusqu'aux yeux, comme s'il devinait mes pensées. Pour ma plus grande gêne, je me sentis rougir à mon tour. Edmund réagit immédiatement et se cala dans le large siège de la barge, arborant un grand sourire de contentement, tandis que nous touchions l'embarcadère de Durham House.

C'était une demeure immense, construite autour d'une vaste cour centrale et d'un jardin, et couvrant toutes les terres entre le chemin de la Strand et la rive du fleuve. Je l'avais déjà visitée avec Suffolk, pour affaires, et me rappelais tout particulièrement la grand-salle et son haut plafond, avec des piliers qui ressemblaient à de la pierre de Beer, mais qui, selon ce que m'avait dit l'intendant, étaient d'une pierre plus noble, venue de l'île de Purbeck. Je m'étais dit que Beer était tout près du Dorset, et que ce devait être sensiblement la même chose. À tout le moins, il n'y avait pas matière à chipoter.

Tandis que nous avancions vers la maison sur les pelouses fraîchement coupées, je constatai qu'aucune dépense n'avait été ménagée pour décorer la maison et le domaine en prévision du grand jour. Nous fûmes accueillis sur la pelouse par les Northumberland, les Huntingdon, les Warwick, Pembroke, Winchester, et les autres membres du Conseil et de la famille Dudley. Je gardai un œil prudent sur ces derniers, car je ne voulais aucunement me mettre à dos les frères Dudley une seconde fois, après la rossée que je leur avais infligée quelque dix-huit mois auparavant. Fort heureusement, mon humble position en tant qu'invité de second rang fit en sorte que je ne fus présenté à personne, et je pus ainsi demeurer à l'arrière-plan tandis que les grandes familles déployaient tout leur faste.

Jane et Guilford Dudley furent mariés cet après-midi-là dans une cérémonie en la chapelle de la demeure. Celle-ci fut suivie de grandes célébrations, dont des joutes et des mascarades, lesquelles se déroulèrent sur les pelouses au bord de la Tamise. Ensuite, lorsque le soleil de mai déclina, nous retournâmes à l'intérieur pour un somptueux festin dans la grand-salle. Nous étions à table depuis environ deux heures quand le Céleste Edmund, qui avait passé la majeure partie de la journée avec nos homologues dans l'entourage de Northumberland, se glissa à mes côtés et, posant ses mains contre mon oreille, chuchota :

— Quoi que vous fassiez, ne touchez pas à la tourte aux huîtres, avant de disparaître comme il était venu.

Je haussai les épaules et n'y songeai guère au début ; peut-être l'un des cuisiniers avait-il admis avoir laissé couler le sel trop librement en la préparant. Toutefois, l'avertissement d'Edmund m'avait paru étonnamment grave, et je pris soin d'éviter ce mets quand il arriva. « Il était bien étrange de le servir », pensai-je. En effet, on savait parfaitement que les plus jeunes représentantes de la famille Suffolk, ayant été élevées loin de la mer dans le Leicestershire, ne pouvaient supporter le goût des huîtres.

Guilford, quant à lui, semblait se délecter de ce plat, et j'en déduisis qu'on l'avait mis au menu à sa demande, car il demeurait le favori de sa mère et se laissait ouvertement gâter par elle, bien qu'il eût à présent dix-huit ans.

Le festin se poursuivit et la tourte aux huîtres fut oubliée, tandis que j'observais attentivement la famille à la table d'honneur. Jane tenait le coup et s'adressait à tout le monde avec ses bonnes manières habituelles. Catherine semblait adopter une attitude ouvertement grivoise avec son futur mari, et, plus d'une fois ce soir-là, je ressentis au cœur les pincements d'une brûlante jalousie.

Ce fut cette jalousie que je blâmai, le lendemain matin, quand je m'éveillai avec une solide gueule de bois. J'avais trop bien noyé mes peines et la tête me faisait diablement mal. Edmund me trouva en train d'arpenter les pelouses sur le bord de la Tamise, buvant de l'eau chaude infusée de miel et de feuilles de menthe.

— Comment vous sentez-vous ?

— Terriblement mal. Je me suis mis à l'eau-de-vie et j'en ai vidé presque une bouteille, je pense. J'ai si mal à la tête ! Un bœuf en perdrait connaissance.

— Oh, est-ce tout ? Dieu merci. Je croyais que vous n'aviez pas fait attention à mon avertissement.

Je levai vers lui des yeux rougis.

— Pourquoi, qu'est-il arrivé ?

Edmund sourit triomphalement.

— Un empoisonnement alimentaire. J'ai appris de bonne source que cette petite merde de Guilford Dudley a été malade comme un chien pendant toute la nuit, ainsi que nombre de ses prétendus amis.

— Les filles vont-elles bien ?

— Oui, bien sûr. Vous savez qu'elles ne mangent jamais rien qui contienne des huîtres.

Mes idées s'éclaircirent rapidement.

— Vous étiez au courant, pas vrai ? Il ne s'agissait pas d'un accident, n'est-ce pas ? Ce qui est arrivé…

Edmund jeta un regard autour de nous avant de répondre.

— Eh bien, ils en sont à raconter qu'un cuisinier a cueilli la mauvaise feuille, par erreur. Mais quel cuisinier qui se respecte ne saurait pas distinguer les feuilles de laurier et le laurier-cerise ?

— Le laurier-cerise? Mais c'est un poison mortel, ça, n'est-ce pas? Qui mettrait ça intentionnellement dans de la nourriture?

— L'une des bonnes de la cuisine, m'a-t-on dit. On raconte que Guilford Dudley a abusé d'elle et qu'il l'a mise enceinte, mais il a refusé de l'aider et elle a perdu l'enfant. Elle a juré de se venger de lui. Elle a placé les feuilles de laurier-cerise avec les véritables feuilles de laurier que l'on préparait pour la tourte aux huîtres demandée par Guilford. Elle savait que le sale petit goinfre s'en mettrait plein la lampe, puisqu'on l'avait entendu dire à un de ses frères qu'il tentait d'accroître sa virilité pour sa future épouse.

J'eus un frisson de dégoût à l'idée de Guilford Dudley et Lady Jane ensemble. C'était si injuste. Mais au moins, quelqu'un lui avait réglé son compte.

— Va-t-il mourir? Guilford, je veux dire.

— Malheureusement, non. Il semble que le cuisinier ait lésiné sur les épices, les huîtres étant fraîches et savoureuses.

Je le regardai dans le blanc des yeux.

— Vous êtes bien informé, Edmund. Vous étiez au courant, n'est-ce pas?

Edmund détourna les yeux.

— Pas complètement. On m'a seulement demandé s'il y avait quelque chose que notre famille n'était pas susceptible de manger. À la mention des huîtres, j'ai dit que les filles n'en mangeraient assurément pas, et que Lord Henry et sa femme n'en mangeraient probablement pas non plus.

Il m'empoigna fortement le bras.

— Vous ne direz rien, n'est-ce pas?

Je lui ébouriffai les cheveux.

— Bien sûr que non. Vous pouvez dormir tranquille.

Un air de soulagement total apparut sur son visage angélique. Il se dressa sur la pointe des pieds.

— Merci ! Oh, merci !

Et avant que j'aie pu lui répondre, il m'embrassa directement sur la bouche ; puis, comme s'il venait de se rendre compte de ce qu'il avait fait, il repartit en courant vers la maison.

Doublement perplexe, je poursuivis ma lente promenade le long de la Tamise. La vue était moins prenante du côté nord. J'aurais préféré être assis à Suffolk Place, sur la rive sud, à contempler la Cité de Londres, plutôt que d'être dans ce coin prisé de la ville, tourné vers Bankside et les marais de Lambeth.

— Catherine, tu es ravissante. Je te souhaite une journée mémorable, et un mariage heureux et épanoui pour les années à venir.

Elle se tenait devant moi, Lady Frances à son bras droit et Lady Jane – je ne pouvais me résoudre à l'appeler Lady Jane Dudley – à son bras gauche. Catherine était véritablement éblouissante. Tandis que Jane pouvait porter des robes et des bijoux hors de prix et paraître élégante lorsque son devoir l'exigeait, Catherine irradiait littéralement, de bonheur, de santé, de beauté et de satisfaction apparente.

— Merci, Richard. Je sais que c'est un jour difficile pour toi et que tu auras eu du mal à me faire ces bons souhaits avec la conviction recherchée. Je ne t'en suis que plus reconnaissante. Oui, je crois que je serai heureuse, et j'ai bon espoir que tu sauras aussi, en temps voulu, trouver la partenaire idéale et la rendre très heureuse, ce qu'elle te rendra aussi, j'en suis sûre. Promets-moi que lorsque ce jour heureux viendra, je serai invitée à ton mariage.

Je souris et l'embrassai pour la dernière fois, plus pudiquement que ce à quoi nous étions habitués; puis je me retirai. C'était sa journée et je ne voulais pas l'importuner. J'irais peut-être rejoindre Edmund pour discuter de la tenue des invités. Je ne croyais pas avoir assisté à une cérémonie plus élégante, même en présence du roi.

C'était le dimanche de Pentecôte, et le troisième jour des célébrations qui avaient débuté avec le mariage de Jane, s'étaient poursuivies avec celui de Katherine Dudley et Lord Hastings, le fils aîné de Huntingdon, et conclues par le mariage de Catherine et de Lord Herbert.

La cérémonie fut répétée une troisième fois, mais les ventres étaient trop pleins. Les mascarades devenaient répétitives, les joutes manquaient un peu de souffle, et le gazon commençait à montrer des signes d'usure.

À la fin de la journée, la noce fatiguée se dispersa, chacun allant de son côté.

Northumberland partit dans l'heure pour rentrer à Greenwich, où, comme on me l'avait confié en secret, la condition du roi s'était dégradée au cours de la fin de semaine.

Catherine devait se rendre à Baynard's Castle, un peu plus loin sur la rive, où William Herbert et elle seraient chaperonnés par les parents de celui-ci. On leur avait interdit de consommer leur mariage, sous prétexte qu'elle n'avait encore que treize ans et qu'il n'en avait que quinze; mais chacun savait en lui-même qu'il s'agissait d'une manœuvre politique, au cas où la situation dût se transformer radicalement et le mariage être annulé dans un proche avenir.

Pour des motifs similaires, Jane dut accompagner ses parents à Sheen, où ils avaient décidé de se reposer après les préparatifs (et en particulier les négociations) du mariage. Elle semblait soulagée que le jour funeste où elle serait obligée de partager la couche de Guilford ait été reporté. Elle me demanda de me rendre d'abord à Suffolk Place et de lui apporter quelques boîtes de livres à Sheen, où elle pourrait se consacrer de nouveau à son étude solitaire. Elle me pria également de lui rapporter les diverses lettres des pasteurs de Zurich, afin de reprendre sa correspondance avec Bullinger et les autres.

La petite Mary, qui avait immensément goûté les célébrations, mais qui s'ennuyait de ses animaux de compagnie, demanda à son père la permission de m'accompagner et de se rendre à Sheen en passant par Suffolk Place. Lady Frances et lui donnèrent leur accord sans hésiter, toute leur attention étant fixée sur Jane.

Quand j'eus terminé de préparer les embarcations qui nous ramèneraient à Suffolk Place, Mary et moi-même, ainsi que de nombreux bagages (car Suffolk et le reste de la famille remonteraient le fleuve sur les barges pour se rendre à Sheen), j'étais tout à fait épuisé. Edmund Tucker avait été dépêché à Sheen sur-le-champ, afin de préparer la maison et d'envoyer des messagers à Suffolk Place, chargés de rapporter tous les effets dont la famille aurait besoin selon lui, pendant leur séjour à la campagne.

— Ne souhaiteriez-vous pas comme moi rentrer à Bradgate Park ? me demanda Mary, alors que nous allions sur la Tamise en direction de Suffolk Place. J'adorais Bradgate. Tout était plus facile à saisir quand nous demeurions là-bas. Depuis que nous avons tous déménagé à la cour, la vie est devenue trop compliquée, et... – elle me regarda d'un air hésitant – trop politique. Ça m'effraie. Ils ne font toujours pas attention à moi, la plupart du temps – je suppose que ça ne changera jamais ; mais j'observe encore tout ce qui se passe, et je réfléchis. Même vous, on dirait que vous m'avez abandonné, Richard. Vous étiez mon ami, autrefois.

Je lui souris avec regret. C'était vrai. À l'époque où j'avais rejoint la famille, je m'étais senti perdu dans sa grandeur, sa richesse, sa nouveauté et sa complexité. Mary avait été une amie, une informatrice, et une bouée. À présent, la triste vérité était que je n'avais plus besoin d'elle. À présent, c'était moi qui connaissais les secrets de famille, ou du moins la plupart d'entre eux ; et mon nouveau flair politique, tant au sein de la famille qu'à l'extérieur, avait mis un terme à la dépendance que j'avais d'elle. Je n'en étais pas moins mécontent d'avoir laissé mourir une amitié autrefois précieuse, simplement parce que j'avais d'autres besoins, d'autres priorités. « C'était vraiment un monde dur, pensai-je, et le fait d'y prendre part vous durcissait vous aussi. »

— Je le suis encore, Mary, répondis-je. Mais vous avez vu comme moi ce qui s'est produit au cours de la dernière année. Notre monde a chaviré. Parfois, j'ai l'impression que nous avons tous plongé du haut d'une chute et que nous sommes en train de surnager dans les eaux impétueuses situées en bas.

L'enfant de huit ans m'observa attentivement sous ses épais sourcils. Il faisait soleil et la lumière reflétée sur les eaux lui faisait plus que jamais froncer les sourcils et durcissait ses yeux noirs. Elle parla d'un ton prudent et mesuré.

— Je crois que nous n'avons pas encore fini de tomber dans la chute et qu'il nous reste encore à toucher le fond. De plus, je ne pense pas qu'il y ait d'eau qui bouillonne au bas de la chute, mais seulement des rochers pointus sur lesquels nous finirons par nous briser, ce qui pourrait s'avérer funeste pour certains d'entre nous, ou même pour nous tous – et cela très bientôt. Je crains l'avenir, mais je me sens tout à fait impuissante.

Je frissonnai sous les chauds rayons du soleil de mai. Ses paroles m'avaient glacé, car au tréfonds de mon âme, je savais qu'elle avait raison. Les Suffolk n'avaient pas fini de comploter. Ils visaient encore la couronne, et il était quasi certain qu'ils poursuivaient cet objectif en collaboration avec Northumberland. Mais à supposer que Northumberland ait nourri ses propres desseins, à l'insu de Suffolk ? Je savais que la plus grande faiblesse de celui-ci était sa vanité, qui le portait souvent à croire que sa maîtrise de la situation était meilleure qu'elle ne l'était en vérité – surtout quand il avait affaire à Northumberland, tout aussi retors que n'importe quel homme de cour.

La barque toucha l'embarcadère de Suffolk Place et je me levai pour aider Lady Mary à débarquer.

— Nous devrions parler plus souvent, Madame. Vous êtes très perspicace.

Elle ne me sourit pas, mais gravit les escaliers menant à l'embarcadère et me regarda du haut de sa corniche. Une fois de plus, elle se tenait au-dessus de moi.

— Ne faites pas la même erreur que mon père, Richard. Ne vous laissez pas obnubiler par vos propres pensées au point d'en oublier la présence des autres : ils peuvent nourrir leurs propres desseins qui ne coïncident peut-être pas avec vos propres visées. Le Corbeau voit tout. Oui, Richard, je sais quel surnom vous me donnez : le Corbeau. Eh bien, souvenez-vous que les corbeaux nichent tout près du pouvoir – à la Tour de Londres. Peut-être finirai-je là-bas avec les autres de mon espèce ? Peut-être y finirons-nous tous ? Qui sait ?

Mary tourna les talons et s'avança d'un pas décidé vers le domaine de Suffolk Place, où des domestiques l'attendaient. Je frissonnai de nouveau. C'était comme si un fantôme venait de marcher sur ma tombe. J'étais très troublé, sans bien savoir pourquoi.

## Chapitre 56

# 6 juin 1553
# Chapitre de Sheen, dans le Surrey

— Comment va-t-elle ?

Lady Mary venait tout juste de rentrer de Durham House, où elle avait rendu visite à Lady Jane.

— Elle est horriblement malade. Elle souffre et est en proie à une peur inimaginable. Non seulement cela, mais elle est tellement gênée qu'elle n'a pas voulu que mère l'emmène ici ou à Suffolk Place, car elle ne pouvait supporter de faire face à la famille, ni à toi, ni à Edmund, ni même aux domestiques. Mère l'a emmenée à Chelsea, dans l'ancienne résidence de Catherine Parr ; elle dit qu'elle se sentira en sécurité là-bas.

— Mais que s'est-il passé ?

— Qu'est-ce que vous croyez ? Ce fut aussi horrible qu'elle le craignait. Vous n'êtes pas sans savoir qu'elle est malade depuis son mariage. Elle souffre lorsqu'elle… euh, je…

— J'ai été élevé à la campagne et j'ai des sœurs, Mary. Je ne suis pas complètement ignorant de ces choses-là.

— Elle est malade ici, à l'intérieur. C'est pourquoi elle a toujours envie de… vous savez, de faire pipi tout le temps ; mais elle a mal quand elle urine. Et plus elle pensait à… à laisser son mari lui faire cela, plus elle s'inquiétait, et c'est devenu pire. Elle n'était pas bien du tout quand elle est partie d'ici, lundi dernier, mais Northumberland avait ordonné que le mariage soit consommé, et mère lui a dit de se laisser faire pour que ce soit fait.

— Et l'a-t-elle fait ? Avec Guilford, je veux dire.

— Elle n'a pas voulu m'en parler, mais je l'ai entendue dire à mère qu'il s'était comporté comme une bête. Elle dit qu'elle l'a imploré de ne pas lui faire mal, mais qu'il l'a prise comme une putain de Bankside. Cinq fois en une nuit et sauvagement. Personne ne devrait abuser ainsi d'une femme, ni son mari, ni aucun homme.

J'étais ébranlé, mais pas vraiment surpris. J'avais connu Guilford Dudley, j'avais vu son égoïsme et sa cruauté. Et je l'avais vu imiter l'irrespect de son père à l'égard des autres. L'histoire d'Edmund me semblait encore plus plausible, à présent.

— Dommage que cette bonne ne l'ait pas tué. C'est tout ce qu'il mérite.

Lady Mary me dévisagea brusquement.

— Qu'avez-vous dit ?

Je secouai la tête.

— Ce n'est rien : une rumeur, voilà tout. Morte et enterrée il y a quelque temps déjà.

Je regrettais d'avoir mentionné cet incident et voulus reprendre le fil de la discussion.

— N'était-il pas possible de la préparer à tout cela – avant, je veux dire ? D'alléger ses craintes ou de lui donner… vous savez, certains conseils ?

— Nous avons essayé. Mère lui a parlé longuement, et je parle ici d'une discussion entre mère et fille, non pas des engueulades habituelles. Je lui ai confié en privé (quand mère n'était pas là) que j'avais eu des nouvelles de Catherine, qui se trouvait dans la situation inverse. Ils leur ont dit, à

William et à elle, de ne pas consommer le mariage, mais William a réussi à entrer dans sa chambre en passant par le balcon, et elle dit qu'ils l'ont fait chaque nuit. Elle a dit que c'était encore mieux qu'elle ne l'avait jamais imaginé et qu'il fallait dire à Jane qu'elle en tirerait du plaisir après une ou deux fois, que c'était un peu incommodant au début.

Cette petite enfant bossue ne cesserait jamais de m'étonner.

— Et vous l'avez dit à Jane ?

— Eh bien, il fallait que quelqu'un lui fasse le message et je suis sûre que vous auriez refusé, même si Catherine avait voulu vous en parler. D'ailleurs, elle m'a spécifiquement demandé de ne pas vous le dire, car elle ne voulait pas vous vexer, mais bon, il fallait bien que je vous le conte, n'est-ce pas ? Alors je vous prierais d'oublier ce que je vous ai dit.

J'eus un petit rire de dépit. D'abord, elle me dit que la personne que je respecte le plus au monde a été maltraitée par l'homme avec qui elle est emprisonnée, et qu'il n'y a rien que l'on puisse faire. Puis, du même souffle, elle me dit que l'amour de ma vie ne se lasse pas de baiser chaque soir avec un autre homme, et me demande aussitôt d'oublier ses mots.

Je regardai par la fenêtre. Dehors, le parc de Sheen verdoyait. Des cerfs marchaient tranquillement à travers sa végétation luxuriante, et je pouvais distinguer les rides sur le lac, en bas de la vallée, tandis que les poissons sautaient pour attraper les mouches. Nous étions le 6 juin, le jour de mes dix-huit ans, bien que, comme l'année dernière, cet anniversaire passât sans qu'on s'en aperçût. Dans d'autres circonstances, c'eût été une journée si heureuse !

# Chapitre 57

# 1ᵉʳ juillet 1553
# Palais de Greenwich

La lettre avait été envoyée à Suffolk Place, mais l'un des domestiques avait chevauché jusqu'à Sheen le même jour pour me la remettre.

*Cher Richard,*

*J'ai quelque chose d'important à te dire, à toi et à toi seul. Si tu en as la chance, s'il te plaît, de grâce, viens me trouver au palais de Greenwich le plus tôt possible.*

*Ton ami,*

*Fergal Fitzpatrick*

Je m'étais excusé auprès d'Edmund, car Suffolk se trouvait déjà auprès du roi à Greenwich, et Lady Frances était avec Lady Jane à Chelsea.

Edmund avait compris la difficulté qui m'attendait; car que pouvais-je dire à Lord Henry lorsque je le rencontrerais, ce qui ne manquerait pas d'arriver? Prévenant, il m'avait remis des documents, des livres et d'autres effets que Lord Henry avait demandé d'envoyer au palais de toute urgence.

— La voilà, votre excuse. Dieu vous garde.

Je remis les documents à Suffolk sitôt que j'arrivai au palais de Greenwich. Lord Henry ne parut pas surpris de me voir les lui apporter – j'étais après tout son secrétaire – et s'enquit brièvement de l'état de santé de Jane et de la durée prévue du séjour de Lady Frances à Chelsea. Puis, à mon grand soulagement, Suffolk fut demandé par Northumberland, et je pus tranquillement rendre visite à mon ami Fergal Fitzpatrick.

Je le trouvai dans la plus grande détresse.

— Richard, tu dois me croire. C'est la vérité, Dieu m'en soit témoin. L'affaire est capitale, mais je ne sais trop à qui tu peux en parler. Ils sont en train d'empoisonner le roi !

Il lâcha ces mots comme si nous étions nous-mêmes victimes d'empoisonnement.

— Qui, Fergal ? Qui tente d'empoisonner le roi ?

— Les hommes de Northumberland. Il a des espions partout ; je ne sais plus qui est de quel côté, alors je ne fais confiance à personne... sauf à toi, Richard. Il a congédié tous les vrais médecins et a fait venir une femme, une charlatane de premier ordre, qui a promis de sauver le roi. Mais, Richard, il n'y a plus de salut pour lui. John Banister, l'un des médecins subalternes, m'a dit pendant que tu assistais au mariage que le roi, à son avis, languissait progressivement vers la mort.

Pendant un instant, Fergal fut trop bouleversé pour poursuivre. Il était évident que l'expérience quotidienne de voir son roi et ami mourir de façon si horrible et dans de telles souffrances l'avait mené à bout. Je secouai la tête avec incrédulité.

— Les expectorations qu'il rejette sont d'un noir bleuâtre – je les vois tous les jours, Richard : elles sont d'une puanteur excessive, comme s'il pourrissait de l'intérieur. Ses pieds sont tellement enflés et son ventre gonfle de jour en jour. Il ne s'agit pas du tout de consomption, mais de quelque chose de bien pire, de plus pernicieux que cela. Cela fait vraiment pitié à voir. Ils devraient veiller à son bien-être, et le laisser dormir jusqu'au jour béni où ses souffrances seront terminées, mais ils ne le font pas : la femme lui donne de l'arsenic, j'en suis sûr. Cela le garde en vie, mais lui cause une douleur intense. C'est mal, Richard ; mais vers qui puis-je me tourner ? Je crains pour ma vie chaque jour.

Nous restâmes assis tranquillement, pendant que Fergal ressassait les mêmes peurs et les mêmes inquiétudes, de crainte d'avoir oublié quelque détail important. Enfin, je lui pris la main et le dressai sur ses pieds.

— Ne fais plus rien, Fergal. Attends. Ne fais qu'attendre. Car assurément, le roi s'éteindra bientôt, et ta loyauté envers lui ne pourra être mise en doute. Que comptes-tu faire il sera mort ?

— J'attendrai le temps qu'il faudra, pour ne pas avoir l'air de déserter, puis je rentrerai probablement en Irlande jusqu'à ce que l'avenir soit plus clair. Mon cousin Barnaby, qui est devenu baron de Haute-Ossary à la mort de son père, est revenu ici, au cas où sa présence pourrait réconforter le roi, de même que Thomas Butler, notre autre cousin, le comte d'Osmond, qui a aussi fait l'école avec le roi. Nous resterons ensemble jusqu'à ce qu'un successeur soit nommé, après quoi j'imagine que nous rentrerons au pays.

— En parlant d'un successeur, j'imagine que tu veux dire la princesse Marie, car c'est elle, je crois, l'héritière présomptive ?

Fergal me donna un coup de coude, comme il l'avait fait si souvent en des jours plus heureux.

— Allons, Richard. Tu dois bien savoir ce que ton maître et Northumberland complotent ces jours-ci avec le roi. Je ne serais pas surpris si tu l'avais toi-même écrit en grande partie de ta belle écriture.

Je secouai la tête.

— Vraiment, Fergal, je t'assure que non. Sur quoi se sont-ils entendus?

Fergal regarda autour afin de s'assurer que personne n'écoutait.

— L'*Ordonnance du roi*, c'est ainsi qu'on l'appelle. Un document qui est maintenant écrit de la main du roi, et qui semble recevoir des corrections tous les deux ou trois jours. Son principal objectif est d'assurer que ni Marie ni Élizabeth ne puissent accéder au trône, afin que celui-ci passe à la maison de Suffolk par la lignée de Lady Frances.

J'acquiesçai d'un signe de tête, soulagé d'apprendre que le plan restait inchangé.

— Oui, j'ai eu vent de cette proposition, mais je ne savais pas que le roi y avait consenti.

— Consenti, ça peut-être, mais notre roi acquiert de l'indépendance chaque fois qu'il prend ce qui pourrait bien être son dernier souffle. Le document n'est pas encore signé, et même s'il l'était, il peut encore être modifié ou remplacé dès demain. Seule la mort du roi mettra fin aux discussions et déterminera pour de bon la succession; et même alors, il y aura peut-être des querelles et des doutes.

— Puis-je le voir?

J'eus soudainement le désir impérieux de le revoir une dernière fois, ce roi pour qui j'avais conçu tant d'admiration.

— Je vais aller voir, dit Fergal; mais seulement si la charlatane est absente, car elle nous croit tous des espions qui manigancent contre elle. Attends ici.

J'attendis pendant dix minutes, jusqu'à ce que Fergal revienne.

— Viens tout de suite. Vite ! Nous ne disposons que de quelques minutes.

Il me mena à travers un sombre corridor jusque dans une pièce encore plus obscure. Elle puait comme un égout à ciel ouvert. J'eus un haut-le-cœur et plaçai une main sur ma bouche, mais Fergal me l'enleva doucement.

— Ne fais pas ça, s'il te plaît. Il ne se rend pas compte à quel point cela nous incommode. Laissons-le donc croire qu'il en est autrement.

Nous approchâmes du lit, où un vieil homme rabougri, au teint blafard, gisait mourant. Au premier abord, je ne pus croire que c'était là mon roi, qui était plus jeune que moi : le corps étendu sur le lit avait l'air vieux de quatre-vingts ans. Il toussa, et les yeux injectés de sang s'ouvrirent lentement.

— Pas de ce remède. De grâce, pas plus. Pas encore.

Malgré l'odeur, je me penchai plus avant.

— Ce n'est pas l'infirmière, Votre Majesté. C'est Richard Stocker, le valet de Suffolk.

Les yeux s'ouvrirent un peu plus et se concentrèrent sur moi.

— Pet de Lion ! Richard Pet de Lion ! Comme c'est gentil à vous d'être venu. Je crains que nous ne chassions plus jamais ensemble, car je serai mort d'ici une semaine, enfin libéré de mes souffrances, et même avant, s'il plaît à Dieu, et si cette charlatane arrête de me faire saumurer.

— Je suis sûr que nous chasserons encore ensemble, Votre Majesté.

J'avais les larmes aux yeux tout en proférant ce mensonge.

— Certes, Richard. Mais pas dans ce monde-ci. Dans l'autre. Oui, dans l'autre.

Sa tête retomba sur l'oreiller, en signe d'épuisement évident, et Fergal me signala qu'il était temps de partir. Tandis que je m'éloignais du lit, les yeux s'entrouvrirent à nouveau.

— Richard…

Je m'avançai plus près, sentant son souffle.

— Oui, Votre Majesté ?

— Faites-moi une promesse, Richard.

— Tout ce que vous voudrez, Majesté. Qu'y a-t-il ?

— Ne dites pas le «valet de Suffolk». Ne le pensez même pas. Soyez votre propre maître. Soyez toujours votre propre maître.

Je hochai la tête, les larmes aux yeux, incapable de parler. Fergal s'approcha du roi de l'autre côté du lit.

— Il a accepté, Votre Majesté. Il a accepté. Il sera son propre maître. Il en a fait la promesse solennelle, et j'en suis le témoin.

Il eut un hochement de tête imperceptible.

— Bien.

Je laissai Fergal à ses occupations et me dirigeai vers le fleuve. En marchant le long du chemin de gravier depuis le palais de Greenwich jusqu'à l'embarcadère, où j'espérais trouver une barque qui me ramènerait à Suffolk Place et à ma monture, un lourd chagrin me submergea entièrement, et un mauvais pressentiment m'envahit. À mes yeux, le roi avait toujours été le pinacle de la vie. Au cours de la dernière année, non seulement j'avais pu voir mon roi, mais je l'avais rencontré, je lui avais parlé et j'avais partagé avec lui, ne fût-ce qu'un court instant, des moments, des plaisanteries, et du plaisir. À présent devenu un homme et un ami, le roi allait mourir très bientôt, laissant en moi un vide fait de crainte, de doute et d'incertitude.

Tout en marchant vers le fleuve, je crus entendre le chant des anges, et m'arrêtai pour tendre l'oreille. Le chœur royal répétait, et sa musique, flottant dans l'air du soir depuis les fenêtres de la chapelle, m'enveloppa comme de la fumée. La voix d'un alto s'éleva soudain dans la voûte de la chapelle et s'échappa, courant sur l'herbe verte. Je reconnus cette musique : c'était le *Spem in alium* de Thomas Tallis. D'autres voix le rejoignirent, et la musique s'enfla. J'eus l'étrange sensation d'une époque reculée – comme si mes ancêtres du Devon s'adressaient à moi.

Instinctivement, je quittai le chemin de gravier et poursuivis ma route sur l'herbe, afin d'éviter que le craquement cadencé des cailloux ne vienne troubler le son des voix claires. Imperceptiblement, mon humeur se transforma. Je me tins immobile dans l'herbe, tandis que les premiers tourbillons de brume se levaient sur le fleuve dans la fraîcheur du soir.

À présent, tout le chœur s'éleva. C'était une musique assurée, triomphante, l'expression d'une foi absolue :

*Domine Deus, creator cœli et terræ*
*respice humilitatem nostram.*

Immédiatement, je pus voir le visage de Jane et commençai à traduire les mots :

Seigneur Dieu, créateur du ciel et de la terre,
considère notre humilité.

Cela paraissait approprié. Pendant un instant, je sentis que je partageais cette foi qui soutenait Lady Jane et (je le tenais de Fergal) le roi. En cet instant, je fus réconforté par une idée. Si le roi quittait cet endroit en étant porté par une telle force, alors les souffrances du monde laissé derrière lui n'étaient certainement rien, en comparaison de l'attente euphorique d'un monde meilleur à venir.

Mais lorsque le chœur s'arrêta et que les vapeurs enveloppantes de la musique s'évanouirent, je retrouvai mon humeur chagrine, et me sentis, une fois de plus, vulnérable et solitaire. « Soyez votre propre maître », m'avait dit le roi, et je lui en avais fait la promesse solennelle. Toute mon enfance, j'avais voulu grandir. À présent, presque un mois après le jour de mes dix-huit ans, je savais que j'étais vraiment dans un monde d'hommes, et sa réalité me consternait et m'effrayait.

Chapitre 58

# 9 juillet 1553
# Suffolk Place

— Venez dans mon bureau, s'il vous plaît, Richard. J'ai de funestes nouvelles et nous avons beaucoup à faire.

Je me préparai mentalement. Cela s'annonçait difficile, car je connaissais ces nouvelles et croyais pouvoir deviner ce qu'il y aurait à faire. Néanmoins, il était primordial que je ne fasse ou ne dise quoi que ce soit qui puisse compromettre mon ami Fergal Fitzpatrick : sa courte missive était enfouie dans la poche de mon justaucorps.

*Cher Richard,*

*Le roi est enfin mort hier soir, dans les bras de ce cher Henry Sidney, et dans d'atroces douleurs jusqu'à la fin, mais néanmoins toujours soutenu par sa foi. Je n'étais pas dans la chambre lorsqu'il a rendu l'âme, ainsi je ne puis te dire quelles furent ses dernières paroles ; mais son valet Christopher Salmon (que tu as souvent rencontré avec moi) et le docteur Wroth, un brave médecin, étaient également à ses côtés et m'ont dit que tout s'était bien passé. Ce fut un sacré soulagement, mais tu peux imaginer à quel point la journée fut déconcertante, accompagnée d'une tempête déchaînée, le ciel étant demeuré noir comme de la suie pendant tout l'après-midi, et déversant des grêlons rouge sang, gros comme des œufs de pigeons, sur tous ceux qui s'aventuraient au-dehors. Le Seigneur observe d'en haut ces sombres méfaits. Cela, j'en suis certain.*

*Il semble que je doive te remercier. Je ne sais pas ce que tu as pu faire, ou si effectivement tu as pu influencer les événements, mais la charlatane a disparu aussi subitement qu'elle était arrivée, le 2 juillet, et la souffrance du roi, bien que sévère, n'aura pas été aggravée plus longtemps par ses poisons. Je prie pour qu'on ait fait boire à cette méchante femme le reste de ses potions, avant de la laisser partir, car elle ne mérite pas moins.*

*Il y a eu beaucoup d'allées et venues auprès du roi dans ses derniers jours, presque toujours en rapport avec l'Ordonnance du roi, laquelle (comme tu le sais sans doute) a été réécrite et corrigée maintes et maintes fois, le plus souvent de la main du roi. Étant un proche de la famille, tu n'es pas sans savoir que Lady Frances a récemment visité le roi et qu'en ma présence, ainsi que celles de Northumberland et de Suffolk, elle a formellement renoncé à la succession au trône en faveur de sa fille Jane. Ainsi, ton amie deviendra enfin reine, un peu comme le roi était devenu mon ami.*

*Nous sommes tous enfermés ici de corps et d'esprit, et nos langues sont liées, car Northumberland semble hésiter pour la suite des choses et refuse encore d'annoncer la mort du roi. Nous avons tous juré de ne rien dire, mais puisque tu en seras informé de toute façon par l'entremise de la famille, je voulais te mettre au courant de la situation directement. Le messager qui t'apportera cette lettre est digne de confiance, mais il vaudrait mieux pour toi ne pas répondre ; dis-lui simplement que tu as lu la lettre, puis, si tu veux bien, détruis-la afin de nous mettre tous deux hors de danger.*

*Je n'ai aucune idée de ce qui va se passer. Nous vivons tous dans l'oisiveté et la tristesse, et l'avenir est inquiétant pour beaucoup d'entre nous, mais nous n'avons pas le droit de faire quoi que ce soit pour l'instant. Cette lettre est en partie pour t'éviter d'être choqué par l'apparence du roi, au cas où tu verrais le corps. Tout ce que je puis dire est que les embaumeurs ont été extraordinairement diligents et que le corps qui sera montré au peuple est très différent de cette pauvre créature à qui tu as parlé il y a une semaine à peine. Qu'il repose en paix.*

*Peut-être nous verrons-nous dans les prochaines semaines. Sinon, j'espère que, dans la nouvelle position que tu occuperas, tu te souviendras de ton vieil ami avec bienveillance, et que tu pries pour moi en ces temps troublés, comme je prie pour toi.*

*Dans le regret des jours passés et l'espoir de ceux à venir,*

*Fergal Fitzpatrick*

Je suivis Suffolk jusque dans son bureau, trop conscient, à présent, de ce bout de papier qui se froissait dans ma poche, et souhaitant l'avoir déjà détruit. Comme à son habitude lorsqu'il voulait discuter de quelque chose d'important, Suffolk ne se tenait pas face à moi, mais regardait par la fenêtre d'un air distrait, vers les murailles de la Cité de l'autre côté de la Tamise.

— Notre roi est mort, Richard. Il est retourné à son Créateur, avec l'assurance d'avoir mis en place les arrangements nécessaires afin que la succession ne soit pas soumise au papisme, et que notre beau pays ne tombe pas sous domination étrangère.

J'acquiesçai sagement d'un signe de tête, pour montrer que le coup était dur à prendre mais que je m'efforçais de tout comprendre.

— Le Conseil s'est réuni plus tôt ce matin et a décidé d'informer le successeur élu de son accession au trône. Lady Mary Sidney (la fille de Northumberland) vient tout juste de partir pour Chelsea, afin d'informer notre fille, Lady

Jane Dudley, qu'elle sera bientôt reine d'Angleterre et qu'elle doit se rendre à Syon House à Isleworth. Elle y sera reçue par son mari, par la famille Northumberland et la nôtre, et par les membres éminents du Conseil privé. Là-bas, la nouvelle lui sera annoncée formellement. Demain, toute la compagnie s'embarquera à destination de la Tour, où la cérémonie officielle aura lieu. Je veux que vous alliez trouver le maître batelier, pour que nos barges soient pré-parées sur-le-champ. Vous pourrez alors vous rendre direc-tement à Isleworth par barque et faire ce que vous pourrez pour vous rendre utile là-bas.

Je feignis la stupéfaction, tout en prenant l'air résolu de celui qui se remettrait du choc et qui ferait un servi-teur digne de confiance pour les événements qui devaient suivre.

Pendant quinze minutes, Suffolk m'informa des détails : le nombre de voyageurs, qui ils seraient, quels vêtements il fallait faire transporter à Isleworth pour le défilé du lende-main sur les barges, et lesquels devaient être envoyés à la Tour. La plupart des effets de la famille se trouvaient encore à Sheen, et des messagers y furent envoyés pour informer Edmund Tucker (resté là-bas) des préparatifs qu'il devrait mettre en œuvre pour les expédier à Syon House, à Suffolk Place ou à la Tour, selon le cas.

Syon House, l'ancien couvent d'Isleworth, au bord de la Tamise du côté du Middlesex, et en face de Richmond, était la plus vaste demeure de Northumberland, mise sous séquestre après l'exécution de Somerset et sa condamnation à la mort civile. Il était de notoriété publique que Somerset avait dépensé une fortune pour l'aménager, et que, plus récemment, Northumberland avait fait de même, afin de la marquer de sa propre empreinte. Le résultat avait certainement de quoi impressionner, et l'endroit paraissait plus que convenable pour une importante affaire d'État.

Je débarquai dans l'écluse et offris mes services aux valets de Northumberland, mais ceux-ci déclinèrent ma proposition, disant qu'ils étaient tout à fait capables d'organiser un événement de cette envergure ; et je fus laissé à errer sur le domaine, en attendant l'arrivée des compagnies royales.

La famille Dudley ne tarda pas et prit possession des lieux. La dernière chose que je souhaitais était de croiser le fer avec les frères Dudley sur les terres du domaine de leur père, et je crus bon de m'éclipser pendant qu'ils débarquaient avec leurs domestiques et marchaient du poste d'écluse jusqu'à la grande maison tout en plastronnant pour la galerie.

Assis au sommet de la muraille en bordure du fleuve, je reconnus les barges des Suffolk approchant au loin, et redescendis jusqu'à l'écluse pour leur prêter assistance. Lord Henry et Lady Frances débarquèrent avec précaution, assistés de près par la valetaille des Dudley. Il fut immédiatement établi que toute l'attention se porterait ce jour-là sur la famille Suffolk, et que je n'en faisais pas partie. Lord Henry esquissa un bref signe de tête en ma direction, Mary et Catherine me saluèrent nerveusement de la main, mais Lady Frances fit comme si je n'existais pas.

Tout ce qu'il restait à faire était d'attendre l'arrivée de Lady Jane. Je retournai à mes errances le long du fleuve. Une autre barge finit par se montrer, suivie de près par un vaisseau d'apparence plus militaire, rempli de hallebardiers armés. Je regardai de nouveau vers la maison, pour voir quelle forme d'accueil s'organisait à l'entrée, mais il n'y avait personne. À l'évidence, la cérémonie se déroulerait à l'intérieur.

Tandis que la barge s'approchait de l'embarcadère, elle ralentit, se laissant dépasser par le vaisseau de hallebardiers, d'où il débarqua ce qui s'apparut bientôt comme une garde armée pour l'accueil de la future souveraine. Quelque chose dans leur démarche exercée m'avertit de garder mes distances, et je rentrai lentement vers la maison le long du chemin bordé d'arbres, tandis que Lady Sidney descendait à terre et enjoignait Lady Jane de fouler le domaine familial, tout en lui tendant, non pas la main accueillante de l'hôte, mais la poigne autoritaire du geôlier.

La garde demeura postée près de l'écluse, comme pour signifier que personne ne pouvait s'en aller sans la permission de Northumberland ; et les deux ladies, devenues à présent belles-sœurs, se dirigèrent vers la maison d'un pas décidé. Jane était plus blême qu'à l'habitude : elle avait les traits tirés et paraissait amaigrie, peut-être à cause de sa maladie ; mais elle gardait la tête haute et, les yeux résolument tournés devant elle, elle marchait à la rencontre du sort que lui réservait ce jour, quel qu'il fût.

Je compris vite que les derniers invités d'honneur étaient arrivés, car les valets de la maison Dudley rentrèrent à l'intérieur par une autre porte et disparurent. Je suivis les dames à distance respectueuse, et après avoir suffisamment attendu, m'introduisis dans la demeure silencieuse. Je pus entendre, tout droit en face de moi, un doux murmure de voix, et me dirigeai lentement vers la grand-salle. Elle était vide, à l'exception des deux ladies, qui se tenaient à l'autre bout et parlaient presque en chuchotant, l'air intimidé par les immenses tapisseries tout autour d'elles. Je me hâtai de retourner dans le corridor, et j'attendis.

Quelques instants s'écoulèrent avant que Northumberland lui-même n'entre dans la pièce, suivi d'un nombre croissant de notables. J'attendis l'arrivée des deux familles, mais personne ne se présenta. À l'évidence, cette partie de la cérémonie se déroulerait en présence des conseillers seulement. Northumberland se tint sur le côté, discutant gravement avec Northampton et Arundel, tandis que Huntingdon et Pembroke entamaient une longue conversation avec Jane. Pembroke s'inclina profondément, puis, prenant la main de Jane, la baisa. Il semblait lui faire les honneurs d'une reine. « C'est le moment de vérité », pensai-je ; mais Jane prit un air embarrassé et devint écarlate, retirant sa main dans un malaise évident.

Quelques instants plus tard, Northumberland, suivi de Lady Sidney et des conseillers rassemblés, alla trouver Jane et, lui prenant la main à son tour, la mena à la chambre d'État. Tandis que la grand-salle se vidait de ses conseillers, d'autres serviteurs comme moi, surtout des hommes de la famille Dudley, se faufilèrent dans la salle à partir des deux entrées, et emboîtèrent le pas aux conseillers qui sortaient. Enhardi par leur exemple, je décidai de faire de même.

En regardant par l'embrasure de la porte dans la chambre d'État, je compris tout de suite que ce serait l'endroit où Jane serait effectivement couronnée reine. À l'autre extrémité de la pièce se trouvait un trône vide, surmonté d'un baldaquin d'État. Alignés selon un ordre de préséance très strict des deux côtés du trône se trouvaient les deux familles, Guilford Dudley, ainsi que maints nobles qui n'étaient pas membres du Conseil privé. Ils furent rejoints par les conseillers, et tandis que Jane passait devant eux, toute la compagnie s'inclina et lui fit la révérence.

Northumberland conduisit Jane jusqu'au trône et lui fit tourner les talons pour qu'elle se tienne face à l'assemblée, à présent considérable.

— En ma qualité de président du Conseil, annonça Northumberland, je déclare aujourd'hui la mort de Sa Très Sainte et Très Gracieuse Majesté le roi Édouard VI.

Alors qu'il poursuivait, rappelant à l'assemblée combien le roi était bon et combien il serait regretté, Jane fut secouée d'un frisson. Assurément, me dis-je, elle connaissait déjà le but de toute cette cérémonie : les signes observés jusqu'à ce jour étaient évidents. Mais il semblait que non : Lady Jane regardait farouchement autour d'elle d'un air épouvanté, comme si toute la portée et, cela se lisait sur son visage, toute l'horreur de la cérémonie venait de lui sauter aux yeux.

— Votre Grâce fut désignée par Sa Majesté comme héritière de la couronne d'Angleterre, poursuivit Northumberland.

Lady Jane sursauta vers l'arrière, visiblement abasourdie d'entendre ces mots, et incapable de répondre.

— Vos sœurs vous succéderont à défaut de descendance directe de vous.

Portant immédiatement le regard vers Catherine, je compris qu'elle avait mis autant de temps à reconnaître les implications pour elle, et pour sa sœur Mary.

Northumberland se tourna vers Jane et, s'adressant à elle, mais avec un ton et une emphase qui incluait visiblement toute l'assemblée, poursuivit :

— Cette déclaration fut approuvée par tous les seigneurs du Conseil, par la plupart des pairs, et par tous les juges du pays. Il ne manque plus que la gracieuse acceptation de Votre Grâce de cet état des plus éminents, que Dieu tout-puissant, le souverain et dépositaire de toutes les couronnes et de tous les sceptres, vous a présenté, lui que vous ne remercierez jamais assez d'une telle clémence. C'est donc dans la joie que vous devriez prendre le nom, le titre et l'état de reine d'Angleterre, recevant de nous les premiers gages de notre humble devoir, que nous vous tendons maintenant à genoux, et qui bientôt vous seront rendus par tout le royaume.

L'assemblée s'agenouilla avec révérence, et Northumberland poursuivit, assurant Jane que tous verseraient leur sang pour elle, «soumettant leurs propres vies à la mort». Tandis que j'observais la scène dans l'embrasure de la porte, Jane, manifestement saisie de terreur devant ce qui était en train de se produire, balaya la pièce des yeux, comme pour chercher secours ; puis, n'en trouvant point, elle tourna de l'œil et s'écroula sur le sol.

Elle n'y resta que quelques secondes, après quoi elle sembla reprendre partiellement ses esprits, se redressa et tenta de se remettre sur ses pieds. Personne ne bougeait encore. Je voulais me précipiter dans la pièce pour la prendre dans mes bras, la délivrer de cette prison et la ramener dans la tranquillité de son étude et la quiétude de ses livres. Mais je savais que c'était impossible. Je faisais figure d'intrus dans ce rituel qui aurait lieu de toute façon, quelles que soient les conséquences pour la nation ou pour ceux qui y prenaient part. La solitude abjecte de sa condition sembla frapper Jane une fois de plus ; elle se laissa choir de nouveau sur le sol et resta étendue par terre, sanglotant sans pouvoir s'arrêter.

L'assemblée se tint debout immobile, froidement, patiemment – certains parmi elle crurent peut-être que Jane pleurait le départ de son roi ; mais les autres, distants, comme des spectateurs devant un combat de bêtes, laissèrent cette jeune fille de quinze ans aller seule à la rencontre de son destin, sans se donner la peine de lui venir en aide. Pendant quelque temps s'établit un silence gêné, alors que la jeune fille isolée gisait devant eux, en pleurs. Puis il y eut un soupir de soulagement lorsque, lentement, elle se releva, essuya ses larmes du revers de sa main et prit quelques grandes respirations.

Elle inspira, une fois, deux fois, trois fois. Je vis son expression changer et je sus soudainement ce qui allait se passer. La jeune lady ne se laisserait pas intimider. Jane n'accepterait pas passivement ce qui lui semblait une imposture. Je vis ses yeux s'agrandir, son dos se redresser, et je regardai Northumberland tout en ayant l'air de dire : « J'ai déjà vu cette expression. J'espère que vous savez ce qui s'en vient. »

Jane jeta un regard à Northumberland, puis autour de la pièce. La plupart des spectateurs évitèrent ses yeux qui les dévisageaient l'un après l'autre, avant de se poser à nouveau sur Northumberland.

— La couronne ne me revient point de droit et ne me plaît point. Lady Marie en est l'héritière légitime.

Il y eut dans toute la pièce un silence abasourdi.

— Votre Grâce ! Vous vous faites tort à vous-même, ainsi qu'à votre maison ! s'écria Northumberland.

Mais Jane réitéra son refus catégorique. Suffolk s'avança et lui murmura des cajoleries, en vain. Sa mère lui cria des injures, mais elle se contenta de la regarder d'un air furieux, qui la réduisit au silence sans que Jane ait ouvert la bouche.

Guilford Dudley tenta alors d'influencer sa nouvelle épouse de la seule manière qu'il connaissait, c'est-à-dire par de sévères réprimandes et des ordres directs ; mais elle lui tourna le dos comme à une chose insignifiante. L'impasse était totale.

— Je vais prier pour de l'aide.

Jane tomba à genoux et se recueillit ; elle semblait pouvoir faire abstraction de la foule autour d'elle. Les gens se tinrent silencieusement près de la jeune fille à genoux, gagnés par une impatience grandissante, mais ne sachant que faire d'autre, car elle seule pouvait les sortir de l'impasse. Enfin, elle se releva, et se tourna vers Northumberland.

— Après avoir humblement prié mon Dieu en implorant son aide, je crois qu'Il m'enjoint d'accepter. Si ce qui m'a été offert aujourd'hui me revient de droit, que sa divine majesté me donne l'esprit et la grâce de gouverner à son service, pour sa plus grande gloire et pour le bien du royaume.

Elle se leva délicatement et prit place sur le trône.

Un soupir de soulagement se fit entendre dans toute la pièce, partagé par Northumberland, qui n'était visiblement pas habitué à essuyer ce genre de refus. Il s'avança pour lui baiser la main, imité bientôt, avec un enthousiasme presque frénétique, par toute la foule rassemblée. Le spectacle était affligeant.

Je sortis sur la pointe des pieds, dégoûté. J'avais honte de ces soi-disant nobles qui avaient orchestré toute cette mascarade pour satisfaire leur soif de pouvoir et pour élever leur condition, sans se soucier des conséquences sur une jeune fille de cet âge. J'avais honte de ces conseillers qui se disaient meneurs du peuple et dignes représentants de notre pays, mais qui, en l'occurrence, n'étaient qu'une bande de lâches, pusillanimes et intéressés. Mais par-dessus tout, j'avais honte de moi-même, car assurément j'avais su, au tréfonds de mon être, où tous ces signes, ces manigances et ces machinations des quatre derniers mois allaient nous mener ; et je n'avais jamais levé le petit doigt pour la sauver, pour l'avertir, ni même pour la préparer à ce qui devait advenir. J'étais tout aussi vil que les autres.

Je me fis une promesse : s'il se présentait de nouveau à moi une chance d'aider Lady Jane – non, la reine Jane –, et si elle me demandait mon aide, je lui prêterais assistance, quel que soit le prix à payer, et malgré tous les torts que cela pourrait me causer.

## Chapitre 59

# 10 juillet 1553
# Domaine de Syon House, à Isleworth

Le lendemain matin fut chaud et ensoleillé, ce qui tombait bien, car j'avais passé la nuit recroquevillé dans l'une des barges garées dans l'écluse. Je n'avais pas été invité au dîner préparé en l'honneur des invités de marque et n'avais pas osé me glisser parmi les serviteurs des Dudley, de crainte d'être reconnu et livré aux mains des frères. Lorsque je m'éveillai, transi dans mes vêtements humides, je me rendis compte que je n'avais pas mangé depuis vingt-quatre heures.

Je fus secouru par l'un des maîtres bateliers, qui eut pitié de moi et me montra l'entrée de service de la maison, où une petite salle avait été aménagée pour les «marchands, serviteurs en visite et autres gens». Ayant déjeuné au sec dans la chaleur de la pièce bondée, ma cape ayant gentiment été séchée par une bonne bien en chair venue des cuisines et qui semblait s'être entichée de moi, je me sentais considérablement mieux en rejoignant la foule qui s'apprêtait à naviguer sur le fleuve en direction de Londres.

— Ah, Richard ! s'écria Lord Henry avec hypocrisie. Vous nous avez manqué, hier soir ; où étiez-vous ?

— J'ai mangé avec les domestiques, Monseigneur, dis-je en mentant, et déjeuné avec eux ce matin.

— Excellent. Je suis content d'apprendre que les gens de Northumberland se sont bien occupés de vous. Je savais qu'ils le feraient, bien sûr. Maintenant, pour ce qui est d'aujourd'hui… Les deux familles s'embarqueront en milieu de matinée et s'arrêteront à Durham House pour dîner. Nous continuerons alors à descendre le fleuve en espérant arriver à la Tour vers trois heures.

Il me fourra un bout de papier dans la main.

— Voulez-vous vous rendre tout de suite à Suffolk Place pour prendre ces choses, et les emporter jusqu'à la Tour ? Les gardes ont été avertis de votre venue, mais au cas où, prenez cette note avec vous.

Sur le papier figurait une longue liste d'articles, et tout en bas, une note : «À livrer aux appartements royaux de la Tour par le porteur», accompagnée du sceau de Suffolk.

— Et euh… Richard ? Faites en sorte que tout cela soit arrivé à trois heures, voulez-vous ? Nous aurons peut-être à nous changer après deux voyages sur le fleuve. Même s'il fait beau en ce moment, on ne sait jamais – pensez à ce qui est arrivé il y a quelques jours.

J'acquiesçai d'un signe de tête, me rappelant la tempête qui s'était abattue le jour de la mort du roi. Je regardai Suffolk pour voir s'il y avait autre chose, mais il était en grande conversation avec Huntingdon. J'étais déjà oublié.

Cela s'était bien passé, j'avais fait tout ce que l'on exigeait de moi. Le sceau de Suffolk, à ma grande surprise, m'avait ouvert les portes de la Tour – même celles des appartements royaux – et j'avais eu le temps de tout livrer et de retourner en bordure du fleuve avant l'arrivée des barges.

La foule amassée à l'extérieur était étonnamment peu nombreuse, et hargneuse. Maintes gens s'étaient mis à grommeler que «Marie était la vraie reine» et que «cette fille des Dudley Grey n'était pas une vraie Tudor»; mais dans l'ensemble, ils semblaient se dire qu'ils ne pouvaient rien y faire, et que la vie continuerait d'être courte et difficile, quoi qu'il advienne. Néanmoins, je décidai d'utiliser mon droit d'entrée pour retourner dans la Tour, trouver un point de vue adéquat, et attendre tranquillement l'arrivée de Jane, la nouvelle reine.

Venant tout juste d'arriver de Syon, où l'écluse servait d'embarcadère, je m'étais placé, au début, tout près de l'écluse de la Tour. Mais voyant que la foule se massait autre part, j'avais demandé à l'un des hallebardiers pourquoi j'étais tout seul à attendre l'arrivée de la nouvelle reine.

— Assurément, mon bon monsieur, avait-il répondu, notre nouvelle reine n'entrera pas dans la Tour par cette porte, car c'est la porte des Traîtres. La marée étant à cette hauteur, je crois que vous verrez la compagnie débarquer tout près du quai.

Je le remerciai et me dénichai un poste d'observation convenable un peu plus loin.

Il était plus de trois heures quand ils arrivèrent enfin. La salve de fusils donnant le salut royal le long du quai de la Tour annonça leur arrivée imminente; et quelle arrivée ce fut! Plus d'une douzaine de barges passèrent sous le pont de Londres en formation rapprochée – la mer étant entre flot et jusant, ce n'était pas trop dangereux – et se retournèrent habilement en ordre de préséance inversé avant d'accoster le quai. Ainsi, les hommes d'armes purent se mettre en formation d'accueil pour recevoir leur reine, qui descendit la dernière.

Elle paraissait toute petite, même si je remarquai que l'on avait essayé de la grandir aux yeux de la foule en attachant des chopines, c'est-à-dire des sabots à semelle très épaisse, à ses chaussures. Elle se débrouilla à merveille et débarqua gracieusement, sans vaciller du tout et sans montrer aucune crainte nerveuse, comme elle l'avait fait le jour précédent. Sa jaquette de brocart et son corset à longues manches étaient de vert et de blanc, les couleurs des Tudor, et brodées avec de l'or. Sa chevelure était remontée vers le haut, enserrée dans une capuche ronde, toujours pour augmenter sa taille, et sertie d'émeraudes, de diamants, de rubis et de perles. À ses côtés, resplendissant dans sa tenue de blanc, d'or et d'argent, Guilford Dudley goûtait visiblement son rôle d'époux et la traitait avec tous les égards qu'exigeait cette occasion théâtrale.

Jane s'avança avec assurance, maintenant la tête haute et le dos droit, des enceintes de la Tour jusqu'aux appartements royaux, où les clefs lui furent présentées par le marquis de Winchester, qui lui servirait d'escorte avec le lieutenant de la Tour, Sir John Bridges, et un détachement des hallebardiers de la garde royale. Les clefs furent acceptées (d'aucuns auraient dit chipées) à sa place par Northumberland, et la compagnie se dirigea vers la tour Blanche.

Je les suivis, accompagné de quelques badauds qui avaient accès à la forteresse, tandis que Jane s'approchait de la tour Blanche, où elle fut accueillie par son père et sa sœur Catherine, avec son nouvel époux, Lord Herbert, et bon nombre de pairs. La compagnie gravit les marches jusqu'aux portes étroites et aisément défendables de la tour Blanche – le donjon de la Tour de Londres était, en soi, une forteresse plus imposante que tout ce qui m'avait été donné de voir – et je m'arrêtai à l'extérieur. À la toute dernière minute, Lord Henry se retourna au haut des marches, comme pour inspecter la foule restée en bas. Il me vit et me fit signe de monter.

— Venez, Richard, c'est un jour de travail et nous pourrions bien avoir des tâches à accomplir avant la fin du jour.

À l'intérieur, Jane se dirigea avec confiance vers la chambre de parement et prit place sur le trône. Toute l'hésitation dont elle avait fait preuve la veille s'était dissipée. De toute évidence, elle avait décidé que, si Dieu voulait qu'elle assume le rôle d'une reine, elle devait alors le remplir au meilleur de ses capacités et avec toute la dignité requise. Sitôt qu'elle fut assise, Northumberland et Suffolk tombèrent à genoux et lui souhaitèrent officiellement la bienvenue.

Les deux familles royales assistèrent ensuite à l'office divin dans la chapelle Blanche – la chapelle de Saint-Jean, au sommet de la tour Blanche ; alors que nous, moindres mortels, patientions dans la chambre de parement.

Une heure plus tard, Jane reparut et prit place sous le baldaquin d'État. Guilford, assis à côté d'elle, lui demanda avec sollicitude :

— Qui choisirez-vous pour vous entourer, Madame ?

La reine Jane regarda autour d'elle et en direction de son époux. C'était l'une de ses premières décisions, et, ainsi que mes nombreux échanges avec Fergal Fitzpatrick me l'avaient appris, un choix important, car il déterminerait les personnes qui auraient dorénavant un accès privilégié à la reine ; et c'était évidemment une décision qu'elle n'aurait pas voulu déléguer à son mari, à ses parents ou à Northumberland.

Elle regarda autour de la pièce et annonça :

— Je choisirai ma nurse, madame Ellen, et mes dames de compagnie, mesdames Tilney et Jacob.

Guilford posa les mains sur ses hanches et ricana.

— N'y aura-t-il que des femmes dans votre entourage, Madame ? Aucun homme dans votre vie – sauf votre mari, bien entendu.

Il réussit à donner un air lascif à ce dernier commentaire, ce qui ne pouvait manquer d'embarrasser toutes les personnes présentes, en particulier la reine Jane, qui releva parfaitement cette inflexion dans sa voix. Elle promena son regard autour de la pièce et le posa enfin sur moi.

— Je n'avais pas terminé. Je prendrai effectivement un homme comme fidèle serviteur. Je choisirai…

Elle balaya lentement la pièce des yeux, marquant une pause pour plus d'effet.

— Je choisirai Richard Stocker.

Elle se tourna vers Suffolk et inclina la tête à la manière d'une reine. C'était leur première conversation depuis que leurs positions respectives dans la hiérarchie s'étaient renversées.

— À supposer bien sûr que mon père, le duc de Suffolk, puisse s'en départir ?

Je pris une grande respiration. Me choisirait-on et m'accepterait-on vraiment comme valet de la reine ? Son mari se rappellerait certainement la raclée que je lui avais flanquée. Peut-être était-il si ivre à ce moment-là qu'il ne s'en souvenait pas ?

Tous les regards, dont le mien, se tournèrent à présent vers Suffolk. Il inclina la tête à son tour en direction de sa fille.

— Ma reine demande et son père, son serviteur, obéit.

Il s'inclina profondément devant sa nouvelle reine.

— Venez, Mesdames, Richard : prenez place à mes côtés, s'écria la reine.

D'un air embarrassé, mais ravis d'avoir été choisis, nous prîmes place à côté d'elle.

Le marquis de Winchester entra, accompagné de trois laquais apportant sur des plateaux d'argent ce qui semblait être une grande partie des joyaux de la couronne. Hésitant, le marquis souleva la couronne et la tint au-dessus du chef de la reine ; mais elle refusa de le laisser la lui poser, en lui rappelant qu'elle n'avait pas demandé à ce qu'on lui mît.

Winchester, nullement décontenancé, répondit suavement :

— Certes, Votre Majesté, ma seule intention était de voir si elle vous sied ou non, car c'est une couronne d'homme, et vous la trouverez sans doute trop grande et trop lourde. Mais Votre Grâce peut la prendre sans aucune crainte.

La reine l'autorisa alors à la poser lentement sur sa tête, mais cette tentative la mit dans une détresse évidente. Winchester la lui enleva adroitement, avant qu'il ne se produise quelque chose de fâcheux, et remarqua gentiment qu'elle pourrait être modifiée pour mieux lui convenir, et qu'en même temps, une couronne plus appropriée pourrait être fabriquée pour Guilford. La reine ne répondit pas, mais je perçus l'éclair d'acier qui passa dans ses yeux quand la remarque fut lâchée. « Nous aurons droit à quelques feux d'artifice avant que tout cela ne soit réglé », me dis-je.

Ce soir-là, le dîner prit la forme d'un grand banquet, et pour la première fois de ma vie je me trouvai assis à la table d'honneur, tout au bout, il est vrai.

Le repas allait bon train et tout le monde semblait détendu après deux jours de tensions, quand un homme, s'annonçant du nom de Thomas Hungate, entra dans la pièce d'un air préoccupé, disant qu'il avait une lettre adressée au Conseil de la part de la princesse Marie, et demandant à Northumberland s'il fallait la lire à haute voix. Northumberland saisit la lettre et la parcourut rapidement avant de la lui rendre.

— Oui, lisez-la, dit-il d'une voix rauque, manifestement ébranlé.

Nerveusement, Hungate se mit à lire.

*— Messires, nous vous saluons, et avons eu connaissance de ce triste fait, que le roi nous a quittés pour le royaume de Dieu, qui seul sait combien la nouvelle a chagriné notre cœur. C'est en toute humilité que nous nous soumettons à sa volonté et à son bon plaisir.*

*Mais en cette lamentable occurrence, à savoir celle de la mort intempestive de Sa Majesté, et pour ce qui concerne la couronne et le gouvernement de ce royaume d'Angleterre, ce que le Parlement a statué, et ce que notre cher père a exprimé dans ses dernières volontés, le royaume et le monde entiers le savent; et nous sommes bien sûrs qu'en vérité, aucun de nos loyaux sujets ne saura ni ne voudra prétendre en être ignorant. Et pour notre part, Dieu nous vienne en aide, nous avons nous-mêmes agi et continuerons d'agir en sorte que notre droit à cet égard soit proclamé publiquement pour ces mêmes raisons.*

*Et malgré la gravité de la nouvelle, il nous paraît étrange que, notre frère étant mort le soir de ce jeudi passé, nous n'en ayons reçu de vous aucune dépêche avant ce jour. Nous avons néanmoins considéré, sachant votre sagesse et votre prudence, que vous n'auriez de cesse que d'avoir pleinement débattu, médité et pesé la présente question, et plaçons beaucoup d'espoir et de confiance dans votre loyauté et votre bon service, avec l'assurance que vous œuvrerez, en hommes de qualité, pour la noble cause.*

*Néanmoins, nous n'ignorons pas vos consultations visant à défaire les statuts en faveur de notre élévation, ni les statuts que vous avez instaurés de force, et qui vous valent d'être aujourd'hui rassemblés et fin prêts; de quelle autorité, et à quelle fin, Dieu et vous seuls le savez, et la Nature ne peut qu'en craindre du mal. Mais s'il s'avérait que des considérations politiques vous eussent brusquement contraints à agir de la sorte, sachez bien, Messires, que ces actions qui sont les vôtres, nous saurons les prendre en bonne part, étant nous-mêmes plus que disposés à remettre et à pardonner entièrement et de plein gré ces mêmes actes, afin d'éviter que du sang soit versé par vengeance. De même, nous avons l'assurance que vous prendrez volontiers en bonne part la grâce et la vertu qui vous sont témoignées, afin que nous ne soyons contraints d'user de la force de nos loyaux sujets et de nos amis, que Dieu, lequel reçoit toute notre dévotion, ne manquera pas de nous envoyer, dans cette juste cause qui est la nôtre.*

*C'est pourquoi, Messires, nous demandons et exigeons de vous, en invoquant l'allégeance qui vous lie à Dieu et à nous, que, pour votre honneur et pour l'assurance de notre pardon, vous vous employiez d'ores et déjà, sur réception des présentes, à assurer la proclamation de notre droit à la couronne et au gouvernement de ce royaume, de par notre cité de Londres et en ces endroits que vous dictera votre bon jugement, et ce, sans faute de votre part ; car nous plaçons notre confiance en vous. Et cette lettre signée de notre main sera votre mandat suffisant.*

*Remise sous notre cachet à notre manoir de Kenninghall, ce 9 juillet 1553.*

*Marie*

Hungate déposa la lettre. Il y eut un silence abasourdi, puis, à mon grand étonnement, la duchesse de Northumberland se mit à gémir, bientôt rejointe par Lady Frances. Toutes les deux continuèrent à geindre : « Nous sommes perdus, tout est fichu », jusqu'à ce que Northumberland les fasse taire d'un regard furieux.

La reine elle-même ne dit mot, mais son visage était d'une pâleur mortelle.

Northumberland tenta de sauver les meubles en assurant la reine que Marie était une femme seule, impuissante et dénuée de tout appui ; mais ses actions le faisaient mentir, car sa colère fut si grande lorsqu'il apprit que ses troupes n'avaient pas réussi à capturer la princesse, qu'il fit jeter Hungate au cachot sur-le-champ.

La soirée était gâchée et la compagnie se dispersa. La reine Jane se retira dans ses appartements, en disant :

— Venez, Mesdames, Richard, suivez-moi.

Guilford la suivit, l'air nerveux.

On prépara des lits pour la nuit et la reine et son époux se retirèrent dans leur chambre à coucher. Au bout d'une demi-heure, cependant, des cris montèrent de l'intérieur et Guilford sortit comme un ouragan, en chemise et culottes, pleurant comme un enfant et appelant sa mère.

Il revint au bout de quelques minutes, flanqué de la duchesse de Northumberland. Elle entra en trombe dans la chambre de la reine, exigeant que son fils soit fait roi, et sur-le-champ.

— Je ne veux pas être duc, je veux être roi, brailla la voix de Guilford à l'intérieur de la pièce.

La réplique offensée de la duchesse ne se fit pas attendre.

— Guilford, vous vous abstiendrez de partager la couche d'une épouse aussi peu assidue. Maintenant, suivez-moi. Nous partons et rentrons à Syon House ce soir même.

Je m'assis tranquillement dans un coin et roulai les yeux. Elle n'irait pas chercher l'approbation de la reine de cette façon, j'en étais bien certain. Comme pour me donner raison, la duchesse reparut, mais à reculons. Jane, dans une colère froide, la poussait en arrière, l'index de sa main droite planté dans le corset de la duchesse, les deux femmes étant presque nez à nez.

— Madame, ceci est la première et la dernière fois que vous investissez la chambre d'une reine. Si je vous y reprends, je verrai à ce que mes gardes armés vous emmènent dans un endroit moins hospitalier, où vous resterez jusqu'à ce que bon me semble. Grâce aux manigances de votre mari, j'ai été proclamée reine d'Angleterre, et par voie d'entente entre nos deux familles, je suis devenue l'épouse de votre cadet. Mais sachez bien, Madame, que si je n'ai que faire de votre fils dans ma couche, sa place est à mes côtés le jour, et À – MES – CÔTÉS – IL – RESTERA !

La reine avait gagné la partie. On trouva une chambre séparée pour Guilford, et on l'y envoya comme un vilain écolier. Sa mère quitta les appartements royaux, rouge de honte, et surprise de constater qu'une personne d'apparence aussi frêle puisse lui tenir tête de cette façon, elle qui n'avait pas l'habitude de s'en laisser imposer.

# Chapitre 60

# Juillet 1553
# Tour de Londres

— Merci, Mesdames. Vous pouvez disposer pour quelques instants. Je vais lire mon livre.

Madame Tilney et madame Jacob saluèrent d'un bref signe de tête et se retirèrent tout en gratifiant la reine d'un sourire indulgent. Elles avaient l'air de deux mères dont l'enfant aurait gagné le premier prix pour une récitation à l'école. Je commençai à les suivre.

— Richard, restez un peu, si vous le voulez bien.

Je m'arrêtai pour faire demi-tour.

— Votre Majesté ?

Elle gloussa.

— Il me paraît encore drôle de vous entendre me parler de la sorte. Venez vous asseoir avec moi, Richard, j'aimerais vous parler.

Je traversai la pièce et m'assis sur le coussiège, à ses côtés. Les appartements royaux de la Tour étaient plus que confortables, mais quelque chose dans l'atmosphère des lieux me donnait le frisson. J'avais constamment le sentiment que la véritable utilité de la forteresse n'était pas de garder les ennemis de l'État à l'extérieur, mais de les enfermer à l'intérieur.

La reine Jane me dévisagea de ce regard doux mais pénétrant qu'elle prenait quand elle vous écoutait ou qu'elle se concentrait sur une affaire importante. Quand nous étions à Bradgate – cela paraissait si loin à présent –, lorsqu'elle s'était jointe à John Aylmer pour m'assister dans mes études, ce regard m'avait d'abord paru intimidant, comme s'il m'interrogeait ou cherchait en moi une faiblesse ou un défaut. Mais au fil des mois, je m'étais rendu compte que ce n'était pas le cas : elle ne prenait aucun plaisir à corriger mes erreurs, seulement à me voir évoluer de semaine en semaine ; et tandis que ma confiance dans nos rapports avait grandi, je m'étais habitué à ce regard, et je goûtais désormais le sentiment d'unité et de proximité qu'il m'inspirait.

— Je ne pense pas que vous ayez conscience, Richard, de l'importance que revêt pour moi votre présence ici. Pendant la plus grande partie de ma vie, j'ai cru que je ne pouvais faire confiance qu'à un très petit nombre de gens, et l'expérience n'aura hélas servi qu'à me donner raison. Mais vous êtes l'une des rares personnes à qui j'ai l'assurance de pouvoir me confier, car je connais votre intégrité et votre capacité à saisir les questions dont nous discutons. J'ai également la certitude que vous éviterez des les communiquer aux autres par votre manière ou votre expression, ou encore, cela va sans dire, par la parole. Les dames qui m'entourent sont merveilleuses : d'un point de vue émotif, ma nurse, madame Ellen, est à bien des égards ma véritable mère ; quant à madame Tilney et madame Jacob, je ne craindrais pas de remettre ma vie entre leurs mains. Mais elles n'ont pas l'expérience que vous avez des affaires des hommes : du pouvoir, de la politique, de l'avarice et de la corruption, choses que vous avez côtoyées lorsque vous étiez à l'emploi de mon père. Je dois admettre, Richard, que les événements des derniers jours m'ont laissée grandement épuisée et désemparée, pour ne pas dire complètement effrayée. Je comprends maintenant que toute cette affaire est une machination ourdie par Northumberland à seule fin d'assurer sa protection et son élévation, et que, comme tant d'autres, je ne suis qu'un pion dans ses desseins machiavéliques.

Il me déplaisait de la voir si déconcertée, et j'étais plus qu'embarrassé de l'entendre me parler aussi franchement.

— Mais Votre Majesté, vous êtes l'héritière légitime, selon les vœux du roi.

Elle me prit le bras et, malgré la ténuité et la délicatesse de ses mains, le serra fortement.

— S'il vous plaît, Richard, promettez-moi cela : voulez-vous bien me traiter comme une personne plutôt que comme une dignité ? Cessez de m'enjôler comme le font les autres. Ne me dites pas « Votre Majesté » quand aucune majesté ne se présente à vos yeux. Ne me racontez pas des mensonges, même par gentillesse, en les faisant passer pour des vérités. Pas vous, Richard. De grâce, pas vous.

Ma gorge se serra devant une telle réprimande et je hochai la tête pour montrer que j'avais été démasqué et que je l'acceptais.

— Puis-je vous appeler « Votre Grâce », car vous avez bien un peu de grâce ?

La reine me sourit. Elle desserra son étreinte, mais continua de me tenir le poignet, plus doucement.

— Bien dit, Richard, et oui, je vous le permets. Mais prenez note d'une chose : je ne crois pas être la reine légitime d'Angleterre. J'avais grand amour et respect pour mon cousin le roi Édouard, et je les crois lorsqu'ils me disent qu'il a signé une « ordonnance » déclarant l'illégitimité des deux princesses, et décrétant que ma mère – et de ce fait, moi-même – deviendrait l'héritière présomptive du trône. Je sais qu'il l'a fait au nom de Dieu, afin d'empêcher que la princesse Marie ne défasse toutes les bonnes réformes qu'il a pu mener à bien durant son règne, hélas, bien trop court. C'est pourquoi, percevant la volonté de Dieu, j'acceptai la couronne lorsqu'elle me fut imposée. Mais j'ai longuement et sérieusement réfléchi depuis lors, et bien que je craigne ce que la princesse Marie pourrait faire à la religion de ce pays, je suis revenue à ma position de départ, croyant fermement qu'elle est l'héritière légitime du trône que j'occupe actuellement, à tort.

— Jane… Votre Grâce, cela me chagrine de vous le dire, mais en mon âme et conscience, je suis d'accord avec vous. Cependant, vous avez été nommée reine, c'est maintenant chose faite, et vous avez accepté cette dignité. Assurément, la seule bonne chose à faire est d'essayer de contenir les ambitions de Northumberland, et, si je puis me permettre, celles de vos propres parents ; de régner aussi honorablement et équitablement que possible, et de continuer l'œuvre que votre cher cousin avait commencée.

Elle garda un instant les yeux sur moi, puis les détourna vers la fenêtre, à travers la cour en direction de la tour Blanche.

— Je comprends ce que vous dites, Richard, mais en mon for intérieur je ne pense pas que ce soit chose faite. Marie a clairement affirmé sa position, et le peuple ne s'est pas encore prononcé. Avez-vous entendu les acclamations de la foule quand j'ai fait mon entrée dans la Tour ?

Je secouai la tête.

— Non, Madame, il n'y en a pas eu.

Elle secoua la tête à son tour, très lentement et presque imperceptiblement.

— Précisément. Il n'y en a pas eu, n'est-ce pas ? Marie a la faveur du peuple et elle peut encore le mettre à son service. Où se situe Northumberland dans l'opinion populaire, Richard ?

— Il est certes impopulaire, mais on le craint beaucoup, Votre Grâce. Rares sont ceux qui oseront s'élever contre lui, car il a des informateurs partout et son pouvoir est absolu : il semble que le Conseil soit entièrement sous sa coupe. La trésorerie, l'armée et même l'Église le craignent. Mais ni le peuple ni (si mes observations sont exactes) la plupart des nobles et des conseillers ne l'aiment ni ne le respectent beaucoup. S'il montre quelque signe de faiblesse, je sens que l'allégeance de leur crainte marquera également un terme à leur loyauté, et il déchoira rapidement et sans conteste, comme du haut de ce mât que l'on aperçoit sur la tour Blanche.

— Est-il impopulaire à ce point ? Le peuple a-t-il vu si clairement dans son jeu ?

Elle leva les yeux vers l'oriflamme royale flottant au-dessus de la tour Blanche, hocha la tête, et relâcha mon poignet.

— Vous avez raison, Richard, j'en suis sûre. Tout dépend du peuple, à présent.

Elle se tourna vers moi, souriant pour la première fois ce jour-là.

— C'est exactement comme dans le bon vieux temps, quand nous étions à Bradgate, vous, Catherine, Mary et moi. C'est exactement la même chose.

Je la regardai d'un air perplexe.

— Comment cela, Votre Grâce ?

— Une fois de plus, nos vies sont entre les mains des autres. Tout ce que nous pouvons faire, c'est de les vivre jour après jour, prier, et attendre de voir ce que Dieu a préparé pour nous. Autrefois, notre avenir – même le vôtre, Richard – était entre les mains de nos parents. Mais à présent, mon avenir, le vôtre, même celui de mes parents et de Northumberland, tout cela est en jeu et repose entre les mains du peuple. Il ne nous reste plus qu'à attendre. Entre-temps, il me faudra jouer à la reine.

Les jours suivants se déroulèrent selon la même routine. La Tour elle-même semblait retenir son souffle, attendant de voir quelles nouvelles nous parviendraient de l'extérieur.

La reine Jane et ses serviteurs passaient le plus clair de leurs matinées dans les appartements royaux, se promenant à l'occasion dans les enceintes de la Tour ou le long des murailles, mais sans jamais s'aventurer dans la Cité. Pendant ce temps, Guilford présidait les réunions quotidiennes du Conseil, qui avaient lieu dans la tour Blanche, tandis que Northumberland, en tant que président du Conseil, prenait les véritables décisions de son pupitre.

Les dîners prenaient l'allure de grandes cérémonies et se tenaient à midi. La reine Jane était assise au centre de la table d'honneur, sous le baldaquin d'État, flanquée des duchesses de Northumberland et de Suffolk. J'en profitais alors pour observer les nobles et les membres du Conseil, tout en essayant de déterminer ce qu'ils avaient à l'esprit, et quelles étaient leurs intentions pour l'avenir. La plupart d'entre eux semblaient faire la même chose, car personne ne voulait commettre aucune faute ou se faire remarquer, alors que l'avenir était si incertain.

Dans l'après-midi, la reine regagnait les appartements royaux et prenait acte des événements qui s'étaient déroulés en dehors des murs et des décisions prises en son nom le matin même, lesquelles, ayant été dûment consignées pendant que nous mangions, étaient alors prêtes à recevoir sa signature.

L'après-midi du onzième jour de juillet, nous apprîmes que la princesse Marie avait échappé à la poursuite de Robert Dudley et qu'elle courait encore. Northumberland eut un de ses accès de colère, criant à tout le monde d'agir. Je fus incapable de suivre ses vociférations. Bien conscient du fait, comme bon nombre de gens dans son entourage, que Northumberland était de loin le chef militaire le plus efficace d'entre eux, je le trouvai singulièrement peu disposé à quitter Londres pour prendre lui-même la tête des soldats. Au lieu de cela, il organisa le soir même un rassemblement général des troupes à Tothill Fields, près de Westminster, en offrant un salaire exceptionnellement généreux à ceux qui se porteraient volontaires.

Le lendemain soir, l'atmosphère relativement paisible de la Tour fut troublée par l'arrivée de trois charretées de fusils et autres pièces d'artillerie aux portes, venant s'ajouter à une trentaine de grands fusils entreposés dans la Tour même. Northumberland annonça à la reine que deux mille hommes supplémentaires avaient été réunis à Londres et que cinq navires de guerre avaient reçu l'ordre de patrouiller les côtes près de Yarmouth, afin d'empêcher que les princesses et leur suite ne s'échappent aux Pays-Bas. Il s'abstint cependant de dire à la reine que Robert Dudley avait été battu à plate couture à King's Lynn et qu'il avait dû se replier jusqu'à Bury Saint-Edmunds, ou que la ville de Norwich avait officiellement reconnu Marie comme reine. J'avais ramassé ces deux fragments de nouvelles en écoutant les conversations des conseillers assis à la table du souper ce soir-là, qui tentaient de se calmer les nerfs en ingurgitant plus de verres de vin fort et d'eau-de-vie qu'il n'eût été sage.

Quand le Conseil tint une réunion *ad hoc* plus tard dans la soirée, Northumberland fit pression sur Suffolk pour que celui-ci prenne la tête de la seconde armée, et alla même jusqu'à l'enjoindre, de sa propre autorité, de remplacer son fils Robert à la jonction des deux armées. La reine, cependant, avait finalement percé à jour la duplicité de Northumberland. Elle insista pour dire que Northumberland était le plus grand homme de guerre dans tout son royaume et qu'il devrait y aller lui-même. Il y eut de violentes altercations, mais le Conseil finit par se rallier au jugement de la reine et Northumberland dut accepter la responsabilité avec autant de bonne grâce qu'il put en manifester.

Jetant un regard autour de la pièce, je pus voir alors la dernière étape du complot se dérouler devant mes yeux. À n'en pas douter, et cela se confirmait jour après jour, les membres du Conseil étaient de plus en plus nombreux à croire que Marie allait avoir le dessus, et leur priorité personnelle des prochains jours était de s'assurer une place au sein de la partie gagnante, en ayant une histoire convenable à raconter.

Il ne faisait également aucun doute qu'ils détestaient Northumberland et s'en méfiaient, de façon presque unanime; et ils avaient peu de respect pour Suffolk, qui perdait rapidement des appuis. Sous la pression, et lorsque Northumberland avait l'esprit tourné ailleurs, Suffolk n'apportait aucune contribution qui fût vraiment de son cru et qui pût aider à résoudre le problème, à les rapprocher de leurs objectifs ou à assurer leur protection. J'en entendis un se confier à un autre, tard le soir, dans les vignes du Seigneur:

— Nous l'acceptions tant qu'il était utile et qu'il avait des relations; mais maintenant qu'il ne nous sert plus à rien, il ne nous reste plus qu'à le laisser sombrer avec ce tyran de Northumberland, pendant que nous travaillons à sauver notre propre peau.

Tôt le lendemain matin, le jeudi 13 juillet, la reine décida d'aller prendre l'air sur les murailles de la Tour. La veille, il avait été convenu que Northumberland quitterait la Tour et s'apprêterait à mener l'armée vers Newmarket en partant de Durham House ; et au vu des troubles récents qu'il avait causé, Jane voulait constater elle-même son départ.

La reine Jane se montrait nerveuse et inquiète. Avant de la quitter le soir précédent, Northumberland lui avait dit que des préparatifs étaient en cours pour que Guilford et elle soient couronnés à l'abbaye de Westminster deux semaines plus tard. Non seulement cela allait totalement à l'encontre de ses désirs – elle avait expressément refusé que Guilford soit proclamé roi –, mais pour Jane, qui croyait absolument en la sainteté de l'Église, le couronnement à l'abbaye serait une étape finale et irrévocable dans son acceptation de la couronne, alors que celle-ci, elle en était fermement convaincue à présent, ne lui revenait pas de droit.

Elle et moi avions discuté de cette question tard la veille, après que Northumberland eut pris congé, car la reine avait dit qu'elle ne pourrait dormir avant que tout cela soit éclairci dans son esprit. Quant à moi, j'étais inquiet pour sa sécurité si la princesse Marie venait à prendre la couronne, car j'avais suffisamment été témoin des guerres de cour pour savoir à quel point elles pouvaient être impitoyables.

La reine Jane, elle, ne s'inquiétait pas du tout de sa position présente. En fait, elle espérait que Marie viendrait la supplanter dans ce rôle qu'elle n'avait jamais revendiqué, et qu'elle pourrait retourner à ses études dans la paix et la tranquillité. Elle m'avait avoué espérer secrètement que si le complot de Northumberland visant à la faire monter sur le trône et à lui adjoindre Guilford comme époux était déjoué par les événements, et si Marie accédait au trône et que le pouvoir de Northumberland était réduit à néant, alors son mariage arrangé serait peut-être invalidé lui aussi. Selon elle, elle avait été amenée à ces deux extrémités par la duperie d'un homme sans pitié ni conscience, et priait pour que Dieu (et la princesse Marie) reconnaissent la fausseté des deux positions dans lesquelles elle se trouvait placée.

— La princesse sait très bien que je n'ai pas cherché à prendre la couronne, que je ne voulais pas l'accepter et que j'ai déclaré publiquement qu'elle lui revenait de plein droit, m'avait-elle dit. Elle sait également que je ne voulais pas épouser Guilford Dudley et verra, j'en suis sûre, la duplicité de cet arrangement conclu entre nos deux familles pour leur propre avancement. Peut-être alors, s'il plaît à Dieu, me libérera-t-elle aussi de ce fardeau.

Je n'avais pas montré autant de confiance, mais j'espérais qu'elle avait raison.

Nous pûmes suivre le départ de Northumberland sans difficulté, car celui-ci avait revêtu ses armures et était accompagné d'un gros détachement d'hommes armés qui portaient sa livrée. Il disparut le long de Thames Street en direction de Blackfriars, où il devait rejoindre ses troupes rassemblées dans la Strand, tout juste devant Durham House. Pendant une demi-heure, nous attendîmes dans le froid du petit matin, dans l'espoir de voir Northumberland réapparaître à la tête de ses troupes avant de prendre la route de Chelmsford ; mais hormis tout un vacarme militaire, nous ne pûmes rien discerner, et la reine Jane finit par nous suggérer de déjeuner au lieu de prendre froid dehors.

Nous étions sur le point de regagner les appartements royaux quand nous fûmes surpris de voir un grand attroupement de conseillers marchant d'un pas alerte et, aurait-on dit, furtif, vers la tour Blanche. Chose encore plus surprenante, ils semblaient accompagnés des ambassadeurs impériaux, lesquels entrèrent tout aussi furtivement dans le grand édifice. Cependant, nous n'y fîmes pas attention plus longtemps et nous préparâmes à déjeuner.

Plus tard dans la matinée, il y eut soudain un grand fracas de chevaux arrivant au galop dans la cour, et de nombreuses sommations de la part des gardes, ainsi que des cris venant des cavaliers. La reine Jane décida de ne pas faire attention à ce dérangement, mais je fus quant à moi surpris de voir, en me penchant par la fenêtre, Northumberland de retour, accompagné de ses fils le suivant jusque dans la tour Blanche. Le duc, à l'évidence, était courroucé.

Ce ne fut pas avant l'heure du dîner, à midi, que la source de la dispute vint à nos oreilles. Apparemment, Northumberland, toujours mécontent d'avoir été nommé au commandement des troupes, était revenu pour s'adresser au Conseil. Il craignait qu'en son absence, il ne soit plus facile de les « pousser à livrer la reine aux opposants ». Il avait alors harangué le Conseil en les avertissant du châtiment qu'il réserverait aux traîtres. Les conseillers avaient répondu, sans surprise, en lui réitérant leur soutien indéfectible. Je m'étais demandé combien d'entre eux avaient fait le signe de la croix derrière leurs dos en jurant cela, car on disait qu'un serment ainsi prêté n'avait aucune valeur aux yeux du Seigneur. Enfin, Northumberland avait demandé et reçu la promesse que des renforts soient envoyés dans le sillage de son armée ; puis, étant donné son départ imminent, il avait ordonné à Suffolk de prendre la tête du Conseil pendant son absence.

Après le dîner, Northumberland reçut ses instructions de la reine Jane et s'en alla, faisant de chaleureux adieux à Arundel en disant :

— Dans quelques jours, je ramènerai Lady Marie captive ou morte, comme une insurgée, car elle n'est pas autre chose.

Le vendredi matin, des messagers arrivèrent, disant qu'ils avaient assisté au départ de l'armée à travers le bourg de Shoreditch, chevauchant sur la route de Cambridge. Ils rapportèrent que Northumberland était parti en tête, vêtu d'une cape écarlate par-dessus son armure et accompagné de ses fils, sauf Robert et Guilford. On dit qu'une grande foule avait accompagné le départ de l'armée, mais qu'elle s'était montrée revêche, personne n'ayant crié «Dieu vous garde!» comme c'était de coutume lorsque des amis partaient.

En l'espace d'une heure, le niveau d'activité dans la Tour avait considérablement augmenté: on avait demandé chevaux et voitures, des domestiques couraient de-ci de-là, et l'on pouvait apercevoir Suffolk dans la cour, essayant de retenir les conseillers qui désiraient partir. Dans les appartements de la reine, on eut vent d'une mutinerie à bord des cinq navires mis à l'ancre au large de Yarmouth; tous leurs équipages étaient passés dans le camp de Marie.

Une heure plus tard, le capitaine de la garde se présenta dans l'aile royale et demanda à voir la reine. Elle le reçut, mais me pria de rester à ses côtés, craignant quelque chose de funeste. On comprit bientôt qu'il n'était pas venu pour la mettre à mal, mais pour signaler la fuite du trésorier de la Monnaie, qui avait emporté avec lui tout l'or contenu dans la bourse privée de la reine.

Pour la première fois, la reine Jane semblait effrayée et, aussitôt que le capitaine fut parti, elle s'accrocha à ma main. Sans réfléchir, je lui fis l'accolade d'un geste protecteur et la ramenai vers moi. Depuis que je la connaissais, c'était la première fois que je serrais Jane tout contre moi et je fus surpris de voir à quel point elle était frêle et délicate. Nous étions encore pressés l'un contre l'autre quand la porte s'ouvrit brusquement et que Suffolk se précipita à l'intérieur en criant.

— Je ne puis les maîtriser, Jane… Votre Grâce. Les membres du Conseil se sont enfuis, et l'on dit que des placards en faveur de Marie ont fait leur apparition partout dans les rues de Londres.

Il semblait apeuré et diminué. Disparus, le torse bombé et les rodomontades, la démarche assurée et fanfaronne. Il semblait avoir rapetissé de deux pouces du jour au lendemain, et ses yeux avaient pris l'air farouche de celui qui voit des ennemis partout, et aucun appui nulle part.

— Que pouvons-nous faire ? s'écria-t-il, quasi hystérique.

Jane repoussa mon bras protecteur et s'avança vers lui, revigorée.

— Gouverner. Voilà ce que nous pouvons faire, père : nous pouvons gouverner. Gouverner activement. Donner aux gens du peuple l'autorité qu'ils réclament et méritent. Je ne resterai pas assise ici à me plaindre.

Je reculai tandis qu'elle se tournait vers moi d'un geste large, balayant devant elle ses responsabilités, et pour la première fois de sa vie, ayant l'air d'entreprendre un combat avec ardeur et volonté.

— Il nous faut ramener l'opinion publique de notre côté, et le faire promptement. Il nous faut des appuis – des hommes d'influence. Quels sont les plus puissants qui nous restent, ceux qui n'ont pas encore fait défection ?

Je promenai un regard alarmé autour de la pièce, peu habitué à voir tant de fermeté chez Jane.

— Norfolk détient son titre depuis plus longtemps qu'aucun autre duc, mais il est emprisonné ici dans la Tour, avançai-je d'un air hésitant.

— Apportez-moi du papier et mon sceau. Je lui écrirai dès ce matin, en lui offrant de le relâcher et de lui pardonner s'il me donne publiquement son appui.

Madame Tilney courut chercher du matériel pour écrire, ainsi que le grand sceau.

— Amenez-moi l'évêque Ridley. Je suis déterminée à ce qu'il prononce son sermon ce dimanche. Nous devons maintenir les réformes de l'Église à tout prix.

Madame Jacob fit appeler un messager pour aller trouver l'évêque et l'amener en présence de la reine à son bon plaisir, cet après-midi même.

La reine Jane persévéra ainsi pendant plusieurs heures, ses craintes transformées en un dynamisme énergique, même si je doutais de l'efficacité de toutes ces manœuvres. À n'en pas douter, la lettre adressée à Norfolk avait été livrée dans l'heure, mais le duc, connu pour être un ardent catholique, choisit de n'en faire aucun cas, et nulle réponse ne vint.

Cependant, cette explosion d'activité chez la reine sembla faire honte à son père et le pousser à reprendre les rênes, et à la fin du jour, il avait fait préparer des proclamations en son nom, prêtes à être publiées le lendemain matin avant les premiers offices ecclésiastiques, soulignant les mérites de son titre et appelant à la préservation de la couronne «contre la domination des étrangers et des papistes».

Nous allâmes nous coucher de bonne heure ce soir-là, passablement découragés. Toute la nuit, il y eut des cris et des acclamations provenant de la ville, et nous nous éveillâmes tôt le lendemain, l'esprit embrumé par le manque de sommeil, et le cœur lourd en songeant à ce qu'apporterait le jour.

Nous passâmes une bonne partie de la journée de samedi à attendre, et il était presque minuit quand le messager de Northumberland arriva, demandant sans délai l'arrivée des renforts que le Conseil lui avait promis. Le Conseil se réunit en bonne et due forme après minuit, mais le cœur n'y était pas et la réponse faite au duc fut décrite par l'un des membres comme étant «un peu mince». Au point où nous en étions, c'était chacun pour soi, et s'il y avait possibilité d'offrir quelque forme d'aide à quelqu'un, Northumberland ne serait sûrement pas le premier à en bénéficier.

Le dimanche 16 juillet, la situation avait, si la chose était possible, dégénéré. Au cours de la nuit, un placard avait été cloué aux portes d'une église à Queenhithe, affirmant que Marie avait été proclamée reine partout sauf à Londres; et un bruit courut à Londres et dans la Tour disant que l'armée de Marie avait dès lors atteint trente mille hommes et qu'elle s'était attirée des appuis de toutes parts.

Ce matin-là, William Paulet, marquis de Winchester, manquait à l'appel; et l'on apprit qu'il s'était rendu à sa résidence de Londres. Peu sûr de sa loyauté (encore moins que de celle des autres), Suffolk le somma de rentrer immédiatement à la Tour et au service de la reine, ce qu'il finit par faire tout juste avant minuit.

Après le dîner, Suffolk était parti à la recherche de Pembroke afin de discuter d'affaires urgentes, mais le comte, lui aussi, manquait à l'appel. Un garde finit par admettre qu'il avait cru le voir quitter la Tour une heure plus tôt et ne l'avait pas vu revenir. La reine, désormais très inquiète, et plus qu'un peu fâchée, envoya des gardes armés pour le ramener; et Suffolk ordonna que les portes de la

Tour soient fermées à clef afin d'éviter d'autres défections. Ayant eu vent de cela, la reine, considérant que son père n'était pas plus fiable que les autres, ordonna que les clefs lui soient remises en main propre.

Elle convoqua le capitaine de la garde et lui demanda :

— Capitaine, qu'avez-vous là ?

Le capitaine, légèrement perplexe, souleva le trousseau de clefs et dit :

— Les clefs, Votre Grâce.

— Et à qui appartiennent ces clefs ? demanda la reine avec insistance.

Le capitaine, qui n'était pas bête, comprit immédiatement et les lui tendit.

— Vos clefs, Votre Grâce, les clefs de la reine.

La reine les saisit avec un hochement de tête et donna des instructions pour que la Tour soit rouverte le lendemain matin et que le garde vienne chercher les clefs dans ses appartements quinze minutes avant sept heures, et pas une minute plus tôt.

Le lundi et le mardi furent étrangement calmes. La plupart des conseillers avaient déjà réussi à filer d'une manière ou d'une autre, ayant fini par prétexter le besoin de se rendre auprès de l'ambassadeur français afin d'obtenir son appui et son aide. Seuls Suffolk, Cranmer et Cheke demeuraient auprès de la reine, et l'atmosphère de la Tour n'était plus celle d'une forteresse mais celle d'une prison.

Le mercredi 19 juillet au matin, on sentait bien qu'il fallait que quelque chose se produise. Dans les appartements royaux, l'atmosphère était devenue suffocante. La reine et sa suite immédiate, dont nous faisions partie, occupaient les appartements royaux, qui recevaient encore les visites régulières de Suffolk et de Guilford, dont les préoccupations liées aux affaires du Conseil n'avaient plus aucune raison d'être, puisqu'il n'y avait plus personne à présider. Ils passaient le plus clair de leur temps à débattre entre eux et à se demander quelles pouvaient être les discussions du Conseil en leur absence, au cours de réunions dont on savait qu'elles se tentaient à Baynard's Castle, sous la direction de Pembroke. Ils finirent par en conclure que tout le monde à l'extérieur de la Tour s'était désormais rangé du côté de la princesse Marie, et qu'à moins d'un miraculeux fait d'armes de la part de Northumberland, tout était perdu. Mais comme ils n'avaient pas d'alliés à l'extérieur de la Tour, et donc nulle part où aller, il ne leur restait qu'à attendre. Chaque heure passant, leur découragement s'accentuait, et comme ils n'avaient rien d'autre à faire, ni personne sur qui décharger leur frustration, ils passaient leur temps à se disputer entre eux. Je décidai de me tenir à l'écart de ces messieurs et de consacrer toute mon attention à Jane, afin de la soutenir du mieux que je le pouvais.

De l'autre côté de la cloison, dans les appartements d'État, les deux duchesses, elles aussi, se surveillaient comme des vautours. La duchesse de Northumberland s'était toujours considérée comme supérieure à Lady Suffolk, tandis que Lady Frances, qui était de sang royal, semblait considérer son homologue comme une parvenue, aux manières frustes. Il devenait de plus en plus clair au fil des jours que ces deux monstres d'orgueil avaient pris conscience de s'être rangées du côté des perdants. Cela n'aurait pas suffi à créer entre elles un lien viable, et l'atmosphère qui régnait dans les appartements était animée d'un mélange de ressentiment, de haine et de crainte.

Au milieu de la matinée, il y eut une légère diversion quand madame Underhill (dont le mari, un gardien de prison de la Tour, était parent avec les Throckmorton) donna naissance à un fils. Edward Underhill demanda à la reine si elle consentirait à devenir marraine de l'enfant lors de son baptême, qui devait avoir lieu plus tard dans la journée. Jane accepta, et les Underhill demandèrent et reçurent la permission de nommer leur enfant Guilford.

Assis dans le vestibule, prêtant l'oreille à la conversation, j'esquissai un sourire malicieux. S'ils avaient su à quel point notre chère Jane détestait ce nom, et combien ténu était le fil qui la retenait au trône d'Angleterre ! J'espérais que le jeune Guilford ne s'élève pas si haut, et que sa chute ne soit pas aussi brutale le moment venu. Je me dis qu'il ne nous restait vraisemblablement plus bien longtemps à attendre.

# Chapitre 61

## 19 juillet 1553
## Appartements royaux,
## dans la Tour de Londres

— Comment ? Je ne puis quitter ces appartements ? Que voulez-vous dire ? Je suis attendue pour un baptême à la chapelle.

La reine était indignée.

— Richard, ayez l'obligeance de dire à ce garde qui je suis, de sorte qu'il me laisse passer sur-le-champ. Les Underhill m'attendent.

J'entrouvris la porte des appartements et m'adressai au garde, qui paraissait nerveux ; mais il maintenait catégoriquement qu'il avait reçu l'ordre de ne pas laisser sortir la reine Jane.

— Cela nous concerne-t-il tous ? demandai-je d'un ton amical.

Le garde eut l'air d'hésiter.

— On m'a seulement dit que la reine ne devait pas sortir d'ici, Monsieur. Je n'ai pas reçu d'ordres vous concernant.

Je le remerciai et me tournai de nouveau vers la reine.

— Il semble que les gardes n'aient reçu d'ordres que pour vous, Votre Grâce.

La reine acquiesça d'un air perplexe.

— Lady Throckmorton, je me demande si vous n'auriez pas l'obligeance de vous présenter en mon nom au baptême de l'enfant des Underhill ? Il semble que je sois dans l'impossibilité d'y assister.

Lady Throckmorton, nommée dame d'honneur au moment où Jane avait été couronnée reine, en reconnaissance de la loyauté de sa famille envers Northumberland, s'inclina et sortit. La reine la regarda partir, le visage attristé.

— Elle a toujours été une bonne amie, depuis mon séjour avec Catherine Parr, murmura-t-elle pour elle-même. J'espère que cette histoire ne lui causera aucun tort.

Pendant un instant, toute la pièce se tut, mais la reine Jane n'était pas du genre à se laisser abattre.

— Si nous ne pouvons pas prêter assistance à madame Underhill, nous pouvons quand même prendre notre souper, suggéra-t-elle un peu plus tard, tout en essayant de garder une certaine légèreté dans le ton.

Ayant dit le bénédicité, nous commençâmes en silence. Bien que la totalité des fenêtres fussent ouvertes, afin de faire entrer tout l'air frais disponible en cette soirée humide de juillet, tout était étrangement silencieux. La Tour, qui d'ordinaire bourdonnait d'activité, semblait vide. Dans l'appartement, l'atmosphère était tendue et personne ne disait mot. Pendant dix minutes, nous mangeâmes du bout des dents, tout en essayant de maintenir une apparence de normalité ; mais en vérité, rien ne s'était déroulé normalement depuis que Jane avait été emmenée à la Tour et proclamée reine.

— Qu'est-ce que cela ?

La reine redressa la tête et nous prêtâmes l'oreille. Le son d'acclamations montait de la ville, de l'extérieur des enceintes de la Tour, par la fenêtre ouverte. Elles prirent de l'ampleur et nous allâmes à la fenêtre pour mieux entendre.

— On dirait qu'une grande foule est en liesse, Votre Grâce, dit nerveusement nurse Ellen. Prions Dieu pour que ce soit notre salut et que la princesse Marie soit vaincue et capturée.

La reine la regarda tristement, puis elle posa les yeux sur moi, comme pour avoir confirmation.

— Je crains que l'inverse ne soit plus probable, Ellen. Je crois que le cauchemar tire à sa fin, et cela risque d'être une fin rapide, dit-elle.

Comme pour lui donner raison, les portes s'ouvrirent brusquement et Suffolk apparut, les yeux éperdus de peur.

— Vous n'êtes plus reine, lança-t-il à Jane.

Il se mit à démolir de ses propres mains le baldaquin d'État.

— Il vous faudra retirer vos habits royaux et vous conten-ter d'une vie normale ! s'écria-t-il d'une voix étrangement agitée par la nervosité.

Jane déposa son couteau et, repoussant calmement son assiette, se leva de table.

— Je le ferai volontiers, répondit-elle, car vous savez bien que je ne désirais pas cette position, ni les colifichets qui viennent avec elle. Je les retirerai beaucoup plus volontiers que je ne les ai enfilés. Une vie ordinaire, dans la tranquillité et la contemplation, voilà tout ce que j'ai demandé, et si je puis maintenant y retourner, j'en remercie Dieu.

Elle traversa la pièce et se tint devant son père, pris de convulsions et de tremblements dans son agitation nerveuse. Au contraire, Lady Jane était calme, presque détendue.

— Par obéissance envers vous et ma mère, j'ai commis de graves péchés. Je renonce désormais à la couronne de mon plein gré. Puis-je rentrer à la maison, maintenant ?

Suffolk dévisagea sa fille, l'air épouvanté. Il ouvrit la bouche, mais aucun son n'en sortit. Ses yeux farouches balayèrent la pièce, comme pour y jeter un dernier regard, puis il sortit aussi brusquement qu'il était entré, sans dire adieu ni au revoir.

Sitôt qu'il eût quitté les appartements royaux, une troupe de gardes arriva.

— Madame, commença le capitaine de la garde, nous avons ordre de vous escorter hors de cet endroit jusqu'à la résidence du second lieutenant, pour votre confort et votre sécurité.

Calmement, Jane promena son regard autour d'elle, comme pour se souvenir d'un endroit visité où elle ne reviendrait jamais, et suivit le capitaine. Lady Tilney et nurse Ellen les suivirent, mais Lady Jacob n'était pas parmi nous. « Elle trouverait sans doute son chemin plus tard », pensai-je, tout en fermant la marche. Les femmes étaient en pleurs, contrairement à Lady Jane, qui, comme à son habitude, gardait la tête haute et marchait avec assurance, les yeux parfaitement secs, descendant docilement les marches derrière le capitaine soulagé.

— Où sont mon époux et ma mère ? demanda Jane tandis que nous foulions le pavé qui nous menait vers notre lieu d'emprisonnement. Le capitaine ralentit pour marcher à ses côtés, assuré désormais que ces femmes n'essaieraient pas de s'enfuir en hurlant.

— Je crois qu'ils sont toujours dans la tour Blanche, Madame, répondit-il.

— Sommes-nous prisonniers ? demanda Jane.

— Vous seule êtes sous ma protection, Madame ; je n'ai pas reçu d'ordres concernant les autres, répondit-il en choisissant ses mots.

Le lendemain, notre tranquillité méditative fut troublée par le marquis de Winchester, exigeant restitution de tous les joyaux « et autres affaires » que Lady Jane avait, disait-il, faussement dérobées à la couronne, dans sa prétention d'être reine.

— Prenez tout ce que vous voudrez, je vous en prie, répondit Jane en haussant les épaules. Comme vous le voyez, nous n'avons apporté avec nous dans cette modeste demeure que les vêtements et les biens les plus élémentaires. Tous les colifichets que vous réclamez sont restés à leur place, dans les appartements royaux.

Winchester voulut absolument fouiller les garde-robes de nos chambres dans la maison du second lieutenant et ergota sur la propriété de tel ou tel article ; mais si cette comédie avait pour but de rabaisser Lady Jane, ce fut un échec total, car elle se contenta simplement de lui réitérer son invitation à « prendre tout ce que vous voudrez ».

En l'observant, je crus comprendre son attitude. Ils l'avaient obligée à prendre ces choses qu'elle avait acceptées à contrecœur. À présent, ils voulaient lui faire un procès pour les reprendre, mais ce faisant, ils ne pouvaient pas l'atteindre. Elle s'était à nouveau réfugiée dans son propre univers, et si je la connaissais un tant soit peu, personne ne pourrait jamais plus l'en soustraire, ni ses parents, ni son mari, ni ses geôliers, ni même sa future reine. Elle avait placé sa confiance en Dieu et en Dieu elle resterait. Elle était invincible, intouchable, et pour la plupart d'entre eux, inaccessible.

J'espérais cependant, pour moi autant que pour elle, que sa porte me serait encore ouverte, car j'avais l'impression qu'elle aurait peut-être besoin de moi avant le jour où elle serait « reçue chez elle », comme elle disait. Car dans notre situation, comme il était arrivé si souvent par le passé, nous n'avions pas affaire à des gens honorables.

# Chapitre 62

## 28 juillet 1553
## Maison du gentilhomme geôlier,
## à la Tour de Londres

— Maîtresse Partridge, vous avez fait preuve d'une grande hospitalité en nous accueillant ici et je vous remercie de votre gentillesse.

La femme du gentilhomme geôlier hocha discrètement la tête : personne n'était bien sûr de savoir comment il fallait traiter Lady Jane désormais, mais les bonnes manières et la bienveillance naturelles de madame Partridge l'avaient emporté, et depuis que nous avions emménagé chez elle de l'autre côté de la place de la Tour, quelques jours auparavant, l'atmosphère de la maison ressemblait davantage à celle d'une demeure familiale qu'à celle d'une geôle.

À notre arrivée, nous avions établi la routine qui nous convenait. Jane s'asseyait à la place d'honneur, au bout de la table, avec moi à sa gauche, ainsi que nurse Ellen et Lady Throckmorton à sa droite. Madame Jacob prenait place à côté de moi, et madame Partridge à côté d'elle, tandis que monsieur Partridge se tenait à côté de sa femme, à l'autre bout de la table, en face de Jane. Finalement, nous avions l'air d'une famille de paysans, savourant ensemble un bon repas du dimanche.

La demeure, contrairement aux anciennes forteresses de pierre qui se voyaient dans les enceintes de la Tour de Londres, était une maison Tudor nouvellement construite, avec une façade à colombages, de grandes fenêtres dégagées et un étage surplombant le rez-de-chaussée de quelque trois pieds. Elle se trouvait du côté nord de la Tour, sur la gauche après avoir passé la porte principale et la tour Beauchamp, tout contre la muraille elle-même. Elle dominait une grande cour située tout juste sous la place de la Tour. Elle faisait partie d'une petite rangée de maisons recevant le peu de soleil qui pénétrait à l'intérieur des murailles. Dans cet environnement « familial », les nouvelles filtraient jour après jour. Certaines d'entre elles nous rendaient courage, d'autres venaient nous le reprendre quelques jours ou seulement quelques heures plus tard.

Peu après notre arrivée, nous avions été choqués d'apprendre que Londres s'était prononcée en faveur de la princesse Marie et que nous étions devenus officiellement prisonniers. Entre-temps, les parents de Jane s'étaient silencieusement éclipsés de la Tour. On disait qu'ils étaient rentrés à Sheen, mais personne n'en était vraiment sûr.

À l'extérieur de la Tour, Pembroke, lui aussi, semblait avoir rejoint le parti de la reine Marie, faisant pleuvoir des pièces d'or sur la foule du haut des murailles de Baynard's Castle. Immédiatement après, le mariage de son fils avec Lady Catherine avait été déclaré « annulé avant consommation », et on l'avait jetée à la rue. Elle avait donc dû trouver le moyen de rentrer toute seule jusqu'à Sheen.

J'espérais que, malgré tous ces bouleversements et toute cette confusion, elle avait eu le bon sens de gagner Suffolk Place en marchant les quelques milles depuis Baynard's Castle en passant par le pont de Londres. Sans doute les domestiques auraient-ils pu l'aider là-bas, et si Edmund se trouvait sur place, il aurait certainement préparé des chevaux et des gardes pour le voyage jusqu'à Sheen. Je tenais pour acquis qu'elle avait réussi à accomplir le voyage et je mourais d'envie de lui rendre visite pour voir si tout allait bien ; mais mes responsabilités étaient désormais auprès de Lady Jane et je me devais de rester dans la Tour.

Les changements n'épargnaient personne. Deux jours auparavant, on avait appris que la duchesse de Northumberland avait été relâchée et qu'elle avait quitté la Tour pour une visite de courtoisie à la princesse Marie, laquelle, disait-on, avait ralenti son déplacement vers Londres et était restée à Newhall. Jane m'avait rappelé qu'elle s'était elle-même quelque peu compromise lors de sa dernière visite à Newhall ; mais elle était d'avis que la princesse Marie ne lui tiendrait pas rigueur de ses remarques dans la chapelle, si longtemps après. N'était-ce pas elle qui, après tout, l'avait comblée de présents à de nombreuses occasions ? Je lui rappelai néanmoins que cela ne s'était pas reproduit depuis la querelle et la visite de Lord Henry qui avait suivi celle-ci. Non : il ne nous restait plus qu'à attendre de voir ce qui se passerait.

Guilford Dudley n'avait pas été aussi chanceux que Jane, et on l'avait emmené dans la tour Beauchamp, immédiatement sur notre droite. Son frère aîné, Robert, l'y avait rejoint le jour précédent, reconduit du camp de prisonniers de Cambridge.

À présent, des nouvelles plus inquiétantes nous parvinrent : le duc de Suffolk avait été arrêté à Sheen, où il se trouvait en compagnie de Mary et Catherine, pour attendre le retour de Lady Frances, laquelle s'était rendue à Newhall demander audience à la reine, sans doute afin de lui rappeler leur amitié de longue date. On racontait que Suffolk devait être emmené à la Tour cet après-midi même.

Je trouvai très difficile de discerner quelque signe clair dans toutes ces allées et venues. Il m'apparaissait que personne, pas même la reine en devenir, ne savait en qui placer sa confiance, et que tout le monde improvisait les règles au fur et à mesure. Dans ces circonstances, il était pratiquement impossible d'entrevoir ce que l'avenir nous réservait. Mais il était une chose que mon instinct et mes expériences des derniers mois m'avaient apprise : tous ceux qui se trouvaient en dehors de la Tour se défileraient et s'esquiveraient comme des bêtes traquées, et leur priorité dans tous les cas serait de sauver leur peau. « Il est peu probable, pensai-je, qu'aucun d'entre eux ait une pensée pour Jane ou pour ceux d'entre nous qui sommes incarcérés dans la Tour. »

Jane devait avoir les mêmes pensées. Alors que les autres se trouvaient en promenade à l'extérieur (après discussion avec les gardes, il était apparu qu'elle était la seule à ne pouvoir quitter la maison), elle me mena à l'écart et me parla avec sérieux.

— Je crois bien que nous sommes ici pour longtemps, Richard. Il y a tant de confusion que je ne puis entrevoir de résolution claire à court terme. Personne n'aura le courage de prendre des décisions au nom de la reine et elle sera si abasourdie par l'énormité de ce qui l'attend qu'elle ne procédera que très lentement et avec la plus grande circonspection. Sachant cela, je ne puis vous retenir ici indéfiniment. Vous êtes libre de partir quand cela vous plaira ; car que puis-je vous offrir d'autre, à présent ?

Une telle chose était impensable. Je fus si désolé pour elle que je traversai la pièce pour la prendre instinctivement dans mes bras et la serrer tout contre moi. Elle n'opposa aucune résistance, mais resta accrochée à mes épaules, comme un oiselet trouvant refuge derrière ma chemise pour se garder au chaud. Une fois seulement par le passé avais-je été aussi près d'elle. Comme auparavant, je la trouvai si mince, si frêle, que je me demandai où, dans cette figure minuscule, se cachaient cette solidité et ce courage à toute épreuve. Et pourtant, tandis que je la tenais contre moi, si ténue que j'aurais pu la perdre dans les plis de ma chemise, et tremblant comme une feuille, je compris à quel point elle pouvait être fragile, et combien facilement cette carapace pouvait être brisée.

Je me surpris à lui caresser le dessus de la tête, blottissant mon visage dans ses cheveux pour en respirer l'odeur. Pour la première fois, je la perçus comme une femme, mais je m'arrêtai à cette pensée et j'eus un mouvement de recul. Je ne devais pas songer à elle de cette façon : Catherine était mon amante ; et Jane avait si souvent répété qu'elle rejetait les avances des hommes et en était dégoûtée. La dernière chose que je voulais était de provoquer son aversion, aussi je la lâchai avant qu'elle ne me repousse.

Mais elle ne me m'écarta aucunement. Au contraire, elle s'accrocha fermement à moi, de sorte que je pus sentir battre son cœur.

— Ne me laissez pas, Richard. Serrez-moi rien qu'un instant. Je me sens si en sécurité avec vous. Oh ! comme j'aurais aimé que mon père m'étreigne de cette façon quand j'étais enfant. J'en ai toujours eu envie, mais il ne l'a jamais fait. Toute ma vie, j'ai voulu qu'il m'aime, qu'il soit fier de moi et qu'il me prenne dans ses bras. Au lieu de cela, j'avais l'impression d'être une déception, rejetée pour n'avoir pas été le fils qu'il voulait désespérément après avoir perdu son premier enfant. Puis, comme pour empirer les choses, je n'ai même pas pu jouer le rôle d'un fils. Je détestais la chasse, la pêche, les chevaux, la lutte, les joutes et tous les jeux d'hommes. J'aimais les livres et la musique, la tranquillité, et ma religion.

Elle s'éloigna, le visage ruisselant de larmes, puis leva les yeux vers moi, tandis que je me penchais pour la réconforter.

— Je n'ai pas été un très bon fils, n'est-ce pas ? dit-elle en reniflant.

Je me penchai plus avant, approchant mon visage du sien.

— Comment auriez-vous pu ? Mais vous avez été une fille parfaite. Seulement, il n'a pas su s'en apercevoir.

Elle se blottit à nouveau contre moi et chercha mon étreinte.

— Oh, Richard ! Je vous en prie, restez avec moi, au moins pour une ou deux semaines. J'ai besoin de vous pour me protéger, vous qui êtes si fort et si attentionné. Cette épreuve est des plus difficiles pour moi et je dois admettre que j'ai peur.

Je l'étreignis aussi doucement que je le pus, craignant de lui couper le souffle en la serrant trop fort.

— N'ayez pas peur, Jane. Je serai là. Je resterai ici jusqu'à ce que tout soit résolu. Je vous le promets.

Lentement, elle se dégagea de mon étreinte et se tint face à moi.

— Merci, Richard. Je vous en suis tellement reconnaissante. Vous ne savez pas ce que cela représente pour moi de vous avoir à mes côtés comme compagnon, fidèle et honnête. Mais souvenez-vous, je ne vous obligerai pas à tenir une promesse que vous pourriez regretter un jour. Quand vous aurez envie de partir, faites-le sans faute, et je comprendrai. Mais en attendant, je vous saurai gré de chaque jour où j'aurai votre soutien et votre compagnie.

La porte claqua au rez-de-chaussée. Les autres rentraient. Elle m'attira vers elle et m'embrassa sur les lèvres.

— Nous devons descendre.

# Chapitre 63

# 5 août 1553
# Tour de Londres

L'aube venait de poindre et, comme à l'accoutumée, j'étais éveillé. La lettre était à portée de main. Je l'ouvris en silence et la relus.

Combien d'autres rebondissements y aurait-il dans toute cette affaire ?

*Cher Richard,*

*Au vu des franches conversations que nous avons eues par le passé et de votre compréhension bienveillante et amicale pour ma petite différence, j'ai senti que je devais vous écrire pour vous faire part de ce qui s'est produit ici à Sheen.*

*Lord Henry et Lady Frances sont arrivés le 21 juillet avec Lady Mary, un jour après Lady Catherine. Elle était bouleversée d'avoir été rejetée par son mari, à qui elle s'était passablement attachée pour la courte durée de leur union.*

*Lady Frances est repartie presque immédiatement afin de demander audience à la reine à Newhall. Juste avant son retour, Lord Henry a été arrêté et, m'a-t-on dit, emmené à la Tour. Je ne sais pas si vous avez eu l'occasion de le voir ? Dans les circonstances actuelles, j'imagine qu'on prend la peine de tenir les gens à l'écart afin d'éviter les complots ou les tentatives d'évasion. Il* semble que Madame ait eu du succès auprès de la reine, car Suffolk a été relâché après trois jours de détention et est rentré à Sheen fort soulagé.

À son retour, vous imaginez à quel point il fut stupéfait de trouver Lady Frances au lit avec Adrian Stokes. Leur intimité est devenue plus… comment dire ? plus urgente ces derniers jours, et l'arrivée de Lord Henry ne pouvait pas plus mal tomber. Comme les choses ont changé ! Autrefois (et cela est arrivé souvent), Sa Seigneurie en aurait fait tout un plat et l'aurait invectivée. Pas cette fois-ci. À mon grand embarras, il a tout simplement fondu en larmes avant de quitter la pièce.

Je crois que votre soutien et votre compagnie lui manquent, Richard. Vous savez que les affaires d'État lui causent plus de soucis qu'il l'admet publiquement, et depuis que Northumberland a été arrêté et emmené à la Tour avec ses fils la semaine dernière, notre maître semble esseulé, voire perdu. Il va sans dire qu'il est isolé du reste du Conseil, lequel se protège en soulignant sa relation avec Northumberland. Vous pouvez donc juger de l'effet que cela produit quand, dans une telle situation, vous rentrez à la maison pour vous rendre compte que votre femme vous rejette, et votre serviteur également…

Je pense souvent à vous, et à notre chère Lady Jane, lorsque des nouvelles occasionnelles nous parviennent de la Tour, ici à Sheen. J'espère que vous pouvez survivre avec un certain degré de confort. Ayez la gentillesse de me rappeler au bon souvenir de Lady Jane. C'est une grande dame et l'on ne devrait pas médire d'elle comme on le fait au marché ou dans les tavernes. Je ne pense pas qu'elle ait jamais cherché à prendre la couronne ; elle ne l'a même jamais souhaitée.

Je me couche chaque soir le cœur lourd, dans l'appréhension de ce qui doit advenir ; mais nous n'avons d'autre choix que de persévérer, tout en faisant de notre mieux. Si vous deviez être relâché de la Tour, ne manquez pas de m'en avertir, soit ici, à Suffolk Place, ou à Dorset House. Vos chevaux, vos selles et vos autres petites affaires (mais non votre épée et votre dague, qui je suppose sont avec vous) sont bien gardés à Suffolk Place et j'en prendrai soin à votre place jusqu'à ce que je reçoive de vos nouvelles ou que mon maître me donne des ordres contraires. Pour l'instant, cependant, il semble trop préoccupé par ses propres ennuis pour s'inquiéter de ce qu'il en coûte de veiller sur vos quelques affaires, et de toute façon il en a les moyens.

J'espère que vous songez parfois à moi dans vos moments tranquilles.

*Edmund Tucker*

Je n'aurais su dire comment le Céleste Edmund s'y était pris pour me faire parvenir cette lettre, mais je lui en étais reconnaissant. À présent, je comprenais un peu mieux ce que mon soutien pouvait apporter à Lady Jane, car le fait de savoir qu'Edmund était là, disposé à m'aider, me réconforta grandement en cette période difficile.

J'eus beau chercher, je n'arrivais pas à me trouver une once de compassion pour Lord Henry. Pas après ce qu'il avait fait à sa fille. Cet homme n'était pas convenable moralement, et tout le respect que j'avais eu pour lui s'était envolé en fumée. Cela avait été un choc lorsque Suffolk s'était fait arrêter puis emmener à la Tour, et un véritable soulagement lorsqu'on l'avait relâché trois jours plus tard. Une surprise aussi, étant donné que Northumberland était toujours emprisonné dans la tour Beauchamp avec ses fils, attendant son procès et son exécution d'un jour à l'autre. J'étais dégoûté de voir à quel point j'avais été proche de tous ces hommes qui luttaient à présent pour leur vie. Si la reine Marie s'occupait d'eux comme ils s'étaient occupés des autres, dans leur quête de pouvoir et d'influence, elle les exécuterait demain.

Mais les signes laissaient croire le contraire. Les hommes dénués d'honneur semblaient toujours trouver moyen de survivre.

Deux jours auparavant, l'arrivée de la reine Marie à la Tour avait fait l'objet d'une grande cérémonie. Une atmosphère plutôt détendue régnait et seuls les prisonniers politiques les plus importants avaient été confinés à leurs cellules. Hélas, Jane avait été rangée dans cette catégorie. Les gardes ne considérant pas que j'étais assigné à résidence, j'avais pu me rendre jusqu'aux grandes portes pour assister à l'arrivée de la reine.

Le tout s'était déroulé dans un faste cérémonieux. Elle était entrée dans la Tour avec une salve de fusils et un discours solennel prononcé par une centaine d'enfants avant de passer les portes. Personne ne pouvait plus douter de sa position légitime en tant que reine : elle portait une robe de satin et de velours pourpre, recouverte d'or et de joyaux ; et une grosse chaîne en or, indicatrice de sa charge, pendait à son cou. Même sa monture était couverte d'un tissu brodé d'or.

Chevauchait devant elle le comte d'Arundel, content de manifester son soutien envers la nouvelle reine en portant l'épée d'apparat et accompagné d'un millier d'hommes et de femmes en livrée de velours. Derrière venait Sir Anthony Browne portant la traîne, suivi de tous les grands noms qui servaient à confirmer sa position : la princesse Élizabeth, Anne de Clèves (l'une des épouses de Henri VIII), la duchesse de Norfolk et la marquise d'Exeter.

Mais l'événement qui avait marqué nos mémoires fut la cérémonie des prisonniers : Marie avait été accueillie sur la pelouse devant les grandes portes par quatre prisonniers de son père ou de son frère : Stephen Gardiner, l'évêque de Winchester, Thomas Howard, le duc de Norfolk, âgé de quatre-vingts ans, la duchesse de Somerset et Edward Courtenay, le dernier des Plantagenêt, qui avait passé plus de la moitié de ses vingt-sept ans dans la prison royale.

Chacun s'était tour à tour agenouillé pour lui demander pardon.

— Ce sont là mes prisonniers, avait-elle annoncé aux gardes. Libérez-les.

La reine était alors descendue de cheval et avait fait à chacun l'accolade, avant de leur redonner leur liberté. Gardiner fut nommé conseiller sur-le-champ et Norfolk apprit que le jugement de Henri VIII le condamnant à la mort civile était renversé. Sachant qu'il avait été jadis l'un des ducs les plus puissants d'Angleterre, je m'étais demandé combien d'autres vies et d'autres gagne-pain seraient mis sens dessus dessous par le simple jeu d'une décision facile.

Tandis que je rentrais vers la maison des Partridge, je m'étais demandé ce que je pouvais raconter à Lady Jane. En fin de compte, je choisis de souligner l'apparente compassion de la reine envers ces prisonniers dont le principal crime avait été d'être tournés du mauvais côté quand le vent politique avait changé.

À présent, j'étais allongé dans mon lit à me demander à quel point mes paroles avaient pu influencer Jane, car elle prévoyait ce jour-là écrire une longue lettre à la reine, implorant son pardon. «Je ferais mieux de me secouer», pensai-je. Ce pouvait être, littéralement, la lettre d'une vie, et elle aurait peut-être besoin de mon soutien moral. Une chose était cependant sûre : elle n'aurait aucunement besoin de mon aide pour l'écrire.

# Chapitre 64

# 23 août 1553
# Colline de la Tour

Le matin du 23 août, à neuf heures, tous les occupants de la maison étaient d'humeur sombre. Au même moment, Northumberland était saisi dans la tour Beauchamp et emmené sur la place de la Tour jusqu'à la chapelle de Saint-Pierre-aux-Liens, pour une dernière messe avant son exécution.

On disait que son procès, qui s'était déroulé cinq jours auparavant à Westminster Hall, avait été un grand spectacle. Quand les nouvelles nous parvinrent, elles ne causèrent aucune surprise : Northumberland avait été trouvé coupable et on lui laisserait deux jours avant son exécution, comme à l'accoutumée. Il avait néanmoins abjuré afin d'obtenir un sursis de trois jours supplémentaires pour se réconcilier avec Dieu, ce qui lui avait finalement été accordé.

Conséquemment, le matin précédent, le duc avait assisté à une messe complète à Saint-Pierre-aux-Liens, avec le marquis de Northampton, William Parr, son fils Andrew Dudley, Henry Gates et Thomas Palmer, ses principaux acolytes.

Madame Partridge avait assisté au service, comme elle l'expliqua à Lady Jane, « en qualité d'observateur seulement », et rapporté que Northumberland s'était totalement et (en apparence) sincèrement reconverti à la foi catholique de son enfance. Sans surprise, le service avait également pris des allures de spectacle, car c'était une occasion inattendue de faire une démonstration politique en faveur de la reine Marie, avec l'élévation de l'hostie, le baiser de paix, la bénédiction, le signe de croix, et «tous les autres principes et accidents de l'ancienne Église», tels que décrits par madame Partridge.

— Le duc s'est totalement reconverti, dit-elle. Il a même fait un discours à la congrégation, disant: «Mes maîtres, je tiens à vous dire que ma plus sincère conviction est qu'il s'agit ici de la manière juste et véritable, celle de la religion vraie, dont vous et moi avons été détournés au cours des seize dernières années par les sermons erronés et fautifs des nouveaux prédicateurs. Et j'ai l'intime croyance que le saint sacrement placé sur cet autel est sans nul doute notre Sauveur et Rédempteur Jésus-Christ: soyez-en, je vous en conjure, les témoins, et priez pour moi.»

Jane avait lancé à madame Partridge un regard de mépris.

— Ne me dites pas que vous vous êtes laissé avoir par ces fariboles? avait-elle sifflé.

Madame Partridge avait pâli et s'était inclinée nerveusement en disant:

— Bien sûr que non, Madame. Je ne faisais que répéter ce qu'a dit l'accusé.

Tandis que madame Partridge terminait sa description, Jane s'était avancée à la fenêtre pour observer les gens à leur sortie du service, et avait manifesté son dégoût.

— Je prie Dieu pour que ni moi, ni aucun de mes amis ne meure ainsi, dit-elle, et elle s'éloigna de la fenêtre.

À présent, le matin suivant, l'heure était enfin venue et Northumberland allait être mis à mort comme ce roturier impopulaire qu'il était devenu. Sur la colline de la Tour, tout juste au-dehors des murs de la forteresse, une foule de dix mille hommes et femmes l'attendait, tous parfaitement convaincus de sa culpabilité.

Sans doute pour lui envoyer un message, la reine avait assoupli les conditions de détention de Jane, il lui était désormais possible de se promener à l'intérieur des enceintes de la Tour et sur la plupart des murailles. Au début, elle avait déclaré qu'elle resterait à la maison pendant l'exécution, mais après avoir vu Northumberland se rendre à la chapelle, elle avait annoncé qu'elle irait se promener sur les murailles, « seulement pour voir la foule ».

Nous gravîmes l'abrupt escalier situé juste à côté de la maison du geôlier et arrivâmes au sommet du mur entre la tour Beauchamp (où Northumberland et ses fils étaient détenus, y compris Guilford) et la tour Deveraux. L'échafaud permanent qui trônait sur la colline se trouvait à bonne distance, mais la foule était tout de même extrêmement dense et s'étendait jusqu'aux douves, sous les murailles de la Tour elle-même. Nous étions tout près de la tour Beauchamp, mais sur le côté, de sorte que, en nous retournant, nous avions vue soit sur la colline au-delà des murailles, soit sur la place située à l'intérieur.

Jane releva le capuchon de sa robe afin d'éviter d'être reconnue, tandis qu'en bas, Northumberland, Gates et Palmer sortaient de la chapelle avec leur escorte et s'avançaient sur la place. On eût dit qu'ils tournaient en rond. Northumberland s'adressa à Lord Hertford et à son frère. Il semblait implorer leur pardon – peut-être pour le rôle qu'il avait joué dans la mort de leur père, Somerset – et ils parurent lui donner leur bénédiction.

— Que font-ils ? demanda Jane.

On crut pendant un instant qu'ils attendaient un sursis, et que la foule à l'extérieur serait privée de spectacle. Mais ce n'était pas le cas.

— Ils attendent que le moment soit venu, Madame, expliqua monsieur Partridge. L'exécution est prévue pour dix heures, et le duc préfère sans doute rester ici jusqu'à la dernière minute, plutôt que de se montrer plus longtemps qu'il ne le faut devant cette foule. Je suis sûr qu'il peut les entendre, même d'en bas.

Jane frissonna à cette idée.

— Voulez-vous redescendre, Madame ? demanda madame Tilney, qui ne semblait pas du tout à l'aise elle non plus.

Jane secoua la tête.

— C'est impossible maintenant, répondit-elle.

En effet, la seule manière de retourner à la maison du geôlier était de reprendre les escaliers que nous venions d'emprunter, ce qui nous mènerait directement sur la place, en présence des condamnés.

Northumberland s'avança vers Sir John Gates et ils parlèrent gravement pendant deux minutes. Puis ils s'inclinèrent l'un face à l'autre, s'abstenant toutefois de se serrer la main, et Northumberland suivit les gardes à travers les portes de la Tour, gravissant lentement la colline qui s'élevait devant eux.

La foule était d'humeur vindicative. Visiblement, elle blâmait Northumberland pour la mort de Somerset, et l'on se pressait contre les hallebardiers pour tenter de lui assener des coups. Il monta sur l'échafaud et prononça debout son dernier discours devant la multitude en colère. D'où nous étions, il était impossible d'entendre ce qu'il disait, en raison des aboiements de la foule. Enfin, Northumberland retira sa veste de damas gris pâle et la remit au bourreau, qui s'avança en boitant dans son tablier blanc. On put voir le duc remettre les honoraires traditionnels au bourreau et recevoir le bandeau qui lui cacherait les yeux. Il fit un pas en avant et s'agenouilla devant le billot en le tâtonnant de ses mains.

La foule lança un cri de stupéfaction lorsque le bandeau glissa et que Northumberland, dérouté, dut se relever pour qu'il soit rattaché. Puis son courage, qui jusqu'ici avait été exemplaire, sembla fléchir. Il laissa échapper un mélange confus de « Je vous salue Marie » et de « Notre Père », à demi agenouillé devant le billot, puis d'un air résolu, abaissa la tête et frappa des mains. La hache du bourreau s'abattit sur lui d'un coup terrible. Le sang gicla et sa tête tomba dans le panier rempli de paille situé sous le billot.

Je regardai Jane à ce moment. J'avais cru qu'elle se détournerait, mais comme moi, elle était irrésistiblement attirée par la terreur fascinante de l'événement, et elle observait, les mains sur le visage. Quand la hache tomba, je la sentis raidir ses membres, et prenant une grande respiration, elle laissa échapper un petit gémissement. Je m'avançai vers elle en levant un bras réconfortant, et elle s'y réfugia, plongeant son visage dans ma poitrine et poussant une longue plainte.

— C'est barbare, murmura-t-elle d'une voix rauque.

Je la tins fermement contre moi, comme pour la protéger des acclamations de la foule massée en bas.

— Il a fait grand tort à bien des gens, Madame, à vous en particulier, et il a bien failli réussir à ravir la couronne et la nation, d'abord au roi, puis à son successeur.

Elle leva la tête, les yeux rougis par l'émotion.

— Je sais. Il le méritait. Je détestais cet homme plus que tout autre dans le pays. Ce n'est pas pour lui que je suis consternée, mais pour les autres, Gates et Palmer, qui doivent rester debout sur l'échafaud à le regarder, en sachant que leur tour viendra.

Je jetai un regard du côté des dames, qui semblaient tout aussi bouleversées de ce qu'elles venaient de voir en bas, et n'avaient aucune envie d'assister à deux autres exécutions.

— Venez, Mesdames, rentrons. Cet endroit n'est pas pour nous.

Lentement, je conduisis Jane au bas des escaliers sur le côté de la place, à l'endroit même où se trouvaient le défunt et ses deux compagnons près de trouver la mort, seulement quelques minutes auparavant. C'était comme si le fantôme de Northumberland nous observait. Je frissonnai et reconduisis les dames dans la maison. « S'il plaît à Dieu, pensai-je, la reine se montrera plus clémente envers notre Jane, si innocente, qu'elle ne l'a été pour celui qui est à l'origine de tous nos problèmes. »

## Chapitre 65

## 29 août 1553
## Tour de Londres

Moins d'une semaine plus tard, nous étions fixés. Le matin du 29 août, la décision de la reine fut annoncée, et ce fut d'un cœur allégé que ce jour-là, nous reçûmes la visite d'un certain gentilhomme.

Rowland Lea, un représentant de la Monnaie royale qui vivait à la Tour, était un ami proche de maître Partridge, lequel l'avait invité à dîner. Il était de bonne compagnie : éduqué, réfléchi, et bien renseigné sur ce qui se passait dans le monde, il était également sensible à la situation où nous nous trouvions, en tant que prisonniers de la reine. Avec un tact exemplaire, il interrogea Jane sur notre avenir, lequel, avait-il appris, venait tout juste d'être clarifié.

— En effet, Monsieur, et avec quelle bonté. Je demeure ici comme l'invitée de maître Partridge et de sa bonne épouse, qui nous rendent la vie plus que confortable. La reine m'a promis la vie et la liberté, mais a expliqué qu'il sera nécessaire, dans l'intérêt du peuple, et pour montrer l'exemple, de me garder ici dans la Tour (avec mon mari) jusqu'à ce qu'un procès en bonne et due forme puisse être tenu. Mon mari est toujours emprisonné dans la tour Beauchamp et je ne suis pas en mesure de lui parler pour l'instant, bien qu'on me laisse toute la liberté de me promener à l'intérieur des enceintes et dans les jardins. On me permet de garder avec moi mes quatre fidèles serviteurs, et ils bénéficient comme moi d'une allocation de la reine, afin d'assurer que maîtresse Partridge soit justement récompensée pour ses attentions quotidiennes.

Les Partridge eurent un sourire de satisfaction à la mention de cet arrangement. En vérité, madame Partridge, n'ayant pas d'enfants, était contente de jouer le rôle de mère adoptive auprès de Lady Jane. Elle était toujours aux petits soins avec elle, dans la mesure où les attentions incessantes de madame Tilney, de nurse Ellen et de madame Jacob le permettaient.

— Y a-t-il quelque chose dont vous avez besoin, Madame ? demanda Rowland avec prévenance.

— Rien qui me vienne à l'esprit, en vous remerciant, Monsieur, répondit Jane. J'ai mes livres, et je puis acheter tout le matériel d'écriture dont j'ai besoin. Richard a la permission de quitter la Tour pendant la journée et peut se procurer ce dont j'ai besoin et tout ce qu'il nous faut, en vérité.

Elle se tourna vers moi.

— Je crois que vous recevez parfois l'aide d'Edmund Tucker, n'est-ce pas Richard ?

J'inclinai la tête en signe d'assentiment.

— En effet, Madame. Il est d'une aide précieuse lorsqu'il se trouve à Suffolk Place, mais il passe le plus clair de son temps à Sheen, ces jours-ci.

Lady Jane leva son verre de vin.

— Sheen. Comme j'ai hâte de pouvoir retourner là-bas – et à Bradgate aussi, je l'espère, avant la fin de l'été. L'air que nous respirons ici m'a donné un nouvel enthousiasme pour la campagne.

Nous levâmes nos verres à la campagne et à ses mérites, puis Rowland retourna à ses prévenantes interrogations.

— Comment passez-vous le temps ici, Madame ?

Jane me regarda, comme pour chercher une réponse.

— Par la lecture, l'étude, les débats et l'enseignement. Richard que voici apprend l'italien, et j'en suis à écrire la dénonciation d'un prêtre déchu.

Rowland Lea haussa les sourcils d'un air inquisiteur.

— Docteur Haddon. Notre chapelain de naguère, à Bradgate, et mon ancien tuteur. Il a quitté le droit chemin et s'est reconverti à la foi catholique. C'est un lâche fuyard, un sale petit coquin du diable, vraiment.

Rowland sourcilla.

— Ils sont maintenant nombreux à faire de même, Madame, pour assurer leur protection.

Jane le regarda, plissant les yeux.

— De quelle protection auraient-ils besoin ? A-t-on recommencé à dire la messe à Londres, je vous prie ?

Rowland acquiesça d'un signe de tête.

— Oui, Madame, à certains endroits.

Jane renifla doucement.

— Cela se peut, dit-elle ; ce ne serait pas aussi étrange que cette soudaine reconversion de feu le duc : qui aurait cru qu'il ferait pareille chose ?

— Peut-être espérait-il ainsi obtenir son pardon ? avança Rowland avec précaution.

Mais il regretta aussitôt ces paroles.

— Son pardon ? répondit Jane. Malheur à lui ! Il m'a conduit, avec tous les miens, à la plus triste calamité et à la misère par son ambition excessive. Mais pour ce qui est de dire qu'il espérait sauver sa vie en abjurant, même si d'aucuns ont pu le penser, pour ma part je n'en crois rien ; car y a-t-il un homme sur terre qui, quand bien même eût-il été innocent, aurait espéré survivre dans cette situation, ayant marché contre la reine elle-même sur le champ de bataille, dans des habits de général, et après s'être attiré tant de haine et de détraction aux Communes ? Et n'a-t-il pas été, lors de sa détention, malmené à un point tel que rien de semblable n'a jamais été vu à quelque époque que ce soit ? Comment pouvait-il espérer recevoir le pardon de la reine, lui dont la vie était odieuse à tous les hommes ? Mais que voulez-vous ? Sa fin fut à l'image de sa vie : mauvaise et pleine d'hypocrisie.

Rowland Lea se pencha en avant comme pour répondre, mais Jane était sur une lancée et poursuivit.

— Devrais-je, moi qui suis jeune, et sans l'expérience des années, renoncer à ma foi pour l'amour de vivre ? Nenni, Dieu m'en garde ! Lui d'autant moins que moi, dont le sort fatal, bien qu'il ait vécu bon nombre d'années, ne pouvait être plus longtemps différé.

Rowland se pencha de nouveau pour l'interrompre. Voyant dans quelle humeur Jane se trouvait, j'essayai de l'en dissuader, car Jane était parfois si convaincue qu'il n'y avait aucune discussion possible ; mais Rowland s'élança néanmoins.

— Je crois seulement, Madame, qu'il voulait continuer à vivre et ne cherchait qu'à prolonger ses jours.

— Ainsi donc, la vie lui était un réconfort, de sorte qu'il pouvait continuer à vivre sans se soucier de quelle manière ? reprit Jane, bouillante de rage. Qui veut bien passer sa vie aux fers aurait raison, il est vrai, de chercher à sauver sa peau par tous les moyens, autres que celui-là.

Consciente du fait que chacun s'était réfugié dans un silence passif devant cette tirade, Jane se cala dans sa chaise et se tourna vers moi.

— Mais Dieu nous prodigue sa miséricorde. Car Il a dit : « Quiconque me reniera devant les hommes, je ne le reconnaîtrai pas au Royaume de mon Père. »

Les dames acquiescèrent d'un signe de tête et se signèrent. Rowland me regarda de l'autre côté de la table, espérant glaner quelque indication de ce qui se cachait derrière ces graves paroles ; mais je lui adressai un long regard sévère (moi qui en avais entendu beaucoup plus, et de bien pires, à ce sujet), comme pour lui signifier que ce n'était pas un chemin à emprunter à la légère. Cette fois, il interpréta correctement mes signes et changea rapidement de sujet.

— Nous aurons d'autres réjouissances bientôt, Madame. La reine Marie s'étant établie ici il y a deux jours, on me dit que son couronnement doit avoir lieu le 1er octobre. La Tour reprendra vie très bientôt, de mille et une voix.

Je regardai Jane à l'autre bout de la table. J'espérais que le couronnement de la reine signalerait la fin de cet interrègne et que nous pourrions retourner à une vie normale, à commencer par la remise en liberté de Jane. Si cela venait à se produire, où irait-elle ? Avec son mari ? Ou bien cette liaison forcée serait-elle perçue comme l'imposture qu'elle était, sa validité ayant péri en même temps que Northumberland ? Sinon, où ? Et de toute manière, que m'arriverait-il une fois que nous serions libérés de cet endroit ?

J'avais la vague impression que d'autres grands bouleversements nous attendaient. J'espérais seulement que la tendance favorable de ces derniers jours se poursuivrait… pour nous tous.

# Chapitre 66

## 1<sup>er</sup> octobre 1553
## Tour de Londres

Les réjouissances avaient bel et bien commencé. Le jour suivant, la reine Marie avait défilé solennellement dans les rues de Londres depuis la Tour. On prit la peine de « recommander » à Lady Jane et à sa maigre compagnie de demeurer à l'intérieur (« pour la sécurité de vos bonnes personnes »), car la procession se rassemblait dans la forteresse ; mais je pus me faufiler jusqu'au sommet des murailles pour assister au départ du cortège, qui s'engouffra dans les rues de la ville.

À la tête de ce défilé se trouvaient toutes les figures récemment élevées : Courtenay, Gardiner, Winchester, Norfolk et Oxford, ce dernier portant l'épée d'apparat. Ils étaient accompagnés des nouveaux chevaliers du Bain, ainsi que du Lord Maire de Londres et de ses conseillers.

La reine Marie avançait dans un char, portant du velours bleu et de l'hermine, ainsi qu'une coiffe couverte de guirlandes et de perles qui semblait vouloir dégringoler du haut de sa tête bien avant son arrivée à Whitehall. Derrière elle, je pouvais apercevoir la princesse Élizabeth et Anne de Clèves dans un second char, suivies de plus de quarante dames d'honneur, défilant en cortège.

À en juger par les acclamations qui parvinrent à mes oreilles tandis que le cortège défilait dans les rues de la ville, la popularité de Marie était plus vive que jamais : visiblement, le défilé du couronnement qui devait avoir lieu le lendemain serait une énorme célébration. Déçu de ne pas pouvoir y participer, j'allai retrouver Lady Jane pour voir comment elle réagissait.

— Richard, vous ne pouvez pas savoir quel réconfort cela me procure que d'entendre la véritable reine d'Angleterre défiler dans les rues de sa grande cité de Londres, en route vers son couronnement. Vous savez que Northumberland avait l'intention de nous organiser la même cérémonie, à moi et à mon époux, et bien que je me sois surprise à rêver de ce qu'elle aurait pu être, vous savez mieux que quiconque que je ne voulais pas franchir cette étape finale, qui aurait scellé mon engagement à devenir reine envers la volonté de Dieu, ce que je n'ai jamais souhaité, au grand jamais.

— Je suis désolé que vous ne puissiez pas assister de plein droit au couronnement, Madame, en tant que représentante de la famille Suffolk, répondis-je, sachant que votre sœur Catherine, elle, sera présente.

Ma naïveté la fit sourire.

— Allons, Richard, vous devez être bien au courant des réalités politiques, à présent. La reine ne saurait tolérer que je me montre en public cette journée-là, *sa* journée. Ce serait une marque de faiblesse bien trop flagrante. Il suffit qu'elle en profite pleinement, ce qu'elle ne manquera pas de faire, j'en suis sûre, en attendant que la poussière retombe. Notre heure viendra, mais elle doit penser d'abord à établir sa position.

Jane, de l'autre côté de la pièce, me regarda d'un air mélancolique.

— Quelle année étrange, inattendue et épouvantable j'ai connue ! Demain, nous serons le 1er octobre, et dans une semaine, ce sera mon seizième anniversaire de naissance.

Parfois, quand j'étais plus jeune, je me plaisais à m'imaginer reine d'Angleterre, au bras de mon cousin le roi Édouard. Ce fut le rêve de mes parents pendant de nombreuses années, et je crois qu'ils furent bien près de le réaliser à quelques reprises. Plus d'une fois, j'ai cru m'apercevoir que le roi m'observait d'un œil appréciateur, comme les maquignons du Leicestershire. Mais il semble qu'en fin de compte, il ne m'ait pas trouvé convenable.

Je m'avançai jusqu'à elle et lui pris les mains.

— Je ne puis le croire, Madame. Le roi n'avait toujours pas fait son choix, et s'il avait survécu, je crois qu'il aurait encore pu vous choisir, s'il n'y avait eu votre propre mariage. Sinon, je crois que la nécessité de forger des alliances étrangères et les impératifs des affaires d'État auraient joué sur sa décision, sans égard à votre convenance.

Elle haussa les épaules.

— Nous ne le saurons jamais, à présent. J'ai frôlé, pour un bref instant, le pouvoir et l'autorité. Désormais, je me contenterai d'un coin tranquille, et de mon érudition.

Elle me lâcha la main et traversa la pièce en sautillant, joyeuse pour la première fois depuis des semaines. Pendant un court instant, je m'imaginai en train de m'occuper d'elle dans une petite maison de campagne. Tandis qu'elle se concentrerait sur ses études, je m'assurerais que rien ne vienne troubler le calme et la sécurité de ses jours. Puis je revins subitement à moi. « À quoi songes-tu ? Il y a à peine quelques semaines, elle était reine d'Angleterre, et maintenant tu rêves de la garder sous ton aile dans une petite maison de campagne. » Je me rappelai la fois où Catherine avait dit que Shute House était à ses yeux l'endroit le plus modeste où elle pourrait vivre : Shute House, une aspiration toujours aussi inaccessible, même dans mes rêves les plus fous.

Je la regardai et souris.

— Je l'espère, Madame. Je crois que cela vous conviendrait, le temps de vous y habituer.

Le lendemain soir, le couronnement de la reine nous fut décrit par Rowland Lea, qui rentra à la Tour quelque peu épuisé au terme d'une longue mais plaisante journée, et se donna la peine de venir nous rendre visite avant le couvre-feu du soir.

— Le plancher de l'abbaye de Westminster était entièrement recouvert d'étoffe bleue, Madame, et la reine portait une robe pourpre, comme il sied à une reine (quoiqu'il faille bien admettre, entre vous et moi, que les couleurs juraient horriblement). La princesse Élizabeth avait revêtu une mante d'hermine écarlate sur sa robe blanche, brodée d'argent, et portait la traîne de la reine. Non loin derrière se trouvaient Anne de Clèves et votre sœur Catherine. Elle était magnifique dans sa tenue de velours rouge.

Jane pencha sa tête sur le côté, pensivement, et sourit.

— Catherine adore le rouge, le plus éclatant possible.

J'acquiesçai d'un signe de tête, me rappelant les occasions passées.

— Nous commençâmes à l'abbaye de Westminster à dix heures du matin et terminâmes à cinq heures du soir, avant de nous retirer à Westminster Hall pour un banquet, poursuivit Rowland. Je puis vous dire que la reine titubait sous son énorme diadème, mais elle le supporta jusqu'à la fin.

— L'orgueil reste l'un des muscles les plus solides, murmura Jane, le sourire aux lèvres.

— Tandis que nous mangions, Derby, Norfolk et Arundel allaient et venaient autour de la salle, montés sur leurs chevaux de combat, pour tout organiser ; et après le deuxième service, le champion de la reine, Sir Edward Dymoke, mit quiconque au défi de disputer son titre à la reine, sous peine d'un affrontement en combat singulier. Inutile de dire que personne ne s'est levé pour le défier.

— Quelle fut la réaction du peuple, à l'extérieur ? demanda Jane.

— La reine est très populaire auprès du peuple, Madame. Ils croient qu'elle est la reine légitime et – il rougit – qu'après la mort du roi, elle aurait dû immédiatement lui succéder.

Je fus choqué par cette grossière insulte, mais Jane avait prévu le coup et leva une main pacificatrice.

— Nous sommes ici entre amis, Richard, et vous vous souvenez de notre règle : la vérité, même si elle blesse.

Rowland Lea se cala dans sa chaise, soulagé. Manifestement, à cette heure tardive, il n'avait pas du tout envie d'une dispute.

— Je suis désolé d'avoir été si brusque, Madame. Ce fut une longue journée.

Jane se leva pour le remercier.

— Pas du tout, Rowland. C'est nous qui devrions vous remercier d'avoir pensé à nous, et d'être venu ici pour nous faire part de ces nouvelles après une si longue journée. Nous l'apprécions beaucoup.

Il faisait très noir et l'heure du couvre-feu était depuis longtemps passée quand Rowland nous quitta, retraçant les quelques centaines de pieds qui le séparaient de son petit appartement, à l'autre extrémité de la Tour. Je connaissais bien les gardes : ils croiraient probablement qu'il venait tout juste de se délasser auprès d'une femme, à cette heure tardive. Je le regardai disparaître dans le crépuscule et rentrai. Les Partridge avaient eu la prévenance d'aller se coucher peu après l'arrivée de Rowland, laissant Jane poser ses propres questions, et la maison était silencieuse, tout comme les environs de la Tour.

— C'est donc chose faite, dit Jane. Marie est couronnée reine et nous sommes laissés à nous-mêmes jusqu'au jour du procès et de notre éventuelle libération. Combien de temps jusque-là, je me le demande ? Combien de temps ?

Elle remonta l'escalier avec lassitude.

— Je suis si contente que Catherine ait pu porter du rouge. Cela lui aura fait plaisir.

Je la suivis dans l'escalier en ressassant de vieux souvenirs.

Chapitre 67

# Octobre 1553
# Tour de Londres

Le seizième anniversaire de Jane passa sans qu'on s'en aperçoive, tout comme il en avait été de mon dix-huitième.

Le 5 octobre, la reine inaugura son premier parlement. Nous nous attendions à quelque développement, mais il ne se passa rien qui vînt affecter notre situation. Au lieu de cela, on ratifia un acte de restitution, attestant la légalité du mariage entre le roi Henri et Catherine d'Aragon, ce qui faisait de la reine Marie leur fille légitime.

Deux semaines plus tard, Huntingdon, qui s'était bruyamment reconverti au catholicisme, fut libéré, tandis que Suffolk, qui avait obtenu sa libération depuis longtemps, reçut la promesse d'être gracié. La vie fut également rendue plus supportable pour ceux qui demeuraient enfermés dans la Tour. On accorda à Amy Robsart la permission de rendre visite à Robert Dudley et plus tard d'habiter avec lui, et ce privilège fut ensuite accordé à l'épouse d'Ambrose également. Nous avions la permission, avec les frères Dudley, dont Guilford, de marcher sur la couverture de plomb au sommet de la tour Beauchamp et dans les jardins du lieutenant. Maître Partridge eut l'amabilité de laisser Jane se promener au jardin en même temps que Guilford, mais ce ne fut pas un privilège qu'elle choisit d'exercer très souvent.

Le Parlement adopta de nouveaux statuts qui renversèrent la peine de mort civile qui pesait sur la famille Courtenay, entre autres, et Edward Courtenay devint comte du Devon. Ces faits m'intéressèrent, car, comme il allait de soi, la plupart des terres de la famille Courtenay se trouvaient dans le Devon – non pas seulement aux alentours de Tiverton, mais aussi dans la vallée du Coly, ma terre natale. Colcombe Castle, la forteresse des Courtenay dans la vallée, entretenait depuis des années une relation compétitive et un brin embarrassante avec le domaine de Shute, situé juste à côté, et tout ce qui pouvait l'affecter m'intéressait au plus haut point.

— Cela transformera la vie de bien des gens de chez nous, commentai-je.

Mais Jane et les dames manifestèrent peu d'intérêt et je me gardai d'insister. En revanche, je commentai l'allure du fils de l'ancien marquis d'Exeter, que j'avais vu au moment de sa libération de la Tour par la reine Marie. En tant que dernier de la lignée des Plantagenêt, Courtenay était perçu comme une menace pour la dynastie des Tudor. Conséquemment, le nouveau comte avait passé les quinze dernières années de sa vie dans la Tour ; mais, ayant bénéficié des services d'un tuteur, il avait pu développer ses connaissances, ainsi que ses compétences linguistiques, musicales et artistiques. Cela montrait bien qu'avec une bonne maîtrise de soi et un peu de flexibilité de la part des geôliers, il était possible de conserver sa santé physique et mentale au cours d'une longue période d'incarcération dans cet endroit lugubre. C'était un exemple à suivre pour nous tous.

Puis, vers la fin du mois, arrivèrent les nouvelles que nous attendions avec tant d'appréhension. Lady Jane, Guilford Dudley et ses frères Ambrose et Henry subiraient un procès pour trahison le 14 novembre, en même temps que Thomas Cranmer.

À partir de ce moment, et malgré tous nos efforts, la tension ne cessa de monter entre les murs de la petite maison, à l'approche du jour fatidique.

# Chapitre 68

## 14 novembre 1553
## Tour de Londres

Elles firent un tas d'histoires autour de sa robe ce matin-là. Il était difficile de dire laquelle d'entre elles était la plus bouleversée : nurse Ellen, qui laissait tout échapper et n'arrêtait pas de s'excuser ; madame Jacob, qui ne cessait de trouver des faux plis dans la robe et insistait pour dire que, si seulement elle pouvait l'enlever, elle pourrait les « repasser en un rien de temps » ; ou madame Tilney, qui essayait de l'habiller tout en s'assurant de lui faire prendre un bon déjeuner. La seule personne qui gardait son calme était Lady Jane elle-même, qui comprenait l'inquiétude des dames mais demeurait tout à fait posée, alors qu'elles tâtonnaient et jacassaient nerveusement autour d'elle.

Je savais qu'elle serait prête ce matin-là, déterminée à faire face à l'adversité. Je l'avais vue s'y préparer. Pendant trois jours, elle s'était repliée sur elle-même, lisant sans cesse sa Bible et son livre de prières, remuant les lèvres en un silencieux recueillement, tout à fait inconsciente de ceux qui allaient et venaient autour d'elle sur la pointe des pieds. À présent, elle était comme un vétéran paré pour la guerre, en paix avec elle-même et disposée à recevoir tout ce que la journée apporterait.

— N'ayez crainte, Mesdames. Cette journée n'est qu'une formalité. Une épouvantable formalité, il est vrai, car vous me verrez traduite en justice et trouvée coupable de trahison contre la reine, et, selon toutes probabilités, condamnée au bûcher, comme la loi le prescrit pour de tels crimes. Mais ayez confiance en la clémence de notre cousine la reine, car elle sait que je n'ai tenu aucun rôle dans la planification de ces événements, que je ne les ai jamais souhaités, et que ce ne fut pas de plein gré que je les acceptai lorsqu'ils me furent imposés. Elle m'a fait la promesse solennelle de m'accorder son pardon et sa grâce en temps voulu.

Je sentis mon cœur se serrer lorsqu'elle prononça ces mots. Je connaissais suffisamment les usages de la cour, sous la conduite de Northumberland et du jeune roi, pour savoir à quel point ces décisions étaient capricieuses. La reine était peut-être sincère, mais je savais qu'il y aurait des gens de toutes tendances politiques pour lui murmurer à l'oreille des recommandations, surtout dans l'intérêt de leur propre avancement, et au mépris des conséquences sur les autres, en particulier ceux qui n'étaient pas là pour se défendre.

Jane ramassa son livre de prières, redressa le dos et prit une grande respiration.

— Venez, Mesdames, allons parcourir les rues de la ville et montrer que nous n'avons pas honte. Dieu est de notre côté, tout comme notre charitable cousine, la reine. Allons-y.

Elle embrassa sa nurse, qui se précipita dans la pièce voisine, en pleurs. Se tournant vers moi, elle chuchota, de sorte que les dames ne purent entendre :

— Priez pour moi, Richard, afin que cette situation ne dégénère pas. Je vous supplie également de prier pour mon mari, qui se tiendra à mes côtés aujourd'hui et partagera mon sort, plus intimement que tout ce que nous avons jamais partagé comme époux. Je sais que vous le détestez, et je ne puis me résoudre à confesser de l'amour pour lui ; mais de la compassion, oui, car il est le produit de sa mère et s'est fait manipuler tout autant que moi pour se retrouver emprisonné ici au-dessus de nous.

Elle désigna la tour Beauchamp.

Je m'inclinai, évitant son regard, car pour être franc, j'avais du mal à partager sa compassion envers ce sale petit enfant gâté, égoïste, méchant et cajoleur, qu'elle avait été obligée d'épouser. Ils seraient trouvés coupables tous les deux, c'était joué d'avance ; mais j'espérais, je le savais dans mon cœur, que seule Jane recevrait ensuite le pardon de la reine.

Je la regardai marcher dans la faible lumière du soleil hivernal, saisissante dans sa robe de velours noir et son voile de satin noir orné de jais. C'était le choix parfait : une tenue de martyr, fière mais repentante, et j'étais sûr qu'elle conquerrait le cœur du peuple lorsqu'elle prendrait la barge jusqu'au quai du pont de Londres et arpenterait les rues sur un demi-mille pour se rendre à l'hôtel de ville, à travers la foule qui ne manquerait pas d'y être.

Comme elle se dirigeait vers l'entrée de la Tour, les lourdes portes de la tour Beauchamp s'ouvrirent. Guilford, Ambrose et Henry Dudley sortirent à sa rencontre, aveuglés par la lumière du soleil, tandis que l'archevêque Cranmer était emmené depuis l'extrémité opposée de la forteresse. Comme ils passaient les portes, je grimpai les marches jusqu'au sommet du mur-rideau et les regardai disparaître vers les barges et vers le jour qui attendait. Je regardai à droite, vers l'échafaud dressé sur la colline, me rappelant Northumberland et le bourreau qui boitait avec sa hache, quelques semaines seulement auparavant.

Entendant le cri d'un milan royal, je levai les yeux vers le ciel. C'était un beau jour de novembre, frais et piquant. J'espérais que Jane n'aurait pas froid dans la barge. Une fois débarquée, il lui faudrait gravir la pente à travers la ville : l'exercice la garderait au chaud et calmerait peut-être ses esprits. Je me retournai lentement, contemplant l'immense château de la Tour de Londres, dont le grand ensemble était devenu ma prison volontaire et le resterait aussi longtemps qu'elle demeurerait ici. Il était beaucoup plus difficile de la regarder partir que de l'accompagner, mais le capitaine de la garde avait été formel : deux dames de compagnie seulement. Il ne me restait plus qu'à attendre et à prier.

Elles revinrent en début d'après-midi, sans égard aux convenances, car les dames, incapables de se contenir plus longtemps, firent brusquement irruption dans la maison, s'effondrant dans un torrent de larmes. Lady Jane fut donc laissée seule à l'extérieur, et elle remercia calmement son escorte avant de rentrer dans la maison.

— Coupables, dit madame Jacob en sanglotant. Tous trouvés coupables, y compris Madame.

— Dieu nous vienne en aide à tous ! s'écria nurse Ellen, titubant vers le mur, prête à défaillir et cherchant mon soutien.

Je sentis mon cœur battre plus fort et ma poitrine se resserrer, de sorte que, pendant un instant, je fus incapable de respirer. Je regardai Jane, la seule d'entre nous à garder son calme.

— C'était attendu. Le tribunal s'est montré honnête, le tout s'est déroulé dans les règles et la sentence fut juste au regard de la loi. Nous savions qu'il en serait ainsi. Nous attendons maintenant la clémence de notre reine. Elle viendra, j'en suis certaine. Encore une fois, il nous faudra attendre.

Je lui pris la main et la conduisis à un fauteuil confortable. À présent, la journée importante était passée, le petit numéro avait été joué selon les attentes, la maîtrise exigée avait été exercée sans faille aucune ; à présent, sans crier gare, ses forces risquaient de lui faire défaut et elle aurait besoin de mon soutien.

Comme pour confirmer cette pensée, elle refusa le fauteuil, passa les bras autour de ma taille et posa son visage contre ma poitrine.

— Serrez-moi, Richard. S'il vous plaît, serrez-moi le temps que je retrouve mes forces.

Je l'étreignis des deux bras, ramenant ma main droite derrière son cou pour lui caresser les cheveux, comme elle aurait aimé que son père la caresse. Je sentis l'odeur de ses cheveux, lavés et parfumés par nurse Ellen. Je sentis sa respiration ralentir, tandis que la tension et la crainte quittaient son corps. Nous étions prisonniers de cet endroit, je le savais, mais je me surprenais parfois à souhaiter que cela n'ait jamais de fin.

## Chapitre 69

# Novembre 1553
# Tour de Londres

Les jours s'écoulaient depuis le procès, et des nouvelles de l'extérieur nous parvenaient goutte à goutte. Il semblait de plus en plus évident que la reconnaissance de la reine Marie comme fille légitime du roi Henri et comme héritière du trône du roi Édouard suivant les dernières volontés de son père, commençait à faiblir. Sa popularité initiale reflétait l'opinion générale (que la cour avait pris soin d'accréditer par ses déclarations) supposant qu'elle se montrerait tolérante envers la diversité religieuse et n'obligerait par les gens à renouer avec l'Église catholique contre leur gré. Mais au fur et à mesure que d'éminents seigneurs se reconvertissaient publiquement à la foi catholique, la réalité politique devenait de plus en plus claire.

En soi, cela ne représentait pas un problème insurmontable ; mais depuis que la reine avait annoncé ses fiançailles avec le roi Philippe d'Espagne, le 8 novembre, les murmures avaient grandi dans la population.

On savait que, aussi tard que le 16 novembre, l'évêque Gardiner avait tenté de dissuader la reine d'épouser un étranger, lequel serait susceptible de prendre les rênes du pays. Une pétition des deux chambres du Parlement avait été présentée, lui demandant de reconsidérer la question, et d'épouser un Anglais. Le nom de Edward Courtenay avait même été mentionné ; mais le principe importait davantage que l'individu.

Le 26 novembre, il était devenu évident que la reine avait pris sa décision. Pour cette vierge de trente-sept ans, qui jusque-là avait coulé des jours tranquilles, la question du mariage était d'un abord difficile, non seulement aux yeux des courtisans et des ambassadeurs, mais aussi pour la reine elle-même. À la mention d'un Espagnol de vingt-six ans, elle avait apparemment joué les saintes nitouches : « Un homme de vingt-six ans risque d'être fort enclin aux dispositions amoureuses, et tel n'est pas mon désir, à ce stade de ma vie, non pas que j'aie déjà songé à l'amour. »

On disait cependant que la reine était de plus en plus préoccupée par le désir de produire un héritier, afin d'empêcher sa demi-sœur Élizabeth (de plus en plus détestée) d'hériter de la couronne et de ramener le pays sur le chemin de la Réforme. À présent, c'était décidé : elle avait choisi Philippe d'Espagne, et rien ne la ferait changer d'avis. Le 26 novembre, l'évêque Gardiner changea donc son fusil d'épaule et prêcha en faveur du mariage de la reine Marie avec le catholique Philippe d'Espagne, soulignant l'importance de « la dot de 30 000 ducats avec tous les Pays-Bas de Flandre ».

Cet argument fut un échec : l'argent n'impressionna nullement l'humeur du peuple, et la vague de contestation se mit à gagner du terrain.

Vers cette époque, je fus abordé par un messager portant l'emblème du nouveau comte du Devon. Je conçus immédiatement des soupçons, mais une allusion à mon vieux mentor, le docteur Thomas Marwood, à titre d'ami commun, suffit à éveiller mon intérêt.

Jane partageait mes soupçons et crut bon de m'avertir. Le mécontentement envers la reine l'inquiétait (on disait que, par endroits, il allait presque jusqu'à la révolte), et cette situation la plaçait dans un danger imminent, selon elle.

— Comment se révolter contre la volonté d'une reine autrement que par la trahison ? se demandait-elle. Et si vous montez une révolution traîtresse, c'est que vous envisagez un autre souverain. Certains, dit-on, évoquent la princesse Élizabeth, mais je ne voudrais pas qu'aucun d'entre eux se mette dans l'idée de réhabiliter ma candidature au titre. J'ai déjà eu une certaine proximité avec la couronne et je ne souhaite aucunement renouveler l'expérience.

Ce fut en tenant compte de ces risques que je passai les portes de la Tour et remontai le fleuve sur une barque pour aller à la rencontre du comte.

— Maître Stocker, quelle heureuse rencontre. Puis-je vous appeler Richard, car en hommes du Devon, nous devons bien nous serrer les coudes ?

Je m'inclinai et lui serrai la main.

— Je crois que nous avons un ami commun en la personne du docteur Marwood ?

— En effet, Monseigneur, le docteur Marwood est un voisin de mon père, à Blamphayne, dans la vallée du Coly, par-delà Colyton.

Le comte acquiesça.

— Je connais l'endroit : j'ai un domaine là-bas, Colcombe Castle. Hélas, je ne l'ai pas visité depuis l'âge de onze ou douze ans. Le bon docteur a rendu un grand service à ma famille il y a peu, et elle m'a vanté ses mérites. Vous comprendrez que, ayant passé les quinze dernières années à languir dans la Tour, j'ai été passablement coupé de ma communauté locale dans le Devon : une situation que j'ai bien l'intention de corriger dans les meilleurs délais.

Vu de près, le jeune comte était encore plus charmant qu'au jour de sa libération. Il était grand, presque aussi grand que moi, mais beaucoup plus mince. Ses cheveux étaient brun clair et ses yeux couleur noisette, sa barbe châtain soigneusement taillée. À côté de ma solide carrure, la figure élancée de Edward Courtenay était gracieuse et élégante, ses mains longues et remarquablement effilées, son port de tête toujours bien haut, comme un aristocrate-né.

— Cette chère Lady Jane sait-elle que vous me rencontrez ici ? demanda-t-il sur le ton de la conversation.

— Elle est tout à fait au courant, Monseigneur ; je ne saurais rien faire sans qu'elle n'en soit informée au préalable et m'ait donné son consentement.

— Et cette rencontre ne la dérange pas ?

C'était une question délicate.

— Bien sûr que non, Monseigneur. Cependant, Madame a connu quelques mois très difficiles et n'entreprendrait aucune démarche qui aurait pour effet de l'abaisser dans les faveurs de la reine, à dessein ou par suite d'un malentendu. J'ose espérer que nos discussions n'apporteront rien qui puisse être à son détriment ?

Courtenay sourit.

— Ayant moi-même été tout récemment libéré de la Tour, je saisis parfaitement toutes les subtilités de ce que vous avancez. Croyez-moi, je ne suis pas sur le point de vous mêler à une action réformiste contre notre reine. Bien entendu, vous n'êtes pas sans savoir que, comme le reste de ma famille, j'ai été baptisé dans l'Église catholique et que je demeure fermement attaché à cette religion ?

— Je n'en avais pas connaissance, Monseigneur. La foi d'un homme est, je crois, une affaire privée qui ne regarde que lui.

Courtenay pencha la tête sur le côté d'un air sceptique.

— Une opinion bien libérale et tout à fait honorable, Richard, mais fort loin d'être à la mode, à mon avis. Il s'en trouve beaucoup parmi nous qui croient que c'est la première question à poser et qui, lorsqu'ils ont la réponse, s'imaginent pouvoir en déduire tout le reste.

Il me conduisit à un banc sous la fenêtre et m'offrit du vin, que je refusai.

— J'irai droit au but. Ma vie dans la tour du Clocher m'a permis de développer de nombreuses habiletés : les langues, la musique, la peinture, et ainsi de suite. Cependant, il est un savoir-faire plutôt essentiel que l'on ne peut acquérir dans une petite cellule de prison. Savez-vous lequel ?

Je pus songer à quelques privations susceptibles de limiter les habitudes de vie du comte pendant son emprisonnement, mais aucune d'entre elles n'aurait su être qualifiée de « savoir-faire ». Je secouai la tête, à court d'idées.

— L'art de monter à cheval, Richard. J'arrive à faire bien des choses avec un certain style, mais je suis incapable de monter convenablement à cheval.

Je m'adossai contre le chambranle, stupéfait. Je pratiquais l'équitation depuis l'âge de deux ans, et il m'apparaissait impensable que quiconque soit incapable de monter à cheval.

— Bien sûr, je savais me débrouiller quand j'étais jeune, mais j'ai été quinze ans sans voir un cheval ; je ne faisais que les entendre en bas, allant et venant dans la cour. J'ai donc besoin de leçons, mais discrètement, car le fait qu'un comte de vingt-sept ans prenne des leçons d'équitation pourrait être ridiculisé, et le ridicule n'est pas quelque chose que j'apprécie.

Je ris.

— Je comprends parfaitement, Monseigneur. Où et quand souhaiteriez-vous monter ? Je suis, comme vous le savez, limité dans mes déplacements en dehors de la Tour, à cause de Lady Jane.

Le comte se leva. Visiblement, notre échange tirait à sa fin.

— Dirons-nous deux fois par semaine, ici, chez moi, tôt dans la matinée… le mercredi et le samedi ? Pourriez-vous demander à votre maîtresse de vous donner congé dans ces moments ?

J'acceptai de demander l'accord de Lady Jane pour un tel arrangement. J'étais sur le point de partir quand le comte me lança une invitation surprise.

— Il se peut que j'aille visiter mes propriétés du Devon ce printemps, peut-être en mars. Je suis bien certain que Lady Jane aura été relâchée de la Tour et pardonnée bien avant. La reine semble décidée à ce que ce soit fait. Dans ce cas, et si vous êtes libéré de vos obligations, il vous plaira peut-être de faire le voyage avec moi ? Le docteur Marwood dit qu'il ne vous a pas vu depuis que vous êtes parti pour Bradgate Park, il y a trois ans.

C'était une belle pensée. Non seulement l'idée de rentrer au bercail avec le comte du Devon, mais de pouvoir le faire en sachant que Lady Jane serait libre et en sécurité. À la réflexion, cette idée m'était d'un grand réconfort.

## Chapitre 70

# 18 décembre 1553
# Tour de Londres

— Dieu merci, un peu d'air frais ! Quel plaisir d'être de nouveau dehors. C'est une chance que l'on ait décidé de nous donner un peu de liberté par un si beau jour.

Lady Jane ouvrit les bras et inspira profondément. La terre avait été frappée de gel la nuit dernière, mais elle se réchauffait rapidement sous les puissants rayons du soleil, lequel suivait sa course dans un ciel d'hiver sans nuages. C'était effectivement un jour merveilleux, d'autant plus agréable que, pour la première fois en trois longues semaines, nous avions la possibilité de nous promener sur les murailles de la Tour.

« Cela redonnera de la couleur à ses joues », pensai-je, ravi de la voir sourire pour la première fois en vingt jours. Peu de temps après le procès et la promesse de libération, nous avions reçu un dur coup en apprenant que les privilèges de Lady Jane lui étaient retirés, et qu'elle serait de nouveau assignée à résidence dans la maison du gentilhomme geôlier. Jane avait glissé dans un abîme de désespoir, composant des vers fatalistes :

Résigne-toi, mortel, à un commun destin :
Mon sort aujourd'hui, demain, sera peut-être tien.

Mes visites chez le comte n'avaient pas été compromises et Jane ne m'avait pas demandé d'y mettre un terme. J'avais pu m'arranger pour quitter la Tour deux fois par semaine afin de développer son aptitude à monter, et je devais admettre qu'il me tardait de quitter cet endroit.

Pour moi, ces visites possédaient une triple vertu, car non seulement elles me donnaient l'occasion de m'échapper de la Tour, mais elles me permettaient aussi, tout en donnant des leçons au comte, de monter moi-même à cheval et d'exercer mes muscles qui, au cours des derniers mois, avaient commencé à ramollir. Il n'était pas surprenant que le comte ait connu tant de difficultés, après quinze ans. Mais le plus grand avantage était peut-être l'obtention de tous les renseignements qu'il me communiquait au cours de ces visites, car le comte, très bien informé et attentif à la vie politique, ne dédaignait pas d'en parler sur le ton de la confidence avec son professeur d'équitation.

Il semblait que la reine Marie devenait de plus en plus impopulaire depuis qu'elle avait annoncé son intention d'épouser Philippe d'Espagne. Des prêtres avaient été lapidés, et un chien mort au crâne rasé en manière de couronne avait été lancé dans la fenêtre de la chambre de la reine, ce qui l'avait mise à bout de nerfs pendant plus d'une heure. Courtenay, dont la langue semblait se délier lorsqu'il montait à cheval, m'avait dit que la reine se fiait de plus en plus aux conseils de Simon Reynard, l'envoyé de l'empereur Charles V de la dynastie des Habsbourg. La responsabilité première de ce dernier était visiblement d'assurer la concrétisation du projet de mariage entre la reine et le fils de l'empereur, Philippe d'Espagne, pour que l'empire des Habsbourg absorbe l'Angleterre.

Plus que quiconque, il était à l'origine des désagréments causés à Lady Jane, car Reynard avait semé toutes sortes d'idées de complots et de contre-révolutions dans l'esprit de la reine. Au début, Reynard avait cru que ces soulèvements se centreraient principalement autour de Lady Jane. Selon Courtenay, on avait ainsi retardé son pardon en l'assignant à résidence une fois de plus, ce qui avait produit sur elle un effet immédiat et malheureux. Elle était subitement tombée malade, croyant que la promesse de pardon risquait d'être compromise, et qu'elle serait peut-être, en fin de compte, condamnée à mourir sur le bûcher comme le prévoyait sa sentence.

À présent, trois semaines plus tard, il apparaissait que Reynard avait tourné son attention vers la princesse Élizabeth. En conséquence, celle-ci faisait désormais l'objet de pressions intenses de la part dc la rcine, qui nourrissait une véritable antipathie à l'égard de sa demi-sœur, sentiment qui s'était transformé en une haine bouillante. On avait donc prêté moins d'attention à Lady Jane. Aussi la veille, de nouvelles consignes avaient été adressées à Sir John Bridges, le lieutenant de la Tour, l'autorisant à restituer, à sa discrétion, les privilèges à la détenue.

Le résultat avait été immédiat : Jane avait bien dormi pour la première fois en trois semaines, et à la vue du beau temps de ce matin-là, son premier souhait fut d'aller se promener à nouveau sur les murailles et dans le jardin.

Une ombre venait obscurcir la joie que j'éprouvais de la voir marcher en souriant le long des murs et descendre l'escalier, presque en dansant sur les marches, jusqu'au jardin de roses situé en bas. Au départ, les conversations que j'avais eues avec le comte s'étaient limitées à nos cours et à des banalités d'ordre général. Mais tandis que nos leçons avançaient et que nous faisions plus ample connaissance, Courtenay se mit à faire allusion à certaines activités qui avaient lieu dans le Devon. Par exemple, il m'avait demandé si je connaissais Sir Peter Carew et avait réitéré la même remarque concernant sa visite dans le sud-ouest du pays, probablement en mars. Je lui avais dit la vérité : je ne connaissais Carew que de réputation, mais que j'étais évidemment désireux de rendre visite à ma famille et à mes amis le printemps suivant, si les affaires de Lady Jane étaient proprement réglées et que sa libération lui était enfin accordée. Mais quelque chose dans ces conversations commençait à m'inquiéter sérieusement.

— Jane !… Madame !

Elle se retourna, souriante. L'une des roses rouges avait décidé de retarder sa floraison jusqu'à décembre et la chaleur du soleil l'avait encouragée à s'épanouir ce matin-là. Jane s'était penchée en avant pour la respirer.

— Richard, qu'y a-t-il ? Vous avez les sourcils légèrement froncés. Pourquoi donc, en cette belle matinée ?

Suivant son exemple, je me penchai pour humer la fleur, tout en rassemblant mes idées.

— Devant le plaisir que vous éprouvez d'avoir retrouvé vos privilèges, j'ai à cœur de ne pas me rendre responsable de leur éventuel retrait.

Elle me regarda attentivement, sa mine insouciante laissant place à un regard dubitatif.

— Richard, je ne crois pas que vous puissiez délibérément faire ou omettre de faire quoi que ce soit qui puisse me causer du tort de quelque façon.

Je m'approchai d'elle et lui prit la main.

— Non, je ne le pense pas non plus, Jane. Mais je crains de vous avoir exposée à des risques de façon involontaire.

Elle libéra doucement sa main et fit quelques pas. Je marchai à ses côtés.

— À quoi faites-vous allusion, Richard ? demanda-t-elle sur le ton de la conversation.

Mais je sentis néanmoins une crainte poindre derrière.

— Je crois qu'il se peut que des gens soupçonneux se méprennent sur mes visites régulières chez le comte, et qu'ils s'en servent comme preuve pour vous lier à lui. Quand je l'ai vu pour la première fois, il m'a juré qu'il était fervent catholique et j'estimai qu'une telle méprise ne risquait pas de se produire ; mais ces derniers temps, il a commencé à faire allusion à des « intérêts communs » et à des « rencontres » de manière à soulever mes doutes. Il m'a parlé de Sir Peter Carew et de Thomas Wyatt, du Kent, un voisin de la famille Boleyn à Hever Castle, associé à eux depuis l'époque de mon père. Ce n'est rien de précis mais en ces temps difficiles, cela m'inquiète.

Jane poursuivit sa marche, le gravier froid crissant sous ses pieds menus. Puis elle s'arrêta et se retourna.

— Je crois que vos doutes sont fondés, Richard. Hier soir, quand Sir John Bridges est venu m'apprendre la bonne nouvelle, disant que nous pourrions reprendre nos promenades, il m'a fait part de rumeurs au sujet d'un complot réformiste et a mentionné Wyatt. Il m'a avertie de garder mes distances avec cet individu, puisqu'il fait l'objet de soupçons et est associé à Antoine de Noalles, l'ambassadeur français. Ce dernier aurait, dit-on, rendu visite à la princesse Élizabeth à Ashridge. On sait également que Courtenay a eu des rencontres avec Monsieur de Noalles, qu'il croyait secrètes.

Nous poursuivîmes notre promenade dans le jardin. L'unique rose fleurissante apportait sans doute une touche colorée, mais les tiges des rosiers givrés qui se trouvaient encore dans l'ombre dessinaient de jolis motifs, et ici et là, de précoces bourgeons offraient, avant Noël, la promesse du printemps à venir. Jane était de nouveau tendue, et son allégresse du petit matin quelque peu entamée.

— Je crois que vos soupçons sont probablement justes, Richard. Au dire de tous, le comte a rejoint la lutte du pouvoir plus vite que la sagesse ne le dictait, compte tenu de son expérience limitée, et il se dirige tout droit vers la ruine. Il n'est pas seul à paraître complètement dépassé par les intrigues de cour. Sir John m'a dit que mon propre père a été mentionné en relation avec Courtenay, bien que l'on puisse se demander comment il a eu la stupidité d'aller tremper dans cette affaire, quelques semaines seulement après avoir reçu le pardon de la reine et vu son amende réduite à 20 000 £. On aurait pu croire que la leçon aurait été apprise et qu'il se serait tenu tranquille.

Je la regardai, debout dans les rayons du soleil, devant la pierre blanche des murailles de la Tour. À ma connaissance, jamais elle n'avait cherché à causer du tort à quiconque, et pourtant, il y avait encore des gens, dont son propre père, pour mettre sa vie en danger par avidité de pouvoir. C'était dégoûtant. Elle leva la tête vers moi en plissant les yeux, désormais inaccoutumée aux puissants rayons du soleil.

— Tout compte fait, Richard, je *pense* qu'il vaudrait mieux que vous coupiez les ponts avec Courtenay, dans notre intérêt à tous, du moins jusqu'à ce que la situation nous apparaisse plus clairement. Quant à mon père, il ne peut sûrement pas mettre ma vie en péril une seconde fois ?

Cet après-midi-là, je composai une brève lettre à l'intention du comte, lui disant à quel point nos leçons avaient été fructueuses, et invoquant le besoin de passer plus de temps auprès de ma maîtresse « au vu de sa mauvaise santé des dernières semaines », puis en lui recommandant quelques derniers exercices d'équitation « afin de parfaire la maîtrise de Votre Seigneurie ».

C'était un peu faible, et j'espérais ne pas me mettre à dos le « plus bel homme d'Angleterre », comme on l'appelait souvent, lui qui, au cours des trois derniers mois, avait successivement été jugé un bon parti pour la reine, pour la princesse Élizabeth et pour Jane Dormer. C'était très bien de faire de la politique de cour en ménageant la chèvre et le chou, et les avantages pouvaient être grands lorsqu'on y réussissait, mais la vie de Jane n'était toujours pas hors de danger et je ne pouvais me risquer à la mettre en péril. J'espérais que l'on nous permette de passer un Noël tranquille et que Jane serait pardonnée au printemps.

# Chapitre 71

# 17 janvier 1554
# Tour de Londres

— Dieu merci, nous avons agi à temps.

Jane, le teint livide, assistait au départ de Rowland Lea, retournant vers son appartement à l'autre extrémité de la forteresse. J'étais à l'extérieur au moment de sa visite, mais je me trouvai à rentrer à l'instant où il partait.

— C'est exactement ce que nous craignions. Sir Peter Carew exhorte les gens d'Exeter à se rebeller contre l'«invasion espagnole», comme il l'appelle. Un groupe d'hommes armés vient d'être envoyé pour l'appréhender et le ramener à Londres.

Je soupirai profondément. Ces nouvelles étaient mauvaises.

— Rien sur Thomas Wyatt?

— Rowland dit qu'il essaie de monter une révolte semblable dans le Kent. Les choses bougent, Richard. La signature du contrat de mariage par la reine a fait sauter le barrage du mécontentement. Dieu seul sait ce qui se passera maintenant.

— Quelles nouvelles de la princesse Élizabeth? Car c'est dans sa participation active que se trouve votre salut.

— Je le sais, Richard. Rowland ne savait rien de précis. Seulement qu'elle s'est établie à Ashridge, où Monsieur de

Noalles lui rend visite, et où ses suivants ont pris les armes, dit-on, pour la protéger. Y a-t-il quelque chose que l'on puisse faire ?

— Je ne crois pas, Madame. En fait, le mieux serait de ne rien faire, ainsi notre inactivité nierait toute participation dans cette affaire ; et nous sommes sûrement bien surveillés.

Elle acquiesça d'un signe de tête.

— Vous avez raison. Nous devons rester tranquilles et à l'écart, dans le calme et l'indifférence.

C'était loin d'être aisé. Ni Jane ni moi n'étions enclins à rester oisifs ; mais si j'avais été à la place du gouvernement, je nous aurais surveillés comme des faucons, et moins il y avait d'activité autour de nous pendant que des complots se tramaient, plus il apparaîtrait clairement que nous n'en faisions pas partie. À n'en pas douter, notre avenir reposait entre les mains de la princesse Élizabeth, mais tous savaient bien qu'elle était difficile à percer à jour, trop rusée pour laisser voir ses intentions ou pour se faire prendre avec les mauvaises gens.

— Qu'en est-il de Courtenay ?

Elle secoua la tête.

— Rien. Il vit toujours à Londres. Mais Sir James Crofts a quitté la ville pour regagner ses terres dans le pays de Galles, et on le soupçonne de quelque chose. Le gouvernement craint qu'une révolte ne se produise simultanément dans le Kent et dans le sud-ouest.

— Et votre père ?

— Rien d'incriminant non plus, à ce qu'on me dit, mais Reynard, qui a l'oreille de la reine plus que quiconque ces derniers temps, a ses doutes, selon Rowland Lea. Comme j'aimerais que tout cela soit terminé !

Il n'y avait rien que nous puissions faire. Il nous fallait attendre que l'avenir se précise.

Si, au fil des jours, l'avenir se dessinait loin de nos yeux, il était bien présent à nos oreilles. Quand on sut à Londres, le soir du 26 janvier, que Wyatt avait pris Rochester, et que l'équipage des navires royaux de Medway s'était rangé dans son camp, un vent de panique souffla sur la ville. Le brouhaha nous parvint clairement à l'intérieur de la Tour, et nous passâmes de nombreuses heures à grelotter avec Jane, blottis dans nos vêtements chauds sur les murailles de la Tour, afin d'entrevoir la source de tout ce vacarme.

Avec l'approbation de Jane, je quittai les enceintes de la Tour et marchai jusqu'au pont de Londres pour voir ce qui se passait. Le duc de Norfolk, à présent fort âgé, mais jugé digne de confiance à cause de sa foi catholique, conduisait la milice urbaine et la garde royale sur le pont, afin d'aller au renfort de l'armée chargée de défendre la ville contre l'avancée des rebelles. Toute cette bande ne me paraissait pas bien confiante et je ne fus pas surpris d'apprendre, deux jours plus tard, que la majorité d'entre eux avaient fait défection, se rangeant du côté des rebelles en s'écriant :

— Nous sommes tous Anglais !

Le 30 janvier, le vacarme fut de nouveau à son comble. Les gardes de la Tour nous dirent que les rebelles s'étaient installés à Blackheath et à Greenwich ; et la plus grande partie de la journée fut passée à attendre l'arrivée de la flotte mutinée dans le bassin de Londres, devant la Tour.

Des gens en visite à la Tour nous parlèrent du discours enflammé de la reine Marie prononcé à l'hôtel de ville, qui avait amené beaucoup de monde à changer d'avis, et motivé la décision de fermer le pont de Londres contre l'avancée des rebelles. De l'autre côté du pont, et tout au long des rues qui y menaient, les commerçants et les marchands à l'étal fermaient boutique et condamnaient portes et fenêtres avec des planches. Je me demandai si Suffolk Place serait touchée, car la maison était tout proche de l'extrémité sud du pont de Londres, où les portes étaient closes. Il ne faisait aucun doute que certains rebelles frustrés trouveraient leur chemin barré à cet endroit.

À la Tour même, on braqua des fusils vers la rive opposée du fleuve, où l'armée de rebelles se profilait clairement ; mais la reine interdit de faire feu, au risque de tuer les bons citoyens de Southwark, dont la plupart faisaient mine d'accueillir les rebelles avec de la bière, du pain et des produits du marché du Borough, qui se trouvait non loin du pont. Malgré cet accueil, les rebelles en colère saccagèrent tant le prieuré de Sainte-Marie Overy que le palais de l'évêque de Winchester, ce dernier étant pratiquement voisin de Suffolk Place.

Pendant trois jours, nous observâmes et écoutâmes, puis tout devint tranquille. Des rameurs racontèrent que l'armée avait remonté le long du fleuve, cherchant à franchir la Tamise par le prochain pont, à Kingston.

En tout, l'armée mit quatre jours pour remonter le fleuve, traverser à Kingston et revenir. Ils arrivèrent à Knightsbridge le matin du 7 février, plutôt vacillants. Faisant peu de cas des palais royaux et des immeubles de Whitehall, ils poursuivirent leur chemin vers la Cité de Londres, et tombèrent face à face avec les forces défensives de Pembroke tôt dans l'après-midi, à Charing Cross.

Londres retint son souffle ; et dans la Tour, n'ayant guère d'autre choix, nous fîmes de même.

## Chapitre 72

# 7 février 1554
# Tour de Londres

— Tout est fini.

Sir John Bridges se tenait dans l'embrasure de la porte, vêtu de sa demi-armure aux couleurs officielles de sa charge. Il avait la figure empourprée et semblait essoufflé.

— Je ne puis rester, Madame. Wyatt vient d'être arrêté à Temple Bar et on l'emmène présentement à la Tour. Je dois le recevoir.

Jane se leva calmement pour lui faire face.

— La révolte est-elle donc étouffée ?

— Oui, Madame. Les hommes de Wyatt ont rendu les armes. Leur marche a été contrecarrée à Ludgate par le Lord Amiral, William Howard ; et Pembroke les a poursuivis jusqu'à Temple Bar. Là, ils se sont rendus, avec seulement quelques effusions de sang.

Jane se signa.

— Dieu soit loué, il n'y a pas eu grande perte de vies humaines. Trop d'hommes sont déjà morts à cause de ces disputes.

Bridges s'agita nerveusement.

— Votre père est également ici, Madame… il vient d'arriver. On l'a arrêté avec votre oncle, John Grey, non loin de Bradgate Park, mis aux fers, puis emmené ici. À ce qu'on me dit, votre second oncle, Thomas, s'est échappé. Il est poursuivi dans le pays de Galles.

Jane porta la main à sa bouche.

— Mon père et mon oncle arrêtés! Ont-ils participé activement?

— Il semble que oui, Madame. Ils ont semé la révolte dans le Leicestershire, de manière à la faire coïncider avec les rébellions de Wyatt dans le Kent et de Carew dans le sud-ouest. Le tout faisait partie d'un seul et unique complot visant à empêcher le mariage de la reine, et qui plus est, réunissant des catholiques et des partisans de la Réforme. Ils savent tout, maintenant : Courtenay a vidé son sac auprès du Lord Chancelier. Il dit que Sir Peter Carew a voulu le mettre à la tête de la rébellion du sud-ouest, mais qu'en bon catholique il est resté fidèle à la reine.

Il se tourna vers moi.

— Et si vous croyez cela, vous croirez tout ce qu'on vous racontera. À mon avis, il est tout aussi impliqué que les autres ; il aura simplement perdu son sang-froid. Il a toujours été faible. Je suis bien placé pour le savoir : ce doit être la personne que j'ai côtoyée le plus souvent, ces dix dernières années !

Sir John s'inclina devant Jane.

— Je m'excuse d'être aussi pressé, Madame, mais je dois regagner mon poste.

Jane posa la main sur son bras.

— Je comprends, Sir John. Vous devez partir. Je sais que vous êtes occupé, et je vous suis reconnaissante d'avoir pris le temps de me faire part de la situation. Merci.

Bridges s'en fut, nous laissant tous réunis en cercle, Jane, les dames et moi-même, avec madame Partridge qui paraissait nerveuse. Personne ne savait plus que faire ou que dire.

Ce fut Jane qui brisa la glace.

— Richard, pouvez-vous vous rendre aux portes et voir si mon père est tenu captif là-bas ? Voyez s'il n'est pas blessé, et quel est son état de santé, voulez-vous ?

Acquiesçant d'un signe de tête, je quittai la maison, traversant hâtivement la place de la Tour et descendant vers les grandes portes. Une fois là-bas, je ne vis aucun signe des nouveaux prisonniers ; mais une grande compagnie de hallebardiers se tenait là pour accueillir Wyatt et ses acolytes. Debout sous une arche, surveillant la route à l'extérieur des portes, se trouvait John Bridges. Il me vit arriver et s'avança vers moi.

— Êtes-vous venu assister à l'emprisonnement des rebelles ? demanda-t-il d'un ton jovial.

La détention était son travail quotidien, et il faisait tout son possible pour l'aborder d'une manière légère.

— Lady Jane m'a demandé d'aller trouver son père, qui vient d'arriver, d'après ce que vous nous avez dit.

Bridges secoua la tête en direction de la tour Beauchamp.

— Je l'ai placé dans la tour Beauchamp. La même cellule occupée jadis par Northumberland. Il a toujours suivi le duc et a continué de le faire même après sa mort. Cela semblait approprié, d'une certaine façon. Je ne doute pas qu'il suivra les traces de son chef jusqu'en haut de cette colline là-bas, le moment venu.

Il secoua de nouveau la tête, cette fois en direction de l'échafaud, sur la colline de la Tour.

— Puis-je lui parler brièvement, Sir John ? C'est après tout le père de votre prisonnière, et ce fut également mon maître avant que j'entre à son service.

Sir John, qui aimait Jane et lui montrait toute la gentillesse dont il pouvait faire preuve sans manquer aux exigences de sa charge, appela un geôlier qui se trouvait non loin, lequel portait un trousseau de clefs.

— Thomas… Ce jeune homme aimerait rendre visite à Suffolk dans la tour Beauchamp. Donnez-leur quinze minutes.

Ses yeux dardèrent en ma direction.

— Pas plus, cependant.

Le garde hocha la tête et m'emmena jusqu'à la tour Beauchamp. Comparativement à la maison du gentilhomme geôlier, la tour sentait l'humidité et l'air y était glacial. Nous gravîmes deux escaliers de pierre avant d'atteindre une lourde porte en chêne cloutée de fer. Le garde jeta un coup d'œil à travers la petite grille au milieu de la porte, afin de s'assurer que le prisonnier était visible et qu'il ne s'apprêtait pas à l'attaquer, puis il ouvrit et me fit signe d'entrer.

— Je serai de retour dans quinze minutes, dit-il en refermant la porte. Puis il s'arrêta, et ajouta avec un sourire malicieux :

— Si je n'oublie pas.

La porte se referma et je pus l'entendre ricaner tout en redescendant lourdement les marches.

Suffolk était accroupi dans un coin, ses vêtements sales et recouverts de paille. Il avait une grosse ecchymose au-dessus de l'œil droit et ses mains étaient lacérées de nombreuses coupures, comme s'il avait dû ramper sur un sol de pierre.

— Richard ! C'est vous.

Ses lèvres coupées se mirent à saigner aussitôt qu'il parla. Ses yeux injectés de sang avaient l'air piteux d'un chien battu. J'ouvris de grands yeux consternés et dégoûtés. Jadis si fier et si respecté, voilà à quoi mon maître était réduit. Un homme abattu, brisé de corps et d'esprit. Il essaya de se lever et je l'entendis gémir de douleur. D'invisibles blessures le faisaient souffrir.

— Monseigneur ! Vous paraissez bien mal en point. Vous ont-ils battu ?

Suffolk toussa.

— Pas ici, non. Mais lors de ma capture, ils n'y sont pas allés de main morte. Huntingdon avait l'air de penser qu'il avait des comptes à régler. Je vais m'en tirer. Comment va ma fille ?

— Elle est mieux logée que vous, Monsieur, et mieux nourrie aussi, vous pouvez m'en croire. Nous ne sommes pas loin : dans la maison de monsieur Partridge, sous le mur à votre gauche. Si vous regardez par cette fenêtre, vous pourrez peut-être la voir marcher sur ce mur là-bas, certains jours, mais elle ne pourra pas vous voir. Nous avons essayé : il fait trop sombre en cet endroit pour voir quoi que ce soit d'en bas.

Suffolk hocha la tête d'un air distrait. Il ne semblait pas m'écouter.

— Avez-vous besoin de quelque chose, Monseigneur ?

Suffolk eut un sourire ravagé, derrière ses lèvres fissurées et sanglantes.

— Peut-être ma liberté, et une chance de repartir à neuf. Il semble que je n'aie pas fait grand-chose de la précédente.

Il me regarda fixement. C'était le regard éperdu d'un homme défait.

— Nous aurions pu triompher, vous savez. Nous aurions pu réussir. Nous étions si près. Dieu n'était pas de notre côté.

Je lui lançai un regard furieux. Lui que j'admirais et que je respectais, et qui avait tout bonnement vendu sa fille dans sa quête de pouvoir et d'avancement.

— Est-ce pour cette raison que vous vous êtes reconverti au catholicisme ? Parce que Dieu n'était pas de votre côté ?

Suffolk haussa les épaules. C'était un geste de résignation, celui d'un homme qui a cessé de se battre, et pour qui
rien n'a plus d'importance.

— Eh bien! Cela revient au même, n'est-ce pas? Des
rois, des reines, des archevêques, des évêques, des prêtres,
des règlements, des livres de prières, des rubriques noires…
Tout cela est un jeu, une compétition créée par l'homme et
non par Dieu.

Je le considérai avec pitié, tout en sachant en mon for
intérieur que dans ce monde des plus incertains, un jour
dans l'avenir, je risquais d'être celui qui serait accroupi là,
et qu'un autre homme, plus jeune, se tiendrait debout
devant moi.

— Vont-ils vous tuer?

Suffolk acquiesça de la tête.

— Oui, cette fois-ci, les conseillers de la reine Marie
auront le dessus. Ils nous exécuteront tous, ils n'ont pas le
choix… pour décourager les autres conspirateurs.

— Et Jane?

Suffolk versa une larme. Ses remords paraissaient sincères.

— Cette fois-ci, elle mourra. Je l'ai tuée. La reine Marie
ne pourra plus se permettre d'être clémente, maintenant.
Nous avons trop souvent lancé les dés contre elle. Ils
insisteront, à présent, Arundel, Winchester, Pembroke,
Reynard: ils doivent tous se protéger, et prouver qu'ils
étaient dans le bon camp lorsque les Espagnols arriveront
enfin en triomphe, avec leur Inquisition.

Péniblement, il se redressa et s'adossa gauchement
contre le mur. Le fait de se lever semblait lui avoir redonné
un peu dignité. Pas beaucoup, mais un peu.

— Le privilège. C'est un jeu, Richard, fondé sur le
pouvoir et les prérogatives. Un petit jeu immonde, cupide,

et brutal. Et pour y participer, il faut être le plus immonde, le plus cupide, le plus brutal d'entre tous. Dans ce jeu, le gagnant tire le gros lot et le diable emporte les derniers.

Il se mit à tousser et la douleur le fit plier en deux. Au bout de quelques minutes, il reprit contenance et essaya de retrouver sa posture.

— Demandez à Jane de me pardonner, je vous en prie. Je n'ai pas voulu qu'une telle chose lui arrive. J'ai seulement voulu ce qu'il y avait de meilleur pour elle. Hélas, nous avons joué et nous avons perdu. Maintenant, tout est fini.

J'entendis les bottes du garde glissant sur les marches à l'extérieur. La clef tourna violemment dans la serrure et la porte s'entrouvrit avec un craquement.

— Votre temps est écoulé.

Je regardai pour la dernière fois, je le savais, mon mentor d'autrefois, mon ancien maître. L'homme qui avait fait toute la différence dans ma vie, mais qui, en fin de compte, avait créé le pire dénouement que je pouvais imaginer. Suffolk retourna mon regard, les yeux éteints.

« Ce que les hommes peuvent infliger aux autres dans leur convoitise », pensai-je.

— Votre temps est écoulé.

Je hochai la tête. Cela disait tout. Il n'y avait plus rien à ajouter. C'était certain, absolu, définitif. Le temps était écoulé. Je me tournai vers le geôlier, puis vers Suffolk pour la toute dernière fois. Je ne lui dis pas au revoir. Les mots ne vinrent tout simplement pas. Je lui tournai le dos et sortis.

Suffolk hocha la tête et se laissa glisser le long du mur dans sa position accroupie. Je comprenais, mais il ne me restait plus aucune pitié.

## Chapitre 73

# 8 février 1554
# Tour de Londres

Personne n'avait fermé l'œil de la nuit. Le lendemain matin, Jane apparut le visage blême et les traits tirés, mais elle semblait plus reposée que les dames, dont les sanglots avaient résonné dans la maison pendant toute la nuit.

Sitôt que Sir John Bridges s'était présenté à la porte, elles avaient su que de mauvaises nouvelles les attendaient.

Il paraissait affolé, car au cours des longs mois où elle fut sa prisonnière, Sir John s'était pris d'affection pour Jane et la traitait désormais comme l'une de ses filles. En retour, elle en était venue à le considérer comme un ami, et il se montrait toujours généreux dans la manière dont il s'acquittait de sa charge. Ses visites étaient régulières et attentionnées, et il était toujours disposé à nous donner des nouvelles de l'extérieur. Nous venions tout juste de nous mettre au lit, quand on avait frappé lourdement à la porte. Madame Partridge avait ouvert et Sir John s'était précipité à l'intérieur, se jetant aux pieds de Jane en pliant le genou. Horrifiée, Jane avait immédiatement reculé.

— Madame, je suis terriblement désolé. Sa Majesté a décrété que vous et votre mari devrez être exécutés ici après-demain, à dix heures du matin. Votre mari d'abord, sur la colline, et vous ensuite, sur la place.

Ses yeux levés vers elle étaient comme ceux d'un chien fidèle implorant le pardon de son maître.

Jane réagit d'abord en demandant comment elle allait mourir, car dans le cas des femmes, la sentence habituelle pour ce genre d'offense était de mourir sur le bûcher. Et c'était ce qui la terrifiait le plus.

Bridges lui avait répondu d'une voix altérée par l'émotion :

— Sous la hache, Madame, baissant la tête en signe de honte.

Le lendemain matin, nous essayions encore d'accepter le fait que Jane n'avait plus que vingt-quatre heures à vivre, vingt-quatre heures pour se préparer à rencontrer son Dieu de manière convenable et posée.

Comme à son habitude, Jane prit l'initiative et dressa la liste des choses à faire. Il fallait choisir la robe : une robe chaude pour éviter qu'elle tremble de froid et qu'on la croie sous le choc, d'une couleur assez sombre pour convenir aux circonstances. Elle devait également écrire son discours final, car il était de coutume de le consigner pour la postérité. Elle désirait faire ses adieux à tout son entourage et avait besoin de temps pour s'y préparer ; et elle voulait écrire une lettre à sa sœur et à son père. Mais par-dessus tout, il lui fallait du temps pour prier, pour écrire une prière spéciale, et pour se préparer à l'au-delà – un monde qui, disait-elle, l'appelait déjà de l'autre côté de ce terrible instant.

Personne n'avait d'appétit pour manger et à huit heures nous étions tous au travail, bien que, dans le cas des dames, cette activité ne semblât avoir d'autre but que de les garder occupées. J'avais l'impression d'être inutile et de déranger, pendant que les dames allaient et venaient, apportant du matériel pour écrire et dressant d'interminables petites listes, tout en ne cessant de renifler à travers leurs larmes.

Il était dix heures, les dames s'étaient calmées et avaient mis de l'ordre dans leurs affaires quotidiennes, quand le doyen arriva. Le docteur Richard Feckenham était à la fois doyen de Saint-Paul et abbé de Westminster, et à l'âge de trente-neuf ans, c'était un homme affable, cultivé et réfléchi. On le savait également un ardent catholique, jadis enfermé dans la Tour par le roi Édouard pour avoir prononcé un sermon contre la Réforme ; il avait fallu l'ascension de la reine Marie pour qu'il soit relâché. Jane ne voulait pas le recevoir, mais accepta par politesse.

— Madame, je regrette profondément votre situation, commença-t-il, mais je ne doute pas un instant que vous saurez endurer ce malheur avec courage et dignité.

Jane inclina la tête.

— Vous êtes le bienvenu chez moi, Monsieur, si vous venez pour me faire des exhortations chrétiennes.

Elle le mena au coin du feu, où ils prirent un siège confortable et discutèrent pendant plus d'une heure.

Soudain, il se leva et sortit, une lueur d'enthousiasme sur son visage. Les dames et moi nous regardâmes, en nous demandant bien ce qui avait pu lui communiquer une telle joie par un jour si triste.

En début d'après-midi, Feckenham fut de retour, arrivant tout juste comme nous sortions de table. Après un matin d'abattement, le travail méthodique de la matinée nous avait redonné du cœur, et du même coup, notre appétit nous était revenu.

Le doyen ne perdit pas de temps à reprendre sa conversation avec Jane.

— Depuis notre échange de ce matin, Madame, j'ai parlé avec la reine elle-même. Elle s'est engagée à repousser la date de votre exécution au 12 février. Entre-temps, Sa Majesté m'a ordonné de faire tout ce qui est en mon pouvoir pour vous amener à reconnaître la vraie foi catholique, et si je réussis, elle a promis de vous accorder une commutation de peine.

Il se cala dans son siège, comme s'il s'attendait à des applaudissements, ou du moins à des remerciements. J'observais la scène, debout dans un coin. «J'ai bien peur que ce bon monsieur soit déçu», me dis-je.

J'avais raison. Jane sourit au doyen et posa une main sur lui.

— Hélas, Monsieur, je n'ai jamais cherché à prolonger mes jours. Quant à la mort, je la méprise absolument, et le bon plaisir de Sa Majesté étant tel, je la subirai volontiers. Vous vous méprenez sérieusement si vous croyez que j'éprouve quelque désir de continuer à vivre, car je vous l'assure, depuis que vous êtes reparti, les heures m'ont paru si odieuses que je n'ai eu d'autre envie que de mourir ; et je n'eusse pas souhaité que la reine soit sollicitée dans un tel but.

Feckenham lui tint tête, confiant de pouvoir offrir le salut à cette jeune fille, dans les deux sens du terme.

— Je vous en supplie, Madame, laissez-moi vous entretenir encore un peu, car ces enjeux sont si importants, et la vie humaine est d'une telle valeur qu'elle ne doit pas être jetée si étourdiment. Je vous demande de venir me trouver à la chapelle qui se trouve sur la place, demain matin, afin d'en discuter plus avant.

Jane refusa tout d'abord.

— Ce débat est peut-être bon pour les vivants, dit-elle, mais non pour les mourants. Laissez-moi, que je me réconcilie avec Dieu.

Cependant, la manière du doyen était si légère et si amicale, et ses arguments si aisés et si naturels, qu'elle finit par accepter de le rencontrer le lendemain matin, non pas dans la chapelle de Saint-Pierre-aux-Liens comme il l'avait suggéré, mais dans celle, plus austère, de Saint-Jean-l'Évangéliste, dans la tour Blanche.

Le jour suivant, ils se rencontrèrent de nouveau. Jane tint mordicus à ce que je l'accompagne, ainsi que madame Jacob et madame Tilney, mais nurse Ellen dit que tout cela la bouleversait trop et supplia d'être excusée.

J'approuvai le choix de Jane. La chapelle de Saint-Jean, souvent appelée la chapelle Blanche, se trouvait au premier étage de l'immense tour Blanche ; ses austères murs de pierre blanche demeuraient presque inchangés depuis leur construction par les Normands plus de cinq cents ans auparavant. La simplicité de la chapelle sembla calmer Jane, et elle était contente de reprendre ses discussions avec le doyen.

— Je suis étrangement charmée par cet homme, admit-elle, tandis que mon homonyme Richard Feckenham entrait en ôtant sa lourde cape. J'ai toujours considéré les catholiques comme d'irréligieux hérétiques, enclins à la bigoterie, mais Feckenham me rappelle mon cher John Aylmer – un homme de la campagne au verbe simple et honnête. Quelle chance croyez-vous qu'il y ait pour que je le convertisse à la vérité, alors qu'il s'emploie lui-même à me plier aux usages de la reine ?

Il me paraissait hautement improbable que l'un ou l'autre renonce à ses croyances profondément ancrées ; mais je partageais avec Jane le plaisir de voir qu'un tel débat pouvait se dérouler de façon civilisée.

Feckenham ouvrit le dialogue avec les formalités ; un scribe était assis à ses côtés et prenait des notes.

— Je suis venu à vous aujourd'hui, envoyé par la reine et son Conseil, pour vous instruire dans la vraie doctrine de la foi véritable ; mais la confiance que je porte en vous est si grande que je n'aurai pas, j'en suis sûr, à vous imposer bien longuement quoi que ce soit à cet égard.

Jane s'enthousiasma pour le débat.

— En vérité, je remercie chaleureusement Son Altesse Royale, laquelle ne néglige pas semble-t-il ses plus humbles sujets ; et j'ai moi-même la certitude que vous remplirez votre devoir à cet égard avec honnêteté et diligence, selon les instructions qui vous ont été communiquées.

J'observai et écoutai avec émerveillement leurs échanges, qui se poursuivirent pendant plus deux heures. Chaque argument avancé par Feckenham semblait éminemment raisonnable, et chaque fois, Jane lui soumettait une vue opposée, défendue avec autant de conviction et de précision dans l'argument, preuves à l'appui. « En bout de ligne, pensai-je, ce n'est qu'une question de foi – ce en quoi nous croyons, au plus profond de notre âme » ; et pour cette raison, la probabilité que l'un des deux soit conquis par les arguments de l'autre était extrêmement mince.

Enfin, comme on pouvait s'y attendre, le débat s'orienta vers les sacrements et en particulier vers la question de la transsubstantiation. J'avais eu maintes occasions d'entendre Jane s'exprimer à ce sujet, et je savais à quel point elle s'insurgeait contre l'idée abjecte voulant que, au moment de l'eucharistie, le corps et le sang du Christ soient physiquement présents sur l'autel. Je me rappelais l'avoir entendue citer des vers composés par le roi Édouard, et je savais que sur ce point particulier, Feckenham ne pourrait rien tirer d'elle.

Enfin, il reconnut sa défaite, avoua que le défi était trop grand, et déclara que les conditions posées par la reine pour que Jane soit graciée n'étaient pas remplies.

— Je suis désolé pour vous, car je suis bien sûr que nous ne nous reverrons jamais, dit-il tristement, lorsqu'ils se séparèrent.

Jane hocha pensivement la tête. Manifestement, elle avait conçu beaucoup d'amitié et de respect pour le doyen, peut-être le premier catholique dont elle avait jamais reconnu la sincérité et la raison, de par sa grande conviction.

— Il est vrai que nous ne nous reverrons jamais, à moins que Dieu ne vous ramène sur le droit chemin ; car j'ai la certitude que, à moins que vous vous repentissiez et que vous vous tourniez vers Dieu, vous courez tout droit vers le Mal.

Feckenham acquiesça sagement, hochant la tête, gardant les yeux sur elle. Ils se ressemblaient de tant de manières, dans leur conviction et leur profond attachement à leurs croyances. Il sourit tristement tandis que Jane poursuivait.

— Et je prie Dieu pour que, dans sa profonde miséricorde, Il vous envoie l'Esprit saint ; car Il vous a donné son grand don d'éloquence, et il Lui plaira peut-être d'ouvrir les yeux de votre cœur.

Il était temps de partir. Ils commencèrent à descendre l'abrupt escalier de pierre de la tour Blanche. Lorsqu'ils furent à l'extérieur, ils posèrent ensemble les yeux sur la place de la Tour. Là, ils le savaient, Jane serait exécutée dans trois jours. Feckenham s'arrêta et se tourna de nouveau vers Jane.

— Vous plairait-il que je vous accompagne sur l'écha-faud, Madame ?

Jane baissa les yeux vers l'endroit où elle devait bientôt trouver la mort. Elle sourit lentement, intimement, l'es-prit déjà tourné vers cette matinée où elle quitterait ce monde.

— Oui, ce serait une marque de gentillesse qui, en vérité, me ferait grandement plaisir.

Ils se séparèrent sur les marches de la tour Blanche, Jane rentrant lentement vers la maison du gentilhomme geôlier, peut-être pour la dernière fois, suivie des dames, de moi-même, et d'un seul et unique garde qui resta discrètement en arrière.

Le matin suivant, je veillais sur Jane alors qu'elle écrivait des lettres. Elle m'avait demandé de rester à ses côtés pour l'« accompagner », pendant qu'elle se mettait à l'œuvre ; et de temps en temps elle levait les yeux vers moi et me souriait, comme si ma présence lui donnait des forces. Elle écrivait à Catherine. Quand elle eut fini la lettre, elle la recouvrit de poudre à sécher et souffla délicatement dessus.

— Je ne m'attends pas à ce qu'elle suive mon conseil, mais je lui ai donné quand même.

Elle me tendit la lettre. Je trouvai bientôt le passage dont elle parlait.

*Continue à vivre pour mourir, à nier le monde, à nier le diable et à mépriser la chair. Saisis-toi de la croix. En ce qui concerne ma mort, réjouis-toi, comme je le fais, en sachant que je serai libérée de toute corruption et placée sous le règne de l'incorrupti-bilité.*

*Adieu, ma chère sœur. Place toute ta confiance en Dieu, car lui seul doit te soutenir.*
*Ta tendre sœur,*

*Jane Dudley*

Mes yeux se remplirent de larmes en la lisant. Jane avait raison : Catherine ne suivrait pas son conseil, certainement pas avec toute la dévotion recommandée. Je pouvais la voir en cet instant, les larmes aux yeux, lisant cette lettre dans sa chambre à Sheen, ou même à Whitehall ; car sa mère et elle semblaient être rentrées dans les bonnes grâces de la reine, malgré la détention de Suffolk et de Jane.

Quel monde étrangement mécanique que celui de la cour royale… Comment Catherine pouvait-elle continuer à suivre son petit train-train, à revêtir ses belles toilettes, à festoyer, à sourire et à faire la révérence, tout en sachant que sa sœur et son père allaient bientôt subir une mort atroce, donnée des mains de la reine devant laquelle elle s'inclinait ? À n'en pas douter, la vie continuait, et si on était de sang royal, c'était à la vie de cour qu'on se raccrochait. La reine se soulagerait la conscience (si elle en avait une) en se disant qu'elle avait fait de son mieux, en dépêchant Feckenham avec cette chance de survie.

Quant à Catherine et Frances, que pouvaient-elles faire d'autre ? Elles pouvaient difficilement aller se cloîtrer dans un couvent : la plupart d'entre eux avaient été fermés. Non, la vie continuait bel et bien. Les gens s'endurcissaient devant la brutalité des politiques royales, enjambaient les corps le plus vite possible, et continuaient de vivre. Je songeai à ma propre situation. Que ferais-je ensuite, lorsque tout serait terminé ? Je n'en avais aucune idée, et tant et aussi long-temps que Jane était là, à mes côtés, encore vivante, encore chaleureuse, je ne voulais, ne pouvais y songer.

Je levai les yeux. Jane m'observait en souriant tristement.

— Elle trouvera le moyen de poursuivre sa vie quand tout cela sera terminé. Elle pourra de nouveau rire et sourire. Et vous aussi, Richard. Il le faudra, car je serai libérée des souffrances de cette vie et heureuse auprès de mon Créateur.

Je versai une larme et reniflai, embarrassé du fait qu'elle ait pu lire si clairement mes pensées. Je tentai une réponse, mais les mots ne vinrent pas. Je serrai le poing et le pressai contre mon visage, essayant de repousser les émotions au creux de ma gorge, en vain.

— Ne pleurez pas pour moi, Richard. Car je vous l'ai dit : il n'y a rien à pleurer. Réjouissez-vous plutôt, comme moi, de la paix qui m'attend. Je vais pouvoir discuter et débattre avec tous ces auteurs qui m'ont donné tant de plaisir au fil des années. Imaginez, Richard : je pourrai m'entretenir avec Socrate, Platon et tous les autres. Il se peut même que je finisse par comprendre les mathématiques, pouvez-vous imaginer ?

Je la regardai d'un air dubitatif ; ma foi n'allait pas si loin. Je tentai d'esquisser un sourire, mais la tristesse m'en empêcha.

— Et si vous ne pleurez pas pour moi, Richard, dites-vous bien que vous ne devez pas pleurer pour vous non plus, sauf en sachant que vous aurez encore à porter le fardeau de l'existence. Mais souvenez-vous de cela : je vous regarderai d'en haut et prierai pour vous chaque jour, comme je le ferai pour ma famille.

Elle posa une main rassurante sur mon bras.

— À n'en pas douter, Richard, vous devriez envisager votre avenir avec autant d'assurance que j'envisage le mien. Placez votre confiance en Dieu, agissez honorablement envers tous et soyez courageux.

Je passai une main sur mon visage tandis que madame Tilney venait fureter dans la pièce. Je devais avoir l'air d'un gros bêta. Nous étions supposés être là pour lui apporter de l'aide et du soutien pendant cette période difficile, et au lieu de cela, c'était elle qui nous réconfortait.

Elle reprit doucement la lettre et la plia.

— Maintenant, je dois écrire à mon père.

## Chapitre 74

# 11 février 1554
# Tour de Londres

Face à l'horreur des événements à venir, et peut-être comme ceux d'entre nous qui survivaient à la Cour, nous nous en tenions à une routine stricte. Jane insistait pour que nous prenions nos repas à l'heure.

— Vous ne voudriez pas que je meure de faim, n'est-ce pas ? avait-elle demandé à madame Jacob.

Mais la boutade était trop hardie pour nurse Ellen, qui se précipita hors de la pièce dans un déluge de larmes.

Puis, d'autres événements vinrent bouleverser notre routine. Jane était assise sur le coussiège, profitant du soleil pour écrire le discours qu'elle prononcerait sur l'échafaud, quand Sir John Bridges vint nous dire que Guilford Dudley avait demandé à voir son épouse une dernière fois avant de mourir ; la reine lui avait accordé cette permission, et il restait à savoir si Jane souhaitait le rencontrer.

Jane déposa sa plume et se tourna vers Sir John.

— Comment va mon mari ?

— Il va mal, Madame. Il n'a pas réussi à accepter son sort comme vous l'avez fait et ne partage pas, je le crains, votre foi dans le Seigneur. Il est en état de choc, se jetant par terre et pleurant l'injustice de son sort.

Le visage de Jane se durcit. Je pus voir sur ses traits que cette requête avait entamé la carapace qu'elle s'était construite au fil des jours afin de garder la maîtrise d'elle-même.

— Pauvre Guilford. Sa mère n'aura rien fait pour lui venir en aide en cette heure fatidique.

Elle leva les yeux vers Sir John Bridges, qui attendait patiemment ses instructions.

— Merci, Sir John, et que la reine soit également remerciée de sa gentillesse, mais je ne crois pas qu'une telle rencontre pourrait bénéficier à aucun d'entre nous, désormais. Je vous prie de demander à mon mari de bien vouloir passer outre à ces moments de deuil, et de lui dire que nous nous reverrons bientôt dans un monde meilleur.

Jane lui sourit, pour montrer que la discussion était terminée, et reprit sa plume. Bridges toussa nerveusement, et Jane leva de nouveau les yeux vers lui, haussant des sourcils inquisiteurs.

— Je suis désolé de vous déranger plus longtemps, Madame, mais je voudrais vous quémander une faveur – un petit objet qui vous rappellerait à mon souvenir… ?

Il tapait nerveusement du pied tout en parlant.

Jane eut un regard attendri.

— Bien sûr, Sir John, je vous remercie de cette pensée et de cette requête.

Elle promena le regard autour de la pièce et se pencha pour ramasser un petit livre de prières à reliure de velours. Elle l'ouvrit à l'endos et, sur une page blanche, écrivit :

*Attendu que vous avez voulu qu'une femme aussi simple écrive quelques mots dans un livre aussi précieux, mon bon maître lieutenant, je souhaiterais donc de vous, en amie, et en bonne chrétienne requerrais de vous, de faire appel à Dieu, que votre cœur penche vers Ses lois et que Sa vraie parole ne déserte complètement votre bouche. Continuez à vivre pour mourir, en sorte que la mort vous vaille la vie éternelle.*

*Car comme le disent les prédicateurs, il y a un jour pour naître et un autre pour mourir, et le jour de notre mort est plus heureux que celui de notre naissance.*

*Bien à vous,*

*Votre amie, comme en témoigne le Seigneur,*

*Jane Dudley*

— Vous recevrez ceci quand je ne serai plus.

Sir John s'inclina profondément, puis, hésitant, la serra dans ses bras.

— Nous prions pour vous, Madame.

Embarrassé, il se retira, et Jane reprit sa plume.

*Si justice est faite à mon corps, mon âme accédera à la miséricorde de Dieu. La mort infligera des souffrances à mon corps pour ses péchés, mais mon âme trouvera justice devant Dieu. Si mes fautes méritent d'être punies, ma jeunesse du moins, et mon imprudence méritent d'être excusées. Dieu et la postérité me jugeront moins sévèrement.*

Elle se relit et hocha la tête en signe de contentement, appliqua la poudre et souffla délicatement. Puis elle leva les yeux vers moi et sourit, satisfaite, comme si son travail était terminé.

— Avez-vous écrit à votre père ?

En guise de réponse, elle se saisit d'une feuille de papier posée sur la table devant elle et me la tendit.

— C'est un brouillon. Je lui ai déjà envoyé la copie mise au propre.

*Père,*

*Bien qu'il plût à Dieu de devancer le jour de ma mort à travers vous, qui auriez plutôt dû veiller à prolonger mes jours, j'envisage la mort avec une telle sérénité que, pour avoir écourté ma triste existence, j'adresse au Seigneur de chaleureux remerciements. Et je puis me considérer bénie du fait que, les mains lavées par mon innocence, mon sang versé injustement sera tel un torrent de larmes devant Dieu.*

*Que le Seigneur continue de vous garder, afin que nous nous retrouvions enfin au Ciel.*

*Votre fille toute dévouée jusqu'à la fin.*

*Jane*

Je lus la lettre et levai les yeux vers elle.

— Comment croyez-vous qu'il le prendra ? demanda-t-elle.

— Très mal.

Jane acquiesça d'un signe de tête.

— Je le crois aussi, c'est pourquoi je lui enverrai ceci également, lorsque je ne serai plus.

Elle me tendit son livre de prières, celui qu'elle avait l'intention d'emporter sur l'échafaud.

*Dieu vienne en aide à Votre Grâce. Bien qu'il plût à Dieu de prendre deux de vos enfants, ne songez pas que vous les avez perdus, mais dites-vous bien qu'en perdant cette vie de mortels, nous gagnons la vie éternelle ; et pour ma part, comme j'ai honoré Votre Grâce durant cette vie, je prierai pour vous dans la suivante.*

Je refermai le livre et lui rendis.

— Oui, je crois que cela convient, et cela lui servira de réconfort lorsqu'il fera face lui aussi à un sort contraire. Avez-vous écrit à votre mère ?

Jane secoua la tête.

— Non, seulement à mon père.

Elle resta assise un moment à réfléchir.

— Je ne le blâme pas pour tout ce qui m'arrive, je blâme ma mère. C'est une femme de convoitises : celles de la richesse, du respect, de l'influence et de l'autorité sur les autres. Elle a une conscience exagérée de son ascendance royale, qui, lorsqu'elle se trouve bafouée, en fait une personne amère, avide et égoïste. Mon pauvre père ! Un homme faible et une femme forte ne font pas bon ménage dans un monde d'hommes, surtout lorsque la lignée royale est du côté de la femme.

Nous restâmes assis en silence pendant quelques instants. Jane semblait avoir écrit tout ce qu'elle voulait, et devait, écrire. Enfin, comme s'il s'agissait de relever un autre défi, elle se leva et s'avança vers moi.

Je songeai instinctivement à me lever, mais elle me fit signe de rester où j'étais et s'assit sur mes genoux dans le grand fauteuil.

— Il est l'heure de se dire au revoir, Richard. Demain sera le jour le plus éprouvant de ma vie. Madame Tilney et madame Jacob m'accompagneront sur l'échafaud. Je crains pour elles, car ce sera plus difficile pour ces dames que pour moi. Nous avons chacun notre manière de faire face à l'adversité, et comme vous l'avez vu souvent, la mienne est de me retirer en moi-même pour la braver seule. J'ai donc décidé de vous dire au revoir ce soir, ainsi qu'à Ellen. La journée de demain sera particulièrement difficile pour elle, car elle me connaît depuis ma plus tendre enfance. Il vaut donc mieux procéder ainsi. Quant à vous, Richard, vous fûtes un loyal serviteur et un fidèle ami au cours de ces longs mois. De tous ceux que j'ai côtoyés en ce monde, seuls John Aylmer et vous m'avez constamment dit la vérité, même lorsque je ne voulais pas l'entendre. Et vous seul m'avez traitée comme une personne et non comme un simple pion sur l'échiquier de nos vies. Par ma position et par ma force de caractère, j'aurais aimé vous le rendre aussi pleinement que je l'aurais souhaité, mais les circonstances ne l'ont pas permis.

Je passai mes bras autour d'elle et la serrai.

— Vous savez que je vous aime, Jane, à ma manière.

Elle eut un sourire rêveur, comme si la vie elle-même était déjà un lointain souvenir.

— Je le sais, Richard. Au cours de la dernière année, vous m'avez montré plus d'amour que mon père ou mon mari en ont jamais été capables. Et, en retour, je vous aime aussi, non comme un mari, non comme un père, mais comme un ami très cher.

Elle se blottit contre moi et je l'étreignis de tout mon corps, sans vouloir la lâcher, sa petitesse et sa fragilité m'attirant comme un aimant. Pendant quinze minutes, nous restâmes accrochés l'un à l'autre, son cœur au repos, ses muscles détendus. Puis je sentis son cœur battre plus fort, et je savais qu'elle me laisserait. Elle se redressa et me regarda attentivement, comme on regarde un paysage une dernière fois pour en capturer l'essence ; puis elle m'embrassa doucement sur les lèvres.

— Laissez-moi à présent, je vous prie, car demain je dois rencontrer mon Créateur. La mort est la seule chose que nous devons affronter seuls, mais quand j'en franchirai le seuil, je saurai que Dieu m'appelle de l'autre côté, et cela me donnera tout le courage qu'il faut pour traverser. Si vous êtes présent demain matin sur la place, s'il vous plaît, restez hors de vue, car je veux me souvenir de vous tel que vous êtes ici, maintenant, et non comme d'un visage atterré au milieu de la foule.

Elle se leva et, machinalement, je fis de même. Une fois de plus, elle se pencha en avant et, se dressant sur ses pieds, m'embrassa doucement.

— Ne pleurez pas pour moi, car il me tarde de séjourner là où je vais, et je puis sereinement renoncer à ma vie présente, sans tristesse. Souvenez-vous de moi telle que je suis maintenant. Allez de l'avant et menez une vie honnête. Restez toujours fidèle à vous-même et ne reculez pas devant la cruauté du sort, car votre âme vous appartient, à vous et à vous seul, hormis à Dieu lui-même. Partez maintenant et envoyez-moi Ellen, car je suis en paix.

## Chapitre 75

# 12 février 1554
# Tour de Londres

Il était tôt lorsqu'ils arrivèrent. Mais déjà elle les attendait.

Suivant les vœux de Jane, j'essayais de me tenir à l'écart. Nous avions fait nos adieux et je savais que Jane se serait désormais repliée sur elle-même, affrontant, étape par étape, les événements de la journée avec tout le courage et le sang-froid attendus.

À présent, une première et disgracieuse étape était sur le point d'être franchi : le comité de matrones venait d'arriver pour s'assurer que Jane n'était pas enceinte. Eût-ce été le cas, son exécution aurait été remise après la naissance de l'enfant, en vertu de la loi.

Il n'était pas facile de rester hors de vue dans une si petite maison, et je fus vite rejoint par madame Jacob, qui se trouvait dans la même situation.

— Oh, Richard ! Quel jour horrible nous vivons. Elle se porte à merveille. J'espère qu'elle gardera sa contenance jusqu'à la fin.

J'eus un petit sourire ironique.

— Elle y parviendra. Ils ne l'auront pas de cette façon. Jane s'est déjà hissée bien au-dessus d'eux. Dans son esprit, elle nous a déjà quittés et se tient sur le pont du paradis en attendant d'être accueillie par le Seigneur. Si seulement j'avais une telle foi…

Madame Jacob acquiesça d'un signe de tête.

— Dieu vous entende, et moi donc ! Je croyais que vous l'accompagneriez aujourd'hui, avec madame Tilney ?

— Je devais le faire, mais plus tôt ce matin, Ellen m'a supplié de lui laisser la place. Avec Élizabeth Tilney, Ellen est après tout sa plus proche servante et elle la connaît depuis sa plus tendre enfance. Élizabeth se chargera de faire ce qu'il y a à faire, et Ellen pleurera merveilleusement quand tout sera terminé. Lady Jane m'a fait ses adieux et m'a demandé de rester avec vous jusqu'à ce que tout soit fini.

J'esquissai un sourire de compréhension.

— J'ai pensé monter sur les murailles – pour rester hors de vue, comme elle me l'a demandé ; mais alors je me suis dit : et si elle m'appelle ? Je dois être disponible.

Madame Jacob acquiesça.

— J'ai eu moi aussi les mêmes pensées. J'ai décidé de rester ici, dans la pièce arrière, jusqu'à ce que je l'entende sortir sur la place, puis de la suivre discrètement.

— Avez-vous l'intention de la voir mourir ?

Elle hocha la tête, la larme à l'œil.

— Je crois qu'il le faut… pour être avec elle en esprit. Je ne me pardonnerais jamais de lui avoir tourné le dos en cet ultime instant. Dieu sait que je n'ai aucune envie d'être témoin d'une telle atrocité, mais quelque chose me dit qu'il le faut.

Je lui pris la main.

— Je ressens exactement la même chose. Je n'ai pas fermé l'œil de la nuit, essayant de décider quelle était la bonne chose à faire. J'ai finalement compris que je devais être avec elle, pour partager sa douleur.

Nous restâmes assis pendant que les matrones quittaient la maison et que les trois femmes se préparaient à l'étage. Jane avait choisi la robe de velours noir qu'elle avait revêtue le jour de son procès, et elle devait être en train de la passer, puisque l'examen était terminé. Monsieur Partridge et sa femme avaient judicieusement quitté la maison plus tôt ce matin-là, et le rez-de-chaussée était silencieux. J'en étais à tripoter les boutons de mon pourpoint, quand madame Jacob posa les yeux sur moi.

— Allez sur la muraille, Richard. Vous pourrez voir passer son mari d'en haut, et si elle a besoin de vous, je vous ferai signe au bas des marches.

— Êtes-vous sûre ?

Soulagé, j'ouvris doucement la porte et, ne voyant personne, traversai furtivement la pièce et sortis.

La journée était froide, mais heureusement sans vent ; le ciel était bleu et dégagé, et un soleil d'hiver brillait. C'était l'un de ces jours d'hiver dont on se souvient longtemps après. Dieu merci, il ne faisait pas un temps humide avec un vent à vous glacer les os.

Je gravis prestement les marches qui menaient au sommet de la muraille et regardai vers l'extérieur, en direction de la colline, où une foule s'était rassemblée autour de l'échafaud. J'entendis du bruit derrière moi et me retournai pour apercevoir Guilford Dudley, marchant depuis la tour Beauchamp jusqu'aux grandes portes. Il était accompagné de Sir Anthony Browne, de John Throckmorton et de plusieurs autres gentilshommes qui s'étaient ralliés à lui, afin de protester contre le refus de la reine Marie de le laisser rencontrer un prêtre issu de la Réforme. Lentement et en silence, ils gravirent les quelques centaines de pieds jusqu'au sommet de la colline et grimpèrent sur l'échafaud. Pendant tout ce temps, Guilford ne cessa de pleurer. Le spectacle était pitoyable.

D'où je me tenais, je ne pus rien entendre, mais je vis le bourreau – un homme d'une formidable carrure vêtu d'un rouge éclatant – s'avancer pour recevoir ses honoraires. Guilford prononça un très bref discours ; il sembla reprendre contenance dans ses derniers moments. On lui couvrit les yeux, on le conduisit au billot d'exécution, et il s'agenouilla. Le bourreau prit position à sa droite, jambes écartées, armé de sa hache brillant au soleil. Sitôt que Guilford étendit les bras, il la souleva vers l'arrière, puis la fit retomber, et la tête tomba du premier coup. La foule rugit lorsque le bourreau s'avança pour ramasser la tête et qu'il la tint dans les airs afin que tous puissent la voir ; puis il la jeta impitoyablement dans le panier de paille.

J'en eus le souffle coupé. Même si rien de tout cela ne me touchait directement et que je n'entretenais aucune sympathie ni même aucune compassion à l'égard de Guilford Dudley, il était tout de même choquant de constater qu'un homme, et à plus forte raison un seigneur du royaume, pouvait en un éclair être réduit à un morceau de viande, encore tout sanglant.

Le bourreau essuya la hache et se dirigea vers la Tour. Les gentilshommes lui emboîtèrent le pas, et ce cortège solennel fut suivi d'un chariot portant le corps de Guilford, ainsi que sa tête, enveloppée d'un linceul dans le panier ensanglanté à ses côtés. Lentement ils passèrent les portes de la Tour et prirent à gauche, défilant devant la tour Beauchamp où Guilford avait passé les derniers mois de sa vie.

Le chariot continua sa route, traversant la place de la Tour et s'arrêtant à l'entrée de la chapelle de Saint-Pierreaux-Liens ; mais les gentilshommes qui l'accompagnaient et le bourreau firent halte un peu avant, près du petit échafaud temporaire qui avait été érigé quelques jours auparavant, sur la place.

Je me demandai où Jane se trouvait à présent. Quelque chose me dit qu'elle se tenait à la fenêtre du premier étage de la maison tandis que le chariot passait, et qu'elle avait vu le corps de Guilford terminer son voyage jusqu'au lieu de son inhumation. À présent, l'heure était venue pour elle de faire de même. Mon cœur se mit à battre plus fort et je fus pris d'étourdissements, inquiet de la voir apparaître sur la place.

Je la vis en bas quitter la maison, accompagnée de Sir John Bridges et du docteur Richard Feckenham, et se diriger vers l'échafaud. Elle n'avait que quelques pas à faire, mais même sur une si courte distance, deux choses étaient clairement évidentes. La première était sa petitesse : entourée d'hommes de forte carrure, elle paraissait minuscule, une simple enfant. Mais si sa taille était celle d'une enfant, la stature de cette personne marchant vers l'échafaud était celle, à n'en pas douter, d'une grande dame.

Elle ne se pressait pas pour aller au même rythme que les hommes, mais avançait à pas mesurés, suivant sa propre allure, de sorte que tous ceux qui l'entouraient durent réduire leurs enjambées pour rester auprès d'elle. Vue d'en haut, elle n'avait pas l'air d'une prisonnière escortée par une bande d'hommes forts, mais plutôt d'une reine, marchant avec assurance et à son propre rythme, accompagnée de ses suivants qui s'efforçaient de lui emboîter le pas.

Lorsqu'elle parvint à l'échafaud, deux bouchers de service – je n'aurais su décrire autrement leur brutalité inhumaine – traînèrent le corps de Guilford hors du chariot pour le transporter dans la chapelle. Jane s'avisa de ce mouvement et se retourna, apercevant, pour la première fois le cadavre encore chaud de son mari, transporté sans cérémonie à l'intérieur de l'église. C'était une chose à laquelle elle ne s'était pas préparée, et elle étouffa un cri d'horreur.

— Oh Guilford, Guilford ! L'apéritif que vous avez goûté et que je goûterai bientôt n'est pas si amer qu'il fasse trembler ma chair ; car tout cela n'est rien au vu du festin que nous partagerons aujourd'hui au paradis.

Debout sur la muraille non loin de là, je pouvais tout entendre clairement. J'étais si fier de son courage et de son sang-froid. En même temps, je ressentis un pincement au cœur, car la voyant adresser ainsi ces mots intimes à son mari, je sus que, désormais et pour toujours, une fois pour toutes, j'étais hors de sa vie. Où qu'elle s'en allât après ce terrible épisode, je ne saurais l'accompagner. Cette pensée me frappa comme une massue, et pendant un instant, je m'apitoyai sur mon sort. Puis, tout aussi soudainement, je me rendis compte à quel point cette idée était égoïste. Je l'observai tandis qu'elle faisait l'accolade au docteur Feckenham et lui demandait de se retirer, peutêtre pour lui épargner la vision de ce qui devait suivre, ou, plus vraisemblablement, me dis-je, pour lui permettre de mieux se concentrer sur ses dernières responsabilités en ce monde.

Jane monta sur l'échafaud et se tint devant le bourreau vêtu d'écarlate, le billot et la hache posés derrière lui. Elle se tourna vers Sir John Bridges et demanda :

— Puis-je dire ce que j'ai à l'esprit ?

— Oui, Madame, répondit-il, le visage blême ; et elle s'approcha de la balustrade.

— Bonnes gens, je suis venue ici pour mourir, la loi me condamne à un tel sort. Mon outrage à Sa Majesté la reine n'aura été que de consentir aux desseins des autres, ce qui passe maintenant pour un acte de trahison ; mais je n'en fus jamais l'instigatrice et ne fis que m'en remettre aux conseils de ceux qui semblaient avoir une meilleure compréhension que moi, qui ne connaissais pas grand-chose des affaires de loi, encore moins des droits relatifs à la couronne. Mais pour ce qui concerne son obtention et le désir que j'eusse pu éprouver à cet égard, ou que l'on pût entretenir en mon nom, je m'en lave les mains en toute innocence devant Dieu, et devant vous tous, qui êtes de bons chrétiens, réunis en ce jour.

Elle se tordit les mains et tint fermement son livre de prières, peut-être pour mieux se soutenir.

— Je vous prie à tous, mes bons chrétiens, d'attester que je meure en vraie chrétienne, et que je ne cherche le salut qu'à travers la seule miséricorde de Dieu, et par le sang de Son fils unique, Jésus-Christ. Et je confesse à Dieu que, lorsque j'eus connaissance de Son royaume, je le négligeai pour mieux aimer le monde ainsi que moi-même, et qu'en conséquence, ce fléau et ce châtiment qui s'abattent sur moi et mes pêchés ont été justement mérités; et pourtant je remercie Dieu de Sa bonté, pour m'avoir donné le temps et le répit nécessaires à mon repentir.

Elle leva la tête et s'adressa à la toute dernière rangée du petit attroupement qui avait reçu la permission d'entrer à la Tour pour la voir mourir.

— Et maintenant, mes bonnes gens, pendant que je vis encore, je vous prie de m'assister par vos prières.

Elle se tourna vers Feckenham, qui était resté à ses côtés.

— Puis-je maintenant réciter ce psaume ?

Après s'être éclairci la gorge, Feckenham répondit :

— Oui.

Jane s'agenouilla et, d'une voix forte, récita les dix-neuf versets du cinquante et unième psaume en anglais, pendant que Feckenham, agenouillé à ses côtés, récitait après elle en latin.

À la fin, ils se levèrent tous deux et Jane lui dit :

— Que Dieu, je l'en implore de tout mon cœur, récompense votre bonté envers moi. Même si, il faut le dire, je la trouvai plus malvenue que ma mort imminente ne me semble terrible.

Feckenham fut incapable de répondre et Jane se pencha vers lui et l'embrassa. Puis elle dit au revoir à Sir John Bridges et lui remit son livre de prières, et fit signe à nurse Ellen à qui elle donna son mouchoir et ses gants.

Jane commença à défaire sa robe, et le bourreau, croyant qu'il la prendrait en gage de salaire, comme c'était la coutume, s'avança vers elle.

— N'approchez pas ! s'écria Jane.

Le colosse s'éloigna, hésitant.

Ellen, qui avait montré plus de sang-froid que Jane ne l'aurait cru tout au long des prières, fut alors prise d'une grande agitation, et Élizabeth Tilney dut s'avancer pour ôter la robe de Jane. Mais elle aussi était bouleversée et les deux se retirèrent en sanglotant, laissant Jane porter le mouchoir qui lui servirait de bandeau.

Le bourreau s'avança de nouveau et tomba à genoux.

— Me pardonnez-vous, Madame ? demanda-t-il.

— Volontiers, répondit-elle, trouvant le courage de lui adresser un sourire réconfortant.

Il la mena doucement en avant.

— Tenez-vous sur la paille, Madame, s'il vous plaît.

Jane s'avança et, prenant place, aperçut le billot pour la première fois. Le bourreau se tenait au-dessus d'elle.

— La trancherez-vous avant que je m'allonge ? demanda-t-elle d'une voix soudain plus faible.

— Non, Madame, répondit-il d'un ton rassurant.

Seule à genoux dans la paille, elle attacha elle-même son bandeau et tendit les mains en avant, cherchant le billot. Il lui manquait encore quelques pouces pour l'atteindre, et elle se mit à tâtonner, soudainement hésitante.

— Où est-il ? Où est-il ?

Tous restèrent figés sur place, stupéfaits.

— Que vais-je faire ? s'écria-t-elle, sa voix trahissant la peur pour la première fois.

Quelqu'un dans la foule monta sur l'échafaud et posa ses mains froides sur le billot. Elle avança un peu les genoux et y allongea son cou.

— Seigneur, je remets mon âme entre Vos mains, dit-elle, sa voix ayant retrouvé force et assurance.

La hache tomba d'un coup précis et s'enfonça profondément dans le billot. La petite tête bondit et retomba ; le sang gicla dans la paille.

Le bourreau lâcha son arme, qui resta logée dans le billot, et s'avança, soulevant la tête de Jane par les cheveux. Il la tint dans les airs.

— Ainsi finissent tous les ennemis de la reine ! Voyez la tête d'une traîtresse.

Il y eut un gémissement d'angoisse et de résignation dans la foule. Certains reculèrent, profondément troublés, voyant que son sang avait aspergé leurs vêtements. Lentement, la foule et les officiers de la Tour commencèrent à se disperser, laissant le corps de Jane étendu là, dans l'air froid du matin. Madame Tilney et nurse Ellen se retrouvèrent seules avec la dépouille de leur maîtresse et amie.

Je m'agenouillai au sommet de la muraille et priai pour Jane, pour les dames éplorées en bas, pour moi-même, et pour un monde capable d'une telle injustice dans le seul but d'assurer sa sauvegarde. Les deux bouchers sortirent de l'église et se dirigèrent vers le corps de Jane. Lorsqu'elle les vit, nurse Ellen s'écria :

— Non! Laissez-la en paix! N'en avez-vous pas fait assez?

J'accourus au bas des marches et me précipitai sur la place, repoussant les deux bouchers quand je parvins à eux.

— Laissez-la! m'exclamai-je. Nous allons nous en charger. Dites-nous seulement où il faut aller. Dites-le-nous seulement. Ne la touchez pas! Gare à vous si vous osez...

J'enveloppai le frêle petit corps dans ma cape et le soulevai doucement. Elle ne pesait rien. Puis, consterné, je vis que sa tête se trouvait encore là où le bourreau l'avait déposée. Madame Tilney et nurse Ellen la fixaient, les mains sur la bouche. Je criai à l'un des bouchers.

— Toi!

Le serviteur me dévisagea, pétrifié de terreur.

— Enveloppe sa tête. Fais très attention, et emmène-la. Toi, l'autre! Emmène-nous à l'église. Et traitez le corps de cette dame avec la révérence qui lui est due ou, nom de Dieu, je vous pulvériserai le crâne sur ces dalles et vous allongerai à côté d'elle!

Je la transportai jusque dans l'église, où un petit cercueil était posé sur des tréteaux, prêt à la recevoir. J'essayai de l'y déposer, mais l'épaisseur de la cape m'empêchait d'y parvenir. Le chef des deux serviteurs se tourna vers moi et me supplia avec insistance.

— S'il vous plaît, Monsieur, laissez-nous faire. C'est notre travail et nous savons ce qu'il y a à faire. Nous la traiterons avec honneur, Monsieur, Mesdames, n'aycz crainte. Vous pouvez prier ici si vous le voulez, car on vous laissera en paix, mais de grâce, laissez-nous faire notre travail.

Je regardai les yeux de cet homme. Ce n'était pas un boucher inhumain, seulement un domestique mal payé cherchant à accomplir sa sinistre besogne. Je déposai doucement le corps et reculai.

— Je suis désolé. Vous avez raison. Tenez !

Je glissai la main derrière mon justaucorps et retirai deux pièces d'or de ma bourse. J'en tendis une à chacun des deux croque-morts.

— Soyez délicats avec elle. De grâce, soyez délicats.

Lentement, en les tenant par la taille pour mieux nous soutenir, je conduisis nurse Ellen et madame Tilney vers l'arrière de l'église, où nous pourrions nous recueillir en paix. Madame Tilney, l'esprit toujours pratique, se défit de mon étreinte tandis que nous passions la porte.

— Je vais chercher madame Jacob. Elle nous observait depuis la maison et se demandera ce que nous sommes devenus. Elle voudra prier avec nous, j'en suis sûre.

À notre retour, peu après midi, nous vîmes que madame Partridge nous avait préparé à dîner.

— Je ne savais pas si vous seriez capable de manger quoi que ce soit, mais cela semblait la chose à faire. Il nous faut tous continuer, d'une manière ou d'une autre.

Nous la remerciâmes et prîmes place autour de la table, moins pour manger que pour réfléchir.

— Où irez-vous, à présent ? demanda madame Partridge. Non pas que j'essaye de vous mettre à la porte, vous comprenez. Vous êtes les bienvenus et pouvez rester, si vous le voulez. Je me disais seulement que vous souhaiteriez…

Personne ne sut quoi répondre. Nous n'avions songé qu'à cette journée-là, sans penser plus loin. Madame Tilney, comme d'habitude, fut plus pragmatique.

— Nous ramasserons tous les effets de Madame, ainsi que nos propres affaires, et irons les porter à Suffolk Place.

Edmund Tucker saura quoi faire. Allez-y tout de suite après le repas, Richard, et dites-leur que nous arrivons. Nous nous chargerons de faire le ménage ici ; ce travail-là n'est pas pour les hommes.

Je fus prêt à partir en milieu d'après-midi. À présent, cela me faisait tout drôle. Après avoir été enfermé là-dedans pendant des mois… Combien de temps cela faisait-il ? Sept mois. Sept mois durant, Lady Jane avait été prisonnière dans la Tour, et à l'exception de quelques rares séjours à l'extérieur, nous étions restés auprès d'elle pendant tout ce temps.

Ce serait bizarre de se retrouver dehors, libérés de cet endroit qui avait dominé nos vies pendant si longtemps. En me dirigeant vers les portes, je songeai aux quelques occasions que j'avais eues de m'aventurer à l'extérieur – le plus souvent lorsque je rendais visite au comte du Devon, pour ses leçons d'équitation.

Lorsque je fus devant les portes, les gardes me barrèrent le chemin avec leurs hallebardes. Pendant un instant, je fus pris de panique. Allaient-ils me garder prisonnier ici ?

— Je suis libre de partir. J'étais au service de Lady Jane et je rentre maintenant à la maison du duc.

— C'est parfait, jeune homme, dit le plus vieux des deux avec un large sourire, nous gardons seulement la porte ouverte pour Sir Robert Southwell. Il devrait arriver d'une minute à l'autre pour interroger le nouveau prisonnier.

— Ah oui ? Et qui est ce prisonnier ? demandai-je sur le ton de la conversation.

Le hallebardier secoua la tête en direction de la tour du Clocher au-dessus de nous.

— Edward Courtenay, le comte du Devon. On l'a emmené ici ce matin, arrêté pour négligence traîtresse, juste après que Madame fut décapitée. Un ami à vous, je crois ?

Debout sous la grande arche à l'entrée de la Tour de Londres, je promenai le regard sur les chemins pavés et le petit carré de verdure qui formait la place de la Tour.

— Non, dis-je, je ne le connais pas. Je ne suis qu'un domestique.

Sur ces paroles, trois corbeaux se mirent à croasser bruyamment de l'autre côté de la place. Je regardai les hallebardiers, craignant qu'ils n'aient la même réflexion que moi. Une idée lancinante surgit dans mon esprit.

« Judas Iscariote ! Je ne vaux pas mieux que Judas Iscariote ! »

Mais mon instinct de survie me donna du courage, et évitant leurs regards (car ils semblaient ne pas avoir remarqué les corbeaux), je dépassai les hallebardiers en coup de vent et sortis de la Tour, avec l'ardent désir de me perdre dans la foule du pont de Londres.

Je poursuivis mon chemin en titubant, les yeux pleins de larmes, bousculant maladroitement les passants que je rencontrais. Je ne voulais voir personne, gardant les yeux à terre, mon seul désir étant de rester seul avec ma tristesse. La mine sombre, je me concentrai sur la seule bonne chose qu'il me restait à faire : dire à Edmund qu'ils avaient enfin réduit à néant la femme distinguée et honnête que nous aimions tous deux, et lui demander de se préparer à venir en aide aux dames, qui auraient sûrement besoin de notre soutien.

## Chapitre 76

# 12 et 13 février 1554
# Suffolk Place

Je continuai à trébucher vers le pont de Londres et m'éloignai de la Tour sans même jeter un seul regard en arrière. Je ne pouvais faire face au souvenir que je venais de quitter. Intérieurement, j'étais déchiré. Une partie de mon être cherchait à fuir l'horreur de voir Jane mutilée de façon aussi sanglante. Mais une autre voulait que je fasse demi-tour, que je m'agenouille devant sa tombe et que j'essaie de lui dire toutes les choses dont j'aurais dû lui faire part de son vivant sans en être capable.

Comment avais-je pu lui manquer aussi gravement? Que n'avais-je pu m'interposer davantage pour la protéger et lui venir en aide?

Et pourtant, alors même que mon cœur languissait de n'avoir pu agir lorsqu'elle était vivante, une conclusion, froide et lénifiante, s'imposa à mon esprit : tout compte fait, personne n'aurait pu y changer quoi que ce soit, car la mort de Jane tirait son origine de la convoitise légendaire d'un Northumberland assoiffé de pouvoir, convoitise presque égalée par l'obsession de Lady Frances de redorer le blason familial et de lui rendre sa place dans l'histoire, et par la veulerie de Suffolk à l'égard des deux, faiblesse qui coûta la vie à sa propre fille.

Au détour de Thames Street, à mi-chemin vers l'extrémité nord du pont de Londres et à bonne distance de la
Tour, je m'arrêtai. Je savais qu'à ce moment-là, la Tour serait
perdue de vue, et je ne pouvais supporter l'idée que Jane
me voie la quitter sans même jeter un regard en arrière.
C'était comme si je la rejetais, comme si je trahissais la
personne qui, au cours des sept derniers mois, avait été plus
proche de moi qu'aucune autre, et à qui je devais la plupart
de mes connaissances, peut-être même de mes opinions. Je
me retournai et contemplai la Tour, ses murs étincelant dans
un soleil de fin d'après-midi.

S'y trouvait-elle encore ? Ou était-elle déjà partie pour
un meilleur endroit ? J'ôtai mon couvre-chef et jetai un
autre regard vers la Tour, puis vers le ciel. Je lui levai mon
chapeau et me mis à pleurer. Des passants s'arrêtèrent pour
me dévisager tandis que je me tenais là, sanglotant sur le
bord du chemin. Ils levèrent les yeux vers le ciel en se
demandant ce que j'y voyais.

Le reste du trajet depuis la Tour jusqu'à Suffolk Place
n'était pas long, pas plus d'un mille ; mais en rangeant mes
souvenirs de Jane pour les ressortir quand j'aurais plus
d'intimité, et en me tournant de nouveau vers le monde
dans lequel elle m'avait laissé, pour ainsi dire seul, je fus
abasourdi par ce que je vis. Après m'être frayé un chemin
vers le sud au milieu de la foule du pont de Londres, des
étals et des voyageurs tentant de gagner la cité au nord, je
fus stupéfait en particulier de voir le nombre de gibets du
côté de Southwark, où pourrissaient les cadavres fétides des
émeutiers nouvellement condamnés. La clémence de la
reine envers les hommes de l'armée de Wyatt ne s'étendait
visiblement pas à ses dirigeants. J'entendis à ce moment-là
pour la première fois (et c'était loin d'être la dernière) le
surnom de « Marie la Sanglante » donné à la reine, un

sobriquet qui me donnait le frisson lorsque je me rappelais avoir failli tremper dans les affaires de Edward Courtenay et ses acolytes.

Ce fut étrange de rentrer à Suffolk Place. Cela faisait sept mois que je n'avais pas dormi là-bas et, bien que l'aspect de la résidence demeurât inchangé, son atmosphère s'était complètement transformée. Disparue, l'ambiance surexcitée qui régnait aux quartiers généraux de cette famille de haute noblesse, théâtre d'innombrables intrigues. Disparu aussi, le terrible écho des querelles de Jane avec ses parents, à propos du mariage qu'ils avaient arrangé pour elle. À présent, la maison était tranquille et silencieuse, comme si elle retrouvait son souffle, après avoir été encerclée par l'armée de Wyatt, moins de deux semaines auparavant.

Il y avait pourtant une constante dans ma vie qui n'avait pas changé.

Ce matin-là, Edmund Tucker venait tout juste d'arriver de Sheen, où il passait désormais le plus clair de son temps, afin de recueillir certains effets dont Lady Frances avait besoin. Toujours soucieuse de l'avenir de sa famille et du sien, elle travaillait d'arrache-pied, m'expliqua-t-il, pour mieux cimenter sa relation avec la reine Marie, en dépit de l'exécution de sa fille et de l'emprisonnement de son mari, et passait presque tout son temps à Whitehall. Edmund devait rentrer à Sheen le lendemain, après avoir envoyé les effets en question par le fleuve en les remettant à « un batelier digne de confiance ».

— Employez-vous toujours les frères Barley ? demandai-je alors que nous nous asseyions devant une vue de la Tamise pour rattraper le temps perdu.

— John et Dick? Oui, bien sûr. Ce sont les meilleurs bateliers qu'on puisse trouver sur le fleuve. Et les plus grossiers aussi, sans doute.

Il eut un rire embarrassé, et je ris avec lui. J'étais content de pouvoir rire à nouveau, ne fût-ce qu'un court instant. Au début de notre conversation, j'avais essayé de me restreindre, craignant d'être irrespectueux envers le corps brisé que j'avais vu descendre dans la tombe, moins de six heures auparavant, sous les dalles de Saint-Pierre-aux-Liens. Mais je m'étais souvenu des paroles de Jane, et m'étais également rendu compte qu'Edmund se servait de l'humour pour masquer sa propre douleur. Car il avait aimé Jane lui aussi, d'autant plus qu'elle l'avait toujours traité en ami, et qu'elle ne le taquinait pas sur ses manières efféminées.

Nous discutâmes un certain temps du retour imminent de madame Tilney et de nurse Ellen. Madame Jacob, semblait-il, avait d'autres projets et ne reviendrait pas à Suffolk Place.

— Nous irons à Sheen ensemble, mais pour ce qui est des filles, vous ne pourrez pas les voir toutes les deux. Mary ne s'y trouve pas, elle est à Whitehall avec sa mère; mais Catherine, elle, est restée à Sheen.

Edmund avait glissé cette phrase dans la conversation comme s'il s'agissait d'une remarque sans importance.

— Catherine? Ah oui? Comment va-t-elle?

— Elle ne va pas bien, Richard. Au cours des sept derniers mois, elle a un peu remplacé Jane dans son rôle, accumulant les pas de danse et les courbettes à la cour, depuis que son mari l'a jetée à la porte et que sa sœur était en prison et menacée de mort. Le décès de Jane lui donnera un sacré choc, je le crains. Il serait de beaucoup préférable que vous m'accompagniez pour lui annoncer la nouvelle vous-même. Vous étiez à ses côtés quand elle est morte et pourrez répondre à toutes les questions que Catherine vous posera. Cela pourrait aider à amortir le coup.

Je réfléchis pendant un instant. Je n'avais pas grand-chose d'autre à faire, sauf attendre de voir ce qui arrive-rait à mon employeur; et de l'avis même du principal intéressé, l'avenir de Suffolk était sérieusement limité dans la durée…

— Très bien, Edmund. C'est d'accord. Nous chevau-cherons ensemble jusqu'à Sheen demain matin, mais il faudra que je reparle aux frères Barley avant que nous partions. Il y a si longtemps que je n'ai pas été victime d'une de leurs blagues!

# Chapitre 77

## 14 au 22 février 1554
## Suffolk Place

Lorsque Edmund eut donné ses instructions aux frères Barley, nous attendîmes ensemble la marée du matin. Il était déjà dix heures lorsque nous les regardâmes partir en amont du fleuve et ramassâmes nos affaires dans la maison.

— Il faudra que vous alliez lentement, Edmund. Il y a longtemps que je n'ai monté à cheval.

— Je n'en crois pas mes oreilles. Le grand cavalier me demande de l'attendre ?

— Non seulement mes muscles se sont affaiblis pendant tout le temps où j'étais dans la Tour, mais mes chevaux aussi. Pauvre Jack, il me faudra des semaines pour le remettre en forme. Voyez comment on l'a laissé engraisser aux écuries… Ventura et Vixen aussi !

Edmund eut l'impression d'être réprimandé.

— Je suis vraiment désolé si vos chevaux sont en mauvaise forme, Richard, mais j'entretiens de grandes maisons, pas de grandes montures. Sauf pour m'assurer qu'elles sont propres, bien nourries et bien abreuvées, je n'ai pu superviser le travail des palefreniers comme vous l'auriez fait. Il vous faudra retrouver la forme ensemble !

Ce n'était pas pour me déplaire. Je sentais que ma tête était près d'exploser à force de réfléchir, et je venais seulement de me rendre compte à quel point mon corps avait dépéri pendant ces longs mois d'incarcération. La question qui commençait à me préoccuper était de savoir où je trouverais de l'emploi, si, comme je m'y attendais, Suffolk était trouvé coupable de trahison. Il était presque certain qu'il y perdrait la vie, mais aussi que ses propriétés seraient saisies – reprises, en fait, par la couronne, qui lui avait probablement octroyé la plupart d'entre elles.

— Edmund ? Puis-je vous poser une question difficile ?

— Oui, Richard, qu'y a-t-il ?

— La dernière fois que j'ai rendu visite à Sa Seigneurie, il m'a dit qu'il s'attendait à être exécuté pour avoir participé au soulèvement contre le mariage de la reine. Si c'était le cas, comme les restes de l'armée de Wyatt qui pourrissent aux gibets de Southwark nous le laissent croire, il serait condamné à la mort civile, n'est-ce pas ?

— Oui. Et si cela se produisait, vous vous demandez ce qu'il adviendrait de nous et où nous trouverions du travail ?

Edmund s'inquiétait visiblement de la même chose.

— Eh bien, pour ma part, c'est ainsi que je le vois : je suis doué pour ce que je fais et mon savoir-faire se rattache aux maisons que j'entretiens, non aux personnes pour qui je travaille. Alors, si quelqu'un d'autre se voyait offrir l'une ou l'autre des résidences, ou même quelques-unes d'entre elles, je ne doute pas qu'ils auront besoin d'une personne pour en assurer la supervision, et que je trouverai chez eux un emploi en cette qualité. Pourquoi me posez-vous la question ? Vous vous inquiétez pour votre avenir ?

— Certes oui. Le problème est que je n'ai pas de métier régulier et que je ne connais pas beaucoup de gens puissants. De plus, tous ceux que je connaissais bien étaient des partisans de Northumberland, et j'ai bien l'impression que le règne de cette reine ne les verra pas s'élever de sitôt, si vous voyez ce que je veux dire.

Edmund eut un petit sourire narquois.

— Vous venez de mettre le doigt dessus, Richard. Peut-être serait-il temps de songer à travailler vos relations. Qu'est-il arrivé à ce gentil garçon irlandais, par exemple ? N'est-il pas employé à la cour ?

— Fergal ? Oui, il l'est, mais il n'en a plus pour long-temps, je crois. Il traîne encore à la cour, dans l'attente de ce qui va se passer, mais je ne vois vraiment pas comment il pourrait décrocher une position d'autorité comme valet de chambre de la reine, et vous ?

Edmund acquiesça d'un signe de tête.

— Bien sûr, vous pourriez fuir la cour et retourner à vos racines. D'après ce que vous disiez hier soir, vous seriez peut-être plus en sécurité en vous tenant loin de cette reine pendant qu'elle est au pouvoir. Vous devez bien connaître des gens dans le Devon ? Qu'en est-il de ce docteur Chose dont vous parliez tout le temps ?

— Thomas Marwood ? Oui, je pourrais lui écrire, c'est vrai. J'espérais rentrer au pays ce printemps avec le comte, mais maintenant qu'il est emprisonné dans la Tour, ce voyage semble compromis.

— Vous avez le don de choisir vos relations, n'est-ce pas Richard ? Pourquoi vous entêter à voler si près du soleil ? C'est dangereux et les gains, quoique parfois considérables, sont sporadiques et volatifs. Si j'étais vous, j'oublierais les comtes et les ducs, et je m'établirais parmi les marchands, ou parmi les savants et les érudits. Faites-vous juger selon vos talents, au lieu de chercher le patronage éphémère des autres.

Je rapprochai ma monture de celle d'Edmund et éclatai de rire.

— Quelqu'un d'autre m'a déjà donné ce conseil sur son lit de mort.

Edmund se tourna vers moi.

— Qui était-ce donc ?

— Notre roi. Le roi Édouard. Il m'a dit la même chose, moins d'une semaine avant de mourir.

Edmund se pencha vers moi et saisit mes rênes, arrêtant nos deux chevaux. Ceux qui nous suivaient derrière firent de même.

— C'étaient des paroles prophétiques, dans ce cas, Richard. Ne le voyez-vous pas ? Il avait tout prévu : la lutte pour le pouvoir, la probabilité que sa sœur (dont il savait au fond de lui-même qu'elle était la véritable héritière, bien qu'il ait détesté tout ce qu'elle représentait) engage un combat qu'elle remporterait un jour ou l'autre. Il vous a prévenu, Richard ! Le roi vous prévenait de ne pas hisser vos couleurs trop haut sur le mauvais mât.

Nous parvînmes à Sheen en silence. Je ne cessais de ressasser les paroles du roi et me demandais pourquoi, sans m'en rendre compte, je ne l'avais pas écouté. Quant à Edmund, après m'avoir prodigué ses conseils avec quelque désinvolture, il semblait à présent se demander s'il ne devait pas tirer lui-même des leçons de ce qu'il venait de dire. Les jours étaient si incertains.

Nous arrivâmes dans l'obscurité d'un soir d'hiver, la température chutant rapidement à la faveur d'un brouillard froid qui commençait à monter des eaux de la Tamise.

Je sentis la maison se secouer et revenir soudain à la vie quand on entendit à l'intérieur le claquement des sabots sur le pavé. Edmund produisait cet effet dans toutes les maisons qu'il visitait. C'était peut-être un efféminé, mais le personnel le connaissait et lui faisait confiance, et son énergie et son enthousiasme débordants le plaçait dans une position d'indiscutable autorité que j'enviais.

Nous nous assîmes ensemble dans la grand-salle. Avant la dissolution, cet édifice avait été une abbaye ; cette pièce était son réfectoire et les tables longues avaient été conservées. On nous servit un souper chaud, et je savourais ma soupe avec du bon pain frais, avant de goûter à la viande et aux légumes qui venaient tout juste de nous être apportés, quand je remarquai une expression étrange sur le visage d'Edmund, comme s'il s'efforçait de garder un air impassible en forçant un peu trop la note.

— Pourquoi faites-vous cette tête, Edmund ?

— Quelle tête ?

C'était l'expression d'un bébé sur le point de salir sa culotte : un air de concentration intense.

De petites mains froides vinrent se poser sur mes yeux et je sentis l'odeur de ses cheveux. C'était donc cela. Edmund l'avait vue se glisser derrière moi et avait essayé, peut-être un peu trop fort, de ne pas vendre la mèche.

— Catherine !

Elle grimpa sur le banc et s'assit à mes côtés.

— Salut, Richard. Comment vas-tu ?

Sa voix était devenue plus profonde. Cette femme n'avait plus rien d'une fillette à présent : elle dégageait une aura de féminité animale.

Elle me serra la jambe, exactement comme sa mère l'avait fait la première fois que nous nous étions rencontrés, devant la cheminée à Shute.

— Tu deviens un peu maigre. Il te faudra plus d'exercice pour te refaire des muscles.

À en juger par le ton de sa voix, elle ne songeait pas à l'équitation.

— Je n'en ai pas eu souvent l'occasion. Sept mois, c'est long, même dans une prison ouverte.

Elle baissa les yeux.

— Je suis désolée. C'était déplacé de ma part. Je voulais seulement te taquiner.

Je lui pris la main et la serrai doucement.

— Rien de ce que tu pourras dire ne me choquera ce soir, car depuis que j'ai été témoin de la mort de ta chère sœur, plus rien dans ce monde ne peut être mauvais ; et la vie ne peut que s'améliorer.

Elle blêmit et me serra fortement la main.

— Je ne savais pas comment aborder le sujet. Peux-tu m'en parler ? Était-ce horrible ?

Je tournai la tête vers Edmund. J'avais déjà revu toute l'histoire des derniers jours de Jane avec lui, heure par heure, tourment après tourment.

Il réagit immédiatement.

— Je vais vous laisser seuls tous les deux. Il s'agit d'une conversation privée et je ne voudrais pas être importun.

Edmund se servit d'un grand plat de pain et de viande, et s'éloigna de la table.

Sans m'interrompre, je terminai mon repas et commençai mon histoire, décrivant les quelques mois où nous avions la certitude que Jane serait libérée un jour, puis la lente prise de conscience qui nous avait frappés lorsque la rébellion de Wyatt avait renversé la situation aux dépens de Jane. Sans m'en rendre compte, je me mis à boire le vin fort qui était posé sur la table devant nous, et chaque fois que je terminais mon verre, elle remplissait le sien. Enfin, je lui parlai des dernières heures de sa vie, jusqu'à cette terrible matinée où l'on avait mis fin à ses jours.

— Pas ici.

Elle me prit la main.

— Ne m'en parle pas ici. C'est un sujet trop privé pour une grande salle comme celle-ci. Viens avec moi à l'étage, où aucun domestique ne pourra nous gêner.

Elle me prit la main et m'emmena au premier étage, dans sa chambre. Elle était peu meublée, comme on pouvait s'y attendre dans une ancienne abbaye ; mais un grand lit trônait au milieu de la pièce, et c'est là qu'elle me conduisit.

— Viens. Cette pièce est glaciale, mais nous serons au chaud sous les couvertures.

À côté du lit se trouvait une petite table où étaient posées trois bouteilles vin. L'une était déjà ouverte et à moitié vide, elle remplit nos chopes d'étain et les apporta vers le lit.

Elle enleva ses chaussons en donnant des coups de pieds et monta sur le lit.

— Allons. Enlève tes bottes et ton pourpoint. Nous serons au chaud et en sécurité dans ce lit douillet. Rien que nous deux.

Je la rejoignis dans l'énorme lit et elle ramena l'épaisse couverture d'hiver autour de nous. Je passai un bras autour d'elle et nous restâmes assis, adossés contre la tête de lit en bois sculpté, dans notre petit monde intime. Doucement, avec lenteur et franchise, mais aussi délicatement que je le pus, je lui racontai ce qui s'était passé, étape par étape, tandis qu'elle restait accrochée à moi.

Catherine voulut savoir tous les détails. Connaître la vérité, aussi horrible fût-elle, était plus facile que de laisser son imagination inventer les pires cauchemars. Tout en restant scrupuleusement honnête, je pris soin de souligner les moments les plus tendres : la compassion de Feckenham et la gratitude de Jane, le soutien indéfectible de Sir John Bridges, et le petit livre de prières que Jane lui avait offert comme cadeau d'adieu. Tout au long de mon récit, je soulignai la bonne contenance de Jane et pour l'effet, mais également par souci de vérité, je pris soin d'opposer l'aplomb de Jane à l'impuissance de Guilford, incapable d'accepter son sort. Jane, lui dis-je avec assurance, était tout à fait confiante en ce qui l'attendait de l'autre côté et avait affronté la mort sinon avec sérénité, du moins en sachant que son Dieu l'accompagnait à chaque pas.

Au fur et à mesure que mon récit avançait, Catherine se calma.

— Elle est heureuse, à présent, n'est-ce pas ? demanda-t-elle.

Je lui dis que c'était la vérité.

— Tu n'as pas idée, Richard, à quel point il fut difficile de jouer les dames de cour pendant que ma sœur attendait la mort. Étendue ici dans la nuit sans sommeil, je voulais crier pour dénoncer l'injustice, la brutalité et l'égoïsme de toute cette affaire. J'ai encore vu des ambassadeurs manigancer, chuchoter et comploter. Ils se fichent complètement des gens. Tout ce qui les intéresse, c'est de s'emparer du pouvoir politique et d'empocher les gains si leurs plans viennent à se concrétiser.

Je donnai mon assentiment et la serrai plus près de moi. Nous nous penchâmes vers la table et reprîmes du vin. Curieusement, il ne semblait faire aucun effet.

— Le patronage est peut-être la conséquence naturelle de l'autorité d'un seul homme sur une foule d'autres, mais c'est une manipulation honteuse de l'avidité de l'homme, et de sa faiblesse et de son orgueil. Les rois et les reines devraient être au-dessus de pareilles choses. Ils ont déjà tant de richesses : à quoi bon se montrer si avides ?

Catherine se laissa glisser contre ma poitrine et passa une main sous ma chemise. Elle sentit mon cœur battre et parut trouver du réconfort dans sa régularité.

— Tu ne le vois pas de leur angle.

Sa voix provenait de quelque part sous mon menton.

— Pour eux, il ne s'agit pas d'en vouloir davantage. Leur plus grande peur est de perdre tout ce qu'ils ont. Pense seulement aux deux princesses, Marie et Élizabeth. Ce que l'une acquiert, l'autre le perd – y compris, peut-être, la vie elle-même. C'est pourquoi les ambassadeurs vont maintenant cracher tout leur venin sur Élizabeth, afin de protéger l'investissement placé dans la reine Marie. C'est ignoble, mais c'est la réalité.

— S'il en va ainsi dans le monde courtisan, pour ma part, je ne veux plus en faire partie.

Je m'entendis prononcer ces mots et, ce faisant, je compris que je venais de prendre une décision.

— Ni moi. Mais il se peut que ce soit plus difficile pour moi d'y échapper, car je suis née dans ce monde. Mais pour ce soir, je suis ici avec toi et je compte bien rester ici, en sécurité, au chaud, et… pleine de désir pour toi. Ce soir, nous n'avons que nous deux. Quelque part, je pense que Jane ne le désapprouverait pas.

Les chandelles commençaient à baisser, leur flamme vacillait. Je la sentis bouger sous les épaisses couvertures et me rendis compte qu'elle se déshabillait. Elle jeta ses vêtements hors du lit et sa nudité s'embrasa contre moi. J'enlevai mes vêtements à mon tour et les lançai au hasard dans l'obscurité. Nous nous serrâmes l'un contre l'autre dans notre univers intime, enfin en sécurité. Nous étions protégés du monde extérieur, ne serait-ce que pour une nuit, refusant d'y songer plus longtemps, ou même de reconnaître son existence.

Pendant une semaine, nous restâmes enveloppés dans ce même rêve, reconnaissant chaque matin qu'il devait se terminer bientôt, mais refusant de nous hâter vers la fin. Avec la complaisance d'Edmund et des domestiques, nous

nous levions tard, dînions en privé, marchions et chevauchions ensemble sur le bord du fleuve, et nous retirions de bonne heure.

Chaque jour, la crainte et l'empressement s'apaisaient : la crainte de se perdre l'un l'autre, et l'empressement de consommer la relation avant que cela ne se produise. Nous discutâmes de notre avenir et fûmes d'accord pour dire que nous n'en avions pas, sauf peut-être pour quelques jours supplémentaires.

Je sus alors que je retournerais dans le Devon et que j'irais rebâtir ma vie loin de la cour royale, que j'avais appris à détester.

Catherine, de son côté, acceptait le fait d'être née dans ce monde et lorsque, dans quelques jours, l'enchantement serait brisé, elle y retournerait et mettrait sans doute peu de temps à se retremper dans ses usages.

Ensemble, nous songeâmes également au passé, à notre enfance, et en particulier à Jane, que nous avions aimée tous les deux, chacun à notre manière. À présent, nous avions la certitude qu'avec sa mort, notre enfance appartenait désormais au passé et que, dorénavant, nous devions essayer d'affronter la réalité présente avec l'enthousiasme de nos premiers rêves enfantins.

Profondément blottis dans les couvertures de ce grand lit, nous fîmes un pacte : tant que durerait cet instant volé, nous en profiterions le plus possible. Catherine appela cela « créer des souvenirs » : chaque jour (et chaque nuit), nous vivions des moments que nous étions sûrs de garder en mémoire toute notre vie, des moments que nous nous rappellerions avec tendresse, sans regret, sans nostalgie ; des moments fugitifs, où les bonnes choses de ce monde étaient réunies pour que nous puissions en jouir pleinement, comme de la présence de l'autre.

⤳

Tard dans la soirée du 17 février, notre enchantement fut brisé. Un messager se présenta devant Edmund pour lui dire que le duc de Suffolk avait été jugé, trouvé coupable et condamné à la mort civile. Son exécution était prévue pour le 23 février.

Edmund lut le décret de confiscation des biens. Suffolk Place, Dorset House, Bradgate Park… Tous faisaient visiblement partie du lot, et devaient être rendus à la couronne séance tenante; mais le chapitre de Sheen semblait avoir été omis.

— C'est peut-être parce que Sheen fut octroyée au départ à Lady Frances et non à Suffolk lui-même. La reine a pu décider de laisser à son amie un endroit pour vivre.

— Le domaine de Shute, dans le Devon, et Shute House sont-ils mentionnés? demandai-je.

Edmund examina le document avec soin.

— Shute. Oui, c'est là, y compris les terres et le parc à gibier.

Je regardai Catherine et vis sur son visage qu'elle pensait la même chose que moi.

— Ce pourrait être notre dernière nuit ensemble. Demain, je dois me rendre à Suffolk Place avec Edmund pour reprendre les biens transportables de la famille. Nous nous rendrons à la Tour pour assister à l'exécution de notre maître, ton père. Il s'attendra à ce que nous y soyons. Puis nous reviendrons ici. Après cela, qui sait?

Catherine hocha la tête et me prit la main.

— Il me faudra rejoindre mère à la Cour. Mais d'ici là, il nous reste encore ce soir.

## Chapitre 78

# 22 février 1554
# Chapitre de Sheen

Je pris l'exemple de Jane. Catherine et moi nous fîmes nos adieux au lit, perdus dans les bras l'un de l'autre. Nous voulions garder ce souvenir de nous deux : ensemble, seuls dans l'intimité et amoureux. Tandis que nous étions allongés, Catherine ne voulait pas que je lui rappelle que je devais bientôt retourner dans le Devon, pour recommencer ma vie à neuf, quelque part. Et à ses côtés, la dernière chose à laquelle je voulais songer en cet instant précieux, était que Catherine serait bientôt de retour à la cour, badinant avec de jeunes lords, se demandant si tel comte ou tel duc était bon à marier : en un mot, exhibée de façon plus ou moins générale sur le marché des cocottes royales... Si cela devait se terminer, nous étions heureux de pouvoir en finir de cette manière, comme il nous plaisait.

Avant de nous quitter, nous nous fîmes une promesse : pas de larmes, pas de regrets, et pas de rêveries stupides sur l'air de : « Si seulement les choses avaient été autrement... » Nous nous étions rencontrés, nous étions tombés amoureux, et après avoir été tenus séparés pendant si longtemps, nous avions pu, ne fût-ce qu'un court instant, nous déclarer notre amour ouvertement et jouir de sa chaleur enivrante, sans être contrariés par la famille ou la politique.

— Pense à ce que nous avons eu, non à ce qui pourra nous manquer dans l'avenir. Je t'aime et je t'aimerai toujours. Et même si, quelque part dans l'avenir, je puis aimer quelqu'un d'autre, je ne t'oublierai jamais.

J'avais soigneusement choisi mes paroles d'adieu.

— Tu as été mon premier amour, et je me souviendrai toujours de toi également, avait-elle répondu, avec le même soin.

En effet, bien que sa courte union avec Lord William Herbert, ne fût pas perçue comme un succès politique par sa famille, pour William et pour elle, ce fut semble-t-il un mariage réussi et plein d'affection sur le plan personnel ; et elle ne m'avait jamais laissé croire qu'il en avait été autrement.

Je la quittai là, dans le lit que nous avions partagé pendant toute cette semaine presque idyllique. Nous n'avions pas oublié Jane, bien au contraire. D'une certaine manière, l'amour que nous avions tous deux pour elle était venu créer un lien supplémentaire entre nous, et, conscients du fait qu'elle avait sanctionné notre relation, nous fûmes capables d'être heureux ensemble, sachant qu'elle n'aurait pas voulu que nous pleurions pour elle.

Le temps s'était refroidi : c'était une de ces journées impitoyables de février, où le vent vous glace les os et où quantité de vêtements, peu importe leur nombre, ne suffisent pas à vous garder au chaud.

— C'est ce que nous appelons, dans le Devon, un vent paresseux, dis-je à Edmund : il passe à travers vous parce qu'il est trop paresseux pour faire le tour.

Edmund se secoua dans son manteau de fourrure pour en faire tomber la glace et grimaça.

— J'espère que ce sera différent demain. Lord Henry a peut-être été un homme faible, fourvoyé par son horrible épouse, et responsable de la mort de sa fille ; mais qu'une journée comme celle-ci soit sa dernière, je ne le souhaiterais à personne.

— Dieu vous entende, répondis-je.

Je baissai la tête contre le vent afin que mon chapeau ne soit pas emporté.

Nous luttâmes toute cette journée contre le vent et la neige, et comme nos montures, nous étions épuisés lorsque nous parvînmes à Suffolk Place pour un repas chaud.

Le lendemain matin, les prières d'Edmund semblaient avoir été exaucées en partie. Bien que le temps demeurât froid et que la neige tombât par intermittence, le vent s'était calmé, et nous pûmes traverser le pont de Londres et faire la chevauchée d'un mille jusqu'à la colline de la Tour sans encombre.

Il n'y eut qu'un misérable petit attroupement pour saluer le départ de Suffolk ; ce n'était rien comparativement à la multitude qui s'était déplacée pour voir la mise à mort du conspué Northumberland. La foule s'était massée autour de nous, tapant des pieds pour se réchauffer, et poussa des acclamations lorsque le prisonnier fut enfin aperçu, emmené depuis la Tour sur la colline qui menait à l'échafaud. Suffolk salua la foule, croyant peut-être que leurs acclamations représentaient une forme de soutien ; mais étant postés à l'arrière, nous pûmes discerner un fond de murmures nous disant que les spectateurs cherchaient simplement à ce que tout soit terminé le plus vite possible, afin d'aller vaquer à leurs occupations dans la ville et de retrouver un peu de chaleur au plus vite.

Comme pour l'exécution de Guilford Dudley, la reine avait insisté pour qu'un prêtre catholique soit présent ; mais dans son discours final adressé à la foule, Suffolk déclara que son salut viendrait «par nul autre que Dieu tout-puissant, à travers la passion de son fils, Jésus-Christ».

Il s'avança au billot avec courage, refusant de trembler dans l'air froid du matin lorsque son manteau lui fut retiré et que le col de sa chemise fut descendu pour dénuder son cou. Maintes gens dans la foule s'attendaient à ce que l'épaisse couche de glace qui recouvrait tout vienne per-turber l'événement: d'aucuns disaient que le bourreau glisserait de tous bords tous côtés et qu'il lui faudrait «s'y prendre à deux ou trois fois pour l'achever». Mais des copeaux de bois de pin fraîchement scié avaient été répandus sur tout l'échafaud, et remplissaient même à moitié le panier dans lequel, avec la bénédiction de Dieu, la tête de Suffolk tomba au premier coup de hache.

La foule se dispersa rapidement tandis qu'Edmund, plein de sollicitude pour notre maître, même après sa mort, s'avançait pour demander aux officiers à quel endroit il serait inhumé. «À la chapelle de Saint-Pierre, dans la Tour» fut la réponse laconique et indifférente qu'on lui fit, mais elle parut satisfaire Edmund qui se tourna vers moi avec un sourire plein de tendresse.

— Espérons qu'il sera allongé aux côtés de sa fille et que, conséquemment, ils puissent se réconcilier au paradis; car ce qu'il lui a fait ici-bas était des plus odieux.

Il avait raison. Pardonnons et passons à autre chose.

Nous retrouvâmes nos montures et chevauchâmes len-tement jusqu'au bas de la colline, passant devant les portes de la Tour, en direction du pont de Londres. D'une certaine manière, j'avais l'impression que les événements de la matinée n'avaient pas suffi. Cette fin semblait insignifiante, presque triviale, pour un homme qui s'était toujours montré juste et bienveillant à mon égard, et qui m'avait donné, comme à d'autres avant moi (John Aylmer et Adrian Stokes en particulier), l'occasion de m'élever dans la société et d'exercer mes talents à leur pleine mesure.

Même après avoir passé un an à Londres et plus encore (dont bien des mois dans la Tour), et même en tenant compte des suites récentes de la rébellion suscitée par Wyatt, je n'arrivais toujours pas à me départir du choc que me causaient ces exécutions brutales et inhumaines. Jetant par-dessus mon épaule un dernier regard vers l'échafaud à présent désert sur la colline de la Tour, je compris que ce n'étaient pas les actions de ceux qui s'y tenaient qui me troublaient : ces gens-là devaient faire leur travail et la démonstration politique que l'on attendait d'eux afin de (censément) dissuader les autres. Non, ce qui était véritablement scandaleux, c'était la réaction impitoyable de la foule, qui avait l'habitude de se masser par centaines ou même par milliers, afin de voir des hommes brutalement décapités avec une hache, ou même pire, des hommes pendus et secourus avant la mort, puis castrés, éventrés et taillés en pièces.

Quel que fût le crime perpétré par un homme au détriment d'un autre, le fait de l'avilir à ce point à l'heure de sa mort, reflétait simplement la corruption latente de la société elle-même, et l'égoïsme brutal de ceux qui traitaient pour que de telles sentences soient rendues, et de ces autres qui prenaient un plaisir manifeste à les exécuter.

Quand nous fûmes de l'autre côté du pont de Londres, Edmund et moi nous arrêtâmes pour regarder la foule qui, quotidiennement, utilisait le pont pour traverser le fleuve, mais aussi comme lieu de rencontre et de commerce. Nos réflexions parurent se recouper. Devant nous s'élevaient les salles vides de Suffolk Place. Suffolk ayant été condamné à la mort civile avant son exécution, la résidence deviendrait bientôt la propriété de la reine et serait dérobée à la famille. Déjà, ce qui avait été pour nous, pendant quelque temps, une demeure chaleureuse et grandiose, située tout juste en dehors des pires puanteurs de la ville, appartenait désormais au passé et ne jouerait plus aucun rôle dans nos vies.

— Buvons tout notre saoul ! s'exclama Edmund d'un ton décidé.

— Où ? Dans une taverne ? répondis-je.

Je jetai un regard autour de nous, cherchant quelque débit de boissons dans l'entassement d'auberges et d'estaminets qui occupaient la fin de la route : en effet, les voyageurs venus du Kent et du sud du pays arrivaient ici.

— Non. Rentrons à la maison et fêtons ce pauvre Suffolk avec son propre vin et son eau-de-vie. Nous ferons préparer un grand festin et viderons tout le garde-manger et le cellier, car si nous y laissons des vivres, soit ils se perdront, soit ils tomberont entre les mains du sale richard qui en héritera.

Pour la première fois dans toutes mes conversations avec le Céleste Edmund, je pus discerner un grand ressentiment dans sa voix, son visage d'ordinaire angélique tordu par la colère et la frustration. Cela faisait environ trois ans que je connaissais Edmund – depuis juillet 1551, en fait, quand j'étais arrivé pour la première fois, les yeux écarquillés, aux portes de Dorset House. Cela paraissait si loin, à présent. Et pourtant, durant tout ce temps, Edmund avait toujours été un modèle de discrétion et de maîtrise de soi ; c'était la première fois que je voyais une telle effusion de colère chez lui, et du coup, il ne m'en était que plus sympathique.

— C'est d'accord. Allons, Jack, en avant !

J'éperonnai mon cheval et vis la masse de gens fondre devant moi, alors que Jack se frayait un chemin en avant, suivi de près par la monture d'Edmund.

Il ne fallut pas chercher bien longtemps avant de trouver ce que nous voulions. La mémoire encyclopédique d'Edmund se souvenait des endroits où les meilleures choses étaient cachées.

— Si nous les emmenons hors de la propriété, c'est du vol, mais si nous les mangeons ou les buvons, c'est de la consommation de biens, hoqueta Edmund en ouvrant une autre bouteille.

Nous avions commencé vers midi, et continuâmes tout l'après-midi. À cinq heures, nous étions repus et fins saouls.

— Qu'est-ce que tu vas faire maintenant, Richard ? Rentres-tu à Sheen avec moi ?

— Il le faudra ; tous mes autres chevaux sont là-bas, avec mes affaires. Du reste, je n'ai nulle part d'autre où aller.

— Qui était ton meilleur ami, ou ton meilleur conseiller, avant que tu ne rencontres la famille Grey ?

— Avant de rencontrer la famille, je ne connaissais pas beaucoup de gens influents – ou du moins, pas trop bien. Quand j'étais jeune, j'avais l'habitude de me tourner vers le docteur Thomas Marwood.

— Le médecin ? Celui qui est allé jusqu'en Italie pour étudier ? Eh bien, il pourrait sûrement t'aider et te conseiller. Tu as dit que tu voulais t'éloigner de la Cour et je pense que tu as raison. Cette chère Lady Jane t'a laissé un héritage malheureux à notre époque, sous le règne de la reine Marie.

Je le regardai d'un air interrogateur, haussant les sourcils.

— Ta foi et ton engagement dans la Réformation de l'Église. Tu sous-estimes l'influence qu'elle a exercée sur toi. Je l'ai remarqué quand tu es revenu de ton long séjour dans la Tour. Bien que sa mort t'ait profondément troublé et qu'elle t'ait déprimé d'affreuse façon, tu y as aussi gagné une plus grande foi et une nouvelle confiance intérieure – en toi et en ton propre jugement. Tu te laisseras mener et duper moins facilement à l'avenir, j'en suis certain.

— Et toi, Edmund ? L'avenir te réserve-t-il quelque chose de particulier ?

— Oh, je pense bien continuer à faire ce que je fais de mieux : superviser une grande maison, quelque part. J'ai eu la chance de rencontrer bon nombre d'hommes influents au fil des années. Je pense bien pouvoir me trouver une charge quelque part.

— Et c'est tout ? Est-ce tout ce que la vie peut t'offrir : du travail, des responsabilités, une grande maison à entretenir ? N'y a-t-il rien d'autre ?

— Tu veux parler d'une vie amoureuse ? Oui, j'aimerais que ce soit possible. Il y a bien eu quelques situations, mais cela n'a jamais rien donné.

— Tu veux dire que tu as déjà songé à te marier ? Je ne savais pas cela.

Edmund nous versa un autre verre du meilleur bordeaux de Suffolk et sourit de mon ingénuité.

— Me marier ? Moi ? Certainement pas. Quand je parle de vie amoureuse, je veux dire un homme, un homme courageux et fort pour me protéger, me dorloter et être mon fidèle ami.

Il leva de longs cils provocateurs.

— Je suis d'un naturel servile. Je ne suis pas comme toi, je ne veux pas mener la danse – dans mon travail, oui, mais pas dans ma vie privée.

D'un geste ivre, il posa la main sur mon bras.

— Je veux être mené, guidé, commandé… peut-être même dominé.

J'observai le visage expressif, presque féminin, de mon ami.

— Veux-tu dire que tu es?…

Déçu, Edmund retira sa main.

— S'il te plaît, Richard, pas de ces termes-là. Je les déteste. Ils font preuve d'une grossière incompréhension. Mais oui, en effet, il m'est arrivé de prendre plaisir à la compagnie des hommes, et je compte bien recommencer, si l'occasion se présente. Je n'aurais jamais dû parler de cela. C'est le vin. Je suis désolé.

Pendant un instant, je considérai mon ami, toujours si sûr et maître de lui-même. Soudain, il paraissait immensément seul. J'allongeai le bras et lui pris la main.

— Ne sois pas triste, Edmund. Tu trouveras un compagnon, j'en suis certain, mais tu sais bien que ce ne sera pas moi.

Edmund retira sa main d'un geste brusque.

— Non, Richard, non! Tu te méprends! s'écria-t-il avec véhémence. Je n'ai pas cru un seul instant… pas après t'avoir vu avec Lady Catherine. Je voulais seulement que tu saches… que tu comprennes, en ami. Excuse-moi.

Je secouai la tête.

— Mais non, il n'y a rien à excuser. Tu es mon ami et je comprends très bien. Fêtons la poursuite de notre amitié en ouvrant une autre bouteille.

Je me dirigeai vers le fond de la pièce pour prendre la dernière bouteille qui restait sur la table, tout en lui tournant le dos.

— Est-ce pour cette raison que tu t'es joint à Suffolk?

Edmund frotta le bord de son verre avec son index, l'air songeur.

— Oui, en partie. C'était une bonne maison et une position prometteuse. Mais qui plus est, à l'époque, on eût dit que Dorset se sentait seul, comme s'il recherchait le même genre de compagnie que moi. Évidemment, il était marié et avait des enfants, mais Lady Frances et lui semblaient distants et je me disais, eh bien… il est toujours permis de rêver.

— Et le rêve ne s'est pas concrétisé ?

Edmund rit.

— Pas au sens où tu l'entends, et que j'aurais pu espérer. Je ne pense pas qu'il en aurait eu le courage, ou même l'imagination. Non, il voulait seulement quelqu'un pour jouer le rôle du fils qu'il n'avait jamais eu. Pendant longtemps, cela a bien fonctionné : c'était un bon maître, très généreux, et je fus un serviteur loyal et attentionné. Nous sommes effectivement devenus des amis – il vida son verre d'un seul trait – mais pas des amants. Et puis, il y a eu toi.

Je le regardai, doublement choqué.

— Ai-je usurpé ta position ? Ai-je ruiné ton amitié avec notre maître ? Si tel est le cas, ce n'était pas mon intention. Je le jure.

Edmund nous versa un autre verre à chacun.

— Non, non. Pas du tout. C'est seulement que Suffolk s'est tourné vers toi pour jouer le rôle du fils adoptif. À tout autre égard, notre relation s'est poursuivie comme avant, et je n'ai rien à redire. Je n'étais pas le premier. John Aylmer et Adrian Stokes avaient déjà tenu ce rôle à un moment donné. John est devenu totalement dévoué à Lady Jane, et pour ce qui est d'Adrian, eh bien, tu n'es pas sans savoir que Lady Frances et lui ont été et sont encore, comment dire ?… fort vigoureux ensemble.

— Encore aujourd'hui ? Je croyais qu'on lui avait dit de faire ses valises ?

— N'en crois pas un seul mot. Quand tu lui as flanqué cette raclée mémorable, ils l'ont renvoyé à Bradgate, mais Lady Frances lui écrivait chaque semaine, et chaque fois que l'occasion s'est présentée (quoique ce fût assez rare cette année, je dois dire), ils n'ont pas manqué de s'allonger ensemble. Je suis sûr qu'il a déjà reçu l'ordre de rentrer à Sheen. Elle n'oserait pas le présenter à la Cour : la reine l'interdirait, et de toute manière, elle se couvrirait de ridicule. En fait, Richard, tu devrais être sur tes gardes, car il est probable qu'il arrive à Sheen peu de temps après nous.

Je me levai, chancelant.

— Ce qui me rappelle qu'une longue chevauchée nous attend demain dans le froid.

Edmund se leva face à moi, tout aussi vacillant. Il esquissa un sourire langoureux et séducteur.

— Si seulement je pouvais dire ce que Lady Catherine t'a dit.

Je m'appuyai sur le bord de la table et me penchai vers lui.

— Qu'a-t-elle dit ?

Edmund rejeta la tête en arrière comme une femme ramène ses longs cheveux derrière sa nuque.

— Il nous reste encore ce soir !

J'éclatai de rire et Edmund m'imita, gloussant dans son ivresse.

— Au lit, Edmund. Et dans ta chambre, s'il te plaît ! Nous nous reverrons demain matin.

## Chapitre 79

# 24 février 1554
# Chapitre de Sheen

Nous étions plutôt mal en point quand nous quittâmes Suffolk Place le lendemain matin, et, après nous être battus pendant des heures contre un vent glacé, nous nous trouvions encore plus mal en arrivant à Sheen. Après cette journée froide, nous reçûmes un accueil encore plus glacial, car Lady Frances était d'une humeur massacrante. Edmund, jouant de sa subtile ruse, tira bientôt les vers du nez à un domestique pour en connaître la raison.

Il semblait que Lady Frances, même sous son épaisse cuirasse, avait trouvé la vie à la Cour insupportable, sachant que son mari devait être exécuté et que sa fille venait de trouver la mort; donc elle avait décidé de se terrer à Sheen jusqu'à ce que toute l'attention se soit tournée ailleurs. Ayant échappé à la Cour et tourné le dos aux derniers instants de son mari, elle avait interprété notre présence à son exécution comme une remontrance et nous avait reçus très froidement.

Elle ne m'avait pas vu depuis sept mois, pendant que je tenais compagnie à sa fille dans la Tour; mais la méchanceté caractéristique de Lady Frances fit en sorte qu'elle prenne plaisir à me dire, d'abord, que Catherine était partie et qu'elle avait repris ses fonctions à la Cour, puis, qu'Adrian avait été rappelé de Bradgate Park et qu'il viendrait très bientôt la rejoindre ici, à Sheen.

— Je ne vois vraiment pas ce que vous pourrez faire ici, Richard, car Adrian et Edmund auront les choses bien en main, et de toute manière, puisque votre allégeance est passée à Lady Jane, maintenant décédée, je ne vois pas en quelle qualité vous pourriez nous être utile. Adrian sera peut-être en mesure de trouver quelque chose quand il arrivera.

Je n'en doutais pas. Ainsi, nous en étions arrivés là… Lady Frances faisait la loi, Adrian était revenu dans ses bonnes grâces et, sans doute, dans son lit (à supposer qu'il en fût jamais sorti), et tout lien et même toute loyauté envers le passé étaient rompus.

Trois heures passèrent avant qu'une bonne du nom de May se faufile jusqu'à moi d'un air nerveux, en l'absence de Lady Frances, pour me remettre une note.

— C'est de la part de Lady Catherine, Monsieur. Elle m'a dit de vous la remettre en main propre et de ne pas la montrer à Lady Frances, car elle l'aurait brûlée avant que vous n'en ayez connaissance.

Je la remerciai et trouvai un coin tranquille pour lire.

*Mon très cher Richard,*

*Merci pour cette semaine dont je me souviendrai toujours. J'ai été appelée à la Cour par la reine, et puisque, si j'ai bien compris, ma mère doit bientôt quitter la Cour pour aller se reposer à Sheen (elle se sentait souffrante après les événements des dernières semaines), je devrai me soumettre au bon plaisir de la reine.*

*Nous savions tous deux que cela devait arriver bientôt. Maintenant, c'est fait, et nous devrons partir chacun sur des chemins différents.*

*Je ne doute pas que tu marcheras vers l'avenir avec courage et espoir, emportant avec toi le souvenir de notre amour. Pour ma part, je me souviendrai toujours de toi, jusqu'au jour de ma mort. Dans une des merveilleuses lettres qu'elle m'a écrites, Jane m'a dit que nous nous reverrions tous un jour au paradis, et je crois qu'elle a raison – elle n'avait pas l'habitude de se tromper.*

*D'ici là, puisse ta vie être un enrichissement, avec tout le bonheur et la santé que tu mérites.*

*Ta tendre amie de toujours,*

*Cat*

Je refermai soigneusement la lettre. Voilà, c'était fini : la fin d'une vie et, je l'espérais, le début d'une nouvelle.

Il n'y avait plus rien pour moi ici. Ma relation avec la famille Grey était terminée et il était temps d'aller voir ailleurs.

Mais où ?

# Chapitre 80

## Début mars 1554
## Chapitre de Sheen

C'était bizarre : comme si ma propre vie se déroulait devant mes yeux.

Le soir du 1er mars, à la tombée de la nuit, et au milieu d'une autre tempête de neige, Adrian arriva, complètement transi. Une dizaine d'hommes le suivaient avec des chevaux, des chariots, et ce qui semblait constituer tous les biens de la famille.

Sitôt que la compagnie arriva, Lady Frances reçut Adrian avec des boissons chaudes et le conduisit à sa chambre, où un repas leur fut servi derrière les portes closes. Cet exercice fut répété durant toute la semaine suivante.

Pendant que les amants profitaient de leur intimité, le reste de la maison vaquait à ses occupations sans relâche, toujours sous la supervision d'Edmund. Peu à peu, et selon sa démarche méthodique habituelle, il reconstitua les éléments de l'histoire.

Il semblait que l'ordre était venu directement du messager de la reine : Bradgate Park était confisqué et tout ce qui y resterait après le 1er mars serait considéré comme propriété de la couronne. Au même moment, Lady Frances avait chargé Adrian de rapporter à Sheen tout objet pouvant avoir quelque utilité. Manifestement, Lady Frances avait déjà renoncé à Bradgate : cela faisait désormais partie du passé. Adrian avait bien compris la situation et avait pillé la demeure, rapportant tout ce qui pouvait avoir quelque valeur. Il n'y avait plus rien, et James Ulverscroft et les domestiques qui restaient durent se débrouiller en attendant l'arrivée d'un nouvel occupant.

Le matin du 9 mars était clair et ensoleillé. Le gel persistait mais tout se mit à fondre rapidement au fur et à mesure que le soleil montait.

Les amants apparurent, vêtus de leurs plus belles tenues, et furent bientôt rejoints par un prêtre de la paroisse. Ils furent mariés discrètement dans la chapelle, puis, après avoir passé l'après-midi à cheval, disparurent à l'étage une fois de plus.

Je les regardai monter. Depuis qu'Adrian était arrivé à Sheen, une semaine auparavant, nous ne nous étions rien dit, et je n'étais pas particulièrement enchanté à l'idée d'avoir une première conversation avec lui.

Edmund m'appela dans la grand-salle.

— Richard ! Viens ici, que je te présente Jonathan Bolitho. Jonathan est marchand, un Cornouaillais de Falmouth, et il effectuera un voyage chez lui par la route, via Exeter. Il me dit que son trajet le mènera par Honiton et que, pour le prix d'une nuit à l'auberge pour lui-même et ses trois associés lorsqu'il arrivera là-bas, il peut porter des messages à tes amis dans le Devon.

C'était une chance providentielle. Je me mis immédiatement à l'ouvrage et écrivis une lettre pour le docteur Marwood et une autre à mon père. Bolitho nous rejoignit pour le souper et accepta l'offre d'Edmund de passer la nuit à Sheen, avant son départ le lendemain.

Je me pris aussitôt d'amitié pour Jonathan. Il était court de jambes, fort comme un bœuf, avec des cheveux courts et sombres, et portait une boucle d'oreille de marin. Comme tant d'autres dans le sud-ouest, il faisait un peu de tout. En plus d'être marchand, il possédait une petite ferme, à présent gérée par sa femme et son fils. Il avait un navire de pêche, exploité par ses deux autres fils autour de la baie de Falmouth et plus loin au large des Manacles, et faisait également le commerce des chevaux. Je lui montrai Ventura, Vixen et Jack, ainsi que la selle que le roi m'avait donnée. Son intérêt fut piqué au vif par Ventura, car il faisait parfois le commerce de montures espagnoles venues de Bilbao, et estimait n'avoir jamais vu une aussi belle bête.

— Vendez-le ici, me conseilla-t-il ; vous ne trouverez personne dans le sud-ouest qui puisse vous offrir une somme convenable pour une telle monture, surtout en considérant sa provenance.

Je décidai finalement de vendre Ventura et la selle du roi avant de rentrer dans l'ouest. Jonathan me dit combien je devais m'attendre à recevoir pour les deux – c'était trois ou quatre fois le montant auquel je pensais – et me suggéra même des acheteurs potentiels. Le matin suivant, nous nous quittâmes en d'excellents termes.

— Venez me voir si vous passez par Falmouth. Nous vous ferons un accueil typiquement cornouaillais – la « grande tournée », comme on dit. Restez une semaine : un peu de pêche, un peu d'équitation… Nous serons toujours contents de vous voir.

Je le vis partir ce matin-là, emportant non seulement mes deux lettres, mais aussi mes espoirs pour l'avenir. Je me dis que je les laissais en de bonnes mains.

## Chapitre 81

## 14 mars 1554
## Chapitre de Sheen

— Richard ! Une lettre pour toi.

Cela semblait impossible : déjà une réponse du docteur Marwood ? Jonathan ne devait pas encore être parvenu à Honiton.

Aussitôt que je vis la lettre, je reconnus l'écriture fleurie mais légèrement irrégulière de Catherine.

*Cher Richard,*

*Une fois de plus, notre monde chavire. La reine a eu vent du mariage de notre mère avec Adrian Stokes et elle est furieuse. Mary et moi avons reçu l'interdiction d'aller vivre dans la maison d'« un couple semblable », comme dit la reine, et nous avons été envoyées ici, à Hanworth, pour rester avec la duchesse douairière de Somerset. C'est une vieille harpie, mais elle a de bonnes intentions, bien que la maison soit d'influence singulièrement catholique et que son prêtre épouse fermement cette conviction.*

*De toute façon, inutile de se compliquer la vie, me dis-je, et Mary et moi avons convenu de ne pas protester si l'enjeu devenait important. Au moins, nous avons des compagnons de notre âge, car son fils, Lord Hertford, vit à la maison avec sa sœur, Lady Jane Seymour, et ils nous ont tous deux fait bon accueil.*

*Je ne suis pas à plaindre car la reine m'a octroyé une pension de 80 £ par an pour moi toute seule. Je crois qu'elle est encore bouleversée d'avoir été poussée à agir contre cette pauvre Jane et qu'elle regrette maintenant sa décision, qui, selon ses dires, lui aurait été imposée. Je suis sûre qu'elle blâme en partie notre mère de s'être tenue à l'écart de ce qu'elle appelle la « fausse succession », et d'avoir mis Jane dans une situation dont elle n'a pas pu se dépêtrer. La reine se montre également très bienveillante envers Mary. Bien entendu, comme tu t'en rappelleras certainement, la reine fait presque partie de la famille depuis que nous sommes toutes petites. Mary me demande de te dire qu'elle va bien, mais qu'elle ne grandit pas beaucoup !*

*Le 27 février, j'ai enfin reçu la notification officielle de l'annulation de mon mariage avec ce pauvre William Herbert. Je suis donc officiellement célibataire et encore vierge (surtout ne dis rien à personne !). Au moins, cela fait en sorte qu'on me considère à la Cour comme une personne, et non comme une poule sans tête. Jusqu'ici, personne ne savait comment m'appeler ou m'approcher.*

*Mon très cher Richard, je me rappelle encore avec beaucoup d'affection les merveilleux moments que nous avons partagés ensemble et j'espère que tu sauras réaliser tes rêves. Je resterai sans doute à la Cour et à Hanworth jusqu'à ce qu'un noble seigneur soumette à la reine une proposition qui lui paraîtra convenable pour moi. J'espère seulement que ce sera un Anglais : tu sais à quel point je suis mauvaise en langues étrangères.*

*En souvenir affectueux,*

*Catherine Grey*

J'examinai la fin de la lettre. Déjà les mots « tendre amie de toujours » étaient devenus « souvenir affectueux ». Il apparaissait que l'amour s'estompait rapidement sitôt qu'il y avait de nouveaux partis. Je me demandai si l'intérêt de Catherine envers Lord Hertford avait été ravivé. À bien y penser, elle avait souvent évoqué son nom d'un ton mélancolique, du temps où il était le fiancé de Jane. Mais quelle importance ? Elle était partie.

Elles étaient parties toutes les deux et me manquaient terriblement. La douleur était insoutenable.

## Chapitre 82

# Avril 1554
# Chapitre de Sheen

Chaque jour passant, ma confiance en Jonathan Bolitho s'amenuisait. Ma lettre était-elle parvenue au docteur Marwood ? J'étais certain que Thomas n'aurait pas tardé à répondre s'il l'avait reçue : c'était dans son caractère. Et chaque jour, ma position devenait de plus en plus intenable.

D'abord, on me rappela plusieurs fois que ma présence à Sheen était simplement *tolérée* : « purement un acte de générosité de ma part », comme Adrian se plaisait à le dire ; il avait déjà commencé à parader en maître de maison, encouragé par Lady Frances, qui semblait avoir été réduite à faire la coquette pour son nouvel amant.

Puis vinrent les allusions grivoises. « Elle a peut-être déjà folâtré avec toi, Richard, mais il faut un vrai homme pour mettre une femme enceinte, et c'est ce que je suis, et c'est ce qu'elle est. » On eût dit que c'était sa manière de se venger de moi pour la rossée que je lui avais administrée.

Cependant, quoi que je fasse, je ne pouvais me résoudre à mordre à l'hameçon. La triste réalité était que, tout comme Lady Frances avait déjà oblitéré le souvenir de Bradgate Park de sa mémoire, j'avais moi aussi placé la famille Grey derrière moi, et il me fallait seulement attendre que la lettre de Thomas Marwood vienne m'ouvrir les portes de l'avenir.

Enfin, à la mi-avril, on me servit un ultimatum.

— Lady Frances et moi avons décidé de retourner dans le Leicestershire. L'air nous convient mieux là-bas, et nous y avons un petit manoir qui correspond davantage à nos goûts, à Beaumanor, près du village de Woodhouse. Bien entendu, Lady Frances visitera la Cour à l'occasion, puisque ses filles sont les dames d'honneur de la reine, et Sheen pourra nous servir de pied-à-terre lors de ces visites. Cependant, nous n'aurons pas besoin de garder ici du personnel en permanence, ainsi tes services et ceux de ton Céleste Edmund ne seront pas requis. Vous pourriez lancer une petite entreprise ensemble – une boutique de fleuristes, peut-être ? Sinon, tu pourrais solliciter à nouveau le poste que tu occupais à Shute House. On me dit que la reine a offert le domaine à son premier ministre, Sir William Petre. Qui sait, il aura peut-être besoin d'un homme de lettres ?

Ce ton sarcastique et moqueur se fit bientôt dur et menaçant.

— Quoi qu'il en soit, nous voulons que tu sois parti d'ici la fin du mois prochain, car la maison sera alors fermée à clef. Tu ferais mieux de commencer à faire tes bagages.

J'étais bouillant de rage. J'avais songé à malmener Adrian une nouvelle fois, pour lui rappeler sa première raclée, mais c'était vraiment futile. Et comme Edmund me le fit remarquer avec désinvolture (mais justesse), il me fallait bien un endroit où rester jusqu'à ce que la lettre du docteur Marwood me parvienne.

— Ne sois pas si pressé, Richard. La lettre arrivera. Et de toute façon, ça me plaît, cette idée de boutique !

Étrangement, Edmund réussissait toujours à avoir le dernier mot.

# Chapitre 83

## 23 mai 1554
## Chapitre de Sheen

— Richard ! Une lettre pour toi.

Edmund accourut dans le sentier provenant de la maison, lettre en main.

Des années plus tard, je me souviendrais encore de l'arrivée de cette lettre. Elle me rappellerait toujours ma dernière visite à Lord Henry, dans la tour Beauchamp, lorsque j'avais entendu les pas du geôlier et le bruit de la clef dans la serrure. J'avais paniqué pendant quelques secondes, croyant que le geôlier allait me dire de rester là, plutôt que d'ouvrir la porte toute grande pour me laisser sortir.

À présent, en ouvrant la lettre, je ressentais le même mélange d'appréhension et d'excitation. Cette lettre contenait-elle (comme je l'espérais dans mes prières) la clef qui me libérerait de la Cour et de la famille Grey en voie de désintégration ? Ou confirmerait-elle simplement mon emprisonnement en ces lieux, sous le joug haineux et dominateur d'Adrian Stokes ?

La lettre provenait effectivement de Thomas Marwood : l'écriture du docteur était aisément reconnaissable et Edmund avait confirmé qu'elle avait été livrée par un garçon qui l'avait reçue de la main même du docteur, à Londres. À Londres ? Qu'est-ce que le docteur Marwood pouvait bien faire là ? Fébrilement, j'ouvris la lettre.

*Cher Richard,*

*Je veux d'abord te remercier pour ta lettre, que j'ai lue avec beaucoup de plaisir (quoique teinté d'une certaine tristesse), et qui m'a rappelé tant de souvenirs. J'ai du mal à croire que trois ans se sont écoulés depuis que tu t'es lancé dans ta grande aventure... Le monde a tellement changé depuis ce temps-là.*

*Ensuite, je te demande de m'excuser d'avoir été si lent à répondre. Ce n'est pas la faute de ce bon Bolitho, qui n'a pas manqué de me remettre ta lettre en main propre à Honiton, moins d'une semaine après que tu l'eus écrite. À ma décharge, il faut dire que ce délai n'était pas sans raison, puisque ta lettre m'est parvenue immédiatement après la convocation de Stephen Gardiner, évêque de Winchester et Lord Chancelier, pour que je me joigne à un comité de médecins, à Londres. En fait, si elle m'était parvenue un jour plus tard, j'aurais déjà été parti.*

*Ainsi donc, je suis maintenant à Londres, membre du comité du Lord Chancelier. Ce comité comprend également deux médecins associés à la famille royale, le D<sup>r</sup> Thomas Wendy et D<sup>r</sup> George Owen, qui ont tous deux récemment examiné la princesse Élizabeth à Ashridge. Ce sont d'éminents médecins, fort reconnus. Nous sommes chargés d'évaluer l'état de santé de Edward Courtenay, le comte du Devon, qui fut accusé de complicité dans l'affaire Wyatt. C'est un bon catholique qui a passé la majeure partie de sa vie en prison, et la reine a insisté pour connaître son état de santé avant que d'autres décisions soient prises quant à son avenir.*

*Pour répondre à l'appel du Lord Chancelier, il m'a fallu chambarder ma vie avec quelque rapidité, et au terme d'un voyage mouvementé (que j'aurai le plaisir de te raconter quand nous nous reverrons), je suis maintenant à Londres, attendant qu'on m'appelle pour aller voir le comte. Nous croyons que ce sera dans quelques jours, certainement d'ici la fin de la semaine.*

*J'ai été passablement affligé de lire à quel point les événements ont mal tourné pour toi. Dorset était considéré comme un homme solide quand tu t'es joint à lui ; aucun d'entre nous n'aurait pu prévoir que son alliance avec Warwick les aurait portés si haut tous les deux, ni que la mort du roi aurait semé de tels troubles dans le pays.*

*J'ai longuement réfléchi aux possibilités que tu évoquais dans ta lettre, et ce serait pour moi un honneur de te raccompagner dans le Devon. Le voyage nous donnera amplement le temps de discuter de l'avenir. Si tel était ton désir, je serais enchanté de t'avoir à mes côtés pour guérir les malades de Honiton et des vallées des alentours, et je ferais tout en mon pouvoir pour t'enseigner les quelques notions que j'ai ramenées de Padoue ou que j'ai apprises depuis lors par l'expérience (parfois à mes dépens).*

*Mais discutons-en plutôt quand nous nous verrons. Te connaissant, je me doute que l'idée de rentrer au bercail sera vite remplacée par le désir d'aller vers d'autres aventures. Qui sait ? Tu as tout le talent et, semble-t-il, les ressources financières nécessaires pour étudier le droit à Oxford ou à Cambridge. Je suis sûr qu'il y a beaucoup d'avenues qui s'ouvrent à toi et nous en discuterons quand nous nous verrons. Entre-temps, une période de tranquillité relative en terre natale ne te fera pas de mal, et j'ai hâte de faire le voyage en ta compagnie.*

*Il y a de bonnes chances pour qu'un ami à toi nous accompagne : Fergal Fitzpatrick, qui chevauchera avec nous pendant une partie du trajet avant de prendre la mer à Bristol ou à Exeter pour rejoindre son Irlande natale. Il t'envoie ses prières et ses meilleurs vœux de bonne santé, et se dit lui aussi très impatient de te revoir.*

*Jusqu'à ce que nous ayons le plaisir de voyager ensemble, je demeure,*

*Ton bon ami,*

*Thomas Marwood*

Je relus la lettre deux fois. Elle faisait chaud au cœur. Je voulais crier, courir, pleurer. Je levai les yeux vers le ciel, puis je promenai lentement le regard autour de moi, considérant chaque détail du paysage environnant. Je contemplai le vieux monastère, à présent devenu une grande maison, mais amorçant peut-être, même alors, son déclin. Je contemplai les prés menant aux rives du fleuve, cette grande artère de circulation qui faisait toute la valeur de ces maisons, facilement accessibles par bateau depuis Londres, et vice-versa. La chaleur d'un soleil ardent de mai imprégna mes muscles et s'immisça jusque dans mes os.

Ce fut une autre de ces journées dont j'allais me souvenir pour le restant de ma vie, un jour où ma vie aurait changé. Je sentis en moi un grand afflux d'énergie, et en même temps une agréable sérénité. C'était comme une première journée de rétablissement complet après une longue maladie débilitante, la libération des fers et l'ouverture des portes.

D'un pas calme, le sourire aux lèvres, je me dirigeai vers la maison. J'étais libre. J'étais maître de moi-même. L'avenir m'appartenait, et à moi seul.

## Chapitre 84

# 28 mai 1554
# Chapitre de Sheen

Tout était réglé. J'avais reçu un mot de Thomas me disant que nous partirions pour le Devon dans deux jours. Je regardai autour de moi, dans la chambre étroite que l'on m'avait permis d'occuper jusqu'à mon départ.

À l'exception de Jack, mon fidèle étalon, et de Vixen, ma bonne jument, qui étaient tous deux restés aux écuries avec leur sellerie, tout ce que je possédais était entassé dans cette petite chambre. J'étais assis sur le lit gigogne, adossé contre le mur, à considérer les accomplissements réalisés jusqu'ici dans ma vie. Dans une semaine, j'aurais dix-neuf ans et, s'il plaisait à Dieu, je serais de retour dans le Devon auprès de ma famille et de mes amis. Qu'avais-je accompli pendant toutes ces années ?

Le grand coffre d'or – le produit de la vente de Ventura et de la selle du roi à Robert Treate – assurait mon avenir financier. Il y en avait certainement assez pour m'acheter une bonne ferme, avec une grange de séchage, un bon approvisionnement en eau et une vue sur mes propres terres.

L'épée et la dague posées au pied du lit étaient la preuve de mon ascension dans l'échelle sociale. Mais était-ce vraiment le cas ? Peut-être représentaient-elles simplement ma relation passagère avec Lord Henry Grey et sa famille : une relation qui touchait à sa fin.

À présent, ils marchaient tous dans des chemins différents. Catherine et la petite Mary étaient à Hanworth, sans doute déjà absorbées par leur nouvelle vie. Il était probable que Catherine faisait déjà les yeux doux à Lord Hertford, ou même pire. De la façon dont elle en parlait, elle semblait assez ouverte aux propositions. Je ne le saurais probablement jamais. Les cancans de la Cour ne parviendraient pas souvent jusque dans le Devon, et mes chances de renouer avec la vie courtisane étaient indubitablement minces. Peut-être devais-je suivre l'exemple de John Aylmer et passer un ou deux ans en Suisse, jusqu'à ce qu'il plaise à Dieu que la princesse Élizabeth succède à sa sœur sur le trône d'Angleterre, et ramène un peu de bon sens dans notre pays ?

Il n'y avait plus rien pour moi ici. Tandis que j'en étais à ces réflexions, Lady Frances et son nouvel époux songeaient à l'enfant qu'ils mettraient bientôt au monde, et au jour où ils fermeraient définitivement cette maison en prévision de leur retraite à Beaumanor. Car en dépit de leur air bravache, ils se savaient financièrement ruinés et socialement exclus.

Adrian n'en retirerait que du ressentiment : pendant des années, il avait manigancé pour accéder aux échelons supérieurs de la société et à une fontaine de richesses en la personne de Lady Frances. À présent, ils étaient tombés de l'échelle et la fontaine (selon les critères exigeants de Lady Frances) s'était tarie.

Et Lady Frances ? Elle rejetterait sans doute le blâme sur les autres : sa fille incapable de saisir la chance la plus inouïe qui leur avait été donnée, son mari impuissant à rallier les autres conseillers à sa cause, et Northumberland ayant essuyé une cuisante défaite militaire contre la reine Marie.

Puis, il y avait les disparus.

Je me rappelai avec une profonde tristesse ma dernière visite à Lord Henry. En l'espace de quelques mois, cet homme fier et avenant avait été anéanti par les événements. Il m'avait traité très équitablement et s'était toujours montré raisonnable dans ses demandes. Mais en réexaminant le passé avec tout le recul dont je disposais, je compris que, bien qu'honnête, le duc de Suffolk avait été un homme aux habiletés limitées qui, s'il avait épousé une femme moins ambitieuse, aurait vécu en hobereau sur un petit domaine, élevant sa famille, s'adonnant à la chasse et au jeu, sans vraiment jamais laisser sa marque dans le monde.

Puis il y avait Jane. Je songeai à notre première rencontre, à quel point j'avais pu me tromper à son sujet cette journée-là. Je me penchai vers le gros coffre qui trônait au pied de mon lit et en retirai soigneusement le livre. C'était tout ce qu'il me restait d'elle, ou plus exactement, le seul objet qui pouvait la rappeler à mon bon souvenir : *De la doctrine chrétienne dans sa pureté*, par Henri Bullinger. Son père lui avait dit de le garder durant sa longue incarcération dans la Tour, et le matin de son exécution – bien après qu'elle m'eut fait ses adieux – elle avait demandé à nurse Ellen de s'assurer qu'il me soit transmis, en souvenir des conversations et des idées que nous avions partagées.

J'en parcourus soigneusement les pages, lisant quelques mots çà et là, mais sans arrêter de penser à Jane. Lentement, une idée bourgeonna dans mon esprit. Je ne m'étais pas trompé à son sujet le jour où nous nous étions rencontrés pour la première fois. Pour le jeune garçon du Devon qui se tenait devant la cheminée, elle était froide, très renfermée et très dévote. Le fait que, trois ans plus tard, je tienne ce livre entre mes mains en souvenir de cette femme que j'admirais, que je respectais et que j'aimais, oui, plus que toute autre au monde, montrait non pas à quel point elle avait changé, mais à quel point j'avais mûri pour mieux la comprendre.

J'embrassai doucement le livre et l'enveloppai dans une chemise de rechange avant de le déposer dans le coffre. Je m'avançai à la fenêtre étroite de ma chambre et regardai par-delà les prés, vers la Tamise.

La question n'était pas de savoir avec quelle aisance – ou quelle difficulté – je pourrais réintégrer le monde de mon enfance. Seul le temps le dirait. J'étais impatient d'entreprendre ce voyage dans l'ouest, non seulement parce que j'entrevoyais le plaisir de rentrer progressivement dans « mon monde à moi », mais aussi parce qu'il me tardait de discuter de tous ces enjeux avec les deux hommes pouvant m'aider à y voir plus clair.

Ce soir-là, je vis Adrian Stokes se diriger vers moi, affichant un sourire narquois. Nous nous approchâmes, le sourire aux lèvres, et nous arrêtâmes nez à nez.

— Tu es encore ici, Richard? T'as nulle part où aller? T'as plus d'amis? Je pensais que tu serais parti maintenant. Encore une semaine et on te tirera par l'oreille!

J'inclinai la tête et lui rendis son sourire.

— En effet, Adrian. Et tu ne peux pas imaginer à quel point cette perspective me réjouit. Mes amis arrivent dans quelques jours et nous voyagerons ensemble dans l'ouest. Je suis impatient d'entreprendre le voyage et de retrouver mon vrai foyer.

Le sourire d'Adrian commençait à s'estomper.

— Et toi, Adrian? J'imagine que Beaumanor sera tout à fait à ton goût. Plus facile d'entretien que Bradgate, en tout cas. Comment va Lady Frances? Bien, j'espère, et l'enfant à naître aussi. Je vous souhaite tout le bonheur possible pour l'avenir.

Je m'inclinai profondément et poursuivis mon chemin lentement, avec une satisfaction considérable. Demain, je me rendrais à Londres pour déposer Ventura et la selle du roi chez Robert Treate, le riche orfèvre qui les avait achetés, puis je rentrerais à Sheen par le fleuve. Le dernier lien qui m'unissait à cette vie serait finalement rompu, et je serais libre d'en commencer une autre.

# Chapitre 85

## 1ᵉʳ juin 1554
## Comté de Wiltshire, près de Stonehenge

— C'est un bon ami, n'est-ce pas ?

Le docteur Thomas Marwood observait, tandis que je saluais une dernière fois mon ami Fergal Fitzpatrick.

Après en avoir longuement discuté avec moi depuis qu'il m'avait rejoint à Sheen, Fergal avait décidé de rentrer chez lui en passant par Bristol : il y avait beaucoup plus de navires là-bas partant pour la côte irlandaise, et nous avions pu éviter Salisbury et emprunter le chemin plus au nord, passant par Andover et Amesbury. Fergal s'était aperçu de ma morosité et avait usé de son charme irlandais pour m'égayer. Une fois partis, nous n'avions cessé de rire durant tout le trajet, du Surrey jusqu'au Wiltshire, jusqu'à ce que nos chemins se séparent.

À présent, sur les hautes terres calcaires de la plaine de Salisbury balayée par le vent, Thomas et moi lui fîmes un dernier signe de la main, puis Fergal et les siens menèrent leurs bêtes de charge et leurs chariots en direction du nord-ouest, le long de la route de Shrewton, vers Devizes, Bath et les quais de Bristol.

Nous laissâmes derrière nous les anciennes pierres levées de Stonehenge et gravîmes la colline près de Yarbury Castle. Devant nous s'étendait désormais le chemin du foyer, serpentant la vallée verdoyante du Wylye, puis remontant l'épaulement nord de Cranbourne Chase vers les grandes plaines de Blackmoor Vale.

Déjà, le caractère du pays se transformait, et je sentis l'attraction du Devon qui s'étendait par-delà l'horizon. Une fois sur la pente descendante de Cranbourne Chase, à Mere, je savais que nous aurions vue sur Yeovil et Ilminster jusqu'aux collines de Blackdown, aux confins de notre terre natale. Déjà, je pouvais presque en respirer l'odeur.

Il est étrange de constater à quel point les souvenirs s'estompent rapidement à mesure que nous les remplaçons par l'image de ce qui se trouve devant nous.

Je me rappelai ce qu'Adrian m'avait dit : « Tu as côtoyé la grandeur et tu l'as effleurée. Mais souviens-toi : dans toute cette histoire, tu es resté en marge de cette grandeur, et c'est là que tu demeureras – en marge. »

Était-ce vrai ? Évidemment, ce l'était, en ce qui avait trait au passé ; mais pour l'avenir, je n'en étais pas si sûr. Était-ce si important ? Désormais, tout ce que je souhaitais était de retrouver ma famille et de rassembler à nouveau mes idées.

Que m'avait demandé de lui promettre le roi ?

« Ne dites pas le "valet de Suffolk"… Soyez votre propre maître. »

C'était de bon conseil, et j'en avais pris acte ; mais le plus important était les dernières paroles que Jane m'avait adressées, la veille de sa mort :

« Ne pleurez pas pour moi, car il me tarde de séjourner là où je vais, et je puis sereinement renoncer à ma vie présente, sans tristesse. Souvenez-vous de moi telle que je suis maintenant. Allez de l'avant et menez une vie honnête. Restez toujours fidèle à vous-même et ne reculez pas devant la cruauté du sort, car votre âme vous appartient, à vous et à vous seul, hormis à Dieu lui-même. »

Je jetai un regard derrière mon épaule, imaginant un instant qu'ils se trouvaient tous derrière moi et me disaient au revoir en agitant la main. La brume qui enveloppait toute la vallée dans un linceul se dissipait rapidement, tandis que le soleil de juin poursuivait sa course dans les airs et prenait des forces. La journée s'annonçait radieuse.